MW01711254

LESSEN

Van Ian McEwan verschenen bij De Harmonie:

De laatste dag van de zomer
Tussen de lakens
De cementen tuin
De troost van vreemden
Het imitatiespel
Of sterven wij?
Het kind in de tijd
De brief in Berlijn
De dagdromer
Zwarte honden
Ziek van liefde
Amsterdam
Boetekleed
Zaterdag
Aan Chesil Beach
Solar
Eerste liefde
Suikertand
De kinderwet
Notendop
Machines zoals ik
De kakkerlak

Ian McEwan

LESSEN

Vertaald door
Harm Damsma en Niek Miedema

De Harmonie, Amsterdam

Voor mijn zuster, Margy Hopkins, en mijn broers,
Jim Wort en David Sharp

Eerst voelen we. Dan vallen we.

JAMES JOYCE, *Finnegans Wake*

DEEL EEN

I

Dit was de herinnering van iemand die niet kon slapen, niet een droom. Het was de pianoles weer: een oranje tegelvloer, één hoog raam, een nieuwe piano in een kaal vertrek vlak bij de ziekenboeg. Hij was elf en zat te zwoegen op wat anderen mogelijk kenden als de eerste prelude van Bach uit Boek I van *Das Wohltemperierte Klavier*, bewerkt voor beginners, maar dat wist hij allemaal niet. Hij vroeg zich niet af of het een beroemd stuk was of iets onbekends. Hij wist van geen tijd of plaats. Hij kon niet bevatten dat iemand ooit de moeite had genomen om het te schrijven. De muziek was er gewoon, iets van school, of iets donkers, als een naaldbos in de winter, uitsluitend voor hém bestemd, zijn hoogsteigen labyrint van koude treurnis. Het zou hem nooit laten gaan.

De lerares zat vlak naast hem op de brede pianokruk. Met een rond gezicht, rechtop, in een wolk van parfum, streng. Haar schoonheid ging schuil achter haar manier van optreden. Ze keek nooit kwaad, maar ook nooit bemoedigend. Sommige jongens zeiden dat ze gek was, maar dat betwijfelde hij.

Hij maakte steeds een fout op dezelfde plek, de fout die hij altijd maakte, en ze boog zich naar hem toe om hem voor te doen hoe het moest. Haar arm drukte stevig en warm tegen zijn schouder, en haar handen, haar gelakte nagels, bevonden zich vlak boven zijn schoot. Hij voelde een tergende tinteling die al zijn aandacht wegzoog.

'Luister. Het zijn ontspannen, kabbelende klanken.'

Maar als zij het speelde hoorde hij geen ontspannen gekabbel. Haar parfum bedwelmde zijn zintuigen en maakte hem doof. Het was een afgeronde, nogal zoetige geur, net een hard voorwerp, een gladde steen in een rivier, die zich aan zijn denken opdrong. Drie jaar later zou hij erachter komen dat het rozenwater was.

'Nog maar eens.' Ze zei het op een iets hogere, waarschuwende toon. Zij was muzikaal, hij niet. Hij wist dat ze met haar gedachten elders was en dat hij haar met zijn onbeduidendheid verveelde: de zoveelste kostschooljongen met inkt op zijn handen. Zijn vingers drukten de toonloze toetsen in. Hij zag de lastige plek al voordat hij die bereikte, het gebeurde al voordat het gebeurde, de fout kwam op hem af, de armen moederlijk uitgestrekt, klaar om hem in één keer op te tillen, altijd dezelfde fout die hem kwam halen, zonder de belofte van een zoen. En zo ging het. Zijn duim leidde een eigen leven.

Samen hoorden ze hoe de verkeerde noten verdwenen in de sissende stilte.

'Sorry,' fluisterde hij tegen zichzelf.

Haar ergernis kwam als een snelle ademstoot door haar neusgaten naar buiten, een omgekeerde snik die hij eerder had gehoord. Haar vingers vonden de binnenkant van zijn dij, vlak bij de rand van zijn grijze korte broek, en knepen daar hard in zijn vlees. Die avond zou hij daar een kleine blauwe plek hebben. Haar aanraking voelde koel aan toen haar hand zich in zijn broek omhoogbewoog naar de plek waar het elastiek van zijn onderbroek tegen zijn huid zat. Hij wist niet hoe snel hij van de kruk af moest komen, maar bleef vervolgens met een vuurrood hoofd staan.

'Ga zitten. Overnieuw!'

Haar strenge optreden wiste alles uit wat er zojuist was gebeurd. Het was spoorloos verdwenen en hij twijfelde nu al aan zijn herinnering eraan. Hij wist niet wat hij met de zoveelste bedrieglijke confrontatie met het gedrag van volwassenen moest. Ze vertelden je nooit wat ze wisten. Ze zorgden ervoor dat je nooit wist hoe ver je onwetendheid reikte. Wat er was gebeurd, wat het ook was, was zijn schuld geweest, en ongehoorzaam zijn lag niet in zijn aard. Dus ging hij weer zitten, hief zijn hoofd naar de dreigende kolom g-sleutels die links op de bladzijde hing en begon nog onzekerder dan daarnet weer van voren af aan. Er kon geen gekabbel zijn, niet in dit bos. Sneller dan gehoopt naderde hij diezelfde rotplek. Dat het mis zou gaan stond vast, en die wetenschap maakte de ramp des te onafwendbaarder toen zijn domme duim naar beneden ging op een moment dat die zich niet had mogen bewegen. Hij stopte. De aanhoudende dissonant klonk alsof zijn naam hardop werd uitgesproken. Ze nam zijn kin tussen knokkel en duim en draaide zijn gezicht naar haar toe. Zelfs haar adem rook naar parfum. Terwijl ze hem recht bleef aankijken pakte ze de dertig centimeter lange liniaal van de pianoklep. Hij ging zich niet laten slaan, maar toen hij zich van de kruk liet glijden voorzag hij niet wat ze ging doen. Ze raakte hem op zijn knie, met de zijkant, niet met de platte kant, en dat deed zeer. Hij deed een stap terug.

'Je doet wat je gezegd wordt. Ga zitten.'

Zijn been gloeide, maar hij vertikte het om de plek aan te raken, voorlopig tenminste. Hij keek nog een laatste keer naar haar, naar haar schoonheid, de hooggesloten kraag van haar blouse met de parelmoeren knoopjes, naar de uitwaaierende, door haar borsten gevormde, diagonale plooien in de stof, met daarboven haar onberispelijke, strakke blik.

Hij rende van haar weg, een zuilengang van maanden door, tot laat op een avond toen hij dertien was. Maandenlang had ze een rol gespeeld in zijn aan de slaap voorafgaande dagdromen. Maar deze keer was het anders, de gewaarwording die hij kreeg liet zich niet intomen en het koude, weeë gevoel in zijn maag was wat de mensen volgens hem extase noemden. Alles was nieuw, of het nu goed was of slecht, en het was van hém. Niets had ooit zo opwindend gevoeld als het passeren van het punt waarvan er geen weg terug was. Te laat, stoppen was onmogelijk, maar wat maakte het uit? Stomverbaasd kwam hij voor het eerst klaar in zijn hand. Toen hij weer wat op adem was gekomen ging hij rechtop zitten in het donker, stapte uit bed en liep de 'plees', de toiletten bij de slaapzaal in, om het bleke goedje in zijn handpalm, een gauw gevulde kinderhand, nader te onderzoeken.

Op dat punt vervaagden zijn herinneringen en gingen ze over in een droom. Steeds dichter naderde hij door een flonkerend universum de bergtop vanwaar hij een uitzicht had over een eindeloze zee, een uitzicht als dat wat die papzak van een Cortés had in het gedicht dat de hele klas voor straf vijfentwintig keer had moeten overschrijven. Een zee vol wriemelende schepseltjes, kleiner dan kikkervisjes, miljoenen en miljoenen, zo ver het oog reikte, tot aan de kromming van de horizon. En nog dichterbij gekomen ontdekte en volgde hij een enkel schepseltje dat op zijn reis tussen de menigte door zwom en zich samen met andere broertjes door gladde, roze tunneltjes heen worstelde, tot hij alle andere, die uitgeput achterbleven, had ingehaald. Ten slotte arriveerde hij in zijn eentje bij een schijf, magnifiek als een zon, die traag met de wijzers van de klok mee rondwentelde, kalm en vol kennis, ongenaakbaar afwachtend. Als hij het niet was zou het iemand anders zijn. Toen hij door dikke, bloedrode gordijnen naar binnen ging klonk in de verte gehuil, gevolgd door de plotselinge verschijning van een babygezichtje.

Hij zag zichzelf graag als een volwassen man, een dichter, die met een kater en een stoppelbaard van vijf dagen, net ontwaakt uit een diepe slaap, nu de slaapkamer uit stommelde, op weg naar het kamertje van de krijsende baby, die hij uit zijn ledikantje tilde en tegen zich aan drukte.

Even later was hij beneden, met het slapende kindje in een dekentje tegen zijn borst. Een schommelstoel, met daarnaast op een bijzettafeltje een boek over de problemen in de wereld, dat hij onlangs had gekocht en dat hij, naar hij wist, nooit zou lezen. Hij had genoeg aan zijn eigen problemen. Hij zat tegenover openslaande deuren en keek naar een smalle Londense tuin, waar in een mistige, natte dageraad één enkele appelboom stond. Links naast de boom lag, op zijn kop, een groene kruiwagen, die sinds een of andere vergeten zomerdag niet meer was gebruikt. Dichterbij stond een rond, ijzeren tafeltje dat hij nog steeds van plan was te verven. Een koud, laat voorjaar camoufleerde het feit dat de boom dood was; die zou dit jaar geen bladeren krijgen. In die hete, drie weken aanhoudende periode van droogte die in juli was begonnen had hij hem, ondanks het sproeiverbod, nog kunnen redden. Maar hij had het te druk gehad om met volle emmers door de tuin te gaan slepen.

Zijn ogen vielen dicht en zijn hoofd zakte achterover, weer in herinnering verzonken, niet in slaap. Dit was de prelude zoals ze gespeeld hoorde te worden. Het was lang geleden dat hij hier voor het laatst was geweest. Hij was weer elf, en samen met dertig anderen onderweg naar een oude nissenhut. Ze waren te jong om te beseffen hoe ellendig ze eraan toe waren en hadden het te koud om te praten. Collectieve onwil stuwde hen voort, in de maat, als een corps de ballet, terwijl ze zwijgend een steile grashelling af liepen en zich buiten in de mist opstelden voor het begin van de les.

Precies in het midden van de hut brandde een kolenkachel, en toen ze eenmaal wat waren opgewarmd werden ze rumoerig. Dat kon hier, en nergens anders, omdat de leraar Latijn, een kleine, gemoedelijke Schot, geen orde kon houden. Op het bord stond in het handschrift van de docent: *Exspectata dies aderat*. En daaronder, in het klungelige handschrift van een jongen: *De langverwachte dag was aangebroken*. In deze zelfde hut, zo was hun geleerd, hadden in ernstiger tijden mannen zich voorbereid op oorlogvoering op zee en geleerd hoe ze met wiskundige precisie mijnen moesten leggen. Dat was hun huiswerkje. Terwijl hier nu een grote jongen, een beruchte pestkop, met veel bombarie naar voren kwam en spottend zijn achterste aanbood voor een paar onbeholpen tikken met een gymschoen van de vriendelijke Schot. Er ging een gejuich op voor de pestkop, want niemand durfde zoveel als hij.

Terwijl het kabaal en de wanorde toenamen en er iets wits over de banken vloog, herinnerde hij zich dat het maandag was en dat de langverwachte en gevreesde dag – weer – was aangebroken. Om zijn pols droeg hij het grote horloge dat hij van zijn vader had gekregen. *Niet kwijtraken*. Over tweeëndertig minuten had hij pianoles. Hij probeerde niet aan de lerares te denken, want hij had niet geoefend. Het was te donker en te eng geweest in het bos om zich tot bij de plek te wagen waar zijn duim blindelings omlaagging. Als hij aan zijn moeder dacht, zou hij sentimenteel worden. Ze was ver weg en kon hem niet helpen, dus duwde hij haar ook opzij. Niemand kon voorkomen dat het maandag werd. De blauwe plek van de vorige week begon weg te trekken, en zich de geur van de pianolerares alleen maar herinneren was niet genoeg. Dat was niet hetzelfde als die weer ruiken. Het had meer weg van een kleurloze afbeelding, of een plek, of een gevoel bij een plek, of iets daartussenin. Achter zijn angst ging nog iets anders schuil, een gevoel van opwinding, wat hij ook moest wegduwen.

Voor Roland Baines, de door slaapgebrek geplaagde man in de schommelstoel, was de ontwakende stad niet meer dan een verre ruis, die met het verstrijken van de minuten luider werd. Spitsuur. Verdreven uit hun bed, uit hun dromen, bewogen de mensen zich als de wind door de straten. Hier hoefde hij alleen maar een bedje te zijn voor zijn zoontje. Hij voelde het hartje van de kleine kloppen tegen zijn borst, net niet twee keer zo snel als zijn eigen hart. Hun hartenklop viel soms wel en dan weer niet samen, maar op een dag zouden ze voor altijd uiteenlopen. Zouden ze nooit meer zo dicht bij elkaar zijn. Zou hij hem steeds minder goed kennen, en zouden anderen Lawrence beter kennen dan hij hem kende, weten waar hij was, wat hij deed en zei, zou hij dichter naar zijn vrienden toegroeien en later naar zijn geliefden. En soms zou hij in zijn eentje huilen. Zo nu en dan een bezoekje van zijn vader, een gemeende knuffel, bijpraten over het werk, de familie, de politiek (niet al te diepgravend), en dan weer tot ziens. Tot dan toe wist hij alles van hem, wist hij van minuut tot minuut waar hij was, overal. Hij was voor de baby zijn bedje en zijn god. Het lange loslaten kon weleens de essentie van het ouderschap zijn, maar zoals het nu was liet die zich onmogelijk voorstellen.

Er waren heel wat jaren verstreken sinds hij de elfjarige jongen met het geheime ovale merkteken aan de binnenkant van zijn dij had losgelaten. Die avond had hij, toen het licht op de slaapzaal uit was, op de plee zijn pyjamabroek laten zakken en er zich voor nader onderzoek overheen gebogen. Het was de afdruk van haar duim en wijsvinger, haar signatuur, een zichtbaar bewijs waaruit bleek dat het waargebeurd was. Een soort foto. Het deed geen pijn als hij er met zijn vinger omheen ging, langs de rand, waar de bleke huid groenig overging in blauw. Hij duwde hard midden op de plek, waar die bijna zwart was. Het deed geen pijn.

*

In de weken na de verdwijning van zijn vrouw, met de bezoekjes van de politie en de verzegeling van zijn huis, had hij vaak geprobeerd een verklaring te vinden voor de spookbeelden van die avond dat hij plotseling alleen was. Vermoeidheid en stress hadden hem teruggedreven naar zijn oerbronnen, zijn grondslagen, het eindeloze verleden. Het zou erger geweest zijn als hij had geweten wat hem te wachten stond: tal van bezoekjes aan een uitgewoond kantoor, samen met wel honderd anderen urenlang wachten op aan de vloer verankerde kunststof banken tot zijn nummer werd opgeroepen, allerlei gesprekken om zijn zaak te bepleiten terwijl Lawrence H. Baines op zijn schoot zat te wriemelen en te brabbelen. Uiteindelijk kreeg hij wat overheidssteun, een toeslag voor alleenstaande ouders, een weduwnaarspensioentje, ook al was ze dan niet dood. Wanneer Lawrence één jaar werd zou er een plekje voor hem zijn bij de peuteropvang, zodat zijn vader een baantje kon nemen bij een callcenter of iets dergelijks. Hoogleraar Behulpzaam Luisteren. Alleszins redelijk. Hij zou anderen toch niet laten zweten voor zijn onderhoud terwijl hijzelf de hele middag zat te lummelen boven zijn sestina's? Daar viel niets tegen in te brengen. Het was een regeling, een contract dat hij aanvaardde, en dat hij verafschuwde.

Wat er lang geleden was gebeurd in een kamertje bij de ziekenboeg was even rampzalig als de situatie waarin hij zich nu bevond, maar hij hield vol, zoals hij dat destijds ook had gedaan, zonder dat er vanbuiten veel aan hem viel af te lezen. Wat hem eronder kon krijgen zat vanbinnen, het gevoel dat het aan hem lag. Als hij destijds als misleid kind dat gevoel al had gehad, waarom zou hij dan nu een schuldgevoel koesteren? Hij moest háár de schuld geven, niet zichzelf. Haar ansichtkaarten en haar briefje kon hij uiteindelijk wel dromen. Het was gebruikelijk dat soort briefjes achter te laten op de keukentafel. Zij had het hare op zijn kussen achtergelaten, als een bitter chocolaatje in een hotel. *Doe geen pogingen me te vinden. Ik red me wel. Het is jouw schuld niet. Ik hou van je, maar dit is definitief. Ik heb het verkeerde leven geleid. Probeer alsjeblieft me te vergeven.* Op het bed, aan haar kant, hadden haar huissleutels gelegen.

Wat voor liefde was dat? Was een kind ter wereld brengen het verkeerde leven? Meestal had hij een paar stevige borrels op als hij zich concentreerde op haar laatste zinnetje, dat hij verfoeide, en dat ze niet had afgemaakt. *Probeer alsjeblieft me te vergeven*, had ze moeten zeggen, *zoals ik mezelf heb vergeven.* Het zelfmedelijden van degene die was weggegaan tegenover de bittere werkelijkheid van de verlatene, degene die achterbleef. Met elke vinger whisky verhardde dat gevoel. Een andere, onzichtbare vinger had haar gewenkt. Hij begon haar steeds meer te haten, en elke gedachte was een herhaling van een eerdere, een variatie op het thema van haar zelfzuchtige desertie. Na een uur van retorische bespiegelingen wist hij dat het omslagpunt niet ver meer was, het keerpunt in de mentale arbeid van die avond. Hij was er bijna, nog één borrel. Zijn gedachtegang vertraagde en kwam op zeker moment zonder duidelijke reden tot stilstand, net als de trein in het gedicht dat ze voor straf met de hele klas uit het hoofd hadden moeten leren. Een warme dag op een stationnetje in Gloucestershire en een stilte waarin er iemand hoest. Dan kwam het weer bij hem boven, het duidelijke besef dat even helder en levendig was als het gezang van de vogels in de buurt. Hij was eindelijk dronken en weer vrij om van haar te houden en te willen dat ze terugkwam. Haar onbereikbare, serafijnse schoonheid, de broosheid van haar tengere handen, en haar stem, die nauwelijks nog sporen vertoonde van een Duitse jeugd, en die een beetje hees klonk alsof ze een hele tijd had staan schreeuwen. Alleen had ze nooit geschreeuwd. Ze hield van hem, dus moest het wel zijn schuld zijn, en het was lief van haar dat ze de moeite had genomen om in haar briefje te zetten dat dat niet zo was. Hij wist niet welk deel van zichzelf hij aansprakelijk moest stellen, dus moest hij het wel in zijn geheel zijn.

Dan ging hij licht in het hoofd, schuldbewust, in een prettig aanvoelende droeve wolk en in gedachten verzonken naar boven om te kijken of de baby sliep, viel zelf in slaap, soms met zijn kleren nog aan, dwars op zijn bed, om vervolgens weer wakker te worden in de schrale, kleine uurtjes, uitgeput maar klaarwakker, woedend en dorstig, waarna hij in het donker lijstjes ging liggen maken van al zijn deugden en van alles wat hem was aangedaan. Hij verdiende bijna net zoveel als zij en had zijn steentje bijgedragen aan de verzorging van Lawrence, inclusief de nachten. Hij was trouw en liefdevol, en was nooit uit geweest op een voorkeursbehandeling omdat hij de geniale dichter was. Dus was hij een idioot geweest, een sukkel, en dáárom was ze bij hem weggegaan, mogelijk voor een echte man. Nee, nee, er was niks mis met hem, niks mis met hem, en hij haatte haar. *Dit is definitief*. Hij was de hele vicieuze cirkel weer rond geweest. Nu kon hij alleen maar met gesloten ogen op zijn rug gaan liggen luisteren of hij Lawrence hoorde, voor het overige verzonken in herinneringen, verlangens, bedenksels, zelfs in niet-onverdienstelijke regels die hij niet kon opbrengen neer te schrijven, een uur lang, en dan nog een uur, en dan nog een, tot het licht werd. Dichter bij de slaap kon hij niet komen. Het duurde niet lang of hij draaide in gedachten het bezoekje van de politie weer af, met alle verdenkingen die er tegen hem bestonden, de giftige wolk waartegen hij zijn huis had verzegeld en de vraag of hij dat opnieuw zou moeten doen. Die woordeloze gedachtestroom had hem op een nacht teruggevoerd naar de pianoles. De weergalmende ruimte waarin hij binnen was gestommeld en waar hij had moeten wachten.

Via Latijn en Frans had hij kennisgemaakt met werkwoordstijden. Die waren er altijd geweest, verleden, tegenwoordige en toekomende tijd, alleen had hij er nooit bij stilgestaan hoe de taal de tijd opdeelde. Maar nu wist hij het. Zijn pianolerares gebruikte de onvoltooid tegenwoordige tijd om de toekomende tijd vast te leggen. 'Je zit rechtop, met je kin omhoog. Je houdt je ellebogen in een rechte hoek. Je vingers klaar, ietsje gebogen, en je polsen ontspannen. Je kijkt recht naar het blad.'

Hij wist ook wat een rechte hoek was. Wat werkwoordstijden waren, wat hoeken waren en hoe je 'onmiddellijk' spelde. Het waren aspecten van de echte wereld waar zijn vader hem naartoe had gestuurd, drieduizend kilometer van zijn moeder vandaan, om te leren. Er waren zaken die voor volwassenen van belang waren, miljoenen zaken alles bij elkaar, die hij zich een voor een eigen moest maken. Wanneer hij na de Latijnse les bij haar aankwam, buiten adem, maar op tijd, ondervroeg de pianolerares hem over wat hij die week had geoefend. Dan loog hij tegen haar. Daarna kwam ze weer vlak naast hem zitten en omhulde ze hem met haar parfumgeur. Het merkteken dat ze de week daarvoor op zijn been had aangebracht was verbleekt en zijn herinneringen aan wat er precies was gebeurd waren dubieus. Maar als ze opnieuw zou proberen hem pijn te doen zou hij zonder mankeren de kamer uit rennen. Hij ervoer een soort kracht, een soort geroezemoes van opwinding in zijn borst, toen hij tegenover haar volhield dat hij die week drie uur had geoefend. In werkelijkheid waren het er nul, nog geen drie minúten. Hij had nooit eerder een vrouw bedrogen. Hij had gelogen tegen zijn vader, voor wie hij bang was, om zich uit de nesten te werken, maar tegen zijn moeder altijd de waarheid gesproken.

De lerares schraapte zacht haar keel, wat aangaf dat ze hem geloofde. Of misschien ook wel niet.

Ze fluisterde: 'Goed. Begin maar.'

Het grote, dunne boek met gemakkelijke stukken voor beginners stond in het midden opengeslagen op de lessenaar. Voor het eerst zag hij in de vouw de drie nietjes die de bladzijden bij elkaar hielden. Die hoefde hij niet te spelen, een onnozele gedachte die hem bijna deed glimlachen. De strenge, rechtstandige lus van de g-sleutel, de bassleutel, die was opgerold als de konijnenfoetus uit zijn biologieboek, de zwarte noten, de helderwitte noten, die je langer moest aanhouden, die smoezelige, dubbele bladzijde met de ezelsoren die zijn speciale straf was: niets van dat alles zag er bekend of zelfs maar onvriendelijk uit.

Toen hij begon klonk zijn eerste noot twee keer zo hard als de tweede. Hij ging behoedzaam door naar de derde noot, en naar de vierde, en verhoogde het tempo. Voorzichtig, onopvallend voor zijn gevoel. Het feit dat hij niet had geoefend had hem bevrijd. Hij volgde gedwee de noten, speelde met zijn rechterhand wat hij met links moest doen en negeerde de met potlood genoteerde vingerzettingen. Hij hoefde de toetsen alleen maar in de juiste volgorde aan te slaan. Ineens was hij bij de lastige passage aangekomen, maar zijn linkerduim vergat omlaag te gaan en toen was het te laat, hij was er al voorbij, erdoorheen, en bewoog zich inmiddels soepel over het effen terrein boven het bos, waar het lichter en ruimer was, en een tijdlang meende hij dat hij boven zijn gestage opmars van klanken voor de grap een soort melodie hoorde zweven.

Om de twee, misschien drie instructies te kunnen volgen moest hij elke seconde volledig geconcentreerd blijven. Hij vergat zichzelf, hij vergat zelfs haar. Tijd en plaats losten op. De piano verdween, samen met het bestaan zelf. Het was alsof hij na een lange nacht uit een diepe slaap ontwaakte toen hij het einde bereikte en met twee handen een ontspannen open akkoord speelde. Alleen nam hij zijn handen niet weg, zoals het pauzeteken op het blad voorschreef. Het akkoord weergalmde en stierf langzaam weg in de kleine, kale ruimte.

Hij liet de toetsen niet los toen hij voelde dat ze haar hand op zijn hoofd legde, zelfs niet toen ze doordrukte om zijn gezicht haar kant op te draaien. Uit niets in haar gezichtsuitdrukking kon hij afleiden wat er vervolgens ging gebeuren.

Ze zei rustig: 'Jij...'

Op dat moment nam hij zijn handen van de toetsen.

'Jij kleine...'

Met een ingewikkelde beweging liet ze haar hoofd zakken en boog ze zich naar hem toe, zodat haar gezicht het zijne naderde in een wijde boog, die eindigde in een kus, vol op zijn lippen, een zachte, langdurige kus. Die hij weerstond noch beantwoordde. Het gebeurde, en hij liet het gebeuren, zonder dat hij daar al die tijd iets bij voelde. Alleen achteraf, toen hij het moment in afzondering steeds opnieuw beleefde en nieuw leven inblies, besefte hij hoe belangrijk het was. Al de tijd dat haar lippen op de zijne gedrukt waren wachtte hij lijdzaam tot het ogenblik voorbij zou gaan. Toen was er opeens iets afleidends, en eindigde het. Een langsscherende schaduw of een beweging buiten, voor het hooggeplaatste raam. Ze trok haar hoofd terug en draaide zich, net als hij, om om te kijken wat het was. Ze hadden het allebei op hetzelfde moment gezien of gemerkt, aan de rand van hun blikveld. Was het een gezicht geweest, een afkeurend gezicht plus schouder? Maar het kleine, vierkante raam toonde alleen rafelige wolken en stukjes bleek winters blauw. Hij wist dat het raam zo hoog zat dat zelfs de langste volwassene er van buitenaf niet door naar binnen kon kijken. Het moest een vogel geweest zijn, waarschijnlijk een duif uit de duiventil in het voormalige stallenblok. Maar lerares en leerling waren schuldbewust uiteengeweken, en hoewel hij er maar weinig van begreep, besefte hij dat ze nu door een geheim waren verbonden. Het lege raam had meedogenloos de mensenwereld buiten opgeroepen. Hij begreep ook dat het onbeleefd zou zijn als hij een hand naar zijn mond had gebracht om het prikkelende gevoel van opdrogend vocht weg te nemen.

Ze wendde zich weer naar hem toe en zei met beheerste, kalmerende stem dat ze lak had aan de bemoeizuchtige wereld. Daarbij keek ze hem diep in de ogen, en ditmaal sprak ze met een vriendelijke stem in de toekomende tijd, die ze gebruikte om de tegenwoordige tijd aanvaardbaar te doen lijken.

'Roland, over twee weken hebben we een halve dag vrij. Dat is op een vrijdag. Nu moet je goed naar me luisteren. Je moet op de fiets naar mijn dorp komen, naar Erwarton. Vanaf de kant van

Holbrook is het na de pub, aan je rechterhand, met een groene deur. Kom op tijd voor de lunch. Begrepen?'

Hij knikte, hoewel hij er niets van begreep. Waarom hij op zijn fiets over smalle landweggetjes en zandpaadjes het schiereiland moest oversteken naar het dorp waar ze woonde om met haar te lunchen, terwijl hij gewoon op school kon eten, was hem één groot raadsel. Net als alles, trouwens. Tegelijkertijd verlangde hij er, ondanks zijn verwarring, of misschien juist wel dankzij die verwarring, naar om alleen te zijn en na te denken over de kus.

'Ik stuur je een kaart om je eraan te herinneren. Van nu af aan zul je les krijgen van meneer Clare. Niet meer van mij. Ik zal hem vertellen dat je enorm vooruit bent gegaan. Zo jongeman, en nu gaan we majeur- en mineurtoonladders met twee kruisen doen.'

*

Makkelijker vragen waarheen dan vragen waarom. Waar was ze naartoe gegaan? Er verstreken vier uur voordat hij met Alissa's briefje naar de politie ging om haar verdwijning te melden. Zijn vrienden vonden dat zelfs twee uur wachten al te lang was. Bel ze nu! Maar hij weigerde toe te geven en deed niets. Dat was niet alleen omdat hij er de voorkeur aan gaf te denken dat ze elk ogenblik terug kon komen. Hij wilde niet dat een vreemde haar briefje las of haar afwezigheid bevestigde. Tot zijn verrassing kwam er de dag nadat hij gebeld had iemand bij hem langs. Het was een agent van de plaatselijke politie die er overwerkt uitzag. Hij maakte een paar aantekeningen, wierp een blik op Alissa's briefje en zei dat hij weer contact op zou nemen. Een week lang gebeurde er niets, behalve dat hij in die tijd vier ansichtkaarten van haar kreeg. Vroeg in de ochtend kwam de agent onaangekondigd terug in een kleine patrouillewagen die hij vlak voor het huis neerzette, hoewel daar een parkeerverbod gold. Het had flink geregend, maar hij merkte niet dat zijn schoenen een spoor achterlieten op de vloer van de gang. Rechercheur Douglas Browne, behept met zwabberende wangzakken, had het vriendelijke voorkomen van een grote hond met bruine ogen. Hij zat in elkaar gedoken tegenover Roland aan de keukentafel. Naast de reusachtige handen van de rechercheur, wiens knokkels bedekt waren met een donker laagje haar, lagen zijn eigen blocnote, de ansichtkaarten en het briefje dat op het kussen had gelegen. Een dikke overjas, die hij had aangehouden, maakte hem nog forser en vergrootte het buldogeffect. Om de beide mannen heen was het één grote bende van vuile borden en kopjes, reclamefolders, rekeningen, een zo goed als lege zuigfles, de gekliederde restjes van Lawrence's ontbijt en zijn slabbetje. Het waren wat Rolands vrienden de slijmjaren noemden. Lawrence zat in zijn kinderstoel en was heel stil voor zijn doen. Hij staarde vol ontzag naar deze beer van een man met zijn imposante schouderpartij. Tijdens het hele gesprek liet Browne op geen enkele manier blijken zich van het bestaan van de baby bewust te zijn. Roland voelde zich namens zijn zoon enigszins beledigd. Irrelevant. De bruine ogen van de politieman waren alleen op de vader gericht, en Roland werd geacht een aantal routinevragen te beantwoorden. Nee, ze hadden geen huwelijksproblemen – hij zei het luider dan bedoeld. Nee, er was geen geld van hun gezamenlijke bankrekening afgehaald. Het was nog vakantie, dus de school waar ze werkte zou nog niet weten dat ze was vertrokken. Ze had een kleine zwarte koffer meegenomen. Haar jas was groen. Hier had hij een paar foto's, haar geboortedatum, de namen en het adres van haar ouders in Duitsland. Misschien had ze een baret gedragen.

De rechercheur was geïnteresseerd in de meest recente ansichtkaart, die uit München kwam. Roland dacht niet dat ze daar iemand kende. Wel in Berlijn, en in Hannover en Hamburg. Ze was een vrouw uit het lutherse noorden. Toen Browne een vragend gezicht trok legde Roland hem uit dat München in het zuiden lag. Misschien had hij beter de naam Luther kunnen toelichten. Maar de rechercheur keek naar zijn blocnote en stelde een volgende vraag. Nee, zei Roland, ze had nooit eerder zoiets gedaan. Nee, hij had geen kopie van haar paspoort. Nee, ze had de laatste tijd geen depressieve indruk gemaakt. Haar ouders woonden in de buurt van Nienburg, een stadje dat ook in het noorden van Duitsland lag. Toen hij hen over iets anders had gebeld, was duidelijk geworden dat ze daar niet was geweest. Hij had hun niets verteld. Anders zou haar door chronische wrokgevoelens geplaagde moeder bij het horen van het nieuws over haar enig kind in woede zijn uitgebarsten. Weglopen! Hoe durfde ze! Moeder en dochter hadden het regelmatig met elkaar aan de stok. Maar zijn schoonouders en zijn eigen ouders moesten natuurlijk wel op de hoogte gebracht worden. Alissa's eerste drie ansichtkaarten, uit respectievelijk Dover, Parijs en Straatsburg, waren binnen vier dagen gekomen. De vierde, uit München, kwam twee dagen later. Sindsdien niets meer.

Rechercheur Browne nam de ansichtkaarten opnieuw onder de loep. Op elke kaart stond hetzelfde. *Alles oké. Maak je geen zorgen. Geef Larry een zoen van me. XX Alissa*. Dat er steeds hetzelfde op stond leek gestoord of bot, net als de liefdeloze ondertekening. Een smeekbede om hulp of een vorm van belediging. Dezelfde blauwe viltstift, geen datums, onleesbare poststempels, afgezien van Dover steeds dezelfde nietszeggende stadsgezichten met een brug over de Seine, de Rijn, of de Isar. Machtige rivieren. Ze zwierf oostwaarts, steeds verder weg van huis. De avond daarvoor had Roland haar, vlak voordat hij in slaap viel, opgeroepen als de verdronken Ophelia van Millais, dobberend in het rimpelloze, heldere water van de Isar langs de Pupplinger Au, met zijn naakte baders als zonnende zeehonden languit op de grazige oevers, op haar rug, met het hoofd naar voren, stroomafwaarts drijvend, ongezien en stil, door München, langs de Englischer Garten, tot waar de rivier uitmondt in de Donau, vervolgens onopgemerkt door Wenen, Boedapest en Belgrado, door tien landen met hun barbaarse geschiedenis, langs de grenzen van het Romeinse Rijk, naar de witte luchten en de eindeloze deltamoerassen van de Zwarte Zee, waar ze ooit in Letea de liefde hadden bedreven in de luwte van een oude molen en in de buurt van Isaccea een troep luidruchtige pelikanen hadden gezien. Nog maar twee jaar geleden. Purperreigers, glanzende ibissen, een grauwe gans. Tot die tijd had hij nooit iets gehad met vogels. Die avond was hij, voordat ze in slaap vielen, samen met haar weggedreven naar een oord van tomeloos geluk, een bron. De laatste tijd vergde het al zijn concentratie om lang in het heden te blijven. Het verleden was dikwijls een traject van de herinnering naar rusteloos fantaseren. Hij weet het aan zijn vermoeidheid, zijn kater, zijn verwarring.

Douglas Browne zei meelevend, terwijl hij zich over zijn blocnote boog: 'Toen mijn vrouw genoeg van me had, heeft ze me op straat gezet.' Roland wilde iets zeggen maar Lawrence kwam ertussen met een snerpend gekrijs. Hij wilde ook meedoen. Roland maakte zijn riempjes los, tilde hem uit de kinderstoel en nam hem op schoot. De nieuwe invalshoek, recht tegenover de reusachtige vreemde, bracht het kind weer tot bedaren. Het keek de man doordringend aan, met open mond en kwijlend. Niemand kon weten wat er omging in het hoofdje van een kind van zeven maanden. Een schemerige leegte, een grijze winterhemel waartegen indrukken – dingen die hij hoorde, zag, voelde – in primair gekleurde bogen en kegels uiteenspatten en meteen weer werden vergeten, meteen werden vervangen en opnieuw vergeten. Of een diepe poel waar alles in viel en verdween, maar onachterhaalbaar aanwezig bleef, donkere vormen in diep water die hun aantrekkingskracht zelfs tachtig jaar nadien nog bleven uitoefenen, op een sterfbed, in laatste bekentenissen, in laatste kreten om een verloren liefde.

Na het vertrek van Alissa had hij goed opgelet of zijn zoon tekenen vertoonde van verdriet of beschadiging, en die voortdurend gezien. Het kan niet anders of een baby mist zijn moeder, maar op welke manier als die niet in zijn herinnering zit? Soms was Lawrence te lang achter elkaar stil. Geschokt, verstomd, terwijl zich in het verloop van de uren littekenweefsel vormde in de onderste regionen van het onbewuste, als een dergelijke plek of zo'n proces al bestond? De avond daarvoor had hij te luid gekrijst. Woedend om wat hij niet kon krijgen, ook al was hij vergeten wat dat was. Niet de moederborst. Want op aandringen van zijn moeder was het kind van meet af aan met de fles grootgebracht. Als onderdeel van haar plan, dacht Roland op zijn somberste ogenblikken.

De rechercheur klapte zijn blocnote dicht. 'U begrijpt dat we u, als we Alissa vinden, niet zonder haar toestemming kunnen vertellen waar ze is.'

'Zolang u me maar kunt vertellen of ze nog leeft.'

De politieman knikte en dacht een ogenblik na. 'Over het algemeen is het zo dat, wanneer een vermiste vrouw dood wordt aangetroffen, de echtgenoot degene blijkt te zijn die haar om het leven heeft gebracht.'

'Laten we daarom hopen dat ze nog leeft.'

Browne rechtte zijn rug en schommelde ietwat naar achteren op zijn stoel terwijl hij verwarring voorwendde. Voor het eerst glimlachte hij. En zag hij er vriendelijk uit. 'Zo gaat het vaak. Dus. Hij maakt haar van kant, ontdoet zich van het lijk, ergens in het New Forest of zo, op een eenzame plek, in een ondiep graf, hij doet aangifte van haar vermissing en dan wat?'

'Nou?'

'Dan begint de ellende. Ineens beseft hij dat ze heel lief was. Dat ze van elkaar hielden. Hij mist haar en hij begint te geloven in zijn eigen verhaal. Ze is ervandoor gegaan. Of ze is om zeep gebracht door een of andere psychopaat. Hij moet veel huilen, zit diep in de put en wordt vervolgens woedend. Hij is geen moordenaar, hij is geen leugenaar, zo ziet hij het nu niet. Ze is weg en hij vóélt het echt. En voor de anderen, voor ons, ziet het er echt uit. Ziet het er oprecht uit. Moeilijk te kraken, dat slag.'

Lawrence' hoofdje hing slap tegen de borst van zijn vader. Hij begon in te dutten. Roland wilde dat de rechercheur nog even zou blijven. Als hij wegging zou het namelijk tijd zijn om de keuken schoon te maken. De slaapkamer op te ruimen, de was te doen, de vuile voetsporen in de gang op te dweilen. Een boodschappenlijstje te gaan maken. Hij wilde alleen maar slapen.

Hij zei: 'Ik zit nog in de fase dat ik haar alleen maar mis.'

'Het is nog vroeg, meneer.'

Daarop begonnen beide mannen zachtjes te lachen. Alsof het een leuk spelletje was en zij oude vrienden waren. De man leek Roland de kwaadste niet, met zijn vermoeide armezondaarsgezicht. En hij waardeerde de neiging van de rechercheur tot onverwachte vertrouwelijkheid.

Na een korte stilte zei Roland: 'Waarom heeft ze u eruit gegooid?'

'Ik werkte te hard, dronk te veel en kwam elke avond laat thuis. Ik verwaarloosde haar, verwaarloosde de kinderen, drie schatten van jongens, en hield er een ander op na, en dat had iemand haar verteld.'

'Dus was ze u liever kwijt dan rijk.'

'Dat dacht ik destijds ook. Ik was bezig zo'n kerel te worden met twee huishoudens waar je weleens over hoort. Het oude weet niks van het nieuwe, het nieuwe is jaloers op het oude, en jij rent de hele tijd als een gek tussen beide heen en weer.'

'En nu hebt u alleen het nieuwe.'

Browne slaakte een luide zucht terwijl hij wegkeek en in zijn nek krabde. De zelfgecreëerde hel was een interessante constructie. Niemand ontkwam eraan er één keer in zijn leven, ten minste één keer eentje te construeren. Sommige levens bestonden er in hun geheel uit. Het was een tautologie dat zelfaangedane ellende in het verlengde van je karakter lag. Maar Roland dacht er vaak over na. Je bouwde een martelwerktuig en klom erin. Het paste precies en bood een scala aan kwellingen, variërend van bepaalde banen tot een verslaving aan drank of drugs, van een hang naar misdadigheid tot de neiging zich te laten betrappen. Een streng geloof was ook zo'n keuze. En soms koos een heel politiek systeem voor zelfopgelegde misère: hij had ooit veel tijd in Oost-Berlijn doorgebracht. Het huwelijk, een tweepersoonsmartelwerktuig, bood reusachtige mogelijkheden, stuk voor stuk varianten op de *folie à deux*. Iedereen kende wel een paar voorbeelden, en dat van Roland zat slim in elkaar. Zijn beste vriendin, Daphne, had het hem op een avond uit de doeken gedaan, lang voordat Alissa was weggegaan, toen hij haar had opgebiecht dat hij zich al maanden depressief voelde. 'Je hebt het geweldig gedaan op de avondschool, Roland. Met al die vakken. Maar met alles wat je verder hebt geprobeerd wilde je ook de beste van de wereld zijn. Piano, tennis, de journalistiek, en tegenwoordig de poëzie. En dat zijn nog maar een paar dingen waar ik toevallig van weet. Zodra jij ontdekt dat je ergens niet de beste in bent, stop je ermee en haat je jezelf. Zo gaat het ook met relaties. Je wilt te veel en je gaat verder. Of zij kan niet tegen dat streven naar perfectie en zet je op straat.'

Toen de rechercheur zweeg herformuleerde Roland zijn vraag. 'Dus, die nieuwe dame of die oude, wat wilt u nou echt?'

In zijn slaap poepte Lawrence geluidloos in zijn luier. De stank viel mee. Een van de ontdekkingen die je op latere leeftijd deed was dat je snel gewend raakte aan de poeplucht van degene van wie je hield. Een algemene stelregel.

Browne dacht serieus na over de vraag. Zijn blik ging afwezig door de kamer. Hij zag wanordelijke boekenplanken, stapels tijdschriften, een kapotte vlieger boven op een kast. Vervolgens staarde hij, met zijn ellebogen op tafel geleund en gebogen hoofd, naar de nerf in het grenen, terwijl hij met beide handen zijn nek masseerde. Ten slotte richtte hij zich op.

'Wat ik echt wil is een voorbeeld van uw handschrift. Geeft niet wat. Een boodschappenlijstje is prima.'

Roland wachtte tot een golfje van misselijkheid was weggetrokken. 'Denkt u dat ík die berichtjes heb geschreven?'

Hij had, na zo'n zware nacht, eerst moeten ontbijten. Hij had nog geen sneetje beboterde toast met honing gehad tegen de hongerklop. Hij had het te druk gehad met Lawrence. En vervolgens hadden trillende handen ervoor gezorgd dat de koffie drie keer zo sterk was uitgevallen als anders.

'Een briefje voor de melkboer is prima.'

Uit de zak van zijn overjas haalde Browne een vierkant leren voorwerp aan een riempje tevoorschijn. Zuchtend en steunend van ergernis ontdeed hij de camera van zijn versleten hoes, door onder andere aan een zilveren schroefje te draaien dat te klein was voor zijn dikke vingers. Het was een oude Leica, een vijfendertig millimeter, met deuken in de zwart-zilveren kast. Hij bleef Roland aankijken en glimlachte met getuite lippen terwijl hij het kapje van de lens haalde.

Hij ging staan. Met pedante aandacht legde hij de vier ansichtkaarten en het briefje op een rijtje naast elkaar. Toen ze allemaal aan beide kanten waren gefotografeerd en de camera weer in zijn jaszak zat, zei hij: 'Geweldig, die nieuwe snelle rolletjes. Prachtige resultaten. Belangstelling?'

'Vroeger was ik gek op fotograferen.' Waarna Roland er op beschuldigende toon aan toevoegde: 'Als jongen.'

Uit de andere zak van zijn overjas haalde Browne een stel plastic hoesjes. Daarna pakte hij de ansichtkaarten een voor een bij een punt op en schoof ze in vier transparante envelopjes, die hij met zijn vingers dichtkneep. In het vijfde deed hij het briefje van het kussen. *Het is jouw schuld niet*. Hij ging weer zitten en maakte met zijn grote handen van de zakjes een keurig vierkant stapeltje.

'Als u het niet erg vindt neem ik deze mee.'

Rolands hart bonsde zo hard dat hij zich beter begon te voelen. 'Ik vind het wél erg.'

'Vingerafdrukken. Heel belangrijk. U krijgt ze terug.'

'Ik heb gehoord dat er nogal eens wat zoekraakt op politiebureaus.'

Browne glimlachte. 'Laten we een rondje door het huis maken. Dus, we hebben uw handschrift nodig, een van haar kledingstukken, iets waar alleen haar vingerafdrukken op staan en eh, wat nog meer? O ja, een voorbeeld van háár handschrift.'

'Dat hebt u al.'

'Iets van langer geleden.'

Roland ging staan met Lawrence op zijn arm. 'Misschien was het beter geweest als ik u niet bij deze persoonlijke zaak had betrokken.'

De rechercheur was al onderweg naar de trap. 'Zou kunnen.'

Toen ze de smalle overloop bereikten zei Roland: 'Ik moet eerst de baby verschonen.'

'Ik wacht hier wel.'

Maar toen Roland vijf minuten later met Lawrence op zijn heup terugkwam trof hij Browne aan in zijn slaapkamer, hun slaapkamer, die hij met zijn reusachtige gestalte stukken kleiner liet lijken, zoals hij daar bij het raam stond, naast het kleine bureau waar Roland aan werkte. Rond de typemachine, een draagbare Olivetti, lagen een notitieboekje en drie uitgetypte kopieën van gedichten die hij onlangs had geschreven. In de wat schemerige slaapkamer met ramen op het noorden, hield de rechercheur een blad schuin in het licht.

'Pardon. Dat is privé. U bemoeit zich verdomme met dingen die u niks aangaan.'

'Die titel is sterk.' Hij las hem toonloos voor. '"Door Glamis werd de slaap vermoord." Glamis, mooie meisjesnaam. Welsh.' Hij legde het blad neer en liep door de smalle ruimte tussen het voeteneinde van het bed en de muur door naar Roland en Lawrence.

'Dat zijn niet míjn woorden, en het is trouwens Schots.'

'Dus u slaapt slecht?'

Roland reageerde niet. Het slaapkamermeubilair was door Alissa lichtgroen geschilderd met daarop een blauw gesjabloneerd patroon van eikenbladen en eikels. Hij trok een la voor Browne open. Haar truien lagen keurig opgevouwen in drie stapeltjes naast elkaar. De geuren van de verschillende parfums die ze gebruikte vormden een milde mengeling, een rijke geschiedenis. Over het moment waarop ze elkaar voor het eerst hadden gezien kwam de laatste keer dat ze elkaar gesproken hadden te liggen. Het werd hem te veel, haar parfums en haar plotselinge aanwezigheid, en hij deed een stap achteruit, alsof hij terugweek voor een fel licht.

Browne bukte zich moeizaam en pakte het truitje dat bovenop lag op. Zwart kasjmier. Hij draaide zich om om het in een van zijn plastic bewijszakken te kunnen doen.

'En mijn handschrift?'

'Heb ik al.' Browne ging weer rechtop staan en tikte op de bult van zijn camera in zijn jaszak. 'Uw notitieboekje lag open.'

'Zonder mijn toestemming.'

'Was dat haar kant?' Hij keek naar het hoofdeinde van het bed.

Roland was te kwaad om iets te kunnen zeggen. Op haar nachtkastje lag een rode haarspeld met opeengeklemde plastic tanden op een paperback, die Browne aan de randen oppakte. *Pnin* van Nabokov. Omzichtig sloeg hij het boek open. En keek.

'Zijn dat haar aantekeningen?'

'Ja.'

'Hebt u het boek gelezen?'

Roland knikte.

'Dit exemplaar?'

'Nee.'

'Mooi. We zouden de forensische dienst erbij kunnen halen, maar dat lijkt me in dit stadium nauwelijks de moeite.'

Roland had zichzelf geleidelijk aan weer onder controle en probeerde een luchtige toon aan te slaan. 'Ik dacht dat we de tijd van de vingerafdrukken zo'n beetje gehad hadden. Dat de toekomst aan de genen is.'

'Modieuze onzin. Ga ik niet meer meemaken. En u ook niet.'

'O nee?'

'Of wie dan ook.' De rechercheur bewoog zich in de richting van de overloop. 'U moet één ding goed begrijpen: een gen is geen ding. Het is een idee. Een idee over informatie. Maar een vingerafdruk is wel een ding, een spoor.'

De beide mannen en de baby gingen naar beneden. Onder aan de trap draaide Browne zich om. De doorzichtige zak met Alissa's truitje hield hij onder zijn arm. 'We zoeken op een plaats delict niet naar abstracte ideeën. We zoeken naar sporen van echte dingen.'

Ze werden weer onderbroken door Lawrence. Die stak ineens een armpje uit en slaakte luidkeels een kreet die begon met een plofklank, een b of een p, terwijl hij met een nat vingertje zinloos naar de muur wees. Het geluid hoorde bij het oefenen, dacht Roland meestal, voor een heel leven praten. De tong moest in vorm gebracht worden voor alles wat die ooit nog ging articuleren.

Browne liep de gang door. Roland, die hem volgde, zei met een lach: 'Hopelijk suggereert u niet dat dit een plaats delict is.'

De rechercheur deed de voordeur open, stapte naar buiten en draaide zich om. Achter hem stond, schuin op de stoeprand geparkeerd, zijn autootje, een babyblauwe Morris Minor. De laagstaande ochtendzon bescheen de droeve, afhangende rimpels in zijn gezicht. Zijn belerende momenten waren weinig overtuigend.

'Ik had een brigadier die altijd zei: "Waar je mensen hebt, heb je een plaats delict."'

'Dat lijkt me volslagen onzin.'

Maar Browne had zich alweer omgedraaid en leek het niet te horen. Vader en zoon zagen hem het korte, met onkruid begroeide paadje af lopen naar het kapotte tuinhekje dat nooit goed had gesloten. Op het trottoir bleef hij een halve minuut licht voorovergebogen staan rommelen in zijn zakken, op zoek naar zijn autosleutels. Ten slotte vond hij ze en maakte hij het portier open. Daarna plooide hij zich in één beweging en met een behendige draai van zijn reusachtige lijf achteruit de auto in, waarna hij het portier achter zich dichtsloeg.

*

En dus kon voor Roland de dag, een koele dag in het voorjaar van 1986, beginnen. Die drukte zwaar op hem. Het huishoudelijk werk, de zinloosheid waaraan een nieuw element was toegevoegd, het slordige, onfrisse gevoel dat hij een verdachte was. Als hij dat tenminste was. Het voelde bijna alsof hij schuldig was. Een daad, de moord op zijn vrouw, kleefde hem aan als de hapjes ontbijt die tot een korst opgedroogd op Lawrence' gezichtje zaten. De stakker. Samen zagen ze hoe de rechercheur stond te wachten tot hij kon invoegen. Bij het tuinhekje stond een spichtig jong boompje dat zat vastgesnoerd aan een bamboestaak. Het was een robinia. De man van het tuincentrum had hem gezegd dat die het uitstekend zou doen in de verkeerswalmen. Voor Roland zag alles er vanaf de drempel uit alsof het er lukraak was neergekwakt, alsof hij vanuit een vergeten oord in deze situatie was terechtgekomen, in een leven dat door iemand anders was verlaten en waarin niets door hemzelf was gekozen. Het huis had hij nooit willen kopen en kon hij zich feitelijk ook niet veroorloven. Van het kind in zijn armen had hij nooit verwacht te zullen of te moeten houden. Het toevallige verkeer dat tergend traag langs het hekje kwam dat nu van hem was en dat hij nooit zou repareren. Het frêle robiniaboompje, dat hij nooit gedacht had te zullen kopen, en het optimisme toen hij het plantte dat hij niet langer voelde. Hij wist uit ervaring dat de enige manier om zich uit deze gespleten staat te bevrijden bestond uit het uitvoeren van een eenvoudige taak. Hij zou naar de keuken gaan en het gezichtje van zijn zoon schoonmaken, en wel met liefde.

Maar op het moment dat hij met zijn voet de voordeur dichtduwde kreeg hij een ander idee. Met maar één gedachte in zijn hoofd ging hij met Lawrence naar boven, naar zijn slaapkamer, naar zijn bureautje, om te kijken hoe zijn opengeslagen notitieboekje erbij lag. Hij kon zich niet herinneren wat het laatste was wat hij erin had geschreven. Negen in literaire bladen gepubliceerde gedichten in vijftien maanden: zijn notitieboekje was het zinnebeeld van zijn ernst. Compact, met vage grijze lijntjes, een hard, donkerblauw omslag en een groene rug. Hij zou niet toestaan dat het een dagboek werd waarin hij tot in de details de ontwikkeling van de baby bijhield, of zijn eigen stemmingswisselingen of geforceerde bespiegelingen over de actualiteit. Te clichématig. Zijn materiaal was van een hogere orde. Hij moest het duistere spoor volgen van een uitmuntend idee dat kon leiden naar een gelukkige toespitsing, naar een vurig punt, waarop ineens een puur, geconcentreerd licht zou vallen dat een eerste regel uitlichtte die de geheime sleutel in zich borg tot de regels die moesten volgen. Het was eerder gebeurd, maar willen, verlangen dat het opnieuw zou gebeuren garandeerde niets. De onontbeerlijke illusie was dat het beste gedicht dat ooit was geschreven voor hem binnen handbereik lag. Helder van geest zijn hielp niet. Niets hielp. Hij kon alleen maar zitten wachten. Soms zwichtte hij en vulde hij een dagboekbladzijde met weinig overtuigende eigen bespiegelingen of passages van andere schrijvers. Dat was het laatste wat hij wilde. Zo had hij een alinea van Montaigne over geluk overgeschreven. Hij was niet geïnteresseerd in geluk. En daarvoor een stukje uit een brief van Elizabeth Bishop. Het hielp om hem het gevoel te geven dat hij bezig was, maar hij kon zichzelf niet voor de gek houden. Seamus Heaney had ooit gezegd dat het de plicht van een schrijver was aan zijn schrijftafel te verschijnen. Elke keer dat de baby overdag sliep verscheen Roland aan zijn schrijftafel, waar hij ging zitten wachten, of vaak ook, met zijn hoofd op het bureaublad, in slaap viel.

Het notitieboekje lag opengeslagen op de plek waar Browne het had achtergelaten, rechts naast de typemachine. Hij had het niet hoeven verplaatsen om er zijn foto's van kunnen nemen. Het licht dat door het schuifraam naar binnen viel was koel en gelijkmatig. Wat hij had geschreven stond bovenaan op de linkerpagina: zijn getransformeerde tienerjaren, zijn gewijzigde levensloop. Herinnering, beschadiging, tijd. Zeker een gedicht. Toen hij het notitieboekje oppakte, greep de baby ernaar. Roland hield het buiten zijn bereik, wat het kind een gekrijs van protest ontlokte. Achter de typemachine lag een kaatsbal te verstoffen. Niet dat hij ooit *fives* had gespeeld, maar hij had dagelijks in de bal geknepen om een geblesseerde pols sterker te maken. Ze gingen naar de badkamer om het gezichtje van de baby af te spoelen en de bal af te wassen. Iets waar Lawrence zijn tandvlees in kon zetten. Het werkte. Ze gingen samen op hun rug op het bed liggen, naast elkaar. Het kleine kereltje, dat net iets meer dan een derde van de lengte van zijn vader had, sabbelde en knauwde. De passage was anders dan Roland zich herinnerde, want hij las hem met de ogen van een politieman. Dat maakte het er niet beter op.

> Toen ik er een eind aan maakte verzette ze zich niet. Ze wist wat ze gedaan had. Er hing moordzucht boven de hele wereld. Ze was dood en begraven, maar op een slapeloze nacht duikt ze ineens uit het duister op. Gaat vlak naast me op de pianokruk zitten. Parfum, blouse, rode nagels. Levendig als altijd, als met modder van het graf in haar haar. O, die toonladders! Vreselijke spookverschijning. Ze weigert weg te gaan. Uitgerekend nu ik rust nodig heb. Zij moet dood blijven.

Hij las het twee keer. Het was verkeerd beide vrouwen de schuld te geven, maar toch deed hij het: juffrouw Miriam Cornell, de pianolerares die zich met nieuwe middelen vanuit een andere tijd en plaats in zijn zaken mengde, en Alissa Baines, geboren Eberhardt, geliefde echtgenote, die hem vanaf waar ze nu ook was in een houdgreep hield. Totdat ze een teken van leven gaf zou hij opgescheept zitten met Douglas Browne. Voor zover hij verantwoordelijk was voor de gedachtevorming van de politieman gaf Roland zichzelf de schuld. Maar bij de tweede lezing meende hij dat zijn handschrift duidelijk anders was dan dat van de ansichtkaarten en het briefje. Dat was een lichtpuntje. Maar het zag er verder niet best uit.

Hij ging op zijn zij liggen om naar zijn zoontje te kijken. Wat hij pas langzaam had ontdekt was dat Lawrence al met al meer troost dan taak was. De kaatsbal had zijn aantrekkingskracht verloren en rolde uit de greep van zijn beide handjes. Het ding bleef glimmend van het speeksel op een deken liggen. Het jongetje lag omhoog te kijken. Zijn blauwgrijze ogen waren een en al aandacht. Middeleeuwse schilders beeldden iemands blik uit als licht dat uit het hoofd naar buiten straalde. Roland volgde de straal naar de gespikkelde plafondplaten, die naar verluidt brandwerend waren, en naar het rafelige gat op de plek waar de kroonluchter van de vorige eigenaar had gehangen. Een gebaar van hoop in een lage kamer van drie bij drieënhalf. Toen zag hij hem, vlak boven hen nu, een langpoot, die ondersteboven op weg was naar een hoek van de kamer. Zoveel doelgerichtheid in zo'n klein koppie. Nu wachtte hij even en stond hij te wiegen op poten die zo dun waren als haren, alsof hij meedeinde op een verborgen melodie. Was er een deskundige die kon uitleggen wat hij aan het doen was? Geen vijanden te bekennen die moest worden afgebluft, geen andere spinnen die verleid of geïntimideerd moesten worden, niets wat hem tegenhield. Toch bleef hij, al dansbewegingen makend, op dezelfde plek staan wachten. Tegen de tijd dat de spin weer verder ging had Lawrence zijn aandacht verlegd. Hij draaide zijn buitenmaatse hoofdje om en keek zijn vader aan, waarop zijn beentjes zich in spasmen begonnen te buigen en te strekken en zijn armpjes begonnen te zwaaien. Het was werk dat al zijn aandacht opeiste. Niettemin was hij communicatief, hij keek zelfs vragend. Zijn ogen waren strak op die van Roland gericht toen hij nog een keer trappelde, en vervolgens met een hoopvol lachje afwachtte. *Nou, wat vond je daarvan?* Hij wilde om zijn heldendaden bewonderd worden. Een kindje van zeven maanden dat indruk probeerde te maken moest over eenzelfde soort brein als hij beschikken en zich kunnen voorstellen wat het betekende om ergens van onder de indruk te zijn, en van hoe aantrekkelijk, hoe aangenaam het kon zijn de achting van anderen te verwerven. Onmogelijk? Maar hij zag het toch met eigen ogen? Te ingewikkeld om helemaal te doordenken.

Roland sloot zijn ogen en gaf zich over aan het gevoel dat hij langzaam rondwentelde. Hij wou dat hij nu kon slapen, tenminste als de baby ook zou slapen, dat ze hier samen op het bed zouden kunnen slapen, al was het maar vijf minuutjes. Maar de gesloten ogen van zijn vader riepen bij Lawrence het beeld op van een universum dat tot een ijzig duister ineenkromp, waarin hij het laatst overgebleven levende wezen was, verkleumd achtergelaten op een verlaten kust. Hij haalde een keer diep adem en begon te blèren, met het deerniswekkende, doordringende gekrijs van verlatenheid en wanhoop. Voor spraakloze, hulpeloze menselijke wezens lag er veel kracht in een radicale omschakeling van emoties. Een primitieve vorm van tirannie. Echte tirannen werden vaak vergeleken met kleuters. Waren bij Lawrence plezier en verdriet slechts gescheiden door een ragdun vlies? Zelfs dat niet. Ze zaten in een en hetzelfde pakket. Tegen de tijd dat Roland weer helemaal wakker was en met het kind in zijn armen bovenaan de trap stond, was het alweer helemaal tevreden. Lawrence had het oorlelletje van zijn vader beetgepakt. En terwijl ze naar beneden liepen onderzocht hij onhandig porrend hoe ver het meegaf.

Het was nog geen tien uur. Het ging een lange dag worden. Het was al een lange dag. In de gang voerde het waterige spoor van vuile schoenen op de goedkope tegels uit het begin van de eeuw hem terug naar Browne. Ja, ja, het zag er niet best uit. Maar dit was waar hij moest beginnen. En dan alles stuk voor stuk afwerken. Met één hand pakte hij een dweil, vulde een emmer en ruimde hij de troep op door die breed uit te smeren. Dat was de manier waarop de meeste troep werd opgeruimd: die zo ver uit te smeren dat hij onzichtbaar werd. Vermoeidheid maakte van alles een metafoor. Zijn vaste huishoudelijke werk maakte dat hij een weerzin had tegen en weerstand bood aan de eisen en verlokkingen van het leven in de grote wereld daarbuiten. Twee weken geleden was daarop een uitzondering geweest. Toen waren internationale aangelegenheden zijn verleden binnengedrongen. Amerikaanse gevechtsvliegtuigen hadden een bliksemaanval uitgevoerd op Tripoli, in Libië, waarbij ze zijn vroegere lagere school hadden verwoest, maar er niet in waren geslaagd kolonel Khaddafi te doden. Als hij nu een verslag las van een toespraak van Reagan, Thatcher of een van haar ministers voelde Roland zich buitengesloten en schuldig omdat hij niet oplette. Maar hij moest zich gedeisd houden en trouw blijven aan de taken die hij zichzelf had opgelegd. Het was zinnig om kleinschaliger te denken. Probeer om te gaan met je vermoeidheid en zorg voor de essentiële dingen: de baby, het huis, de boodschappen. Hij had in geen vier dagen een krant gezien. Soms lokte de keukenradio, die zachtjes aanstond, hem met kalme maar krachtige nadruk terug naar de buitenwereld. Hij probeerde het te negeren als hij met zijn emmer en dweil voorbijkwam. *Dit is voor jou bestemd,* murmelde de stem. *In zeventien gevangenissen zijn onlusten uitgebroken. Toen je nog met beide benen in de wereld stond waren het juist dit soort dingen waar je je druk om maakte... Een explosie... toen de Zweedse autoriteiten melding maakten van radioactieve straling kwamen er ontwikkelingen aan het licht...* Hij liep er snel langs. In beweging blijven, niet indutten, ogen openhouden.

Na de gang begon hij aan de keuken, terwijl Lawrence in zijn kinderstoel met een gepelde banaan zat te spelen. Het schoonmaken van het aanrecht en de tafel was ruwweg geklaard. Hij nam Lawrence mee naar boven. In beide slaapkamers was de orde die hij schiep voornamelijk schijn, maar de chaos was even een halt toegeroepen. De wereld zag er een tikkeltje redelijker uit. Per slot van rekening lag er hier, bovenaan de trap, een voor de wasmachine bestemde stapel wasgoed. In dit soort dingen was Alissa net zo slecht geweest als hij. Sterker nog... maar nee, vandaag ging hij niet aan haar denken.

Later ging Roland, toen Lawrence een heel flesje melk had leeggedronken en in slaap was gevallen, naar zijn eigen kamer ernaast. Hij wilde niet slapen, maar liever iets proberen te veranderen aan zijn gedicht over slapeloosheid. 'Glamis'. Op een enigszins verholen manier – het moest wel op een verholen manier omdat hij er te weinig over wist – ging het over de onlusten in Ulster. In '84 had hij samen met een Ierse vriend uit Londen, Simon, die recentelijk rijk was geworden dankzij een keten van sportscholen, een paar dagen in Belfast en Derry doorgebracht. Simon was niet van idealisme gespeend en wilde in Noord-Ierland een paar tennisscholen voor zowel katholieke als protestantse jongeren beginnen. Roland zou de hoofdcoach moeten worden. Ze zochten naar locaties en lokale steun. Ze waren argeloos, naïef. Ze werden gevolgd, althans dat dachten ze. In een pub in Knockloughrim raadde een figuur in een rolstoel – ze hadden hem door de knieschijven geschoten, concludeerden ze – hun aan 'voorzichtig' te zijn. Simons verengelste Ulster-accent, riep louter onverschilligheid op. Niemand was geïnteresseerd in tennis voor kinderen. Ze werden zes doodsaaie uren lang bij een wegversperring tegengehouden door Britse militairen, die niets van hun verhaal geloofden. Tijdens die week had Roland nauwelijks een oog dichtgedaan. Het regende, het was koud, het eten was afschuwelijk, de hotellakens waren klam, iedereen liep te kettingroken en zag er hondsberoerd uit. Hij was in een enge droom beland en zei voortdurend tegen zichzelf dat zijn angst niet voortkwam uit paranoia. Maar dat was wel zo. Niemand die hen een haar krenkte, of zelfs maar bedreigde.

Hij was bang dat zijn gedicht te dicht aanleunde tegen 'Punishment' van Seamus Heaney. In de manier waarop het lichaam van een vrouw dat lang in een veenmoeras bewaard is gebleven haar 'Ierse zusters die haar verrieden' opriep, slachtoffers die met pek werden besmeurd omdat zij met de vijand hadden geheuld, terwijl de dichter toekeek, zowel verontwaardigd als medeplichtig in zijn begrip. Wat kon een buitenstaander, een Engelsman die zich maar één week halfslachtig betrokken had getoond, nu over de onlusten zeggen? Daarom had hij onlangs besloten het gedicht meer de kant van zijn onwetendheid en slapeloosheid op te sturen. Om te vertellen hoe verloren en bang hij zich had gevoeld. Alleen deed zich nu wel een ander probleem voor: Browne had het uitgetypte concept dat voor hem lag in handen gehad. Roland las de titel en hoorde in gedachten de vlakke stem van de rechercheur, en voelde weerzin tegen 'Glamis heeft de slaap vermoord'. Zwak, opgeblazen, meeliftend op Shakespeares reputatie. Na een minuut of twintig legde hij het gedicht weg om zijn laatste idee te overdenken. Hij sloeg het notitieboekje open. De piano. Liefde, herinnering, letsel. Maar de rechercheur had ook dat bekeken. In zijn aanwezigheid was de privacy geschonden. Een onschuldig pact tussen gedachte en pagina, idee en hand, was verbroken. Of bezoedeld. Een indringer, een vijandige verschijning had ervoor gezorgd dat hij zijn eigen formuleringen was gaan wantrouwen. Hij was gedwongen geweest zijn woorden te lezen met de ogen van iemand anders en zich te verzetten tegen een dreigende misinterpretatie. Zelfbewustzijn betekende de dood voor een notitieboekje.

Hij schoof het weg, stond op en dacht weer aan zijn directe omstandigheden en hoe zwaar die wogen. Dat was genoeg om hem weer op zijn stoel te laten terugvallen. Denk goed na. Het was nog maar een week geleden dat ze was weggegaan. Het moest uit zijn met zijn zwakheid. Met zijn breekbaarheid waar daadkracht was vereist. Een of andere autoriteit op het gebied van poëzie had gezegd dat een goed gedicht schrijven een fysieke inspanning was. Hij was zevenendertig, in de kracht van zijn leven, en wat hij had geschreven bleef van hem. De dichter zou zich niet laten afschrikken door de politieman. Met zijn ellebogen op het bureaublad en zijn kin steunend in zijn handen las hij zichzelf stevig de les, totdat Lawrence wakker werd en begon te krijsen. Zijn werk voor die dag zat er weer op.

In het begin van de middag, toen hij het kind stond aan te kleden omdat ze boodschappen gingen doen, riep het geluid van vogels die in de dakgoot achter het huis zaten te kibbelen een nieuwe gedachte bij hem op. Beneden keek hij, met Lawrence onder zijn arm, in zijn bureau-agenda die naast de telefoon in de gang op een stapel telefoonboeken lag. Hij had niet gemerkt dat het al mei was. Het was zaterdag, wat betekende dat het de derde moest zijn. De hele ochtend door was het stoffige huis opgewarmd. Hij zette beneden een raam open. Er viel hier toch niks te stelen. Hij leunde naar buiten. Een vlinder, een dagpauwoog, zat te zonnen op het metselwerk. De hemel, waar hij dagenlang geen acht op had geslagen, was wolkeloos, en in de lucht hing de sterke geur van het pasgemaaide gras van de buren. Lawrence hoefde zijn jasje niet aan.

Roland was niet wat je noemt vrij van zorgen toen hij met het kind in het wandelwagentje de deur uit ging. Maar zijn ingeperkte leven kwam hem wel minder belangrijk voor. Er waren ook andere levens, grotere belangen. Al lopend probeerde hij een luchthartige nonchalance uit te stralen; als je je vrouw bent kwijtgeraakt kun je drie dingen doen: ermee leren leven, een andere vrouw zoeken, of verwachten dat ze terugkomt, veel meer viel er niet van te zeggen. Het meest wijze was je niet te veel zorgen te maken. Lawrence en hij zouden zich er wel doorheen slaan. Morgen gingen ze eten bij goede vrienden die tien minuten verderop woonden. De baby zou op de bank in slaap vallen, veilig ingebakerd door een rij kussens. Daphne was sinds jaar en dag zijn vriendin en vertrouwelinge. Peter en zij konden allebei voortreffelijk koken. Ze hadden drie kinderen, waarvan eentje net zo oud was als Lawrence. Er zouden nog meer vrienden komen. Ze zouden benieuwd zijn of er nog nieuwe ontwikkelingen waren. Het bezoek van Douglas Browne, diens stijl van ondervragen, het ondiepe graf in het New Forest, de buitensporige inbreuk op zijn privéleven, het cameraatje in zijn jaszak, en wat zijn brigadier had gezegd: ja, Roland zou er één grote zedenkomedie van maken. Browne zou de domme diender Dogberry worden, uit *Much Ado About Nothing*. Hij liep de winkelstraat in en kon een glimlach niet onderdrukken toen hij zich de komende hilariteit van zijn vrienden voorstelde. Ze zouden bewondering hebben voor zijn veerkracht. Voor sommige vrouwen was een man die in zijn eentje voor een baby zorgde een aantrekkelijke en zelfs heroïsche figuur. In de ogen van de mannen zou hij een slachtoffer van de omstandigheden zijn. Maar hij was best een beetje trots op zichzelf, vanwege de was die op datzelfde ogenblik in de wasmachine ronddraaide, vanwege de schone gangvloer, vanwege het tevreden, weldoorvoede kind. Hij zou bloemen kopen uit de zinken emmer van de bloemist waar hij twee dagen geleden voorbij was gekomen. Een dubbele bos rode tulpen voor op de keukentafel. De winkel was iets verderop, en eigenlijk verkocht de eigenaar meer kranten en tijdschriften dan bloemen, dus als hij er tóch was zou hij gelijk een krant kopen. Hij was er klaar voor om de grote, turbulente wereld weer te omarmen. Als Lawrence wat meewerkte, zou hij zijn krant in het park kunnen lezen.

Het was onmogelijk een krant te kopen zonder de kop te zien. 'Radioactieve wolk bereikt Groot-Brittannië'. Hij had al iets over de kernramp opgevangen uit de nieuwsflarden die op gedempte toon uit de keukenradio kwamen. Terwijl hij bij de kassa stond te wachten tot de bloemen waren ingepakt vroeg hij zich af hoe het kon dat je je van iets bewust was, ook al was het maar vaag, en het tegelijkertijd ontkende, weigerde toe te laten, negeerde, om vervolgens de luxe van een schok te ervaren op het moment van onthulling.

Hij duwde het wandelwagentje de winkel uit en vervolgde zijn boodschappenronde. Het feit dat alles op straat er normaal uitzag had iets onheilspellends, iets van een slow-motion. Hij had gedacht dat hij zich veilig kon ingraven, maar de wereld had hem weten te vinden. Niet hem. Lawrence. Een industriële roofvogel, een meedogenloze adelaar, in dienst van de machinaties van het lot, dat het kind uit het nest wilde stelen. De idioot van een vader, die braaf de ontbijtboel had staan afwassen, het bedje had verschoond en een bos tulpen voor de keuken had gekocht, had de andere kant op gekeken. Hij dacht dat hij immuun was omdat hij dat altijd was geweest. Hij beeldde zich in dat zijn liefde volstond om het kind te beschermen. Maar wanneer er een algehele noodsituatie uitbreekt, maakt die geen enkel onderscheid en raakt die iedereen. Kinderen niet uitgezonderd. Roland had geen bijzondere privileges. Hij zat met iedereen in hetzelfde schuitje en zou alert moeten zijn op de berichtgeving, de maar voor een kwart geloofwaardige verzekering van bestuurders, die zoals gebruikelijk de burgerbevolking op bevoogdende toon toespraken. Wat goed was voor wat een politicus als 'het volk' beschouwde was niet automatisch goed voor elk afzonderlijk individu, in casu voor hem. Maar hij was het volk. Hij zou worden behandeld als de idioot die hij altijd al was.

Hij bleef staan bij een brievenbus. De ouderwetse rode kleur en de koninklijke onderscheidingstekens uit de tijd van George v waren al een herinnering aan een andere tijd, aan een lachwekkend vertrouwen in continuïteit, middels per post verstuurde berichten. Roland deed de bloemen in een tas die aan het handvat van het wandelwagentje hing en vouwde de krant open om de kop opnieuw te lezen. Die was van het ijskoude sciencefictionslag, ongenuanceerd en apocalyptisch. Uiteraard. De wolk had altijd geweten waarheen hij onderweg was. Om vanuit het Oekraïense deel van de Sovjet-Unie hiernaartoe te komen had hij allerlei andere landen moeten oversteken die er minder toe deden. Het was een plaatselijke aangelegenheid. Hij schrok van het feit dat hij er al zoveel over wist. Een meltdown in een kerncentrale, gevolgd door een ontploffing en brand, in een ver weg gelegen stadje dat Tsjernobyl heette. Lager op de pagina sudderde een vertrouwd aspect van het normale leven: in maar liefst vijf Britse gevangenissen waren onlusten uitgebroken. Onder de krant door kon Roland een stukje zien van Lawrence' donzige, bijna kale hoofdje, dat vol belangstelling meedraaide met iedereen die langskwam. De krantenkop was minder verontrustend dan het kleingedrukte zinnetje dat erboven stond. 'Het ministerie van Volksgezondheid benadrukt dat de bevolking geen enkel gevaar loopt.' Precies. De dijk gaat het houden. De ziekte zal zich niet verspreiden. De president is niet ernstig ziek. In elke democratie en dictatuur geldt: vooral geen paniek.

Zijn cynisme vormde een goed afweermiddel. Het bracht hem ertoe maatregelen te nemen die hem het gevoel gaven dat hij geen anoniem radertje in het geheel was. Zijn kind zou het overleven. Hij kende het klappen van de zweep en wist wat hem te doen stond. De dichtstbijzijnde apotheek was nog geen honderd meter verderop. Hij moest tien minuten in de rij staan bij de balie. Lawrence was ongedurig en zat zich met zijn rug tegen de veiligheidsriempjes van de buggy gekromd in allerlei bochten te wringen. Zoals alleen mensen die goed op de hoogte waren wisten, bood kaliumjodide de kwetsbare schildklier bescherming tegen straling. Met name kinderen liepen een groot risico. De apothekeres, een vriendelijke dame, glimlachte en haalde stoïcijns haar schouders op alsof het al de hele dag regende: wat doe je eraan. Ze waren uitverkocht. Al sinds gisteravond.

'Iedereen wilde het ineens hebben, schat.'

Bij twee andere apotheken in de buurt kreeg hij eveneens nul op het rekest, zij het in minder vriendelijke bewoordingen.

Een oude man in een witte jas vroeg geërgerd of hij het briefje op de deur niet had gezien. Verderop in de straat kocht Roland zes flessen water van anderhalve liter en een sterke tas waarin hij ze mee kon nemen. Spaarbekkens zouden radioactief worden, kraanwater diende te worden vermeden. In een ijzerwinkel kocht hij pakken plastic stoflakens en rollen plakband.

In het park las Roland, terwijl Lawrence met een plat geknepen stukje van zijn tweede banaan van die dag in zijn vuistje in slaap viel, vluchtig de krantenpagina's door, zodat hij zich een mozaiek van indrukken vormde. De onzichtbare wolk was nog zo'n honderd kilometer van hen verwijderd. Britse studenten die vanuit Minsk op Heathrow aankwamen vertoonden een stralingsniveau dat vijftig keer hoger lag dan normaal. Minsk lag meer dan driehonderd kilometer van de plaats van de ramp. De Poolse overheid adviseerde geen melk of zuivelproducten te gebruiken. De lekkende straling was het eerst ontdekt in Zweden, meer dan duizend kilometer ervandaan. De Russische autoriteiten hadden hun eigen bevolking geen enkel advies gegeven over besmet eten en drinken. Hier kon zoiets niet gebeuren. Alleen wás het al gebeurd. Een lek in de kerncentrale van Windscale was in de doofpot gestopt. De derde secretaris van de Russische ambassade in Stockholm had opdracht gekregen om de Zweedse autoriteiten te vragen hoe men moest handelen in geval van een grafietbrand. De Zweden wisten het niet en hadden de Russen doorverwezen naar de Britten. Verder was er niets openbaar gemaakt. Frankrijk en Duitsland hadden gezegd dat niemand enig gevaar liep. Alleen moest je geen melk drinken.

Op de middenpagina's liet een gedetailleerde doorsneetekening van de kerncentrale zien hoe de ramp zich had voltrokken. Roland vond het knap dat een krant al zo snel zoveel wist te melden. Elders stonden waarschuwingen afgedrukt die deskundigen al lang geleden hadden afgegeven over de constructie van dit type reactor. Onder aan de pagina stond een overzicht van Britse kernreactoren met een soortgelijke constructie. In een hoofdredactioneel commentaar werd gesteld dat het tijd was om over te gaan op windenergie. Een columnist vroeg zich af wat er was gebeurd met Gorbatsjovs beleid van glasnost. Dat was altijd al een grote leugen geweest. Iemand schreef in een ingezonden brief dat zowel Oost als West, als het om kernenergie ging, grossierde in officiële leugens.

Aan de overkant van het brede, geasfalteerde pad dat dwars door het park liep, zat op net zo'n bankje als het zijne een vrouw een populairdere krant te lezen. Roland kon de kop op de voorpagina lezen: 'Meltdown!' Het hele verhaal, met de opeenstapeling van details, maakte hem zo langzamerhand misselijk. Alsof hij te veel zoetigheid had gegeten. Stralingsziekte. Er kwamen twee vrouwen voorbij, elk achter een ouderwetse, van een goede vering voorziene kinderwagen. Hij hoorde dat een van hen het woord 'noodsituatie' gebruikte. Alom heerste een zekere ijlhoofdigheid die voortkwam uit het feit dat er maar één gespreksonderwerp was. Het land vormde één front, verenigd in zorg en vrees. De gezonde neiging was zich uit de voeten te maken. Als hij er het geld voor had gehad zou hij een vliegtuig naar een veilig oord genomen hebben. Maar waar was het veilig? Of een vliegticket naar Amerika gekocht hebben, naar Pittsburgh, waar vrienden van hem woonden, of naar Kerala, waar hij met Lawrence goedkoop kon leven. Wat zou rechercheur Browne daarvan denken? Het werd tijd, dacht Roland, voor een gesprek met Daphne.

Het weerbericht achter op zijn eigen krant voorspelde noordoostenwind. Dat betekende dat een groter deel van de wolk hun kant op kwam. Zijn eerste taak was nu de tas met de flessen water naar huis te zeulen en de ramen te gaan afdichten. Hij moest de wereld blijven buitensluiten. De wandeling kostte hem twintig minuten. Toen Roland de voordeursleutel uit zijn zak haalde werd Lawrence wakker. Zonder aanwijsbare reden begon hij, net als alle baby's, meteen te blèren. Nu was het zaak hem zo snel mogelijk op te pakken. Het was een warm en stuntelig karwei: de riempjes losmaken, het schreeuwende, rood aangelopen kind optillen, en het wandelwagentje, het water, de bloemen en de stoflakens het huis in zien te krijgen. Meteen toen hij binnen was zag hij hem liggen, met de beschreven achterkant naar boven, een nieuwe ansichtkaart van Alissa, haar vijfde. Met meer tekst deze keer. Maar hij liet hem liggen en droeg Lawrence en de boodschappen naar de keuken.

2

Aan het einde van de zomer van 1959 was hij samen met zijn ouders vanuit Noord-Afrika in Londen aangekomen. Naar verluidde heerste er een hittegolf, met temperaturen van wel 32 graden, en was het 'broeierig' warm, een nieuw woord voor Roland. Hij kon er alleen maar om lachen, als trotse inwoner van een land waar de zon halverwege de ochtend oogverblindend fel scheen, waar de hitte je in het gezicht sloeg als ze van de grond terugkaatste en de cicaden stilvielen. Dat had hij zijn familie kunnen voorhouden. Maar in plaats daarvan hield hij het zichzelf voor. Hier zagen de straten in de buurt van het flatje van zijn halfzus Susan in Richmond er schoon en opgeruimd uit, en hadden ze iets bestendigs. Met hun enorme stoeptegels en stoepranden die te zwaar waren om op te tillen of te stelen. Gladde, zwarte wegen, zonder mest of zand. Geen honden, kamelen of ezels, geen geschreeuw, geen eindeloos getoeter, geen handkarren met hoge stapels meloenen, dadels die nog aan hun palmtakken vastzaten of blokken ijs die onder lappen jute lagen te smelten. Nergens op straat etensgeuren, geen gesis en gekletter, geen stank van verbrande olie en rubber uit de werkplaatsen onder luifels waar ze van oude banden nieuwe maakten. Niet de oproepen tot gebed van muezzins vanaf hun hoge minaretten. Hier vertoonde het schone wegdek een lichte bolling, als van een grote, zwarte buis die voor het grootste deel onder de grond zat. Zo kon het regenwater gemakkelijk weglopen, legde zijn vader uit, en dat klonk logisch. Roland zag de zware ijzeren afvoerputjes in de schone stenen goten. Wat een werk om maar een paar meter gewone straat te maken, en niemand die er acht op sloeg. Toen hij zijn idee van een grote, zwarte buis aan zijn moeder, Rosalind, probeerde uit te leggen, begreep die er niets van. De metro liep veel dieper, daar zag je boven de grond niks van, zei ze. En het ondergrondse deel kwam niet eens tot Richmond. Over het zichtbare deel van zijn zwarte buis bewoog het verkeer zich gelijkmatig voort, zonder een spoor van gejacht of gejaag. Niemand die probeerde alle anderen de loef af te steken.

Halverwege de middag van hun eerste volledige dag in Engeland ging hij met zijn vader, kapitein Robert Baines, naar de Engelse winkels. Het licht was goudbruin en dik als stroop. De overheersende kleuren waren warme rood- en groentinten, van de beroemde dubbeldekkers en de opzienbarende brievenbussen waar grote kastanjebomen en platanen boven uittorenden, met lager heggen, gazons, bermen en onkruid in barsten in het wegdek. Rood en groen, zei zijn moeder, hoorde je niet samen te zien. Die vloekende kleuren werden geassocieerd met angst, met spanning in zijn schouders, waardoor hij voorovergebogen ging lopen. Twee dagen later zou hij met zijn ouders zijn nieuwe school gaan bekijken, die meer dan honderd kilometer buiten Londen lag. Het nieuwe schooljaar begon pas over een paar dagen dus de andere jongens zouden er nog niet zijn. Daar was hij blij om, want als hij alleen maar aan hen dacht kromp zijn maag al samen. Het woord 'jongens', als collectief, verleende hun een soort van gezag, een gewelddadige macht. Wanneer zijn vader het over de 'knapen' had werden ze in zijn gedachten nog groter, peziger, onverantwoord sterk. In een stadje dat tien kilometer van zijn school lag – van zíjn school – gingen zijn ouders en hij in een herenmodezaak zijn schooluniform kopen. Ook bij dat vooruitzicht kromp zijn maag samen. De schoolkleuren waren geel en blauw. Op het lijstje stonden een overall, rubberlaarzen, twee verschillende stropdassen, twee verschillende jasjes. Hij had niet tegen zijn ouders gezegd dat hij niet wist wat hij met dergelijke kleren aan moest. Hij wilde niemand teleurstellen. Wie kon hem vertellen waar een overall voor diende, wat rubberlaarzen waren, wat een blazer was, wat 'tweed met leren elleboogstukken' betekende en wanneer je precies wat aan of uit moest trekken?

Hij had nog nooit een jasje gedragen. In Tripoli had hij in de winter soms een door zijn moeder gebreide trui gedragen, met aan de voorkant een kronkelig kabelpatroon. Twee dagen voordat ze in het tweemotorig toestel stapten dat hen via Malta en Rome naar Londen zou brengen had zijn vader hem geleerd hoe je een stropdas moest strikken. In de woonkamer had hij zijn ouders verschillende keren moeten laten zien dat hij het onder de knie had. Het was niet gemakkelijk. Roland betwijfelde of hij nog zou weten hoe hij zijn das moest strikken, als hij samen met andere jongens, grote 'knapen', honderden in totaal, in een rij voor gigantische spiegels zou staan, als die van het paleis van Versailles die hij op een plaatje had gezien. Hij zou alleen zijn, bespot worden en zwaar in de problemen zitten.

Ze gingen sigaretten kopen voor zijn vader, ook om even weg te zijn uit de twee kleine kamers die Susan bewoonde, samen met haar man en kleine dochtertje. Zijn moeder had de veldbedden al opgeborgen en was het stofloze tapijt aan het zuigen. Het kleine meisje, bij wie twee tandjes doorkwamen, deed niets anders dan huilen. Het was niet meer dan gepast dat 'de mannen' even het veld ruimden. Een kwartier lang liepen ze naast elkaar. Vanaf de plek waar hun straat uitkwam op de hoofdstraat rezen de reusachtige kastanjebomen op, die een laan vormden naar de eerste winkels. Hij was gewend aan hoge eucalyptusbomen met hun stoffige, droge, ritselende bladeren en hun schilferende bast, bomen die vanwege de droogte op het randje van de dood leken te balanceren. Hij hield van de hoge palmen die tegen de diepblauwe hemel aan leken te leunen. Maar de Londense bomen waren machtig en majestueus als de koningin, en even tijdloos als de brievenbussen. Hier kwam een diepere angst aan het licht. De knapen, de overall en de rest vielen daarbij in het niet. De afzonderlijke bladeren van de kastanjeboom borgen, net als de streep van de mediterrane horizon en wat er bij hem op de lagere school in Tripoli op het bord geschreven stond, een geheim in zich dat hij nauwelijks aan zichzelf durfde te bekennen. Hij zag steeds waziger. Een jaar geleden kon hij scherper zien als hij zijn ogen tot spleetjes kneep. Maar dat werkte niet meer. Er was iets mis met hem, en alleen al de gedachte eraan, aan waar het toe zou leiden, was onverdraaglijk. Hij zou blind worden. Het was een ziekte, een afgang. Hij kon het niet aan zijn ouders vertellen omdat hij bang was dat ze teleurgesteld in hem zouden zijn. Iedereen kon scherp zien, behalve hij. Het was een beschamend geheim. Hij zou zijn kwaal met zich meenemen naar kostschool en er daar in zijn eentje mee moeten worstelen.

Elke kastanjeboom rees op als een rotswand van ongedifferentieerd groen. Toen ze dichter in de buurt van de eerste kwamen werden langzaam de afzonderlijke bladeren zichtbaar, stuk voor stuk uitbundige, vriendelijk uitgestoken handen met vijf gespreide vingers. Als hij zou blijven staan om beter te kijken, zou hij mogelijk zijn geheim verraden. Bladeren nader bekijken was niet iets wat zijn vaders goedkeuring wegdroeg.

Bij de sigarenzaak kocht de kapitein, behalve sigaretten, ongevraagd ook een chocoladereep voor zijn zoon. De jaren voor de oorlog, waarin hij als infanterist in de kazerne van Fort George in Schotland was gelegerd, waar hij, onderbetaald als hij was, altijd met een rammelende maag rondliep, hadden Rolands vader geleerd dat je zoon verwennen met iets lekkers een goed idee was. Maar hij was ook streng, en het was riskant hem niet te gehoorzamen. Beide karaktereigenschappen samen vormden een krachtige mix. Roland was bang voor zijn vader en hield van hem. Net als Rolands moeder.

Maar Roland was nog altijd op een leeftijd dat een mengeling van chocola, toffees, zoete koek en gemalen pinda's zijn zinnen zozeer in beslag kon nemen dat hij zijn omgeving totaal vergat. Toen hij weer wist waar hij was liepen ze net een andere winkel binnen. Bier voor de mannen, sherry voor de vrouwen, limonade voor hem. Later die middag zou er voetbal op tv zijn, een wedstrijd die op miraculeuze wijze vanuit Ibrox Park in Glasgow door werd gestraald. En de volgende dag een variétéprogramma vanuit het Londense Palladium. In Libië was geen televisie, niemand had het er zelfs over. De radioprogramma's vanuit Londen met boodschappen van familieleden voor de overzeese strijdkrachten vielen weg en zwollen weer aan onder het gesis en gesteun van kosmische herrie. Voor Roland en zijn ouders was televisie geen noviteit. Het was een wonder. Tv-kijken was een feest. En daar moest op gedronken worden.

Inmiddels keerden vader en zoon via dezelfde weg terug uit de slijterij met hun zware last in stevige papieren zakken. Toen ze nog een minuut of vijf van de laan verwijderd waren, net voorbij de sigarenzaak, hoorden ze achter zich een harde klap, alsof er een geweerschot werd afgevuurd, als van de .303 waarvan Roland het geluid vaak had gehoord op de schietbaan op Kilometer Elf. Wat Roland zag toen hij zich omdraaide zou hem de rest van zijn leven bijblijven. En aan het einde van zijn leven zou het weer opduiken in de stervende vormen en fluisteringen van zijn afnemend bewustzijn. Een man in een zwart jasje en een blauwe broek en met een witte helm op vloog in een lage boog door de lucht. Omdat hij met zijn hoofd naar voren vloog leek het of hij het op eigen kracht deed, alsof hij uit vrije wil de zwaartekracht tartte. Hij landde op handen en voeten en viel met zijn gezicht op het wegdek, waar hij met een schurend geluid doorgleed over het asfalt. Door de klap was zijn helm af geschoten. Voorzichtig geschat was hij een meter of tien, twaalf door de lucht gevlogen. Achter hem stond een kleine auto met een ingedeukte voorkant en een versplinterde voorruit. De man was over het dak heen geschoten. Het verwrongen wrak van een motorfiets lag ondersteboven in de goot. In de auto zat een vrouw te gillen.

Het verkeer stopte en er daalde een stilte neer over de stad. Roland rende de straat over, achter zijn vader aan. Als jonge soldaat bij de Highland Light Infantry had de drieëntwintigjarige korporaal Baines op het strand bij Duinkerken gestaan, waar hij veel doden had gezien, maar ook door bommen in tweeën gereten mannen die nog leefden. Hij wist dat hij de motorrijder niet van de weg moest halen. Hij legde zijn oor te luisteren boven de mond van de man om te horen of hij nog ademde en voelde in het bebloede haar op zijn slapen naar zijn hartslag. Roland stond er met zijn neus bovenop. De kapitein draaide de man op zijn zij en legde zijn benen uit elkaar zodat hij niet terug zou rollen. Hij trok zijn eigen jasje uit, vouwde het op en propte het onder het hoofd van de man. Daarna liepen ze naar de auto. Er was intussen een oploop ontstaan. Kapitein Baines was niet de enige die handelend optrad; alle mannen, met uitzondering van de jongste, hadden oorlogservaring en wisten wat ze moesten doen, dacht Roland. De voorste autoportieren stonden open en drie mannen bogen zich naar binnen. Men was het erover eens dat de vrouw niet verplaatst mocht worden. Ze was nog jong, had blonde krullen en droeg een blouse met gekleurde stippen die onder de bloedvlekken zat. Er liep een fikse snee over de volle breedte van haar voorhoofd. Ze was gestopt met gillen, maar herhaalde nu aan één stuk door: 'Ik zie niks meer. Ik zie niks meer.' Vanuit de auto klonk een gedempte mannenstem: 'Maak je geen zorgen, lieverd. Dat komt door het bloed dat in je ogen loopt.' Maar ze bleef het maar roepen. Roland draaide zich als verdoofd om.

Vervolgens arriveerden er twee ambulances. De vrouw, die inmiddels zweeg, zat met een deken om haar schouders geslagen op de stoeprand. Een ambulancebroeder was bezig haar hoofdwond te verbinden. De bewusteloze motorrijder lag op een brancard naast de ambulance. Het interieur van het voertuig was roomwit en werd verlicht door gele lampen. Er lagen rode dekens en er stonden twee eenpersoonsbedden, met daartussen een beetje loopruimte, als in een kinderslaapkamer. Zijn vader en twee andere mannen kwamen naar voren om te helpen met de brancard, maar hun hulp was niet nodig. Er ging een meelevend gemompel op onder de omstanders toen de vrouw op het moment dat zij ook op een brancard werd geholpen begon te huilen. De deken werd aan alle kanten goed ingestopt, en daarop werd ze de andere ambulance in gedragen. En al die tijd, zag Roland nu, hadden de blauwe lichten op beide ziekenwagens staan knipperen. Heldhaftig staan knipperen.

Het waren een paar beangstigende minuten geweest. In heel zijn elfjarige leven had hij niets ergers meegemaakt. Ze hadden iets onwerkelijks, als in een droom. In zijn herinnering zouden ze vervloeien, van volgorde veranderen. Misschien waren ze eerst naar de auto gerend en daarna pas naar de man op de grond, omdat niemand anders zich om hem bekommerde. Er zat, alsof hij geslapen had, een gat in zijn herinnering, een gat waarin de ambulances waren gearriveerd. Hun sirenes hadden ongetwijfeld geklonken, maar toch had hij ze niet gehoord. Er stond een politiewagen, maar ook die had hij niet zien aankomen. En misschien was de vrouw die met de deken om zich heen op de stoeprand zat wel een omstander die was flauwgevallen. Misschien was de vrouw in de auto wel op haar plaats blijven zitten terwijl een ambulancebroeder het bloeden stelpte. En misschien was die gele binnenverlichting van de ambulance wel weerspiegeld zonlicht. De herinnering liet zich niet zo gemakkelijk op details onderzoeken als een kastanjeblad. De man was door de lucht gevlogen: daarover bestond geen enkele twijfel. Evenmin als over de manier waarop hij was neergekomen en met zijn gezicht omlaag was doorgeschoten, terwijl zijn helm wegrolde naar het gras van de berm. Maar wat Roland zou bijblijven en hem voorgoed zou veranderen was wat er gebeurde toen de portieren werden dichtgeslagen en de ambulances optrokken en langs het stilstaande verkeer wegreden. Hij begon te huilen. Hij liep weg om te voorkomen dat zijn vader het zou zien. Roland had te doen met de man en de vrouw, maar dat was niet de reden waarom hij huilde. Zijn tranen waren vreugdetranen, vanwege een plotseling doordringend hartverwarmend besef dat nog niet in die bewoordingen gedefinieerd kon worden, dat mensen liefdevol en goed waren, dat een wereld die ambulances kende die meteen uit het niets verschenen wanneer er ergens pijn en verdriet werd geleden een vriendelijke wereld was. Altijd aanwezig, een heel systeem, vlak onder het oppervlak van het alledaags leven, oplettend en waakzaam, klaar om met alle beschikbare kennis en vaardigheden te hulp te schieten, ingebed in een groter netwerk van barmhartigheid dat hij nog moest ontdekken. En terwijl de ambulances met hun in de verte loeiende sirenes zich verwijderden kwam het hem voor dat alles naar behoren werkte, fatsoenlijk, zorgzaam en rechtvaardig. Het was nog niet echt tot hem doorgedrongen dat hij de komende zeven jaar driekwart van zijn tijd op school zou doorbrengen en dat hij thuis alleen maar op bezoek zou zijn. En dat na zijn schooltijd het volwassen leven wachtte. Maar hij voelde dat hij aan het begin stond van een nieuw leven, en hij begreep nu dat de wereld meelevend en fair was. Dat zij hem liefdevol en in alle billijkheid zou omarmen en in zich opnemen, en dat hem of wie dan ook nooit iets kwaads, iets werkelijk kwaads zou kunnen overkomen, althans niet blijvend.

De mensen verspreidden zich weer, iedereen ging weer over tot de orde van de dag. Toen zag Roland drie agenten bij de politiewagen staan. De arm van kapitein Baines zat van zijn elleboog tot zijn vingertoppen onder het roestkleurige, opgedroogde bloed. Hij rolde zijn mouwen omlaag toen Roland en hij zijn opgevouwen jasje uit de goot gingen halen. Er zat bloed op de grijze zijden voering. Ze pakten hun tassen weer op en liepen weg, maar bleven weer even staan zodat zijn vader zijn jasje kon aantrekken. Hij legde uit dat hij het bloed moest bedekken voordat de politie het zag. Hij wilde niet opgeroepen worden om in de rechtbank als getuige op te treden. Hij wilde niet dat Rolands moeder en hij de week daarop hun vlucht naar huis zouden missen. De herinnering aan het feit dat hij niet met hen mee zou reizen maakte een einde aan Rolands moment van verlichting. In plaats daarvan keerden de oude angsten terug. Ze liepen zwijgend naar de flat van zijn zus. Later voegde haar man Keith, die trombonist was in de militaire kapel, zich bij hen. Toen de baby eindelijk sliep dronken ze bier, sherry en limonade en keken ze met de gordijnen dicht naar het voetballen op tv.

Twee dagen later namen Roland en zijn ouders de trein van Liverpool Street naar Ipswich. Voor het slaperige, in victoriaanse stijl opgetrokken station, wachtten ze volgens de instructies die de secretaresse van de rector hun gegeven had op bus 202. Die kwam na drie kwartier, een lege dubbeldekker in de exotische kleuren kastanjebruin en crème. Ze gingen bovenin zitten, zodat de kapitein kon roken. Roland zat bij een raam dat openstond vanwege de hitte. Ze reden over een lange, rechte weg langs kleine rijtjeshuizen van donkerrode baksteen. Bij een werf voor kleinere boten sloegen ze een smalle weg in die langs de waterkant voerde. Ineens kwam een brede rivier, de Orwell, in zicht, die er bij hoogtij schoon en blauw uitzag. Roland zat met zijn rug naar zijn ouders toe, zodat hij zijn ogen tot spleetjes kon knijpen in de hoop alles duidelijker te kunnen zien. Aan de overkant, stroomopwaarts, stond een elektriciteitscentrale. De verlaten weg kronkelde door een drassig landschap vol modderpoelen waaruit vanwege de nazomerse hitte een ziltig zoete geur van rotting en bederf opsteeg die de bus vulde. Aan de overkant van de rivier bevonden zich nu bossen en weilanden. Hij zag een binnenschip met hoge masten en zeilen die dezelfde kleur hadden als het bloed dat op de mouw van de kapitein had gezeten. Roland wees zijn moeder op de boot, maar ze draaide zich te laat om, kon hem niet meer zien. Dit was een volslagen nieuw landschap, dat hem helemaal in verrukking bracht. Minutenlang vergat hij het doel van hun reis, terwijl de bus langs een oude toren een heuvel op reed en de rivier langzaam uit het zicht verdween.

De conducteur kwam de trap op om hen in de lokale, zangerige tongval mee te delen dat ze er bij de volgende halte uit moesten. Ze stapten uit in de diepe, koele schaduw van een boom met een brede bladerkroon. Die stond aan de overkant van de weg naast een houten bankje. Het was geen kastanje, maar hij deed Roland niettemin denken aan zijn geheim, en op slag waren alle genoegens van de busrit vergeten. Zijn vader haalde de brief van de secretaresse uit zijn zak om haar aanwijzingen te raadplegen. Ze liepen door een openstaand smeedijzeren hek naast een portiersloge en volgden de oprijlaan. Niemand zei iets. Roland pakte de hand van zijn moeder vast. Ze gaf hem een kneepje in de zijne. Hij vond dat ze er zorgelijk uitzag en probeerde iets interessants en liefs te bedenken dat hij kon zeggen. Maar het enige waaraan hij kon denken, maar waarover hij niets kwijt kon, lag vóór hen, verborgen achter de bomen. De aanstaande scheiding. Het was zijn plicht haar daar nog een paar tellen langer tegen te beschermen. Op een plek waar de oprijlaan iets naar beneden liep kwamen ze langs een Normandisch kerkje, een klein, roze gekalkt bouwsel waaruit het geluid en de geur van varkens opstegen. Toen de oprijlaan weer iets omhoogliep kwam er driehonderd meter verderop, aan de overkant van een breed grasveld, een voornaam, in grijze steen opgetrokken gebouw in zicht, met pilaren, gebogen zijvleugels en hoge schoorstenen. Berners Hall was, naar Roland ooit ergens zou lezen, een fraai staaltje van palladiaanse bouwkunst. Ernaast stonden, half verborgen tussen hoge eikenbomen, een stallenblok en een watertoren.

Ze bleven staan om het geheel in zich op te nemen. De kapitein gebaarde in de richting van de Hall en zei ten overvloede: 'Daar is het dan.'

Ze wisten wat hij bedoelde. Althans Rosalind Baines wist het precies en haar zoon begreep het slechts in vage termen.

*

Maar weinig mensen in Engeland hadden gehoord van Libië. En nog minder mensen wisten dat zich daar een contingent van het Britse leger bevond, een overblijfsel van de uitgestrekte woestijncampagnes uit de Tweede Wereldoorlog. In de internationale politiek speelde Libië geen rol van betekenis. Zes jaar lang leefde het gezin Baines in een obscure uithoek van de geschiedenis. Wat Roland betreft was het een goed leven. Er was een strand dat bekendstond als Piccolo Capri, waar de gezinnen elkaar 's middags na schooltijd en het werk troffen. Officieren aan de ene kant, de lagere rangen verderop. Kapitein Baines' beste vrienden waren mannen van hetzelfde slag als hij, die in de oorlog hadden gevochten en langzaam maar zeker in rang waren opgeklommen. De officieren die van de militaire academie Sandhurst afkomstig waren behoorden met hun gezinnen tot een andere wereld. Al Rolands vriendjes en Rosalinds vriendinnen waren de kinderen of echtgenotes van de vrienden van de kapitein. Dit waren hun referentiepunten: het strand, Rolands lagere school, die was ondergebracht in de kazerne van het militaire complex Bab-al-Azizia aan de zuidkant van de stad (het doelwit dat de Amerikanen ooit zouden vernietigen), de YMCA in hartje Tripoli waar Rosalind werkte, de werkplaats in kamp Gurji, waar de tanks en pantservoertuigen werden onderhouden en gerepareerd en waar de kapitein werkte, en de legerwinkels waar ze hun boodschappen deden. In tegenstelling tot de meeste andere gezinnen kochten ze ook groente en vlees in de soek van Tripoli. Rosalind had heimwee naar Engeland, en breide voortdurend spullen voor baby's die ze nooit als baby zou zien, pakte vrijwel wekelijks een verjaardagscadeautje voor iemand in, en schreef dagelijks brieven naar familieleden die meestal eindigden met het zinnetje: 'Nu moet ik opschieten als ik dit nog op tijd wil posten.'

Er waren geen middelbare scholen, en wanneer Roland elf zou worden zou hij naar Engeland gestuurd moeten worden. Kapitein Baines vond dat zijn zoon te veel meisjesachtige trekken vertoonde, doordat hij veel met zijn moeder optrok. Hij hielp haar met huishoudelijke karweitjes, sliep bij haar in bed als de kapitein van huis was voor oefeningen, en hield onder het lopen nog altijd haar hand vast, zelfs toen hij al negen was. Als zij het voor het kiezen had gehad zou ze het liefst naar Engeland zijn teruggegaan, naar een normaal leven, met een school in de buurt waar haar zoon elke dag naartoe kon gaan. Het leger werd ingekrompen en bood tegen gunstige voorwaarden vervroegde pensionering aan. Maar zijn vader, die even genereus als streng was, en even beminnelijk als dominant, was, al lang voordat hij zijn argumenten ertegen op een rijtje had, wars van verandering. Hij had andere redenen waarom hij Roland uit de weg wilde hebben. Twintig jaar later zei de (inmiddels gepensioneerde) majoor Baines op een avond onder het genot van een glas bier tegen zijn zoon dat kinderen altijd een goed huwelijksleven in de weg stonden. Dat ze een openbare kostschool in Engeland voor Roland hadden gezocht was voor 'alle betrokkenen' goed geweest.

Rosalind Baines, geboren Morley, vrouw van een beroepsmilitair en een kind van haar tijd, verzette zich niet, ging niet tekeer tegen en mokte nooit over haar machteloosheid. Robert en zij waren op hun veertiende van school gegaan. Hij was slagersjongen geworden in Glasgow, zij dienstmeisje in een welgesteld gezin in de buurt van Farnham. Een schoon en opgeruimd huis was nog altijd waar ze vurig naar streefde. Robert en Rosalind wilden dat Roland de opleiding zou krijgen die hun ontzegd was. Althans dat hield zij zichzelf voor. Dat hij elke dag vanuit huis naar school had kunnen gaan en bij haar had kunnen blijven was een idee dat ze plichtsgetrouw had uitgebannen. Ze was een kleine, nerveuze vrouw, een zorgelijk type, maar heel knap, vond iedereen. Gemakkelijk te intimideren en bang voor Robert als hij had gedronken, wat elke dag het geval was. Ze was op haar best, het meest ontspannen, in een lang, vertrouwelijk gesprek met een goede vriendin. Dan vertelde ze hele verhalen en lachte ze graag, op een lichte, vloeiende toon die kapitein Baines maar zelden te horen kreeg.

Roland was een van haar beste vrienden. Op de vrije dagen, wanneer ze samen huishoudelijke klusjes deden, vertelde ze verhalen over haar jeugd in het dorpje Ash, vlak bij garnizoensstad Aldershot. Haar broers en zussen en zij poetsten hun tanden met een twijgje. Haar eerste tandenborstel had ze van haar werkgever gekregen. Net als vele anderen van haar generatie was ze al jong, toen ze begin twintig was, al haar tanden kwijt. In de spotprenten in de krant stond bij mensen die in bed lagen hun gebit vaak in een glas water op het nachtkastje. Rosalind was de oudste van vijf kinderen en had een groot deel van haar jeugd doorgebracht met oppassen op haar broertjes en zusjes. Met haar zus Joy, die nog altijd in de buurt van Ash woonde, kon ze het best opschieten. Waar was hun moeder dan, wanneer Rosalind op de kinderen paste? Haar antwoord op die vraag, het idee dat zij als kind had meegekregen en dat tot in haar volwassen jaren was blijven bestaan, luidde steevast: je oma was met de bus naar Aldershot, waar ze de hele dag etalages keek. Rosalinds moeder was faliekant tegen make-up. In haar tienertijd sprak Rosalind voor de zeldzame keren dat ze 's avonds uitging met haar beste vriendin Sybil af op een speciale plek, een tunneltje onder de weg aan de rand van het dorp, waar ze stiekem lipstick opdeden en hun gezicht poederden. Ze vertelde Roland dat ze op haar twintigste, toen ze al lang en breed getrouwd was met haar eerste man, Jack, en in verwachting was van haar eerste kind, Henry, nog altijd dacht dat de baby uit haar anus zou komen. De verloskundige had haar uit de droom moeten helpen. Roland lachte mee met zijn moeder. Hij wist weliswaar niet waar baby's vandaan kwamen, maar besefte dat dit niet het juiste moment was om ernaar te vragen.

De oorlog overviel Rosalind op een onbewaakt ogenblik. Ze was de hulp van een oude vrachtwagenchauffeur die Pop heette. Ze waren onderweg naar Aldershot om spullen af te leveren toen er voor hen een bom insloeg en de vrachtwagen van de weg in de sloot werd geblazen. Geen van tweeën had zelfs maar een schrammetje. Ook na de oorlog was ze voor Pop blijven werken. Tegen die tijd was Jack Tate gesneuveld en was zij moeder van twee kinderen. Henry woonde bij zijn oma van vaderskant. Susan zat in een opvangcentrum voor dochters van gesneuvelde militairen. Tijdens de oorlog was er heel veel werk voor vrouwen. In 1945, toen ze regelmatig spullen moest afleveren in een legerdepot buiten Aldershot, viel haar oog op de knappe sergeant in het wachthuisje. Hij had een Schots accent, een kaarsrecht postuur en een getrimd snorretje. Nadat ze elkaar verschillende keren hadden gesproken vroeg hij haar mee uit naar een dansavond. Ze was bang voor hem en hield verschillende keren de boot af voordat ze ten slotte toegaf. Twee jaar later, in januari, trouwden ze. Het jaar daarna werd Roland geboren.

Ze sprak altijd met een fluisterstem over haar eerste man. Het werd Roland, zonder dat hem dat expliciet gezegd was, duidelijk dat er niet over deze man gesproken mocht worden in het bijzijn van zijn vader. Zijn naam had een heldhaftige klank: Jack Tate.

Hij was overleden aan een buikwond die hij vier maanden na de landingen van D-day had opgelopen in Nederland. Voor de oorlog was hij vaak de hort op gegaan. Elke keer dat hij weg was leefden Rosalind en haar twee kinderen 'van de diaconie', wat inhield dat ze straatarm waren. Soms bracht de dorpsdiender Jack Tate terug. Waar was hij dan geweest? Op die vraag van Roland luidde Rosalinds antwoord steevast: hij sliep onder de heggen.

Rolands halfbroer en -zus, Henry en Susan, waren verre, romantische figuren, volwassenen die hun eigen leven hadden, met een baan, een huwelijk en kleine kinderen. In zijn vrije tijd speelde Henry gitaar in een band, waarbij hij ook zong. Susan had tot Rolands zesde thuis gewoond. Hij vond haar beeldschoon en hield van haar. Maar zij waren de kinderen van Jack Tate en hadden iets verbodens over zich wat hen schimmig maakte. Waarom waren ze in 1941 weggestuurd naar een strenge en weinig liefdevolle oma, de moeder van Jack, bij wie ze in de jaren voor Jacks dood waren blijven wonen? Henry was er zijn hele tienertijd gebleven, totdat hij in militaire dienst moest, Susan was later naar dat strenge opvangcentrum in Londen gestuurd, dat in de negentiende eeuw was opgericht voor de opleiding van dienstmeisjes. Ze werd ziek, kreeg een abces in haar keel, en werd uiteindelijk naar huis gehaald.

Waarom waren Susan en Henry niet thuis bij hun moeder opgegroeid? Dat was een vraag die Roland niet durfde te stellen, zelfs niet in gedachten. Ze vormde een onderdeel van de wolk die de familiebetrekkingen overschaduwde. Die wolk was een door iedereen aanvaard aspect van het leven. Tijdens de in Libië doorgebrachte helft van zijn kinderjaren werd Roland nooit aangemoedigd zijn broer en zus eens te schrijven. En zij schreven hém nooit. Op zeker moment ving hij op dat Susans huwelijk met Keith, de man van de militaire kapel, in zwaar weer verkeerde, wat op zichzelf een schimmig begrip was. Ze zou naar Tripoli komen en daar een tijdje blijven logeren. De dag voordat ze naar Castel Idris, het militaire vliegveld van Libië, gingen om haar af te halen, nam Rosalind Roland apart en sprak hem streng toe. Ze zei alles twee keer, alsof hij iets verkeerds had gedaan. Hij mocht nóóít, echt nóóít aan iemand vertellen dat zijn zuster en hij niet dezelfde vader hadden. Als iemand ernaar vroeg, moest hij zeggen dat Susan en hij dezelfde vader hadden. Had hij dat goed begrepen? Hij knikte, ook al begreep hij er niets van. Deze volwassen serieuze aangelegenheid maakte deel uit van de bekende wolk. Er niet over praten leek alleszins passend en redelijk.

In het begin, toen Roland en zijn moeder zich net in Tripoli bij de kapitein hadden gevoegd, woonden ze driehoog in een driekamerflat met alleen een balkonnetje. Niet ver van het koninklijk paleis. De warmte, de vreemde cultuur van hartje Tripoli en de dagelijkse uitstapjes naar het strand waren opwindend. Maar er was iets mis met het gezin en het duurde niet lang of er was ook iets mis met de zevenjarige Roland. Nachtmerries die met veel geschreeuw gepaard gingen, en pogingen om slaapwandelend uit het raam van zijn slaapkamer te springen. Soms lieten zijn ouders hem aan het begin van de avond alleen achter in de flat. Dan zat hij met opgetrokken knieën en zijn oren angstvallig gespitst op elk verdacht geluid in een leunstoel te wachten tot ze terug zouden komen.

Later was hij vaak te vinden in een appartement in de buurt, waar hij de middagen doorbracht bij een vriendelijke dame – ze was deels Italiaans – en haar dochter June, een meisje van zijn eigen leeftijd, dat zijn beste vriendin werd. Junes moeder was therapeute en ongetwijfeld degene die een praktische oplossing had voorgesteld. Het gezin Baines verhuisde naar een gelijkvloers buitenverblijf op het terrein van een landbouwbedrijf aan de westelijke rand van Tripoli. Daar werden pinda's, granaatappels, olijven en druiven geteeld. Als hij uit het raam van zijn slaapkamer sprong zou hij hooguit een halve meter vallen. Dat hij een hondje, Jumbo, cadeau kreeg was vast en zeker ook een idee van de therapeute geweest. June en haar moeder gingen terug naar Italië, en een tijdlang voelde Roland zich doodongelukkig. Maar het boerenleven kikkerde hem weer op. Zo'n anderhalve kilometer verderop, waar de olijfgaarden ophielden en overgingen in met lage struiken begroeid woestijngebied lag het militaire kamp Gurji, waar de kapitein werkte. Soms liep Roland daar over een smal, door hoge cactushagen geflankeerd zandspoor in zijn eentje naartoe, naar het huis van een vriendje van school.

Een ander deel van de familiewolk werd gevormd door het verdriet van zijn moeder. Hij nam het voor kennisgeving aan. Het ging schuil in de berustende klank van haar stem, haar nervositeit, de manier waarop ze soms haar werk onderbrak en voor zich uit bleef staan kijken, verzonken in een dagdroom of een herinnering. Het bleek uit haar onverwachte uitvallen als ze zich aan hem ergerde. Die ze altijd weer met lieve woorden goedmaakte. Haar hartzeer verbond hen nauwer. Om de drie, vier maanden trok kapitein Baines met zijn eenheid voor oefeningen een paar weken de woestijn in. Het idee daarachter was dat ze voorbereid moesten zijn op de dag dat de Egyptenaren, met steun van de Russen, Libië vanuit het oosten zouden aanvallen. De Centurion-tanks die in de werkplaats van de kapitein hun onderhoudsbeurt kregen moesten hun defensieve bewegingen oefenen. Roland, die het een en ander van deze oorlogsvoorbereiding afwist, kroop dan 's nachts bij zijn moeder in bed, niet alleen om door haar getroost te worden, maar ook om haar te troosten, gewoon door er te zijn. Hij was haar beschermer, ook al had hij haar even hard nodig als zij hem.

Maar hij had zijn vader ook nodig. Behoedzaamheid en een militair gevoel voor orde werden op zijn oude dag een ontwrichtende obsessie voor kapitein Baines. Toen hij een jaar of veertig was, had hij nog een avontuurlijke instelling gehad. Wanneer rondreizende Arabische muzikanten bij hun huis kwamen, nam hij hen mee de woestijn in, greep een van hun *zukra's* – doedelzakken – en speelde mee met hun groep. Zijn militaire collega's daarentegen zouden nooit iets in hun mond hebben genomen wat Arabieren in hun mond hadden gehad. De uitstapjes die hij alleen met zijn negenjarige zoon in de auto maakte waren mogelijk onderdeel van zijn plan om hem mannelijke deugden en vaardigheden bij te brengen. Dan reden ze naar een militair trainingscentrum waar Roland in een touw leerde klimmen en van de ene hand naar de andere onder een lang net door leerde slingeren. Op de schietbaan van Kilometer Elf lag hij naast zijn vader en keek hij mee door het vizier van een .303 *number four mark one* zoals hij het wapen had leren noemen, naar verre doelwitten in een zandbank. Roland haalde de trekker over en de kapitein ving de terugslag op met zijn schouder. Het lawaai, het gevaar en de dodelijkheid van het vuurwapen waren enerverend. Zijn vader regelde dat Roland met een sergeant mee mocht en in een tank mocht rondrijden over een oefenterrein vol steile zandduinen. Hij leerde zijn zoon het morsealfabet en kwam thuis aanzetten met twee sets morsesleutels en honderd meter telegraafdraad. Hij bracht Roland met de auto naar het exercitieterrein van Azizia waar hij lange stukken aaneen kon rolschaatsen. Kapitein Baines hield er een masculiene kijk op zwemmen op na. Hij leerde zijn zoon duiken, een halve minuut onder water zijn adem inhouden en crawlen; de niet voor niets zo genoemde borstslag was voor meiden. Op het strand ontwikkelden ze samen een spel dat ze 'het record' noemden. Daarbij stond de kapitein tot aan zijn borst in zee langzaam te tellen, terwijl Roland zonder enige steun op zijn schouders, die glad waren van de Brylcreem, moest zien te blijven staan. Toen ze er uiteindelijk mee ophielden, niet lang voordat ze met het vliegtuig naar Londen gingen, stond het record op tweeëndertig.

Toen Roland zei dat hij weleens een schorpioen wilde zien, trokken de kapitein en hij de woestijn met de lage struiken ten westen van Tripoli in. Tijdens dergelijke uitstapjes zei zijn vader dan: 'Drie-achtste?' waarop Roland riep: 'Nul komma drie zeven vijf!' Of de kapitein vroeg: 'Twintig mijl?' waarna Roland het getal uit zijn hoofd omrekende – delen door vijf, vermenigvuldigen met acht – en het antwoord in kilometers gaf. Zijn vader probeerde hem klaar te stomen voor het toelatingsexamen van de middelbare school, door het soort vragen te stellen waarvan hij meende dat die vast en zeker gesteld gingen worden. Dat gebeurde niet.

'De hoofdstad van West-Duitsland?'

'Bonn!'

'Hoe heet onze premier?'

'Harold Macmillan!'

Ze stopten langs de kant van de verlaten weg die naar Tunesië leidde. Tien minuten lang liepen ze de immense, met kleine cactussen en lage struiken begroeide steenwoestijn in. Het verraste Roland niet dat er onder de eerste de beste steen die zijn vader omdraaide een grote gele schorpioen lag. Met opgeheven staart compleet met stekel. Hij had op hen liggen wachten. De kapitein duwde het beest onvervaard met zijn duim in een jampot. Een week lang voerde Roland het vliegende herten, maar de schorpioen maakte zich zo klein mogelijk. Rosalind zei dat ze niet kon slapen met dat beest in huis. Robert nam het mee naar de werkplaats en bracht het mee terug op sterk water in een verzegelde pot. Nog jarenlang beeldde Roland zich in dat de geest van de schorpioen hem kwam opzoeken om wraak te nemen. Het beest wilde hem in zijn blote voeten steken wanneer hij 's avonds zijn tanden stond te poetsen. Hij kon de geest alleen maar uit zijn buurt houden door naar beneden te kijken en 'Sorry' te fluisteren.

Het grootse avontuur dat hem het meest had gevormd had hij eerder beleefd. Hij was toen acht jaar. Zijn vader speelde daarin de hoofdrol, als een verre, heroïsche figuur. Rosalind daarentegen schitterde – heel ongebruikelijk – door afwezigheid. Het was de eerste keer dat internationale gebeurtenissen die zich ver weg afspeelden binnendrongen in zijn kleine wereldje. Zijn begrip ervan was minimaal. Op zijn volgende school zou hij leren dat geschillen tussen de Griekse goden ernstige gevolgen hadden voor het nietige mensdom beneden.

In heel het Midden-Oosten was het Arabische nationalisme uitgegroeid tot een politieke machtsfactor die de koloniale en voormalige koloniale machten van Europa als zijn eerste vijand beschouwde. De nieuwe Joodse staat Israël, gesticht op grondgebied dat de Palestijnen als het hunne beschouwden, vormde eveneens een drijfveer. Toen president Nasser van Egypte eind juli het door de Britten beheerde Suezkanaal annexeerde werd hij de held van de nationale zaak. Men ging ervan uit dat in het naburige Libië de anti-Britse gevoelens hoog zouden oplopen. Toen Groot-Brittannië en Frankrijk in samenwerking met Israël Egypte aanvielen om de controle over het kanaal weer in handen te krijgen werden er in Tripoli pro-Nasser demonstraties gehouden. Ook werden er door de menigte spandoeken meegedragen tegen koning Idris, die al te welwillend stond tegenover de Europese en Amerikaanse belangen. Londen en Washington besloten alle Britse en Amerikaanse gezinnen in voorlopige veiligheid te brengen tot ze geëvacueerd konden worden.

Wat wist Roland van dit alles? Alleen wat zijn vader hem erover vertelde, namelijk dat de Arabieren kwaad waren. Tijd om te vragen waarom ze dat waren was er niet. Alle kinderen moesten onmiddellijk met hun moeder een veilig heenkomen zoeken in het dichtstbijzijnde legerkamp. Maar toevallig was Rosalind toen de Suezcrisis uitbrak in Engeland om te kijken hoe het met Susan ging. Daar waren 'huiselijke' problemen waar Roland niets van afwist. Ook wist hij niet wie er, terwijl hij op school zat, naar het witte buitenverblijf was gegaan om voor hem een koffer met kleren in te pakken. Zeker niet de kapitein, want die had het als bevelvoerend officier te druk met de organisatie van de evacuatie.

De bus die hem vanaf zijn school naar de kazerne van het Azizia-complex bracht stopte die dag niet bij het weggetje dat door de granaatappelboomgaard naar hun buitenhuis leidde. Hij reed nog anderhalve kilometer door naar Gurji. Bij het wachtlokaal waren met behulp van zandzakken mitrailleursnesten ingericht en bij de weg stonden lichte tanks opgesteld. Gewapende militairen zwaaiden en salueerden toen de bus het kamp binnenreed.

De grote twintigpersoonstenten waren allemaal gelijk, maar het sprak vanzelf dat de kinderen van de officieren apart van de kinderen van de lagere rangen werden ondergebracht. De vrouwen bundelden hun krachten om een provisorische veldkeuken, eetzaal en wasruimte te runnen. De week daarop gebeurde er niets dramatisch. De basis werd niet aangevallen door woedende, tot de tanden bewapende Arabieren die de Britse kinderen en hun moeders wilden afslachten. Het kamp was maar klein en niemand mocht het terrein verlaten, en Roland was nog nooit zo gelukkig geweest. Hij en zijn twee vrienden konden gaan en staan waar ze wilden. Ze leerden de geur kennen van machineolie op heet, fijn zand. Ze verkenden onderhoudswerkplaatsen van de voertuigen, praatten met de tankcommandanten en voetbalden op het grasloze veld dat de officiële afmetingen had. Ze klommen op de steigertorens met de geschutbemanning. Ofwel de discipline was aan het verslappen of ze verwachtten niet langer een aanval. De dienstdoende officieren en manschappen – stuk voor stuk jonge mannen – waren vriendelijk. Een luitenant nam Roland achter op zijn 500 cc motorfiets mee voor een rondrit over de basis. Soms zwierf Roland in zijn eentje rond, blij even alleen te zijn. De legermoeders die toezicht hielden op de maaltijden, achttien kinderen een voor een wasten in een grote blikken teil en aangaven wanneer het bedtijd was, waren vrolijk en capabel. Voor Roland waren ze extra lief omdat zijn moeder er niet was. Maar moederlijke aandacht was iets wat hij juist niet wilde.

Klachten en vragen over eerste levensbehoeften belandden bij kapitein Baines en zijn mannen. Soms begaf hij zich met zijn dienstrevolver aan zijn koppel tussen de gezinstenten om een probleem op te lossen. Maar tijd om met zijn zoon te praten had hij niet. Dat was prima. Roland was destijds nog te jong om zich te realiseren wat de oorzaak van zijn euforie was in die paar dagen. Het doorbreken van de sleur, de opwindende gedachte aan gevaar, gemengd met een overdreven gevoel van veiligheid, uren waarin hij zonder enig toezicht vrijuit met zijn vrienden kon spelen, plus een aantal dingen die er juist níét waren: op de school van Azizia met toegeknepen ogen naar het bord moeten turen, de overbezorgde aandacht en het hartzeer van zijn moeder, en het ijzeren gezag van zijn vader. De kapitein smeerde niet langer 's ochtends voordat Roland naar school ging met harde hand diens haar in met Brylcreem, om er vervolgens met de punt van zijn kam een strakke scheiding in aan te brengen, en zijn moeder maakte zich niet langer druk over de slijtplekken op zijn schoenen. En bovenal was hij vrij van de onuitgesproken familieproblemen, die een druk op hem uitoefenden die even alomtegenwoordig en mysterieus was als de zwaartekracht.

De gezinnen verlieten het kamp laat in de avond en reisden begeleid door een groot militair escorte met onder andere gepantserde troepentransportwagens naar het militaire vliegveld. Het maakte Roland trots te zien dat zijn vader, zoals altijd met zijn revolver opzij, de touwtjes strak in handen had, zijn manschappen bevelen gaf, en moeders en kinderen veilig afleverde op de trap van het tweemotorig propellervliegtuig dat hen naar Londen ging brengen. Maar er was geen gelegenheid om afscheid van hem te nemen.

De periode waarin hij een onwerkelijk gevoel van vrijheid had gesmaakt, had welgeteld acht dagen geduurd. De herinnering eraan was hem tot steun op kostschool, lag toen hij in de twintig was ten grondslag aan zijn rusteloosheid en ongerichte ambities, en sterkte hem in zijn verzet tegen een reguliere baan. Ze werd een belemmering, want bij alles wat hij deed werd hij achtervolgd door het idee dat er elders een grotere vrijheid bestond, een vrijgesteld leven dat net buiten zijn bereik lag en dat hem blijvend zou worden ontzegd als hij een onverbrekelijke verbintenis aanging. Zodoende liet hij allerlei kansen onbenut en had hij te kampen met periodes van langdurige verveling. Hij zat te wachten tot het bestaan als een toneeldoek open zou gaan, op een handreiking die hem in staat zou stellen het verloren paradijs opnieuw te betreden. Daar zouden zijn beoogde doel, zijn plezier in vriendschap en saamhorigheid, en de kick van het onverwachte samenkomen in één geheel. Doordat hij er pas op latere leeftijd, toen ze al lang en breed vervaagd waren, in slaagde die verwachtingen te doorgronden en te verwoorden, bleef hij al die tijd gevoelig voor hun aantrekkingskracht. Hij wist niet waar hij – in de echte wereld – op wachtte. Binnen de dimensies van de onechte was het de herbeleving van de acht dagen die hij in het najaar van 1956 had doorgebracht binnen de grenzen van de onderhoudswerkplaatsen van de koninklijke elektrische en werktuigkundige ingenieurs van kamp Gurji.

Terug in Engeland logeerden Roland en Rosalind een halfjaar in het huis van een aannemer in Ash, het dorp waar Rosalind vandaan kwam. Roland ging naar dezelfde school waar zijn moeder in het begin van de jaren twintig op had gezeten en waar ook Henry en Susan naartoe waren gegaan. Tegen Pasen van het volgende jaar gingen Rosalind en Roland terug naar Libië, naar een nieuwbouwproject met villa's dicht bij de kust. Misschien dat hun tijdelijke scheiding zijn ouders goed had gedaan, want het leven verliep soepeler, zijn moeder was minder gespannen en de kapitein begon plezier te krijgen in de avonturen met zijn zoon.

In juli 1959 werd er een school gekozen en een bezoek geregeld voor september, een paar dagen voordat het schooljaar zou beginnen. Roland kreeg te horen dat hij pianoles zou krijgen. De kapitein speelde zelf op een handige, improviserende wijze mondharmonica. Hij hield vooral van liedjes uit de tijd van de Eerste Wereldoorlog, zoals 'It's a Long Way to Tipperary', 'Take Me Back to Dear Old Blighty' en 'Pack up Your Troubles in Your Old Kit Bag'. Er waren ook Schotse liedjes bij, oude nummers van Harry Lauder die hij graag zong. 'A Wee Deoch an' Doris', 'Stop Your Tickling, Jock!' en 'I Belong to Glasgow'. Er was niets wat hij zo fijn vond als samen met zijn kameraden uit het leger bier te drinken, voor het gezelschap te spelen of te zingen en hen uit volle borst te laten meezingen. Zijn grootste verdriet was dat hij nooit piano had leren spelen, nooit de kans daartoe had gehad. Roland moest krijgen wat hij had gemist. Een vent die piano kon spelen, zei hij vaak tegen zijn zoon, was gegarandeerd populair. Zodra hij een bekend deuntje inzette kwam iedereen om hem heen staan om mee te zingen.

De lessen werden geregeld via het afdelingshoofd, die een aardig briefje terugschreef waarin hij meedeelde dat alles in kannen en kruiken was en dat Roland les zou krijgen van juffrouw Cornell, die onlangs in Londen was afgestudeerd aan het koninklijk conservatorium. De school hechtte groot belang aan muzikale vorming, en hij hoopte dat Roland mee zou doen aan de opera *Die Zauberflöte* die ze het komende trimester gingen opvoeren.

Een paar weken voordat het gezin uit Libië naar Engeland zou vertrekken deed de kapitein opnieuw een gewaagde zet. Hij zorgde ervoor dat er door een grote drietonner van het leger een stel reusachtige houten kisten werd afgeleverd. Een korporaal en een gewone soldaat sjouwden de gevaarten naar de kleine tuin achter het huis. Daar spijkerden vader en zoon ze aan elkaar om er een 'tuinbasis' van de te maken. Vervolgens kroop Roland regelmatig in zijn labyrint van kisten om allerlei scheikundige proeven uit te voeren met willekeurige mengsels van huishoudelijke producten – Worcestershire saus, waspoeder, zout, azijn – met stokroos-, geranium- en dadelpalmbladeren. Maar nooit ontplofte er iets, waar hij wel heimelijk op hoopte.

*

Dat was het dan. Dat begrepen ze, ieder op zijn of haar eigen manier. Het palladiaanse landgoed aan de andere kant van het cricketveld markeerde het einde van hun driezijdig gezinsverband. De dagelijkse ritmes en stromingen van verborgen gevoelens en conflicten waren versterkt doordat ze zich voltrokken in een verre buitenpost, een vergeten stukje oorlogsbuit. Geen van hen had echter iets te zeggen over een einde, zodat ze zwijgend hun weg vervolgden. Ten slotte liet Roland de hand van zijn moeder los. Zijn vader wees naar voren, waarop ze alle drie gehoorzaam keken naar wat hij aanduidde. Over het grasveld kwam een tractor aangereden met een aanhangwagen waarin rugbydoelpalen lagen. Een H-vormig doel werd met behulp van touwen door vier mannen overeind gezet. De bomen hadden hen tot dusver aan het oog onttrokken. Op het cricketveld stonden geen wickets en het scorebord was leeg. Het einde van de zomer. Nu voerde de oprijlaan hen in een wijde boog langs de stallen en de watertoren. Ze vingen een glimp op van een hekwerk, van een veld met varens dat glooiend afliep naar een bos, daarna opnieuw de waterkant en de blauwe rivier, die in een brede, rechte lijn van hen wegstroomde naar de volgende bocht. Naar Harwich, volgens de kapitein.

Roland wist niet of het zijn eigen idee was of iets wat hem ooit was verteld, maar niets is ooit zoals je het je hebt voorgesteld. Die waarheid begreep hij nu in zijn volle, onthutsende omvang. De verhoudingen, de ruimte, de grootsheid en het groen: hoe had hij kunnen weten wat er allemaal in het verschiet lag in hun kleine huis in Giorgimpopoli, in zijn bank voor het onscherpe schoolbord in zijn klaslokaal in het Azizia-complex of in de kalme zee en de zorgeloze hitte van Piccolo Capri? Nu was hij te zeer onder de indruk om bang en bezorgd te zijn. Tussen zijn ouders in liep hij als door een droomlandschap naar het imposante gebouw. Ze gingen door een zijdeur naar binnen. Daar was het koel, bijna kil. In een smalle ruimte voor de toegangshal stonden een telefooncel en een brandblusapparaat. De trap was steil en bescheiden. Dat waren geruststellende details. Even later stonden ze in een grotere ontvangstruimte met een hoog, weergalmend plafond en drie zwarte, glanzend opgewreven deuren, die alle drie dicht waren. Het gezin bleef onzeker in het midden staan. Kapitein Baines wilde net de brief met aanwijzingen weer tevoorschijn halen toen de secretaresse van de school ineens voor hun neus stond. Nadat iedereen zich had voorgesteld – ze heette mevrouw Manning – begon de rondleiding. Ze stelde Roland een paar opgewekte vragen die hij beleefd beantwoordde, waarna ze aankondigde dat hij de jongste van zijn jaar zou zijn. Daarna luisterde hij nauwelijks nog naar haar, en zij richtte geen enkele keer meer het woord tot hem, wat een hele opluchting was. Al haar opmerkingen waren gericht tot de kapitein. Hij stelde de vragen terwijl Roland en zijn moeder achter hen aan sukkelden alsof zij allebei toekomstige leerlingen waren. Maar ze keken elkaar niet aan. Wat Roland opving van hun gids waren haar verwijzingen naar 'de jongens'. Als er niet gerugbyd werd trokken de jongens na de lunch hun overall aan. Dat klonk tamelijk onheilspellend. Ze zei verschillende keren dat het hier heel vreemd was, of vredig, of schoon, zonder die jongens. Maar ze miste hen eigenlijk wel. Zijn oude angsten kwamen terug. De jongens zouden van alles weten wat hij niet wist, ze kenden elkaar, ze waren groter, sterker en ouder. Ze zouden hem niet mogen.

Ze verlieten het gebouw via een zijdeur en kwamen langs een apenboom. Mevrouw Manning wees naar een beeld van Diana, de godin van de jacht, met naast haar wat zo te zien een gazelle was. Ze gingen het beeld niet van dichtbij bekijken, wat hij graag had gedaan. In plaats daarvan bleven ze boven aan de trappen staan, vanwaar ze neerkeken op een smeedijzeren hek, dat, naar ze omstandig uitlegde, van monogrammen was voorzien. Roland staarde naar de immense rivier en liet zijn gedachten de vrije loop. Als ze thuis waren geweest zouden ze nu aanstalten hebben gemaakt om naar het strand te gaan. Zouden ze rubberen zwemvliezen en een snorkelmasker, die met die hitte elk hun eigen scherpe geur hadden, een zwembroek en handdoeken hebben ingepakt. Aan de zwemvliezen en het snorkelmasker zouden nog zandkorrels van de vorige dag kleven. Zijn vrienden zouden al staan te wachten. En 's avonds zou zijn moeder voorzichtig roze aftersun op zijn verbrande en vervellende schouders en neus smeren.

Inmiddels waren ze een laag, modern gebouw genaderd. Daarbinnen bekeken ze de slaapzalen boven. Dat leverde het tot nu toe beste bewijs van het bestaan van de jongens. Rijen ijzeren stapelbedden, grijze dekens, de geur van ontsmettingsmiddel, gehavende opbergmeubels die door mevrouw Manning tallboykasten werden genoemd, en in de wasruimte rijen lage wastafels onder kleine spiegels. Hier geen enkele overeenkomst met het paleis van Versailles.

Later was het tijd voor een plak cake in het kantoor. Rolands pianolessen waren vooruitbetaald. De kapitein tekende een stuk of wat papieren, waarna ze, na afscheid te hebben genomen, de oprijlaan weer af liepen en korte tijd onder de reusachtige boom wachtten op de bus die hen weer naar het centrum van Ipswich terugbracht, voor een bezoek aan de kledingzaak, waar de eikenhouten lambrisering vrijwel alle beschikbare zuurstof in zich opzoog. Het kostte flink wat tijd om de lijst af te werken. Kapitein Baines ging naar een pub. Roland paste een kriebelend tweedjasje met leren elleboogstukken en met leer afgebiesde mouwen. Zijn eerste jasje. Zijn tweede was een blauwe blazer. De overall zat in een platte kartonnen doos. Die hoefde niet gepast te worden, zei de winkelbediende. Het enige wat bij hem in de smaak viel was een blauw-gele elastieken riem met een gesp in de vorm van een slang. In de trein van Ipswich naar Londen, op de terugweg naar het flatje van zijn zus in Richmond, omgeven door tassen waar al zijn nieuwe spullen in zaten, vroegen zijn ouders hem op allerlei manieren wat hij van zijn nieuwe school vond, en van dit en van dat. Hij vond Berners niet leuk en niet niet-leuk. Het was er gewoon, overweldigend, en vormde zijn directe toekomst. Hij zei dat het hem leuk leek, en de blik van opluchting in hun ogen gaf hem een blij gevoel.

Vijf dagen nadat hij elf was geworden brachten zijn ouders hem naar een straat in de buurt van Waterloo Station, waar de schoolbussen stonden te wachten. Eentje was speciaal bestemd voor de nieuwe lichting. Het werd een ongemakkelijk afscheid. Zijn vader gaf hem een klap op de schouder en zijn moeder wist niet goed of ze hem nu wél een knuffel moest geven of niet, waarna ze hem uiteindelijk een ingehouden variant gaf, die hij onhandig over zich heen liet komen, bang als hij was voor wat de andere jongens ervan zouden vinden. Luttele minuten daarna was hij getuige van tal van luidruchtige knuffels waarbij vele tranen vloeiden, maar het was te laat om het allemaal nog eens over te doen. Vervolgens moest hij in de bus nog een ongemakkelijk kwartiertje wachten, terwijl zijn ouders buiten op straat stonden te glimlachen en halfhartig te zwaaien, en hem voor het raam onhoorbaar bemoedigende woorden toe mimeden, terwijl naast hem een jongen was gaan zitten die zin had om te kletsen. Toen de bus zich eindelijk in beweging zette liepen zijn ouders weg. Zijn vader had zijn arm om de schouders van zijn moeder geslagen, die duidelijk schokten.

Rolands buurman stak zijn hand uit en zei: 'Ik ben Keith Pitman en ik word later cosmetisch tandarts.'

Roland had daarvoor regelmatig beleefd handen geschud met volwassenen, voornamelijk collega's van zijn vader uit het leger, maar hij had het ritueel nog nooit uitgevoerd met een leeftijdgenoot. Hij pakte Keith bij de hand en zei: 'Roland Baines.'

Hij had al gezien dat deze vriendelijke jongen niet groter was dan hij.

In eerste instantie kwam de schok niet voort uit het gescheiden zijn van zijn ouders, die drieduizend kilometer verderop verbleven. De eerste klap die werd uitgedeeld betrof de aard van de tijd. Dat zou sowieso gebeurd zijn. Het moest ervan komen, de overgang naar een volwassen tijdschema met alle verplichtingen van dien. Tot dan toe had hij gelukkig geleefd in een nauwelijks zichtbare nevel van gebeurtenissen, zonder dat hij op hun volgorde lette en onbekommerd van uur naar uur, van dag naar dag en van week naar week dobberde, of in het ernstigste geval, strompelde. Alleen verjaardagen en Kerstmis vormden echt gemarkeerde momenten in de tijd. Tijd was iets wat je kreeg toebedeeld. Thuis zagen zijn ouders erop toe dat die vloeiend verliep, en op school gebeurde alles in één lokaal en werden eventuele wijzigingen in de dagelijkse gang van zaken gearrangeerd door de leerkrachten die je begeleidden en je zelfs bij de hand meenamen.

Hier was de overgang heel abrupt. De nieuwkomertjes moesten snel leren leven met de klok, die gehoorzamen, anticiperen op zijn eisen en als zij daarin tekortschoten daarvoor de tol betalen: een reprimande van een geïrriteerde leraar, nablijven, of, in laatste instantie, de dreiging van 'de karwats'. Leren hoe laat je moest opstaan en je bed opmaken, hoe laat je bij het ontbijt moest zijn en vervolgens in de aula, daarna de eerste les. Dat je alles wat je voor de eerste vijf lessen nodig had van tevoren bij elkaar moest zoeken, dat je je lesrooster moest raadplegen of op een mededelingenbord moest kijken om te zien of je naam soms voorkwam op een van de lijsten die daar waren opgehangen. Dat je om de drie kwartier stipt op tijd van het ene klaslokaal naar het andere moest lopen en moest zorgen dat je na de vijfde les op tijd was voor de lunch. Op welke dagen er gesport werd, waar je je uniform moest ophangen en weer moest ophalen en wanneer je het moest inleveren om gewassen te worden. Hoe laat je, op de middagen dat er geen sport was, aan het eind van de middag in je lokaal moest zijn, en hoe laat je op zaterdagochtend in je lokaal moest zijn. Hoe laat je aan je huiswerkuurtje moest beginnen en hoeveel tijd je had om dingen uit je hoofd te leren of op te schrijven. Hoe laat je moest gaan douchen, hoe laat je in bed moest liggen (een kwartier voordat de lichten uitgingen), op welke dagen je je wasgoed moest inleveren en hoe laat je in de rij moest gaan staan om je vuile was bij de huisbewaarster af te geven: sokken en ondergoed op bepaalde dagen, en overhemden, broeken en handdoeken op andere. Wanneer je het onderlaken moest vervangen door het bovenlaken, dat op zijn beurt voor een schoon laken werd verwisseld. Wanneer je in de rij moest staan voor luizencontrole, voor nagelinspectie, voor een knipbeurt of voor het uitdelen van zakgeld. En wanneer het snoepwinkeltje open was.

Eigendommen heulden tiranniek met de tijd. Ze konden verdwijnen waar je bij stond. Er waren veel dingen die je gemakkelijk kon verliezen of aan het begin van de dag kon vergeten mee te nemen: je lesrooster, een leerboek, het huiswerk van de vorige avond, andere schriften, gedrukte vragenlijsten en kaarten, een pen die niet lekte, een flesje inkt, een potlood, een liniaal, een gradenboog, een passer, een rekenliniaal. Als je al die kleine dingen bij elkaar in een etui bewaarde kon je dat ook verliezen, en dan was je nog verder van huis. Gymnastiek was een aparte, angstaanjagende bron van zorg. Twee keer in de week sjouwde je je gymspullen mee van lokaal naar lokaal. De gymleraar, meneer Evans, die uit Wales kwam, was een bullebak die te laat komen of fysiek onvermogen genadeloos afstrafte, zowel mentaal als fysiek. In die eerste week dreef hij zijn duimnagel diep in Rolands oor omdat het hem niet lukte op de voorgeschreven manier in kleermakerszit op het rugbyveld te zitten. Terwijl de pijn steeds erger werd probeerde hij wanhopig in het gras de juiste houding te vinden. In Libië zaten alleen Libiërs op de grond, die stenig, hard en heet was. In de gymzaal, de gymzaal van de gymleraar, waren de dikke, de zwakke en de stuntelige jongens de aangewezen slachtoffers. Na hun eerste aanvaring had Roland verder aan zijn aandacht weten te ontsnappen.

De tijd, die tot dan toe een onbegrensd gebied had gevormd waarin hij zich vrij naar alle kanten toe kon bewegen, werd van de ene dag op de andere een smal eenrichtingsspoor, waarover hij zich samen met zijn nieuwe vrienden week in week uit van les naar les begaf, net zo lang tot het een onbetwiste werkelijkheid was geworden. De jongens, wier aanwezigheid hij had gevreesd, waren even ontredderd als hijzelf, en aardig. Hij hield van de warmte van hun cockney-accent. Ze kropen bij elkaar, sommigen huilden 's nachts, anderen plasten in bed, de meesten waren voortdurend vrolijk. Niemand werd uitgelachen. In bed, in het donker, vertelden ze elkaar spookverhalen, ontwikkelden ze theorieën over hoe de wereld in elkaar stak, of schepten ze op over hun vaders, van wie sommigen, zoals hij later ontdekte, helemaal niet bestonden. Roland hoorde hoe zijn eigen stem in het donker de Suez-evacuatie probeerde op te roepen, maar daar niet in slaagde. Het verhaal over het ongeluk was echter een doorslaand succes. Een man die door de lucht een zekere dood tegemoet vloog, een vrouw die verblind en wel zat te bloeden, sirenes, politie, zijn vaders bebloede arm. Een andere keer vertelde hij het verhaal op veler verzoek nog eens. Hij verkreeg een zekere status, iets wat niet eerder een rol had gespeeld in zijn leven. Hij dacht dat hij een ander iemand werd, een jongen die zijn ouders misschien niet zouden herkennen.

Drie middagen in de week trokken de jongens uit Rolands jaar na de lunch hun overall aan – zo gepiept – en werden ze eropuit gestuurd om zonder enig toezicht in het bos of langs de rivieroever te gaan spelen. Veel van wat hij in de boeken van Buckeridge over de schooljongen Jennings had gelezen en waarover hij in het droge Libië had gedroomd werd eindelijk werkelijkheid. Het was alsof ze geïnstrueerd waren door het jeugdblad *Boy's Own*. Ze bouwden hutten, klommen in bomen, maakten pijl-en-bogen en groeven een gevaarlijke, ongeschraagde tunnel waar ze doorheen tijgerden om zich niet te laten kennen. Om vier uur zaten ze weer in hun lokaal. Vaak zaten de handen waarmee ze hun vulpen vasthielden nog onder de zwarte drek van de riviermonding of vol grasvlekken. Als ze dan twee lesuren wiskunde of geschiedenis hadden was het vechten om anderhalf uur lang wakker te blijven. Maar op vrijdag, als ze Engels hadden, zorgde de leraar voor de nodige spanning door met zijn hoge, nasale stem een stuk voor te lezen uit een cowboyverhaal, *Shane*. Het nam het grootste deel van het trimester in beslag.

Het duurde de nodige weken voordat Roland doorhad dat de meeste leraren de beroerdste niet waren. Ze zagen er in hun zwarte toga's alleen boosaardig en vijandig uit. Over het algemeen waren ze best vriendelijk, en sommigen kenden zelfs zijn naam, zij het alleen zijn achternaam. Velen van hen waren gevormd door hun diensttijd in de oorlog. Hoewel die inmiddels al veertien jaar was afgelopen – de duur van zijn hele leven plus nog bijna een kwart ervan – was de wereldoorlog nog altijd een werkelijkheid, een schaduw, maar ook een licht, de bron van deugdzaamheid en betekenis, net zoals hij dat in Libië was geweest, in de villa in Giorgimpopoli en de werkplaatsen van kamp Gurji, aan de rand van de woestijn. De Lee-Enfield .303, waarvan hij de trekker had mogen overhalen, was van de zevende pantserdivisie geweest, de zogeheten Woestijnratten, en er waren vast en zeker Duitsers en Italianen mee gedood. Hier, in het landelijke Suffolk, waren het huis en het bijbehorende land eromheen in 1939 gevorderd voor het leger en later de marine. Hun nalatenschap werd gevormd door de nissenhutten aan de rand van het bos, op glooiende grond die langzaam afliep naar de rivieroever. Nu werden de hutten gebruikt voor de lessen Latijn en wiskunde. Een kort voetpad door het bos vormde Berners 'verharde weg', waarlangs boten naar de rivier werden gedragen of gereden. Vlakbij bevond zich een houten steiger, die in de oorlog door ingenieurs van het leger gebouwd was. Vandaar was op 6 augustus 1944 een versterkingseenheid van duizend manschappen in veertig landingsvaartuigen de Orwell af gevaren voor de lange oversteek naar de stranden van Normandië en de bevrijding van Europa. De oorlog leefde voort in de onverbleekte sjabloonletters op de stenen buitenmuur van de ziekenboeg: DESINFECTIECENTRUM. Hij leefde voort in de meeste leslokalen, waar discipline niet werd opgelegd maar verondersteld door voormalige militairen die zelf ooit orders hadden gekregen in het kader van een grote zaak. Gehoorzaamheid was een gegeven. Iedereen kon er rustig van uitgaan.

Rolands vreselijke geheim kwam al binnen twee weken aan het licht. De nieuwe jongens werden in groepjes naar de ziekenboeg gestuurd, waar ze zich tot hun onderbroek moesten uitkleden en daarna op een kluitje in de wachtruimte stonden tot hun naam werd afgeroepen. Hij toonde zich aan de doodenge zuster Hammond. Van haar werd gezegd dat ze 'niet met zich liet spotten'. Zonder eerst te groeten zei ze dat hij op de weegschaal moest gaan staan. Vervolgens werd hij gemeten en werden zijn gewrichten, zijn beendergestel, zijn oren en zelfs zijn nog niet ingedaalde testikels onderzocht op afwijkingen. Ten slotte deed de zuster hem een ooglapje voor, pakte hem bij de schouders, draaide hem om, zei dat hij achter een bepaalde lijn moest gaan staan en moest kijken naar een kaart met steeds kleiner wordende letters die aan de muur hing. Zo goed als naakt stond hij op het punt ontmaskerd te worden. Zijn hart bonkte. Zijn ogen tot spleetjes knijpen hielp niet, zijn rechteroog was niet beter dan zijn linker en elke keer dat hij gokte zat hij ernaast. Hij kon niet verder lezen dan het tweede rijtje. De zuster, die zich totaal niet verbaasd toonde, maakte een aantekening en riep de volgende jongen.

Tien dagen na zijn bezoek aan de opticiën in Ipswich werd hij uit de klas gehaald om een stijve bruine envelop in ontvangst te nemen. Het was een warme herfstmorgen zonder een wolkje aan de hemel. Hij bleef voor een hoge eik staan om voor hij naar zijn klas terugging de bril uit te proberen. Om te beginnen keek hij goed om zich heen om te zien of er niemand in de buurt was. Vervolgens haalde hij de brillenkoker uit de envelop, trok het stijf dichtgeklemde deksel open en haalde het nieuwe hulpstuk tevoorschijn. Het voelde aan als iets levends, wat hem afstootte. Hij spreidde zijn armen wijd, bracht het ding naar zijn gezicht en keek omhoog. Een openbaring. Hij schreeuwde het uit van vreugde. De grote vorm van de eik sprong naar voren als door een spiegel uit *Alice in Wonderland*. Ineens veranderde elk afzonderlijk blad van de vele duizenden die de boomkruin vormden in een stralende eenheid van kleur, vorm en glinsterende beweging in het lichte briesje, werd elk blad een subtiele variant van rood, oranje, goudgeel, lichtgeel en aarzelend groen tegen een diepblauwe hemel. De boom had zich, net als de tientallen eromheen, een deel van de regenboog eigen gemaakt. De eik was een complex, reusachtig groot wezen dat zichzelf kénde. Het trad voor hem op, opschepperig, en genoot van zijn eigen bestaan.

Toen hij in de klas schuchter zijn bril opzette om te kijken of de jongens hem zouden uitlachen en voor schut zetten, merkte niemand het op. En thuis, tijdens de kerstvakantie, met de mediterrane horizon hersteld tot een messcherpe streep, maakten zijn ouders er slechts in het voorbijgaan een neutrale opmerking over. Hij zag dat tientallen mensen om hem heen een bril droegen. Twee jaar lang had hij zich zorgen gemaakt om niets, en alles verkeerd gezien. Het was niet alleen de materiële wereld die in beeld was gekomen. Hij had voor het eerst ook een helder beeld van zichzelf gekregen. Hij was een bepaalde persoon, sterker nog: een speciaal persoon.

Hij was niet de enige die dat vond. Een maand later, toen hij weer op school was, werd hij de klas uit gestuurd om een brief af te geven op het secretariaat. Mevrouw Manning was er niet. Toen hij dichterbij kwam zag hij zijn eigen naam op zijn kop staan in het dossier dat opengeslagen op haar bureau lag. Hij liep om het bureau heen om het te lezen. In een vakje waar 'IQ' boven stond las hij een getal, 137, wat hem niets zei. Daaronder stond 'Roland is een vertrouwelijke jongen...' Buiten op de gang klonken voetstappen, zodat hij snel wegliep en terugging naar zijn klas. Vertrouwelijk? Hij dacht dat hij wist wat dat betekende, maar dan moest je toch zeker vertrouwelijk zijn met íémand? Toen hij 's middags vrij was ging hij in de bibliotheek op zoek naar een woordenboek. Toen hij het opensloeg voelde hij zich misselijk worden. Hij stond op het punt het oordeel van een volwassene te lezen over wie of wat hij was. *Van vertrouwen blijk gevend; vertrouwelijke omgang.* Hij staarde naar de definitie; zijn verbijstering was bevestigd. Met wie werd hij verondersteld vertrouwelijk om te gaan? Iemand die hij was vergeten of nog moest tegenkomen? Hij zou het nooit weten, maar hij hield er een speciaal gevoel aan over voor het woord waarin het geheim van zijn eigenheid besloten lag.

In zijn tweede week was hij voor zijn eerste pianoles naar de muziekafdeling gegaan, vlak bij de ziekenboeg. De tien voorafgaande dagen had zijn leven louter uit onbekende gebeurtenissen bestaan. Dit was de zoveelste nieuwe gebeurtenis, dus hij voelde niets bijzonders toen hij met schommelende benen in de wachtruimte zat. Het was nieuw, maar alles was nieuw. Nergens klonk een piano. Alleen mompelende stemmen. Een oudere jongen kwam de oefenruimte uit, deed de deur achter zich dicht en vertrok. Het was stil, tot in een verder gelegen vertrek toonladders opklonken. Ergens was een werkman aan het fluiten.

Eindelijk ging de deur open en werd hij gewenkt door een hand die vastzat aan een pols met armbanden. De kleine ruimte was geheel gevuld met de geur van juffrouw Cornell. Ze zat op een extra brede kruk, met haar rug naar de piano gekeerd. Hij ging voor haar staan, waarna ze hem van top tot teen opnam. Ze droeg een zwarte rok en een crèmekleurige zijden blouse die helemaal tot aan haar hals was dichtgeknoopt. Haar lippen waren in een strakke boog donkerrood gestift. Hij vond dat ze er streng uitzag en voelde een eerste vlaag van ongerustheid.

Ze zei: 'Laat me je handen eens zien.'

Dat deed hij, met de handpalmen omlaag. Ze stak haar eigen hand uit om zijn vingers en nagels te voelen en te onderzoeken. In tegenstelling tot de meeste andere jongens van zijn leeftijd hield hij zijn nagels kort en schoon. Naar het militaire voorbeeld van zijn vader.

'Omdraaien.'

Bij het zien van zijn handen schoof ze een klein stukje achteruit. Daarna keek ze hem secondelang recht in de ogen voordat ze iets zei. Hij keek recht in de hare, niet uit vrijpostigheid, maar omdat hij bang was en niet durfde weg te kijken.

Ze zei: 'Ze zijn goor. Ga ze eerst maar eens wassen. En snel een beetje.'

Hij wist niet waar de wasgelegenheid was, maar toen hij een deur waar niets op stond openduwde ontdekte hij die bij toeval. Het stuk zeep zat vol barsten en was vuil en nat. Ze had nog meer jongens hiernaartoe gestuurd. Nergens was een handdoek te bekennen, dus droogde hij zijn handen af aan de voorkant van zijn korte boek. Door de lopende kraan moest hij plassen, en ook dat kostte tijd. Met het bijgelovige gevoel dat ze hem in de gaten hield waste hij zijn handen opnieuw, waarna hij ze opnieuw aan zijn broek afveegde.

Toen hij terugkwam zei ze: 'Waar bleef je zo lang?'

Hij zei niets, maar toonde haar zijn schone handen.

Ze wees op zijn broek. Haar nagels waren gelakt in dezelfde kleur als haar lippen. 'Je hebt het in je broek gedaan, Roland. Ben jij nog een peuter?'

'Nee juffrouw.'

'Nou, laten we dan maar beginnen. Kom hier.'

Hij ging naast haar zitten op de pianokruk. Zij wees hem waar de centrale C zat en zei dat hij de duim van zijn rechterhand op die toets moest zetten. Ze liet hem op de bladzijde die voor hem stond zien hoe de noot er op schrift uitzag. En dit was een kwartnoot. Daar zaten er vier van in deze maat, en hij moest ze alle vier spelen, allemaal precies even lang. Hij was nog steeds in de war vanwege haar vernederende vraag en het gebruik van zijn voornaam. Die had hij sinds het afscheid van zijn ouders niet meer gehoord. Hier was hij Baines. Toen hij die ochtend een bolletje schone sokken had uitgerold was er een verpakt snoepje uit gevallen, zo'n toffee waar hij dol op was, die daar door zijn moeder in was gestopt in de overtuiging dat hij hem vanzelf zou vinden. Die zat nu in zijn zak. Hij werd overvallen door een golf van heimwee die hij onmiddellijk onderdrukte terwijl hij de noot vier keer speelde. De derde klonk veel luider dan de eerste twee en de laatste was nauwelijks hoorbaar.

'Nog een keer.'

Om zichzelf in de hand te houden moest hij niet denken aan de genegenheid die zijn ouders, en vooral zijn moeder, hem ooit hadden betoond. Maar hij voelde de toffee in zijn broekzak zitten.

'Ik dacht dat je zei dat je geen peuter was.' Ze reikte over de pianoklep heen, trok een tissue uit een doos en stopte die in zijn hand. Hij was bang dat ze hem weer Roland zou noemen, iets troostends ging zeggen of een hand op zijn schouder zou leggen.

Nadat hij zijn neus had gesnoten nam ze hem de tissue uit handen en gooide die in een prullenbak naast haar. Dat had de genadeklap kunnen betekenen, maar terwijl ze zich omdraaide zei ze: 'Missen we ons moesje?'

Haar sarcasme was een bevrijding. 'Nee, juffrouw.'

'Mooi zo. Dan gaan we nu verder.'

Aan het einde van de les gaf ze hem een schrift met notenbalken. Bij wijze van huiswerk moest hij halve, kwart-, achtste en zestiende noten leren en noteren. De week daarop moest hij die dan vóór klappen en zij zou hem voordoen hoe dat moest. Inmiddels stond hij weer voor haar zoals aan het begin van de les. Hoewel zij zat en hij niet, was ze nog altijd groter dan hij. Terwijl ze zacht een reeks zestiende noten klapte leek de geur van haar parfum sterker te worden. Toen ze ophield dacht hij dat hij mocht gaan en draaide hij zich om. Maar zij gaf hem met een vingerbeweging te kennen dat hij moest blijven.

'Kom 'ns hier.'

Hij deed een stap in haar richting.

'Kijk nou eens hoe je erbij loopt. Met je sokken om je enkels.' Ze boog zich naar voren en trok ze op. 'Jij gaat bij de huisbewaarster langs voor een pleister op je knie.'

'Ja, juffrouw.'

'En dan dat overhemd van je.' Ze trok hem naar zich toe, maakte zijn slangenriem en de bovenste knoop van zijn korte broek los en stopte zijn overhemd van voren en van achteren in. Haar gezicht was vlak bij het zijne toen ze zijn das rechttrok en hij omlaag moest kijken. Hij dacht dat haar adem ook geparfumeerd was. Haar bewegingen waren snel en doeltreffend. Ze gingen hem heus geen heimwee bezorgen, zelfs niet haar laatste aanraking, toen ze met haar vingers zijn haar uit zijn ogen streek.

'Zo, dat is beter. En wat zeg je nu?'

Hij zocht moeizaam naar een antwoord.

'Je zegt: dank u wel, juffrouw Cornell.'

'Dank u wel, juffrouw Cornell.

En zo was het begonnen, met een angst die hij niet kon ontkennen, net zomin als een ander iets waarover hij niet kon nadenken. Voor de tweede les verscheen hij voor haar met schone, althans schonere handen, maar zijn kleren waren net als de vorige keer een hopeloos rommeltje, al liep hij er niet slordiger bij dan de andere jongens in zijn klas. En hij was helemaal vergeten die pleister voor zijn knie te halen. Deze keer fatsoeneerde ze hem voordat de les begon. Toen ze zijn broek losknoopte om zijn overhemd in te stoppen streek ze met de rug van haar hand over zijn kruis. Maar dat ging echt per ongeluk. Hij had zijn huiswerk in het schrift gemaakt, en hij klapte de tijdswaarde van de noten correct. Hij had zich goed voorbereid, niet omdat hij zo ijverig was of het haar naar de zin wilde maken, maar omdat hij bang voor haar was.

Hij durfde haar les niet te verzuimen of te laat te komen, of haar niet te gehoorzamen als ze hem wegstuurde om zijn handen te wassen, ook al waren ze schoon. Het kwam niet bij hem op andere jongens die ook les van haar kregen te vragen hoe zij hen behandelde. Zijn juffrouw Cornell behoorde tot een eigen wereld waar vrienden en school buiten stonden. Ze deed nooit moederlijk of lief tegen hem, maar eerder afstandelijk en soms zelfs geringschattend. Vanaf het begin eiste ze, door zich het gezag over zijn uiterlijk toe te eigenen, vooral wanneer ze zijn korte broek losknoopte, alle rechten en de mentale en fysieke controle over hem op, hoewel ze hem na die eerste twee keer niet meer op een bijzondere manier aanraakte. Naarmate de weken vorderden verplichtte ze hem meer en meer aan haar, zonder dat hij daar iets tegen kon doen. Dit was een school, zij was de docente, en hij moest doen wat hem werd opgedragen. Ze kon hem zozeer vernederen dat hem de tranen in de ogen sprongen. Toen hij een paar keer achter elkaar met een oefening de mist in ging en het waagde te zeggen dat hij het niet kon, zei ze dat hij een waardeloos wicht was. Ze had thuis nog een roze jurk met kantjes hangen die van haar nichtje was, die zou ze volgende les meebrengen, en dan zou ze zijn kleren in beslag nemen en hem dwingen die jurk in de klas te dragen.

Die week zat hij de hele tijd in angst en beven vanwege de roze jurk. Hij kon er 's nachts niet van slapen. Hij overwoog weg te lopen, maar dan zou hij zich tegenover zijn vader moeten verantwoorden en bovendien kon hij nergens naartoe. Geld voor de trein en de bussen om naar zijn zus te gaan had hij niet. En hij had ook de moed niet om zich in de Orwell te verdrinken. Toen de dag van de gevreesde les eindelijk aanbrak, was er geen spoor van de jurk te bekennen en kwam die ook niet meer ter sprake. Het dreigement werd ook nooit meer herhaald. Misschien had juffrouw Cornell niet eens een nichtje.

Er versteken acht maanden, en hij kon nu de vereenvoudigde versie van de prelude spelen. Na de kneep in zijn vel, de tik met de liniaal, haar hand op zijn dij en vervolgens de zoen, had hij van iemand anders les gekregen, in een ander gebouw, van het hoofd Muziek, meneer Clare. Dat was een vriendelijke en bekwame man, die als regisseur en dirigent optrad bij de schooluitvoering van *Die Zauberflöte*. Roland had geholpen met het schilderen van de decors en met de changementen. De kaart die juffrouw Cornell beloofd had te zullen sturen kwam niet op tijd, en dat was de reden, maakte hij zichzelf wijs, dat hij op de halve vrije dag niet voor de lunch naar haar huis was gefietst, ook al was hij haar duidelijke aanwijzingen hoe hij haar huis kon vinden niet vergeten. Hij voelde zich nog altijd opgelucht dat hij haar had losgelaten. Toen haar kaart twee dagen later toch was gekomen, met maar één woord erop – 'Herinnering' – had hij gemeend haar te kunnen negeren.

Daarin vergiste hij zich. Steeds vaker dook Miriam Cornell op in zijn prikkelende dagdromen. Die dromerijen waren levendig en verpletterend, maar konden geen afronding vinden, geen bevrijding. Daar was zijn jonge, gladde lichaam met zijn hoge stem en zijn kinderlijke blik nog niet toe in staat. Aanvankelijk maakte ze deel uit van een kleine cast, die voor de rest bestond uit meisjes van een jaar of achttien, negentien, aardige meisjes, verrukkelijk naakt, met gezichten die hij zich herinnerde van foto's uit de kledingcatalogi van zijn moeder. Maar tegen de tijd dat hij dertien werd had juffrouw Cornell ze allemaal verdreven en stond ze alleen op het toneel in het theater van zijn dromen met een onverschillige blik toe te zien toen hij zijn eerste orgasme kreeg. Het gebeurde om drie uur 's nachts. Hij stond op en liep door de slaapzaal naar de wasruimte om te kijken wat hij in zijn handpalm had geproduceerd.

Hij dacht dat hij haar uitkoos, maar al snel werd duidelijk dat er geen bevrijding zonder haar mogelijk was. Zij had hem uitgekozen. In stomme taferelen trok ze hem in de oefenruimte naar zich toe. Vaak haalde hij zich, bij wijze van ouverture, de zoen weer voor de geest, intenser, gretiger. Dan knoopte ze zijn korte broek helemaal open. Daarna waren ze ineens ergens anders, allebei naakt. Ze liet hem zien wat hij moest doen. Hij had geen enkele keus. Hij wilde ook geen keus hebben. Ze was koel en vastberaden, zelfs neerbuigend. En dan, op het juiste moment, keek ze hem diep in de ogen, met een blik die genegenheid, ja zelfs bewondering suggereerde.

Ze had zichzelf uitgezaaid tot in de fijnste korrelige grond van zowel zijn lijf als zijn ziel. Zonder haar geen orgasme. Zij was de schim zonder welke hij niet kon leven.

Op een dag kwam de leraar Engels, meneer Clayton, de klas binnen en zei: 'Vandaag wil ik het met jullie hebben over masturberen.'

Ze verstijfden vol schaamte. Dat woord te horen uit de mond van een docent was ondraaglijk.

'Ik kan er kort over zijn.' Meneer Clayton zweeg ter verhoging van de spanning. 'Geniet ervan.'

Dat deed Roland. Op een lange, saaie zondag dacht hij voorgoed af te rekenen met Miriam Cornell door haar in zes uur tijd evenzovele keren op te roepen. Je reinste verwennerij, en hij wist dat ze terug zou komen. Een halve dag was hij vrij van haar, maar daarna had hij haar weer nodig. Hij moest accepteren dat ze zat ingebed in een apart gebied van zijn fantasie en verlangen, en daar wilde hij dat ze bleef, gevangen in zijn gedachten als de getemde eenhoorn binnen zijn ronde omheining. De docent kunstzinnige vorming had de klas een afbeelding van het beroemde wandtapijt laten zien. De eenhoorn mocht nooit van de ketting, nooit zijn kleine omheinde gebiedje verlaten. Als hij haar bij het wisselen van lokaal tussen de lessen in de verte zag lopen, zorgde hij ervoor dat ze elkaar niet tegenkwamen. Tijdens lange fietstochten over het schiereiland vermeed hij angstvallig het dorp waar ze woonde. Hij zou haar nooit opzoeken, zelfs niet als ze ernstig ziek werd en hem vanaf haar sterfbed een smeekbede toezond om te komen. Ze was te gevaarlijk. Zelfs als het einde van de wereld naderde zou hij niet naar haar toe gaan.

3

Boven heel Europa hing een wolk van zelfbedrog. Een West-Duitse tv-zender had zichzelf ervan overtuigd dat de radioactieve dampen niet het Westen, maar alleen het Sovjetrijk zouden besmetten, bij wijze van wraakoefening. Een woordvoerder van een Oost-Duits ministerie gewaagde van een Amerikaans complot om de elektriciteitscentrales van zijn volk uit te schakelen. De Franse overheid leek te geloven dat de zuidwestelijke rand van de wolk samenviel met de Frans-Duitse grens, die hij niet gerechtigd was over te steken. De Britse autoriteiten verkondigden dat er geen enkel gevaar voor de volksgezondheid bestond, ook al sloten ze zo'n vierduizend boerderijen, verboden ze de verkoop van vierenhalf miljoen schapen, namen ze tonnen kaas in beslag en spoelden ze een zee aan melk door het riool. Moskou, dat niet graag een fout toegaf, liet zuigelingen en jonge kinderen melk drinken die aan straling was blootgesteld. Maar al snel kreeg het eigenbelang de overhand. Men had geen andere keus. De noodsituatie moest bestreden worden, en dat kon niet in het geheim gebeuren.

Ook Roland liet alle redelijkheid varen. 's Avonds, als Lawrence sliep, plakte hij om het huis te isoleren de ramen af met plastic. Maar de wolk had Londen gemist. In een weidegebied in Wales was cesium-137 aangetroffen, net als in Noordwest-Engeland en in de Schotse Hooglanden, maar toch bleef hij het doen. Het was een tijdrovend karwei, want de tape bleef niet plakken als de kozijnen niet helemaal stofvrij waren. Het keukentrapje was wankel en niet hoog genoeg. Als hij op zijn tenen op de bovenste tree stond om met een vuile natte doek het bovenste raamkozijn schoon te maken zwaaide het gevaarlijk heen en weer. Eén keer wist hij slechts met een wilde greep naar de gordijnrail te voorkomen dat hij achteroverviel. Hij wist dat het volslagen onzinnig was. Dat zei Daphne ook, en ze probeerde hem zover te krijgen dat hij het opgaf. Andere mensen beveiligden hun huis niet. Het was warm weer, en gebrek aan ventilatie zou nodeloos ongezond zijn. Er was geen radioactief stof. Het was gekkenwerk. Dat wist hij ook wel. Maar zijn omstandigheden waren per slot van rekening gek en hij kon doen wat hij wilde. Als hij nu opgaf zou dat de erkenning inhouden dat hij het de hele tijd bij het verkeerde eind had gehad. Ook gebood het respect voor orde dat hij van zijn vader had meegekregen dat hij moest afmaken waar hij aan begonnen was. Het zou voor Roland in de staat waarin hij nu verkeerde deprimerend geweest zijn als hij overal in huis het plastic dat hij de vorige dag had opgehangen de dag erna alweer had moeten weghalen en in de vuilcontainer moeten dumpen. En ten slotte deed het hem goed niets te geloven van wat de autoriteiten beweerden. Als zij verkondigden dat de wolk naar het noordwesten was getrokken kon je er donder op zeggen dat hij boven het zuidoosten was blijven hangen. Als ze zoveel gezonde schapen isoleerden was het uitkijken geblazen. Hij zou zijn eigen weg gaan, als een eenzame strijder. Hij at alleen maar blikvoer en lette goed op de datum die op het deksel stond. Niets van na eind april. Lawrence deed ook mee, die was voorzichtig overgegaan op vast voedsel. Zijn melk bestond uit het beste pre-Tsjernobyl bronwater. Samen zouden ze het overleven.

Maar doen alsof je gek bent was geen goede houding. Vanbuiten zag het er alleszins geloofwaardig uit, zoals hij voor het kind zorgde en ermee speelde, flessen water aansleepte, zich met de Franse slag van zijn huishoudelijke taken kweet, en door de telefoon met zijn vrienden praatte. Toen hij Daphne weer eens belde – in de weken na Alissa's verdwijning was ze echt zijn steun en toeverlaat – kreeg hij in plaats van haar Peter aan de lijn. Tegen hem deed hij omstandig zijn theorie uit de doeken dat de ramp in Tsjernobyl het begin inluidde van het einde van alle kernwapens. Stel dat de NAVO een geleid projectiel op Oekraïne had afgevuurd om de opmars van Russische tanks tot staan te brengen, moest je kijken hoe we dan allemaal zouden lijden, van Dublin tot de Oeral en van Finland tot Lombardije. Repercussie. Een nucleair arsenaal was militair gezien nutteloos. Roland was met stemverheffing gaan spreken, opnieuw een teken dat hij zichzelf niet was. Peter Mount, die destijds voor het nationale elektriciteitsnet werkte en verstand had van de distributie van energie, dacht even na en zei toen dat nutteloosheid nog nooit een oorlog had voorkomen.

Een paar jaar daarvoor had Peter Roland een rondleiding gegeven op zijn werk, het nationale controlecentrum. Vanbuiten zag het eruit als een militaire basis, met zware beveiligingshekken, elektronisch bediende dubbele slagbomen en twee uitdrukkingsloze bewakers die er alle tijd voor namen om Rolands gegevens aan de hand van een lijst te checken. Het middelpunt van het centrum leek net een slordige nabootsing van de controleruimte van de NASA in Houston, met zwijgende techneuten achter hun bedieningspanelen, aan een hoge muur een reeks wijzerplaten en meters plus een breed videoscherm. Hier was het een kwestie van het aanbod afstemmen op de vraag.

Het was een doodsaai uitje geweest. Roland, die weinig interesse had voor stroommanagement, had zijn uiterste best gedaan zijn aandacht erbij te houden. In tegenstelling tot Peter vond hij het vooruitzicht dat computers ooit de zaak zouden runnen allesbehalve opwindend. Het enige gedenkwaardige moment was het begin van de avond. Toen werden de televisiemonitoren die hoog aan de muren van de controleruimte hingen afgestemd op de populaire soapserie *Coronation Street*. Iemand begon luid in verengelst Frans in een telefoon te praten. Toen het zowat tijd was voor het reclameblok begon een stem via de omroepinstallatie vanaf tien af te tellen, tot het moment waarop miljoenen mensen van hun bank opstonden om de waterkoker aan te zetten voor de thee. Nul. Twee handen haalden krachtig een zware, zwarte hendel over. Duizenden megawatts stroomden met de snelheid van het licht door de kabels onder het Kanaal, gekocht van Fransen die er de ballen van begrepen. Wat was *Coronation Street*? En waarom zette iedereen ineens een elektrische waterkoker aan? Het was toch zeker niet zoiets primitiefs als een hendel die door iemand werd overgehaald? Maar Roland zou het verhaal zo vaak vertellen dat hij het zelf ging geloven.

Die middag had veel weg gehad van een schoolreisje. Uiteindelijk belandden ze in een kantine met tl-verlichting. Peter en Roland zetten zich, samen met een paar collega's van Peter, aan een formicatafel die nog nat was van een grondige afneembeurt. Het gesprek kwam op de mogelijke verkoop van de elektriciteitsdistributie aan particuliere bedrijven. Dat moest ervan komen, was men algemeen van oordeel. Daar viel goed geld mee te verdienen. Maar ook dat was niet iets waarover Roland kon meepraten. Terwijl hij de indruk probeerde te wekken dat hij er met zijn volle aandacht bij was dacht hij terug aan een schoolreisje naar de fabriek van Harris Bacon in Ipswich dat ze gemaakt hadden toen hij elf was, niet lang nadat hij verstek had laten gaan bij de lunchafspraak met Miriam Cornell.

Het was de bedoeling dat ze zouden zien wat er gebeurde met de varkens die hij voor de Club van Jonge Boeren had gevoerd. Al die ellende om halfzes 's ochtends. Twee zware emmers varkensdraf – in vla ronddrijvend vleesafval – uit de schoolkeuken werden door hem en een vriend, Hans Solish, helemaal naar de varkensstallen gesjouwd. Het viel op die leeftijd niet mee om in de klamme herfst 's ochtends vroeg, nog voor het licht werd, een vuur aan te steken onder een reusachtige ijzeren pot en daar de draf in te kieperen om die op te warmen. Als de spoeling warm begon te worden raakten de varkens van de geur door het dolle heen. De jongens klommen de stal in en tilden de emmers met warme drab over het hek terwijl de varkens tegen hun benen bonkten. Het moeilijkste was om de draf in de troggen te gieten zonder omvergeduwd te worden.

Net als nu bij Peter op het werk had hij na afloop in de baconfabriek in Ipswich met anderen aan een formicatafel gezeten.

Het kind Roland verkeerde in een shocktoestand en weigerde iets te eten of te drinken. De oranje fruitdrank in kartonnen bekertjes rook naar varkensdarmen. Hij had als in een nachtmerrie slachtpartijen en bloed gezien. Krijsende slachtoffers die uit een dichte veewagen werden gedreven en in paniek een betonnen hellingbaan af renden in de richting van mannen die met een rubberen schort voor en met rubberlaarzen aan, gewapend met een taser in een centimeters diepe bloedplas stonden, flitsende messen die kelen doorsneden, naakte lichamen die met kettingen om de achterpoten waren opgehangen en naar reusachtige klapdeuren werden getransporteerd, waarachter een witte vlammenstraal oplaaide, waarna de rondtollende karkassen in kokend water door ronddraaiende trommels met stalen tanden werden schoongespoeld, jankende cirkelzagen, stapels varkenskoppen met opengesperde ogen en bek, vaten met glanzende ingewanden die werden leeggekieperd, waarna de inhoud via steile blikken stortkokers naar brullende maalmachines gleed, die er hondenvoer van maakten.

Elektriciteit was de minst smerige van de twee bedrijfstakken, maar beide lieten ze hun sporen na. Nadat Roland met de bus uit de baconfabriek terug op school was gekomen at hij drie jaar lang geen vlees meer. In 1959 gaf dat op een internaat de nodige problemen. Het afdelingshoofd stuurde zijn ouders een brief waarin hij hierover zijn beklag deed. De kapitein, die nooit had geweten dat er mensen waren die geen vlees aten, was onaangenaam getroffen door de wrevelige toon van de brief en ging pal achter zijn zoon staan. Hij diende van alternatieve etenswaren te worden voorzien.

Elke keer dat Roland, zoals nu, een elektrische waterkoker oppakte, dacht hij aan de twee handen die, in werkelijkheid of in zijn verbeelding, een hendel overhaalden, in naam van het evenwicht, vraag en aanbod, en magische voorzieningen. Het dagelijks leven in de stad werd, van de thee tot de eieren met spek en de ambulances, in stand gehouden door verborgen systemen, kennis, traditie, netwerken, inspanningen en winst.

Daaronder vielen ook de posterijen, die Alissa's vijfde ansichtkaart hadden bezorgd. Die lag met de afbeelding naar boven naast de tulpen op de keukentafel. Het was elf uur 's avonds. Hij had het laatste raam afgeplakt en om de achterdeur naar de tuin een provisorisch scherm opgetrokken. Op de radio klonk het gemurmel van nieuwsberichten: boeren protesteerden tegen het inkrimpen van hun veestapel. Roland dronk thee, want hij had de alcohol eraan gegeven. Het besluit daartoe was vlot en gemakkelijk genomen, en gedeeltelijk ingegeven door een telefoontje van rechercheur Browne. Een bevrijding. Om het te onderstrepen had hij anderhalve fles whisky door de gootsteen gespoeld.

De rechercheur had hem verteld dat Alissa's naam voorkwam op een lijst van niet-gemotoriseerde passagiers van de veerboot van Dover naar Calais, die op de dag van haar verdwijning om kwart over vijf 's middags was afgevaren. Ze had de nacht in Calais doorgebracht, in Hôtel des Tilleuls, in de buurt van het station. Roland en zij hadden daar een paar keer samen gelogeerd, en er met een glas wijn op de smalle, stoffige binnenplaats gezeten, waar twee lindebomen wanhopige pogingen deden om wat licht op te vangen. Ze hielden van dat soort goedkope, pretentieloze hotelletjes met krakende vloeren, gammel meubilair en een haperende douche met een oud, plastic gordijn dat stijf stond van de zeepresten. Beneden hadden ze een standaardmenu van vierendertig franc. Het waren verschillende herinneringen die over elkaar heen lagen. Een lange kelner met ingevallen wangen en zilvergrijs haar langs de lijn van zijn jukbeenderen ging bij de tafels langs met een zilveren soepterrine, die hij op waardige wijze presenteerde. Aardappelpreisoep. Daarna een moot gegrilde vis, een waskleurige gekookte aardappel met een halve citroen en een wit kommetje gemengde sla, plus een liter rode wijn in een fles zonder etiket. Kaas of fruit. Het was het jaar voor hun trouwen. Boven hadden ze in een smal, piepend bed gevrijd. Onbehoorlijk van Alissa om daar zonder hem naartoe te gaan. In een samengebald moment van nostalgie voelde hij zich dubbel in de steek gelaten. Hij zag het hotel als haar minnaar waar hij jaloers op was. Maar misschien was ze wel helemaal niet alleen geweest.

Het centrale, door Napoleon ingevoerde, paranoïde systeem, dat alle gasten in Franse hotels registreerde en verifieerde, was nog altijd van kracht. De twee daaropvolgende nachten had ze, vertelde Browne, in Parijs doorgebracht, in Hôtel La Louisiane, aan de Rue de Seine in het zesde arrondissement. Ze kenden het goed. Nog meer verraad voor een prikkie. Na Parijs had Alissa één nacht gelogeerd in Hôtel Terminus in Straatsburg. Van hem mocht ze, hij kende het niet. Over München viel niets te melden. West-Duitsland was minder geïnteresseerd in zijn bezoekers dan Frankrijk.

Brownes stem klonk ver weg. Op de achtergrond het geroezemoes van stemmen, een ratelende typemachine en, een paar keer, kattengemauw.

'Uw vrouw is op rondreis door Europa. Uit eigen vrije wil. We hebben geen reden om aan te nemen dat ze gevaar loopt. Dat betekent dat we verder niets kunnen doen.'

Het had voor Roland geen zin om over haar laatste boodschap te beginnen. Dit hele gedoe was zíjn zaak, zoals het dat van meet af aan had horen te zijn. Hij probeerde de rechercheur een verontschuldiging te ontlokken. 'Dus u denkt niet dat ik die ansichtkaarten heb vervalst. U denkt niet dat ik haar heb vermoord.'

'Zoals de zaken er nu voor staan niet, nee.'

'Nog wel bedankt voor alles, inspecteur. Komt u de spullen die u hebt meegenomen nog terugbrengen?'

'Die worden door iemand afgegeven.'

'En de foto's die u van mijn notitieboekje hebt gemaakt.'

'Ook.'

'En de negatieven.'

De stem klonk vermoeid. 'We doen wat we kunnen, meneer Baines.' Browne hing op.

Rolands vieze handen lagen om zijn kop met lauwe thee. Op de klok aan de muur was het vijf over elf. Te laat om Daphne nog te bellen en het met haar over Alissa's laatste kaart te hebben.

Binnen een uur zou Lawrence wakker worden. Hij kon maar beter alvast gaan douchen. Maar hij verroerde geen vin. Hij pakte de ansichtkaart op en staarde opnieuw naar de bijgekleurde foto van een glooiend weiland met op de achtergrond de Beierse Alpen. Veldbloemen, grazende schapen. Niet zo ver van haar geboorteplaats. Het toeval wilde dat in het late journaal een boer uit het heuvelland van Wales bezig was uit te leggen dat stadsmensen geen flauw idee hadden van de liefdesband die mensen als hij en zijn vrouw onderhielden met hun schapen en lammeren. Maar de aan hun zorg toevertrouwde dieren, met name de lammetjes, gingen sowieso rechtstreeks naar net zo'n soort fabriek als die in Ipswich. Zachte gerechtigheid. Tot de vergetelheid veroordeeld door degenen die van je hielden. Door degene die volhoudt dat ze nog altijd van je houdt. *Lieve Roland, Weg van jullie beiden = fysieke pijn. Dat meen ik. Een diepe wond. Maar ik weet dat ik aan het mdrschp kapot zou zijn gegaan. En we hadden het nog wel over een 2e! Beter nu pijn dan later veel langer pijn/chaos/verbittering. De enige weg die ik moet gaan ligt duidelijk afgetekend voor me. Vandaag mocht ik van aardige mensen in Murnau een uur lang in mijn oude kndrkmr doorbrengen. Ga binnenkort door naar het noorden, naar mijn ouders. Bel me daar alsjeblieft* NIET *op. Het spijt me, lieveling. A.*

In de wedloop van het lijden wilde zij stappen maken. Zelfs bij de zoveelste lezing van de tekst ergerden de afkortingen hem nog steeds. Aan de gekartelde onderkant van de kaart had ze nog wel een centimeter of drie overgehad. Meer dan genoeg ruimte om het woord 'moederschap' voluit te kunnen schrijven. In het marktstadje Murnau had ze vanonder het schuine dak van haar vroegere kinderkamer door het raam uitgekeken over de oranje daken naar de Staffelsee, en zich bezonnen op haar achtendertig levensjaren, met aan het eind de abrupte breuk toen ze zich had losgemaakt van de beslommeringen van het doorsneeleven, het betreurenswaardige wonder van Lawrence' bestaan en het doodgewone feit van een niet zo briljante echtgenoot. Maar die 'weg' waar ze het over had? Zo'n woord was niks voor haar. Ze geloofde niet in voorbeschikking, wat het volgen van een uitgestippeld pad impliceerde. Ze was niet gelovig, zelfs niet in een verwaterde vorm. Ze gaf heel gedisciplineerd les in Duitse taal- en letterkunde (althans dat had ze gedaan), en was een grote bewonderaarster van Leibniz, de gebroeders Von Humboldt en Goethe. Hij herinnerde zich dat ze een jaar geleden, toen ze herstellende was van de griep, rechtop in bed gezeten verdiept was geweest in een Duitse biografie van Voltaire. Ze was van nature een goedaardige sceptica. Daarom sloot hij allerlei newagegedoe uit. Geen enkele goeroe zou haar neiging tot het uitdelen van plaagstootjes tolereren. Als zij daadwerkelijk een uur lang in de slaapkamer had gestaan die ze ooit had gedeeld met de verfomfaaide teddybeer die nu boven in het ledikantje van Lawrence lag, dan voerde haar weg terug naar het verleden.

En als ze naar het noorden ging reizen om haar ouders op te zoeken bevestigde dat Rolands idee alleen maar. Ze hadden een moeizame relatie, haar ouders en zij. Er waren regelmatig aanvaringen geweest. Als ze elkaar een halfjaar lang niet hadden gezien, werkten ze elkaar daarna toch meteen weer op de zenuwen. Hoewel ze erg close waren, misschien wel omdát ze erg close waren. De laatste keer dat Alissa (toen vier maanden zwanger) en hij Liebenau hadden bezocht was in april 1985 geweest. Ze wilden het heuglijke nieuws persoonlijk gaan brengen. Na het eten was er in de keuken meteen een korte maar heftige ruzie uitgebroken. Jane en haar enige kind stonden samen de vaat te doen. Het ogenschijnlijke meningsverschil betrof de manier waarop de schone borden in de kast opgestapeld moesten worden. In de kamer ernaast zaten Heinrich en Roland aan een cognacje. In dit huishouden waren mannen van alle huishoudelijke werkzaamheden uitgesloten. Toen de stemmen in het Duits steeds luider klonken en ten slotte uitbarstten in het Engels, haar moeders moedertaal, keek zijn schoonvader Roland aan en trok schouderophalend een gezicht van wat-doe-je-eraan?

Waar het werkelijk om ging bleek de volgende ochtend tijdens het ontbijt. Vier maanden? Waarom was Jane een van de laatsten die het te horen kregen, lang na al hun Londense vrienden? En hoe had Alissa durven te trouwen zonder haar ouders uit te nodigen? Was dat hoe je de mensen behandelde die liefdevol voor je gezorgd hadden?

Alissa had haar moeder kunnen vertellen dat het kind dat ze droeg was verwekt in de slaapkamer boven. Maar in plaats daarvan reageerde ze furieus. Wat maakte het uit? Waarom was haar moeder niet blij met haar geweldige schoonzoon en het vooruitzicht van een kleinkind? Waarom waardeerde ze het niet dat Roland en zij hier helemaal naartoe waren gekomen om het nieuws persoonlijk te brengen? Maandagochtend moest ze weer voor de klas staan. Alissa liep energiek alle grotendeels alliterende etappes van de reis na. Toevallig ging het voor een groot deel om Rolands oude kostschoolroute. Van Londen naar Harwich, dan door naar Hoek van Holland, vervolgens naar Hannover en ten slotte naar hier. Het was hondsvermoeiend en kostte handenvol geld. Ze had op een warm welkom gerekend. Ze had beter moeten weten! Rolands Duits was goed genoeg om de woordenstrijd te kunnen volgen, maar onvoldoende om een sussende opmerking te kunnen maken. Dat was aan Heinrich, die ineens, zoals hij wel vaker had gedaan: 'Genug!' baste. Alissa stond op van tafel en liep de tuin in om af te koelen. De ochtend daarna werd het ontbijt in stilte genuttigd.

Als ze daar nu was, in het keurige huis van baksteen en hout dat midden in een tuin van een kwart hectare stond, moest ze daar een specifieke bedoeling mee hebben. Als ze haar ouders kwam vertellen dat ze haar kind en haar echtgenoot in de steek liet, zou dat een ongekende ruzie tot gevolg hebben.

*

Jane Farmer was in 1920 geboren, in Haywards Heath, als dochter van twee docenten moderne talen. Na het gymnasium, waar ze had uitgeblonken in Frans en Duits, volgde ze een secretaresseopleiding; een universitaire studie was nooit 'aan de orde' geweest. Ze was een typiste van negentig-woorden-per-minuut. Aan het begin van de oorlog werkte ze op de typekamer van het ministerie van Informatie en deelde ze met een schoolvriendin een onverwarmd flatje in Holborn. Onder invloed van die huisgenote, die in de jaren zestig een belangrijke figuur zou worden aan het Courtauld Institute of Art, ging Jane eigentijdse poëzie en romans lezen. Getweeën bezochten ze voordrachtsavonden en begonnen ze een leesclub die het bijna twee jaar lang volhield. Jane schreef korte verhalen en gedichten, waarvan geen enkele werd opgenomen in een van de kleine tijdschriften die ook tijdens de oorlog het hoofd boven water wisten te houden. Zij had achtereenvolgens allerlei archiverings- en typebaantjes op verschillende ministeries en verhoudingen met mannen die net als zij literaire ambities koesterden. Geen van hen zou ooit doorbreken.

In 1943 reageerde ze op een advertentie waarin een parttime typiste werd gevraagd voor Cyril Connolly's tijdschrift *Horizon*. Ze werd voor vier uur in de week aangenomen. Later vertelde ze haar schoonzoon dat ze ergens in een onzichtbaar hoekje was neergepoot en de saaiste correspondentie te behandelen kreeg. Ze was niet knap, had geen connecties en was niet sociaal vaardig zoals veel van de jonge vrouwen die het kantoor aandeden. Naar verwacht mocht worden merkte Connolly haar nauwelijks op, maar zo nu en dan verkeerde ze in de tegenwoordigheid van literaire grootheden. Ze zag George Orwell, Aldous Huxley en een vrouw die mogelijk Virginia Woolf was, althans ze dacht dat ze die gezien had. Maar Woolf was, naar Roland wist, toen al twee jaar dood, en Huxley woonde in Californië. Er was echter één glamoureuze figuur van hoge komaf, die precies even oud was als Jane en die een welwillende belangstelling voor haar aan de dag legde, en haar zelfs een paar jurken cadeau deed die ze zelf niet meer nodig had. Het was Clarissa Spencer-Churchill, een nicht van Winston, die later met Anthony Eden zou trouwen, voordat die premier werd. In 1956 deed ze, als Clarissa Eden, de beroemde uitspraak dat ze bij tijden het gevoel had dat het Suezkanaal door haar salon stroomde. Maar ook Clarissa verdween weer uit beeld. Verder herinnerde Jane zich Sonia Brownell, die later met Orwell trouwde, als een vriendelijk persoon. Ze gaf Jane twee boeken ter beoordeling, maar publiceerde geen van beide recensies.

Jane was een marginale figuur in de wereld van *Horizon*. Ze kwam maar twee middagen per week, na haar werk op het ministerie van Werkgelegenheid. Toch miste het bureau op den duur zijn uitwerking niet. Tegen de tijd dat de oorlog voorbij was lagen haar literaire ambities vast. Ze wilde door Europa gaan reizen en daarover 'verslag doen'. Ze had ooit Stephen Spender iets horen zeggen over een dappere, uit studenten bestaande Duitse verzetsgroep, Die Weiße Rose, die vanuit de universiteit van München opereerde. De jonge mensen vormden een geweldloze intellectuele beweging die in het geheim pamfletten verspreidde waarin de misdaden van het regime, met inbegrip van de massale vernietiging van de Joden, breedvoerig werden uitgemeten en veroordeeld. Begin februari 1943 waren de belangrijkste leden van de groep door de Gestapo opgepakt, door een 'Volkstribunaal' berecht en vervolgens onthoofd. In het voorjaar van 1946 slaagde Jane erin vijf minuten lang de aandacht van Connolly vast te houden. Ze stelde voor dat ze naar München zou reizen en daar overlevenden van de beweging te zoeken om meer over hun geschiedenis aan de weet te komen. Zij vertegenwoordigden ongetwijfeld de fine fleur van Duitsland en de geest van de toekomst van het land.

Eind 1939, in het prille begin van *Horizon*, had de hoofdredacteur er een esthetische kijk op de oorlog op nagehouden. De grootste uitdaging was om niet mee te gaan in de gekte van het moment, maar zich langs de zijlijn op te stellen en te proberen de beste literaire en kritische tradities van de beschaafde wereld overeind te houden. Maar naarmate de oorlog vorderde raakte Connolly overtuigd van het belang van serieus engagement, van verslaggeving, bij voorkeur vanuit de frontlinie, waar die zich ook maar bevond. Hij was aardig voor Jane, moedigde haar zelfs aan, stond open voor haar idee en bood haar twintig pond aan op rekening van het tijdschrift als tegemoetkoming in haar onkosten. Dat was heel royaal. Hij had zelfs nog een aanvullend project in gedachten. Hij wilde dat ze, als ze klaar was in München, 'de Alpen over zou wippen' naar Lombardije om iets te schrijven over het eten en de wijn aldaar. De Britse cuisine, die toch altijd al een schande was, was er door de oorlog nog meer op achteruitgegaan. Nu was het tijd om zich te gaan bezinnen op de zonnige culinaire tradities van Zuid-Europa. Nog voordat de oorlog definitief voorbij was, was hij al in Parijs geweest, waar hij gelogeerd had in de pas geopende Britse ambassade en van het eten had genoten. Nu wilde hij alles weten over de boerenkeuken, over *spiedo bresciano, ossobuco, polenta e uccelli* en de wijnen van Brescia. Het biljet van twintig pond haalde hij uit het kasblik. De opdracht die het leven van Jane een andere wending zou geven en aan de basis zou liggen van dat van Alissa, was beklonken in de paar minuten voordat Connolly op een holletje vertrok voor een lunchafspraak met Nancy Cunard in het Savoy.

De zesentwintigjarige Jane verliet Engeland begin september 1946 met honderdvijfentwintig pond op zak, waarvan de helft in Amerikaanse dollars, slim verspreid over haar persoon en bagage. Connolly ondertekende een epistel met briefhoofd waarin hij verklaarde dat ze *Horizons* 'correspondent voor heel Europa' was. In de zomer van 1984 zat Roland tijdens zijn eerste bezoek aan Liebenau met Jane in de tuin. Eerder die dag hadden ze over literatuur zitten praten, en ze had een oude kartonnen doos op tafel gezet. Jane had Roland het vergeelde epistel laten zien met het briefhoofd van het tijdschrift en de handtekening van de hoofdredacteur. Connolly en Brownell hadden zich voor haar uitgesloofd. Misschien dat ze te doen hadden met het kantoormeisje naar wie sommigen verwezen als Farmer Jane, 'boerin Jane'. Dankzij een voormalige vriend van Malcolm Muggeridge uit MI6, de geheime dienst, verschafte Brownell haar drie namen met de mogelijke adressen in München van mensen die misschien iets wisten over de Weiße Rose. Dankzij Connolly's contacten beschikte Jane ook over een paar introductiebrieven voor Britse legerofficieren die haar zouden kunnen helpen als ze op haar tocht door Frankrijk in moeilijkheden mocht komen. Er werd her en der met de pet rondgegaan. Cunard, die altijd graag een verzetsbeweging steunde, doneerde maar liefst dertig pond. Arthur Koestler gaf iemand vijf pond die hij aan haar moest geven. Een paar *Horizon*-medewerkers droegen briefjes van tien shilling bij. De meesten deden een halve crown of een muntje van twee shilling in de doos voor de Weiße Rose die in het kantoor stond. Jane had vijftig pond van een oom geërfd. Ze vermoedde dat de vijf pond die Sonia haar gaf van Orwell afkomstig was.

Die zomeravond in de tuin in Liebenau haalde Jane, nadat ze Roland Connolly's brief had laten zien, haar zeven dagboeken uit de doos. Ze had geprobeerd het gevoel van bevrijding over te brengen dat ze had gekregen op haar reis van Londen naar München via Parijs en Stuttgart, de meest opwindende episode uit haar leven. Ze was niet langer een gehoorzame dochter of onderdanige werkneemster, of de sociaal en intellectueel minderwaardige vrouw in het verdomhoekje van het kantoor en nog geen plichtsgetrouwe echtgenote. Voor het eerst in haar leven had ze een serieuze keus gemaakt, was ze een missie, een avontuur aangegaan. Ze stond op eigen benen. Ze vertrouwde op haar gezonde verstand en ze ging schrijfster worden.

Na drie weken Frankrijk verraste ze zichzelf door een uitnodiging los te peuteren voor een etentje in een officiersmess in de buurt van Soissons. Daar wist ze een aarzelende, uit Wales afkomstige sergeant over te halen haar de laatste vijftig kilometer naar de Duitse grens te laten meerijden in zijn truck. De avances van diverse militairen en burgers wimpelde ze af. Een Amerikaanse luitenant met wie ze een korte affaire beleefde nam haar in zijn jeep mee van Stuttgart naar München. Haar school-Frans en -Duits waren alleszins redelijk en verbeterden al snel. 'Ik werd mezelf!' zei ze tegen Roland. 'En toen verloor ik mezelf.'

De dagboeken waren geheim. Heinrich wist niets af van hun

bestaan. Maar Roland mocht ze aan Alissa laten lezen als hij dat wilde. Jane liet hem alleen in de tuin, terwijl zij naar binnen ging om voor het eten te zorgen. De eerste bladzijde van het eerste deel vertelde hem in keurig rondschrift dat ze op 4 september 1946 met de weer in gebruik genomen Golden Arrow in de derde klasse van Londen naar Dover was gereisd en met de Flèche d'Or van Calais naar Parijs. Als zij haar medepassagiers al had opgemerkt of uit het raam van de coupé naar buiten had gekeken terwijl ze door de vlakten van het bevrijde Picardië reden, dan had ze daarover niets genoteerd. 'Beurtelings vuil en glanzend. Verrassend gaaf. Winkels zijn leeg.' Ze oefende haar journalistieke vaardigheden met de beschrijving van het kleine hotelletje in het Quartier Latin waar ze onderdak vond en van de *propriétaire*, van een ruzie voor een bakkerswinkel en van een paar van de eerste spaarzame Amerikaanse toeristen, die in een *tabac* uiterst koel door de mensen uit de buurt werden bejegend. En in een bar was ze getuige geweest van een twistgesprek tussen een Britse marineofficier die uitstekend Frans sprak en 'een soort Franse intellectueel'.

> Een korte samenvatting van hun standpunten. Officier, enigszins aangeschoten: 'U hoeft mij niet te vertellen aan welke kant Frankrijk stond tijdens de oorlog. Jullie hebben onze troepen bestreden en afgeslacht in Syrië, Irak en Noord-Afrika. Jullie slagschepen wilden niet van Mers-el-Kébir oversteken naar Portsmouth om ons te helpen. En dus waren wij wel gedwongen ze aan te vallen. En nu horen we dat die gendarmes van jullie hier in Parijs 3000 Franse kinderen naar het Gare de l'Est hebben gedreven, hun dood tegemoet. Toevallig allemaal Joodse kinderen.' Zilvergrijze intellectueel, eveneens lichtelijk aangeschoten: 'Niet zo luid, m'sieur. Voor u het weet wordt u om dit soort opvattingen om zeep gebracht. Uw voorstelling van zaken deugt niet. Die schepen zouden trouw zijn gebleven aan Frankrijk. Later, toen de Duitsers in Toulon onze schepen probeerden te naasten, hebben we die voor-

tijdig tot zinken gebracht. Mijn zwager is door de Gestapo doodgemarteld. In een dorp vlak bij mijn geboortestad hebben ze vrijwel iedereen om het leven gebracht. Vrije Fransen hebben jullie gesteund en dapper meegevochten. Duizenden Franse burgers zijn bij de bevrijding gesneuveld door de granaten van jullie oorlogsschepen. De Résistance vertegenwoordigde de ware Franse geest.' Waarop iedereen in de bar 'Vive la France!' riep. Ik bleef de hele tijd zitten schrijven en deed alsof ik niets hoorde.

Ze liet Roland de dagboeken een nachtje houden. Hij las ze na het eten, en later die avond, toen ze naast elkaar in bed lagen, begon Alissa met deel één, terwijl hij intussen al was gevorderd tot het verslag van een 'bijzonder vermakelijke' avond met Britse officieren in Soissons, in 'een prachtig huis met een park en een meer'. Wat vooral indruk op Roland maakte was het zelfvertrouwen dat uit het proza sprak en de precisie van de beschrijvingen. Sterker nog, haar beschrijvingen waren briljant en gedurfd. De anderhalve bladzijde die gewijd was aan de affaire met de Amerikaanse luitenant, Bernard Schiff, vormde een verrassing. Jane Farmer had nog nooit zo'n gulle minnaar gehad, iemand die zo 'buitensporig veel aandacht besteedde aan het genot van een vrouw', in tegenstelling tot de Engelse mannen die ze tot dusver had gekend, met hun 'zouteloze erin en er weer uit'. Zich bewust van de aanwezigheid van zijn schoonouders aan de andere kant van een dunne muur las hij Alissa fluisterend Janes beschrijving voor van haar orale seks met Schiff. Alissa zei, eveneens fluisterend: 'Ze moet het vergeten zijn. Ze zou door de grond gaan als ze zich had gerealiseerd dat ik dit zou lezen.'

Twee dagen later hadden ze allebei de Münchense dagboeken in hun geheel gelezen. Voor de lunch maakten ze nog een wandelingetje door Liebenau, langs de oevers van de Große Aue naar het kasteel. Alissa was geagiteerd, enerzijds opgewonden door wat ze had gelezen, maar ook verbijsterd en zelfs beledigd. Waarom had haar moeder nooit iets over die dagboeken verteld?

Waarom had ze die aan Roland gegeven, en niet aan haar? Jane zou ze moeten publiceren. Maar dat zou ze niet durven. Heinrich zou het nooit goedvinden. Binnen het gezin was de Weiße Rose zijn eigendom, ook al waren er nog meer overlevenden. Een handjevol geleerden, geschiedkundigen, journalisten was hem komen interviewen. Hij had geen centrale rol gespeeld en ook nooit beweerd dat hij dat wél had gedaan. Men had hem geconsulteerd voor een filmproductie. Toen hij het resultaat zag was hij teleurgesteld. Ze hadden de werkelijkheid niet weten te vangen. 'De Scholls, Hans en Sophie, waren zo niet geweest, die zagen er heel anders uit!' Dat zei hij terwijl hij tegelijkertijd toegaf dat hij hen nauwelijks gekend had. Ook aan de krantenartikelen, de wetenschappelijke verhandelingen en de boeken die geleidelijk aan begonnen te verschijnen beleefde hij weinig genoegen. 'Zij zijn er niet bij geweest, zij kunnen het niet weten. De angst! Nu het verleden tijd is, is het niet langer echt. Het zijn nu enkel nog woorden. Ze beseffen niet hoe jong we waren. Ze kunnen het pure gevoel dat we toen hadden onmogelijk begrijpen. Vandaag de dag zijn journalisten atheïsten. Ze willen niet weten hoe sterk ons geloof was.'

Er was niets in enig verslag dat hem tevreden kon stemmen. Het was geen kwestie van nauwkeurigheid. Het deed hem pijn dat een ooit doorleefde ervaring nu een idee was, een vage notie in het hoofd van vreemden. Niets kon de vergelijking met zijn herinneringen doorstaan. Zelfs als de dagboeken van zijn vrouw alles tot leven hadden kunnen wekken, zouden ze bedreigend voor hem geweest zijn doordat hij in het verhaal zou zijn vervangen, althans zo dacht Alissa erover, en Roland vermoedde dat ze gelijk had. Haar vader was een sterke persoonlijkheid met ouderwetse opvattingen. Jane, die als een onafhankelijke vrouw door Frankrijk en Duitsland rondtrok en seks had met onbekenden: alleen het idee al! Publicatie, zelfs als privé-uitgave, was ondenkbaar. Jane zou nooit tegen zijn wensen ingaan. De enige rebelse concessie die ze deed was dat ze haar dochter en Roland toestond stiekem een fotokopie te maken die ze mee konden nemen naar

Londen. Toch een soort publicatie dus. De dag voordat ze vertrokken gingen ze naar een copyrette in Nieburg waar ze de hele middag zaten te wachten op de kopie die gemaakt werd door een traag werkend gebrekkig apparaat. De 590 bladzijden verstopten ze in een boodschappentas. Terwijl ze daarmee langs de rivier terugliepen vertelde Alissa Roland over haar vader. Hij was een gemoedelijke man van zeventig, conservatief van aard, iemand met verstarde ideeën. Zijn herinneringen aan de Weiße Rose en zijn mening over de beweging lagen onwrikbaar vast. Hij wilde ze niet ingewikkelder maken dan ze voor hem waren. En wat die orale seks betrof: bij de gedachte dat haar vader, een vroom en eerbaar kerkganger, kennis zou maken met de energieke luitenant van veertig jaar geleden, moest Alissa zo hard lachen dat ze steun moest zoeken tegen een boomstam.

Roland moest denken aan hun wandeling door Liebenau toen hij de ansichtkaart oppakte van de keukentafel en naar boven ging om te douchen. Ja, in die zomer van 1984 was ze, nadat ze de dagboeken van haar moeder had gelezen, onderhevig geweest aan vreemde stemmingswisselingen. Ze hadden het er uitvoerig over gehad, maar uiteindelijk was het onderwerp op de achtergrond geraakt. De winter daarop waren ze naar Clapham verhuisd, was de baby op komst, verwachtten Daphne en Peter hun derde kind en kwamen de beide in blijde verwachting verkerende gezinnen veel bij elkaar over de vloer, kortom, het dagelijks leven eiste alle aandacht weer op. De halfvergeten fotokopie lag in een krant gewikkeld in hun slaapkamer in een la.

Hij bleef even onderaan de trap staan. Bij Lawrence was alles nog stil. In de slaapkamer gooide hij zijn kleren in de wasmand. Radioactief door het stof uit Tsjernobyl. Hij geloofde het bijna. Hij ging in het bad staan, onder de provisorische douchekop die gevaarlijk aan een niet-betegelde muur hing, en reinigde zichzelf. Herinneringen hadden een lange halveringstijd. Terwijl ze zich door het centrum van Liebenau terug haastten om op tijd te zijn voor het eten had hij zich afgevraagd of de dagboeken Alissa in staat zouden stellen haar moeder met andere ogen te zien, zodat ze haar meer zou kunnen bewonderen en minder geneigd zou zijn ruzie te maken. Het tegendeel was het geval. Die laatste dag waren ze onmogelijk samen. Als een kibbelend bejaard stel dat lang geleden de kans om uit elkaar te gaan had laten lopen. De vierenzestigjarige Jane behandelde haar dochter als een concurrente die op haar nummer gezet diende te worden. Zodra ze weer in het huis terug waren stond Alissa alweer in de keuken te bakkeleien met haar moeder over hoe laat ze gingen eten. Aan tafel hadden ze een fikse ruzie over de CDU en Helmut Kohls *Erziehungsgeld*, zijn wetsvoorstel over een kinderopvangtoeslag. Een ferme klap op tafel van Heinrichs gebalde vuist maakte daar een einde aan. Later, in de tuin, bekvechtten ze over de volgorde waarin bepaalde dingen gebeurd waren tijdens een uitstapje in haar jeugd in het Nederlandse vissersplaatsje Hindeloopen. Toen Roland die avond bij Alissa in bed stapte vroeg hij, zoals hij al vaker had gedaan, wat dat toch was tussen hen.

'Zo zijn we nou eenmaal. Ik kan niet wachten om weer naar huis te gaan.'

Toen hij later die nacht wakker werd bleek ze te liggen huilen. Dat was hoogst ongebruikelijk. Ze wilde niet zeggen waarom ze moest huilen. Later viel ze in slaap met haar hoofd op zijn arm terwijl hij op zijn rug wakker lag en dacht aan de aankomst van de jonge boerin Jane in München, en de schok die dat voor haar had betekend.

*

Luitenant Schiff had haar gewaarschuwd. Ze had het verloop van de oorlog op de voet gevolgd, maar de verhalen over de zeventig grote bombardementen op de stad niet meegekregen. Op een kruispunt in de buurt van wat er nog restte van het Centraal Station klom ze uit de jeep. Heel München lag in puin. Ze voelde zich 'persoonlijk verantwoordelijk'. Een belachelijk gevoel, vond Roland. Het zag er, schreef ze, net zo erg uit als Berlijn. 'Veel erger dan de gevolgen van de blitzkrieg op Londen.' Ze nam met een 'uitvoerige' kus afscheid van Schiff, zonder ook maar de schijn te wekken dat ze ooit weer iets van elkaar zouden horen. Hij was getrouwd en had een vrouw en drie kinderen in Minnesota, van wie hij haar blije foto's had laten zien. Hij reed verder, zij pakte haar koffer op en begaf zich met in haar hand een twintig jaar oude baedeker op weg. Op een beschaduwde plek bleef ze staan om op een uitgevouwen plattegrond te kijken. Zonder zichtbare straatnaambordjes viel onmogelijk uit te maken waar ze zich bevond. Om haar heen lag alles in puin, en het was ongewoon warm voor de tijd van het jaar. Er stond geen zuchtje wind, en in de roerloze lucht hing een wolk van het steengruis dat werd opgeworpen door het weinige verkeer, dat hoofdzakelijk uit Amerikaanse legervoertuigen bestond. In de buurt van de plek waar ze stond zat op geen enkel gebouw nog een dak. De ramen waren 'grote gaten, die een vagelijk rechthoekige vorm hadden'. Zestien maanden na het einde van de oorlog was het puin opgehoopt tot 'keurige bergen'. Tot haar verrassing kwam er een oude elektrische tram voorbij die vol passagiers zat. Er bevonden zich best veel mensen op straat, daarom borg ze de plattegrond weg en bediende ze zich van haar school-Duits. Voorbijgangers gedroegen zich niet vijandig als ze haar accent hoorden. Maar bijzonder vriendelijk waren ze evenmin. Een uur later vond ze, na de nodige verkeerde of verkeerd begrepen aanwijzingen, onderdak in een pension in de buurt van de Giselastraße, niet ver van de universiteit en vlak bij de Englischer Garten.

Het verbaasde haar, zoals het haar ook op haar tocht door Frankrijk had verbaasd, dat er hotels open waren, met mensen die de bedden verschoonden en kookten met wat er te krijgen viel. Zo kort na een vernietigende oorlog. Elders was voedsel schaars. Langs de straten boden uitgebrande tanks een weinig verrassende aanblik. Het debris van de oorlog was overal. In een Frans dorp had de geblakerde vleugel van een gevechtsvliegtuig dwars over de stoep gelegen. Om redenen die ze niet kon achterhalen had niemand hem willen weghalen. De wegen en de stations die nog overeind stonden waren vol met ontheemden, Joden die de kampen overleefd hadden, voormalige soldaten, voormalige krijgsgevangen en vluchtelingen uit het door de Sovjet-Unie beheerste gebied. Tienduizenden zaten opeengedrongen in speciale kampen. Overal heersten 'dakloosheid, vuil, honger, leed en verbittering'.

Twee derde van de stad lag in puin. Maar op plaatsen waar geen bommen waren terechtgekomen had je ineens plekjes die er onschuldig normaal uitzagen. Haar kamertje op de derde verdieping was stoffig en rook naar schimmel, maar op het bed lag een glad, donzen dekbed, wat destijds voor Britten een vreemd, onbekend iets was. Toen ze voor het raam ging staan en met haar blik op zoek ging naar de plek waar ze de rivier vermoedde, kon ze zichzelf 'er bijna van overtuigen dat alle waanzin niet had plaatsgevonden'. Voor zover ze kon nagaan was het pension overgenomen door Amerikaanse officieren en civiele bestuurders. Als ze haar kamer verliet en de trap af liep, hoorde ze achter gesloten deuren het geratel van typemachines. En in het trappenhuis hing de zware geur van sigarettenrook.

De volgende ochtend liep ze het korte stukje naar het hoofdgebouw van de universiteit aan de Ludwigstraße. Daar werd ze doorverwezen naar de eerste verdieping. Ze liep door een lange zuilengang, waar het wemelde van de studenten. Opnieuw onverwacht normaal leven. Voor de administratie bleef ze staan om de Duitse zinnetjes die ze had voorbereid nog eens door te nemen. In een rechthoekig vertrek met hoge ramen zat een tiental secretariële medewerkers of documentalisten. Omdat er geen duidelijke receptiebalie was sprak ze de aanwezigen met luide stem in haar boeken-Duits toe. Iedereen draaide zich om om haar aan te kijken.

'Entschuldigung. Guten Morgen!' Ze was bezig met een artikel over de Weiße Rose voor een gerenommeerd Londens tijdschrift. Zou iemand haar kunnen helpen aan namen van mensen die ze over de beweging zou kunnen benaderen? Ze was voorbereid op een onvriendelijk antwoord. Zes sleutelfiguren, te weten Hans en Sophie Scholl, drie nauw bevriende studenten en een hoogleraar, waren ter dood veroordeeld en onthoofd. Andere executies waren gevolgd. Toen het nieuws van hun dood zich verspreidde, hadden tweeduizend studenten zich verzameld om luid schreeuwend hun bijval te betuigen. Verraders. Communistisch tuig. En nu? Te snel, te schandelijk misschien, voor meer dan een beschaamd stilzwijgen. Maar in plaats daarvan ging er een welwillend gemompel op. Een paar typistes stonden op van hun bureau en kwamen glimlachend naar haar toe gelopen.

Drie jaar daarvoor zouden deze secretaresses zich mogelijk verplicht hebben gevoeld op de grond te spugen bij het horen van de naam Die Weiße Rose. Onder de nieuwe bedeling wilde de Universiteit van München zich graag identificeren met de groep en trots zijn op de moed en de morele zuiverheid die de leden aan de dag hadden gelegd. Geen enkele andere Duitse onderwijsinstelling kon bogen op dergelijke martelaren. De Scholls, Alex Schmorell, Willi Graf, Christoph Probst en professor Kurt Huber waren Münchens trots. Tegenover de overweldigende, brute staatsmacht was hun verzet puur van intellectuele aard geweest. 'Die kinderen waren zo jong, zo dapper.' Wie zou een universiteit, inclusief het voltallige administratieve personeel, het recht willen ontzeggen dergelijke figuren op te eisen als symbolen van de terugkeer naar haar ware zin. Vrijheid van denken! 'Dit,' schreef Jane, 'was ooit de universiteit van Max Weber en Thomas Mann (...) En dat is ze nu weer.'

De eerste die haar bereikte was een mollige dame van in de zestig, met een bril die haar ogen groter deed lijken en haar het aanzien gaf van 'een aimabele kikvors'. Ze pakte Jane bij de elleboog en nam haar mee naar een archiefkast. Daar haalde ze een dun bundeltje gestencilde papieren uit.

'Hier ist alles was Sie wissen müssen.'

Kopieën van de zes originele pamfletten van de Weiße Rose, elk amper twee pagina's lang, waren via Zwitserland of Zweden naar Londen doorgestuurd. Daar waren ze in grote hoeveelheden gekopieerd en door de RAF met miljoenen tegelijk boven Duitsland gedropt. Jane schaamde zich voor haar onwetendheid. Zij had gedacht dat de vlugschriften zeldzame documenten waren, die lang geleden door de Gestapo waren verzameld en vernietigd. Muggeridge of zijn contactpersoon moest ervan hebben geweten. Waarschijnlijk wist iedereen op het kantoor van *Horizon* ervan, en hadden ze voetstoots aangenomen dat zij er ook van wist.

Anderen op de administratie van de Universiteit van München schreven namen en adressen voor haar op. Er waren bescheiden meningsverschillen. Jane hoorde opmerkingen als 'Die woont daar niet meer,' en 'Hij liegt. Hij was er niet bij betrokken.' De naam van een zuster, Inge Scholl, dook op. Zij zou bij haar ouders in Ulm wonen. Iemand zei: 'Nee, ze woont in München.' Het gerucht ging dat ze haar herinneringen te boek stelde. Ze had een tijd in een concentratiekamp gezeten en was daar nog van aan het herstellen. Misschien wilde ze wel niet praten. Anderen zeiden dat ze dat wel degelijk zou willen. Dergelijke discussies verliepen vreedzaam. Volgens Jane heerste er een sfeer van opwinding en trots.

Ze bracht een vol uur in het kantoor door. Ze was bang dat er een hogergeplaatste, een of andere chef, zou binnenkomen en iedereen een schrobbering zou geven waarvoor zij, Jane, dan verantwoordelijk was. Maar de chef bevond zich al in het vertrek. Hij was 'een ruig behaarde figuur in een donker pak dat hem twee maten te groot was'. Hij legde haar de volgorde uit waarin de pamfletten waren verschenen. De eerste vier waren in de zomer en het najaar van 1942 geschreven en clandestien in München en de omringende stadjes verspreid. De laatste twee waren van het begin van het jaar daarna, nadat Hans Scholl, Probst en Graf waren teruggekeerd van het Oostfront, waar ze als hospik hadden gediend. Het allerlaatste pamflet was slechts één dag voordat de Gestapo de groep had opgepakt geschreven. Hij zei tegen Jane dat ze het verschil zou zien tussen de pamfletten vijf en zes.

Ze bedankte iedereen uitvoerig en nam afscheid met de belofte dat ze hun een kopie van haar artikel zou toesturen. In de Ludwigstraße werd ze overvallen door een gevoel van ongeduld. Ze bleef op een straathoek staan, haalde de aan elkaar geniete blaadjes tevoorschijn en las de kop bovenaan het eerste: 'Pamflet van de Weiße Rose'. Haar Duits was goed genoeg om de eerste zin zonder hulp van het woordenboek te kunnen lezen. 'Niets is een beschaafd land onwaardiger dan zich zonder verzet door een onverantwoordelijke en door duistere driften geleide heerszuchtige kliek te laten "besturen".'

Ze wijdde een halve bladzijde van haar notitieboek aan haar reactie op wat ze had gelezen. Roland nam aan dat ze tegen de tijd dat ze haar aantekeningen noteerde alle zes pamfletten had gelezen.

> Niets is een beschaafd volk onwaardiger (...) Het was alsof ik een vertaling uit het Latijn las van een of andere eerbiedwaardige figuur uit de oudheid (...) zo hooggestemd was deze beginselverklaring, geschreven door een jongeman, een student van halverwege de twintig met een passie voor intellectuele vrijheid, die feilloos aanvoelde dat de kostbare kunstzinnige, filosofische en religieuze tradities dreigden te worden uitgeroeid. Er trok een gevoel van opwinding door mijn lijf, een soort duizeling (...) het was alsof ik ineens verliefd werd (...) Hans Scholl, diens zuster Sophie en hun vrienden verhieven vrijwel als enigen in het land hun kleine stem tegen de tirannie, niet in naam van de politiek, maar van de beschaving zelf. Nu waren ze dood. Drie jaar dood, en ik rouwde om hen op een hoek van de Ludwigstraße. Ik wilde ze zo graag kennen, ze hier en nu bij me hebben. Diep bedroefd, als iemand wier geliefde is gestorven, liep ik terug naar het hotel.

Ze verliet haar kamer pas weer nadat ze alle pamfletten opnieuw had gelezen en van commentaar voorzien. Wat hachelijk, wat dapper om het Derde Rijk 'een geestelijke gevangenis' te noemen, 'een gemechaniseerd staatsapparaat dat bestuurd wordt door criminelen en dronkaards', en te schrijven dat 'elk woord dat Hitler spreekt een leugen (is) en zijn mond de stinkende poort van de hel'. En dat alles met geleerde verwijzingen naar Goethe, Schiller, Aristoteles en Lao Tse. Ze had een gevoel alsof ze 'werd bijgeschoold'. Ze begreep ten volle hoe iemand die vertrouwd was met dergelijke schrijvers een grote vrijheidsliefde kon ontwikkelen en uitdragen. Ze betrapte zichzelf erop dat ze 'kwaad' was op haar ouders, 'ja, het hun zelfs verweet' dat ze haar zonder er verder bij stil te staan, omdat ze een meisje was, niet het voorrecht hadden geschonken van een universitaire opleiding zoals haar broer die had genoten. Hij zat nog altijd in het leger, als kapitein bij de koninklijke artillerie. Hij had zich in de oorlog onderscheiden. Op dat moment nam ze, zittend op het bed in haar kamertje dat uitkeek op een deel van de Englischer Garten, het besluit dat ze zich, zodra ze terug was, zodra ze haar artikel had ingeleverd, aan de universiteit zou inschrijven. Filosofie of letterkunde. Het liefst allebei. Het zou haar eigen kleine daad zijn van... ja, van wat eigenlijk? Van verzet, van eerbetoon. Dat was ze de Weiße Rose verplicht. Ze schreef hele zinnen uit de pamfletten over. De 'meest verwerpelijke misdaden van de overheid – misdaden die iedere menselijke norm verre te buiten gaan (...) Bedenk wel dat alle burgers het regime verdienen dat ze bereid zijn te verduren (...) Onze huidige staat vormt de dictatuur van het kwaad.' En van Aristoteles: 'De despoot is eindeloos geneigd oorlog te voeren.' Helemaal aan het einde van het eerste pamflet werd zij, na twee verzen uit Goethes *Des Epimenides Erwachen*, diep getroffen door de pathos van een eenvoudige, hoopvolle oproep: 'Wij verzoeken u zo veel mogelijk kopieën van dit pamflet te maken en die verder te verspreiden.'

'(...) sinds de inval in Polen zijn daar 300.000 Joden op de meest beestachtige wijze afgeslacht.' Hans Scholl en zijn kompanen wilden vol vuur het Duitse volk opwekken uit hun dadenloosheid, hun lethargie 'ten aanzien van deze gruwelijke misdaden, misdaden die beneden de menselijke waardigheid zijn (...) de onzinnige apathie van het Duitse volk moedigt deze fascistische misdadigers alleen maar verder aan'. Als ze niet onmiddellijk in actie kwamen kon niemand worden vrijgepleit, omdat iedereen 'schuldig, schuldig, schuldig' was. In de laatste zin van het vierde pamflet: 'Wij zullen niet zwijgen. Wij zijn uw kwade geweten. De Weiße Rose zal u niet met rust laten!' Maar er was hoop, want het was nog niet te laat: 'Nu we hen in hun ware gedaante gezien hebben, moet het onze eerste plicht zijn, de heilige plicht van iedere Duitser, om die monsters te vernietigen.' Tegenover de totale en gewelddadige macht van de staat stond alleen 'passief verzet' voor hen open. Heimelijke sabotage in fabrieken en laboratoria, op universiteiten en in alle takken van kunst. 'Geef geen geld aan openbare collectes (...) Draag niet bij aan de inzameling van metaal, textiel en dergelijke.'

In de laatste twee pamfletten was de toon verder aangescherpt. De koppen zeiden nu: 'Pamflet van het verzet' en 'Medeverzetsstrijders!' Het vijfde verklaarde dat de oorlog met de herbewapening van de Verenigde Staten zijn einde naderde. Het werd tijd dat het Duitse volk zich distantieerde van het nationaalsocialisme. Maar Hitler voerde 'Duitsland naar de afgrond. Hitler kan de oorlog niet winnen, hij kan hem alleen maar rekken. (...) Het uur der vergelding komt steeds dichterbij.' 'Dat was juist,' schreef Jane nuffig in haar notitieboek, 'alleen iets te vroeg.'

De Weiße Rose leek geen politieke doelen voor de toekomst te hebben. Maar toen las Jane, in het kortste en laatste, in 1943 geschreven pamflet: 'Slechts door een breed samenwerkingsverband van de Europese landen kan de weg naar wederopbouw worden voorbereid (...) Het Duitsland van morgen moet een federale staat worden.'

Sophie Scholl werd opgepakt toen ze het zesde pamflet aan het uitdelen was in hetzelfde universiteitsgebouw dat Jane die dag had bezocht. Een conciërge had haar de blaadjes in de lichtkoker van de entreehal zien gooien. Hij had het gerapporteerd, en dat betekende het einde. Inmiddels waren de Duitse troepen bij Stalingrad teruggedreven. De slachting die daar was aangericht was van een onvoorstelbare omvang. Dit werd terecht gezien als een keerpunt in de oorlog. '330.000 Duitsers zijn zonder enige zin onbezonnen de dood en de vernietiging in gedreven door de briljante planning van onze soldaat eerste klasse uit de Eerste Wereldoorlog. Führer, wij zeggen u dank.' In de laatste alinea's van het laatste pamflet werd een wanhopig beroep gedaan op de Duitse jeugd om in naam van alle 'intellectuele en geestelijke waarden (...), van de intellectuele vrijheid (...) en van ons morele gehalte' op te staan. De Duitse jeugd moest 'zijn onderdrukkers vernietigen (...) en een nieuw Europa van de geest stichten (...). De doden van Stalingrad smeken ons in te grijpen.' Met tot slot de galmende zin: 'Ons volk is bereid op te staan tegen de knechting van Europa door het nationaalsocialisme en vol verrukking vrijheid en eergevoel te herontdekken.' Daarmee eindigde het, met verrukking en hoop. Er volgden een snelle reeks arrestaties, een schijnproces met een bij voorbaat vaststaande afloop, en de eerste van de executies. Drie jonge hoofden die overliepen van goedheid en moed werden van hun lichamen gescheiden. Sophie Scholl, de jongste, was eenentwintig jaar.

Jane lag een halfuur lang op het bed in een staat van uitputting en verrukking. Het leidde, zo schreef ze, tot 'een toegeeflijke vorm van zelfkritiek'. Haar eigen leven kwam haar ineens heel klein en onbetekenend voor. Achter haar lag een vormeloze opeenstapeling van weken. Zij had de oorlog als verdoofd doorgebracht met het typen van administratieve brieven. In heel haar leven had ze nooit iets gewaagder gedaan dan stiekem een sigaretje roken in een rododendronbosje achter het sportterrein van de school toen ze veertien was. Met het nodige geluk had ze de Blitz overleefd, maar dat was geen verdienste. Ze had hem met tal van anderen doorstaan. Ze was nooit tegen iemand in opstand gekomen en had nooit haar leven geriskeerd voor een idee of principe. En nu? Ze gaf geen antwoord op haar eigen vraag. 'De honger won het van me. Ik had de hele dag niet gegeten.' Het hotel had die avond geen eten. Ze dwaalde door de universiteitsbuurt op zoek naar een goedkope eetgelegenheid. 'Ik voelde me anders, alsof ik op het punt stond een ander iemand te worden. Ik stond aan het begin van een nieuw leven.' Uiteindelijk ontdekte ze een tent waar ze 'walgelijke worst op oudbakken brood' in de aanbieding hadden. 'Maar met wat mosterd was het wel te pruimen.'

Het onmiddellijke antwoord op haar vraag 'En nu?' was dat ze haar lijst met contacten moest afwerken, haar artikel over de Weiße Rose schrijven en naar Lombardije afreizen. Te midden van de puinhopen van München zag haar bestaan er 'magnifiek' uit, vond ze. Ze zag zichzelf als een soort erelid van de groep. Zij zou het werk van de leden voortzetten, en helpen het Europa op te bouwen waarvan zij hadden gedroomd. Zelfs een bescheiden bijdrage legde al gewicht in de schaal, al was het maar doordat ze de Engelse keuken wat vooruit zou helpen 'met mijn beschrijving van de kunst van het bereiden van ossobuco', zo schreef ze in een frivole bui. Toen ze een kwarteeuw later hoorde dat haar moederland eindelijk was toegetreden tot de Europese Unie, was ze opgetogen vanwege de link met een moment uit haar jeugd. Op dat moment, daar, wijdde ze zich de daaropvolgende tien dagen aan een serieuze poging om de geschiedenis van de Weiße Rose te reconstrueren.

De eerste vergissing die ze maakte was dat ze ervan uitging dat de contacten van MI6 inside-information leverden. Ze sjouwde met haar reisgids door de hele stad, maar ving overal bot. Het eerste adres, een gebouwencomplex van rond de eeuwwisseling, bleek een puinhoop te zijn. Op het volgende, dat van een klein huis in een smalle straat in Schwabing, woonde een Italiaans gezin dat zei van niets te weten. Het huis van het derde adres, eveneens in Schwabing, was weliswaar intact, maar zag eruit alsof het al lange tijd niet meer bewoond werd. In de chaos van de oorlog en de nasleep daarvan, bleef niemand lang op dezelfde plek wonen. Ze had meer geluk met de tips van de universiteit, ook al kreeg ze nog steeds vaak nul op het rekest. Haar eerste succes boekte ze toen ze een uur lang kon spreken met een vriendin van Else Gebel, een voormalige politieke gevangene, een beambte wier taak het was geweest mensen die door de Gestapo gearresteerd waren in te boeken. Gebel had tijdens die laatste dagen veel tijd met Sophie Scholl doorgebracht en zelfs vier nachten met haar in een cel gezeten. Het ging weliswaar om de waarheid uit de derde hand, maar Jane vertrouwde deze levendige, intelligente vrouw, Stefanie Rude. Gebel was van plan haar eigen verhaal op te schrijven, dat mogelijk opgenomen kon worden in het boek waaraan Inge Scholl werkte. Stefanie wist zeker dat Scholl graag gewild had dat Gebel met Jane zou praten.

Sophie Scholl had aan Else verteld dat ze er altijd van uit was gegaan dat het haar leven zou kosten als ze ooit opgepakt zou worden tijdens het verspreiden van de pamfletten of als ze 'Vrijheid!' op de muren van München aan het kalken was. Nadat ze voor het eerst een hele nacht was ondervraagd kwam ze kalm en ontspannen terug in haar cel. Toen haar de kans werd geboden te zeggen dat ze fout was geweest met haar uitlatingen over het nationaalsocialisme had ze geweigerd haar woorden te herroepen. Het waren haar overweldigers die fout waren. Maar toen ze hoorde dat Christoph Probst was gearresteerd, stortte ze in. Hij was vader van drie jonge kinderen. Later herstelde ze zich weer enigszins, gesteund door haar godsvertrouwen en haar geloof in de goede zaak. Ze had zichzelf ervan overtuigd dat de invasie van de geallieerden binnenkort zou plaatsvinden en dat de oorlog over een paar weken zou zijn afgelopen. Ze bleef overtuigd van het kwaad van het nationaalsocialisme en hield vol dat als Hans, haar broer, zou komen te sterven, ook zij dat moest. Tijdens het Volkstribunaal was ze kalm. Nadat ze was veroordeeld werd ze naar de Stadelheim-gevangenis overgebracht, waar ook haar broer en Probst zaten. Vóór hun executie hadden de Scholls nog een kort ogenblik samen met hun ouders.

Alles wat Jane tijdens deze en andere gesprekken te horen kreeg zou legendarisch worden. De Weiße Rose werd vast onderdeel van de lesstof op school en leidde tot slechte poëzie, goedkoop sentiment en aanbidding, dramatische films en serieuze kinderboeken, eindeloos wetenschappelijk onderzoek en een stortvloed aan proefschriften. Het was het verhaal dat het naoorlogse Duitsland nodig had als stichtingsgeschiedenis van de nieuwe federale staat. Het werd een schitterend relaas dat zo versleten raakte, zo nadrukkelijk werd omhelsd door de autoriteiten, dat het in latere jaren cynische reacties of erger uitlokte. Was Hans Scholl niet groepsleider bij de Hitlerjugend geweest? Was de bewonderde musicoloog professor Huber geen antisemiet, wiens invloed in het tweede pamflet bleek uit het curieuze zinnetje: 'ongeacht het standpunt dat we ten opzichte van de Joodse kwestie innemen'? Delen van de linkervleugel in de Duitse politiek beschuldigden Huber, een conservatief van de oude stempel, ervan dat hij net als de nazi's 'tegen de bolsjewieken' was geweest. Anderen vroegen zich af welk verschil deze jonge naïeve christenen hadden gemaakt. Alleen de militaire macht van de Verenigde Staten en de Sovjet-Unie had het nazisme kunnen verslaan.

Maar Jane geloofde dat het lezen van de geschiedenis van eenzaam verzet terwijl het land in puin lag en de helft van de bevolking hongerleed, en elke Duitser nog maar net ontwaakte uit de nachtmerrie waaraan zij allemaal, of vrijwel allemaal, hadden bijgedragen, inspirerend zou werken, een openbaring zou zijn, het begin zou vormen van de verlossing. En zij was daar, op de juiste plaats, op het juiste moment, om het eerste onderbouwde verslag ervan te schrijven en te publiceren.

In één week tijd sprak ze met een tiental personen die meer of minder dicht in de nabijheid van haar onderwerp hadden verkeerd. Ze had het geluk dat ze een halfuur kon praten met Falk Harnack, die toevallig een bezoek bracht aan München. Hij was directeur geweest van het Nationaltheater in Weimar. Hij had veel contacten gehad binnen het verspreide en ongecoördineerde Duitse verzet. Hij had een ontmoeting geregeld tussen Hans Scholl en een Berlijnse groep dissidenten. De afgesproken datum bleek achteraf die van Scholls executie te zijn. Van verschillende kanten hoorde Jane verhalen over een beroemde formele bijeenkomst op de Münchener universiteit waarbij de verzamelde studenten, onder wie verminkte oorlogsveteranen, waren toegesproken door een topfunctionaris van de nationaalsocialistische partij, Gauleiter Paul Giesler. Overeenkomstig hun strategie van passief verzet bleven de Scholls weg. Tijdens zijn weerzinwekkende, verlekkerde toespraak droeg Giesler de vrouwelijke studenten op zich te laten bezwangeren voor het Vaderland. Dat was hun patriottische plicht. De vrouwen die 'niet aantrekkelijk genoeg' waren 'om een partner te vinden' zegde hij een van zijn persoonlijke adjudanten toe. De studenten overstemden hem met een steeds luider fluitconcert, voetengestamp en boegeroep, en maakten aanstalten om te vertrekken, een ongehoord protest tegen de partij. De Weiße Rose stond dus uiteindelijk niet alleen. Jane sprak met Katharina Schüddekopf en later, veel te kort, met Gisela Schertling, de vriendin van Hans Scholl. Dichter bij de kern van de groep zou Jane niet komen. Katharina liet haar foto's zien van de Scholls, Graf en Probst. Zowel Schüddekopf als Schertling had in de gevangenis gezeten wegens dissidente activiteiten.

Inmiddels had Jane genoeg achtergrondmateriaal verzameld over de zes sleutelfiguren van de beweging, met inbegrip van professor Huber. Op de avond voorafgaand aan de dag waarop ze haar laatste twee interviews zou houden schreef ze de openingsalinea van haar artikel voor *Horizon*. De volgende morgen vertrok ze opnieuw naar Schwabing, deze keer om een oudere rechtenstudent van de Universiteit van München te spreken, Heinrich Eberhardt. Hij had in München geestdriftig leuzen als 'Weg met Hitler' en 'Vrijheid' op de muren gekalkt en was naar Stuttgart en andere steden gereisd om het vierde, vijfde en zesde pamflet te verspreiden. Eerder, toen hij in Frankrijk diende, was hij in zijn voet geraakt door een kogel van groot kaliber, waarna hij was vrijgesteld van actieve dienst en hij verlengd studieverlof had gekregen. Hij had verschillende leden van de groep ontmoet, maar was nooit een kernlid geworden. Hij kende een van de jonge advocaten, Leo Samberger, die vol afschuw en schaamte de rechtszaak tegen Scholl en Probst had aangezien. Jane dacht dat hij wel eens interessant zou kunnen zijn.

Ze arriveerde stipt om tien uur. Ongebruikelijk voor een student was dat Heinrichs kamer op de benedenverdieping groot en goed gemeubileerd was, en dat het daglicht er volop naar binnen stroomde via een glazen deur die uitkwam op een klein tuintje. Toen hij haar verwelkomde voelde Jane een rilling van herkenning over haar rug lopen. Het was alsof al haar onderzoek haar op dit moment had voorbereid. Wat een andere manier was om te zeggen dat het haar oordeelsvermogen ietwat had vervormd en gekleurd. De lange, licht mankende jongeman met de zachte stem die haar de hand drukte en haar een stoel wees waar ze op kon gaan zitten was de vleesgeworden Scholl, Probst, Schmorell en Graf ineen. Net als zij op de foto's, hield hij een pijp in zijn hand, die op dat moment niet brandde. Ze zag in hem de energie en het aantrekkelijke voorkomen van Hans, de open, oprechte blik van Christoph, de breekbaarheid van Alex en de dromerige diepgang van Willi, evenals diens weelderige, donkere, achterover gekamde lokken. Voor Jane stond het onmiddellijk vast: Heinrich was de Weiße Rose. Al op dat verwarrende ogenblik besefte ze dat ze in een vreemde, mogelijk misleide staat verkeerde, maar het maakte geen enkel verschil. Ze was als betoverd. Haar handen trilden lichtjes toen ze op de stoel ging zitten en haar notitieboek uit haar tas tevoorschijn haalde. Op een ernstige toon die mogelijk, dacht ze, goedmoedige spot camoufleerde, complimenteerde hij haar met haar Duits. Toen hij opstond en de kamer door liep om een kopje afschuwelijke koffie voor haar in te schenken, zag ze op zijn bureau een grote stapel opengeslagen juridische boeken liggen, naast een ingelijste foto van wat vermoedelijk zijn ouders waren. Geen enkel teken van een vriendin. Ze pakte haar koffie op, waarbij ze probeerde te voorkomen dat het kopje tegen het schoteltje rammelde. Een poos lang beantwoordde ze zijn vragen over haar reis vanuit Engeland en hoe het ervoor stond in Parijs, in Londen en met de voedselrantsoenering. Ze wilde dolgraag een goede indruk maken.

Na de inleidende beleefdheden bracht Jane het gesprek op de rechtszaak. Wat had zijn vriend Samberger Heinrich daarover verteld? Nu het gesprek over het verzet ging bleek Heinrich het liever te willen hebben over de andere groeperingen waarmee de

Weiße Rose in contact had gestaan. Hijzelf kwam oorspronkelijk uit Hamburg, een stad die kon bogen op een eervolle traditie van anti-Hitlersentimenten. Hans Scholl had daar contacten gelegd met een radicale groepering die geïnteresseerd was in sabotage zoals het Franse verzet die pleegde. Er was een poging gedaan om aan nitroglycerine te komen. Verder waren er cellen in Freiburg en Bonn. Stuttgart vormde een geval apart. En dan was er de Berlijnse groepering, die rechtstreeks door de Weiße Rose was beïnvloed. Zijn stem was zacht en beheerst, en ze vond hem prachtig klinken. Maar al dat gepraat over andere anti-nazibewegingen in Duitsland maakte haar ongeduldig. Het compliceerde het verhaal. Ze verkeerde niet in een positie waarin ze al die ongecoördineerde, ineffectieve verzetsgroepen, met name die welke waren opgericht na Stalingrad en de meedogenloze bombardementen op de steden van het Rijnland, kon onderbrengen in een stuk van vijfduizend woorden. Zij wilde alleen maar de Weiße Rose. Ze zat vast aan haar onderwerp. Waarom leidde Heinrich haar daarvandaan? Ze bleef hardnekkig doorvragen, waarna hij haar uiteindelijk alles vertelde wat hij van zijn vriend en andere bronnen had gehoord.

Zijn stem werd almaar zachter en ietwat toonloos. Jane boog zich naar hem toe om hem goed te kunnen verstaan. Haar dagboek bood een staalkaart van gevangenis- en gerechtshofroddels, waarvan sommige uit de derde hand in een atypisch priegelig handschrift waren genoteerd. Misschien dat haar hand door de sterke emoties had getrild. Iedereen, zelfs de gevangenbewaarders, zelfs Robert Mohr, die haar namens de Gestapo had ondervraagd, was onder de indruk geweest van de waardigheid en kalmte van de beklaagden. Mohr stond versteld van de wijze waarop Sophie Scholl haar ophanden zijnde dood aanvaardde. De afscheidsbrieven voor familie en vrienden die Hans, Sophie en Christoph op zijn aanraden schreven werden niet bezorgd. In plaats daarvan stopten de autoriteiten ze in een archief. Bij de rechtszaak kwamen de ouders van de Scholls vlak voor het einde binnen. De moeder viel flauw, maar kwam vervolgens weer bij.

De rechter, Herr Freisler, stond bekend als bullebak. In zijn ogen waren de drie al dood voor de rechtszitting überhaupt was begonnen. Toen het vonnis eenmaal was geveld weigerde Sophie zoals gebruikelijk een verklaring af te leggen. Hans probeerde nog voor Christoph te pleiten: de man was vader van drie kinderen, van wie de jongste nog maar kort geleden was geboren. Maar Freisler legde hem het zwijgen op.

Voor de executies werden de veroordeelden naar de Stadelheim-gevangenis aan de rand van München overgebracht. De bewaarders versoepelden de regels en lieten toe dat de Scholls hun ouders konden ontmoeten. De vrouw van Probst lag nog in het ziekenhuis, verzwakt als ze was na een infectie die ze bij de bevalling had opgelopen. Sophie zag er beeldschoon uit. Ze at de kleine traktatie, een zoete lekkernij die haar moeder voor haar had meegenomen en die Hans had afgeslagen. Sophie werd als eerste meegenomen en ging zonder één klacht. Toen het de beurt van Hans was schreeuwde hij vlak voordat hij zijn hoofd op het blok legde iets over vrijheid, maar over wat het precies was liepen de lezingen uiteen.

Heinrich zweeg even. Misschien had hij gemerkt dat Janes ogen vochtig waren. Om haar te troosten vertelde hij over het gerucht dat rechter Freisler bij een bombardement om het leven was gekomen.

Toen volgde het kleine, tedere gebaar dat hun beider levens ingrijpend zou veranderen. Heinrich boog zich over de tafel naar haar toe en legde zijn hand op die van Jane. Als reactie daarop draaide ze haar hand een paar seconden later om en verstrengelde haar vingers met de zijne. Ze grepen elkaar stevig vast. Wat er daarna volgde was niet beschreven, maar Jane noteerde wel dat ze de kamer van Heinrich die avond pas rond een uur of negen had verlaten. Elf uur later. De volgende ochtend schreef ze een briefje aan een collega van Kurt Huber waarin ze zich verontschuldigde voor het feit dat ze niet voor haar laatste interview was verschenen.

Jane was geen beroepsjournaliste. Was ze aanvankelijk al met haar onderzoek te dicht op haar onderwerp gaan zitten, nu verloor ze zichzelf er helemaal in en ging ze kopje-onder. Het deed er niet toe of het Heinrich was of de Weiße Rose, op wie ze verliefd werd. In de golf van heftige gevoelens waardoor ze werd overspoeld had ze niet kunnen aangeven wat het verschil was. Ze had ze allebei even hard nodig. De tranen die hem ertoe hadden gebracht zijn hand op de hare te leggen waren opgeroepen doordat ze zich voorstelde hoe gemakkelijk ook Heinrichs hoofd op het hakblok had kunnen belanden. Al die schoonheid en intelligentie, al die beminnelijkheid en moed: in één klap beëindigd.

Binnen een week had ze haar hotelkamertje opgezegd en was ze bij Heinrich op zijn kamer in Schwabing ingetrokken. De herfstavonden begonnen al koud te worden, maar in zijn kamer was het warmer dan wat ze waar dan ook in Londen gewend was. Haar leven veranderde onwaarschijnlijk snel. Ze had nooit geweten dat ze zo impulsief kon handelen. Dag en nacht waren ze samen. Heinrich liet het werk voor zijn juristenexamens versloffen. Jane had geen tijd om te schrijven. Het verontrustte haar niet, want als ze samen door de stad zwierven was ze nog altijd de Weiße Rose op het spoor. Heinrich wees haar het appartement waar Hans Scholl had gewoond en vervolgens het huis van Carl Muth, waar de groep en diverse vrienden vaak waren samengekomen. Daar had Heinrich Willi Graf en de Scholls voor het eerst getroffen.

Samen gingen ze naar de Stadelheim-gevangenis en naar de begraafplaats van Perlach daar in de buurt, maar ze konden de graven niet vinden. Misschien keken ze op de verkeerde plekken. Of hadden de plaatselijke autoriteiten onder Gauleiter Giesler bedevaarten naar de martelaarsgraven willen voorkomen.

Op een avond, niet lang nadat ze bij hem was ingetrokken, liet Heinrich Jane zijn kostbaarste bezit zien. Het lag onder een stapel boeken, ingepakt in opgevouwen, door motten aangevreten gordijnen, ingeklemd tussen stroken karton. Hij had het de hele oorlog door verborgen gehouden. Het was een eerste druk van de almanak *Der Blaue Reiter*, verschenen in 1912, een soort manifest van de groep expressionistische kunstschilders die in de paar jaar voor de Eerste Wereldoorlog in en om München actief waren geweest. Ze waren door de nationaalsocialisten als 'entartet' gedoodverfd en hun schilderijen werden geroofd en verkocht, of vernietigd of verborgen. Heinrich zei dat deze uitgave, wanneer de schilderijen van Kandinsky, Marc, Münter, Werefkin, Macke en vele anderen eenmaal weer in de musea zouden hangen, heel veel geld waard zou zijn. Hij had het boek op zijn twintigste verjaardag cadeau gekregen van een welgestelde oom die van modernistische kunst hield en vrijwel zijn hele collectie was kwijtgeraakt. Vanaf dat moment was Der Blaue Reiter voor Jane en Heinrich hun gezamenlijke lievelingsproject. Van Rose naar Reiter, van wit naar blauw, van oorlog naar vrede, zo volgde de ene intense beweging de andere gelukkig op. Heinrich bezat een boek met schilderijen dat dateerde uit het einde van de jaren twintig, en hoewel vrijwel alle afbeeldingen zwart-wit waren begon Jane steeds meer zijn voorkeur voor wat omschreven werd als 'niet-representatieve kleuren' te delen.

Op een ongebruikelijk warme dag half oktober reden ze op een geleende motorfiets zestig kilometer naar het zuiden, naar het stadje Murnau. Het was een eerbetoon. De gelieven Wassily Kandinsky en Gabriele Münter waren hier in 1911 geweest en helemaal in vervoering geraakt. Ze huurden er een huis dat een verzamelplaats werd voor de Blaue Reiter-groep. Ze beweerden dat het stadje en zijn omgeving een grote stimulans vormden voor hun kunst. Ook Jane en Heinrich raakten in vervoering toen zij door de smalle straatjes slenterden. Misschien zagen zij de heldere najaarskleuren van de bomen en weilanden rondom het stadje door de ogen van Gabriele Münter. Ze hadden gehoord dat zij nog steeds een huis in Murnau bezat. Veel later kwamen ze erachter dat zij net als Heinrich, maar dan op een veel grotere schaal, veel werk van de Blaue Reiter, waaronder verscheidene Kandinsky's, voor het nationaalsocialistische regime had verborgen. En zo kwam het dat, nadat Jane in januari 1947 zwanger was geraakt en ze nog diezelfde maand in alle stilte waren getrouwd, het idee om ook in Murnau te gaan wonen vaste vorm had aangenomen. Ze huurden er een huis waar ze in het voorjaar introkken.

Tegen de tijd dat ze in het drie verdiepingen tellende chalet hun spullen hadden uitgepakt had Jane zich neergelegd bij het feit dat ze haar stuk over de Weiße Rose nooit zou schrijven. Ze was verliefd, zichtbaar zwanger en volkomen toegedaan aan haar nieuwe bestaan. Heinrich had werk gevonden in het kantoor van een plattelandsnotaris die zich vooral bezighield met het overdrachtsrecht van landbouwgrond. Zij was totaal in beslag genomen door alles wat er geregeld moest worden voor de komst van de baby. Vol schuldgevoelens schreef ze na tal van kladversies een brief naar het kantoor van *Horizon* waarin ze de situatie uitlegde. Connolly was zo goed voor haar geweest dat ze zich onmogelijk rechtstreeks tot hem kon wenden. In plaats daarvan schreef ze naar Sonia Brownell, aan wie ze uitlegde dat de omstandigheden in het verwoeste, verhongerende München het haar onmogelijk hadden gemaakt om veel te achterhalen over de Weiße Rose. Ze kon natuurlijk niet zeggen dat ze ermee was getrouwd. En om gezondheidsredenen, schreef ze, kon ze niet doorreizen naar Lombardije. Ze zou proberen om mettertijd al het geld dat ze had gekregen terug te betalen. Toen ze die brief eenmaal gepost had voelde ze zich stukken beter. Toch voelde ze een steek toen later dat jaar het boek van Inge Scholl uitkwam. Jane had de eerste kunnen zijn die in druk verscheen. Maar ze wist ook dat het boek van Scholl stukken beter was, intiemer van aard en meer emotioneel geladen, meer gerechtvaardigd dan alles wat zij had kunnen schrijven. Niettemin bleef ze haar hele leven iets van spijt voelen. Heinrich schrompelde meer en meer ineen tot zijn eigen vaste vorm: hij was nooit een Scholl, een Probst of een Graf geweest, en had dat ook nooit beweerd. Hij werd een kleinsteedse notaris, een geregelde kerkganger, een man met gezonde en krachtige opvattingen en een actief lid van de plaatselijke CSU.

Jane besloot dat haar bestemming thuis lag. Al snel moesten

al hun prettige buren in Murnau toegeven dat haar Duits en haar melodieuze Beierse accent vrijwel perfect waren. Ze ging nooit naar de universiteit, zoals haar broer, publiceerde nooit iets, 'wipte' nooit de Alpen over om aan de ongevoelige Engelsen de geheimen te onthullen van de ossobuco. Pas toen Heinrich en zij in 1955 naar het noorden waren verhuisd begon ze zich neer te leggen bij het feit dat ze in een beschermd bestaan en een saai huwelijk was beland. Dezelfde oom die Heinrich de almanak *Der Blaue Reiter* had geschonken liet in zijn testament een huis in Liebenau, in de buurt van Nienburg, aan Heinrich na. Jane was liever in Murnau blijven wonen, maar het vooruitzicht van een leven zonder huurverplichtingen was volgens Heinrich onweerstaanbaar. Toen ze daar eenmaal woonden, bleven ze er ook voor de rest van hun leven. Om medische redenen die nooit nader werden uitgelegd kreeg Jane verder geen kinderen. Heinrich had in 1951 in München zijn graad in de rechten behaald en werd uiteindelijk compagnon in een notariskantoor in Nienburg. Jane merkte nauwelijks dat ze, heel conventioneel, steeds volgzamer werd waar het de wensen van haar echtgenoot betrof. Anderzijds besefte hij niet hoe overheersend hij zich gedroeg en dat hij verwachtte dat ze hem thuis in alles ter wille zou zijn. Degenen die Jane goed kenden merkten wel dat er bij sommige gelegenheden iets vinnigs, zelfs iets zuurs, iets gedesillusioneerds in haar doen en laten kroop. Toen ze vele jaren later onder het eten voor haar schoonzoon de trip naar de boerderijen van Noord-Italië beschreef die ze nooit had gemaakt, verklaarde ze niet zonder zelfspot: 'Ik had een Elizabeth David kunnen worden!'

Maar dat lag ver in de toekomst. Volgens de laatste bladzijde van haar laatste notitieboek verkeerde ze die heerlijke zomer van 1947 in een staat van gelukzaligheid. De kamers van het nieuwe huis richtte ze geheel in de oude stijl in, ze zette bloempotten met kruiden buiten bij de keukendeur en legde verderop in de tuin een moestuin en bloemperken aan, en in de weekenden zwom ze in het kalme water van de Staffelsee, samen met haar knappe jonge echtgenoot Heinrich Eberhardt, een van de paar honderd Duitsers (van de tientallen miljoenen) die zich tegen de tirannie van de nazi's hadden verzet.

Soms zag het paar van een afstandje de zeventigjarige Gabriele Münter op straat voorbijkomen. Slechts in één geval waagden ze het, na nerveus beraad, haar aan te spreken. Ze stond alleen voor een slagerij. Ze bedankten haar voor haar kunst, die hun niet alleen enorm veel plezier had geschonken, maar hen ook naar het prachtige Murnau had gebracht. Ze zei weinig en liep weg, maar ze vatten haar gracieuze glimlach op als een soort van zegen. In die zonnige maanden had Jane minder last van het feit dat ze haar projecten had opgegeven dan ze later zou hebben. Ze voelde zich 'blijer dan een mens mocht zijn' in een land dat verwoest en verarmd was door een rampzalige oorlog, en er was ongetwijfeld nog meer blijdschap op komst. Met dat hooggestemde gevoel eindigde haar dagboek. In oktober van dat jaar werd Alissa geboren.

*

Roland werd uit zijn gepeins opgeschrikt door een enkele doordringende schreeuw in het donker. Het was niet het gebruikelijke geluid van een baby die wakker werd en getroost wilde worden. Hij wist dat hij in deze periode van zijn leven geneigd was tot projectie, maar dit kattengejank klonk hem wanhopig in de oren. Het moest heel wat zijn om ineens uit een diepe kinderslaap te ontwaken en met een schok geconfronteerd te worden met het bestaan. Nog volstrekt onwetend van alles in de wereld, en zo weinig om het mee te leren kennen. In dat ijle, afnemende geluid klonk uiterste eenzaamheid door. Een menselijke kreet. Hij sprong ogenblikkelijk op en was meteen al zijn bespiegelingen vergeten, alsof ook hij uit het niets was ontwaakt. Met alleen een handdoek om zijn middel pakte hij een flesje melk uit de flessenwarmer. Tegen de tijd dat hij Lawrence in zijn armen had genomen waren diens uithalen overgegaan in gesnik, dat aanvankelijk nog te heftig was om te kunnen drinken. Ten slotte nam hij de speen gulzig in zijn mond. Tegen de tijd dat Roland hem een schone luier had omgedaan en hem in zijn ledikantje had teruggelegd, was de baby al haast weer in slaap gevallen.

Het was een genot om in de kleine leunstoel naast het ledikantje te gaan zitten. Het nachtelijke bezoekje kon naar twee kanten toe zijn effect hebben. Roland werd kalm als hij zijn zoon zag liggen slapen, met zijn gezichtje omhoog en zijn armpjes achterover, waarbij zijn handjes nauwelijks tot boven zijn grote hoofd reikten. Een dikke klont hersenen binnen zijn bescherming van bot was een zware last om mee te beginnen. Zijn hoofd was zo zwaar dat Lawrence de eerste zes maanden van zijn leven niet rechtop had kunnen zitten. Later zou hij mogelijk andere dingen bedenken die een last konden vormen. Voorlopig zei het bijna kale hoofd met het hoge voorhoofd de vader alleen maar dat de baby een genie was. Kon je als genie gelukkig worden? Einstein had het er wat dat betreft niet slecht van afgebracht, die speelde viool, zeilde, hield van de roem, en vond pure vreugde in zijn Algemene Theorie. Daar stond van alles tegenover: een rommelige echtscheiding, een gevecht om de kinderen, pijnlijke liefdesaffaires, de eeuwige vrees dat David Hilbert hem de loef zou afsteken, het feit dat hij nooit vrede wist te sluiten met het kwantum, met de briljante jonge mannen die alles aan hem te danken hadden. Kon je maar niet beter dom zijn of tenminste doorsnee? Niemand die dat geloofde. Dommeriken hadden hun eigen manieren om ongelukkig te worden. En wat de tevreden middelmatigen betrof: Roland vormde een uitstekend tegenbewijs. Op school stond zijn naam meestal iets onder het midden op de cijferlijsten, en op zijn rapporten stond steevast 'voldoende' of 'kan beter'. Op zijn vijftiende had hij een geestelijke renaissance kunnen beleven, maar rond die tijd was hij het bezit van Miriam Cornell geweest. Zijn intellectuele bevlieging was beperkt gebleven tot de piano en kon niet vertaald worden in goede schoolcijfers. Sindsdien had hij geen vaardigheden ontwikkeld die hij te gelde kon maken en geen successen geboekt, en dat zonder dat hij zich zelfs maar op pech of tegenslag kon beroepen. In zijn hoekje van Zuid-Londen, in een krappe flutwoning die hij zo secuur had afgeplakt dat Lawrence en hij amper nog lucht kregen, levend van een uitkering, was hij precies dat: van zelfmedelijden vergeven ongelukkig. Wat was een zich over het hele continent uitstrekkende radioactieve wolk vergeleken met de verdwijning van zijn vrouw? En wat de onmisbare, voorbijgaande vreugde van de liefdevolle seksuele eenwording betreft: daarvan was hij tegenwoordig verder verwijderd dan hij op zijn zestiende verjaardag was geweest.

Toen hij wakker werd was het op zijn horloge halfdrie. Hij had twee uur geslapen en zat te rillen. De handdoek was naar zijn enkels afgegleden. Lawrence was niet van houding veranderd: zijn armpjes lagen nog steeds in een houding van overgave. Roland liep terug naar zijn kamer en nam voor de tweede keer een douche. Daarna ging hij weer op het bed liggen, schoon, kalm, vrijwel naakt, doelloos klaarwakker om drie uur 's nachts. Hij kon de alcohol er niet meer de schuld van geven, en hij was niet in de stemming om te lezen. Het werd tijd voor een hartig woordje met zichzelf. Plan je leven! Je kunt niet maar wat blijven aanmodderen. Ga ervan uit dat ze niet terugkomt. Oké. Wat dan? Dan... Elke keer als hij op dat punt aankwam lag de dagelijkse worsteling met het ouderschap en de vermoeidheid als een dikke mist over zijn toekomst. Er kon geen sprake zijn van een mogelijk plan, van een lotsverbetering, als het enige wat hij kon doen was: met beide benen op de grond blijven staan, volhouden, zorgen dat Lawrence het volhield, zorgen dat hij voor hem zorgde, met hem speelde, de uitkering incasseren en vervolgens het huishouden doen, koken en boodschappen halen. Het gebruikelijke, strak ingekaderde lot van alleenstaande moeders was het zijne.

Maar hij had een gedicht in zijn hoofd, geïnspireerd op een zinnetje dat hij had opgevangen toen hij een winkel uit liep: *hij vroeg erom*. Puike titel. En misschien was het ook wel zo. Dus het zou heel persoonlijk worden, een demon die hij hoopte te verslaan door hem te beschrijven. Maar wat voor nut had poëzie als je geld nodig had? Als om de draak te steken met zijn literaire ambities had een oude vriend van hem uit zijn jazztijd, Oliver Morgan, hem twee weken daarvoor gebeld met een voorstel. Morgan vertegenwoordigde naar eigen zeggen de nieuwe geest van thatcheriaanse ondernemingszin. Hij was geen saxofonist meer. In plaats daarvan zette hij bedrijven op, die hij tot bloei bracht, althans dat beweerde hij, en vervolgens doorverkocht. Voor zover zijn vrienden wisten had hij daarmee nooit een cent verdiend. Hooguit quitte gespeeld. Zijn nieuwste onderneming was een wenskaartenbedrijf. De markt, vertelde hij Roland, was verzadigd met shit, met sentimentele plaatjes en woorden. Kitsch. Rijmelarij. Onderzoek had aangetoond dat die rommel voornamelijk gekocht werd door de economische groepen C en D. Dikke kettingrokers, zei Morgan. Weinig opleiding, geen smaak, geen geld. Maar er bestond ook een grote verwaarloosde minderheid van hoogopgeleide jongeren en 'professorale types' van in de vijftig. Fraai gereproduceerde erotische Indische of Europese renaissancekunst zou wel eens een gat in de markt kunnen zijn. Roomblank geschept papier. Voor de binnenkant zocht Morgan de betere hippe verjaardagsverzen. Onderkoeld over ouder worden, ironisch over geboorte, huwelijk en dood. Pikant was prima. Koper en ontvanger zouden zich gevleid voelen door de brede culturele verwijzingen. Roland paste precies in het plaatje: hij was aan huis gebonden, had alle tijd en had verstand van poëzie. Voor de eerste zes maanden zou hij hoofdzakelijk in aandelen betaald worden, dus hoefde hij ook niets op te geven bij die lui van de uitkering.

Roland had, geïrriteerd als hij was door slaapgebrek, opgehangen, maar twintig minuten later teruggebeld om zijn verontschuldigingen aan te bieden, waardoor hun vriendschap gered werd. Maar Rolands beledigde gevoel was blijven hangen. Morgan begreep niet dat hij een serieuze dichter was, die meer dan een half dozijn gedichten had gepubliceerd in organen van hoog cultureel gehalte. Het waren stuk voor stuk universitaire uitgaafjes in minieme oplagen. Maar het tijdschrift *Grand Street* kon de volgende stap zijn. Op zijn bureau, een meter verderop, lag zijn jongste herziene versie. Hij verwachtte van ze te horen.

Nog steeds warm van de douche lag hij uitgestrekt op een paars-oranje sprei van Indisch katoen in een smalle bundel leeslicht die de krappe, propvolle slaapkamer buiten beeld hield. De laatste jaren had de regering zelfs haar opponenten bijgebracht dat je je niet hoefde te schamen als je je voorstelde dat je rijk was. Hij probeerde zich een luxeleven voor te stellen. In een huis dat vier keer zo groot was, met een liefhebbende vrouw die er niet vandoor ging, literaire roem, twee of drie blije kinderen en een werkster zoals Peter en Daphne die hadden, die twee keer per week langs wipte.

'Wipte', het woord dat zijn schoonmoeder van Connolly had overgenomen, zou voorgoed staan voor alle niet-gemaakte reizen. Als in de zin: 'Hij wipte over naar Liebenau en haalde zijn Alissa over om terug te komen.' Hij pakte de ansichtkaart van het nachtkastje en bekeek hem opnieuw. Dit kon wel eens dezelfde oplopende weide zijn die Gabriele Münter in 1908 had geschilderd, met haar collega's van de Blaue Reiter Alexej van Jawlensky en Marianne von Werefkin ontspannen in het gras. Merkwaardig gezichtloos. Geen schaap te zien. Een schilderij dat ze mogelijk samen met de Kandinsky's in haar huis in Murnau verborgen had gehouden. Ze hadden een paar huiszoekingen van de nazi's doorstaan. Als die ontdekt zouden zijn was ze vermoedelijk naar een concentratiekamp gestuurd. Zou Roland dezelfde moed hebben gehad als zij? Dat was een ander chapiter. Hij verdrong de gedachte en keerde de kaart om om de tekst nog eens te lezen. Moederschap zonder de klinkers ergerde hem niet langer. Haar boodschap was duidelijk. Daar zou ze kapot aan zijn gegaan, en ze moest eraan ontsnappen om 'zichzelf te vinden'. Dat was Daphnes theorie. Ook hij zou mogelijk aan het moederschap kapotgaan. Toen ze het schreef was ze onderweg naar Liebenau. *Bel me daar alsjeblieft* NIET *op.* Tenzij het om een kort bezoekje ging, was ze op dit moment bij haar ouders. Ze had hem bevrijd van de last te moeten bellen. Het was altijd Jane, niet

Heinrich, die de telefoon opnam. Hij zou haar de waarheid hebben moeten vertellen of tegen haar hebben moeten liegen zonder te weten wat ze al wist.

Tegen zijn eigen ouders had hij niets gezegd. Zijn vader had destijds zijn dienstverband bij de Britse landmacht verlengd door als gepensioneerd officier de leiding op zich te nemen van een herstelwerkplaats voor lichte voertuigen in Duitsland. Die tien extra jaren waren nu op, en Robert en Rosalind hadden een klein, modern huis in Aldershot betrokken, niet zo ver van de plek waar zij was geboren en waar ze elkaar in 1945 hadden leren kennen, bij het wachthuisje, toen Rosalind de bijrijder was van een vrachtwagenchauffeur. Nog geen twee maanden na hun 'thuiskomst' waren ze betrokken geweest bij een verkeersongeluk. Majoor Baines, die rechts af was geslagen, de drukke vierbaansweg op die in hun omgeving over de heuvelrand liep die bekendstond als de Varkensrug, had de verkeerde kant op gekeken en was zo in de baan van een hard rijdende wagen beland. Die was uitgeweken, waardoor een frontale botsing was voorkomen. Niemand was gewond geraakt, maar bij Rosalind en Robert zat de schrik er goed in. Ze hadden nog weken in een shocktoestand verkeerd. Vooral Rosalind was vergeetachtig en nerveus, en kon niet slapen. Haar handen en armen zaten onder het eczeem en ze had een koortslip. Dit was niet de tijd om hun over Alissa te vertellen.

Hij had het punt bereikt – dat was meestal zo tegen je veertigste – waarop je ouders langzaam maar zeker achteruitgingen. Tot die tijd hadden ze hun eigen leven bepaald, wie ze waren en wat ze deden. Tegenwoordig vielen er kleine stukjes van hun leven weg, of vlogen ze ineens weg, zoals de versplinterde zijspiegel van de auto van de majoor. Vervolgens vielen ook grotere stukken weg die bijeengeraapt of in volle vlucht opgevangen moesten worden door hun kinderen. Het was een geleidelijk proces. Tien jaar later zou hij het er met zijn vrienden aan de keukentafel nog steeds over hebben. Rolands ruimhartige, toegewijde zus Susan deed verreweg het meeste. Hij had de afwikkeling van de claim van de ongevallenverzekering voor zijn rekening genomen. Daarvoor de hypotheekaanvraag, de slechte afwatering aan de voorkant van het nieuwe huis, de programmering van een nieuwe, onbekende radio, toen iets wat niet open wilde, iets wat niet wilde starten... voorlopig allemaal nog kleinigheden. Op voorstel van Alissa had hij een soort allesopener voor ze gekocht waarmee ze in een handomdraai de deksels van potten en de doppen van flessen konden krijgen. Hij liet hun zien hoe die werkte met een pot ingemaakte rode kool. In hun nieuwe keuken stonden zijn ouders vlakbij toe te kijken. Het was een belangrijk moment. Hun greep werd zwakker. Nu, in de jaren tachtig, begon de oorlogsgeneratie stilaan af te takelen. Het zou misschien nog veertig jaar duren, of langer, maar dan zouden de laatste overlevenden zijn verdwenen. In 2020 zou een honderdjarige zich nog kunnen herinneren hoe hij zich door de hele oorlog heen had gevochten. Als infanterist van de Highland Light Infantry had soldaat Robert Baines gezien hoe burgers en soldaten werden afgeslacht tijdens de terugtocht over de tjokvolle wegen naar de stranden van Duinkerken. Hij had drie kogels uit een Duits machinegeweer in zijn been gekregen. Een Franse boer die Roland heette had zich over hem ontfermd en hem naar het strand van Duinkerken gebracht. Terug in Engeland had Robert, na een lange treinreis naar Liverpool, maanden in het Alder Hey-ziekenhuis gelegen, op de dezelfde afdeling waar zijn vader, die in de wereldoorlog daarvoor in hetzelfde regiment had gediend, met een verbrijzelde voet had gelegen. Robert had in 1941 zijn broer verloren in Noorwegen. Rosalind had haar eerste man vier maanden na de landing in Normandië bij Nijmegen verloren. Een kogel in zijn buik. En die had weer zijn broer verloren, die door de Jappen krijgsgevangen was gemaakt en in Birma begraven.

Het sprak vanzelf dat Roland en zijn kameraden zich toen ze in Engeland volwassen werden verbaasd afvroegen hoe dat zat met die gevaren waar zij nooit mee geconfronteerd zouden worden. Met gratis melk in flesjes van 150 ml had de staat ervoor gezorgd dat er voldoende calcium in de botten van de jonge Roland zat. De overheid had ook gratis voor een beetje Latijn en natuurkunde gezorgd, en zelfs voor wat Duits. Niemand belandde in de gevangenis vanwege modernisme, vanwege niet-representatieve kleuren. Zijn generatie was ook fortuinlijker dan de generatie die erop zou volgen. De jongeren van zijn leeftijd hingen lui op de schoot van de geschiedenis, genesteld in een veilig plooitje van de tijd, en kwamen niets tekort. Roland had al het historische geluk van de wereld gehad, en alle kansen. Maar moest je nu zien wat er van hem geworden was: hij was platzak in een tijd waarin Vadertje Staat een vrek was geworden. Platzak, en afhankelijk van wat er van zijn schatten was overgebleven: de wei.

Maar na twee uur slaap, in een warme kamer, met benen die goed aanvoelden op de katoenen overtrek en vervuld van levendige gedachten, kwam er een opstandige stemming over hem. Hij kon vrij zijn. Althans doen alsof. Hij kon nu naar beneden gaan, zijn pas ingestelde regel overtreden en zich een glas whisky inschenken, achter in een keukenla op zoek gaan naar het plastic filmrolkokertje met wiet dat iemand een halfjaar geleden had laten liggen. Wie weet lag het er nog. Een joint rollen, midden in de nacht in de tuin gaan staan, uit het gewone leven stappen om er, zoals vroeger als twintiger, aan herinnerd te worden dat hij maar een onbetekenend organisme was op een gigantische steenklomp die met een snelheid van 1000 kilometer per uur in oostelijke richting wentelde, terwijl hij tussen de verre, onverschillige sterren door de lege ruimte raasde. Daarop proosten. Het pure toeval van het bewustzijn. Vroeger vond hij dat opwindend. Wie weet nog wel. Ja, dat kon hij allemaal doen. Hij had het gedaan in de jaren zeventig, met zijn ouwe vriend Joe Coppinger, een geoloog die therapeut was geworden. De Rockies, de Alpen, het Larzac-plateau, de Sloveense bergketens. Vanuit het nu oogde het ook als vrijheid dat hij met een stel half-illegale boeken en platen via Checkpoint Charlie naar Oost-Berlijn ging. Hij kon nu de tuin in lopen om eer te bewijzen aan de vrijheden uit het verleden, en daarop het glas te heffen. Maar hij bleef liggen waar hij lag. Alcohol en cannabis om vier uur 's nachts, terwijl Lawrence voor zessen wakker zou worden en hij aan de dag zou moeten beginnen? Maar daar lag het niet aan. Ook als het kind er niet was geweest zou hij geen vin verroerd hebben. Wat hield hem dan tegen? Wel, er kwam nog wat bij. Hij was bang. Niet voor de immensiteit van de lege ruimte. Het lag dichter bij huis. Het herinnerde hem aan wat hij had willen verdringen. Het ging om moed. Een ouderwets begrip. Beschikte hij erover?

In Inge Scholls herinneringen aan de Weiße Rose zoals die door Jane waren samengevat, mochten Herr und Frau Scholl hun twee kinderen kort voordat ze geëxecuteerd zouden worden een paar minuten in de Stadelheim-gevangenis bezoeken om afscheid te nemen. Gezien de oorlogsschaarste was de kleine lekkernij die ze hadden meegebracht waarschijnlijk een smakeloos stuk surrogaatchocolade geweest. Hans had het afgeslagen. Sophie had het blij aangenomen. Ze vertelde haar ouders dat ze tussen de middag niets had gegeten en dat ze trek had. Roland betwijfelde dat. Ze had vermoedelijk gedacht dat het haar ouders enigszins zou troosten als ze haar de 'lekkernij' die ze hadden meegebracht zagen opeten, vlak voordat ze werd weggeleid. Zou hij luttele momenten voor zijn onthoofding dapper genoeg geweest zijn om een surrogaatreep weg te kauwen om zijn ouders gerust te stellen?

Hij stond op van het bed. Het zou interessant zijn Jane's samenvatting van het relaas van Inge Scholl nog eens te lezen. Had Christoph Probst in die laatste minuten ook bij het gezin Scholl gestaan? Zijn vrouw had vier weken daarvoor een kind gebaard, maar was nog te zwak geweest om het ziekenhuis te verlaten. Was er geen naaste familie die van hém afscheid kwam nemen? Roland trok de onderste la open, waar Alissa's truien in lagen. Opgevouwen, in keurige stapeltjes, waaruit de bloesemgeur van haar parfum liefdevol naar hem opsteeg. Ze hadden de 600 bladzijden in een oud exemplaar van de *Frankfurter Allgemeine* gewikkeld. Het duurde dus slechts een paar tellen voordat hij vaststelde dat de fotokopie was verdwenen. Maar dat was oké. Ze had het volste recht om die mee te nemen. Hij had al vastgesteld dat ze de concepten van haar twee veelvuldig afgewezen romans ook had meegenomen. Haar bagage moest behoorlijk zwaar geweest zijn.

Hij ging terug naar bed. In zijn herinnering waren Hans en Sophie Scholl een voor een afzonderlijk naar hun ouders geleid. Eerst kreeg Hans zijn paar minuten, daarna was de beurt aan Sophie. Ze spraken met hun ouders over een afscheiding heen. Misschien was dat hoe de familie wilde dat Sophie herinnerd werd, maar waarschijnlijk was het waar: Inge Scholl schreef dat haar zuster volgens haar ouders trots was komen aanlopen, ontspannen, beeldschoon, met een rozige teint en gezonde rode lippen. Ze gingen dicht tegen elkaar aan staan. Christoph Probst, die zijn vrouw en kinderen niet te zien kreeg, het kind dat hij nooit zou zien, had in ieder geval zijn vriend en vriendin die hij kon omarmen. Sophie was de eerste die naar de guillotine werd geleid. Dit was een tragedie die werd opgevoerd op een toneel dat was gebouwd door mannen die bezeten waren van een wilde, gewelddadige droom. Hun wreedheid was de allesomvattende norm geworden. Zou Roland, daarmee geconfronteerd, dezelfde moed als Sophie en Hans hebben kunnen opbrengen? Hij was bang van niet. Niet nu. Het vertrek van Alissa had hem verzwakt en de ramp van Tsjernobyl had hem angstig gemaakt.

Hij sloot zijn ogen. In de noordelijke en westelijke regionen van het land, waar de zachte kalksteen plaatsmaakte voor graniet, op de hooglanden en de weiden, op alle grassprieten, in de plantencellen, tot op kwantumniveau, koersten de partikeltjes van giftige isotopen in hun banen. Vreemde, onnatuurlijke materie. Hij stelde zich voor hoe in Oekraïne duizenden boerderijdieren en honden wegrotten in dichtgebulldozerde kuilen of op gigantische brandstapels werden gegooid, en tonnen besmette melk door de riolen de rivieren in stroomden. Er was nu sprake van ongeboren kinderen die aan hun vergroeiingen konden doodgaan, over de onverschrokken Oekraïners en Russen, die in hun strijd tegen een nieuwerwets vuur een verschrikkelijke dood stierven, en over de instinctieve leugens van het Sovjet-apparaat. Hij beschikte niet over de benodigde vermetelheid, noch over het benodigde jeugdige elan om naar beneden te gaan en midden in de nacht in zijn eentje onder de wijde hemel te gaan staan en het glas te heffen naar de sterren. Niet nu door mensen veroorzaakte gebeurtenissen uit de hand begonnen te lopen. De Grieken hadden gelijk toen ze zich hun goden voorstelden als de twistzieke, onvoorspelbare, straffende leden van een verheven elite. Als hij zou kunnen geloven in dergelijke maar al te menselijke goden, zouden zij degenen wezen voor wie je bang moest zijn.

4

In de derde week na Alissa's verdwijning begon Roland orde te scheppen in de overladen boekenkast naast de tafel vlak bij de keuken. Boeken zijn lastig om netjes te ordenen. Moeilijk om weg te doen. Daar verzetten ze zich tegen. Hij had een kartonnen doos klaargezet voor de afdankertjes die naar de kringloop gingen. Na een uur lagen daar twee verouderde reisgidsen in. In sommige uitgaven zaten stukjes papier of brieven die eerst gelezen moesten worden voordat de boeken weer in de kast gingen. In andere stonden dierbare opdrachten. Veel boeken waren te vertrouwd om zomaar terug te zetten zonder ze te hebben opengeslagen – op de eerste bladzijde of op een willekeurige plek – en er even in te hebben gelezen. Een handjevol waren recente eerste drukken die erom vroegen opengeslagen en bewonderd te worden. Hij was geen verzamelaar: het waren cadeautjes of impulsaankopen.

Terwijl Lawrence een laat ochtenduiltje knapte wist Roland lichte vorderingen te boeken. 's Avonds na het eten hervatte hij het werk. Het tweede boek dat hij van een nieuwe stapel nam was er een uit de bibliotheek van Berners Hall. Binnenin stonden het logo van de Londense districtsraad en het stempel van de bibliothecaresse: 2 juni 1963. Sindsdien was het nooit meer ingekeken, maar had het wel allerlei verhuizingen en een jaar in de opslag overleefd. Joseph Conrad, *Youth & Two Other Tales*. Goedkope uitgave, J.M. Dent & Sons Ltd, een herdruk uit 1933, 7 shilling en 6 pence. De bladzijden hadden kartelige randen. Het stofomslag, dat er nog omheen zat, was uitgevoerd in gebroken wit, donkergroen en rood, met een houtsnede van een stel palmbomen en een volledig opgetuigd zeilschip dat langs een rotspunt en verre bergen voer. Het riep het beeld op van het tropische Oosten, waarvan het vooruitzicht de jongeman uit het verhaal in zijn ban had gehad. Roland vond het geweldig het terug te hebben. Het was ondanks alle veronachtzaming met hem meegereisd. Hij was dol op 'Youth' geweest toen hij een jaar of veertien was, een tijd waarin hij verder nauwelijks iets las. Al kon hij zich nu niets meer van het verhaal herinneren.

Met het boek in zijn beide handen, opengeslagen op de eerste bladzijde als voor een gebed, zette hij zich op de stoel die het dichtst bij hem in de buurt stond, waarna hij een uur lang niet meer van zijn plek kwam. Toen hij ging zitten gleed er een opgevouwen papiertje tussen de bladzijden uit, dat hij apart legde. De verteller zit samen met vier anderen aan een glanzende mahoniehouten tafel waarin een fles bordeaux en hun vijf glazen worden weerspiegeld. Over de verdere omgeving wordt niets meegedeeld. Ze zouden in de kajuit van een schip kunnen zitten, maar ook in een privévertrek van een Londense herensociëteit. De tafel is zo glad als een spiegelend wateroppervlak. De vijf mannen hebben een verschillende achtergrond, maar 'het is de zee die hen sterk verbindt'. Ze zijn allemaal begonnen bij de koopvaardijvaart. Het is Marlow, Conrads alter ego, die het verhaal vertelt, en dit is de eerste keer dat hij wordt opgevoerd. Straks zal hij ook het beroemde relaas van 'Heart of Darkness', het volgende verhaal in de bundel, vertellen.

'Youth' is bijzonder, zoals Conrad in zijn 'Kanttekening van de auteur' uitlegt, omdat het 'rechtstreeks aan de herinnering is ontsproten'. Marlow vertelt over de reis die hij op zijn twintigste had gemaakt als tweede gezagvoerder op een oud schip, de *Judea*, dat een lading steenkool vanuit een Noord-Engelse havenplaats naar Bangkok moest brengen. Het is een geschiedenis vol oponthoud en incidenten. Als ze de Theems zijn uit gevaren krijgt het schip ter hoogte van Yarmouth te kampen met een zware storm, waardoor ze er zestien dagen over doen om de Tyne te bereiken. Als de vracht eindelijk is ingeladen, wordt de *Judea* per ongeluk geramd door een stoomschip. Dagen later, ter hoogte van kaap Lizard, steekt er opnieuw een storm op. Niemand beschrijft een storm op zee zo goed als Conrad. Het schip maakt water, de bemanning zwoegt uren aan de pompen, maar is gedwongen om terug te keren naar Falmouth. Daar begint een lange periode van wachten op het herstel van het schip. Er gaan maanden voorbij waarin niets gebeurt. Het schip en zijn bemanning worden het plaatselijke lachertje. De jonge Marlow neemt verlof, gaat naar Londen, en komt terug met de verzamelde werken van Byron. Als de herstelwerkzaamheden eindelijk zijn afgerond kunnen ze vertrekken. Het oude schip sukkelt met een snelheid van drie mijl per uur in de richting van de tropen. In de Indische Oceaan begint de lading steenkool te smeulen. In de dagen daarna is het schip omgeven door rook en giftige gassen. Nadat ze dagenlang het vuur hebben bestreden volgt een daverende explosie, waarna kapitein en bemanning het zinkende schip verlaten en in drie reddingsboten wegvaren. Marlow zit in de kleinste sloep, samen met twee ervaren zeerotten. Dit is de eerste keer dat hij daadwerkelijk het commando voert. Na urenlang noordwaarts geroeid te hebben lopen ze binnen in een klein haventje op Java.

Er moet meer dan één fles op de glanzende tafel gestaan hebben, want Marlow onderbreekt zijn relaas regelmatig met de opmerking: 'Geef de fles eens door.' Waar het in zijn verhaal en in de titel om gaat is dat de jongeman, Marlow of Conrad, ieder ogenblik in een staat van opwinding verkeert. De tropen en het legendarische Oosten liggen op hem te wachten, en alles, hoe gevaarlijk, lichamelijk veeleisend of saai ook, betekent avontuur. Het is de demon van de jeugd die hem doet volhouden. Nieuwsgierig, veerkrachtig, onbesuisd in zijn honger naar ervaringen. 'O, die jeugd!' is het refrein van het verhaal.

Het laatste woord is evenwel niet aan Marlow, maar aan de verteller die hem aan de lezers had voorgesteld. Als Marlow zijn verhaal heeft afgerond, zegt de verteller: 'Wij allen knikten hem toe over de glanzende tafel die als een effen, bruin wateroppervlak onze gegroefde, gerimpelde gezichten weerspiegelde; onze gezichten getekend door noeste arbeid, door teleurstellingen, door successen, door liefde; onze vermoeide ogen (...) die begerig uitkeken naar iets in het leven, iets wat al voorbij is terwijl het nog verwacht wordt.'

Roland las de laatste halve bladzijde nog een paar keer over. Er zat hem iets dwars. Eerder had Marlow gezegd dat de reis tweeentwintig jaar daarvoor had plaatsgevonden, toen hijzelf twintig jaar was. Dat betekende dat Marlow, als hij het verhaal vertelt aan zijn vrienden, alle vijf met hun gegroefde, gerimpelde, door noeste arbeid getekende koppen en hun vermoeide ogen, tweeenveertig is. Was dat al oud? Roland was zevenendertig. De ouderdom met zijn gevoelens van spijt, zijn verloren jeugd en uitgebannen verwachtingen: hij was er maar een stap van verwijderd. Hij sloeg de 'Kanttekening van de auteur' op. Ja, 'Youth' was 'het verslag van een ervaring, maar die ervaring, in al haar feitelijkheden, in haar verinnerlijking en in haar uiterlijke kleurschakeringen, begint en eindigt in mijzelf'.

Wat had hij, Roland, dat in hemzelf eindigde? Terwijl hij dat dacht raakte zijn hand op tafel het papiertje aan dat in het boek had gezeten. Het was een oud krantenknipsel, dat hier en daar was gescheurd op de vouwlijn. Het was afkomstig uit *The Times*, gedateerd vrijdag 2 juni 1961, en had als kop 'Brede school zonder beperkende voorwaarden'. Voordat hij het ging lezen dacht hij na over de datum. Het bibliotheekboek was twee jaar later, in 1963, afgestempeld, ruim voordat hij van school was gegaan. Het knipsel moest dus door iemand anders in het boek gestopt zijn, en hij had het niet opgemerkt.

Het was een goedbedoeld, enigszins saai artikeltje over de tiende verjaardag van zijn school, die 'ten onrechte bij velen het stempel het Eton voor de kleine man' heeft gekregen. In werkelijkheid was het een kostschool van de Londense districtsraad, zonder 'de verstikkende tradities van zovele particuliere kostscholen', zonder ook 'de probleemjongens van de aanbevolen scholen', 'schitterend gelegen op een terrein dat afloopt naar de rivier', een school die toegankelijk was voor iedereen die voor het toelatingsexamen slaagde, 'een gemeenschap van jongens uit alle lagen van de bevolking, zonen van diplomaten naast zonen van gewone militairen (...) van wie velen naar de universiteit gaan (...) een ruimhartige schaal naar draagkracht wat betreft lesgeld (...) de meeste ouders betalen niets'. Er waren veel buitenschoolse activiteiten, er werd veel aan zeilen gedaan, er was een Club van Jonge Boeren, er werden opera's uitgevoerd en er heerste een 'kameraadschappelijke sfeer'. Het meest opmerkelijke was 'de gemoedelijke wijze waarop de jongens met elkaar omgaan'.

Allemaal waar, althans niet onwaar. Tegen de tijd dat hij twintig was, was Marlow al zes jaar op zee geweest. Hij was bij ruwe zee in de bezaanmast geklommen om de zeilen te reven en had boven de wind uit bevelen geschreeuwd naar mannen die twee keer zo oud waren als hij. Roland daarentegen had vijf jaar op kostschool gezeten, in de gemoedelijke onderlinge sfeer. Hij had gezeild of als bemanningslid onder de giek gehurkt gezeten en aan een touw getrokken dat aan een hoek van de fok was bevestigd, terwijl een oudere jongen die Young heette twee uur lang tegen hem had zitten schreeuwen. Destijds meende men dat een zeekapitein zich zo hoorde te gedragen. Volgens Marlow was dergelijk gehannes op een rivier 'niet meer dan spelevaren in het leven'. Zijn bestaan op zee was 'het leven zelf'. Roland was ooit een keer gekapseisd op de Orwell, die er van een afstandje zo mooi blauw uitzag, maar van dichtbij een open riool bleek te zijn. Dat was het stuk uit *The Times* in wezen: een blik van een afstandje. En hoe zat het dan van dichtbij? Wat was er voor 'verinnerlijking'? Hij wist het niet precies, en het bleef maar in zijn hoofd rondspoken.

Als hij nog zou hebben gedronken, was dit de gelegenheid geweest om een whisky in te schenken en zijn gedachten te laten gaan over de brug der jaren. Marlow had het doen voorkomen alsof hij die al voor meer dan de helft was overgestoken. Roland volgde op korte afstand. Als je halverwege de dertig was kon je je gaan afvragen wat voor iemand je was. De eerste lange termijn van je turbulente jongvolwassen jaren was voorbij. En de smoes dat het allemaal door je achtergrond kwam ging ook niet meer op. Ouders die tekort waren geschoten? Een gebrek aan liefde? Of juist een tevéél? Genoeg, geen excuses meer. Je had vrienden die je al tien jaar of langer trouw waren. Je zag jezelf weerspiegeld in hun ogen. Je kon een tijdje verliefd zijn geweest, of had dat behoren te zijn. Je had de tijd dat je alleen was nuttig besteed. Je had enig benul van het openbare leven, en van jouw verhouding ermee. Je verantwoordelijkheden drukten zwaar op je schouders, ze hielpen je jezelf te definiëren. Het ouderschap moest enig licht op de zaak werpen. De figuur met het gerimpelde gezicht die iets verderop stond was niet Marlow, het was je eigen veertigjarige ik. Je had aan je lijf al de eerste tekenen van sterfelijkheid ontdekt. Nee, je had geen tijd te verliezen. Nu zou je een ik kunnen creëren, apart en alleen, dat bestand was tegen je eigen oordeel. En toch kon je er helemaal naast zitten. Misschien moest je nog wel twintig jaar wachten, en zou je er zelfs dan nog niets van bakken.

Wat voor hoop was er dan voor een veertienjarige schooljongen die een druk leven leidde in een tijd en een cultuur die zelfkennis niet aanmoedigde of daar zelfs maar weet van had? In een slaapzaal die met negen anderen werd gedeeld kwamen heikele gevoelens – twijfel aan jezelf, prille verwachtingen, seksuele verlangens – zelden ter sprake. Wat die seksuele begeerte betrof: die ging schuil in grootspraak, schimpscheuten en vreselijk grappige of volledig onbegrijpelijke moppen. Maar of je ze nu snapte of niet, erom lachen was verplicht. Achter die opgefokte gezelligheid lag het besef van een groots nieuw speelveld dat zich voor hen uitstrekte. Voor de puberteit was het bestaan daarvan verborgen geweest en hadden ze zich er nooit druk om gemaakt. Nu rees het idee van seksueel contact voor hen op als een bergketen, prachtig, gevaarlijk en onweerstaanbaar. Maar nog ver weg. Als ze, nadat de lichten waren uitgegaan, in het donker lagen te praten en te lachen, hing er een verwoed ongeduld in de lucht, een belachelijk verlangen naar iets onbekends. De vervulling daarvan lag vóór hen, daar waren ze bloedzeker van, maar ze wilden het nu. In een jongensinternaat ver buiten de stad was de kans daarop klein. Hoe konden ze weten wat 'het' werkelijk inhield en wat ze ermee aan moesten wanneer alle informatie afkomstig was uit onwaarschijnlijke verhalen en grappen? Op een avond zei een van de jongens toen het even stil was in het donker: 'Stel nou dat je doodgaat voordat je het gedaan hebt.' Iedereen in de slaapzaal zweeg terwijl hij die mogelijkheid overwoog. Toen zei Roland: 'Je hebt altijd het hiernamaals nog,' waarop iedereen moest lachen.

Op een avond, toen zijn vrienden en hij nog nieuw waren, zo'n jaar of elf, gingen ze op speciale uitnodiging naar de slaapzaal van een groep oudere jongens. Ze scheelden maar een jaar, maar leken allemaal wijzer en superieur te zijn, sterker en ietwat dreigender ook. Het bezoek moest in het diepste geheim plaatsvinden. Roland en de andere eerstejaars wisten niet wat ze konden verwachten. Twee jongens, grote, gespierde, vroegrijpe knapen, stonden naast elkaar in het gangpad tussen de stapelbedden. Een grote groep jongens, allemaal in pyjama, had zich om hen heen verzameld. Veel jongens zaten op de bovenste bedden. Er hing een geur van zweet, sterk als die van rauwe uien. De lichten waren al heel lang uit. In zijn herinnering scheen het licht van een volle maan naar binnen. Maar misschien was dat wel niet het geval geweest. Misschien hadden ze zaklantaarns gehad. De twee jongens trokken hun pyjamabroek uit. Roland had nog nooit schaamhaar gezien, noch een volwassen penis, laat staan een erectie. Na een schreeuw begonnen de twee als bezetenen te masturberen, met pompende vuisten die razendsnel als in een waas op en neer gingen. Er klonken uitroepen en aanmoedigingskreten. Het was als het geschreeuw langs de zijlijn bij een belangrijke wedstrijd. Er heerste een sfeer van zowel hilariteit als diep ontzag. De meeste aanwezige jongens waren in seksueel opzicht nog niet rijp genoeg om aan dergelijke tweekamp te kunnen meedoen.

De wedstrijd was in minder dan twee minuten voorbij. De winnaar was degene die als eerste klaarkwam of misschien het verste spoot, waarover meteen een felle discussie losbarstte. De deelnemers leken tegelijk over de finishlijn te zijn gekomen. Hun twee melkachtige kwakken leken even ver op het zeil te zijn beland. Maar zouden die bij enkel maanlicht wel zichtbaar geweest zijn? De twee tegenstanders leken niet langer geïnteresseerd in de overwinning. Een van hen begon een schuine mop te vertellen waarvan de clou Roland ontging. Ten slotte kwam een van de prefecten op het geroep en gelach af en werden ze allemaal terug naar bed gestuurd.

Was Roland verbaasd, geschokt, geamuseerd? Daar viel niets zinnigs over te zeggen, er was geen als door Conrad beschreven verinnerlijkte geschiedenis voorhanden. Vanuit het heden was de geestesgesteldheid, waren de dagelijkse stemmingswisselingen van zijn jeugdige ik niet te doorgronden. Hij had nooit nagedacht over zijn geestelijke gesteldheden. De ene ging onmiddellijk over in de andere. Klaslokalen, spelletjes, pianolessen, huiswerk, wisselende vriendschappen, gedrang, in de rij staan, lichten uit. Op school leefde hij het mentale leven van een hond die aan een voortdurend heden zat vastgeketend.

Maar er was één wezenlijke uitzondering. Waarvan Roland zich op zijn zevenendertigste nog alle bijzonderheden herinnerde. De verinnerlijking lag bewaard in een diepe oceaantrog van jongensgedachten. Wanneer de slaapzaalgesprekken afnamen en het langzaamaan stil werd, en men in slaap begon te sukkelen, trok hij zich terug op die speciale plek. De pianolerares, die hem niet langer lesgaf, wist niet dat ze een dubbelleven leidde. Je had de vrouw, de echte, juffrouw Cornell. Hij zag haar zo nu en dan als hij in de buurt was van de ziekenboeg, het stallenblok of de muzieklokalen. Ze was dan alleen en liep voor of na een les van of naar haar rode autootje. Hij liep haar nooit voorbij, daar zorgde hij wel voor. Hij zou het vreselijk gevonden hebben door haar staande te worden gehouden en iets te moeten zeggen op haar vraag hoe hij 'vorderde'. Of nog erger, als ze hem voorbij zou lopen zonder dat ze met hem wilde praten. Of nóg erger, als ze hem niet zou herkennen.

Daarnaast was er de vrouw uit zijn avondlijke dagdromen, die deed wat hij van haar verlangde, wat inhield dat ze hem van zijn wil beroofde en hem alles liet doen wat zij verlangde.

De uiterlijke kleurschakering is wat er meestal overblijft van een jeugd. Toen hij twee weken op school zat stak hij op een warme septembermiddag met een groep jongens op de fiets het schiereiland over om te gaan zwemmen in de Stour, een brede getijdenrivier, net als de Orwell, maar dan schoner. Hij volgde de oudere jongens over een pad langs een akker naar een strand van opgedroogde modder en steentjes. Hij zwom verder de rivier in dan de anderen, pronkend met de krachtige zwemslagen uit zijn Tripoli-tijd. Maar het tij was aan het keren en trok hem weg van de oever naar dieper, kouder water. Zijn beenspieren begonnen te verkrampen. Hij kon niet langer zwemmen en het hoofd zelfs nauwelijks boven water houden. Hij schreeuwde en gebaarde naar een grote jongen, wiens voornaam Rock was, en die naar hem toe zwom en hem mee terug trok naar de oever. Gevoelens van angst, vernedering of dankbaarheid, de blijdschap nog in leven te zijn: geen spoor van dat alles. Ze zouden wel naar school teruggefietst zijn om op tijd de draad van hun vaste routine weer te kunnen oppikken: eerst de les van vier uur, daarna etenstijd en daarna huiswerk maken.

Zo nu en dan brak er een crisis uit en was er een moment waarop een duister vergrijp de hele school in de greep van een collectief schuldgevoel hield. Meestal ging het om diefstal, en was iemands transistorradio of iemands cricketbat gestolen. Eén keer was er damesondergoed van een waslijn voor de docentenonderkomens verdwenen. Dan moest de hele school opdraven in de aula. Daar verscheen dan de rector, een joviale, fatsoenlijke, wat onhandige man, een voormalige rugbycrack, van wie bekend was dat hij zijn vrouw George noemde, op het toneel om de 350 jongens mee te delen dat ze daar allemaal net zo lang zouden moeten blijven zitten totdat de dader zich gemeld had, zelfs als dat betekende dat ze het eten zouden missen. Het haalde nooit iets uit, en al helemaal niet in het geval van de gestolen slip. De oudere jongens wisten dat ze een boek of een zakschaakspel moesten meenemen als ze werden opgetrommeld.

Het waren niet alleen diefstallen die de school op dergelijke momenten in hun greep hielden. Elk voorjaar was er een schoolreis naar een open dag van de Amerikaanse luchtmachtbasis in Lakenheath, waar een hele vloot reusachtige B52-vliegtuigen compleet met kernbommen klaarstond om de Sovjet-Unie af te schrikken of te vernietigen. Ook Roland ging mee in de schoolbus, samen met zijn vrienden. Ze moesten wel een uur lang in de rij staan om een half minuutje op de stoel van een straaljagerpiloot te mogen zitten. En natuurlijk kwam er met donderend geraas een stel bommenwerpers hoog overvliegen. Hun zakgeld was niet toereikend om de gegrilde spareribs, biefstukken of frieten met cola in kartonnen bekers zo groot als bloempotten te kunnen kopen. Maar ze konden wel kijken.

Die avond moesten alle leerlingen weer naar de aula komen. De rector begon met zijn tenlastelegging. De commandant van de basis had gebeld om hem ervan te verwittigen dat er zekere jongens, herkenbaar aan hun schoolblazers met het embleem en het motto *Nisi Dominus Vanum* – Zonder de Heer is alles ijdel – waren gesignaleerd, die op de basis uit de bus waren gestapt met een wit-zwarte ban-de-bombutton op hun revers. Een dergelijk vertoon, zo liet de rector weten, betekende een inbreuk op de gastvrijheid en een grove belediging van onze Amerikaanse gastheren. De jongens die hiervoor verantwoordelijk waren moesten zichzelf bekendmaken. Tot die tijd moest iedereen hier zwijgend blijven zitten.

De jongste jongens, voor in de aula, recht onder het podium, met hun hoofd op dezelfde hoogte als het zware schoeisel van de rector, zeiden de woorden 'ban de bom' niets. De vredesbeweging stond, gezien de ernst van de bijeenkomst, voor alles wat schandelijk, misschien zelfs duivels was. Het kwam als een verrassing toen er achter in de aula rumoer ontstond en een stuk of vijf, zes oudere jongens gingen staan. De rest draaide zich om op zijn stoel. Het werd lawaaiig in de aula toen de namen van de jongens werden vastgesteld; de school was zo klein dat iedereen iedereen wel kende. De jongens liepen achter elkaar aan naar het podium, waar ze dicht opeen voor de rector gingen staan. Die stond roerloos stil, met opeengeklemde kaken, en keek hen vol minachting aan. Het gemompel zwol steeds verder aan naarmate het besef tot iedereen doordrong dat de jongens nog altijd de verboden buttons op hun revers droegen. Een van de groepsleden, een ster van het eerste rugbyteam die in de hoogste klas zat, begon van papier een verklaring voor te lezen. De hele aula viel stil. De bom vormde een bedreiging voor de hele mensheid, voor al het leven op aarde, hij was moreel gezien een gruwel, een tragische verspilling van middelen. De rector onderbrak hem in het voorbijgaan terwijl hij het podium af liep. Ze moesten allemaal onmiddellijk met hem meekomen naar de rectorskamer.

Een avond van ethisch verzet zou tot een mooie afronding zijn gekomen, als de jongens in de rectorskamer een afranseling met het rietje hadden geweigerd. Het waren allemaal grote kerels. Maar er zouden nog drie jaar moeten verstrijken voordat de rebelse geest van de jaren zestig de modderige oevers van de Orwell zou bereiken. In april 1962 was het nog een kwestie van eer om je tuchtiging met een onverschillige blik te ondergaan, en zonder een kik te geven.

De kleine jongens werden aangemoedigd een keer per week een brief naar huis te schrijven. Het was altijd Rolands moeder die terugschreef. Als zijn correspondentie bewaard was gebleven zou die een beetje een inkijkje hebben gegeven in zijn geestesgesteldheid in 1959. Maar Rosalind, de keurige huismoeder, had de gewoonte elke brief te verscheuren zodra ze die had beantwoord. Misschien dat er niets aan verloren was gegaan, want hij had de grootste moeite met zijn brieven naar huis. Zijn leven, met alle dagelijkse beslommeringen en vaste kaders van dien, stond zo ver af van dat van zijn ouders, en het landelijke Suffolk verschilde in zoveel opzichten van Noord-Afrika dat het hem aan ideeën, aangrijpingspunten en woorden ontbrak om iets te zeggen over de kenmerken van zijn nieuwe bestaan, over het lawaai, de wilde taferelen, de lol en de lichamelijke ontberingen, over het feit dat hij nooit alleen was, over de noodzaak om altijd precies op tijd met de juiste spullen op de juiste plek te zijn. Voor zover hij zich herinnerde schreef hij zinnen als: 'We hebben Wymondham met 13-7 verslagen. Gisteren kregen we friet met gebakken ei, dat was heel lekker.' De brieven van zijn moeder stelden nog minder voor. Haar probleem was nog groter dan het zijne. Weer was een van haar kinderen weggestuurd zonder dat zij zich daartegen had verzet. Ze hoopte dat hij van het schoolreisje had genoten. Ze hoopte dat zijn team ook de volgende wedstrijd zou winnen. Ze was blij dat het niet regende.

Vele jaren later hoorde Roland het vier jaar oude dochtertje van een vriend tegen haar vader zeggen: 'Ik ben ongelukkig.' Simpel, eerlijk, duidelijk en nodig. Een dergelijke zin had Roland als kind nooit uitgesproken. Ook was een dergelijke gedachte voor zijn volwassenwording nooit bij hem opgekomen. Als volwassene zei hij soms tegen zijn vrienden dat hij toen hij op de kostschool kwam was weggezonken in een lichte depressie die tot zijn zestiende had geduurd, maar dat hij 's nachts niet van heimwee had hoeven huilen. Het had er alleen voor gezorgd dat hij weinig zei. Maar was dat wel waar? Hij had voor hetzelfde geld kunnen beweren dat hij zich nooit zo vrij of tevreden had gevoeld. Op zijn elfde zwierf hij over het platteland alsof het van hem was. Samen met een goede vriend, Hans Solish, ontdekte hij anderhalve kilometer ten zuiden van de school een verboden, dichtbegroeid bos. Ze negeerden de bordjes met 'Verboden toegang' en klommen over een hek. Diep beneden hen, in een dal vol pijnbomen, zagen ze een enorm groot meer. In een stukje door de zon beschenen en door de wind in beweging gebracht water sprong een vis boven het oppervlak uit. Waarschijnlijk een forel. Het was een uitnodiging. Ze klommen door het kreupelhout omlaag naar de oever, waar ze een gammele hut bouwden. Met moedwillig voorbijzien van het pad dat langs het meer liep overtuigden de ontdekkingsreizigers zichzelf ervan dat zij het als eersten ontdekt hadden en besloten ze niemand van het bestaan ervan te vertellen. Ze waren nog heel vaak teruggegaan.

Waar anders had hij zo vrij kunnen zijn? Niet in Libië, waar hij, naar hij achteraf begreep, tot een blanke elite behoorde waaromheen de wrokgevoelens toenamen. Witte jongens en meisjes zwierven niet zomaar, zonder begeleiding van volwassenen, over het platteland. Het strand waar ze elke dag naartoe gingen was verboden voor Libiërs. Ze wisten niet dat een gebouw waar ze elke dag met de schoolbus langskwamen de beruchte Abu Salim-gevangenis was. Een paar jaar later zou koning Idris na een staatsgreep van een groep officieren worden afgezet, waarna zijn plaats werd ingenomen door een dictator, kolonel Khaddafi. Die zou de executie bevelen van duizenden dissidente Libiërs die in de Abu Salim zaten.

Marlow, die namens zijn schepper twintig jaar terugkeek, begreep zijn vroegere zelf goed: de verinnerlijking, de uiterlijke kleurschakeringen. Voor Roland als middendertiger was de jongen op Berners Hall een vreemde. Bepaalde gebeurtenissen lagen veilig opgeborgen in zijn geheugen, maar zijn gemoedstoestanden waren nog voor ze waren neergedaald weggesmolten als sneeuwvlokken op een zachte voorjaarsdag. Alleen de pianolerares en alles wat hij voor haar had gevoeld waren bewaard gebleven. Op een keer had hij, toen hij met vrienden onderweg was naar een klaslokaal, haar in de verte gezien, meer dan honderd meter verderop. Ze droeg een lichtblauwe jas en stond vlak bij de boom waarop hij zijn nieuwe bril had uitgeprobeerd. Ze leek hem te zien en stak een hand op. Maar misschien zwaaide ze over het grasveld heen naar iemand anders. Hij boog zich dichter naar zijn klasgenoot toe, alsof hij gespannen luisterde naar wat die tegen hem zei. Dat innerlijke moment was gevangen en voor de rest van zijn leven opgeslagen: toen hij zich afwendde van Miriam Cornell werd hij zich ervan bewust dat zijn hart als een razende tekeerging.

*

Net als de meeste scholen werd ook de zijne bijeengehouden door een hiërarchie van privileges, die in oneindige nuances geleidelijk in de loop van de jaren verleend werden. Dat maakte van de oudere jongens behoudzuchtige bewakers van de gevestigde orde, die hun zo geduldig verworven rechten angstvallig verdedigden. Waarom zouden ze nieuwerwetse gunsten verlenen aan de jongsten, terwijl zijzelf allerlei ontberingen hadden moeten doorstaan om de voordelen van het ouderejaarsschap te verdienen? De jongsten, de eerste- en tweedejaars, waren de paupers, zij bezaten helemaal niets. Derdeklassers mochten een lange broek dragen en een das met diagonale in plaats van horizontale strepen. De vierdeklassers hadden een eigen leerlingenkamer. De vijfdejaars verruilden hun grijze bloezen voor een strijkvrij wit overhemd, dat ze in de doucheruimte schoon schrobden en op een plastic klerenhanger te drogen hingen. Ook hadden ze een voorname blauwe das. Voor elk jaar gingen de lichten een kwartier later uit. De eerstejaars moesten een slaapzaal met zijn dertigen delen. Vijf jaar later waren dat er nog maar zes. De zesdeklassers mochten sportieve colberts en overjassen naar eigen keuze dragen, hoewel iets kleurrijks niet werd getolereerd. Ook kregen ze wekelijks een homp cheddar van twee kilo die ze met zijn twaalven moesten delen, plus een stuk of wat broden, een broodrooster en een pot oploskoffie, zodat ze voor zichzelf tussen de maaltijden door iets te eten en te drinken konden maken. Ze gingen naar bed op een tijd die hun schikte. Bovenaan de hiërarchische ladder stonden de zogeheten prefecten. Zij mochten het grasveld schuin oversteken en iedereen die lager op de ladder stond afblaffen als hij hetzelfde waagde te doen.

Zoals elke maatschappelijke rangorde leek deze, behalve in de ogen van revolutionaire geesten, samen te vallen met het weefsel van de werkelijkheid. Roland trok hem niet in twijfel toen hij, samen met tien anderen, in september 1962 aan het begin van het schooljaar op zijn afdeling bezit nam van de leerlingenkamer voor vierdeklassers. Na drie jaar dienstbetoon was dit de eerste belangrijke stap omhoog op de ladder. Roland raakte, net als zijn vrienden, ingeburgerd. Hij had zich de gemoedelijke omgangsvormen waar de school om bekendstond eigen gemaakt, inclusief het vleugje fijnzinnige lompheid dat van een vierdeklasser werd verwacht. Zijn tongval, het plattelandsaccent van Hampshire dat hij van zijn moeder had overgenomen, veranderde. De laatste tijd viel er aan zijn spraak een vleugje Cockney te bespeuren, een vleugje BBC-Engels, plus nog een derde element dat moeilijk te omschrijven viel. Iets technocratisch misschien. Zelfverzekerdheid. Jaren later herkende hij het bij jazzmusici. Niet kakkineus, en niet geïmponeerd door of minachtend jegens degenen die dat wel waren.

Zijn schoolresultaten bleven gemiddeld of iets daaronder. Een paar docenten kregen de indruk dat hij wel eens slimmer zou kunnen zijn dan hij overkwam. Hij moest een zetje hebben. Na drie jaar lang twee uur per week les gehad te hebben van meneer Clare was hij een veelbelovende pianist. Hij wist zich door de diverse piano-examens heen te slaan. Nadat hij het zevende examen ('Gevorderden') met de hakken over de sloot had gehaald kreeg Roland van zijn leraar te horen dat hij voor een veertienjarige 'behoorlijk ver' was. Twee keer moest hij 's zondags de samenzang begeleiden toen Neil Noake, die verreweg de beste pianist van de school was, vanwege griep niet kon spelen. Onder zijn medeleerlingen was zijn status bovengemiddeld. Het feit dat hij zowel matig in sport als matig in schoolprestaties was drukte zijn populariteit. Maar soms zei hij iets geestigs dat de hele school door ging. En hij had minder puistjes dan de meesten.

In de leerlingenkamer van de vierde klas stonden een tafel, elf houten stoelen en een paar kastjes, en aan de muur hing een prikbord. Een ander gunstbewijs waar ze niet op gerekend hadden werd elke dag na de lunch in hun kamer afgeleverd: een krant. Soms was dat de *Daily Express*, soms de *Daily Telegraph*. Afdankertjes uit de lerarenkamer. Toen Roland een keer de leerlingenkamer binnenkwam zag hij daar een vriend zitten met de benen over elkaar geslagen en een opengeslagen krant voor zich, waarop hij besefte dat ze eindelijk volwassen waren geworden. Politiek vonden ze saai, zoals ze vaak tegen elkaar zeiden. Als groep waren ze het meest geïnteresseerd in human interest, en om die reden hadden ze het liefst de *Express*. Een vrouw die in brand was gevlogen door haar föhn. Een gek met een mes die was doodgeschoten door een boer, die daarvoor tot ieders afgrijzen in de gevangenis was beland. Een bordeel dat niet zo ver van de parlementsgebouwen was ontdekt. Een oppasser in de dierentuin die met huid en haar door een python was verslonden. Het leven van volwassenen.

In die tijd lagen de morele maatstaven in het openbare leven hoog, en dus vierde de hypocrisie hoogtij. Verrukkelijke verontwaardiging zette de algehele toon. Schandalen werden een vast onderdeel van de anekdotiek van hun seksuele opvoeding. Binnen een jaar zou de Profumo-affaire aan het licht komen. Zelfs in de *Telegraph* stonden tussen het nieuws foto's van lachende meisjes met wijd uitstaand haar en wimpers zo dik en zwart als gevangenistralies.

Toen, tegen het einde van oktober, werd de politiek in de leerlingenkamer van de vierdeklassers ineens interessant. Opmerkelijk genoeg lagen na de lunch beide kranten samen op de tafel. Allebei waren ze behoorlijk beduimeld en zaten ze vol ezelsoren, van beide was het krantenpapier vanwege de vele handen waar het doorheen was gegaan slapper geworden, en op beide voorpagina's stond dezelfde foto. Voor jongens die onlangs op een open dag een bezoekje hadden gebracht aan Lakenheath, de nabijgelegen Amerikaanse luchtmachtbasis, en als was het een heilig relikwie de koude stalen neus van een raket hadden aangeraakt, was het een pakkend verhaal. Ondanks het feit dat het van ieder seksueel belang was gespeend bood het onverwachte genoegens. Spionnen, spionagevliegtuigen, verborgen camera's, misleiding, bommen, de twee machtigste mannen op aarde die elkaar probeerden af te bluffen, en een mogelijke oorlog. De foto had afkomstig kunnen zijn uit de drievoudig vergrendelde kluis van een meesterbrein van de geheime dienst. Er stonden lage heuvels en vierkante velden op, en een bebost terrein dat was getekend door witte kapsporen en open plekken. Op smalle rechthoekige strookjes stonden nuttige aanwijzingen: *twintig lange cilindrische tanks, transportmiddelen voor raketvervoer, vijf lanceertorens, twaalf mog. Guideline-raketten.* Met hun U2-verkenningsvliegtuigen hadden de Amerikanen vanaf onmogelijke hoogte middels camera's met een fantastisch telescopisch vermogen aan de wereld laten zien dat er op Cuba Russische kernraketten stonden, nog geen honderdvijftig kilometer van de kust van Florida. Dat kon niet worden getolereerd, vond iedereen. Het was een pistool tegen de slaap van het Westen. De locaties moesten worden gebombardeerd voordat ze operationeel konden worden, en daarna moest er een invasie van het eiland plaatsvinden.

Wat zouden de Russen doen? En hoewel de jongens van de leerlingenkamer voor vierdeklassers deden alsof ze de zorgen van de volwassenen over deze nieuwe stand van zaken werkelijk deelden, riepen woorden als 'thermonucleaire kernkoppen' tegelijkertijd als dreigende donderwolken aan de einder bij zonsondergang een opwindend gevoel van totale ontwrichting bij hen op, een belofte van ultieme vrijheid, waardoor school, vaste patronen, regels en zelfs ouders, volledig zouden worden weggevaagd, een wereld die helemaal was schoongeveegd. Ze wisten dat zij het zouden overleven, en bespraken welke rugzakken, waterflessen, zakmessen en kaarten ze paraat moesten houden. Er stond hun een grenzeloos avontuur te wachten. Roland was inmiddels lid van de fotoclub geworden en wist alles van ontwikkelen en afdrukken. Hij had een paar uur in de donkere kamer doorgebracht, waar hij aan verscheidene versies van een uitzicht op de rivier met eiken en varens had gewerkt, vijftien bij tien, erg mooi, alleen zat er een vervelende bruine veeg over het midden die hij niet weg had kunnen krijgen. Men hoorde hem vol respect aan toen hij de U2-foto's die de volgende dag verschenen nader bekeek. Een ervan was voorzien van nieuwe strookjes: *rechtstandige lanceerinstallatie, tijdelijke verblijven.* Iemand gaf hem een vergrootglas. Hij boog zich dichter over de foto. Toen hij de ingang van een tunnel ontdekte die de analisten van de CIA hadden gemist, geloofde iedereen hem. Een voor een keken ze, en zagen het ook. Anderen hielden er een gewichtige eigen theorie op na over wat er gedaan zou moeten worden, wat er moest gebeuren als het zo was.

De lessen gingen gewoon door. Geen enkele leraar zinspeelde op de crisis, wat de jongens totaal niet verraste. Het waren gescheiden gebieden, de school en de echte wereld. James Hern, het strenge, maar privé heel aardige afdelingshoofd, maakte die avond in zijn aankondigingen geen gewag van het feit dat de wereld mogelijk binnenkort zou vergaan. De ietwat overbelaste huisbewaarster, mevrouw Maldey, repte niet van de Cubacrisis toen de jongens hun sokken, ondergoed en handdoeken inleverden, terwijl ze zich meestal ergerde aan alles wat haar ingewikkelde dagindeling bedreigde. Roland schreef niet over de situatie in zijn volgende brief naar huis. Niet omdat hij zijn moeder niet ongerust wilde maken, want zij zou ongetwijfeld door de kapitein van het gevaar op de hoogte zijn gebracht. President Kennedy had een 'blokkade' rond Cuba afgekondigd; Russische vaartuigen stevenden met hun lading kernkoppen af op een smaldeel Amerikaanse oorlogsbodems. Als Chroesjtsjov zijn schepen niet terugriep zouden ze tot zinken worden gebracht en zou de Derde Wereldoorlog uitbreken. Hoe viel zoiets te rijmen met Rolands verhaal over het met de Club van Jonge Boeren planten van jonge dennenboompjes op het drassige land achter het landhuis? Hun brieven kruisten elkaar, en haar brief was al even argeloos als de zijne. De jongens konden geen tv-kijken, dat mochten alleen de twee hoogste klassen op bepaalde dagen. Niemand luisterde naar of wist iets van het nieuws op een serieuze radiozender. Ze hoorden wat nieuwsflitsen op Radio Luxemburg, maar in wezen bleef nieuws over de Cubaanse raketaffaire beperkt tot wat hun twee kranten erover schreven.

De eerste golf van jeugdige opwinding begon weg te ebben. Het officiële stilzwijgen van de school maakte Roland ongerust. Met name als hij alleen was maakte hij zich zorgen. Een sombere wandeling tussen de eiken en varens achter de saut-de-loup bood geen soelaas. Een uur lang zat hij aan de voet van het beeld van Diana, de godin van de jacht, de kant van de rivier op te kijken.

Misschien zag hij zijn ouders of zijn zus Susan wel nooit meer terug. Of zou hij zijn broer Henry nooit beter leren kennen. Op een avond bespraken de jongens nadat de lichten waren uitgedaan de crisis, zoals ze dat elke avond deden. Toen ineens ging de deur open en kwam er een prefect binnen. Hij was de hoogste perfect van de afdeling. Hij zei niet dat ze stil moesten zijn. In plaats daarvan nam hij deel aan hun gesprek. Ze begonnen hem vragen te stellen, die hij op serieuze toon beantwoordde, alsof hij net zelf terug was van crisisberaad in het Witte Huis. Hij beweerde over vertrouwelijke informatie te beschikken, en zij geloofden alles wat hij zei en voelden zich gevleid door zijn aanwezigheid. Hij was al een volwaardig lid van de volwassen gemeenschap en vormde voor hen de brug daarnaartoe. Drie jaar geleden was hij nog een van hen geweest. Ze konden hem niet zien, maar hoorden alleen zijn lage, zelfverzekerde stem die uit de richting van de deur kwam, de schoolstem met het lichte Cockney-accent, waarin een vleug op boekenwijsheid of wetenschappelijke lectuur gebaseerd zelfvertrouwen doorklonk. Hij vertelde hun iets alarmerends, iets wat ze eigenlijk zelf hadden moeten bedenken. In een grootscheepse kernoorlog, zei hij, zou voor de Russen een van de belangrijkste doelwitten in Engeland de luchtmachtbasis bij Lakenheath zijn, minder dan tachtig kilometer bij hen vandaan. Dat betekende dat de school in één keer zou worden weggevaagd, dat Suffolk één grote woestenij zou worden en dat alle inwoners van het graafschap – in zijn bewoordingen – zouden 'verdampen'. *Verdampen.* Verscheidene jongens zeiden het hem na in bed.

Nadat hij was vertrokken ging het gesprek in de slaapzaal verder. Iemand zei dat hij een foto had gezien van Hiroshima na de bom. Alles wat er over was van een vrouw was haar stralingsschaduw op een muur. Ze was verdampt. Het gesprek stokte en doofde langzaam uit toen de slaap vat op hen kreeg. Roland bleef wakker. Het woord liet hem niet met rust. Het betekende de dood. Dat was logisch. Meneer Corner, de biologieleraar, had hun nog niet zo lang geleden verteld dat hun lichaam voor

93 procent uit water bestond. Als dat in één flits gekookt werd, zou de resterende 7 procent als sigarettenrook omhoogkringelen en verspreid worden door de wind. Of met orkaankracht door de rukwinden na de ontploffing worden weggeblazen. Niks trektocht naar het noorden met zijn vrienden, niks rugzakken vol noodrantsoenen, niks wegvluchten zoals de burgers van Londen hun stad ontvluchtten in Daniel Defoes verslag van de pestepidemie van 1665. Roland had sowieso niet geloofd in het overlevingsavontuur. Maar het had hem ervan weerhouden stil te staan bij wat er werkelijk zou kunnen gebeuren.

Hij had nog nooit nagedacht over zijn eigen dood. Hij wist zeker dat de gebruikelijke associaties – donker, koud, stil, verrotting – niet ter zake deden. Dat kon allemaal gevoeld en begrepen worden. De dood lag voorbij het donker, zelfs voorbij het niets. Zoals al zijn vrienden verwierp hij het bestaan van een hiernamaals. Ze zaten de verplichte zondagavonddienst uit vol minachting voor de oprechte gastpredikanten en hun gekruip voor en gesmeek bij een niet-bestaande god. Het was voor hen een erezaak om nooit hardop mee te bidden of hun ogen te sluiten, het hoofd te buigen of 'Amen' te zeggen, of de gezangen mee te zingen, ook al gingen ze wel staan en sloegen ze wel het liedboek op een willekeurige plek open uit een laatste restje beleefdheid. Met hun veertien jaar waren ze sinds kort bezig met schitterende, strijdbare rebellie. Het gaf een bevrijdend gevoel je lomp te gedragen. Ze bedienden zich bij voorkeur van satire, parodie en spot, en imiteerden op hilarische wijze de stem en de vaste uitdrukkingen van hen die boven hen gesteld waren. Ook elkaar spaarden ze bepaald niet, hoe loyaal ze verder ook waren. En dat alles, inclusief zijzelf, zou weldra verdampen. Hij zag niet in hoe Rusland het zich kon veroorloven bakzeil te halen terwijl de hele wereld toekeek. De twee partijen, die allebei beweerden dat zij streden voor de vrede, zouden omwille van de eigen trots en eer, uiteindelijk in een oorlog verzeild raken. Een kleine schotenwisseling, een getorpedeerd schip zou uitgroeien tot een krankzinnige wereldbrand. Schooljongens wisten dat op zo'n manier de

Eerste Wereldoorlog was begonnen. Ze hadden opstellen moeten schrijven over dat onderwerp. Elk land had gezegd dat het geen oorlog wilde, maar was vervolgens toch mee gaan doen met een gewelddadigheid waar de wereld het nog steeds over had en die het nog steeds niet volledig had begrepen. Dit keer zou er niemand overblijven om dat te proberen.

Wat bleef er dan over van die eerste ontmoeting, van die prachtige, gevaarlijke bergketen? Die werd weggevaagd met de rest. Terwijl hij lag te wachten tot hij in slaap zou vallen schoot hem de opmerking van zijn vriend weer te binnen: maar stel nou dat je doodgaat voordat je het gedaan hebt. *Het.*

De dag daarop, zaterdag 27 oktober, begon de herfstvakantie. Geen zaterdagse lessen en geen wedstrijden, meer stelde het niet voor. De school zou op maandag weer beginnen. Van sommige jongens uit Londen zouden de ouders langskomen. Een zesdeklasser had een *Guardian* die hij Roland liet inzien. In het Caraïbisch gebied hadden de Amerikanen een Russische olietanker die onderweg was naar Cuba doorgelaten. Men ging ervan uit dat het schip enkel olie bevatte. De Russische schepen die de raketten vervoerden die in alle openheid op het dek lagen vastgesjord, waren langzamer gaan varen of helemaal voor anker gegaan. Maar er waren Russische onderzeeërs in de omgeving gesignaleerd, en nieuwe verkenningsfoto's toonden aan dat het werk aan de lanceerbases op Cuba gewoon doorging. De raketten stonden op scherp. In Florida, op Key West, verzamelde zich een Amerikaanse strijdmacht. Het zag ernaar uit dat men bezig was een invasie in Cuba voor te bereiden om de lanceerbases te vernietigen. In de krant werd een Franse politicus aangehaald die had gezegd dat de wereld zich 'op de rand' van een kernoorlog bevond. Nog even, en het zou te laat zijn om zich nog terug te trekken.

Ter gelegenheid van de zogeheten vakantie kwam de keuken met gebakken eieren. Omdat sommige jongens die niet lustten of een hekel hadden aan het vet waar ze in dreven, wist Roland er maar liefst vier te bemachtigen. Na het ontbijt ging hij op zoek naar het adjunct-afdelingshoofd, een man die bij de jongens in hoog aanzien stond omdat ze tot de conclusie waren gekomen dat hij wel een stuk of tien vriendinnen had, een pistool bij zich droeg en geheime missies uitvoerde. Het was waar dat hij in een Triumph Herald cabriolet reed, dat zijn huid een geur van tabak uitwasemde en dat zijn naam Bond was. Paul Bond. Hij woonde met zijn vrouw en drie kinderen in het nabijgelegen Pin Mill. Roland kreeg toestemming om er met de fiets op uit te trekken. Meneer Bond, die nog betrekkelijk nieuw was, was geen man van de regeltjes. Hij vergat een tijdstip te noemen waarop de jongen terug moest zijn en nam niet de moeite Rolands vertrek te noteren.

Zijn fiets stond op een verhoogd betegeld plaatsje achter de keuken van de school. Het was een roestige oude racefiets met eenentwintig versnellingen en een voorband die heel langzaam leegliep, maar waarvan hij het lek steeds maar niet plakte. Terwijl hij de band oppompte voelde hij een lichte misselijkheid opkomen. Toen hij zich bukte om de pijpen van zijn spijkerbroek in zijn sokken te stoppen merkte hij dat zijn adem licht naar zwavel rook. Een van de eieren was bedorven geweest. Misschien waren ze dat wel alle vier. Het was een haast onbewolkte, warme dag. Helder genoeg om raketten vanuit het oosten te zien aankomen. Hij reed in volle vaart de helling naar de kerk af terwijl hij zijn adem inhield om de geur van opgewarmde varkensdraf die uit de stal opsteeg niet te hoeven ruiken. Buiten het hek van de school sloeg hij links af en fietste de kant op van Shotley. Na het dorpje Chelmondiston keek hij uit naar zijn doorsteek, een binnenweggetje aan zijn rechterhand, dat hem tussen vlakke velden door, langs Crouch House en via Warren Lane naar de eendenvijver en Erwarton Hall zou voeren. Elke jongen op school wist dat Anna Boleyn er als kind graag op bezoek was gegaan en dat de latere koning Henry er haar het hof was komen maken. Voordat ze op zijn bevel in de Londense Tower werd onthoofd had ze gevraagd of haar hart in de kerk van Erwarton begraven mocht worden. Naar verluid zat het in een hartvormig kistje dat onder het orgel begraven lag.

Roland stopte bij de Hall, zette zijn fiets tegen de muur van het oude poorthuis, stak de weg over en begon te ijsberen. Haar huis stond maar een paar minuten verderop. Hij was er niet klaar voor. Het was belangrijk dat hij niet bezweet en buiten adem zou aankomen. Hij had zoveel tijd doorgebracht met aan haar te denken en Erwarton te vermijden dat hij het gevoel had dat hij zijn jeugd hier ook had doorgebracht. Hij staarde naar de eendenvijver en vroeg zich af waar de eenden waren toen hij achter zich een stem hoorde.

'Hé, jij daar!'

Bij het poorthuis stond een man in een geel pied-de-poule tweedjasje en met een jachtpet op, de benen ferm uit elkaar geplant en de armen over elkaar geslagen.

'Ja?'

'Is dat jouw fiets?'

Roland knikte.

'Hoe durf je die tegen dit prachtige gebouw te zetten.'

'Sorry, meneer.' Het was eruit voor hij het wist. Schoolse gewoonte. Daarom vertraagde hij zijn pas toen hij de straat overstak, voegde wat zwier aan zijn tred toe en trok een uitgestreken gezicht. Hij was veertien, en er viel met hem niet te spotten. De man was ook jong, spichtig en bleek, en had uitpuilende ogen. Roland bleef vlak voor hem staan.

'Wat zei u precies?'

'Die fiets van jou.'

'Wat is daarmee?'

De man glimlachte. 'Och, waarom zou je ook eigenlijk niet?'

Roland, die in één klap ontwapend was, stond op het punt hem zijn zin te geven en zijn fiets in het gras te leggen, maar de man legde een hand op zijn schouder en zei, terwijl hij wees: 'Zie je dat huisje daar verderop rechts?'

'Ja.'

'Daar woonde de laatste persoon die ooit in Engeland aan de pest is gestorven. Dat was in 1919. Bijzonder, hè?'

'Dat wist ik niet,' zei Roland. Hij vermoedde dat de man op

de een of andere manier geestelijk gestoord was. 'Maar ik moet ervandoor.'

'Okido!'

Een paar minuten daarna fietste hij langs de kerk en vervolgens langs de verspreid staande huizen van het dorp, en even later stond hij voor haar huisje. Hij wist dat het haar huisje was door de rode auto die ervoor op het gras geparkeerd stond. Hij zag een wit, houten tuinhekje en een klinkerpad dat met een lichte bocht naar haar voordeur leidde. Hij zette zijn fiets tegen de auto, trok zijn broekspijpen uit zijn sokken en aarzelde. Hij had het gevoel dat hij bekeken werd, ook al viel er achter de twee ramen van de benedenverdieping geen enkele beweging te bespeuren. In tegenstelling tot de andere huisjes eromheen hingen in het hare geen gordijnen. Hij had liever gehad dat ze naar buiten was gekomen om hem te begroeten en vervolgens het heft in handen te nemen. Na een volle minuut gewacht te hebben duwde hij het hek open en liep langzaam in de richting van haar deur. De borders langs het pad boden de vervallen aanblik van een vergeten zomer. Ze had de op sterven na dode planten nog niet uit de grond gehaald. Het verbaasde hem dat er oude plastic bloempotten op hun kant en vertrapte snoeppapiertjes tussen de dode bladeren lagen. Ze had hem altijd een keurig iemand geleken, een vrouw die al haar zaken goed op orde had, maar ja, wat wist hij nou helemaal van haar? Hij was bezig een vergissing te begaan en kon maar beter omkeren nu het nog kon, voordat ze hem zag. Nee, hij was vastbesloten zich aan zijn lot over te geven. Zijn hand had de zware deurklopper al opgetild en weer laten vallen. En een tweede keer. Er klonken snelle, gedempte bonsgeluiden toen ze gehaast de trap af kwam. Hij hoorde het geluid van een grendel die werd verschoven. Ze trok de deur zo snel en zo wijd open dat hij zich onmiddellijk geïntimideerd voelde en haar niet durfde aan te kijken. Het eerste wat hij zag was dat ze op blote voeten liep en dat haar teennagels paars gelakt waren.

'O, ben jij het.' Ze zei het op een neutrale toon, zonder aarzeling of blijk van verrassing. Hij hief zijn hoofd op en ze keken elkaar aan, en gedurende één moment van verwarring meende hij dat hij bij het verkeerde huis had aangeklopt. Zeker, ze had hem herkend. Maar ze zag er anders uit. Ze droeg haar haar los, bijna tot op de schouders, en ze droeg een lichtgroen T-shirt onder een openhangend vest en een spijkerbroek waarvan de pijpen ruim boven de enkels eindigden. Haar zaterdagse kleren. Hij had iets voorbereid om te zeggen, een openingszin, maar die was hij vergeten.

'Bijna drie jaar te laat. De lunch is inmiddels koud.'

Hij zei het snel: 'Ik moest heel lang nablijven.'

Ze lachte en hij kreeg een kleur van hulpeloze trots om de snedigheid van zijn opmerking. Die was zomaar ineens in hem opgekomen.

'Kom maar binnen.'

Hij liep langs haar heen een smalle gang in, met aan het einde een steile trap en links en rechts een deur.

'Linkerdeur.'

Het eerste wat hij zag was de piano, een kleine vleugel die in een hoek geschoven stond, maar niettemin een groot deel van de kamer in beslag nam. Stapels bladmuziek op twee stoelen, twee kleine sofa's tegenover elkaar bij een lage bijzettafel, waar ook stapeltjes muziekboeken op lagen. Op de vloer lagen kranten van die dag. Verderop was een deur naar een klein keukentje dat uitkeek op een door een laag muurtje omgeven tuin.

'Zit,' zei ze, alsof ze het tegen een hond had. Een grapje natuurlijk. Ze ging tegenover hem zitten en keek hem strak aan. Ze leek vagelijk geamuseerd door zijn aanwezigheid. Wat zag ze?

Dat had hij zich in latere jaren dikwijls afgevraagd. Een jongen van veertien, voor zijn leeftijd van gemiddelde lengte, slank van postuur, maar zo te zien best sterk, met donkerbruin haar, dat lang was voor die tijd, in de verte beïnvloed door John Mayall en Eric Clapton. Tijdens een korte logeerpartij bij zijn zus was Roland een keer door zijn neef Barry meegenomen naar de Ricky Tick club bij het busstation van Guildford, waar The Rolling Stones optraden. Daar had Rolands uiterlijk vaste vorm gekregen, want hij was diep onder de indruk geweest van de zwarte jeans van Brian Jones. Wat voor veranderingen zouden Miriam nog meer zijn opgevallen? Sinds kort de baard in de keel. Een lang, ernstig gezicht met volle lippen, die soms trilden alsof hij bepaalde gedachten onderdrukte, en groenbruine ogen achter een fondsbrilletje waar hij lang voordat John Lennon op dat idee kwam de plastic randen vanaf had gehaald. Een grijs tweedjasje met stukken op de ellebogen over een hawaïhemd met palmboomdessin. De grijsflanellen broek met smalle pijpen was het substituut dat de strakke zwarte spijkerbroek het dichtst benaderde en binnen de kledingvoorschriften van Berners viel. Zijn puntschoenen hadden iets middeleeuws. Hij rook naar een citroenachtig reukwater. Die dag had hij geen enkel puistje. Hij had iets ondefinieerbaar ongezonds over zich. Iets schraals en slangachtigs.

Terwijl hij wijdbeens, in een ongemakkelijke houding, achterover geleund op de sofa zat, zat zij juist kaarsrecht op de hare en boog zich nu zelfs iets naar voren. Haar stem klonk lief en toegeeflijk. Misschien had ze medelijden met hem. 'Zo Roland. Vertel eens, hoe gaat het met je?'

Het was echt zo'n volwassenenvraag, saai en onmogelijk te beantwoorden. Maar één keer eerder had ze hem bij zijn voornaam aangesproken. Terwijl hij zich beleefd overeind hees tot een houding die meer op de hare leek wist hij niets anders te bedenken dan de pianolessen van meneer Clare. Hij legde uit dat hij eens per week anderhalf uur extra les kreeg, gratis en voor niks. De laatste tijd, vertelde hij, hadden ze aan een stuk gewerkt dat...

Ze onderbrak hem, en terwijl ze dat deed trok ze één been op en schoof het onder haar knie. 'Ik heb gehoord dat je je niveau zeven hebt gehaald.'

'Jep.'

'Merlin Clare zegt dat je heel goed van blad kunt spelen.'

'Ik weet 't niet.'

'En nu ben je dus op je fiets helemaal naar hier gekomen om duetten met me te spelen.'

Hij kreeg opnieuw een kleur, deze keer vanwege de toespeling die hij achter de opmerking vermoedde. Ook voelde hij het begin van een erectie. Om te voorkomen dat ze dat zou zien legde hij een hand op zijn kruis. Maar zij was opgestaan en liep inmiddels naar de piano.

'Daar heb ik precies het juiste stuk voor. Mozart.'

Zij was al achter de piano gaan zitten terwijl hij nog altijd gegeneerd op de sofa zat. Hij zou tekortschieten en een modderfiguur slaan. En worden weggestuurd.

'Ben je zover?'

'Ik heb er eigenlijk niet zo'n zin in.'

'Alleen het eerste deel. Daar ga je niet dood van.'

Hij begreep dat hij er niet onderuit kwam. Hij kwam traag overeind en schoof achter haar langs om links van haar op de kruk te gaan zitten. In het voorbijgaan voelde hij de warmte die van haar achterhoofd af straalde. Toen hij eenmaal zat werd hij zich bewust van het getik van een klok die boven de schoorsteenmantel hing, luid als dat van een metronoom. Het zou een hele uitdaging zijn om daar een duet tegenin te spelen. En tegen beide ritmes in was er nog het bonzen van zijn hart. Ze zette de muziek voor hen neer. D-majeur. Quatre-mains van Mozart. Hij had er een keer een stukje van doorgespeeld met Neil Noake, misschien een halfjaar geleden. Ineens veranderde ze van gedachten.

'We gaan wisselen. Leuker voor jou.'

Ze ging staan en stapte opzij, zodat hij naar rechts langs haar heen kon schuiven. Toen ze weer ging zitten zei ze met diezelfde vriendelijke stem: 'We gaan het kalm aan doen.'

Ze boog haar hele lichaam iets naar voren, hield haar beide handen boven het klavier, liet ze vallen en daar gingen ze, in een tempo dat Roland amper kon bijbenen. Alsof ze op een slee een ijzige berg af rodelden. Bij de grootse openingsmaten lag hij een fractie op haar achter, zodat de piano, een Steinway, klonk als een tingeltangel. In zijn zenuwen liet hij een gesmoord, snorkend lachje horen. Hij haalde haar bij en lag even later, overijverig als hij was, zelfs ietsje op haar voor. Hij hing aan de rand van een klif. Expressie en dynamiek gingen hem boven zijn macht, hij kon alleen maar de juiste noten in de juiste volgorde spelen, zoals ze over het blad denderden. Er waren momenten waarop het bijna goed klonk. Toen ze om beurten een klein motief in een breed uitgesponnen, ronkend crescendo afwikkelden, riep ze: 'Bravo!' Wat een kabaal maakten ze daar in die kleine kamer. Toen ze het einde van het deel bereikt hadden sloeg ze het blad om. 'We kunnen nu niet stoppen.'

Het lukte hem alleszins redelijk zijn weg te vinden door de zangerige melodie terwijl zij een rustige Albertijnse baspartij speelde die hem ondersteunde. Haar lijf drukte tegen hem aan toen ze naar rechts leunde terwijl ze samen naar een hoger register klommen. Hij ontspande een beetje toen zij bij een loopje bijna de mist in ging, een privéspelletje van die dekselse Mozart. Maar het deel leek uren te duren, en toen de zwarte stippen aan het einde een herhaling aangaven betekende dat een straf, ga terug naar de gevangenis. De druk op zijn concentratievermogen begon ondraaglijk te worden. Zijn ogen deden zeer. Ten slotte stierf het stuk weg in zijn laatste akkoord, dat hij een kwartnoot te lang aanhield.

Meteen daarop ging ze staan. Hij voelde de tranen van opluchting in zijn ogen branden, omdat ze niet ook nog het allegro molto gingen spelen. Maar ze had niets gezegd, en hij voelde dat hij haar had teleurgesteld. Ze stond vlak achter hem. Ze legde haar handen op zijn schouders, boog zich naar voren en fluisterde in zijn oor: 'Het wordt nog wel wat met jou.'

Hij wist niet zeker wat ze daarmee bedoelde. Ze liep de kamer door en ging naar de keuken. Het zien van haar blote voeten en het horen van de slepende geluiden die ze op de plavuizen maakten, gaven hem een week gevoel. Een paar minuten later kwam ze terug met twee glazen sinaasappelsap, vers geperst, iets wat hij nog nooit eerder geproefd had. Inmiddels stond hij onzeker bij het lage tafeltje terwijl hij zich afvroeg of hij nu moest vertrekken. Hij zou het niet erg gevonden hebben. Ze dronken zwijgend hun sinaasappelsap. Daarna zette ze haar glas neer en deed iets wat hem bijna een flauwte bezorgde. Hij moest in elk geval steun zoeken bij de leuning van de sofa. Ze liep naar de voordeur, knielde daar neer en schoof de zware grendel omlaag, in de stenen vloer. Daarna kwam ze terug en pakte hem bij de hand.

'Vooruit dan.'

Ze voerde hem mee naar de voet van de trap, waar ze even bleef staan en hem strak aankeek. Haar ogen straalden.

'Ben je bang?'

'Nee,' loog hij. Zijn stem klonk gesmoord. Hij moest eigenlijk zijn keel schrapen, maar durfde dat niet te doen omdat hij dan misschien zwak, dom of ongezond zou overkomen. Omdat hij dan misschien uit deze droom zou ontwaken. Het was een smalle trap. Terwijl ze voor hem uit omhoogliep hield hij angstvallig haar hand vast en liet zich meetrekken. Op de overloop bevond zich recht voor hem een badkamer en was er, net als beneden, links en rechts een deur. Ze trok hem mee naar de rechter. De kamer bracht hem in verrukking. Het was er één grote bende. Het bed was niet opgemaakt. Op de vloer, naast de wasmand, lag een hoopje van haar ondergoed, in verschillende pasteltinten. De aanblik ervan ontroerde hem. Ze moest toen hij aanklopte bezig zijn geweest de was uit te zoeken voor de komende week, zoals mensen zaterdagsochtends deden.

'Trek je schoenen en je sokken uit.'

Hij ging op zijn knieën voor haar zitten en deed wat hem gezegd was. Hij vond de diepe kreukels die er in het bovenleer van zijn schoenen zaten lelijk en ergerde zich aan het feit dat de lange neuzen omhoogkrulden. Hij schoof de schoenen onder een stoel.

Ze zei op een verstandige toon. 'Ben je besneden, Roland?'

'Ja. Ik bedoel, nee.'

'Hoe dan ook, je gaat eerst naar de badkamer om je eens goed te wassen.'

Dat leek alleszins redelijk, en zijn opwinding ebde erdoor weg. De badkamer was piepklein en er lag een roze kleedje op de vloer. Er stonden een smalle badkuip en een glazen douchecabine, ietsje uit het lood, en op een verchroomd rek hingen dikke witte handdoeken die hem aan thuis deden denken. Op het planchet boven de wastafel zag hij een flesje van haar parfum staan. Het had ronde vormen en de naam stond erop: rozenwater. Omdat hij zich ervan bewust was dat dit niet de eerste keer was dat ze hem wegstuurde om zich te wassen zorgde hij ervoor dat hij het grondig aanpakte. Zijn grootste angst was dat hij haar zou ergeren. Terwijl hij zich weer aankleedde keek hij door een klein glas-in-loodraam onder de geveltop naar buiten. Hij had uitzicht over weidse velden tot aan de Stour, waar het bijna laagtij was, waardoor de modderbanken uit het zilverwitte water oprezen als de bochels van monsters, en daarachter op zeegrassen en rondcirkelende zwermen zeevogels. Halverwege de vaargeul liet een tweemaster zich meevoeren op het uitgaande tij. Wat er hier in dit huisje ook zou gebeuren, de wereld zou gewoon doordraaien. Tot die ermee stopte. Misschien al binnen een uur.

Toen hij terugkwam had ze de kamer opgeruimd en het dek opengeslagen. 'Dat ga je voortaan altijd eerst doen.'

Haar zinspeling op toekomstige afspraken maakte dat hij weer opgewonden raakte. Ze gebaarde dat hij naast haar op het bed moest komen zitten. Daarna legde ze haar hand op zijn knie.

'Maak je je zorgen over een voorbehoedsmiddel?'

Hij gaf geen antwoord. Daar had hij geen seconde over nagedacht, en hij wist ook niet van de hoed en de rand.

Ze zei: 'Ik zou wel eens de eerste vrouw op het schiereiland van Shotley kunnen zijn die aan de pil is.'

Ook dat ging zijn begrip te boven. Het enige redmiddel was de waarheid, dat wat op dat ogenblik voor hem het duidelijkst was. Hij draaide zijn gezicht naar haar toe en zei: 'Ik vind het heerlijk hier bij je te zijn.' Toen de woorden zijn mond verlieten klonken ze hem kinderachtig in de oren. Maar zij glimlachte en trok zijn gezicht naar het hare, waarop ze elkaar zoenden. Niet erg lang en niet erg intens. Hij volgde haar. Eerst alleen de lippen, daarna, vluchtig, het puntje van hun tong, daarna weer alleen de lippen. Ze ging achterover liggen tegen kussens en zei: 'Kleed je voor me uit. Ik wil naar je kijken.'

Hij ging staan en trok zijn hawaïhemd over zijn hoofd uit. De oude eikenhouten vloerplanken kraakten onder hem toen hij op één voet staand zijn broek uittrok. Met het oog op de mode had zijn moeder de pijpen ingenomen, zodat ze maar moeilijk over zijn hielen gingen. Hij zag er goed uit, vond hij, en schaamde zich niet in zijn onderbroek voor Miriam Cornell te staan.

Maar zij zei op scherpe toon: 'Alles uit.'

En dus trok hij ook zijn slip naar beneden en stapte eruit.

'Stukken beter. Mooi zo, Roland. En kijk eens naar jezelf.'

Ze had gelijk. Nooit eerder was zijn verwachting zo groot geweest. Ook al joeg ze hem angst aan, hij vertrouwde haar en was bereid alles te doen wat ze van hem vroeg. Alle tijd die hij in zijn gedachten met haar had doorgebracht, en alle intimiderende lessen daarvoor, waren een repetitie geweest voor wat er nu ging gebeuren. Het was allemaal één les. Zij zou ervoor zorgen dat hij de dood onder ogen kon zien, gerust zou kunnen verdampen. Hij keek haar verwachtingsvol aan. Wat zag hij?

Die herinnering zou hem altijd bijblijven. Het bed was een tweepersoons, naar de maatstaven van die tijd, nog geen anderhalve meter breed. Met twee paar kussens. Ze zat met opgetrokken knieën tegen het ene paar. Terwijl hij bezig was zich uit te kleden had zij haar vest en haar spijkerbroek uitgetrokken. Haar slipje was net als haar T-shirt groen. En van katoen, niet van zijde. Dat T-shirt was een grote herenmaat, en misschien had hij zich zorgen moeten maken over een rivaal. De naar voren bollende plooien van de stof kwamen hem in zijn opgewonden staat voluptueus voor. Haar ogen waren eveneens groen. Ooit had hij gevonden dat die ogen iets wreeds hadden, maar nu suggereerde hun kleur vooral durf. Ze kon alles doen wat ze wilde. Op haar blote benen zat nog een zweem van een zomers kleurtje. Haar ronde gezicht, dat hem ooit een masker had geleken, zag er nu zacht en open uit. Het licht dat door het kleine slaapkamerraam naar binnen viel accentueerde de kracht van haar jukbeenderen. Geen lippenstift op deze zaterdagmorgen. Het haar, dat ze voor de lessen had opgestoken, was heel fijn, en als ze haar hoofd bewoog dansten haar lokken op en neer. Ze nam hem op met die lijdzame, ietwat spottende blik die hij van haar kende. Er was iets aan hem wat haar amuseerde. Ze trok haar T-shirt uit en liet het op de grond vallen.

'Het wordt tijd dat je leert hoe je de beha van een vrouw moet afdoen.'

Hij knielde naast haar op het bed. Hoewel zijn vingers trilden bleek het een fluitje van een cent te zijn, je hoefde alleen maar de haakjes uit de oogjes te lichten. Ze duwde de dekens en lakens weg. Ze hield zijn blik vast, alsof ze wilde voorkomen dat hij naar haar borsten ging staren.

'Vooruit,' zei ze. 'Kom hier.'

Ze ging op haar rug liggen met één arm uitgestrekt. Ze wilde dat hij erop kwam liggen, of liever gezegd erbinnen. Met haar vrije hand trok ze de dekens omhoog, ze draaide zich op haar zij en trok hem naar zich toe. Hij voelde zich ongemakkelijk. Dit was meer een omhelzing van moeder en zoon. Hij voelde dat hij meer het voortouw moest nemen. Hij had sterk het gevoel dat hij zich niet als een kind moest laten behandelen. Maar hoe ver moest hij gaan? Op deze manier gebakerd te worden betekende een plotselinge, onverwachte gelukzaligheid. Hij had geen keus. Ze trok zijn gezicht naar haar borsten, die nu zijn blikveld vulden, en hij nam een tepel in zijn mond. Ze rilde, en mompelde: 'O god.' Hij kwam even boven om lucht te happen. Ze lagen met hun gezichten vlak bij elkaar en zoenden. Zij bracht zijn vingers tussen haar benen en deed hem voor wat hij moest doen. Daarna nam ze haar hand weg. Ze fluisterde: 'Nee, zachtjes aan, langzamer,' en sloot haar ogen.

Ineens duwde ze de dekens weg en rolde boven op hem, ging rechtop zitten... en het was klaar, volbracht. Zo eenvoudig was het. Als die truc met de knoop in een slap touw die ineens weg is. Hij ging vol sensuele verwondering achterover liggen en greep naar haar handen, niet in staat iets te zeggen. Waarschijnlijk waren het slechts minuten die verstreken. Het was alsof hem een afgesloten geheime ruimte was gewezen met een sluiting, een klink, en dat hij, als hij die ontgrendelde en het illusoire van alledag wegtrok, zag wat daar altijd was geweest. Hun beider rol van lerares en leerling, de regels en de gewichtigdoenerij van de school, lesroosters, fietsen, auto's, kleren, ja zelfs woorden: alles diende alleen maar om iedereen hiervan weg te houden. Het was ofwel lachwekkend ofwel tragisch dat mensen hun vaste dagelijkse gang gingen terwijl ze wisten dat dit ook bestond. Zelfs de rector, die toch een zoon en een dochter had, moest hier weet van hebben. Zelfs de koningin. Elke volwassene kende het. Wat een façade. Wat een valse schijn.

Later deed ze haar ogen open, staarde hem aan met een wazige blik en zei: 'Ik heb iets gemist.'

Zijn stem kwam zwakjes vanachter de muren van het huisje: 'Ja?'

'Je hebt mijn naam niet gezegd.'

'Miriam.'

'Zeg het drie keer.'

Hij deed het.

Stilte. Ze wiegde heen en weer, en zei toen: 'Zeg iets tegen me. Met mijn naam erin.'

Hij aarzelde niet. Het was een liefdesverklaring, en hij meende alles wat hij zei. 'Lieve Miriam, ik hou van Miriam. Ik hou van jou, Miriam.' En toen hij het nog eens herhaalde kromde ze haar rug en schreeuwde ze het uit, in één prachtige, langgerekte kreet. Zo voelde hij het ook, en hij volgde haar, maar één stapje achter haar, nauwelijks een kwartnoot.

*

Hij ging tien minuten na haar naar beneden. Zijn hoofd was helder, zijn tred was licht en hij nam de steile trap met twee treden tegelijk. De klok was nog niet teruggezet naar wintertijd en de zon stond nog aardig hoog. Het was nog geen halftwee. Het zou heerlijk zijn om nu op zijn fiets te zitten en een andere route naar school te nemen, via Harkstead, met flinke vaart, vlak langs het dennenbos met het geheime meer. Alleen, om te genieten van de schat die niemand hem kon afnemen, om die te proeven, te ziften, te herbeleven. Om de nieuwe persoon die hij nu was te peilen. Hij zou de fietstocht kunnen uitbreiden en de binnenweggetjes naar Freston kunnen nemen. Een aanlokkelijk vooruitzicht. Maar eerst moest hij afscheid nemen. Toen hij de zitkamer in kwam stond zij gebukt papieren van de vloer te rapen. Hij was niet meer zo jong dat hij de veranderde sfeer niet aanvoelde. Haar bewegingen waren gejaagd en gespannen. Haar haren waren strak achterover gebonden. Ze rechtte haar rug, keek hem aan en wist het.

Ze zei: 'Geen sprake van.'

'Hè?'

Ze liep op hem af. 'Daar komt niks van in.'

Hij wilde zeggen dat hij niet wist wat ze bedoelde, maar ze was hem voor: 'Je hebt gekregen waar je voor kwam en dan smeer je hem weer? Is dat het idee?'

'Nee. Echt niet. Ik wil blijven.'

'En dat meen je echt?'

'Ja!'

'Ja, juffrouw.'

Hij keek om te zien of ze de draak met hem stak. Niet te zeggen.

'Ja, juffrouw.'

'Mooi zo. Heb je wel eens aardappels geschild?'

Hij knikte omdat hij geen nee durfde te zeggen.

Ze nam hem mee naar de keuken. In een tinnen kom naast de gootsteen lagen vijf grote, vuile aardappels. Ze gaf hem een schilmesje en een vergiet. 'Heb je je handen gewassen?'

Hij probeerde kortaf te klinken. 'Ja.'

'Ja, juffrouw.'

'Ik dacht dat je wilde dat ik je Miriam noemde.'

Ze schonk hem een overdreven medelijdende blik en vervolgde: 'Als ze geschild en afgespoeld zijn, snij je ze in vieren en doe je ze in die pan.'

Ze stapte in haar klompen en liep de achtertuin in, waarop hij aan het werk toog. Hij voelde zich opgesloten, onthutst, maar tegelijkertijd had hij het gevoel dat hij haar veel verschuldigd was. Natuurlijk zou het verkeerd en een blijk van ontstellend slechte manieren zijn geweest als hij nu was weggegaan. Maar ook als het wel correct was geweest, zou hij niet hebben geweten hoe hij tegen haar in had kunnen gaan. Ze had hem altijd angst ingeboezemd. Hij was niet vergeten hoe hardvochtig ze kon zijn. Nu was het ingewikkelder, was het erger geworden en daar had hij zelf voor gezorgd. Hij vermoedde dat hij op een fundamentele universele wet was gestuit: een dergelijke verrukking moest zijn vrijheid inperken. Dat was de prijs die ervoor betaald moest worden.

De eerste aardappel nam veel tijd. Het was zoiets als houtbewerking, waar hij altijd hopeloos in was geweest. Bij de vierde dacht hij de slag te pakken te hebben. De kunst was om niet op de kleine dingetjes te letten. Hij sneed zijn vijf aardappels in vieren, spoelde ze af en deed ze in een pan met water. Hij liep naar de halfglazen tuindeur om te zien wat zij aan het doen was. Er hing een gouden licht. Ze was bezig een gietijzeren tafel over het gazon naar een schuur te slepen. Ze sleepte het ding elke keer vijf centimeter verder en moest dan weer stoppen. Haar bewegingen waren bruusk, op het woedende af. Hem bekroop de afschuwelijke gedachte dat er misschien een steekje bij haar los zat. Ze zag hem en gebaarde dat hij naar buiten moest komen.

Toen hij bij haar was, zei ze: 'Niet alleen maar staan toekijken. Dit ding is verrekte zwaar.'

Samen zetten ze de tafel in de schuur. Daarna duwde ze hem een hark in handen en zei dat hij bladeren bij elkaar moest harken en die op de composthoop achter in de tuin moest gooien. Terwijl hij de afgevallen bladeren van de beuk van de buren bij elkaar harkte, was zij bij de borders druk in de weer met de snoeischaar. Er verstreek een uur. Hij gooide de laatste bladeren op de composthoop. Achter het open veld zag hij een streepje van de rivier en een deel van een inham, oranje getint. Hij zou over het lage hek het veld in kunnen stappen, kunnen omlopen naar de voorkant van het huisje, zijn fiets kunnen pakken en wegrijden. Om nooit meer terug te komen. Als de wereld toch verging was dat helemaal niet erg. Dat kon hij allemaal doen. Maar het was heel simpel: hij kon het niet. Zijn aandrang om ervandoor te gaan verbaasde hem net zozeer als zijn onvermogen om het ook echt te doen. Het was een kwestie van hoffelijkheid om te helpen en te blijven voor de lunch. Hij had honger en de lamsbout die hij in de keuken had zien liggen zou stukken lekkerder zijn dan alles wat ze op school kregen. Het hielp, althans het vereenvoudigde de zaak, toen Miriam een paar minuten later zei dat hij ook de voortuin aan moest harken. Hij had geen keus. Toen hij zich omdraaide om te doen wat ze zei trok ze hem terug aan de boord van zijn overhemd en kuste hem op de wang.

Ze liep naar binnen om de lunch klaar te maken terwijl hij een kruiwagen met daarin zijn hark door een zijgangetje duwde en aan het werk ging in de voortuin. Dat was een zwaarder karwei. De bladeren lagen opgehoopt tussen en achter doornige rozenstruiken langs de borders. De tanden van de hark stonden te ver uit elkaar. Hij moest op zijn knieën gaan zitten en de bladeren met zijn handen wegscheppen. Ook de lege plastic bloempotten, snoepwikkels en andere rommel die was komen aanwaaien verzamelde hij. Even buiten het tuinhekje stond haar auto, met zijn fiets ertegenaan. Hij probeerde er niet naar te kijken. Misschien kwam het door de honger dat hij zo prikkelbaar was. De honger en het gehannes met de bladeren.

Toen hij eindelijk klaar was en de hark en de kruiwagen weer in de schuur had gezet, ging hij naar binnen. Miriam was de lamsbout aan het bedruipen.

'Het is nog niet klaar,' zei ze, en toen zag ze hem: 'Wat zie je eruit. Je broek is helemaal smerig.' Ze pakte zijn hand. 'Je zit onder de schrammen. Arme schat. Trek je schoenen maar uit. Gauw douchen!'

Hij liet zich meenemen naar boven. De rug van zijn beide handen was inderdaad bebloed door de doornen van de rozen.

Hij besefte dat iemand zich om hem bekommerde en voelde zich zelfs een beetje een held. In haar slaapkamer kleedde hij zich uit waar zij bij was.

Haar stem klonk warm. 'Kijk eens aan. Hij is alweer groot.' Ze trok hem naar zich toe en streelde hem terwijl ze zoenden.

Douchen was geen prettige ervaring. Het water kwam er in een zwak stroompje uit, en tussen ijskoud en gloeiend heet zat maar een miniem slagje van de draaiknop. Toen hij met een handdoek om zijn middel de slaapkamer weer in kwam waren zijn kleren verdwenen. Hij hoorde haar de trap op komen.

Voordat hij ernaar kon vragen zei ze: 'Ze zitten in de wasmachine. Je kunt niet onder de modder terug naar school.' Ze reikte hem een grijze trui en een beige pantalon van haarzelf aan. 'Maak je geen zorgen. Ik ga je geen slipje lenen.'

Haar kleren pasten hem best, al zag de pantalon er wel meisjesachtig uit rond de heupen. Er zat een raar bandje aan dat onder zijn hiel door moest. Hij liet het loshangen. Toen hij achter haar de trap af liep, beviel het idee dat ze allebei op blote voeten waren hem wel. Bij hun zeer late lunch nam zij een glas witte wijn, waarvan ze zei dat ze die het liefst op kamertemperatuur dronk. Hij kende de regels omtrent wijn niet, maar knikte wijs. Ze schonk hem een glas zelfgemaakte limonade in. Aanvankelijk aten ze in stilte en was hij nerveus, omdat hij begon te beseffen dat haar stemming heel snel kon omslaan. Wat ook niet hielp was dat hij zijn eigen kleren niet aanhad. De wasmachine draaide en maakte kreungeluidjes. Maar al snel maakte hij zich er niet druk meer om, omdat hij een bord voor zich had met lamsbout, roze, zelfs nog bloederig hier en daar, wat nieuw voor hem was. Plus zeven grote stukken gepofte aardappel en een berg boterige bloemkool. Toen ze hem vroeg of hij meer wilde nam hij nog een portie vlees, en toen een derde, en in totaal vijftien stukken gepofte aardappel en het merendeel van de bloemkool. Hij zou graag de nog halfvolle juskom hebben gepakt en die hebben leeggedronken, want de jus zou vast en zeker worden weggegooid. Maar hij had manieren geleerd.

Eindelijk bracht ze het onderwerp ter sprake, het enige ware onderwerp. Aangezien het de aanleiding van zijn bezoek was geweest was hij er automatisch van uitgegaan dat de kwestie was afgehandeld.

'Je zult wel geen kranten lezen.'

'O jawel,' zei hij snel. 'Ik weet wat er aan de hand is.'

'En wat denk je ervan?'

Hij dacht goed na. Zijn buik zat helemaal vol en hij was ook een nieuw iemand geworden, een man in wezen, dus op dat moment maakte het hem allemaal weinig uit. Maar hij zei: 'Morgen kunnen we allemaal dood zijn. Vanavond al.'

Ze schoof haar bord opzij en sloeg haar armen over elkaar. 'Echt? Je ziet er anders niet erg bang uit.'

Zijn huidige onverschilligheid viel hem zwaar. Hij dwong zichzelf te bedenken hoe hij zich de vorige dag had gevoeld, en de avond daarvoor. 'Ik ben doodsbang.' En toen voelde hij ineens het weldadige aureool van zijn nieuwe volwassenheid en beantwoordde hij haar vraag met een wedervraag, iets wat bij een kind nooit zou zijn opgekomen 'Wat denk jij ervan?'

'Ik vind dat Kennedy en heel Amerika zich gedragen als verwende kinderen. Dom en roekeloos. En de Russen zijn ploerten en leugenaars. Je hebt alle reden om bang te zijn.'

Roland was stomverbaasd. Hij had nog nooit een woord van kritiek op de Amerikanen gehoord. In alles wat Roland had gelezen was de president een halve god. 'Maar de Russen hebben toch hun raketten...'

'Ja ja. En die van de Amerikanen staan vlak bij de Russische grens in Turkije. Ze hebben zelf altijd gezegd dat een strategisch evenwicht de enige manier was om de wereld veilig te houden. Dan moeten ze zich allebei terugtrekken. Maar in plaats daarvan krijgen we deze dwaze, gevaarlijke spelletjes op zee. Jongensgedoe!'

Hij stond versteld van haar felheid. Haar wangen waren rood aangelopen. Zijn hart bonkte als een gek. Hij had zich nog nooit zo volwassen gevoeld. 'Wat gaat er dan gebeuren?'

'Óf een of andere schietgrage idioot daar op zee maakt een fout en alles ontploft, zoals waar jij bang voor bent. Óf ze sluiten de overeenkomst die ze als fatsoenlijke wereldleiders tien dagen geleden al hadden moeten sluiten in plaats van ons op de rand van de afgrond te brengen.'

'Dus je denkt dat er echt oorlog kan komen?'

'Dat zou zomaar kunnen, ja.'

Hij staarde haar aan. Zijn eigen standpunt, dat ze vanavond allemaal dood zouden kunnen zijn, was voornamelijk retorisch. Het was wat zijn vrienden en de eindexamenleerlingen op school zeiden. Dat iedereen het zei had iets geruststellends. Maar nu hij het haar hoorde zeggen kwam dat als een schok. Zij leek er verstand van te hebben. De kranten zeiden soortgelijke dingen, maar dat deed er minder toe. Dat waren verhalen, ter verstrooiing. Hij begon zich rillerig te voelen.

Ze legde een hand op zijn pols, draaide die om, zocht zijn vingers op en vervlocht ze met de hare. 'Luister, Roland. Het is heel erg onwaarschijnlijk. Ze zijn dan wel dom, maar beide partijen hebben te veel te verliezen. Begrijp je?'

'Ja.'

'Weet je waar ik zin in heb?'

'Nou?'

'Ik zou jou graag mee naar boven willen nemen.' Ze voegde er fluisterend aan toe: 'Om je een veilig gevoel te geven.'

Dus stonden ze op zonder elkaar los te laten en trok ze hem voor de derde maal die dag de trap op. Bij het afnemende licht van de late namiddag gebeurde het allemaal nog een keer, en weer verbaasde hij zich erover dat hij er eerder op de dag zo happig op was geweest om weg te komen, om terug te keren naar zijn eerdere staat en weer een jochie op een fiets te worden. Na afloop lag hij met zijn hoofd op haar arm, ter hoogte van haar borsten, en merkte hij dat een toenemende slaperigheid bezit van hem nam. Hij kon zijn aandacht voor wat zij hem met zachte stem vertelde er maar gedeeltelijk bij houden.

'Ik heb altijd geweten dat je zou komen... ik heb heel veel

geduld moeten hebben, maar ik wist het... ook al wist jij het zelf niet. Luister je wel? Mooi. Omdat je het, nu je hier eindelijk bent, moet weten. Ik heb heel lang gewacht. Je mag dit aan niemand vertellen. Niet eens aan je beste vriend om op te scheppen, hoe verleidelijk dat ook is. Is dat duidelijk?'

'Ja,' zei hij. 'Dat is duidelijk.'

Toen hij wakker werd was het buiten donker en was zij weg. De lucht in de slaapkamer voelde koud aan zijn neus en oren. Hij lag op zijn rug in het behaaglijke bed. Beneden hoorde hij de voordeur open- en weer dichtgaan, gevolgd door een vertrouwd tikgeluid dat hij niet kon plaatsen. Hij bleef een halfuur zo liggen, met losjes onderling verbonden dagdromen. Als het einde van de wereld niet kwam, dan kwam toch in elk geval over vierenvijftig dagen een einde aan het trimester. Hij zou naar Duitsland gaan om de kerstvakantie bij zijn ouders door te brengen, met alle comfort en verveling van dien. Wat hij leuk vond was om aan de verschillende etappes van de reis te denken, de trein van Ipswich naar Manningtree, vanaf waar de Stour niet langer onderhevig was aan de getijden, daar overstappen op de trein naar Harwich om de nachtboot te nemen naar Hoek van Holland, op de kade het spoor oversteken en op de trein naar Hannover stappen, en telkens in de binnenzak van zijn schoolblazer voelen om te controleren of zijn paspoort daar nog in zat.

Hij trok snel de kleren aan die ze hem geleend had en ging naar beneden. Het eerste wat hij zag was zijn fiets, die tegen de piano stond. Zij was in de keuken de afwas aan het afmaken.

Ze riep hem. 'Hier is het veiliger. Ik heb Paul Bond gesproken. Wist je dat ik lesgeef aan zijn dochter? Het is prima als je hier blijft slapen.' Ze kwam naar hem toe en kuste hem op zijn voorhoofd.

Ze droeg een blauwe jurk van fijne ribfluweel met donkerder blauwe knoopjes van voren. Hij hield van haar vertrouwde parfum. Pas nu leek hij echt te begrijpen hoe mooi ze was.

'Ik heb hem verteld dat we bezig zijn een duet in te studeren. En dat is ook zo.'

Hij reed zijn fiets via de keuken de tuin in en zette hem tegen de schuur. Het was een avond vol sterren en de eerste voorboden van de winter dienden zich aan. Er begon zich al een laagje rijp te vormen op het gazon dat hij had aangeharkt. Het gras kraakte onder zijn voeten toen hij uit het licht stapte dat door het keukenraam naar buiten viel om de langs de hemel uitgesmeerde gevorkte baan van de Melkweg te zien. Een Derde Wereldoorlog zou het heelal niets uitmaken.

Miriam riep hem vanuit de keukendeur. 'Roland, straks vries je nog dood. Kom naar binnen.'

Hij liep onmiddellijk naar haar toe. Die avond speelden ze het stuk van Mozart weer en ditmaal was hij expressiever en volgde hij de aanwijzingen voor de dynamiek. In het langzame deel probeerde hij haar soepele, rimpelloze legato na te doen. Hij daverde door het allegro molto heen, waarbij het huisje op zijn grondvesten leek te schudden. Het deed er nauwelijks toe. Ze lachten erom. Toen ze klaar waren omhelsde ze hem.

De volgende ochtend sliep hij uit. Tegen de tijd dat hij beneden kwam was het zelfs al aan de late kant voor de lunch. Miriam was in de keuken een omelet aan het klaarmaken. De pagina's van de zondagskrant, *The Observer*, lagen uitgespreid op een fauteuil en op de vloer. Er was niets veranderd, het was nog volop crisis. De kop was duidelijk: 'Kennedy: "Geen verdrag tot kernkoppen voor Cuba onklaar zijn gemaakt".' Ze gaf hem een glas verse jus en liet hem nog een duet van Mozart met haar spelen, dit keer dat in F-groot. Hij speelde het hele stuk zo van blad. Na afloop zei ze: 'Je speelde de gepunteerde noten als een jazzmusicus.' Het was een berisping die hij als een compliment opvatte.

Toen ze eindelijk aan tafel gingen en zij de radio aanzette voor het nieuws waren er nieuwe ontwikkelingen geweest. De crisis was voorbij. Ze luisterden naar de diepe, gezaghebbende stem die de verlossende woorden sprak. Er had een belangrijke briefwisseling tussen de leiders plaatsgevonden. De Russische schepen hadden rechtsomkeert gemaakt en Chroesjtsjov zou opdracht geven de raketten uit Cuba te verwijderen. De heersende opinie was dat president Kennedy de wereld had gered. Premier Harold Macmillan had telefonisch zijn felicitaties overgebracht.

Het was opnieuw een wolkeloze dag. De dagen begonnen al flink te korten, en de laagstaande middagzon scheen fel door de bovenste, glazen helft van de keukendeur de kleine huiskamer binnen, recht op hun tafel. Terwijl hij zijn omelet opat voelde Roland opnieuw stiekem het ondankbare verlangen ervandoor te gaan en langs de route te sjezen die hij in gedachten had. Ondenkbaar. Hem was al gezegd dat hij, terwijl zij zijn kleren streek, de afwas moest doen. Ze had het recht verworven hem te zeggen wat hij moest doen. Al had ze dat van meet af aan gehad.

'Wat een opluchting,' zei ze maar steeds. 'Ben je niet blij? Zo zie je er anders niet uit.'

'Echt wel, heus. Het is ongelooflijk. Wat een opluchting.'

Maar ze had hem doorgehad. Ergens onder een laag decorum, nauwelijks toegankelijk voor hemzelf, voelde hij zich bekocht. De wereld zou doordraaien, hij zou niet verdampen. Hij zou er niets voor hebben hoeven te doen.

*

Meneer Clare, het hoofd muziek, die het druk had met zijn productie van *Mutter Courage*, waar hij zelf de muziek bij had geschreven, liet Roland weten dat hij weer pianoles zou krijgen van juffrouw Cornell.

'Zij is op de hoogte van je vorderingen, het van blad spelen en wat dies meer zij. Ze zal blij met je zijn. Ze is ook bereid je extra anderhalf uur voor haar rekening te nemen. De school betaalt die. Ik heb mijn handen vol. Ik hoop dat je daar begrip voor hebt. Fijn.'

Het was overduidelijk wie hier het initiatief toe had genomen, al had ze er niets over gezegd tegen Roland. Ze liet hem weten dat ze de *Fantasie* van Schubert en een duet van Mozart zouden spelen op een concert in Norwich. Een week later zag hij een affiche hangen. Daarin werd het kerstconcert van de school op 18 december aangekondigd. Onder het *Brandenburgs Concert* nr. 5 stond Mozart en daaronder stonden de namen van Miriam en hem. Sonate voor twee piano's in D-groot, KV 448.

'Je zou hebben geweigerd als ik het je had verteld. Ik ben de docent, jij bent mijn leerling en ik wil dat je naar deze concerten toe werkt. Genoeg erover. Kom eens hier.'

Ze lagen op dat moment in bed. Het was zes uur 's ochtends. Soms sloop hij om vijf uur de slaapzaal uit en fietste als een dolle door het donker over de modderige binnenweggetjes. Hij wist de tocht in vijftien minuten af te leggen, later in veertien. Haar voordeur stond op een kier, een spannend streepje geel licht. Na zonsopgang racete hij terug en voegde hij zich onopvallend bij de jongens die om halfacht naar het ontbijt gingen. Wat voor de jonge Marlow zijn bezaansmast op volle zee was, was voor Roland zijn fiets. Op vrije middagen en in de weekenden dat hij geen sportwedstrijd had reed hij naar Erwarton. Hij nam dan zijn huiswerk mee in een plastic tasje dat hij op zijn stuur legde, maar bij haar thuis deed hij er zelden wat aan. Op zondag lunchte hij meestal bij haar. Hij vertelde zijn afdelingshoofd waar hij heen ging, met als legitimatie pianolessen en repetities, waar niets onoorbaars aan was. Altijd als hij bij haar wegging maakte ze een duidelijke afspraak met hem over wanneer en hoe laat hij weer zou langskomen. Ze hield hem dicht bij zich. Tegen de tijd dat november overging in december en de wind, waarvan men zei dat hij rechtstreeks uit Siberië kwam zonder door ook maar één heuvel te worden belemmerd, de bomen kaal had gewaaid, vertrok hij vaak met tegenzin van school. Hij bracht minder tijd door met zijn vrienden en meldde zich af voor lessen in de donkere kamer. Onder zijn jaargenoten had hij de naam een toegewijde en dus saaie pianist te zijn. Niemand was nieuwsgierig naar de redenen van zijn regelmatige afwezigheid. Hij leverde zijn schoolwerk vaak te laat in. Zijn opstel over *Lord of the Flies*, dat hij twee keer zo lang had willen maken als verplicht was, was een mager, afgeraffeld geval geworden van nauwelijks drie pagina's in een groot handschrift met veel tussenwit. Hij kreeg er een met rode balpen geschreven 6- voor van meneer Clayton, de bevlogen leraar Engels. 'Heb je het boek wel gelezen?' was diens enige commentaar.

Het kostte hem moeite zich los te rukken van zijn bedompte, door de cv warmgestookte afdeling en het schoolwerk dat hij moest doen. Het viel niet mee er in de ijzige regenvlagen op uit te gaan. Het huisje had alleen maar een kolenhaard en twee kleine elektrische kacheltjes. Ze kocht een ski-jack en een wollen muts voor zijn fietsritten. Op de muts zat een pompon, die hij er met een zakmes afsneed. Maar het probleem was niet alleen dat ze macht over hem had. Hij vormde ook een probleem voor zichzelf. Al voordat hij de schoolpoort uit reed en de Shotley Road op draaide fietste hij met een halve erectie. Maar hij moest accepteren dat er niet bij elk bezoek seks zou zijn. Hij durfde zijn teleurstelling niet te uiten. Hij vond dat hij de helft van de keren bofte. Ze was actief met klusjes in en om het huis en wilde graag dat hij meehielp. Soms stond ze op een lange pianoles. En dan was het alweer tijd om hem terug te sturen naar school. Soms zei ze dat ze gewoon blij was dat hij bij haar was en niet ergens anders. Maar als ze hem wel mee naar boven nam was dat een ervaring die de uiterste grenzen van de vreugde oversteeg. In de slaapzaal op school luisterde hij als het licht was uitgedaan naar de sterke verhalen van zijn vrienden en wist dat zij nooit zouden hebben wat hij nu had. Hij was verliefd, een beeldschone vrouw hield van hem en leerde hem hoe hij de liefde moest bedrijven, hoe hij haar moest aanraken, hoe hij het langzaam moest opbouwen. Ze verwende hem met haar lof. Hij was 'de beste van-bladspeler met zijn tong'. Hij ontdekte dat hij het niet prettig vond als zij zijn pik in haar mond nam. Hij kon niet uitleggen waarom hij daar onrustig van werd. Ze zei dat ze het niet erg vond. Wanneer ze sliepen had ze hem in haar armen als een kind. Vaak behandelde ze hem ook zo, lette ze streng op zijn manieren, stelde ze voor dat hij zijn handen ging wassen, en herinnerde ze hcm aan wat hij moest doen.

Toen hij daar in het begin tegen protesteerde, zei ze: 'Ja maar Roland, je bént ook een kind. En nou niet gaan simmen. Kom hier, geef me een kus.'

Dus kuste hij haar. Dat was het hele eieren eten: hij kon haar niet weerstaan, haar gezicht niet, haar stem niet, haar lichaam niet en haar manier van doen niet. Haar gehoorzamen was de tol die hij betaalde. Bovendien stak ze hem vaak de loef af en wist ze hem met een snelle stemmingswisseling angst aan te jagen. Tegenspraak en vooral ongehoorzaamheid konden haar meteen in woede doen ontsteken. Dan werd de alles goedmakende tederheid hem onthouden.

Op een zondagmorgen ging hij bij haar langs en speelden ze een uur lang duetten en oefenden ze voor het concert, voor zover dat kon zonder twee piano's. Toen ze klaar waren ging ze naar de keuken om koffie voor zichzelf te zetten – ze vond het niet goed dat hij koffie dronk – en toen ze terugkwam haalde hij iets uit zijn plastic tas wat hij haar wilde laten zien. Hij had het voor twee shilling nieuw gekocht, de bladmuziek van 'Round Midnight' van Thelonious Monk. Toen ze naast hem ging zitten wierp ze een blik op het titelblad en mompelde: 'Dat is bagger. Doe weg.'

Het was een risico, maar hij moest opkomen voor wat hij mooi vond. Hij zei, niet al te luid: 'Nee, het is hartstikke goed.'

Ze griste de muziek uit zijn handen, zette de bladen op de lessenaar en begon te spelen. Ze wilde de muziek verpesten en dat lukte haar. Als je die precies zo speelde als zij was genoteerd klonk ze mager, simpel, als een kinderliedje. Ze stopte. 'Zo goed?'

'Maar zo moet je het niet spelen.'

Dat was een gevaarlijke opmerking. Ze kwam overeind, pakte haar koffie op en liep er de kamer mee door, de keuken in, en door naar de tuin, en terwijl ze dat deed speelde hij het voor haar. Dat was waanzin, maar hij was erop gebrand te laten zien dat hij al had uitgedokterd hoe hij moest omgaan met Monks zware, quasi-onbeholpen syncopen. Nu besefte hij hoe verstandig het was geweest om zijn plannen voor haar geheim te houden. Hij wilde namelijk samen met twee oudere jongens een jazztrio beginnen. Zowel de drummer als de bassist was goed.

Hij zag haar naar het einde van de tuin lopen en uitkijken over de velden terwijl ze haar handen warmde aan haar kop. Toen draaide ze zich om en liep met vastberaden tred terug. Hij hield op met spelen en wachtte af. Geen twijfel mogelijk: hij was te ver gegaan.

Toen ze bij de piano stond, zei ze: 'Het is tijd dat je eens opstapte.'

Een halfuur daarvoor had ze nog gezinspeeld op naar boven gaan. Toen hij begon te protesteren viel ze hem in de rede. 'Wegwezen. Vergeet je tas niet.' Ze stond bij de voordeur. Nu hield ze die open. De zaak was al dusdanig geëscaleerd dat hij niets te verliezen had als hij haar liet zien dat hij ook boos kon zijn. Hij pakte de bladmuziek, zijn tas en zijn ski-jack en liep zwijgend langs haar heen zonder haar aan te kijken. Zijn voorband was zacht, maar hij ging hem niet onder haar ogen staan oppompen. Hij liep met zijn fiets aan de hand de straat uit. Ze hadden geen nieuwe afspraak gemaakt.

Een week lang ging hij gebukt onder wroeging, onzekerheid en verlangen. Hij durfde niet ongevraagd bij haar huisje te verschijnen en een definitieve afwijzing te riskeren. Zijn niet-verstuurde brief met verontschuldigingen was onoprecht. Hij vond nog steeds dat zij ongelijk had wat betreft 'Round Midnight'. Konden ze het er niet over eens zijn dat smaken verschilden? Het enige wat hij wilde was dat ze hem weer zou accepteren. Hij had geen idee hoe hij dat voor elkaar moest krijgen, omdat hij niet kon bedenken waar hij zich voor moest verontschuldigen. Hij was in de fout gegaan door te zeggen dat ze het niet zo moest spelen. Dat had hij nu eenmaal gezegd, daar kon hij niets meer aan veranderen. Bovendien was het waar. Op papier gezette jazz was maar de helft van het verhaal, niet meer dan een ruwe aanwijzing. Je kon niet gewoon spelen wat er stond, zoals bij een chaconne van Purcell.

Hij bleef dralen bij de kleine telefooncel onder de trap in

het hoofdgebouw. Hij had muntjes voor een lokaal gesprek in zijn hand. Als ze met elkaar spraken zou het mis kunnen lopen en einde verhaal kunnen betekenen. Toch stapte hij de cel in, duwde zijn penny's in de gleuf, stond op het punt het nummer te draaien, drukte op knop B om zijn muntjes terug te krijgen en ging de cel weer uit. Hij liep over het schoolterrein, langs de saut-de-loup, over een pad tussen de roestkleurige, slap hangende adelaarsvarens door naar de rivieroever waar zijn makkers en hij vroeger speelden in hun overalls. Daar, onder een kale eik op een klein, met gras begroeid deel van de oever dat in de rivier uitstak, en vanwaar je uitkeek over de eerste modderige poelen langs de oever, gunde hij zichzelf de weelde in wanhopig huilen uit te barsten. Er was niemand in de buurt, dus liet hij zich gaan, hij jankte echt, waarna hij zijn longen volzoog en een kreet van frustratie slaakte. Hij had deze ramp over zichzelf afgeroepen. Hij had zijn mond kunnen houden over Thelonious Monk. Het was nergens voor nodig haar gezag te betwisten. Er was een magnifiek bouwwerk ingestort, een paleis van sensualiteit, muziek en huiselijke gezelligheid lag in puin. Het ging niet langer om de seks. Dit was het heimwee naar thuis waar hij nooit een traan om had gelaten.

En toch. En toch herschreef hij die week zijn opstel over *Lord of the Flies*, dat hij binnen twee dagen terugkreeg van Neil Clayton. Een dikke A. Rolands beste beoordeling ooit. *Oké, gerevancheerd. Slim gebruik van* Civilization and its Discontents. *Maar volg Freud niet te ver. Hij is niet betrouwbaar. Vergeet niet dat Golding, los van de allegorie, een onderwijzer was die de hele dag te maken had met onuitstaanbare jongetjes.*

Het jazztrio hield zijn eerste sessie. De drummer en de bassist waren kopschuwe eenlingen die het helemaal niet vervelend vonden om te worden aangestuurd door een jongen die twee jaar jonger was dan zij. Hun eerste pogingen waren rommelig. De bassist kon alleen maar tabulatuur lezen, het slagwerk klonk veel te hard. Roland stelde voor de volgende keer brushes te gebruiken. Zelf zat hij te hannesen met hun simpele blues met drie akkoorden. Na afloop zeiden ze tegen elkaar dat ze een goede start hadden gemaakt. Hij speelde een prima potje tennis in de kou tegen zijn dubbelspelpartner van de zomer, dat hij nog bijna won ook. Hij bracht weer tijd door met zijn vrienden. Ze hingen tegen de radiatoren bij de eetzaal, want die radiatoren waren van oudsher het exclusieve domein van de vierdejaars. Roland werd er goedmoedig mee geplaagd dat hij een uitslover was die nog voor het ontbijt opstond om op de piano te gaan oefenen. Hij vertelde hun de waarheid. Hij had een hartstochtelijke liefdesaffaire met een oudere vrouw. Iedereen lachte. Maar nog terwijl hij zijn biechtgrapje ter camouflage maakte voelde hij een steek van wanhoop. Die week haalde hij het op drie na beste cijfer voor een natuurkundetoets over wrijvingscoëfficiënten en een goed cijfer voor een vertaling in de les, zonder woordenboek, van vijf alinea's uit *Le notaire du Havre* van Georges Duhamel. Al zijn schoolwerk van die week werd op tijd ingeleverd.

Op de zaterdag werd hij aangesproken door een uitzonderlijk kleine, keurige jongen met een spitse neus, als van een muis. Hij had een dichtgevouwen papiertje bij zich. Hij was een van haar leerlingen, vermoedde Roland. Op het briefje stond alleen maar: 'zondag 10.00 uur'. Nu maakte wanhoop plaats voor angst en hoop. Die middag speelden ze uit tegen Norwich. Tachtig minuten lang draafde hij heen en weer over een doorweekt rugbyveld in de schaduw van de kathedraal en dacht hij niet aan haar. Norwich stond bekend om zijn uitgebreide thee-met-hapjes na de wedstrijd. Nog eens twintig minuten was ze niet aanwezig in zijn gedachten terwijl hij met zijn ploeggenoten en de tegenstanders bijeenzat en een stuk of tien sandwiches naar binnen werkte. Er volgde een lange terugrit met de schoolbus. Hij zat in zijn eentje chagrijnig voorin en negeerde de gebruikelijke schunnige praat. Hij had onlangs de term 'diknek' gehoord, die duidelijk niet vleiend bedoeld was. Nu de bus door het donker in zuidelijke richting terug naar Suffolk reed zag hij zijn weerspiegeling in de ruit en begon hij te vermoeden dat hij een iets te dikke nek had. Toen hij zijn wijsvinger langs zijn hals en nek liet gaan bevestigde dit zijn vermoeden. Wat lief van haar dat ze er nooit iets over gezegd had. Steeds weer ging hij met zijn vinger langs zijn hals en prikte hij erin. Hij probeerde zijn profiel te fixeren in de trillende ruit van de bus. Geen doen. Zijn vooruitzichten waren pover. Misschien kon hij beter wegblijven. Hij kon zich geen voorstelling maken van hoe het zou zijn als zij de deur voor hem opendeed. Ze zouden de kwestie Monk moeten uitpraten. Hij was bereid om op alle vlakken toe te geven. Als zij wist van het trio en wilde dat hij ermee ophield, zou hij dat doen.

Tegen het einde van de rit had hij bedacht dat hij haar een cadeautje zou geven, een symbolisch geschenk dat alles zou uitdrukken zonder dat hij naar woorden hoefde te zoeken. Bij handenarbeid had hij een pot gekleid, zijn enige die niet was ingezakt in de oven. Hij had er groene en blauwe ringen op geschilderd. Op het terrein bij zijn afdeling was een moestuin die werd verzorgd door zijn getalenteerde vriend Michael Boddy, die schitterende aquarellen van zijn planten maakte. Eén klein plantje zou hij niet missen. Maar zou een cadeautje het effect van Rolands misvormde uiterlijk ook maar enigszins compenseren?

Hij was als eerste de bus uit toen die voor het hoofdgebouw stopte. Een minuut later was zijn nek met behulp van een geleende handspiegel en de brede spiegel in de badkamer bij de slaapzaal in ere hersteld. Nooit meer in zijn latere leven zou een nijpend privéprobleem zo gemakkelijk worden opgelost. Hij moest erkennen dat hij in een merkwaardige geestestoestand verkeerde.

De volgende morgen na het ontbijt ging hij met zijn fiets naar de moestuin van Boddy, waar hij de onaanzienlijkste nietbloeiende plant uitkoos, van nog geen tien centimeter hoog. Er stonden er nog een heleboel van. Een paar handenvol aarde erbij en het plantje zat netjes in de pot. Hij stopte het geheel in zijn plastic tas en beschermde het plantje met behulp van proppen oud papier. Toen hij bij Chelmondiston rechts afsloeg en het binnenweggetje op reed, drong het tot hem door dat dit, als zij hem zou wegsturen, de laatste keer zou zijn dat hij deze route fietste.

Hij minderde vaart in een poging om zijn omgeving – de eentonige vlakke velden, een rij telefoonpalen tegen een egaal grijze hemel – te zien zoals hij zich die over vele jaren, als hij oud was en bijna alles was vergeten, zou herinneren.

Tegen de tijd dat hij de tas van zijn stuur had laten glijden en zijn fiets in het gras van haar voortuin had gelegd had ze de deur al opengedaan. Niets in de manier waarop ze hem aankeek hielp hem om haar stemming te peilen. Nog voordat ze elkaar hadden begroet haalde hij zijn cadeau tevoorschijn en drukte het haar in handen. Ze bleef er een paar tellen naar staren.

'Maar Roland. Wat heeft dit te betekenen?'

Het was een oprechte vraag. Hij zei: 'Het is een cadeautje.'

'Zit je afgehakte hoofd erin? Is het de bedoeling dat ik naar jou ga zitten smachten?'

Hij keek haar niet-begrijpend aan. 'Niet dat ik weet.'

'Ken je dat gedicht van Keats niet? "Isabella, or The Pot of Basil"?'

Hij schudde ontkennend het hoofd.

Ze trok hem mee het huis in. 'Dan kun je maar beter binnenkomen voor een beetje bijscholing.'

Dat was het, dat was alles. Ze gingen gewoon verder waar ze gebleven waren. Ze voerde hem naar de huiskamer waar de haard brandde en de tafel was gedekt voor het ontbijt, want hij kon altijd wel een tweede ontbijt op. Ze legde uit waar het gedicht over ging en vertelde hem over de muziek die Frank Bridge erbij had geschreven. Ze zei dat ze er wel ergens een pianobewerking van had liggen, een interessant stuk waar ze samen naar zouden kunnen kijken. Terwijl ze dat zei streek ze als een liefhebbende moeder met haar vingers zijn haar uit zijn ogen. Maar ze raakte ook zijn lippen aan en liet haar hand zakken tot aan zijn middel en speelde met de slangengesp van zijn elastische riem, al maakte ze die niet los. Ze aten cornflakes en gepocheerde eieren en praatten over de raketten die uit Cuba waren weggehaald, en over berichten in de kranten over een tunnel naar Frankrijk die mogelijk onder het Kanaal zou worden aangelegd. Toen ze boven in bed lagen moest hij haar vertellen wat hij die week allemaal had gedaan. Hij vertelde over de rugbywedstrijd, de spannende tennispartij, zijn toetsen voor natuurkunde en Frans, en wat meneer Clayton had gezegd over zijn opstel over Golding. Toen ze vrijden was ze zo teder en was zijn opluchting zo groot dat hij zich op het moment suprême niet kon inhouden en een brul losliet die niet heel erg verschilde van zijn wanhoopskreten aan de rivieroever.

Na afloop, toen hij met zijn ogen dicht in haar armen lag, zei ze: 'Ik moet je iets belangrijks vertellen. Luister je?'

Hij knikte.

'Ik hou van jou. Ik hou heel veel van jou. Jij bent van mij en van niemand anders. Jij bent van mij en je blijft van mij. Begrijp je dat? Roland?'

'Ik begrijp het.'

Toen ze weer beneden waren beschreef ze hoe ze naar Aldeburgh was gereden om Benjamin Britten een lezing te horen geven over strijkkwartetten. Roland gaf aan dat de naam hem niets zei. Ze trok hem dichter naar zich toe, kuste hem op de neus en zei: 'We moeten nog heel wat aan jou doen.'

Dat was het, en zo zou het zou blijven. Dit was wat de verre oorlogszuchtige goden Chroesjtsjov en Kennedy voor hem hadden uitgestippeld. Hij durfde de verzoening niet in gevaar te brengen door over de kwestie die er tussen Miriam en hemzelf speelde te beginnen. Nu zij hem zo lief in haar armen had gesloten zou dat zelfdestructieve dwaasheid zijn geweest. Dan zou ze hem weer uitbannen. Maar de vragen bleven. Waarom had ze hem weggestuurd, waarom had ze hem onnodig pijn gedaan en hun het plezier in elkaar ontzegd omwille van 'Round Midnight' of überhaupt het begrip jazz? Het belangrijkste was dat ze hem had vergeven. Dat ze hem terug had genomen en van hem hield. Ze was overstuur en boos geweest, maar was dat nu niet meer. Dat was genoeg voor haar, en ook voor hem. Hij was te jong om iets te weten van bezitsdrang, om te begrijpen dat zijn belangstelling voor jazz had gedreigd hem uit haar machtssfeer te trekken. Hoe kon hij, met zijn veertien jaar, weten dat zij, met haar vijfentwintig jaar, daar ook nog te jong voor was? Haar slimheid, haar liefde voor en kennis van muziek en literatuur, haar levendigheid en charme wanneer hij zich veilig in haar greep bevond maskeerden haar wanhoop.

Gedurende november en het grootste deel van december bereidde hij zich met haar voor op de concerten en zijn eindexamen piano, een zwaar examen, en hij was volgens iedereen erg jong om zich er al aan te wagen, dus des te knapper dat hij met lof slaagde. Hij speelde zijn partij van de duetten van Mozart en Schubert met wat zij de drie v's noemde: vaardigheid, verfijning en verve. Hun concert in de gehoorzaal van Norwich vond halverwege december plaats. Er was veel publiek op afgekomen, dat op Roland een bijzonder oude en gestrenge indruk maakte. Maar toen de beide pianisten opstonden van hun kruk en voor de Steinway-vleugels het applaus voor het stuk van Mozart en vervolgens dat van Schubert in ontvangst namen genoot hij daar met volle teugen van. Miriam had het buigen grondig met hem doorgenomen. Hij had nooit kunnen vermoeden dat simpel geklap zo'n duizelingwekkend gevoel van genot bij hem zou kunnen oproepen. Twee dagen later liet ze hem een recensie zien uit de plaatselijke krant, de *Eastern Daily Press*.

> Een waarlijk opzienbarende, zo niet historische gebeurtenis. Juffrouw Cornell gaf blijk van grootmoedigheid en een vooruitziende blik door haar leerling de leidende rol te geven. Binnen de klassieke muziek zijn wonderkinderen geen zeldzaamheid, maar de veertienjarige Roland Baines is een regelrechte sensatie. Ik zou er trots op zijn als ik de eerste ben die zegt dat hij een grote toekomst voor zich heeft. Zijn lerares en hij betoverden ons met Mozarts enerverende KV381. De *Fantasie* is echter een meesterwerk en een aanzienlijk veeleisender stuk. Het was een van Schuberts laatste composities en vormt een serieuze uitdaging voor elke pianist van elke leeftijd. De

> jonge Roland speelde zijn partij niet alleen technisch volleerd, maar met ongelooflijke emotionele rijpheid en een formidabel inzicht. Ik voorspel dat de naam Roland Baines binnen tien jaar in klassieke muziekkringen en daarbuiten zal weerklinken. Hij is domweg briljant. De zaal besefte dat, genoot ervan en gaf hem een staande ovatie, die over heel Market Square te horen moet zijn geweest.

Bij het kerstconcert op school vijf dagen later beleefde hij een moment van paniek voordat hij het podium op ging. Een van de poten van zijn bril was losgeraakt, waardoor het ding niet wilde blijven zitten. Miriam was rustig en zette de poot vast met plakband. Ze speelden het stuk beter dan ze ooit hadden gedaan. Meneer Clare zou hen naderhand zeggen dat hij versteld had gestaan van de schoonheid van hun uitvoering en dat hij tijdens het langzame deel een brok in zijn keel had gekregen. Aan het eind, toen lerares en leerling onder luide bijval opstonden vanachter hun piano's en hand in hand een buiging maakten kwam het spichtige jongetje uit de coulissen om Miriam een enkele rode roos aan te bieden en Roland een grote reep melkchocolade. Ach! De jeugd!

DEEL TWEE

5

Hoe waren Berlijn en de befaamde Alissa Eberhardt in zijn leven gekomen? Als hij in een ontspannen, wijdlopige bui was liet Roland soms zijn gedachten gaan over de gebeurtenissen en toevalligheden, zowel de persoonlijke als de wereldomvattende, zowel de verwaarloosbare als de belangwekkende, die zijn bestaan hadden vormgegeven en bepaald. Hij was geen bijzonder geval. Ieders lot wordt immers op een vergelijkbare manier samengesteld. Niets uit het openbare domein is zo ingrijpend van invloed op privélevens als een oorlog. Als Hitler Polen niet was binnengevallen en daardoor de Schotse divisie van soldaat Baines niet zoals gepland op dienstexpeditie naar Egypte maar naar Noord-Frankrijk was gestuurd, zodat hij in de chaos rond de evacuatie van Duinkerken verzeild was geraakt, waarbij hij ernstige verwondingen aan zijn been had opgelopen, zou hij nooit afgekeurd zijn voor actieve dienst en naar Aldershot zijn gezonden, waar hij in 1945 Rosalind ontmoette, en zou Roland nooit hebben bestaan. Als de jonge Jane Farmer had gedaan wat haar gevraagd was en de Alpen was overgewipt omwille van Cyril Connolly en diens plan om verbetering te brengen in de naoorlogse eetgewoonten van het land, zou Alissa nooit hebben bestaan. Doodgewoon en wonderbaarlijk. Als soldaat Baines aan het begin van de jaren dertig niet mondharmonica had leren spelen, had hij het wellicht niet zo belangrijk gevonden dat zijn zoon pianoles zou krijgen om zijn populariteit te bevorderen. En als Chroesjtsjov geen kernraketten op Cuba had laten plaatsen en Kennedy geen marineblokkade van het eiland had verordonneerd, zou Roland op die bewuste zaterdagochtend niet naar het huisje van Miriam Cornell in Erwarton zijn gefietst, zou de eenhoorn opgesloten zijn gebleven binnen zijn omheining, en zou Roland zijn eindexamen hebben gehaald en taal- en letterkunde zijn gaan studeren. Dan zou hij alles niet meer dan tien jaar lang op zijn beloop hebben gelaten en, toen hij Miriam Cornell eindelijk uit zijn gedachten had gebannen, tegen zijn dertigste een bevlogen autodidact zijn geworden. Hij zou in 1977 geen cursus spreekvaardigheid Duits bij Alissa Eberhardt hebben gevolgd aan het Goethe-Institut in South Kensington. En dan zou Lawrence nooit hebben bestaan.

Roland kwam te laat bij zijn eerste les en het gesprek was al begonnen. Er zaten nog vijf anderen in de groep, twee vrouwen en drie mannen. Ze zaten op klapstoelen in een halve kring om haar heen. Ze knikte kort naar Roland toen die ging zitten. Hij had op school voldoende Duits opgestoken om zich te kunnen inschrijven voor de groep gevorderden. De lerares sprak voortreffelijk Engels. Vrijwel geen spoor van een accent. Ze ging heel precies te werk in de lessen, veeleisend en een tikkeltje ongeduldig. Ze zorgde ervoor dat iedereen aan de beurt kwam om iets te zeggen. Ze was bondig en energiek, uitzonderlijk bleek, en had buitengewoon donkere ogen, die niet waren opgemaakt. Ze had de intrigerende gewoonte om schuin omhoog naar rechts te kijken als ze ergens over nadacht. Er zat iets riskants of vrijgevochtens in haar manier van doen, besloot Roland. Hij voelde meteen dat hij moest wedijveren met de drie andere mannen. Het groepsgesprekje ging over kinderen op vakantie. Nu keek ze hem aan, met een borende blik van verwachting. Hij had niet bijster goed opgelet, maar begreep dat hij nu iets moest zeggen als 'Ik ben aan de beurt'.

Hij zei: 'Ich bin dran.'

'Sehr gut. Aber,' ze wierp een snelle blik op haar lijstje met namen, 'Roland, *met het nieuwe speelgoed*.'

Dat stukje had hij gemist. Hij aarzelde. Bij haar 'heel goed' had zijn hart een aangenaam sprongetje gemaakt. Hij was gekomen om iets te leren, maar wilde ook laten zien wat hij kon.

Omdat hij indruk op haar wilde maken en haar wilde tonen dat hij verder was dan de rest, ging hij behoedzaam verder.

'Ich bin... an die Reihe mit dem neue Spielzeug.'

Ze corrigeerde hem geduldig, overdreven articulerend, alsof ze het tegen een onnozelaar had. Ich bin an *der* Reihe mit dem neuen Spielzeug.'

'O ja. Natuurlijk.'

'Genau.'

'Genau.'

Ze ging verder. Het speelgoed was saai, het was een zonnige dag, de kinderen hadden trek, ze hielden van fruit. Ze hielden ook van zwemmen, vooral als het regende. Toen ze weer bij Roland was aangekomen maakte hij drie beginnersfouten in één zin. Ze verbeterde hem op besliste toon en daarmee was de les afgelopen.

Twee weken later vroeg iemand haar aan het eind van de derde les in haperend Duits om eens iets over zichzelf te vertellen. Roland luisterde aandachtig. Ze hield rekening met hen en sprak langzaam. Ze hoorden dat ze negenentwintig was en in Beieren was geboren. Ze had een Engelse moeder en een Duitse vader. Maar ze was opgegroeid in het noorden, in de buurt van Hannover. Ze had net haar doctoraal gehaald aan het King's College in Londen. Ze hield van trektochten, films en koken, en nog iets wat hij niet goed kon verstaan. Ze ging komend voorjaar trouwen. Haar verloofde was trompettist. De klas mompelde goedkeurend, met uitzondering van Roland. Toen vroeg een van de vrouwen aan hun lerares wat haar grootste ambitie was. Ze hadden dat woord net geoefend. *Der Ehrgeiz*. Juffrouw Eberhardt vertelde hun zonder aarzelen dat het haar ambitie was de grootste romancier van haar generatie te worden. Ze zei het met een ironisch lachje.

Haar aanstaande huwelijk vereenvoudigde de zaak. Hij kon zich nu concentreren op gefascineerd zijn en op niets anders. Bovendien was hij het afgelopen halfjaar gelukkig geweest met Diana, een studente geneeskunde wier familie uit Grenada kwam, en die net aan haar jaar van coschappen was begonnen in het St. Thomasziekenhuis. Haar werkweken van zestig uur en soms meer vormden een beperkende factor in hun relatie. Maar ze was aantrekkelijk, geestig, speelde gitaar, zong, wilde zich specialiseren in oogchirurgie en zei dat ze van hem hield. En op bepaalde momenten had hij soortgelijke gevoelens voor haar. Al ging zij verder. Ze vond het een goed idee om met hem te trouwen. Haar ouders, die allebei in het onderwijs zaten, leek het ook een goed idee. Zij ontvingen hem met open armen en beloofden hem op een dag het prachtige eiland te laten zien waar ze vandaan kwamen. Ze nodigden hem uit voor Grenadiaanse feesten in hun huis vlak bij cricketstadion The Oval. Diana's jongere broers en zussen wilden ook graag dat ze zouden trouwen en bleven dat ook zeggen. Roland glimlachte, knikte en begon zich onvermijdelijk terug te trekken. Er was opnieuw sprake van een als-dan-situatie. Als kolonel Nasser het Suezkanaal niet had genationaliseerd en de Britse elite niet nog volop dromen had gekoesterd over haar wereldrijk en niet vastbesloten was geweest haar korte doorsteekroute naar het Verre Oosten te heroveren, dan had Roland niet een week lang zielsgelukkig in een militair kamp gespeeld. Hoewel zijn doldrieste reizen verleden tijd waren, werd zijn tevredenheid met de verworvenheden van zijn huidige bestaan nog altijd ondermijnd door het idee van een leven vol ongebreidelde vrijheid en avontuur. Het zat in zijn hoofd. Zijn echte leven, het ongebonden leven, was elders. Vanaf zijn late tienerjaren en totdat hij ver in de twintig was, bande hij Miriam uit zijn gedachten en werd rockmuziek zijn grote passie. Een tijdlang speelde hij af en toe keyboard in de Peter Mount Posse. Hij wisselde zwaar of ongeschoold werk in Engeland af met zorgvuldig geplande mescaline- en lsd-trips in hogere regionen als de Rocky Mountains en de Cascades, de bergen bij de Dalmatische kust, de woestijn ten zuiden van Kandahar, de Alpen, de Sierra de Tramuntana, Big Sur. Verspilde tijd op schitterende plekken, waar hij blijmoedig net binnen de poorten van het paradijs rondhing terwijl om hem heen alle kleuren van de wereld zinderden, en hij altijd weer de zonsondergang en het telefoontje naar huis betreurde, de verbanning uit deze Hof van Eden naar de volgende dag met zijn bijbehorende zorgen.

Ondanks alle dappere zwerftochten over spectaculaire bergkammen was hij nog altijd niet vrij. Naomi, een vriendin die in een boekwinkel werkte en hem een keer had meegenomen naar de Poetry Society om Robert Lowell te horen, reageerde eerst verbijsterd en daarna verbitterd toen ze hoorde dat Roland niet met haar verder wilde. Ze confronteerde hem koeltjes met zichzelf. Hij had iets gewonds over zich, er zat iets fout bij hem. 'Je hebt me nooit kunnen vertellen wat het was, maar zoveel weet ik wel: jij zult nooit tevreden zijn.'

Hij dacht dat alles waar hij zich in de echte wereld mee bezighield – zijn opeenvolging van freelancebaantjes, zijn vriendenkring, allerlei vertier, zijn zelfstudie – slechts afleiding was, een beetje ontspanning. Hij nam expres geen vaste betaalde baan om beschikbaar te zijn. Hij moest op de vlucht blijven om dat juist niet te zijn. Het enige geluk, doel en ware paradijs was te vinden in seks. Een hopeloze droom lokte hem van de ene relatie naar de andere. Als de droom ooit werkelijkheid was geweest, kon hij, moest hij dat weer worden. Hij wist dat het leven op zijn best rijkgeschakeerd en meervoudig was, dat verplichtingen onvermijdelijk waren en dat het toch echt onmogelijk was alleen maar voor en in algehele extase te leven. Dat hij zichzelf dat moest voorhouden was voor Roland het bewijs dat hij de weg volledig kwijt was. Maar tegelijkertijd verwachtte hij dat datgene wat hij voor waarheid hield ontkracht zou worden. Hij kon er niets aan doen. Er was een bastoon, een grondtoon, een zeurend bromgeluid van teleurstelling. Diana stelde hem teleur, net als Naomi en anderen. Het pijnlijke was dat hij heel goed besefte hoe zonderling hij was. Of misschien zelfs gestoord, net zo grandioos gestoord als Robert Lowell, door wiens poëzie hij geobsedeerd raakte. Later had het vaderschap, met zijn dubbele helix van liefde en werk, hem uitkomst moeten bieden. In de echte wereld bóód het ook uitkomst. Zijn vaderlijke plichten stonden voor vele komende jaren vast. Er zou nu geen hoop meer moeten zijn. Maar hij kon zijn sluimerende hoop niet onderdrukken. Wat hij ooit had gehad, wilde hij opnieuw hebben.

Een mozaïek van herinneringen hielp het half-fictieve visioen dat hij dikwijls opriep gestalte te geven: jakkeren over winterse binnenweggetjes in Suffolk, tussen de plassen door laveren op karrenpaden, glibberen en wegglijden in scherpe bochten, de fiets op het gras laten vallen, zeven passen over haar korte tuinpad, zijn vaste klopsignaal op de deur – kwartnoot, triool, kwartnoot, kwartnoot – want een sleutel had ze hem nooit gegeven. Haar contouren scherp afgetekend tegen het gele licht van het halletje, de warmte van het huisje die hem in het gezicht blies. Altijd hartje winter, altijd in het weekend. Ze omhelsden elkaar niet. Ze ging hem voor, de steile, smalle trap op en sleepte hem mee naar het extatische vergeten, het zijne en het hare. En daarna nog eens, en na het avondeten nog eens.

Op school redde hij zich wel, met rugby- en cross countrywedstrijden, wat klooien met zijn vrienden en nieuwe stukken instuderen. Maar bij bepaalde taken – dingen uit het hoofd leren, opletten tijdens de les, de eerste zin schrijven van een opstel, en met name het lezen van een boek van de verplichte leeslijst – dwaalden zijn gedachten al snel af naar de vorige keer en fantaseerde hij over de volgende. Binnen een halve alinea werd zijn concentratie lamgelegd door de knellende pijn van een erectie. Als hij een hem niet bekend Frans of Duits woord tegenkwam pakte hij zijn woordenboek erbij. En vijf minuten later lag dat nog steeds ongeopend in zijn hand. Toen zijn schooltijd erop zat, was hij in *Les Trois Aveugles* en *Aus dem Leben eines Taugenichts* – wat zich heel toepasselijk liet vertalen als 'Uit het leven van een nietsnut' – niet verder gekomen dan een bladzij of tien, en in *Paradise Lost* niet verder dan de eerste twee boeken. Hij deed er soms een hele avond over om tien nieuwe Duitse zelfstandig naamwoorden te leren. Meestal nam hij de moeite niet eens. Zijn docenten waarschuwden hem. Zijn leraar Engels, Neil Clayton, die hem hoog had zitten, liet hem drie keer binnen één trimester langskomen om hem eraan te herinneren dat hij een helder verstand had, dat de tentamens eraan kwamen en dat hij toelating tot het eindexamenjaar kon vergeten als hij niet minstens vijf vakken haalde.

Had Roland destijds spijt en wou hij dat hij nooit een pianoles had gehad en nooit van Erwarton had gehoord? De vraag kwam niet bij hem op. Dit was zijn verrukkelijke nieuwe leven. Hij voelde zich erdoor gevleid, hij was bevoorrecht en trots. Waar zijn vrienden slechts konden dromen en grappen konden maken, nam hij afstand van hen, verdween hij achter de horizon, en daarna achter de onzichtbare einder daarachter, en de horizon daar weer achter. Hij geloofde dat hij een staat van transcendentie had bereikt die de meesten van hen nooit zouden kennen. Het schoolwerk kwam later wel. Hij geloofde dat hij verliefd was. Hij nam cadeautjes mee voor Miriam, zoals bloemen die hij uit een boeket dat in de aula stond had gevist, of haar lievelingssmaak chocoladereep uit de schoolwinkel. Er was een soort oergevoel in hem ontwaakt, iets doelgerichts en onverzadigbaars. Als iemand tegen hem had gezegd dat hij ziekelijk verslaafd was aan seks, zoals anderen dat aan drugs waren, zou hij dat blijmoedig hebben beaamd. Als hij verslaafd was, betekende dat dat hij volwassen was.

Vele jaren later, toen hij in staat was over zijn tienertijd en zijn eerste volwassen jaren te praten, was hij, inmiddels werkzaam bij een liefdadigheidsorganisatie die zich bezighield met schoon water, samen met Joe Coppinger een trektocht aan het maken langs een afgelegen Noorse fjord. Ze liepen naast elkaar over een hoge bergkam, allebei met een glas wijn in de hand, een aangename gewoonte die ze zich lang geleden eigen hadden gemaakt.

'Als ik destijds, toen je nog als psycholoog werkte, bij jou was gekomen voor raad, wat zou je dan gezegd hebben?'

'Iets als: "Wil je dag en nacht de liefde bedrijven? Wie niet? Het kan alleen niet. Dat is de prijs die we betalen voor een ordentelijke maatschappij. Freud wist dat al. Dus word volwassen!"'

Dat was de spijker op zijn kop, en ze waren in de lach geschoten. Maar in zijn tienerjaren had Roland *Civilization and its Discontents* gelezen. Geholpen had het niet.

Als hij beschadigd was door zijn verleden, was dat alleen indirect te merken. Hij liep geen vrouwen achterna op straat, deed geen oneerbare voorstellen en betastte geen vrouwen in de metro, iets wat in de jaren zeventig belachelijk vaak gebeurde. Hij drong zich niet op bij feestjes. Hij was trouw in al zijn liefdesaffaires, wat in die tijd zeldzaam was. Zijn droom was een bezeten monogamie, totale wederzijdse overgave en toewijding aan een gemeenschappelijk streven naar een seksueel en emotioneel nirvana. In zijn verbeelding was de achtergrond, het decor voor dit alles, nogal afgezaagd of clichématig: een hotel in Parijs, Madrid of Rome. Nooit een huisje midden in de winter bij een riviermonding in Suffolk. Hoogzomer, loom langstrekkend verkeer en door halfgesloten luiken strepen fel wit licht op de tegelvloer. Eveneens op de vloer: alle beddengoed. Naderhand zweet, een verkoelende douche, een belletje naar de receptie om water met ijsblokjes, snacks en wijn te bestellen. Tussendoor een wandeling langs de rivier en een etentje in een restaurant, terwijl iemand het bed verschoonde, de kamer aan kant maakte, de bloemen ververste en het koffiezetapparaat bijvulde. En dan weer verder waar ze gebleven waren. Wie dat allemaal betaalde? Geen werk waar ze heen moesten? Het deed er niet toe. Het was een tamelijk conventionele dagdroom over een lang weekend weg. Het magische ofwel onnozele was dat hij dit voor eeuwig wilde. Zonder enige onderbreking. Zonder daar zelfs maar naar te talen. Opgesloten, begeesterd, hun eigenheden samensmeltend, gevangen in gelukzaligheid. Ze worden het nooit moe, niets verandert er aan hun monastieke leven waarin het altijd augustus is in de halfverlaten stad, waar dit alles is wat ze hebben: elkaar.

In de begintijd van elk van zijn liefdesaffaires werd de schijn gewekt dat een dergelijk leven in het verschiet lag. De grote deur van het klooster ging op een kier. Maar al snel werd zijn houding, zijn hartstochtelijke verlangen, vermoeiend voor de vriendin.

Ze had het misschien al eerder gemerkt bij andere mannen, dat banale aandringen om meer tijd met haar door te brengen dan zij wenselijk vond. Zijn demon verdween niet, en uiteindelijk bleven er dan twee scenario's over. Tenzij die zich allebei tegelijk voltrokken. Ofwel zij nam afstand van hem, verbaasd, geërgerd, mogelijk met het gevoel verstikt te worden, of hij keek verder, wederom het slachtoffer van teleurstelling, en in toenemende mate van de schaamte die hij probeerde te verbergen.

De cursus die Alissa Eberhardt aan het Goethe-Institut gaf telde twaalf lessen. Toen die was afgelopen wilde hij best een vervolgcursus doen, maar bleek zij al vertrokken. Zonder afscheid te nemen van de klas of van hem. Pas vier jaar later zou hij haar terugzien.

*

Op aanraden van Daphne, die vond dat hij zich moest toeleggen op een zelfscholingsplan van vijf jaar, schreef hij zich ook in voor lessen bij City Lit., een Londense instelling voor volwasseneneducatie. Zij hielp hem het plan op te stellen. Engelse literatuur, filosofie, moderne geschiedenis en Franse grammatica. Tegen de tijd dat hij bij het Goethe-Institut begon speelde hij al een halfjaar piano in de tearoom van een tweederangs Londens hotel. 'Smikkelmuziek' noemde de assistent-manager het, evergreens die zo discreet werden opgediend dat ze het kalme gekeuvel bij kopjes Earl Grey en korstloze sandwiches niet overstemden. Zijn werktijden waren gunstig en boden hem alle ruimte voor zijn leeslijsten. Twee sessies van anderhalf uur, aan het eind van de middag en het begin van de avond, zeven dagen in de week. Hij verdiende er genoeg mee. In het midden van de jaren zeventig kon je, ondanks de politieke onrust, of misschien wel juist daardoor, met weinig rondkomen in Londen. En als hij 'Misty' lekker loom speelde wilde er nog wel eens iemand een briefje van een pond op de piano leggen. Een Amerikaanse damc die dat deed zei erbij dat hij op Clint Eastwood leek.

Daarvoor was hij al fotograaf geweest. Binnenkort zou hij het hotel vaarwel zeggen en, zo dacht hij, hoofdcoach worden bij een serie niet-verzuilde tennisscholen in Noord-Ierland. De rondreis door dat deel van het Verenigd Koninkrijk leverde echter niets op, evenmin als projecten in Londen. Uiteindelijk werd hij instructeur bij de openbare tennisbanen in Regent's Park. Zijn pupillen waren voornamelijk volwassen beginnelingen. De overgrote meerderheid vond het raken van de bal met een racket een moeizame aangelegenheid. De bal twee keer achter elkaar over het net tikken was een streefdoel. Een paar van de pupillen waren ver in de tachtig en wilden nog iets nieuws leren. Twintig contacturen per week. Het was slopend om de hele dag vriendelijk en bemoedigend te moeten blijven.

Na twee jaar verliet hij de tennisbanen. Volgens zijn notitieboek had hij inmiddels 338 boeken gelezen en daar aantekeningen over gemaakt. Meer dan hem op de universiteit gelukt zou zijn. Van Plato tot Max Weber, via David Hume, zo omschreef hij het in het begin voor Daphne. Zij had hem een etentje bij haar thuis aangeboden om te vieren dat hij een 'magnifiek' essay over John Locke had ingeleverd. Het was een gedenkwaardige avond geworden. Peter was die avond naar een reünie van zijn oude school geweest en dronken thuisgekomen, waarop hij Roland ervan had beschuldigd dat hij Daphne van hem probeerde af te pakken. Wat niet geheel onwaar was.

Roland had nu nieuwe manieren om zijn vorderingen te omschrijven. Van Robert Herrick tot Elizabeth Bishop, via George Crabbe. Van de opkomst van Sun Yat-sen tot de luchtbrug naar Berlijn. Het was tijd om het trainingspak en de sportschoenen op te bergen. Hij kon nu anderhalf uur lang een boek lezen zonder zich in dagdromen te verliezen. Volwassenheid. Hij was geloofwaardig, zijn vermomming was aangebracht. De tijd had zijn werk gedaan. Hij was er klaar voor om intellectueel te worden, of ten minste journalist. Maar het viel niet mee. Niemand had van hem gehoord, niemand gaf hem een opdracht. Uiteindelijk werd hem dankzij de zoon van een van zijn tennispupillen gevraagd om voor de Londense uitkrant *Time Out* een recensie te schrijven over een toneelvoorstelling – veel bloed, veel naakt, veel geschreeuw – uit het alternatieve circuit. Het was een kort stukje, 120 woorden wrange, niet-gemeende lof, dat hem verdere opdrachten opleverde. Maar binnen twee maanden was hij de lege nachtbussen uit Morden en Ponders End beu. Hij schreef een kort profiel van de leidster van de oppositie voor een radicaal links weekblad. Hij kreeg een beleefd briefje terug van haar bureau waarin zijn verzoek om een interview werd afgewezen, maar dat ze wel persoonlijk had ondertekend. Zijn stuk was kritisch geweest, maar hij had het afgesloten met de opmerking dat als Margaret Thatcher premier zou worden, iets wat hij als onvermijdelijk was gaan beschouwen, dit mogelijk de zaak van de vrouwenemancipatie zou bevorderen. Hij had in ieder geval eindelijk enige aandacht getrokken. De boze ingezonden brieven in het volgende nummer besloegen een hele pagina. Ze mag dan een vrouw zijn, was de algehele teneur, maar ze is geen zuster.

Hij was sinds 1970 lid geweest van de Labourpartij. Maar vanwege een reeks bijzondere, ongelukkige gebeurtenissen begon dat langzaamaan een ongemakkelijke verbintenis te worden. In juni van dat jaar, 1979, kreeg hij een verhouding met Mireille Lavaud, een Franse journaliste die in Camden woonde. Haar vader was een diplomaat, die kort daarvoor naar Berlijn was overgeplaatst. Mireille wilde hem, haar stiefmoeder en haar jonge halfzusje gaan opzoeken in hun nieuwe appartement en stelde voor dat Roland meeging. Hij aarzelde. De gebruikelijke barstjes hadden zich nog niet aangediend, maar ze kenden elkaar pas twee maanden. Ze vond zijn weifelmoedigheid amusant.

'Ik ga je niet aan ze presentéren, als je dat soms bedoelt. We gaan daar niet logeren, daar is het appartement te klein voor. Un p'tit diner, c'est tout! Ik heb vrienden in Oost-Duitsland. Je zei dat je aan je Duits wilde werken. Oui ou non?'

'Ja.'

Ze huurden fietsen en reden in twee dagen langs de hele

Muur, en daarna langs de grenshekken die West-Berlijn afsneden van het omringende Oost-Duitsland. Jonge West-Duitsers die in West-Berlijn woonden waren vrijgesteld van militaire dienst. De minder burgerlijk ingestelden onder hen – aankomende dichters, schilders, schrijvers, filmmakers en musici, en alternatievelingen in het algemeen – stroomden toe. Niettemin maakte de stad een verlaten indruk, alsof ze een provincieplaatsje was. Buiten het centrum kon je voor een schappelijke prijs een appartement met een hoog plafond huren. De overigens allesbehalve populaire Amerikanen garandeerden de veiligheid en vrijheid van de westelijke sector, die werd bedreigd door de expansionistische ambities van de Sovjet-Unie. De Muur, die in de ogen van tal van linksgeoriënteerde kunstenaars een ware schandvlek was, kon maar het beste worden genegeerd. Na twintig jaar was hij een verwaarloosbaar gegeven geworden. Mireille, die een jaar als postdoctoraalstudente op de Freie Universität had gezeten, had nog een paar vrienden in de stad. Ze nam Roland steeds mee als ze bij een van hen op bezoek ging. Op die avonden, waarop Frans, Duits en Engels werd gesproken, werd fel gediscussieerd en veel gelachen, vonden vaak spontane huiskamerconcerten plaats en soms zelfs poëzievoordrachten.

Op een middag liepen ze van hun hotel in een zijstraat van de Friedrichstraße naar Checkpoint Charlie waar ze zich aansloten bij de rij wachtenden. Mireille had een speciaal pasje voor familieleden van diplomaten, maar dat maakte niets uit. Het kostte hun anderhalf uur om de grens over te komen. Toen ze de grenswacht de tas met koffie liet zien die ze had meegenomen haalde hij zijn schouders op. Ze namen een taxi door stille, armoedige straten naar een kluit flatgebouwen van acht verdiepingen in Pankow. Mireilles vrienden Florian en Ruth Heise woonden op zevenhoog. Hun kleine flat zat vol mensen die rond twee tegen elkaar aan geschoven formicatafels op hen zaten te wachten. Er ging een gejuich op toen de westerlingen binnenkwamen. De kamer stond blauw van de rook. Er renden een stuk of vijf, zes kinderen in en uit. Verscheidene mensen stonden op om de bezoekers een stoel aan te bieden. Florian liep naar het raam om te checken of ze waren gevolgd. Er ging hernieuwd gejuich op toen Mireille haar Colombiaanse koffiebonen tevoorschijn haalde. Ruth stelde iedereen rond de tafel aan hen voor. Stefanie, Heinrich, Christine, Philipp… Roland sprak minder goed Duits dan Frans. Dit ging lastig worden. Tot zijn opluchting werd hij voorgesteld aan Dave uit Dundee.

Het gesprek werd hervat. Dave was gevraagd kort iets te vertellen over de omstandigheden in zijn land. Philipp wierp zich op als tolk.

'Zoals ik al zei. We hebben in Groot-Brittannië een breekpunt bereikt. Massale werkloosheid, inflatie, racisme, en er is net een openlijk antisocialistische regering aangetreden…'

'Gute Idee,' zei iemand. Er werd zachtjes gelachen.

Dave ging door. 'De mensen in het VK beginnen zich te organiseren. Ze komen in beweging. Ze zien jullie als voorbeeld.'

Florian zei in het Engels: 'Nou, mij liever niet, hoor.'

'Ik weet heus wel dat jullie ook je problemen hebben. Maar objectief gezien is dit de enige werkelijk levensvatbare socialistische staat in de wereld.'

Er viel een stilte.

Dave vervolgde: 'Denk er maar eens over na. Het dagelijks leven kan jullie blind maken voor jullie eigen prestaties.'

De Oost-Berlijners, stuk voor stuk onder de veertig, waren te beleefd om te zeggen wat ze dachten. Naderhand hoorde Roland dat drie maanden daarvoor een buurvrouw uit hun flatgebouw in haar been was geschoten bij een slecht voorbereide vluchtpoging. Zij lag nu op de ziekenboeg van de gevangenis.

Het was Ruth, hun gastvrouw, die de situatie redde. In Engels met een zwaar accent zei ze: 'Dat zeggen ze ja. Laat het scheppen van de enige levensvatbare socialistische staat maar aan de Duitsers over.' Philipp vertaalde het.

Er werd gezucht. Die grap had een baard van jaren. Maar hij leidde wel de aandacht af van Daves beweringen. Of toch niet? Misschien was het bedoeld als terechtwijzing toen iemand twee stencils tevoorschijn haalde. Het ging om een het land in gesmokkelde Duitse vertaling van een gedicht van Edvard Kocbek, een Sloveense dichter die door het communistische regime werd vervolgd. Het eerste deel verwees naar de maanlanding, het tweede riep de herinnering op aan Jan Palach, de student die zichzelf in 1969 op het Wenceslasplein in brand had gestoken uit protest tegen de Russische inval in Tsjechoslowakije. *De vuurpijl met de naam Jan Palach/ heeft de geschiedenis/ van vloer tot nok doorlicht/ zelfs de zwarte brillen/ hebben het rooksignaal gelezen.* Terwijl het werd voorgedragen en vertaald keek Roland naar Dave. Die had het wilskrachtige, oprechte gezicht van iemand die deugt. Toen het was afgelopen zei hij vriendelijk: 'Zwarte brillen?'

Met plaatsvervangende schaamte zei Roland snel: 'Veiligheidsagenten dragen die.'

'Ik snap het.'

Roland was daar niet zo zeker van en ontliep hem de rest van de avond.

Het belangrijkste gebeurde toen Mireille diep in gesprek was met Ruth en Florian Roland meenam naar de slaapkamer. Daar waren de kinderen bezig een tentenkamp te maken met het beddengoed. Nadat Florian hen de kamer uit had gewerkt, haalde hij een krakkemikkige koffer onder het bed vandaan, die hij met een sleuteltje openmaakte om zijn platenverzameling te laten zien. Dylan, The Velvet Underground, The Rolling Stones, The Grateful Dead, Jefferson Airplane. Roland bekeek de elpees. De stapel verschilde niet zoveel van de zijne. Hij vroeg wat er zou gebeuren als de autoriteiten ze vonden.

'Eerst misschien niet zoveel. Ze zouden ze meenemen en verkopen. Maar het zou in mijn dossier terecht kunnen komen. Ze zouden me scherper in de gaten gaan houden. Het zou ooit tegen me gebruikt kunnen worden. Maar we draaien ze zachtjes.' Toen zei hij mistroostig: 'Is hij nog steeds een wedergeboren christen?'

'Dylan? Die is er nog niet vanaf, nee.'

Florian zat op zijn knieën en deed de koffer weer op slot. 'In een andere doos heb ik ze allemaal, behalve de laatste. Met Mark Knopfler.'

'*Slow Train Coming*.'

'Precies. En alles van The Velvet Underground behalve de derde.'

Toen Florian opstond en het stof van zijn handen veegde, zei Roland zonder erbij na te denken: 'Maak maar een lijstje voor me.'

De jonge Duitser keek hem strak aan. 'Kom je terug dan?'

'Ik denk het wel.'

Twee maanden later stond hij, na een kop koffie in Café Adler, in de rij bij Checkpoint Charlie te wachten om Oost-Berlijn binnen te mogen. In zijn sporttas lagen twee elpees klaar voor inspectie. *Slow Train Coming* en de derde plaat van The Velvet Underground waren vermomd. De hoezen waren echt en tweedehands – Sjostakovitsj o.l.v. Barshai – maar het was onmogelijk gebleken de labels op de nieuwe platen eraf te stomen. In plaats daarvan had Roland ze beschadigd zodat ze verweerd leken. In zijn tas zat ook een paperbackeditie van *Animal Farm*, in het Engels, met een ander omslag, dat van *Hard Times* van Dickens. Hij had niet zo voorzichtig hoeven te zijn. Hij had wat rondgevraagd. Onafhankelijk van elkaar hadden twee journalisten met jarenlange ervaring in Berlijn hem verzekerd dat boeken en platen meenemen heel gemakkelijk was. In het ergste geval werden ze in beslag genomen, of zouden ze hem wegsturen en zeggen dat hij maar zonder die spullen terug moest komen. Het was beter, zo werd hem verteld, geen boeken in het Duits mee te nemen. Zijn nephoezen voor de elpees waren onnodig.

Hij had ontspannen met de rij mee naar voren moeten schuifelen. Maar zijn blik bonkte in de maat met zijn hart. De avond voor zijn vertrek uit Londen was Mireille bij hem geweest en hadden ze ruzie gekregen. En nu dacht hij dat ze misschien wel gelijk had gehad. Er stonden nog maar vier mensen voor hem in de rij. Maar hij ging nu niet meer omkeren.

Roland had voor twee personen gekookt. Voordat ze aan tafel gingen liet hij haar zijn smokkelwaar zien.

'Orwell? Gekkenwerk! Als ze je doorlaten is dat omdat ze je dan gaan volgen naar je bestemming.'

'Ik ga wel lopen. En zal onderweg goed uit mijn doppen kijken.'

'Heb je hun adres?'

'Dat heb ik uit mijn hoofd geleerd.'

Ze trok een plaat uit de hoes. Ze was niet onder de indruk van het stof dat hij op het vinyl had geblazen.

'Zeven tracks op beide kanten! Denk je dat een symfonie van Sjostakovitsj zeven delen heeft?'

'Hou maar op. We gaan eten.'

'Wat ga je zeggen? Dat de DDR hoognodig Sjostakovitsj moet leren kennen?'

'Mireille, ik heb met mensen gesproken die tientallen keren met boeken zijn overgestoken.'

'Ik heb er ook gewoond. Ze kunnen je aanhouden.'

'Kan me niets schelen.'

Hij was prikkelbaar, maar zij kon beschikken over een superieure Gallische woede. Was haar Engels maar niet zo correct geweest. Terwijl hij naar voren stapte om zich te melden bij de grenswacht hoorde hij haar stem nog in zijn hoofd.

'Je brengt mijn vrienden in gevaar.'

'Onzin.'

'Ze kunnen hun baan kwijtraken.'

'Ga zitten. Ik heb stoofpot gemaakt.'

'Alleen maar omdat jij je dan edelmoedig kunt voelen. Omdat je dan tegen mensen kunt zeggen dat je iets dóét.' Ze was opgestaan en liep de kamer uit, het huis uit, verhit, magnifiek. 'Quelle connerie!'

De grenswacht pakte het opengeslagen paspoort aan. Hij was ongeveer van dezelfde leeftijd als Roland, Florian en Ruth, een jaar of dertig. Zijn uniform zag er strak en goedkoop uit, onecht, net als zijn voorgeschreven strenge houding. Hij leek een lid van het koor bij een moderne enscenering van een opera die weinig mocht kosten. Roland keek toe en wachtte af. Het gezicht van de man was lang en bleek, het had een moedervlek op een van zijn jukbeenderen, en de lippen waren dun en fijn. Roland was zich ineens bewust van de kloof tussen hem en deze man die, onder andere omstandigheden, zijn tennispartner had kunnen zijn, of een buurman, of een verre neef. Ze waren gescheiden door een reusachtig, onzichtbaar netwerk van verzinsels en overtuigingen, militaire nederlagen, bezettingen en historische toevalligheden, waarvan de onderling verweven ontstaansgronden grotendeels vergeten waren. Hij kreeg het paspoort terug. Er werd geknikt in de richting van zijn tas. Roland maakte hem open. Nu het eenmaal zover was, voelde hij er weinig bij. De opties leken neutraal. Een periode met slaapgebrek in Hohenschönhausen, de gevangenis van de Stasi. Er gingen geruchten over Chinese waterfoltering. Ook was bekend dat er een ronde, met zwart rubber beklede cel was waar absolute duisternis heerste om je te desoriënteren. *Het kan me niets schelen.* De grenswacht pakte de twee elpees, deed ze weer terug, pakte *Hard Times* en een stel verpakte sokken, die hij weer liet vallen, en pakte een fles Valpolicella op, die hij voorzichtig weer teruglegde. Daarna gebaarde hij dat hij kon doorlopen. Roland maakte zijn tas weer dicht en beschouwde het als een erezaak de man niet te bedanken. Om daar, te laat, toch spijt van te krijgen.

Dus als Mireille gelijk had werd hij nu gevolgd. Hij geloofde daar niet in, maar kon de gedachte toch niet van zich afschudden. Mireilles stem volgde hem door de stille zijstraten, ook de keren dat hij knullig, melodramatisch op zijn schreden terugkeerde, die hij later weer ongedaan maakte. Als hij op een bepaald moment zichzelf zozeer in de war had gebracht dat hij niet meer wist waar hij was, was er altijd een glimp van de vale, ongemarkeerde Muur links van hem. Uiteindelijk kwam hij uit op Unter den Linden, waar hij een taxi nam naar Pankow.

Het was extra leuk omdat Florian en Ruth hem niet verwachtten. Er kwamen buren langs die ingrediënten meenamen voor een spontaan in elkaar geflanste maaltijd. Ze dronken de wijn die hij had meegebracht en nog heel wat meer, en luisterden eindeloos naar de elpee van The Velvet Underground, die onbevreesd op maximale geluidssterkte werd afgespeeld. 'Heel anders, deze,' bleef Florian maar zeggen. 'Zo strak!' Laat op de avond wilde het gezelschap keer op keer Moe Tucker 'After Hours' horen zingen. 'Het is juist heel mooi dat ze niet kan zingen,' zei iemand. Uiteindelijk, toen iedereen dronken was, zongen ze mee met 'Pale Blue Eyes': *If I could make the world as pure...* ze kenden de tekst inmiddels. Met hun armen om elkaars schouders geslagen, lieten ze het refrein, *linger on... your pale blue eyes,* lustig schallen, en maakten er een ode aan de vreugde van.

Al met al maakte hij in '80 en '81 in vijftien maanden tijd negen keer de oversteek. Mireille had het mis. Gevaarlijk was het nooit. Zijn missies bezaten niet de ernst en verve van het werk van de Jan Hus Educational Foundation in Tsjechoslowakije. Hij deed alleen maar de boodschappen voor zijn nieuwe vrienden. Bij zijn tweede bezoek durfde hij de platenhoezen wel mee te nemen, met de symfonieën van Sjostakovitsj erin. Florian wilde zijn nieuwe elpees van Dylan en The Velvet Underground graag herenigen met hun hoes. Daarna ging het alleen om boeken, het gebruikelijke lijstje. Geen Duitse vertalingen. *Darkness at Noon, The Captive Mind, Bend Sinister* en meerdere keren *Nineteen Eighty-Four*. Hij bleef vaak een paar nachten logeren en sliep dan op de zwarte skaileren sofa. Hij werd vriendjes met de kinderen, de vijfjarige Hanna en haar zusje van zeven, Charlotte. Zij verbeterden met vrolijk leedvermaak zijn Duits. Het waren speelse meisjes, goed van vertrouwen. Hij vond het heerlijk wanneer ze een hand aan zijn oor zetten en hem luidkeels *ein erstaunliches Geheimnis* toefluisterden. Ze zaten gedrieën op de sofa elkaar taallessen te geven. Hij nam spannende, pedagogisch niet-verantwoorde prentenboeken voor hen mee uit Londen.

Hun moeder gaf wiskunde op een *Gymnasium*. Florian was een lage planningsambtenaar op het ministerie van Landbouw. Hij was van promotie uitgesloten omdat hij als tweedejaarsstudent geneeskunde had meegespeeld in een roerig absurdistisch toneelstuk. 's Middags haalde Marie, de oma van de meisjes, de kinderen op van school en paste ze op hen in de flat totdat een van de ouders thuiskwam. Een paar keer, als Marie een ziekenhuisafspraak had, haalde Roland ze op en speelde hij thuis met hen. Anders dwaalde hij wat door de stad, bezocht musea, deed boodschappen voor het avondeten, of bleef alleen thuis om de boeken die hij had meegebracht te lezen of te herlezen. Van Ruth hoorde hij dat een bepaalde vrouwelijke kennis van hen aan verboden maatschappelijke dienstverlening deed door in hoog tempo Engels-Duitse vertalingen te maken die stiekem rondgingen. Ze schreef alles met de hand uit. Anderen typten dat dan over. Ergens stond een schrijfmachine, niet bij iemand thuis. Florian gunde Roland ooit een snelle blik op een vlekkerige carbondoorslag van Orwells *Farm der Tiere*, voordat hij hem weer doorgaf.

Dit was Rolands andere wereld, die zo ver van zijn Londense bestaan af stond als een verre planeet. Hij vond het moeilijk om het leven van Ruth en Florian te beschrijven. Het was financieel behelpen, kende allerlei beperkingen in het algemeen, men was eerder behoedzaam dan angstig, maar er heerste ook huiselijke warmte en een hechte onderlinge vriendschap en loyaliteit. Zodra je kinderen had, zei Ruth tegen Roland, zat je vast aan het systeem. Eén misstap van de ouders, één moment van onvoorzichtige kritiek, en de kinderen zouden hun weg naar de universiteit of een mooie loopbaan geblokkeerd kunnen zien. Een vriendin van hen, een alleenstaande moeder, had tegen alle goede raad in herhaaldelijk een uitreisvisum aangevraagd. Het gevolg was dat de staat dreigde haar zoon, een verlegen jongen van dertien, uit huis te plaatsen. Het kon er in dergelijke kindertehuizen meedogenloos aan toegaan, vandaar dat de moeder nooit meer een uitreisvisum had aangevraagd. En vandaar dat Ruth en Florian 'binnen de beperkingen' leefden. 'Ja, ze hadden de muziek en de boeken, maar dat was een aanvaardbaar en noodzakelijk risico. Ruth zorgde ervoor, zei ze, dat haar man zijn haar kort hield, ondanks zijn protesten. Een hippieachtig uiterlijk – in officiële termen dat van een 'normale deviant' – kon de aandacht op je vestigen. Als in het rapport van een informant werd vermeld dat Florian er een 'asociale levensstijl' op na hield of tot een 'negatieve groep' behoorde, of ten prooi was gevallen aan 'egocentrisme', zou dat problemen opleveren. En problemen had hij al genoeg. Het had lang geduurd voordat hij had geaccepteerd dat hij nooit arts zou worden.

De avonden met de vriendenkring van Mireille in West-Berlijn kwamen hem nu onbeduidend voor. Daar werd nooit aan iemand gevraagd verslag te doen van de 'toestand' in zijn of haar land. Dat zou niet cool zijn geweest. De West-Berlijnse bohemiens riepen dat ze werden onderdrukt door het systeem, maar dat systeem stond hun wel toe te denken, zeggen en schrijven wat ze wilden, de muziek te beluisteren die ze mooi vonden en gedichten te schrijven in elke stijl die ze maar wilden. 'Repressieve tolerantie' zouden ze dat hebben genoemd. Bij de samenkomsten bij Florian en Ruth op zevenhoog in een armoedig flatgebouw was het systeem een daadwerkelijke vijand. Ze peilden hoe het ervoor stond, bespraken hoe je erbinnen kon overleven zonder gek te worden of te worden platgewalst, en de dagelijkse discussies daarover waren actueel, diepgaand en openhartig. En ook grappig. De schijnheiligheid van de staat en de monsterlijke inbreuken die hij pleegde op je privéleven moesten worden ingetoomd met inktzwarte humor. Dat de situatie elders binnen het Warschaupact nog treuriger was, werd op een schertsende manier als troost ervaren.

Telkens als hij uit Berlijn terugkwam in Londen bracht dat venijnige botsingen met zich mee. Roland verschilde sterk van mening met veel van zijn vrienden en met de linkervleugel van de Labourpartij. Dat laatste lag moeilijk. Hij was een gerespecteerd partijlid, had op straat folders uitgedeeld, was in '70 en '74 voor Wilson langs de deuren gegaan, en had in het voorjaar van '79 een auto geleend om bejaarden en invaliden naar het stemlokaal te rijden zodat ze op Callaghan konden stemmen. Als hij in die tijd, net terug uit Berlijn, naar afdelingsvergaderingen van de partij ging, hekelde Roland bij de discussies de misstanden in de DDR en, naar aanleiding van berichtgeving, de mensenrechtenschendingen in de landen binnen het Russische machtsblok. Dan herinnerde hij de zaal aan de psychiatrische 'behandeling' van Russische dissidenten. Het leverde hem boegeroep en scheldpartijen op. 'En Vietnam dan?' werd er geroepen. Er waren ook heel wat avonden vol tweespalt bij hem thuis. Een stel dat hij al jaren kende kwam eten. Hij woonde destijds in Brixton. Zij waren uit jarenlange loyaliteit lid gebleven van de Communistische Partij van Groot-Brittannië. Na een felle discussie van twee uur over de inval in Tsjechoslowakije (zij bleven volhouden dat de Sovjettroepen het land waren binnengevallen 'op dringend verzoek' van de Tsjechische arbeidersklasse) vroeg hij hun vermoeid om te vertrekken. In wezen gooide hij hen eruit. Ze lieten een onaangebroken fles Hongaarse wijn achter – Bikavér, stierenbloed – maar hij kon het niet opbrengen om die aan te breken.

Niet aan een politieke partij verbonden vrienden toonden evenmin begrip. Maar, zo bleef hij keer op keer vragen, hoe konden de gruweldaden in Vietnam het Sovjetcommunisme er nou aantrekkelijker op maken? Het antwoord was helder. In de bipolaire Koude Oorlog was het communisme het minste van twee kwaden. Als je het aanviel hielp je het weerzinwekkende kapitalistische project en het imperialisme van de VS in stand te houden. Blijven 'drammen' over misstanden in Boedapest en Warschau en mensen attenderen op de schijnprocessen in Moskou of de aan Oekraïne opgedrongen hongersnood stond gelijk aan zich 'liëren aan' de foute kant, de CIA, en uiteindelijk aan het fascisme.

'Je glijdt af naar rechts,' zei een vriend tegen hem. 'Het zal de leeftijd wel zijn.'

Een tijdlang zocht Roland zijn toevlucht bij een groepje – 'intellectuelen uit de hogere middenklasse' – binnen de Labourpartij dat de democratische oppositie in Oost-Europa steunde. Hij schreef twee artikelen voor hun tijdschrift *Labour Focus*, ging naar lezingen van de historicus E.P. Thompson en werd lid van European Nuclear Disarmament. Die beweging voerde actie tegen de klaarblijkelijke bedoeling van de beide grootmachten om kernwapens met beperkt bereik in Oost- en West-Europa te stationeren. Europa zou het slagveld worden van een oorlog bij volmacht.

Op een middag kreeg Roland een telefoontje van Mireille dat alles veranderde. Ze waren inmiddels geen geliefden meer, maar wel goed bevriend gebleven. Haar stem klonk dof. Haar vader had haar gebeld vanuit Berlijn om te vertellen dat de Stasi zes weken geleden op Florians werk was verschenen en hem achter zijn bureau vandaan had gehaald en gearresteerd. Een collega op het ministerie van Landbouw had een klacht ingediend over een opmerking die hij had gemaakt. Vier dagen later hadden ze Ruth meegenomen. Terwijl de doodsbange meisjes toekeken had de Stasi de flat doorzocht en overhoopgehaald. Ze hadden niets van belang gevonden, maar de platenverzameling wel in beslag genomen. Hanna en Charlotte werden naar hun oma Marie gestuurd, die maar voor hen moest zorgen. Zij probeerde er vergeefs achter te komen waar Florian en Ruth werden vastgehouden. Ze durfde niet te hardnekkig door te vragen. Maar nu – Mireilles stem brak, zodat Roland moest wachten – waren de kinderen mogelijk overgebracht naar het Instituut voor Jeugdwelzijn in Ludwigsfelde. Een rechtbank had mogelijk besloten dat de ouders 'niet in staat waren de kinderen op te voeden tot verantwoordelijke burgers'. Hanna en Charlotte zouden in een instelling terechtkomen. Erger nog, ze zouden in afzonderlijke staatsinstituten worden ondergebracht. Monsieur Lavaud had gezegd dat hij het vooralsnog met een korreltje zout nam en nadere inlichtingen zou inwinnen.

Roland regelde meteen een vlucht naar Berlijn voor de volgende dag. Het was dat of verlammende somberheid thuis. Onderweg naar Heathrow ging hij langs bij zijn bank om te regelen dat hij een bescheiden bedrag rood mocht staan. In Berlijn nam hij een bus en stak de grens over bij Checkpoint Charlie. Ditmaal was de grenswacht die in zijn weekendtas keek de kwelgeest van zijn vrienden. Hij verfoeide hem. Toen hij bij de vertrouwde flat in Pankow aanbelde deed een jonge, zwaar opgemaakte vrouw met een klein kind op haar heup open. Ze was vriendelijk, maar zei dat de naam Heise haar niets zei. Achter haar zag hij de meubels van Florian en Ruth staan. Hun levens waren gezuiverd, hun bezittingen aan anderen toegewezen.

Het was tien minuten lopen naar de woning van Marie, een vooroorlogse woonkazerne van zes verdiepingen. Er deed niemand open. Toen hij de trap weer af liep kwam hij een buurvrouw tegen die net omhoogging. Zij vertelde dat Marie in het ziekenhuis lag, maar wist niet in welk.

Hij verliet de buurt met tegenzin omdat hij zijn zoektocht naar de familie niet wilde opgeven. Maar hij had geen andere keus. De verstikkende stilte en duisternis die zo typerend waren voor Oost-Berlijn daalden neer over de flatgebouwen om hem heen. Hij nam een bus naar het centrum en stapte in een opwelling uit in Prenzlauer Berg. Hij had het warm, voelde het zweet rond zijn boord en omdat het hem niets kon schelen wat er met hem zou gebeuren, liep hij de twintig minuten naar de Normannenstraße, waar het ministerie van Staatsveiligheid huisde. Het had hem niet moeten verbazen dat de gewapende bewakers bij de deur hem de toegang weigerden.

Toen hij weer in het westelijk stadsdeel was, at hij iets op straat: worst, aardappels en augurken uit een kartonnen bakje. Het had geen zin om bij Monsieur Lavaud langs te gaan voor meer informatie. Mireille had gezegd dat haar vader die week in Parijs zat. Na enig aarzelen nam Roland de goedkoopste kamer die hij kon krijgen in zijn vaste hotel in een zijstraat van de Friedrichstraße. Het was een bezemkast met hoog plafond en een rond raampje. Hij sliep die nacht niet meer dan een uur. Hij kreunde hardop bij de gedachte aan die lieve, vindingrijke Hanna en Charlotte die nu zo kwetsbaar, confuus en eenzaam moesten zijn, weggesleurd uit hun beschermde, liefhebbende omgeving, overgeleverd aan nieuwe, onbegrijpelijke reglementen. Hij kreunde als hij dacht aan hun ouders in hun afzonderlijke cellen, gekweld door wanhoop en ongerustheid over hun dochters en over elkaar. Hij verachtte zichzelf. De boeken en platen die hij had meegebracht zouden de aanklacht van de staat hebben helpen onderbouwen. Zijn zelfingenomen poging om te deugen. Mireille had gelijk gehad. Hij had moeten luisteren. Hij had zijn eigen spoken willen verjagen. En de zinloze onderneming van vandaag was je reinste alibigedrag. Had hij nou echt verwacht dat Erich Mielke, de gevreesde minister van Staatsveiligheid, hem hartelijk zou ontvangen in zijn kantoor, en de gevangenis en het kindertehuis zou bellen om het gezin te herenigen teneinde Herr Baines, een verontwaardigde nul uit het Westen, te helpen zijn schuldgevoel in te tomen?

Toch ging hij de volgende ochtend terug naar de Normannenstraße. Ditmaal stuurden andere bewakers hem weg met een korte uitleg. Hij had geen brief, geen afspraak en hij was geen staatsburger. Hij sloeg een hoek van het plein om om het gebouw achter zich te laten. Hij moest zich beraden. Hij had nog één, zinloos plan gehad, en dat was om naar het Instituut voor Jeugdwelzijn in Ludwigsfelde te reizen. Maar hij was er die ochtend in het hotel achter gekomen dat dit geen wijk van Berlijn was, zoals hij had gedacht, maar een stadje dat zo'n dertig kilometer zuidelijker lag. Om daarheen te kunnen reizen was een visum vereist. Hiermee waren zijn mogelijkheden uitgeput. Hij liep terug naar Checkpoint Charlie, at een broodje bij Café Adler en nam vervolgens een bus naar het vliegveld.

Terug in Engeland schreef hij brieven. Hij moest iets doen om niet in somberheid te vervallen. De kunst van het inslapen was hij verleerd. 's Ochtends zat hij half aangekleed te suffen op de rand van zijn bed, en dacht aan niets. Althans dat probeerde hij. Hij sprak niet af met Mireille. Hij wist zeker dat zij hem verantwoordelijk hield, al had ze hem nergens van beschuldigd. Hij stuurde brieven over het gezin naar Amnesty International, de minister van Buitenlandse Zaken, de Britse ambassadeur in Oost-Berlijn, het Internationale Rode Kruis. Hij schreef zelfs een persoonlijke brief aan Mielke waarin hij clementie bepleitte voor het gezin. Hij loog dat Florian en Ruth hun liefde voor hun vaderland en de partij dikwijls kenbaar hadden gemaakt. Hij beschreef het droeve lot van de Heises in een artikel dat hij naar *The New Statesman* stuurde. Het werd zowel daar als elders afgewezen. Uiteindelijk nam *The Daily Telegraph* een ingekorte versie ervan op. Hij zegde zijn lidmaatschap van de Labourpartij op. Hij ontliep de vrienden met wie hij had geruzied. Zelfs de mensen van Labour Focus kon hij niet velen. Toen hij op een avond voor de tv zat in een poging zichzelf te verdoven, had hij de pech dat er een BBC-documentaire werd uitgezonden waarin men met alle geweld wilde aantonen dat de DDR Groot-Brittannië was voorbijgestreefd als het op de kwaliteit van het dagelijks leven aankwam. De 200.000 politieke gevangenen – de schatting van Amnesty – bleven onvermeld.

Een maand later belde Mireille met het nieuws. Haar vader kende iemand binnen het ministerie van Justitie van de DDR die wat nieuwe informatie had doorgegeven. Ze waarschuwde dat het maar om een snippertje ging. Wat Florian had misdaan was dat hij iets had geschreven voor een verboden blad. Zijn verleden bij het absurdistisch toneel pleitte tegen hem. Wat Ruth had misdaan was dat ze haar man niet had aangegeven, ondanks het feit dat ze had gelezen wat hij had geschreven. Het mogelijk goede nieuws was dat het artikel niet over politiek ging en geen kritiek op de partij bevatte. Het ging over Andy Warhol en de muziekscene van New York. Maar over de meisjes was officieel niets bekend.

Dus Florian was niet opgepakt wegens het bezit van bepaalde elpees of boeken. Aan de telefoon verborg Roland zijn opluchting. Twee weken later belde Mireille weer, uitgelaten vanwege het goede nieuws. Ze waren maar tot twee maanden veroordeeld en waren alweer vrij en herenigd met Hanna en Charlotte! Die waren niet in een tehuis geplaatst. In de tijd dat hun oma in het ziekenhuis lag, had een tante in het nabijgelegen Rüdersdorf hen opgevangen. De DDR was tenslotte geen Tsjechoslowakije of Polen, had Mireilles vader tegen haar gezegd. Dreigen met uithuisplaatsing van de kinderen van dissidenten kwam veel voor in de DDR, maar het dreigement werd de laatste tijd nooit meer daadwerkelijk uitgevoerd. Aan de andere kant van de lijn begon Mireille ineens te huilen. Roland had een brok in zijn keel en kon geen woord uitbrengen. Toen ze allebei waren gekalmeerd vertelde ze hem de rest. De Heises hadden een verbod gekregen om in of in de buurt van Berlijn te wonen. Ze waren naar het stadje Schwedt in het noordoosten verbannen, vlak bij de Poolse grens, op veilige afstand van alle westerse verdorvenheden.

'Zwets?'

Ze spelde het voor hem.

Ruth mocht niet meer lesgeven. Ze was nu schoonmaakster. Florian werkte in een papierfabriek. Ze moesten zich elke maand melden bij een plaatselijke partijfunctionaris om verslag te doen van hun doen en laten. Maar... maar, bleven Mireille en Roland tegen elkaar zeggen, ze zijn vrij. Monsieur Lavaud was twee jaar eerder in de bewuste stad geweest nadat een bus vol met Franse toeristen daar in een rivier terecht was gekomen. Schwedt was een gat. Een enorme raffinaderij waar via een pijplijn uit Rusland aangevoerde olie werd verwerkt, pulpfabrieken, andere fabrieken, ongezonde lucht, goedkope geprefabriceerde flats van betonplaten, ofwel *Plattenbau*. Maar... maar ze konden bij de meisjes zijn. Ze konden hen liefhebben en beschermen. Hanna en Charlotte zouden worden geweerd van de universiteit. Dat was van minder belang. De Heises waren samen. De plaatselijke Stasi en buurtverklikkers zouden hen nauwlettend in de gaten houden. Maar ze waren samen.

Op het eind, vlak voordat Mireille en Roland waren uitgepraat, gaven ze toe: de staat bleef het gezin in gijzeling houden. En dat was niet goed. Het was hooguit een stuk minder erg. Na afloop van het gesprek raadpleegde hij zijn vierdelige encyclopedie. Schwedt stond er niet in. Hij vond het in zijn atlas en staarde naar het zwarte puntje totdat het voor zijn ogen begon te dansen. Roland bedacht dat ze in een gesprek van vijfentwintig minuten de morele contouren van de DDR hadden geschetst aan de hand van de wederwaardigheden van één gezin. Van catastrofe naar enkel treurigheid. Schwedt.

De stemmingsomslag was de oorzaak van een kleine beslissing die zijn leven totaal zou veranderen en aan de basis van een nieuw leven zou staan. Toen hij de volgende ochtend om zichzelf op te monteren koffie zat te drinken in zijn 'studio' – het nieuwe woord voor zit-slaapkamer – in Brixton, richtte hij zijn gedachten op de meisjes. Gered uit de hel. Ze zouden zich voorlopig veilig voelen. Ze zouden er minder dan hun ouders mee zitten dat hun nieuwe huis kleiner was en de omgeving lelijker. Als de autoriteiten haar daar toestemming voor gaven, zou hun oma op bezoek kunnen komen. Misschien zou hij hen een paar kleurige prentenboeken kunnen sturen. Charlotte en Hanna hadden elkaar ook weer. De wonden konden gaan genezen. Hij keek op en zag toevallig in de uitkrant *Time Out,* die opengeslagen voor hem op tafel lag, een halve pagina grote advertentie voor een concert. Bob Dylan in Earls Court. Hij had de aankondiging eerder gezien en er verder niet bij stilgestaan. Hij had andere zorgen gehad. Maar als hij er nu heen ging zou hij daarmee de ouders eer bewijzen. Een symbolische daad van solidariteit. Alsof hij Florian en Ruth er mee naartoe nam. En hij had Dylan al niet meer zien optreden sinds het festival op het Isle of Wight in '69.

Hij stond een hele ochtend in de rij bij een ticketkantoor op Leicester Square en had het geluk dat hij twee geretourneerde kaartjes kon bemachtigen. Vrienden hadden hem al een jaar geleden, vlak voordat de voorverkoop voor dit concert zou beginnen, verteld dat mensen de nacht ervoor op de stoep voor Chappell's in Bond Street hadden geslapen. Ze waren op zondagochtend in hun slaapzakken gewekt door een muziekkorps van het Leger des Heils.

Hij vroeg een oude vriend, de rockjournalist, fotograaf en Dylanfan Mick Silver mee. De betreffende avond eind juni 1981 zaten ze zo ver van het podium af als fysiek maar mogelijk was. Op aanraden van Mick hadden ze verrekijkers meegenomen. Voor aanvang van het concert merkte Roland dat er twee lange rijen met jezusfreaks van het zogenaamde Jesus Army voor hem zaten. Alweer een leger. Hij was niet gekomen om over Jezus te horen en het zag er niet best uit toen Dylan begon met 'Gotta Serve Somebody'. Moest je dat? Moet ik dat? vroeg Roland zich de hele tijd af. De jezuskoppen knikten mee in de maat. Het werd er niet beter op met het volgende nummer, 'I Believe in You'. Maar daarna ging het ineens de goede kant op. Dylan deed de oude nummers, opgewekt, verbitterd, sommige met een nasaal, gepijnigd sarcasme. 'Like a Rolling Stone', 'Maggie's Farm'. De oude melodielijnen, die ooit mooi waren geweest, raffelde hij nu af en liet hij voor wat ze waren, zodat alleen de harmonische ontwikkelingen overbleven. Hij wachtte op niemand. De Army-koppen stopten met meeknikken. Mick zat ook roerloos met zijn ogen dicht aandachtig te luisteren. 'Simple Twist of Fate' begon en raakte Roland meteen, waardoor hij aan het mijmeren sloeg, opnieuw over de familie Heise, dit keer over Florian die nu was verstoken van zijn kring van literatuur- en muziekvrienden, van de onschuldige platenverzameling onder zijn bed, van zijn dromen over vluchten, van zijn romantische beeld van New York, omdat alles nu bedolven zou raken onder een leven van geestdodende arbeid. *A simple twist of fate*, niet meer dan een speling van het lot, dat je in de DDR geboren werd. Kon Florian maar hierheen worden gestraald, al was het maar voor een uurtje.

Na het aanhoudende applaus bij de derde toegift, en nadat de hoop op een vierde was vervlogen, schuifelden Roland en Mick in een lange rij vrolijke mensen de zaal uit. Buiten, waar de menigte begon uit te dunnen, konden ze in hun nagenoeg normale tempo naar de metro lopen. Mick haalde herinneringen op aan het concert van juni '78 en vergeleek het gitaarwerk van Billy Cross met dat van Fred Tackett. Plotseling dook er iemand voor hen op. Ze hadden even de tijd om hem op te nemen. Begin twintig, een knalroze gezicht, pezig, een kort leren jack. Misschien was hij op geld uit. Hij hield zijn hoofd wat achterover, alsof hij een aankondiging wilde gaan doen, en daarna ramde hij zijn voorhoofd in Micks gezicht. Het was een felle, geluidloze beweging.

Roland greep Mick bij de elleboog omdat hij achterover dreigde te vallen. De man wierp een blik naar links, mogelijk om zich ervan te vergewissen dat zijn daad was gezien door zijn vrienden. Daarna verdween hij in de menigte. Roland hielp Mick te gaan zitten en zo bleven ze even samen op de stoep zitten terwijl Mick aan zijn gezicht voelde. Er ontstond een oploopje om hen heen.

'Was je buiten westen?'

Het antwoord klonk gesmoord. 'Eventjes.'

'We kunnen langs de eerste hulp gaan.'

'Nee.'

Ze hoorden een vrouwenstem. 'Ik heb het gezien. Arme stakker. Dat was afschuwelijk.'

Hij kende het maar al te goed, dat vleugje van een Duits accent. Verward als hij was dacht hij aan Ruth, die op zijn bevel hierheen was gestraald. Toen hij opkeek ontwaarde hij het gezicht tussen dat van de vijf, zes mensen die Mick met bezorgde blik opnamen. Het duurde even voor hij het kon thuisbrengen. De lerares van de spreekvaardigheidslessen Duits op het Goethe-Institut. Hij kon niet op haar naam komen. Het was ten slotte vier jaar geleden. Maar ze wist de zijne nog.

'Meneer Baines!'

De bezorgde passanten waren intussen doorgelopen. Mick was een sterke kerel en stoïcijns van aard. Binnen een paar minuten stond hij weer en zei hij goedmoedig: 'Waar was dat nou voor nodig?' Hij was er zeker van dat zijn neus niet gebroken was. Toen Roland hem vroeg wie de minister-president was, zei hij zonder aarzelen: 'Spencer Perceval.'

Degene die vermoord was. Dus Mick was in orde. Roland stelde hem voor aan de Duitse vrouw, die zo attent was haar naam te zeggen. Zij op haar beurt stelde hem voor aan haar Zweedse vriend Karl, en gezamenlijk liepen ze naar de metro. Alissa vertelde dat ze als onderwijsassistente werkte op een school in Holland Park. De kinderen waren geweldig. Maar er was daar wel 'elke dag trammelant'.

'Wij hebben dat niet in Duitsland. Zelfs geen vrolijk trammelant.'

'Hoe gaat het met je roman?'

Ze was gevleid. 'Die wordt steeds langer. Maar hij komt eraan!'

Karl, bijna twee meter, blonde paardenstaart, gebronsde huid, was zeilinstructeur in Stockholm. Roland vertelde Alissa dat hij freelance journalist was. Hij zei er niet bij dat hij een nieuw leven als dichter overwoog. In een gezelschap als dit zou tennisleraar wellicht beter hebben geklonken. In de tickethal van het metrostation wisselden Alissa en hij vrijblijvend telefoonnummers en adressen uit. Tot zijn verbazing kuste ze hem bij het afscheid op beide wangen. Toen ze het stel zagen weglopen zei Mick dat hij Roland weinig kans gaf tegen de Zweed.

Dat was scherp gezien. Een paar weken lang dacht hij soms aan haar. Dat bleke, ronde gezicht met de enorme ogen die dit keer donkerpaars hadden geleken, het compacte lijf dat voortdurend zijn best leek te doen om een woeste ongedurigheid te beteugelen. Of ondeugendheid. De trompet spelende verloofde was vervangen door de zeiler. En ongetwijfeld nog door anderen. Roland herinnerde zich hoe gefascineerd hij was geweest. Nu schoot de gedachte aan haar zo nu en dan door zijn hoofd, totdat de ontmoeting in Earls Court begon te vervagen en hij haar volledig vergat.

*

Er gingen twee jaar voorbij, de Falklandoorlog werd uitgevochten en gewonnen, ergens werd, zonder dat de meeste mensen zich daarvan bewust waren, de basis gelegd voor het internet, en Margaret Thatcher en haar partij veroverden een meerderheid van 144 zetels in het Lagerhuis. Roland werd vijfendertig. Er was een gedicht van hem gepubliceerd in *The Wisconsin Review* en hij verdiende een redelijk belegde boterham met het schrijven van artikelen voor in-flight magazines. Zijn leven als geduldige seriemonogamist zette zich voort. Hij bleef heimelijk gefixeerd op een leven waarvan hij wist dat hij het nooit zou krijgen.

Toen zich uiteindelijk een versie van dat leven aandiende, werd er niets van hem verlangd, geen strategische manoeuvres, geen inspanning. De geluksgodin maakte een handgebaar en de deur van het klooster zwaaide open. Aan het eind van een zaterdagochtend ging bij zijn woning in Brixton de deurbel. Het was begin september en warm. Er stond een cassettebandje van de J. Geils Band hard op. Hij was net een uur bezig geweest met het opruimen van zijn op de tweede verdieping gelegen ruime kamer plus badkamer. Hij liep op blote voeten naar beneden en daar stond ze, glimlachend, in een poel van stralend zonlicht. Strakke spijkerbroek, wit T-shirt, sandalen. Ze had een juten boodschappentas in haar hand.

Dit keer kostte het hem maar een paar seconden: 'Alissa!'

'Ik was toevallig in de buurt en ik had je adres nog, dus...'

Hij hield de deur wijd voor haar open, ze ging mee naar boven, hij zette koffie voor haar. Ze was naar de straatmarkt van Brixton geweest om eten te kopen.

'Die is niet bijster Duits.'

'Nou, ik heb anders een hele tijd in een vat met varkenspootjes staan kijken. Heel erg Duits. Ik kwam in de verleiding.'

Ze vulden een halfuur met praten over hun werk en levensomstandigheden. Ze vergeleken wat ze aan huur betaalden. Hij dacht eraan naar haar roman te vragen. Nog steeds niet af. Nog steeds aan het uitdijen. Twee dagen daarvoor was voor de tweede keer een gedicht van hem geaccepteerd voor publicatie, ditmaal door *The Dundee Review*. Dat hield hij voor zich, maar hij was er nog altijd opgetogen over.

Toen ze even waren stilgevallen, zei hij: 'Zeg eens eerlijk. Waarom ben je helemaal uit Kentish Town gekomen?'

'Toen ik je vorig jaar tegen het lijf liep...'

'Het jaar dáárvoor...'

'Klopt ja... dacht ik dat je een oogje op me had.'

Ze keken elkaar aan, ze hield haar hoofd een beetje schuin en schonk hem een miniem lachje. Nou jij weer.

'Jij was met je zeiler.'

'Ja. Dat bleek niet... Dat was triest.'

'Wat naar voor je. Wanneer is het...'

'Drie maanden geleden. Hoe dan ook. Hier ben ik dan.' Ze lachte. 'En ik heb een oogje op jóú.'

Hij liet een stilte vallen terwijl ze elkaar opnieuw aankeken. Hij schraapte zijn keel. 'Het is eh... best opwindend om je dat te horen zeggen.'

'Ben je opgewonden?'

'Ja.'

'Ik ook. Maar eerst...' Ze deed een greep in haar tas en haalde er een fles wijn uit.

Hij stond op om glazen te pakken en gaf haar een kurkentrekker aan. 'Je had alles al voorbereid.'

'Natuurlijk. En ik heb hier ook eten dat we kunnen klaarmaken. Erna.'

Erna. Nooit had een onschuldig woordje zo veelbetekenend geklonken.

'En als ik niet thuis was geweest?'

'Dan was ik naar huis gegaan en had ik alles opgegeten.'

'Nou, godzijdank ben ik wél thuis.'

'Gott sei dank,' zei ze, waarop ze het glas hieven.

En zo begon het, bij hem thuis, bij haar thuis, wilde vrijpartijen, een roes van herhaling en hernieuwing, gulzigheid, geobsedeerdheid, uitputting. Was het liefde? Aanvankelijk dachten ze dat bepaald niet. Beiden dachten, naar ze later bekenden, dat dit soort krankzinnige verslaving nooit kon blijven duren. Totdat de roes voorbij zou zijn, wilden ze meer. Waarom zou je er niet maximaal van profiteren, als toch binnenkort het langzame verval zou inzetten, of er een uitbarsting zou komen, een knetterende ruzie die alles uit elkaar zou laten spatten? Soms deinsden ze achteruit, bijna misselijk van elkaars aanblik en aanrakingen, ernaar smachtend om even alleen te zijn, ergens buiten. Dat kon een paar uur duren. En dan waren er nog de factoren die te saai en ongeschikt waren om in zijn fantasieën opgenomen te worden, zoals werk, verplichtingen jegens anderen, wat kleine administratieve klusjes. Maar die liet hij al snel allemaal achter zich.

Op een middag kwam hij terug naar Brixton om een koffer te pakken ter voorbereiding op zijn permanente verhuizing naar Kentish Town. Zij had twee kamers, en hij maar één. Hij keek met verbazing naar zichzelf. Dit was wel degelijk echt, een van de bestanddelen van zijn droom, het bij elkaar zoeken van sokken en overhemden, zijn toilettas en een paar boeken, die hij vermoedelijk niet zou gaan lezen. Hij ontzegde zichzelf dat op erotische gronden. Hij genoot van het gevoel dat hij geen keus had. Hij verbrandde alle schepen achter zich. Heerlijk. Hij sloot het huis af en rende met koffer en al de kleine kilometer naar de metro. Het was waanzin. Zelfs de woorden 'Victoria Line' bevatten een erotische lading. Dit kon niet blijven duren.

Elke keer dat hij terugkwam in zijn kamer om een artikel te fabriceren, of iets op te halen, verweten het vertrek en alles wat zich daarin bevond hem dat hij het in de steek had gelaten. Dat kon hij wel hebben. Zelfs zijn schuldgevoel gaf hem een kick. Zelfs de spijlenstoel die hij in een tweedehandszaak op de kop had getikt en had gerepareerd, de ingelijste foto's uit de jaren dertig van straatkinderen in Glasgow die hij had gekocht, de stereo-cassettespeler die hij vanaf Tottenham Court Road mee naar huis had gesleept, allemaal hoorden ze bij zijn vroegere leven. Dat was onafhankelijk en intact geweest. Een verslaving had het hem ontstolen. Hij kon er niets aan doen. Het was geen onverschilligheid die hem er ongevoelig voor had gemaakt. Het was de kick van een dwangimpuls.

De weken werden een maand, toen maanden, en het hield maar niet op. Ze verwaarloosden hun vrienden, aten in goedkope restaurants, en zetten zichzelf er zo nu en dan toe om haar flatje op éénhoog in Lady Margaret Road een grondige schoonmaakbeurt te geven. Ze kregen wat meer zicht op elkaars achtergrond. Hij hoorde voor het eerst de naam van het dorp waar ze vandaan kwam, Liebenau, en van de Weiße Rose en haar vaders aandeel daarin. Ze was geïnteresseerd in zijn verhaal over de Heises, van wie hij nog steeds niets had gehoord. En Mireille evenmin. Het verbaasde hem dat Alissa zo weinig wist over het oostelijk deel van Duitsland en er ook zo weinig over wilde weten. Zij dacht dat de Heises pech hadden gehad en een uitzondering waren. Hij had in zijn Berlijnse tijd al allerlei soortgelijke meningen als de hare gehoord: in tegenstelling tot de Bundesrepublik had de DDR alle nazi's uit het openbare leven weggezuiverd, zorgde de overheid goed voor haar burgers, had de staat duidelijke ideeën over sociale rechtvaardigheid en was zij milieubewust. In tegenstelling tot het Westen.

Hun gesprekken, zelfs over dit soort zaken, waren eerder intermezzi dan reizen als zodanig. Dat de emotionele band tussen hen broos bleef droeg bij aan het spannende gevoel. Het was opwindend om vreemden voor elkaar te zijn of, zoals geleidelijk gebeurde, te doen alsof ze dat waren. Maar de wereld aan de andere kant van de schuiframen – die niet meer opengingen omdat de kozijnen waren kromgetrokken – drong niettemin naar binnen. Hij weigerde hun toe te staan nog meer van hun tijd in bed te verdoen. (Roland had een hekel aan dit bed, met zijn oranje vurenhouten hoofdeinde en zijn harde matras dat zo dun was als een biscuitje.) De zomerschoolvakantie was voorbij en zij moest door de week weer vroeg opstaan om om kwart over acht op de Haverstock School te zijn. Hun weekenden waren extatisch. Ook hij had verplichtingen, vanwege een kortstondige promotie toen hij moest invallen voor een zieke vaste kracht, wat trips met Air France en British Airways naar Dominica, Lyon en Trondheim met zich meebracht, waarover hij dan oppervlakkige reisartikelen moest schrijven. Wanneer ze elkaar daarna weer zagen was de hereniging ook extatisch. Maar ze begonnen de buitenwereld binnen te laten. Ze stelden elkaar voor aan sommige van hun vrienden en vriendinnen. Ze gingen naar de film. Hun gesprekken verdiepten zich. Ze zei tegen hem dat zijn Duits erop vooruitging. Ze logeerden in een hotel aan de kust van Northumberland, al zetten ze nauwelijks een voet buiten de deur. Terug in Londen kregen ze eindelijk een keer ruzie, geen knetterende, maar wel een stevige en grimmige. Een inhaalslag van wat ze tot dan toe hadden weten te vermijden. Roland stond versteld van de kracht van zijn woede en van hoe hard ze terugvocht. Ze liet bij een meningsverschil niet over zich heen lopen. Het was onvermijdelijk dat de DDR de bron van hun onenigheid was. Hij probeerde haar te vertellen wat hij wist over de Stasi, over hoe de partij doordrong in privélevens, wat het betekende om niet vrij te kunnen reizen, niet vrij te zijn in de keuze van wat je las of naar welke muziek je luisterde, en over het feit dat mensen die de moed hadden kritiek te uiten op de partij het gevaar liepen dat hun kinderen uit huis werden geplaatst en dat ze niet mochten werken waar ze wilden. Zij herinnerde hem aan het berufsverbot, de West-Duitse wet waarmee vermeende radicale critici van de staat en terroristen werd geweerd uit overheidsdienst, inclusief het onderwijs. Ze had het over het racisme in Amerika, de steun die dat land gaf aan fascistische dictators, het enorme wapenarsenaal van de NAVO, de werkloosheid en armoede, en de verontreinigde rivieren overal in het Westen. Hij zei dat ze niet op zijn argumenten inging. Zij zei dat hij niet luisterde. Hij zei dat het om mensenrechten ging. Zij zei dat armoede een schending van de mensenrechten was. Het scheelde niet veel of ze waren tegen elkaar gaan schreeuwen. Hij ging woedend naar zijn eigen huis om daar de hele middag te blijven. Hun verzoening die avond was een feest.

Er verstreken acht maanden voordat ze zich neerlegden bij de feiten en toegaven dat ze verliefd waren. Kort daarop gingen ze op een wandelvakantie in de Donaudelta waar ze de liefde in de openlucht bedreven, driemaal op één middagwandeling, eerst achter een boerenschuur, toen op een door riet aan het oog onttrokken aanlegsteiger en ten slotte in een eikenbos. Op de dag af een jaar na de ochtend dat Alissa naar Brixton was gekomen en, volgens Roland, 'mij eerst vilde en daarna een maaltje klaarmaakte', namen ze de nachttrein van Euston naar Fort William, vanwaar ze met een huurauto verder naar het noorden reden. In de buurt van Lochinver vonden ze een hotel met weinig comfort dat eenzaam aan het eind van een landweg stond en uitzicht bood op de indrukwekkende berg Suilven. Hier scholen ze op hun kille kamer tijdens een septemberstorm met bijbehorende slagregens. Ze lagen op de roze chenille beddensprei terwijl hij haar lofzangen voorlas van de dichter Norman MacCaig op het omringende landschap en op de berg die ze bijna konden zien. De storm bleef tot in de vroege avond doorrazen. Hun logische reactie hierop was zich uitkleden en onder de lakens kruipen. En daar, in volle verrukking, besloten ze te gaan trouwen. De zoveelste prachtige bladzijde uit zijn oude, heilige boek: met haar verbonden worden, onherroepelijk, een bezegeling die zo opwindend was dat het bijna pijn deed. Uiteindelijk kleedde hij zich aan en ging naar beneden om zich te verstaan met de hoteleigenaar, een man die veelal bars zweeg, en te vragen om een fles champagne in een koeler. Het hinderde niet dat hij terugkwam met een literfles witte wijn op kamertemperatuur. Die laatste was laag genoeg. Ze boenden twee tandenborstelbekers schoon en gingen voor het raam zitten kijken hoe de storm begon te luwen. Het was bijna negen uur, maar nog zo licht als midden op de dag. Ze namen fles en bekers mee over een pad naar een bergbeek, gingen midden in de stroom op een grote kei zitten en proostten opnieuw.

Ze besloten dat ze van meet af aan verliefd moesten zijn geweest, zonder het te beseffen. Wat ongelooflijk goed van haar dat ze bij hem langs was gegaan met een tas boodschappen nadat ze elkaar twee jaar niet hadden gezien en terwijl ze elkaar op dat moment nauwelijks kenden. En wat verstandig van hem om haar onmiddellijk, zonder verder iets te vragen, te verwelkomen. Het zei ook veel over hen en hun toekomst dat ze bij die eerste nadere kennismaking al zo ontspannen en verrukkelijk hadden kunnen vrijen.

Het geleidelijk meer naar buiten brengen van hun liefdesaffaire was eerder die zomer begonnen toen Alissa Roland had meegenomen naar Liebenau en Jane hem haar dagboeken had laten zien. Het kreeg een vervolg in de herfst, toen Roland Alissa meenam naar zijn ouders, die in een modern, twee-onder-éénkaphuis in de buurt van Aldershot woonden. Terwijl Rosalind een van haar uitgebreide braadschotels bereidde, vertelde de majoor, wiens tong al was losgemaakt door drie halve liters pils, ten behoeve van de Duitse gaste zijn verhalen over Duinkerken. Die waren ruimschoots uitgekauwd en verre van grappig. Alissa hoorde ze met een strakke glimlach aan, niet zeker of haar de ongerechtigheden der vaderen voor de voeten werden geworpen. Roland probeerde zijn vader iets te vertellen over de Weiße Rose en Heinrich Eberhardts rol daarin. Maar de majoor, die enigszins doof was, was te goed geluimd om te luisteren, zeker als het om nieuwe informatie ging. Hij wilde praten en hij wilde iedereen dronken voeren. Hij spoorde Alissa meermaals aan haar tweede glas witte wijn leeg te drinken en er nog een te nemen. Ze weerstond hem met beleefd afwerende gebaren. Rosalind stond regelmatig fronsend en zuchtend op van de sofa met bloemetjesbekleding om te kijken hoe het ging met het vlees, de jus, de Yorkshire pudding, de gepofte aardappels en de drie soorten groente. Bovendien moesten de borden worden voorverwarmd, moest het vlees voorgesneden, en alles presentabel opgediend. Roland voelde weer de oude spanningen die zijn leven met hen hadden gekenmerkt. Zelfs nu nog raakten die hem en waren ze sterk genoeg om het gevoel van verstikking dat in zijn tienerjaren zo ondraaglijk was geworden weer bij hem op te roepen. Het liefst zou hij de tuin in lopen, de avondhemel zien, een taxi naar het station bellen en vertrekken. Hij volgde zijn moeder naar de keuken. Haar zenuwachtige geredder met het eten was slechts de uiterlijke manifestatie van haar angst. De majoor, die opgetogen was over het nieuws van hun aanstaande huwelijk, lag al ruimschoots voor op zijn dagelijkse drinkschema. Rosalind was te loyaal om er iets van te zeggen. Maar het zou nog steeds uit de hand kunnen lopen. In het beste geval zouden ze allebei gekalmeerd moeten worden. Het zou een gênante vertoning kunnen worden, ten overstaan van een vreemde die eerdaags tot de familie zou toetreden. Rolands zus vond dat hun moeder vijfentwintig jaar geleden al bij hun vader had moeten weggaan, toen hij naar kostschool ging. 'Je was daar niet gelukkig,' had Susan wel eens tegen hem gezegd, 'maar je was er wel veilig. In Tripoli sloeg hij haar, maar ze wilde niet bij hem weg.'

Toen hij nu aan zijn moeder vroeg of hij kon helpen, zei ze snel: 'Ga jij je vader maar weer gezelschap houden.'

De eettafel, die was gedekt met het beste servies en glazen met lange groene stelen, stond aan een kant van de zitkamer, tegenover het doorgeefluik. Dit was het beeld van zijn moeder dat Roland in zijn latere leven niet kon vergeten: dat zij in de keuken stond, zich bukte en bezorgd door het doorgeefluik keek terwijl ze de schotels met eten aangaf. Alissa nam de rol van schoondochter op zich, pakte de schotels aan en zette ze op tafel. De majoor stond op om de vierde halve liter op te drinken en de wijn open te trekken. De maaltijd begon in vrijwel volledige stilte. Alleen het getik van opscheplepels tegen schalen, gemompelde bedankjes en het klokgeluid van wijn die werd ingeschonken. Roland sneed een onderwerp aan waarvan hij wist dat het geen kwaad kon. Hij vroeg zijn moeder naar het tuintje achter het huis dat zij onderhield. Ze had in het voorjaar nieuwe rozen gekocht. Hoe deden die het? Ze begon aan een antwoord op de vraag, maar zijn vader viel haar in de rede. Hij vertelde Alissa dat in de tuin het gazon zijn verantwoordelijkheid was. Hij had een nieuwe grasmaaier nodig gehad. Roland zag de hulpeloze blik van zijn moeder. Majoor Baines had een advertentie gezien voor een tweedehands maaimachine. Het adres was maar een paar straten verderop. Het ging om een vrouw wier man, die als sergeant had gediend bij een regiment van de Verbindingsdienst, was overleden. De grasmaaier was te zwaar voor haar om te hanteren. Ze wilde er vijftien pond voor hebben. Ze had hem meegenomen naar de tuinschuur, waar het ding stond.

De majoor richtte zijn verhaal nu op zijn zoon. Wat nu kwam kon alleen een andere man begrijpen. 'Ze bleef buiten wachten. Dus ik ging er op mijn knieën bij zitten, jong, zocht de schroef op de brandstoftoevoer en draaide die een paar slagen aan. Daarna probeerde ik het ding te starten. Uiteraard deed hij het niet. Zij keek toe. Ik probeerde het nog een paar keer. Bekeek hem van alle kanten, probeerde het nog eens. Ik zei tegen haar dat er veel aan moest gebeuren. En bood haar vijf pond. Ze zei: "Tja, hij is natuurlijk al een hele tijd niet meer gebruikt." Dus hoppekee, jong. Ding mee naar huis genomen, zo goed als nieuw. Werkt als een tierelier. Vijf pond!'

Er viel een stilte. Roland kon niet Alissa's kant op kijken. Hij legde zijn mes en vork neer, pakte het servet van zijn schoot en veegde zijn klamme handen droog. 'Even voor alle duidelijkheid.'

'Wat?' zei zijn vader abrupt.

Roland sprak luid en duidelijk. 'Ik wil dit begrijpen. U hebt haar bedonderd. U hebt een vrouw opgelicht die haar man heeft verloren. De weduwe van een militair in actieve dienst, als dat nog enig verschil maakt. En u bent daar trots op, u...'

Hij voelde dat zijn onderarm even werd aangeraakt. Rosalind zei zachtjes: 'Toe nou.'

Hij begreep het. Er zou ruzie van komen, en wanneer Alissa en hij waren vertrokken zou zij de klappen moeten opvangen.

'Geeft allemaal niks, jong,' zei de majoor op de toon die hij bewaarde voor grappen. 'Zo gaat dat vandaag de dag. Ieder voor zich. Waar of niet, meiske?' Hij probeerde nog een paar extra druppels in haar glas te krijgen en schonk het zo vol dat de meniscus boven de rand van het glas uit bolde. Ze zei niets.

Na het eten haalde de majoor zijn mondharmonica tevoorschijn en speelde een paar van zijn lievelingsliedjes voor Alissa. 'I Belong to Glasgow'. 'Bye Bye Blackbird'. De liedjes die ertoe hadden geleid dat Roland op pianoles ging. Niemand had zin om mee te zingen. Rosalind ging naar de keuken om af te wassen. Alissa volgde haar. De mondharmonica verdween weer in zijn doos. Er hing een geladen stilte tussen vader en zoon. Om de zoveel tijd, tussen lange teugen van zijn halve liter pils voor na het eten door, herhaalde de majoor: 'Geeft allemaal niks, jong.' Hij wilde de hele kwestie vergeten.

De volgende dag in de trein terug naar Londen was Roland zwijgzaam.

Alissa pakte zijn hand. 'Haat je hem?'

Het was de enige juiste vraag. Hij zei: 'Ik weet het niet. Ik weet het domweg niet.'

Nadat ze opnieuw enige tijd gezwegen hadden, voegde ze eraan toe: 'Je moet hem niet haten. Daar word je maar ongelukkig van.'

*

In januari van het nieuwe jaar, 1985, liepen ze langs de Aue over een pad dat bedolven lag onder een pak sneeuw van twintig centimeter. De laagstaande winterzon was er niet in geslaagd boven de elzen langs de rivieroever uit te komen en zonk alweer weg. Het was windstil en fonkelend koud. Aan de overdadig aanwezige, op regelmatige afstand van elkaar staande kliko's, aan hekken en aan de dakgoten van de huizen waar ze langskwamen hingen ijspegels. Dit was de favoriete wandelroute in Liebenau. Ze passeerden peuters die werden voortgetrokken op sleetjes, waar ze, gezeten op een schapenvacht, met een ernstig gezicht op troonden, en liepen al wegduikend dwars door een sneeuwballengevecht tussen twee groepjes gillende meisjes met paardenstaarten. Tegen het eind van de ochtend was de sneeuw wat zachter geworden, maar nu, om drie uur 's middags, vroor hij weer op en knisperde luid onder je voeten. Ze hadden het over hun ouders. Alweer. Hoe kon het ook anders nadat Alissa op de eerste hele dag van hun bezoek in het Engels had gekibbeld, en later ronduit had geruzied, met haar moeder, terwijl Roland toekeek, precies zoals Alissa had gedaan bij die maaltijd in november waarop de majoor zich zo had laten kennen.

'Ze is jaloers op mij. Zij moest het doen met Londen in oorlogstijd, en daarna met haar huwelijk en de zorg voor een kind. Ik kreeg het Wirtschaftswunder, twee universiteiten, de pil en de jaren zestig. Je hebt gehoord wat ze zei. Lesgeven op een school is niet goed genoeg. Toen jij er nog niet was zei ze dat trouwen mijn leven zou verwoesten.'

'Dat van ons allebei, mag ik hopen.'

Ze bleven staan en ze kuste hem. 'Heb je ooit wel eens aan iets anders dan seks gedacht?'

'O, dat kan ik me nog heel goed herinneren. Dat was kort voor mijn negende verjaardag, toen viel ik van een...'

'Genug!'

Maar hij was hartelijk ontvangen in huize Eberhardt. Ze hadden hun koffers nog niet neergezet of ze kregen al een fluitglas champagne in de hand gedrukt. Roland wist inmiddels iets meer over Cyril Connolly's tijdschrift *Horizon* en keuvelde een uurtje genoeglijk met Jane over de literaire wereld van de jaren veertig. Ter voorbereiding had hij boeken van Elizabeth Bowen, Denton Welch en Keith Douglas gelezen. Toen hij haar vertelde hoezeer hij haar dagboeken, die hij de afgelopen zomer tweemaal had gelezen, bewonderde toonde ze weinig animo om het daarover te hebben. Tot dusver had hij de meeste tijd die hij met iemand anders besteedde met Heinrich doorgebracht, die hij probeerde bij te houden met het drinken van kopstoten. De vrouwen verdwenen buiten gehoorsafstand op korte, korzelige ommetjes door de lommerrijke straten en kwamen zwijgend en met rode konen terug. Zelfs na drie borrels was de vader van Alissa maar moeilijk aan de praat te krijgen over de Weiße Rose. Twee weken daarvoor had hij er voor de camera anderhalf uur lang over gesproken. Er was grote behoefte aan de absolverende getuigenissen van Duitsers die tijdens de oorlog 'goed' waren geweest. Het was een race tegen de klok om hen allemaal te pakken te krijgen voor ze dood waren.

Hij sprak langzaam, zodat zijn gast hem beter kon verstaan. 'Ik voel me opgelaten, Roland. Ik was maar zijdelings bij de beweging betrokken. Ik ben er pas laat bij gekomen. Nee, nee, erger nog: ik schaam me. Er waren anderen, zie je. Helden in de fabrieken. Wapens, vrachtwagens, tanks. Kleine sabotagedaden. Granaten die niet ontploften, zuigerveren die braken, schroeven die niet pasten. Kleine dingen. Maar wel dingen waarvoor je kon worden gemarteld en gefusilleerd. Duizenden helden, tienduizenden. We kennen hun namen niet. Ze staan nergens geboekstaafd. Er is niets vastgelegd. Ik heb geprobeerd dat aan die mensen van de televisie uit te leggen, maar nee, ze wilden niet luisteren. Ze wilden alleen maar over de Weiße Rose horen.'

Heinrichs manieren en overtuigingen verschilden nogal van die van Roland, maar hij vatte sympathie op voor de oudere man, die altijd een stropdas droeg en er zelfs in de zachtste stoel met kaarsrechte rug bij zat. Hij was actief lid van de CDU, preeklezer in de plaatselijke kerk, en had zijn leven gewijd aan de wet en de weerslag daarvan op de levens van boeren op het omringende platteland. Hij had grote waardering voor Ronald Reagan en was van mening dat Duitsland een leider als Margaret Thatcher nodig had. Maar tegelijkertijd dacht hij dat rock-'n-roll goed was voor wat hij 'het algehele project welzijn' noemde. Hij had geen moeite met hippies of mannen met lang haar, zolang ze anderen geen schade berokkenden, en vond dat homoseksuele mannen en vrouwen met rust moesten worden gelaten zodat ze hun levens zo konden inrichten als ze zelf wilden.

Hij had het hart op de juiste plaats, dacht Roland. Dus toen Heinrich het had over nationale absolutie door een geschiedenis van antinazisabotage te construeren, zei zijn aanstaande schoonzoon niet wat hij dacht, namelijk dat niets, geen tientallen verzetsgroepen als de Weiße Rose, geen miljoen saboteurs, geen biljoen onbruikbaar gemaakte schroeven, de geïndustrialiseerde barbarij van het Derde Rijk en de tientallen miljoenen burgers die de andere kant op hadden gekeken kon goedmaken. Roland vond dat de enige manier om ermee in het reine te komen was te zorgen dat iedereen wist wat er allemaal was gebeurd, en waarom. En dat kon wel honderd jaar vergen. Maar dat zei hij niet. Hij wilde het zelfs niet zeggen. Hij was bij Heinrich te gast en werd al drie avonden achtereen behaaglijk dronken bij een knapperend haardvuur, terwijl ergens buiten in de kou zijn toekomstige vrouw slag leverde met haar moeder.

Op de rivieroever zei Alissa nu: 'Ik heb nog eens nagedacht over die grasmaaier van je vader.'

Dat was niet over iets anders beginnen. Haar moeder, zijn vader, haar vader, zijn moeder. Zouden ze hier als midden-dertigers niet eens een keer overheen moeten zijn? Integendeel. Hun inmiddels verworven rijpheid leverde nieuwe inzichten op.

Ze zei: 'Op een onbewuste manier vertelde hij dat verhaal waar hij slecht uit kwam omdat hij door jou vergeven wilde worden.'

Ze bleven staan. Hij legde zijn handen op haar schouders en keek haar in de ogen, diepzwart tegen de lichte omgeving. 'Je bent een welwillend iemand. Ik ben tot een ander inzicht gekomen. Tot mijn tiende in Singapore, in de tussenpozen in Engeland tot hij weer werd uitgezonden, en daarna in Tripoli, heb ik op zes lagere scholen gezeten en in net zoveel huizen gewoond in verschillende landen, ingericht met dezelfde standaard legerspullen, van de sofa's en de gordijnen tot het bestek en de vloerkleden. Daarna kostschool, waar je bepaald geen thuisgevoel krijgt. Ik heb school niet afgemaakt en heb daarna tientallen losse baantjes gehad. Ik heb geen wortels. Bij ons thuis hielden ze er geen overtuigingen op na, geen principes, geen ideeën die werden gekoesterd. Omdat mijn vader die niet had. Militaire tucht en bevelen, regels in plaats van moreel besef. Ik zie dat nu in. En omdat ze bang voor hem was, had Rosalind dat ook niet, of liet het althans niet merken. Mijn zus Susan walgt van hem, zij haat haar stiefvader. Mijn broer Henry ook. Ze willen het er niet over hebben en laten er nooit iets van merken. Dat moet mij hebben gevormd.'

Ze stapten van het voetpad af om een vrouw met een stel aangelijnde honden langs te laten. Ze liepen over de sneeuw naar een bosje, maar dat was omheind en ze zagen geen manier om bij de bomen te komen. Ze liepen weer terug naar het pad.

Alissa zei: 'We zullen ons voorgeslacht moeten vergeven, anders worden we gek. Maar eerst moeten we ons rekenschap geven van wat ze gedaan hebben.' Ze was blijven stilstaan om dit te zeggen. 'We zijn daar nog niet zo ver mee. In de omliggende dorpen hier woonden Joodse gezinnen, nu niet meer. Hun geesten waren door de straten. Wij wonen daartussen en doen net of ze niet bestaan. Iedereen denkt liever aan een nieuwe tv.'

Ze liepen de vier kilometer terug naar huize Eberhardt. Met een intens gevoel van liefde en vertrouwen begon Roland haar iets te vertellen waarvan hij had gedacht dat hij het nooit aan iemand zou vertellen. Terwijl ze door de sneeuw liepen en hun voeten gevoelloos werden, beschreef hij zijn tijd met Miriam Cornell. Hoe begeesterd hij was, hoe geobsedeerd, en hoe het destijds een heel leven leek te duren. Het kostte hem bijna een uur om de affaire, als je die zo mocht noemen, te beschrijven, als je haar zo mocht noemen, plus de school, het huisje en de twee rivieren. En de merkwaardige afloop. Hij zei dat het nooit bij hem was opgekomen dat haar gedrag verdorven was, verfoeilijk. Zelfs jaren nadien niet. Hij had niets gehad aan de hand waarvan hij haar kon beoordelen, geen schaal van normen en waarden. Geen echte maatstaf. Nadat hij was uitgepraat zeiden ze een hele tijd niets.

Ze bleven staan bij het lage tuinhekje van de Eberhardts. Roland zei: 'Probeer vanavond nou eens geen ruzie met haar te maken. Het doet er niet toe wat zij denkt. Jij neemt sowieso je eigen beslissingen.'

Ze pakte zijn hand. 'Andermans ouders vergeven is zo makkelijk.'

Haar warme, ongeschoeide hand voelen was troostrijk. Het brede, besneeuwde gazon was egaal en ongerept en kleurde oranjegeel in het namiddaglicht. Ze kusten en streelden elkaar, maar aarzelden om naar binnen te gaan. Ze verlangden naar een vrijpartij, maar dat viel niet mee in de logeerkamer. Na een tijdje zei ze bewonderend: 'Veertien jaar oud... en je wilt het nog steeds, keer op keer.'

Hij wachtte.

'Die pianojuf...' Alissa liet een korte stilte vallen voor ze haar uitspraak deed. 'Die heeft je hersens geherprogrammeerd.'

Juist omdat dit zo niet-grappig en schokkend was begonnen ze te lachen toen ze door de tuin liepen, niet over het pad, maar met een boog door de nog niet betreden sneeuw. Ze waren nog steeds aan het lachen toen ze in de vestibule hun schoenen schoon stampten en de warmte van de naar boenwas ruikende gang in stapten.

*

Twee maanden later, kort nadat ze getrouwd waren, zetten Roland en Alissa de laatste stap naar een openbaar bestaan samen, toen ze de woning kochten die Daphne voor hen had gevonden, een vervallen huis van twee verdiepingen uit het begin van de twintigste eeuw in Clapham Old Town. Twee jaar eerder hadden Peter en zij daar in de buurt een huis gekocht. Niet lang nadat ze er waren ingetrokken vertelde Alissa Roland het verbluffende nieuws. Er was geen reden om er verbaasd over te zijn. Ze telden de weken terug. Tijdens hun vijfdaagse verblijf in Liebenau hadden ze maar één keer gevrijd. De stilte in en om het huis, het bed dat bij elke beweging kraakte, Heinrichs gehoest dat tot in de rauwe details door de tussenmuur heen klonk, het was zelfs Roland allemaal te veel geweest. Dus het moest op die avond gebeurd zijn, na hun wandeling langs de rivier. In september van dat jaar, 1985, schonk Alissa in het St. Thomas-ziekenhuis in Londen het leven aan Lawrence Heinrich Baines.

6

Rechercheur Browne kon een verontschuldiging maar moeilijk over zijn lippen krijgen. De politieman was ogenschijnlijk langsgekomen om Rolands spullen terug te bezorgen: de ansichtkaarten van Alissa, de foto's van zijn notitieboek, de negatieven, haar truitje. Maar drie jaar te laat, na de nodige telefoontjes, boze brieven en loze dreigementen met juridische stappen, verscheen Browne bij hem met lege handen. De spullen, zo stelde Roland zich voor, hadden in een draadmand op het politiebureau gelegen, een variant op een depot voor gevonden voorwerpen. De politieman die niets te bieden had, verloor zich in een verklaring vol ontwijkingen en schijnbewegingen. Het leek wel, dacht Roland, of hij erop uit was om het stereotype van de domme diender te bevestigen.

'Als je al zo lang bij de politie zit als ik...'

'Waar zijn mijn...'

'... ontdek je dat niets zo traag werkt als...'

'Waar zijn mijn spullen?' vroeg hij opnieuw. Roland, die rijker was dan hij ooit in zijn leven was geweest, was in een strijdbare stemming. Het kon hem niets schelen dat de keuken waarin de rechercheur en hij zaten nog onveranderd was. Dezelfde volgestouwde boekenplanken, de nooit gebruikte vlieger vaal van het stof op de bovenste plank, de onvermijdelijke rommel van alledag verspreid over het tafelblad. Hij was in goeden doen. Zijn bladgroene buttondownshirt kwam net uit de verpakking. Hij overwoog een auto aan te schaffen. Hij was gezond van lijf en leden en hij stond in zijn recht. Zijn bezittingen hadden moeten worden terugbezorgd. Douglas Browne en hij waren ouder dan

Conrads Marlow. Ze waren leeftijdgenoten, gelijken. Als hij het tegen Browne had, had hij het niet tegen de overheid.

Net als de vorige keer zaten ze tegenover elkaar aan tafel. De rechercheur was dit keer in uniform. Hij zei dat hij op weg was naar de begrafenis van een collega. Hij had zijn pet op zijn knie gelegd. Dezelfde bloedhondenblik. De kolenschoppen van handen met hun lichte beharing bij de knokkels lagen gevouwen voor hem en drukten daarmee heimelijk de verontschuldiging uit die hij maar niet over zijn lippen kon krijgen. Hij leek niet ouder te zijn geworden en had kennelijk ook geen promotie gemaakt.

Hij draaide weer om een antwoord heen. 'Allemaal veilig opgeborgen.'

'Maar waar zijn ze?'

'Die jonge gasten van tegenwoordig...'

'Jezus!'

'... snotneuzen eigenlijk nog. Nieuw, gretig, ze willen indruk maken, veel te happig.'

'Als u het me niet gaat vertellen kunt u net zo goed weer gaan.'

Browne spreidde zijn handen. Hij was onschuldig, had niets te verbergen. 'U moet wel beseffen dat ik voor u ben opgekomen.'

'Dat was toch nergens voor nodig?'

De politieman leefde op. 'Ah, toch wel, vrees ik.'

'Zeg me gewoon waar mijn spullen zijn. Ik ga ze zelf wel ophalen.'

'Uitstekend. Ze liggen in een of andere lade ergens op de burelen van de openbaar aanklager.'

Rolands verbijsterde lachje was echt. 'Word ik ergens van verdacht?'

'Een of andere overenthousiaste blaag...'

'Maar u hebt haar spoor gevonden tot aan de veerboot en een reeks hotels.'

'Dat had een handlangster van u kunnen zijn, die op haar paspoort reisde.'

'Nee, nou moet u echt ophouden!'

Browne leek ineens minder dom, reden waarom Roland, enigszins ontdaan, hem nog minder vertrouwde, zeker toen hij zich naar voren boog en zijn stem liet dalen.

'Ik bepleit hun zaak niet. Ik sta aan uw kant. U hebt al drie jaar niets van haar gehoord, dat klopt toch?'

'Vanaf dat ze bij haar ouders langsging. Een daverende ruzie, volgens hen. Maar wie is mijn handlangster dan? Waarom zou ik er een hebben? Dit is gewoon kletskoek.'

'Dat heb ik ook gezegd. In iets andere bewoordingen. Een of ander groentje vindt die papieren onder een stapel andere. Ze hadden sowieso niet bij het OM moeten liggen. Hij raakt opgewonden, loopt ermee naar zijn chef, die ook hogerop wil. En dan...'

'Opgewonden?' Door Rolands verontwaardiging sloeg zijn stem over, en kreeg een wat jodelende klank.

'Het probleem zit hem in uw notitieboek.' Hij haalde een blocnote uit zijn jaszak. Door de beweging werd zijn portofoon geactiveerd. Die kraakte en er klonk een verre vrouwenstem. Er werden agenten naar plekken gestuurd waar iets loos was. Browne zette het ding uit.

'Dit is waar ze zo opgewonden over zijn geraakt. Eens kijken...' Hij bladerde wat, schraapte zijn keel en las voor op de vlakke toon die politiemensen zo graag bezigen. Alsof het een opsomming was. 'Eh, *toen ik er een einde aan maakte verzette ze zich niet* ... eh ... *er hing moordzucht over de hele wereld* ... *dood en begraven* ... eens kijken, eh ... *Ik kom maar niet van haar af* ... *als ik rust nodig heb* ... O ja, en deze laatste ... *Zij moet dood blijven.*'

Geen weerlegging waard. Dit kreeg je ervan als idioten in je notitieboek gingen lezen. Roland steunde met zijn kin in zijn handen en staarde naar de tafel, naar de nu verkeerd om liggende krant die hij had zitten lezen voordat Browne zich aandiende. Gewone mensen, hele gezinnen, die tussen het gespleten prikkeldraad langs de Hongaarse grens door liepen als door de gespleten wateren van de Schelfzee, om vervolgens door Oostenrijk naar Wenen te trekken. Anti-Sovjetdemonstraties in Polen,

Oost-Duitsland, Tsjechoslowakije. Miljoenen die uit waren op meer geestelijke ruimte. Maar hier werd het vertrek steeds kleiner.

Browne zei: 'Ze hebben me naar u teruggestuurd. Van mij had het niet gehoeven. Er zijn bepaalde dingen die ze willen weten, zo simpel is het.'

'Ja?'

'De eh... locatie van dit graf.'

'Schei toch uit.'

'Oké.'

'Dat ging niet over mijn vrouw.'

'Een andere dame die u hebt begraven.' De rechercheur glimlachte flauwtjes.

'Dat is niet grappig. Het ging over een relatie van lang geleden. Ik dacht dat dat allemaal dood en begraven was. Het bleef rondspoken in mijn hoofd. Dat is alles.'

Browne schreef het op. 'Hoelang geleden?'

'Tweeënzestig tot vierenzestig.'

'Naam?'

'Weet ik niet meer.'

'Geen contact meer met haar?'

'Nee.'

De rechercheur bleef schrijven en Roland wachtte af. Aan haar naam denken zonder die te zeggen, de jaartallen noemen, beseffen hoe kort het eigenlijk maar had geduurd, het deed hem iets. Hij was niet overstuur, maar voelde zich wel van zijn stuk gebracht en lichtjes daas worden. *Toen ik er een einde aan maakte*. Er zat te veel lading in dat eenvoudige halve zinnetje. Over vijfentwintig minuten zou hij de deur uit lopen om Lawrence op te gaan halen bij de kinderopvang. Verlossing, terug naar de routine van alledag. De gedachte bekroop hem dat hij misschien wel overdreven had gereageerd op wat de politieman had gezegd en zich had aangesteld. Nergens voor nodig. Dit was lachwekkend. Om hem heen stond het bolwerk van zijn onschuld. De lagere echelons van de hermandad waren al lang geleden in de

Engelse cultuur verankerd door Shakespeare, met diens windbuil Dogberry. Dit huisbezoek zou een smakelijke anekdote worden, een die Roland nog wat kon opkloppen, zoals hij wel vaker deed. Ergens in West-Duitsland, tussen Hamburg, Düsseldorf, München en West-Berlijn, was Alissa nietsontziend op jacht naar haar nieuwe leven. Het graf dat haar stoffelijke resten bevatte bestond niet. Waarom moest hij dit zichzelf überhaupt voorhouden?

Browne sloeg zijn aantekenboekje dicht. 'Ik heb een ideetje.' Hij leek een leuk voorstel in gedachten te hebben. 'Laten we even snel een kijkje boven nemen.'

Roland haalde zijn schouders op en kwam overeind. Onderaan de trap gebaarde hij dat de rechercheur maar voor moest gaan.

Toen ze samen op de kleine overloop van de bovenverdieping stonden, zei Roland: 'Bent u nog met die dame?'

'Neuh. Terug bij moeder de vrouw en de jongens. Beter dan ooit.'

'Dat is fijn om te horen.'

Terwijl Browne een snelle blik in de kamer van Lawrence wierp, met het eenpersoonsbed en het dekbed van Thomas de stoomlocomotief, vroeg Roland zich af waarom hij ineens somber werd van dit antwoord. Het was geen jaloezie. Eerder een besef van alle moeite, alle inspanning die privélevens vergden, al die scheepjes die je op koers moest houden. En waartoe?

Ze liepen de grote slaapkamer in. Browne knikte naar het bureau bij het raam. 'U hebt er ook een.'

'Tekstverwerker.'

'Het is wel wennen met die dingen.'

Roland zei: 'Soms heb ik zin om hem tegen de muur te smijten.'

'Mag ik?' Met dat hij het vroeg trok Browne een van de laden met eikel- en eikenbladversiering open, de bovenste, en keek naar Alissa's ondergoed.

'Kijk,' zei Roland. 'De lingerie van mijn handlangster.'

Browne schoof de lade weer dicht. 'Denkt u dat ze nog terugkomt?'

'Nee.'

Ze liepen naar beneden en de rechercheur maakte aanstalten om te vertrekken.

'Ik geloof dat de brigadier u al het een en ander heeft verteld. We hebben antwoord gekregen van de Duitse collega's. Daar hebben ze anderhalf jaar over gedaan. Ze hebben haar vader gesproken. Niets. Geen spoor. Als ze al bij Helmstedt de grens is overgestoken om naar Berlijn te gaan, heeft ze een ander paspoort gebruikt. Banken, belasting, huur... niets.'

'Er is daar een grote alternatieve scene,' zei Roland. 'Je kunt gemakkelijk onder de radar blijven.'

Dus Jane had Heinrich niets verteld over het bezoek van Alissa. Hij deed de voordeur open. De straat was een bekende sluiproute. De robinia, die floreerde op de uitlaatgassen, was minstens zes meter. Hij praatte hard om het verkeerslawaai te overstemmen. 'Wat gaat u tegen ze zeggen?'

Browne zette zijn pet met grote zorgvuldigheid op, verschoof hem nog een paar keer een beetje en zei: 'U bent getrouwd met een vrijgevochten type dat hem gepeerd is.'

Hij zette nog een paar stappen voordat hij bleef staan en omkeek. Buiten had hij zich in zijn volle lengte opgericht en stond hij erbij alsof hij op appèl stond. Het uniform, met name de platte pet met de geblokte band, zag eruit als iets uit Ruritanië. Je moest het met trotse onverstoorbaarheid dragen.

Hij riep: 'Het kan zijn dat ze me niet geloven.'

*

Onderweg naar het kinderdagverblijf dacht Roland er over na. Het was niet louter een cliché uit de film, de bekende tactiek van good cop/bad cop. Browne had geen enkele reden om hem in bescherming te nemen tegen het Openbaar Ministerie. Hij had op dat moment graag met iemand willen praten. Een serieus iemand. De aantekening in het notitieboek nader verklaren kon echter niet zonder Miriam Cornell erbij te betrekken. Met alles erop en eraan. Uit zijn vriendenkring kwam alleen Daphne in aanmerking, maar hij was niet bereid haar de hele geschiedenis te vertellen. Die zou hij nooit meer aan iemand vertellen. Bovendien zou zij met praktische raad komen aanzetten, en daar zat hij niet op te wachten.

Ze liepen hand in hand naar huis. Roland droeg het broodtrommeltje met Thomas de stoomlocomotief, waar alleen nog het klokhuis van een appel in zat. Soms zei Lawrence niets op de wandeling naar huis. Maar vandaag gaf hij een beknopt verslag. Hij had met zijn vriendinnetje Amanda gespeeld. Ze hadden om de beurt de gieter mogen hebben. Gerald had gehuild tijdens het rustuurtje. Er was een grote witte hond met zwarte spikkels binnengekomen en Lawrence had hem geaaid. Hij was er niet bang voor geweest, zoals Bisharo. Een van de assistenten had hem per ongeluk Lennie genoemd en daar had iedereen om moeten lachen. Aan het eind, nadat hij even stil was geweest, vroeg Lawrence: 'Papa, wat heb jij vandaag gedaan?'

Roland, die nog steeds een onervaren ouder was en nog steeds een vader bij wie zijn kind geen kwaad kon doen, verwonderde zich vaak over het simpele feit dat zijn zoon bestond, en dat hij kon rennen, denken, praten, woorden zorgvuldig kon uitspreken en de juiste zangerige intonatie kon meegeven, en een huid en haardos bezat waar de kosmetische industrie een puntje aan kon zuigen. Er was nieuw, intelligent leven ontstaan uit de vermenging van twee cellen, een wezen dat met de dag complexer en verrassender werd. Zijn ogen waren helder en hij had dikke wimpers. Zijn onvoorwaardelijke liefde, het gevoel voor humor, de knuffels, de vertrouwelijkheden, de tranen, de driftbuien, het om vijf uur gewekt worden, het verbaasde Roland nog altijd allemaal. Terwijl ze stonden te wachten tot ze konden oversteken hield het jongetje de wijsvinger van zijn vader stevig vast.

Roland zei: 'Ik heb vier gedichten geschreven.' Hij had vier gedichten gevonden en ze uitgeschreven.

'Dat is een boel.'

'Vind je?'

'Vind ik wel.'

'Toen ik thuiskwam nadat ik jou had weggebracht heb ik koffie gezet...'

'Smerig!' Zijn nieuwe woord.

'Heerlijk! Toen heb ik een gedicht geschreven, en toen nog eentje...'

'Toen nog eentje en toen nog eentje. Waarom ben je gestopt?'

'Ik was door mijn ideeën heen.'

Een moeilijk te bevatten begrip voor een klein kind. En het was ook niet helemaal waar. Hij had even een pauze genomen om de krant te lezen en was toen gestoord door het bezoek van Browne. Lawrence was nooit door zijn ideeën heen. Ze kwamen in een onophoudelijke stroom bij hem op. Hij herkende ze niet eens als ideeën. Roland vermoedde dat ze vloeiden of overstroomden als een verlengstuk van zijn persoonlijkheid.

Lawrence vertraagde zijn pas toen ze in de buurt van een krantenwinkel kwamen. 'Mag ik een lolly?'

'Alsjeblieft?'

'Alsjeblieft.'

Hij verwende zijn zoon met mate, zoals hij zelf ooit was verwend. Het mocht niet elke dag. De lolly had de vorm van een raket en de kleuren van de regenboog. Erop sabbelen eiste alle aandacht op en Lawrence zei dan ook niets meer tot ze thuis waren. Toen ze bij hun voordeur aankwamen zagen zijn handen, polsen en gezicht paars, rood en geel. Hij liet zijn vader het lege stokje zien.

'Dit kan handig zijn.'

'Ja. Maar voor wat?'

'Mieren tellen.'

'Ideaal.'

Als er geen vriendje of vriendinnetje kwam spelen was hun vaste routine eenvoudig en onveranderlijk. Ze dronken samen thee met iets lekkers erbij, Lawrence kreeg zijn dagelijkse portie tv, beperkt tot maximaal veertig minuten, terwijl Roland terugkeerde naar zijn bureau. Ze maakten samen het avondeten klaar, wat met de attente hulp van Lawrence een langdurige aangelegenheid was. Na het eten speelden ze samen. Lawrence was het soort kind dat op tijd naar bed moet. Ergens tussen zeven uur en halfacht kon hij onredelijk worden. Hij maakte lange dagen. Als hij te lang opbleef, viel hij ten prooi aan humeurigheid, heftige stemmingswisselingen of onbeheerste woede-uitbarstingen. Het ergste was als hij in droefheid verzonk en niet te bereiken was, alleen maar wanhopig jammerde alsof hij om iemand rouwde. Wat het ook was, de rituelen van het tandenpoetsen, het voorlezen voor het slapengaan en het babbeltje aan het eind van de dag werden erdoor ontregeld. Na talloze malen in de fout te zijn gegaan had Roland geleerd dat alles stond of viel met de juiste timing.

Het voorlezen kon een opgave zijn, althans voor de volwassene. De illustraties vormden geen probleem, die waren soms zelfs prachtig. Lawrence kon er eindeloos naar kijken. Maar de teksten: voorspelbare rijmen, weinig verheffende fabeltjes waarin nauwelijks verhuld werd dat het er alleen om te doen was de kinderen te leren tellen. Geen plezier in de taal, geen poging tot of aanleg voor enige vlucht van de verbeelding. Een handjevol auteurs leek de markt voor kinderen onder de vijf te hebben gemonopoliseerd. Sommigen verdienden er miljoenen mee. Roland bedacht dat veel van die boeken vermoedelijk in hooguit tien minuten waren geschreven. Op een avond las hij 'The Owl and the Pussy-Cat' voor. Het was alsof hij door een scherm heen brak. Lawrence wilde het meteen nog een keer horen. En nog een keer. Hij had gelijk. Dit was onvervalste nonsenspoëzie. Een schitterend, onmogelijk avontuur. Geen deprimerende neerbuigendheid, geen genadeloos getel of geestdodende herhalingen. Hij wilde het bijna een jaar lang elke avond horen. Hij hield ervan om het refrein aan het eind van alle drie de coupletten mee te brullen. *Wat een pracht van een poesje ben jij/ Ben jij/ Ben jij!/ Wat een pracht van een poesje ben jij!* Hij vond het fascinerend om te horen dat in de derde regel van elk couplet een binnenrijm zat. Ze vroegen zich samen af wat een *ronslepel* was. Of een *bongboom*. Roland kocht in de buurtsuper kweeperen, die ook in de tekst voorkwamen, die ze in partjes opaten. Lawrence kende het gedicht uit zijn hoofd.

Na een boterham met banaan ging Lawrence op de grond naar de tv zitten kijken, waarop een jonge vrouw met een geduldige, zangerige stem een dag beschreef in het leven van een kraanmachinist op een bouwplaats. 'Het is zeven uur 's ochtends. Met zijn thee en sandwiches in zijn rugzakje klimt Jim de ladder op, almaar hoger, naar zijn kleine cabine in de lucht.' Roland keek vanuit de deuropening mee. De camerastandpunten en shots waren soms duizelingwekkend. Hij had te doen met de cameraman die vlak achter Jim aan klom, dertig meter omhoog over zigzaggende stalen ladders met het aangevroren ijs van de vorige nacht er nog op. Lawrence zag het onbewogen aan. De documentaire was voor hem niet echter dan tekenfilms waarin figuren van kliffen tuimelden en veilig op hun hoofd neerkwamen.

In de slaapkamer boven ging Roland achter het bureau zitten dat hem rijk had gemaakt. Relatief rijk. Rijk voor een dichter. Maar dat laatste was hij nu niet meer, hij was nu een bloemlezingenplunderaar en parttime producent van light verse. Oliver Morgan van Epithalamium Cards had de sporten van de ondernemersladder beklommen en was, tot verbazing van zijn vrienden, een van de helden van de nieuwe zakencultuur geworden. Een grote firma in wenskaarten had al een overnamebod gedaan, maar tot dusver had Morgan zich zelfstandig aan de top gehandhaafd, steeds gekeken wat een volgende stap zou kunnen zijn, en het bedrijf laten groeien. Roland had zich, als de duizelende cameraman, achter zijn werkgever aan de ladder op geworsteld en maandenlang veredeld gerijmel geproduceerd, ten behoeve van verjaardagen, jubilea, pasgehuwden, mensen die met pensioen gingen, opkrabbelende drugsverslaafden en alcoholici, mensen die in het ziekenhuis waren opgenomen of pasgeborenen die er juist uit kwamen. Zijn eerste creatieve daad was het bedenken van een naam voor Morgans bedrijf geweest. Aanvankelijk werd hij betaald in promesses, in een aandeel van 1 procent in het bedrijf en een vaste royalty van 0,5 procent op elke verkochte kaart. Ze kostten ongeveer £2. Drie jaar later zag je overal de smaakvol geïllustreerde kaarten van dik, roomblank geschept papier. Twee miljoen exemplaren verkocht in wat Morgan het Engelstalige domein noemde.

Na zesentwintig maanden werd het totaalbedrag van £24.000 in één keer op zijn rekening gestort. Voor een linksgeoriënteerde kiezer als Roland had het ongemakkelijk moeten zijn dat dankzij mevrouw Thatcher de hoogste belastingschijf op 40 procent lag. Onder Labour was dit nog 83 procent geweest. Maar hij had meer last van zijn eergevoel. Zijn integriteit als dichter lag in duigen. Sinds *Grand Street* zijn herziene bijdragen zonder enig commentaar had teruggestuurd, had hij niets meer geschreven. De zoveelste mislukte carrière die hij aan de lijst kon toevoegen. Daphne toonde zich namens hem gekwetst. Hij kon haar melden dat hij niet langer op kosten van de staat leefde. Wat hij niemand kon bekennen was de lichtheid van zijn bestaan. Geld bezitten! Waarom had niemand hem ooit verteld dat dat iets fysieks was. Hij voelde het in zijn armen en benen. En vooral in zijn nek en schouders. Hypotheek afbetaald, zoon fleurig in de kleren, twee weken samen op een vergeten Grieks eiland waar je kwam na een drie uur durende overtocht per snelboot over een rimpelloze, azuurblauwe zee.

Er zat wel een grens aan de hoeveelheid gerijmel die een mens kon produceren. Oliver stemde ermee in dat Roland de wereldliteratuur plunderde op zoek naar inzichtrijke woorden over beslissende momenten in een mensenleven waar geen copyright meer op zat, die dan keurig met bronvermelding werden overgenomen. Zijn aandeel in de winst werd gehandhaafd. Hij had fouten gemaakt. Een ervan was dat hij 'The Chambermaid's Second Song' van Yeats (*His rod and its butting head/ Limp as a worm*) op een verjaardagskaart voor achtjarigen had laten zetten. Advocaten van de erfgenamen schreven Morgan aan om hem erop te wijzen dat het gedicht pas in 2010 rechtenvrij zou worden. Een jaartal uit een sciencefictionboek. En Yeats, een icoon, was al zo lang dood. Vijfentwintigduizend wenskaarten moesten worden vernietigd.

Naast het bureau lagen stapels met bloemlezingen van vertaalde Perzische, Arabische, Indiase, Afrikaanse en Japanse poëzie. Beneden lagen er nog meer. Op het bureau lag een briefje van een aardige, bekwame en aantrekkelijke vrouw, Carol, zijn vijfde geliefde sinds Alissa was vertrokken. *Gezien de omst. denk ik dat ik er een punt achter wil zetten. En jij? Geen spijt. Integendeel, veel liefs, Carol.* Ze had gelijk, de omst. waren beperkend. Ook zij was een alleenstaande ouder, met twee dochtertjes, een tweeling van twee jaar. Ze woonde tien kilometer verderop, ten noorden van de Theems in Tufnell Park, wat in een drukke stad een enorme afstand was. Ongeveer halverwege hun negen maanden samen – ze had gelijk, het was voorbij – hadden ze overwogen allebei hun huis te verkopen en hun gezinnen samen te voegen. Zo serieus was het al. Maar bij nader inzien was de ontregeling, de moeite, de gevraagde inzet te groot geweest. En toen ze het daar eenmaal over eens waren, kon de relatie alleen maar een aflopende zaak worden. Wat hem ook terughoudend maakte was iets wat hij haar niet kon toevertrouwen: de mogelijkheid dat Alissa terug zou komen. Niet dat hij op haar zat te wachten. Maar voor het geval dat ze ineens zou komen opdagen, wilde hij alle opties openhouden. Wat een andere manier was om te zeggen dat hij op haar wachtte.

Hij hoorde dat de televisie beneden nu het bij een tekenfilm horende orkestrale geschetter voortbracht. Over vijfentwintig minuten zou hij naar beneden gaan en vissticks gaan bakken. Hij schreef een briefje aan Carol, even vriendelijk en kort, waarin hij haar bijviel. Meteen toen hij het in een envelop had gedaan voelde hij even twijfel opkomen. Met zijn beknopte boodschap terug vergooide hij misschien wel een heel, gelukkig leven. Gelukkige levens. Al een paar weken had het idee van een goede moeder voor Lawrence – die dol was op Carol – hem aanlokkelijk geleken. Hun goede band zou zich al snel hebben ontwikkeld tot liefde. En liefde voor de speelse tweelingzusjes die Lawrence nu nooit zou leren kennen. Voor hemzelf zou er een liefhebbende partner zijn die hij kon vertrouwen, iemand die grappig, zachtaardig, ontwikkeld en mooi was, en een uitermate vakbekwame tv-producer. De echtgenoot die ze had geadoreerd was omgekomen bij een vliegtuigongeluk en zij had er alles voor gedaan van zowel haar gezin als haar werk een succes te maken. Hij had het niet aangedurfd. Zij ook niet. Wellicht had ze een vleugje mislukking bij hem geroken. Met zijn diverse carrières en die vrouw die misschien wel goede redenen had gehad om hem te verlaten. Voordat Roland de envelop dichtplakte, las hij haar briefje nog eens door. *Veel liefs*. Dit keer meende hij een zekere bedroefdheid in haar stilletjes hoopvolle vraag te bespeuren. *En jij?* Ze stond ervoor open om overgehaald te worden. Hij schreef het adres op de envelop, voorzag hem van een postzegel en plakte hem dicht. Als dit een vergissing was, zou hij dat nooit in zijn volle, belachelijke omvang beseffen. Morgen op de bus doen. Of niet.

Voor zover Roland had begrepen uit een boek waarin hij stukjes had gelezen, en uit wat vrienden hadden gezegd, was het belangrijk om Lawrence niet af te kappen als hij over zijn moeder begon. Hij dacht vaak aan haar, soms dagen achtereen, maar dan ook weer wekenlang niet. Hij bekeek graag foto's van haar. Zijn vragen waren hanteerbaar, ook al waren ze, naar volwassen begrippen, onmogelijk te beantwoorden.

'Wat is mijn mama nu aan het doen?'

'Het is een warme dag. Ze is vast aan het zwemmen.'

Een jaar eerder, toen hij net hele zinnetjes begon te vormen, was dat afdoende voor hem geweest. Maar de laatste tijd kwamen er vervolgvragen. In een zwembad of in zee? Als ze in het zwembad was, moest dat het zwembad zijn dat hij kende, want hij wist niet dat er ook andere waren. Ze is daar nu. Zullen we gaan kijken? En als het de zee was, konden ze er met de trein naartoe gaan. Zijn meer algemene vragen drongen zijn vader in de verdediging.

'Waar is ze naartoe?'

'Op een lange reis.'

'Wanneer komt ze terug?'

'Voorlopig niet.'

'Waarom heeft ze me geen cadeautje gestuurd voor mijn verjaardag?'

'Dat heb ik je al verteld, lieverd. Ze vroeg of ik een hamster voor je wilde kopen en dat heb ik gedaan.'

Tegen eind oktober van dat jaar kroop Lawrence om vier uur 's nachts bij hem in bed en vroeg: 'Is ze weggegaan omdat ik stout was geweest?'

Toen hij dat hoorde, voelde Roland, die nog half sliep, maar emotioneel klaarwakker was, tranen opwellen. Hij had zelf begeleiding nodig. Wat hij zei was: 'Ze houdt van je en vindt echt nooit dat jij stout bent.' De jongen viel in slaap. Roland lag wakker. Het hielp dat de helft van de kinderen op het kinderdagverblijf door een alleenstaande ouder werd grootgebracht. Lawrence had zelf al zakelijk opgemerkt dat hij dan wel geen mama had, maar dat Lorraine geen papa had, en Bisharo en Hazeem hadden die ook niet. Maar eerdaags zou hij door de ontwijkende antwoorden heen kijken. Hij zou blijven doorvragen. Als Alissa het met Roland over een hamster had gehad, waarom kon ze dan niet met Lawrence praten? Alissa in de gedachten van het kind in leven houden zou een vorm van onbedoelde wreedheid kunnen zijn. Maar als Roland haar al in een vroeg stadium had laten omkomen bij een vliegtuigongeluk, en ze ineens kwam opdagen... wat dan?

Hij sprak een avond af om bij Daphne langs te gaan. Dat was niet ingewikkeld. De jongste van de drie kinderen van de Mounts was een druk jongetje met sproeten, Gerald, en samen met Amanda het favoriete speelkameraadje van Lawrence. Ze gingen naar hetzelfde kinderdagverblijf, bleven soms bij elkaar logeren, en hadden samen vakanties doorgebracht in de Cévennen, in de boerenhoeve die Peter Mount daar had gevonden, ver van zee en dus goedkoop.

Roland en Lawrence arriveerden om zes uur, zodat de jongens

nog even konden spelen voor het bedtijd was. Een Noorse au pair zorgde voor het eten voor de vier kinderen. Peter was niet thuis en zou zich later bij hen voegen. Volgens Daphne had hij een 'leuke verrassing' voor Roland. Ze nam hem mee naar de kleine voorkamer, een deel van het huis dat, volgens een ouderwetse regel, verboden terrein was voor kinderen en speelgoed. Roland begon er het nut van in te zien.

Telkens als hij in huize Mount kwam, dat niet veel groter was dan het zijne, viel hem een verbetering op, een stap naar meer comfort, of zelfs luxe. Een manshoge ijskast, vloerplanken van hergebruikt eiken, bergères, een groter televisietoestel dat boven een betere videorecorder stond, de ooit modieuze gestripte en gewaxte deuren die nu waren overgeschilderd in gebroken wit. Boven de schoorsteenmantel hing een tekening van Vanessa Bell. Daphne had jaren op de afdeling huisvesting van de gemeente gewerkt. Ze was er mordicus tegen dat sociale huurwoningen onder het zogeheten 'recht op koop', voor een zacht prijsje aan de huurders werden verkocht. Nadat ze jarenlang tevergeefs had geprobeerd om deze praktijk tegen te gaan, zegde ze haar baan op. Ze had een woningbouwvereniging opgezet en verrichtte zinvol werk voor een tweemaal zo hoog salaris, doordat ze mensen die weinig te besteden hadden aan een fatsoenlijke woning hielp. Peter had zijn baan ook opgezegd. Na twaalf jaar bij het Central Electricity Generating Board maakte hij deel uit van een consortium dat op het punt stond zich om te vormen tot een geprivatiseerde elektriciteitsmaatschappij. Er was Amerikaans en Nederlands geld bij betrokken. De nieuwe wet op de stroomvoorziening was al eerder dat jaar aangenomen. Peter had meegepraat over de opzet van het wetsontwerp, de economische ramingen, het toezichthoudend orgaan, bescherming van de rechten van de consument, de grootte van de afdracht aan de aandeelhouders. Daphne moest, net als Roland, niets hebben van de regering Thatcher, waar ze soms echt van walgde, maar net als hij voer ze wel onder haar maatregelen. Ze hadden het vaker over hoe tegenstrijdig dat was, maar kwamen nooit tot een oplossing. Ze hadden op Labour en daarmee voor hogere belastingen gestemd, maar hun partij had verloren. Hun geweten was rein. Peters stellingname was consequenter. Hij had van meet af aan op mevrouw Thatcher gestemd.

Daphne schonk twee glazen riesling in. In de maanden na het vertrek van Alissa was zij Rolands voornaamste steun en toeverlaat geweest, en had ze hem terzijde gestaan toen Lawrence de beangstigende trits aan kinderziekten afwerkte. Ze had ook een voorname rol gespeeld in zijn gedachten, en deed dat trouwens nog steeds. Ze was stevig, niet dik, maar wel fors gebouwd, lang en sterk, met blond haar dat ze droeg in de stijl van de jaren zestig, lang en met een scheiding in het midden. Door haar frisse roze teint zag ze eruit als een buitenmens, maar ze was een kind van de grote stad, van heel wat steden zelfs. Als enig kind van een arts en een onderwijzeres, had Daphne de stabielste achtergrond van al Rolands vrienden en vriendinnen. Ze had de maatschappelijke betrokkenheid van haar ouders overgenomen. Ze had een onuitputtelijke energie en was een geboren regelaar, of het nu om dingen of bijeenkomsten, of afspraakjes met kinderen of vrienden ging. Ze had een goed en gedetailleerd geheugen voor mensen. Ze had uitgebreide connecties op terreinen waar academici en politici elkaar tegenkomen. Ze had haar man voorgesteld aan Stephen Littlechild, een rijzende ster in de wereld van de stroomvoorziening. Als je je paspoort was kwijtgeraakt in de binnenlanden van Burkina Faso, was zij degene aan wie je een telegram stuurde. Als ze de minister van Buitenlandse Zaken niet kende, dan kende ze wel mensen die je konden helpen. Alissa kende ze goed, maar ze had niets van haar gehoord en dat verbaasde haar zeer.

Hij vroeg zich wel eens af of zij niet meer van de verdwijning wist dan ze liet blijken. Maar ze was goed in pijnlijke adviezen. Vorige maand had ze tegen hem gezegd dat het tijd werd om zichzelf 'een schop onder de kont te geven'. Hij had het geld van Epithalamium. Lawrence was niet de enige die nieuwe kleren nodig had. Ze had gezegd dat Roland nog altijd leefde als een student, een depressieve student. Of Alissa nu terugkwam of niet, hij moest monterder worden. Verdergaan met zijn leven. Ze had hem aangeraden met Carol te gaan samenwonen. Desnoods met haar te trouwen. Daphne had haar een paar keer te eten gehad en vond haar aardig. Ze hadden het gehad over bestuur en gedragscodes in de televisiewereld, en hoe je ruimte zou kunnen maken voor dingen van algemeen nut en niet alleen voor commerciële belangen. Daphne had Carol in contact gebracht met een aantal van haar vrienden die zich bezighielden met de toekomst van het medium en doende waren een productiebedrijf op te zetten in Charlotte Street. De ondernemingszin was vaardig geworden over weldenkend links.

Roland en Daphne hadden inmiddels hun stokpaardjes doorgenomen en het laatste nieuws over Solidarność in Polen. Het werd Oost-Duitsers toegestaan via Tsjechoslowakije naar West-Duitsland te reizen. Roland haalde herinneringen op aan zijn tijd in Berlijn aan het eind van de jaren zeventig. Labour had een voorsprong van negen procent op de Conservatieven in de peilingen, de minister van Financiën was afgetreden, de van een flitsende nieuwe naam voorziene Liberaal Democraten waren op het toneel verschenen. Een van de vrijgelaten Vier van Guildford, die vijftien jaar onschuldig in de gevangenis hadden gezeten wegens vermeende betrokkenheid bij bomaanslagen, had een ijzersterke toespraak gehouden. Roland vertelde over het bezoek van de rechercheur. Hij was niet langer in de stemming om er een grappig verhaal van te maken en bleef vaag over wat er in zijn notitieboek had gestaan.

Ze mompelde: 'Ik zou me maar geen zorgen maken over het OM.'

Het gesprek ging alle kanten op. Zij vertelde dat ze in het weekend met de kinderen naar het heuvelland van de Chilterns was geweest om te kijken hoe een vriendin en haar team een twaalftal reusachtige aasvogels, rode wouwen, had losgelaten in hun nieuwe leefomgeving.

Ze zwegen even. Daphne schonk nog eens in. Het was nog

niet eens zeven uur. Ergens in huis hoorden ze een kind huilen. Roland maakte aanstalten om op te staan, maar Daphne hield hem tegen.

'Als het iets ernstigs is weten ze ons wel te vinden.'

Dus vertelde hij haar over de verdrietige vraag die Lawrence hem om vier uur 's nachts had gesteld. Of zijn moeder was weggegaan omdat hij stout was geweest. 'Ik doe net of zij ergens is. Als hij foto's van haar bekijkt, praat hij tegen haar. Ik bescherm hem met leugens. Hij is pas vier, maar zijn vragen worden scherper.'

'Hij is best gelukkig.'

Dat was geen vraag, maar Roland knikte instemmend. Hij was gekomen om raad te vragen, maar had nu geen zin meer om die te krijgen. Lawrence was het probleem niet. Dat was hij zelf. Hij wist dat het prettig kon zijn om wijze raad te geven. Die te krijgen kon echter verstikkend zijn als je inmiddels al verder was. Maar waar precies? Terug, zevenentwintig jaar, bij de kern van de zaak. De verdwijning van Alissa had het verleden weer in beeld gebracht. Alsof er bomen waren gerooid om vrij zicht te krijgen. Op zeldzame momenten als deze zag hij, scherp uitgelicht, de oorsprong van alles wat hem en iedereen die dicht bij hem kwam parten speelde. De pianolerares die hem die eerste nacht uit de slaap had gehouden spookte hem nog vaak door het hoofd. Was het tijd om Miriam Cornell te gaan zoeken en de confrontatie met haar aan te gaan? Het idee doemde ineens levensgroot op, maar hij liet daar niets van merken.

Daphne keek naar een hoek van de kamer waar Peters gitaar, waar al tijden niet meer op gespeeld was, op zijn standaard stond. Hij was ooit de leadgitarist geweest van de Peter Mount Posse. Tussen allerlei domme baantjes en reizen door – zijn tien verloren jaren – had Roland à la Billy Preston hammondorgel en elektrische piano gespeeld bij de Posse. Hij was erbij gekomen dankzij de drummer, een schoolvriend die deel had uitgemaakt van het jazztrio dat maar een kort leven beschoren was geweest. Zo had Roland Peter leren kennen, en via hem Daphne. De band had nooit een plaat gemaakt, maar wel enige populariteit genoten onder studenten en snelle rock gespeeld, sterk onder invloed van Greg en Duane Allman. In 1976 had de punk hen weggevaagd. Peter had zijn haar kort laten knippen, een pak gekocht bij Burton's en werk gevonden bij een showroom van het Electricity Board, waar hij fornuizen en koelkasten aan de man moest brengen. Hij was snel opgeklommen, had ervaring opgedaan in de provincie, en was naar het hoofdkantoor gehaald, waar hij vervolgens gedijde.

Uiteindelijk zei ze: 'Als hij blijft aandringen, denk ik dat je hem maar moet vertellen hoe het zit.'

'En dat is?'

'Dat het een raadsel is. Een raadsel dat jullie kunnen delen. Op een dag, toen hij klein was, is ze ervandoor gegaan. Je weet niet waarom. Je tast net zo in het duister als hij. Jij zou ook dolgraag iets van haar horen. Hij kan zich aanpassen. Het belangrijkste is dat hij zichzelf nergens de schuld van geeft.'

'Volgens mij heeft hij besloten dat ze terugkomt.'

'Daar kan hij gelijk in hebben.'

Roland keek haar aan. Wist zij meer? Maar haar lichtblauwe ogen keken hem recht aan en hij zag dat ze niets achterhield.

Ze haalde haar schouders op. 'Of misschien niet. Dat kun je tegen hem zeggen. Jullie staan er samen voor. Zij aan zij. Je weet het gewoon niet.'

Het was een lawaaiige, gezellige avond, waarop ze de kinderen in wisseldienst in bed stopten en voorlazen. Roland en Daphne kookten samen en dronken door aan de keukentafel. Heel erg zoals op die avonden in de Franse boerenhoeve hoog in de Cévennen, maar dan zonder de zwoele avondlucht. Buiten daalde ineens een dichte herfstnevel neer. Daphne zette de verwarming een graadje hoger. In het bedompte keukentje ontstond een feestelijke sfeer. Uit nostalgische overwegingen luisterden ze naar de eerste elpee van de Balham Alligators. Wie in Engeland speelde beter cajun-fiddle dan Robin McKidd? Bij 'Little Liza Jane' zetten ze het geluid flink hard en tijdens die song kwam Peter binnen met een fles champagne en zijn goede nieuws, de leuke verrassing waar Daphne op had gezinspeeld. Er was een Amerikaanse financier gevonden voor de beoogde elektriciteitsmaatschappij. Hij wilde de leden van het consortium bij elkaar brengen. Hij had een privévliegtuig en zou binnenkort in Europa zijn, waar wist hij nog niet precies. Het kon Malmö worden, of Genève, of een andere stad. Ergens in de komende week. Hij zou Peter en diens collega's laten overkomen naar waar hij ook maar was. En wat nou zo leuk was… er was een extra vliegticket beschikbaar. Roland kon meereizen, zichzelf vermaken in de tijd dat zij vergaderden, en dan 's avonds met hen samen eten. Lawrence kon best drie nachtjes bij Daphne logeren. Die zou thuis zijn, en Tiril, de au pair, zou de kinderen naar de opvang brengen en ze weer ophalen. Gerald zou het fantastisch vinden. Een abc'tje! Het zal je goed doen, verzekerden Daphne en Peter hem. Zeg ja!

Hij zei ja.

Onder het eten hadden ze een felle discussie over Michael Gorbatsjov. Dat was een naïeve dwaas als hij geloofde dat hij met zijn glasnost en perestrojka de vastgeroeste oude tirannie in beperkte, beheersbare mate kon liberaliseren zonder dat de partij haar zeggenschap verloor. Dat was Peters kijk op de zaak. Roland en Daphne betoogden daarentegen dat hij een genie en een heilige was, iemand die eerder dan zijn collega's had begrepen dat het hele communistische experiment, met zijn op gewelddadige wijze gehandhaafde rijk en zijn instinctieve neiging zijn toevlucht te nemen tot moord en onwaarschijnlijke leugens, op een gigantische mislukking was uitgelopen en moest worden afgesloten. De champagne had hen in een uitgelaten stemming gebracht. Ze discussieerden fanatiek en met de nodige overdrijving. Nu hij zo samen met Daphne partij koos tegen haar man had Roland het gevoel dat hij nooit dichter bij een affaire met haar zou komen dan hij nu was. Vreemd genoeg werden ze door de cognac aan het eind van de avond allemaal juist weer gemoedelijker. Samen ruimden ze de keuken op, geruggesteund door het op volle sterkte afgespeelde 'Life in the Bus Lane' van The Alligators. Een Welshe, Schotse en Engelse versie van cajunmuziek, op zich al een bastaardvorm die in het leven was geroepen door Fransen die ver van huis waren, en die ze drieduizend kilometer naar het zuiden hadden meegenomen, tot diep in Louisiana. De wereld was aangenaam diffuus. Peter herinnerde Roland eraan dat ze in hun Posse-tijd één nummer hadden gehad met een vleugje cajunsound. Roland vond het eerder zydeco. Ze werden het erover eens dat beide erin terug waren te horen. Wat zou het ook? Er gingen geruchten over het einde van de apartheid in Zuid-Afrika, in Zuid-Amerika werden democratieën gevestigd, China ging open, en nu bleek het machtige Sovjet-schip van staat ook nog eens zo lek als een mandje. Rolands alomvattende conclusie toen ze op het punt stonden de keuken te verlaten was dat de mensheid in het nieuwe millennium, dat al over elf jaar begon, een nieuw niveau van rijpheid en geluk zou hebben bereikt. Een mooi slotakkoord waar ze het glas op hieven.

Eerder al was besloten dat hij Lawrence mee naar huis zou nemen. De jongen sliep door toen Roland hem uit zijn bed in de kamer van Gerald tilde, een dekentje om hem heen sloeg en hem de trap af droeg. De drie namen afscheid van elkaar in het kleine voortuintje van de Mounts, waar de door de oranje straatlantaarns gekleurde nevelslierten om hun schouders heen warrelden. Het was een korte wandeling door uitgestorven straten. Lawrence woog nog geen twintig kilo en voelde vederlicht in zijn armen. Het vooruitzicht van drie dagen ertussenuit, de absurditeit en romantiek van een privévliegtuig, en zelfs het vleugje teute schuldgevoel bij de gedachte dat hij Lawrence zou achterlaten, gaven hem vleugels toen hij door straten vol geparkeerde auto's en bescheiden rijtjeshuizen uit het begin van de twintigste eeuw stapte. Op dit moment zat Miriam Cornell hem niet dwars. Dat alles zou hij later aanpakken. Eerst even eruit! Hij genoot van zijn verende tred, het gevoel van winterse stadslucht in zijn longen. Was dit niet hoe hij zich vijftien, twintig jaar geleden voelde, of wilde voelen, als tiener of twintiger, lichtvoetig, gretig uitkijkend naar wat komen ging? Wat Conrads Marlow ook mocht beweren, Rolands jeugd had hem nog niet verlaten.

*

Afgelopen jaar waren Roland en Lawrence eind augustus naar Duitsland gereisd. Dat was deels een familieverplichting geweest, als gevolg van telefonische druk van de kant van Jane. Heinrich en zij hadden hun enige kleinkind nog nooit gezien en Lawrence had recht op zoveel familie als hij maar kon krijgen. Het was niet moeilijk geweest om Roland over te halen. Hij wilde uit de eerste hand alles horen over Alissa's bezoek in 1986, de knallende ruzie, de laatste keer dat ze voor zover hij wist gezien was. Hij hield zichzelf voor dat hij niet naar haar op zoek was. Hij wilde gewoon meer weten.

Er had zich een uitgestrekt hogedrukgebied boven Europa genesteld. In Londen was het al bloedheet, dus het was een geschikt moment om er voor het einde van de zomervakantie nog even een paar dagen tussenuit te gaan. Jane had aangeboden hun vliegtickets te betalen. Het jongetje had genoten van elke etappe van de reis. Hij was bijna drie en had bij de vlucht vanaf Gatwick recht op zijn eigen stoel, bij het raampje. De trein van Hannover naar Nienburg beviel hem zeer, en hij hield de volle vijfenzestig minuten zijn neus tegen het raam gedrukt. Ook de taxi naar Liebenau boeide hem mateloos, vooral de luid tikkende meter en de chauffeur, die ondanks de hitte een dik leren jack droeg en veel aandacht voor hem had. Tijdens het vrijblijvende praatje dat hij met de man maakte, ontdekte Roland dat zijn Duits behoorlijk was weggezakt. Hij had moeite met het geslacht van de zelfstandige naamwoorden. Hij mompelde wat om de vierde naamvallen die bij de bepaalde lidwoorden hoorden heen. Voorvoegsels raakten los van hun werkwoord en belandden op de verkeerde plek in de zin. De woordvolgorde, die hij ooit onder de knie meende te hebben, leek nu een mijnenveld: eerst de bepaling van tijd, dan de bepaling van hoedanigheid, dan die van plaats. Hij zag zich gedwongen elke zin uit te denken voor hij hem uitsprak. Onhandig bij een gesprekje over koetjes en kalfjes. Al voor ze in het dorp aankwamen had hij besloten dat de Duitse taal, net als

Alissa, tot een verleden behoorde dat hij achter zich had gelaten.

Heinrich Eberhardt, de stijve burgerman, bleek een ideale opa. Toen Roland en Lawrence door het houten tuinhek in de hoge heg het weidse, nu bruin geblakerde gazon op liepen, stond Heinrich daar met een tuinslang in de hand het net gekochte plastic kinderbadje met dinosaurussenopdruk te vullen. Lawrence rende gelijk op hem af en wilde dat hij hem zou uitkleden. Zonder hem te begroeten en met alleen een gemompeld 'So...' zonk zijn opa op zijn knieën om hem uit zijn schoenen met klittenband te helpen. Waarna hij overeind kwam en met zijn armen over elkaar grijnzend bleef staan toekijken hoe het jongetje in de vijf centimeter lauw water stapte en begon te dansen en te spetteren, in welbewuste uitsloverij. Het feit dat hij het zo fijn vond om bloot te zijn, zei Heinrich naderhand, bewees dat hij van Duitse komaf was.

Het werd nog beter. Nadat Jane binnen had geprobeerd Lawrence te omhelzen en hem een glas koude appelsap had gegeven, begonnen Heinrich en hij met het spelletje dat ze de vijf dagen daarna zouden volhouden. Lawrence ging bij de oude man op schoot zitten om hem Engels te leren. Als tegenprestatie leerde Heinrich zijn kleinzoon Duits. De jongen had al geleerd naar iets te wijzen en te zeggen: 'Opa, was ist das?' Dan keek Heinrich eens goed, deed net of hij diep moest nadenken en zei dan langzaam, met luide basstem: 'Ein Stuhl.' Lawrence herhaalde de woorden, hield zijn gezicht dicht bij dat van Heinrich, en verklaarde: 'A chair.' Wat Heinrich dan herhaalde. Hij deed alsof hij geen woord Engels sprak, wat ook bijna zo was.

Vriendschap sluiten met zijn oma duurde bij Lawrence wat langer. Hij was verlegen bij haar, wurmde zich los uit haar welkomstomhelzing en vertikte het om haar te bedanken voor het appelsap. Toen ze wat tegen hem zei kroop hij weg achter Rolands benen. Het kon zijn dat hij achterdochtig was jegens een vrouw wier gezicht hem, hoe vaag ook, deed denken aan de persoon op de foto's thuis. Ze was zo verstandig, en invoelend, zich terughoudend op te stellen. Een halfuur later, toen ze in de tuin in de schaduw van een wilg zaten, liep hij voorzichtig naar haar toe en legde een hand op haar knie. In de geest van het spelletje waar hij mee was begonnen, wees ze eerst naar Heinrich, vervolgens naar zichzelf en zei: 'Das ist Opa. Ich bin Omi.'

Hij snapte het. Nog steeds in zijn blootje ging hij weer voor hen staan, wees, en zei in wat Roland als perfect uitgesproken Duits in de oren klonk: 'Ich bin Lawrence. Das ist Opa, das ist Omi.' Het spontane applaus en gelach dat opklonk vond hij zo enerverend en opzwepend dat hij wegrende en bokkensprongen ging maken op het gazon. Hij sprong in het kinderbadje, begon te gillen en water omhoog te schoppen omdat hij, zoals zijn vader wist, hun aandacht wilde vasthouden en meer lof, meer succes wilde oogsten.

Jane zei: 'Wat een juweel.'

Die onschuldige opmerking herinnerde hen aan wat er kapot was gegaan, wat er ontbrak. Ze bleven een tijdje zwijgend naar Lawrence zitten kijken, totdat Heinrich met een luide kreun opstond uit zijn rieten stoel en zei dat hij een paar biertjes ging halen. Later, nadat hij zijn avondeten had gehad, vond Lawrence het goed dat Omi hem mee naar boven nam om hem in bad te doen en voor te lezen voor het slapengaan. Heinrich was in het kamertje dat hij als kantoor gebruikte. Roland ging met een gin-tonic in de tuin zitten. De zon was al onder, maar de aan de stam van de wilg gespijkerde thermometer gaf zesentwintig graden aan. Hij had het keurige huis en de dito tuin altijd benauwend gevonden. Net als het huis van zijn ouders. Te krampachtig netjes gehouden, te veel dingen die op exact de juiste plek stonden. Nu voelden de properheid, de ordentelijkheid en de blinkende schone kamers in beide huizen echter juist bevrijdend. De grootouders in Liebenau wilden, net als die in Ash, graag helpen met Lawrence. Roland leunde achterover in zijn tuinstoel. Hij was op blote voeten. Het uitgestrekte, ingewikkelde continent begon oververhit te raken. Het geluid van krekels, het warme, droge gras tegen zijn voetzolen en de geur van door de zon gebakken aarde bevielen hem. Het grote, dikke glas voelde ijskoud aan in zijn hand. Toen hij het neerzette klonk het getinkel van de ijsblokjes als speciaal voor hem bestemd. Hij sloot zijn ogen en gaf zich over aan een lome dagdroom. Zijn zoon en hij zouden hierheen verhuizen, emigreren alsof ze naar de warmte ,van Zuid-Spanje gingen, in de kamer boven de garage naast het huis trekken, en hij zou aan zijn Duits gaan werken, Engelse les geven op een plaatselijke school, een regelmatig leven leiden binnen een warm familieverband, en wanneer Lawrence wat ouder was zou hij met hem gaan vissen aan de oever van de Aue, een rivier waarin het wemelde van de snoekbaars, en ze zouden met een boot zuidwaarts varen op de Weser, Engeland achter zich laten, dat wil zeggen zijn persoonlijke versie daarvan, vrij zijn, alles geregeld... Alissa's plek innemen en Duitser worden, een goede.

Toen hij wakker werd was het donker. Jane zat glimlachend tegenover hem. Op de tafel voor haar stonden twee lantaarns met een kaars erin.

'Je bent afgepeigerd.'

'Het komt denk ik door de gin. En de warmte.'

Ze ging binnen twee grote glazen water halen.

Toen ze terugkwam vertelde ze dat Heinrich naar een commissievergadering was. Er moest geld worden ingezameld voor restauratie van het dak van de kerk. Dus Roland en zij gingen nu het gesprek voeren, het eerste van de drie die ze in de loop van vijf dagen zouden hebben. In zijn herinnering vloeiden de drie sessies samen tot één geheel. Bij wijze van aanloop, als om adem te scheppen, dronken ze allebei even zwijgend wat water. De avond was nog zwoel. De krekels staakten hun luidruchtige getjirp even, maar begonnen al snel weer. Verder weg klonk herhaaldelijk een hoge roep. Klaaglijke kikkers bij de rivier. Jane en Roland keken elkaar aan en vervolgens weer weg. Bij het zwakke licht van de lantaarns konden ze elkaars gezicht nauwelijks onderscheiden. In het verleden had ze hem aangemoedigd om Duits te spreken. Ze had zijn fouten verbeterd zonder dat ze hem het gevoel gaf dat hij iets doms had gezegd. Na een paar minuten zei hij: 'Erzähl mir, was passiert ist.' Hij had het nog niet gezegd of hij twijfelde alweer. Moest het niet *mich* zijn in plaats van *mir*?

Ze begreep het en stak zonder aarzeling van wal. 'Natuurlijk dachten wij dat ze bij jou in Londen was, dus we schrokken behoorlijk toen ze op een middag opbelde uit een telefooncel. Nota bene in Murnau. Ze zei dat ze voor één nachtje bij ons langs zou komen. Ik vroeg of ze het kind bij zich had. Toen ze nee zei, wist ik dat er iets mis was. Misschien had ik jou moeten bellen. In plaats daarvan wachtte ik op haar. Twee dagen later kwam ze. Met één klein koffertje en helemaal veranderd. Kort haar, als een jongen, en met henna geverfd. Bijna oranje! Zwarte spijkerbroek, zwarte laarzen met zilveren noppen erop, een veel te klein zwartleren jack. Toen ze uit de taxi stapte rook ik al onraad. Ze was altijd zo dol op rokken en jurken. Ze had een petje schuin op haar hoofd, zo'n Lenin-achtig geval. Potsierlijk! En bleek dat ze zag! Ik dacht eerst dat het pancake was. Maar nee, toen we binnen waren zag ik dat ze op de rand van totale uitputting stond. Haar ogen, haar irissen, waren speldenknoppen. Heeft dat iets met drugs te maken?'

'Dat weet ik niet,' zei Roland. Zijn hartslag was versneld. Hij wilde niet dat haar iets ergs zou overkomen. Ook niet dat haar twee jaar geleden iets ergs was overkomen.

'Het was 's middags drie uur. Ik bood aan een boterham voor haar klaar te maken. Zij wilde alleen maar een glas water. Ik zei dat haar vader over een paar uur thuis zou zijn en haar dolgraag wilde zien. Niet slim van me. Maar hij was doodongerust. Ze zei dat ze alleen met mij wilde praten. We gingen naar boven naar de logeerkamer. Ze deed de deur dicht. Zodat we niet zouden worden gestoord, zei ze. Ik ging op een stoel zitten, zij tegenover mij op de rand van het bed. Ik was heel zenuwachtig, en toen ze dat zag werd zij daar rustig van. Daarna kreeg ik de volle laag. Ze was in ons oude huis geweest, het chalet in Murnau. Ze had van de mensen daar een kijkje mogen nemen in haar oude kamer. Ze hadden haar daar alleen gelaten. Ze vertelde dat ze er op de grond was gaan zitten en daar zo stil als ze kon had zitten huilen. Want ze wilde niet dat die mensen naar boven zouden komen om te kijken of het wel goed met haar ging. Maar dat ging het helemaal niet. Dat zei ze meerdere keren tegen me, steeds weer. "Het ging niet goed met me, Mutti. Toen niet en nu ook niet. Het is nooit goed met me gegaan."

Ik zat er verstijfd bij. Er zou een vernietigende beschuldiging op me worden afgevuurd. Ik kon alleen maar wachten op wat er komen ging. Toen zei ze het. In zo'n zin waarvan je meteen weet dat hij is voorbereid, bijgevijld, tijdens slapeloze nachten of uren therapie is geperfectioneerd. Was ze in therapie?'

'Nee.'

'Ze zei: "Mutti, ik ben opgegroeid in de schaduw, de kilte van jouw teleurgestelde verwachtingen. Mijn hele kindertijd heb ik geleefd met jouw gevoel mislukt te zijn. Jouw verbittering. Jij was geen schrijfster geworden. O, wat was dat toch verschrikkelijk. Jij was geen schrijfster geworden. In plaats daarvan werd je huismoeder. Je had er geen bloedhekel aan. Je deed het ermee. Maar je kon het maar nauwelijks verdragen, dat tweederangs leven. Denk je dat een kind dat niet merkt? Je wilde beslist geen tweede kind, hè? En de man met wie je dacht te zijn getrouwd bleek iemand anders te zijn. Weer een teleurstelling, en je kon het hem niet vergeven. Jij was voorbestemd voor iets beters en dat was er nooit van gekomen. Dat maakte je gefrustreerd, je gunde anderen niks, je wantrouwde andermans successen."

Ze zweeg even, terwijl ik zat te wachten op de rest. Haar ogen waren nat. Toen zei ze dat ze mij in haar hele kindertijd en tienerjaren nooit gelukkig had gezien, nooit echt gelukkig. Volgens haar gaf ik me ook nooit helemaal. En had ik me nooit volledig verzoend met ons leven samen. Dat kon ik niet, omdat ik vond dat het leven mij tekort had gedaan, mij had bedrogen. Dat is wat ze zei. *Betrogen*. Ik kon me nooit helemaal geven en blij zijn en genieten van het leven dat ik had met mijn dochter. En omdat zij van mij hield, omdat ze zo met me meevoelde, kon zij zichzelf ook nooit toestaan om gelukkig te zijn. Dat zou een tweede verraad zijn geweest. In plaats daarvan had ze mij nagevolgd, mij geïmiteerd, was ze mij geworden. Ook zij voelde zich gefrustreerd over het leven. Ze kon geen uitgever vinden voor haar twee boeken. Ook zij was er niet in geslaagd schrijfster te worden. Ook zij...'

Jane stopte met praten en wreef met haar wijsvinger over haar voorhoofd. 'Ik weet niet of ik je dit moet vertellen.'

'Doe maar.'

'Goed. Ook zij heeft zichzelf voor de gek gehouden met haar huwelijk. Ze dacht dat jij een briljante bohemien was. Je pianospel heeft haar verleid. Ze dacht dat jij een vrije geest was. Net zoals ik dacht dat Heinrich een verzetsheld was en een held zou blijven. Je hebt haar misleid. "Hij is een luchtfietser, Mutti, hij houdt niets vol. Hij heeft problemen uit zijn verleden waar hij niet eens over na wil denken. Hij kan niks bereiken. En ik ook niet. We zonken samen weg. Toen kwam de baby en zonken we nog sneller. Geen van ons beiden zou ooit iets gaan bereiken. Jij hebt mij geleerd dat een kind tweede keus is. Niet eens tweede. Maar wij hebben het zelfs gehad over een tweede kind, omdat een enig kind het zieligste is wat er bestaat. Toch, Mutti?"

Op dat moment stond ze op, dus deed ik dat ook. Ze zei: "Dit is wat ik je wilde komen vertellen. Probeer het maar te zien als goed nieuws. Ik zal niet kapotgaan. Ik ga bij hem weg. En bij de baby. Nee, niks zeggen. Of dacht je soms dat het geen pijn deed? Maar ik moet dit nu doen, voordat het onmogelijk wordt. Ik ga ook bij jou weg. Ik weiger jou na te volgen."

Ze schreeuwde nu bijna tegen me. "Ik ga niet kapot! Ik ga mezelf redden. En daar red ik jou misschien ook wel mee!"

Toen zei ik iets stoms. Ik had echt niets kunnen zeggen waar ze op dat moment minder aan had. Het was lief en moederlijk bedoeld, natuurlijk. Het was eruit voor ik het wist. Ik zei, of begon iets te zeggen als: "Lieverd, je beseft toch wel dat heel veel moeders in de eerste maanden dat ze een baby hebben heel depressief raken?"

Ze stak haar handen omhoog, als gebaar van overgave, of om me de mond te snoeren. Ze was gruwelijk kalm. Ze zei: "Ophouden. Ophouden alsjeblieft." Ze kwam naar me toe. Ik dacht zelfs dat ze me misschien een klap zou geven. Heel rustig zei ze: "Je hebt er helemaal niets van begrepen."

Ze stapte voorzichtig langs me heen op weg naar de deur. Ik probeerde te zeggen dat het me speet. Ook het verkeerde om te zeggen. Maar zij was de kamer al uit en snelde de trap af. Ik volgde haar, maar ik kan niet zo snel traplopen, en tegen de tijd dat ik beneden was, was zij al buiten en stak ze het gazon al over. Ik ving nog net een glimp van haar op door het raam. Ze had haar koffertje bij zich. Ik ging naar buiten en riep haar na, maar ze zal me wel niet gehoord hebben, want ze sloeg het hek hard achter zich dicht. Ik rende de stoep op. Ik kon niet zien welke kant ze was op gegaan. Ik riep keer op keer haar naam. Niets.'

Opnieuw bleven ze een tijdje zwijgend zitten. Roland probeerde niet na te denken over alle nare dingen die ze over hem gezegd had. Een luchtfietser. Kan niets bereiken. Hij liet andere details binnenkomen. Kort, met henna geverfd haar. Daar kon hij zich iets bij voorstellen. Hij wilde net aan zijn schoonmoeder vragen hoe het zat met de Duitse politie toen ze een kreet van Lawrence hoorden. Zijn raam keek uit op de tuin en stond open. Roland holde naar binnen. De avond zou de mist in gaan als Lawrence wakker werd in een vreemde kamer en overstuur raakte. Maar toen Roland bij zijn bed kwam sliep de jongen. Hij bleef een paar minuten bij hem zitten. Tegen de tijd dat hij weer terug was bij Jane was hij zijn vraag vergeten.

Zij had er zelf een. 'Je hoeft me niks te vertellen wat je niet wilt, maar klopt het wat ze zei? Is er iets in jouw verleden?'

'Niets bijzonders. Het gebruikelijke gedoe. Niemand heeft perfecte ouders.' Daarna zei hij, omdat hij het gesprek op iets anders wilde brengen: 'Het staat allemaal in je dagboeken. Je was gefrustreerd. Had ze niet een punt?'

'Er zat een kern van waarheid in. Een flinke kern misschien. Het lag zeker aan mij, ik miste inderdaad iets. Maar Alissa had alles. Bekijk het eens vanuit de optiek van onze oorlogsgeneratie. Zij was bevoorrecht. De geschiedenis was goed gezind. En de overheid ook. Mooie scholen, gratis dans- en muzieklessen. Alles werd ieder jaar een stukje beter. Vergeleken met hoe het daarvoor was, heerste er tolerantie alom. En wij liepen met haar weg.' Ze zweeg even en zei toen, alsof ze iets wilde verduidelijken: 'Júllie generatie.'

'Wat denk je dat ze bedoelde toen ze zei dat ze jou misschien zou redden?'

Voordat ze iets terugzei keek ze hem lange tijd aan. Een knap gezicht had met de jaren een gezaghebbende uitstraling gekregen. Bij het schaarse licht verleenden de zelfverzekerde blik, de fraaie rechte neus en de geprononceerde jukbeenderen haar het air van een machtige vrouw die de leiding had over een aanzienlijke onderneming, of een belangrijk land.

Ze zei: 'Ich habe nicht die geringste Ahnung.'

*

Terwijl hij door de viplounge liep te ijsberen dacht hij aan dit gesprek, aan die drie late gesprekken in de tuin. Hij had alle reden om erover na te denken en had er nu ook alle tijd voor. Langzaam maar zeker was de romantiek verdwenen uit het reizen met een privévliegtuig. De reis van Londen naar het vliegveld van Bristol had vier uur gevergd vanwege een ongeluk op de snelweg. In hun luxe touringcar hadden ze zichzelf voorgehouden dat hun vliegtuig wel op hen zou wachten. Dat was niet het geval. Ze werden opgevangen door een nerveuze jonge vrouw in een kokerrok en een gesteven witte blouse. Ze nam hun paspoorten in en vertelde hun dat hun vlucht naar Malmö nog twee uur extra vertraging had. De executive lounge was ondergebracht in een door een draadgaashek omgeven noodgebouw in een uithoek van het vliegveld, naast het terrein voor lang parkeren. Roland, Peter Mount en zijn collega's hadden de lounge voor zich alleen. Er stond een heetwaterautomaat met kartonnen bekertjes, theezakjes en een fles melk erbij. Geen koffie, niets te eten. De terminal en de cafetaria's bevonden zich aan de andere kant van de landingsbaan, drie kilometer verderop. Her en der stonden lage kunststof tafels waaromheen steeds vier stalen stoelen waren opgesteld. Peter en zijn elektriciteitsvrienden vonden het prima om samen te gaan zitten om hun ondernemingsplan nog wat te verfijnen. Roland ging aan een andere tafel zitten. Zijn leesvoer, dat hij vlak voordat hij de deur uit ging had meegegrist uit de boekenkast, was *Cousine Bette* in Engelse vertaling. Hij was zich bewust van de stemmen van de mensen aan de andere tafel. Peter had het hoogste woord. Hij had de gewoonte ontwikkeld anderen te overstemmen en nog harder te gaan praten als hij dacht dat iemand hem in de rede wilde vallen. Nu nam hij het voortouw bij het bepalen van hoe de groep een en ander zou gaan aanpakken, ook al waren de partners op papier allemaal gelijkwaardig. Het deed Roland denken aan de tijd van de Posse, toen de tweeëntwintigjarige Peter, een redelijke leadgitarist, ervan genoot iedereen te commanderen, van roadies en zaalbeheerders tot medemuzikanten.

Anderhalf uur later kwam de vrouw terug. Waar ze in de tussentijd was geweest bleef een raadsel. Hun vliegtuig was omgevlogen om eerst de eigenaar ervan, James Tarrant III, op te pikken in Lyon. Er verstreken twee uur. Toen kwam de mededeling dat de heer Tarrant was herenigd met zijn vliegtuig. Hij had het alleen niet naar Malmö genomen, maar naar Berlijn. Daar zou het tanken, en vervolgens zou het hen komen ophalen. Men had met de grootst mogelijke moeite hotelaccommodatie voor hen weten te reserveren in de stad, en hun gastheer zou daar op hen wachten. Het bericht dat ze vervolgens laat in de middag kregen kwam niet als een verrassing. Vliegveld Tegel in Berlijn had problemen met het afhandelen van de ongebruikelijk grote hoeveelheid vliegverkeer. Hun privévliegtuig zou hen de volgende ochtend om negen uur komen ophalen. Er was vervoer onderweg om hen naar het Grand Hotel in Bristol te brengen.

Het was logisch. Iedereen wilde in Berlijn zijn. Iedereen met een eigen vliegtuig ging erheen. En iedereen met een vliegticket. Alle nieuwsorganisaties ter wereld stuurden er verslaggevers, fixers en cameraploegen naartoe. Ministeries van Buitenlandse Zaken zonden er diplomaten heen. Het luchtruim wemelde van de militaire vliegtuigen en die hadden voorrang. Hij had honderd bladzijden gelezen in *Cousine Bette* en kon geen letter meer zien. Hij wilde het nieuws horen. In de lounge lagen geen kranten, en er was geen tv of radio. De bespreking van de elektriciteitsmensen was allang afgelopen. Na een uur kwam de bus. Toen hij daarin een plekje zocht hoorde Roland iemand zeggen: 'Ik had tegen mijn kleinkinderen kunnen zeggen dat ik twee dagen na de val van de Muur in Berlijn was. Nu wordt het een dag later!'

Ze vormden een luidruchtig gezelschap bij de receptie van het hotel. Het vooruitzicht van eten en drinken had de groep van Peter in vrolijke stemming gebracht. Nu ze elkaar gesproken hadden waren ze weer helemaal opgepept door de mogelijkheid dat ze binnen enkele jaren schathemeltjerijk zouden zijn. Roland verontschuldigde zich en ging naar zijn kamer. Hij wilde Lawrence aan de lijn krijgen voordat het bedtijd voor hem was. De au pair nam op. De jonge Mounts en zijn zoon zaten te eten. Telefoongesprekken met Lawrence verliepen doorgaans als vraag- en antwoordsessie.

'Hoe was het vandaag op de opvang?'

'Spinnen bijten niet.'

'Zeker weten van niet. Heb je met Jai gespeeld?'

'We krijgen ijs.'

Vanwege zijn incoherente antwoorden nam Roland aan dat zijn zoon zich goed vermaakte en hem niet miste. Het klonk alsof de telefoon op de grond was gevallen. Er werd gelachen en een van de oudere kinderen was aan het zingen. Lawrence schreeuwde: 'Mijn papa kan zwaarden eten.' Daarna werd de telefoon opgeraapt en de verbinding verbroken.

Hij keek naar tv-verslagen uit Berlijn en naar de analyse in de studio, en at onderwijl zijn bij de roomservice bestelde maaltijd. Checkpoint Charlie was het symbolische brandpunt van de aandacht. In Washington liet president Reagan zich triomfantelijk uit over de situatie. Mevrouw Thatcher, die net voor de

VN haar grote toespraak over klimaatverandering had gehouden, toonde zich terughoudender. Een van de commentatoren zei dat hij dacht dat ze niet gerust was op het vooruitzicht van een verenigd, herrijzend Duitsland.

De volgende ochtend bracht succes en betrekkelijke luxe. Hun vliegtuig stond klaar bij de viplounge. Aan boord bleken de stoelen klein en dicht opeen geplaatst te zijn, maar wel voorzien van heel zacht leer. Vanwege de vertragingen en ontregelde bevoorrading, kregen ze niets te eten. Op vliegveld Tegel reed er een bus voor tot aan de vliegtuigtrap. Toen ze instapten controleerde een veiligheidsbeambte hun paspoorten met niet meer dan een snelle blik. Roland zag dat de andere groepsleden, brak en stil na een avond in de kroegen van Bristol, koffers bij zich hadden die ruim genoeg waren voor schone overhemden, een extra paar schoenen en een tweede pak. Zelf had hij alleen maar een kleine rugzak bij zich met ondergoed, een schone sweater en twee dikke overhemden. Hij droeg lichte wandelschoenen en een spijkerboek. Als het hotel erg deftig was, zou men hem misschien niet eens binnenlaten. Daphne had gelijk, hij liep erbij als een student.

Terwijl ze door druk verkeer naar het centrum van de stad reden, besloot hij niet meteen in te checken bij het hotel. Peters gezelschap had een lunch met de heer Tarrant en daarna een middag met presentaties op het programma staan. Roland vroeg of hij bij de Potsdamerstraße mocht uitstappen, vanwaar hij met de mensenmassa meeliep naar Oost-Berlijn. Er waren bijna negen jaar verstreken. Wat een geluk dat hij hier was, en niet in Malmö. Hij voelde zich onmiddellijk op zijn gemak en thuis, ook al was de stemming opgetogen en zag alles er nieuw uit. Een gestage stroom Oost-Berlijners trok de tegenovergestelde richting op. Groepen jongens met voetbalsjaaltjes, oudere echtparen, gezinnen met kinderen en baby's in kinderwagens. Roland nam aan dat ze na Checkpoint Charlie waren verdwaald en met hun honderd mark 'welkomstgeld' van de West-Duitse overheid op weg waren naar de felverlichte winkels aan de Kurfürstendamm.

Ze werden begroet met kreten van 'Willkommen!' en zelfs met omhelzingen. In de tv-verslagen van de vorige avond was nogal de nadruk gelegd op het feit dat de 'Ossis' gemakkelijk te herkennen waren aan hun goedkope kleding en hun slecht gesneden spijkerjasjes. Maar Roland zag dat niet zo. Wat ze gemeen hadden was een zekere verdwaasde en aarzelende blik. Ze vermoedden dat dit niet kon duren. Binnenkort zouden ze weer worden gesommeerd terug te gaan naar het Oosten voor een of andere vorm van afrekening. Het was onvoorstelbaar dat de autoriteiten van de ene dag op de andere zomaar konden zijn beroofd van hun greep op privélevens.

Onder het lopen probeerde Roland zichzelf wijs te maken dat hij oplette of hij in de mensenmassa's toevallig de Heises zag, en dat hij niet uitkeek naar Alissa. Een verdeeld Duitsland had voor haar minder betekend dan voor hem. Maar zelfs als ze hierheen was gekomen, was de kans dat hij haar tussen de tienduizenden zou zien minimaal. En hij wilde haar ook helemaal niet zien. De Potsdamerstraße boog geleidelijk af naar het oosten en kwam uit bij de Muur. Op een uitgestrekt stuk braakland voor hem, met wat berken en lantaarnpalen, had zich een enorme menigte verzameld. Roland passeerde een groep verbijsterde West-Berlijnse politieagenten met bloemen in de knoopsgaten van hun groene uniformjasjes. Hij liep vlak langs het hoge uitkijkplatform waar bezoekende hoogwaardigheidsbekleders vaak naartoe werden gebracht om over het niemandsland heen naar de oostelijke sector te kijken. Nu was het zo overladen met mensen en filmploegen dat het elk moment leek te kunnen kantelen. Terwijl hij dieper in de menigte doordrong ging er een enorm gejuich op. Een hijskraan, scherp afgetekend tegen de egaal grijze hemel, was bezig een L-vormig stuk van de Muur, nauwelijks een meter breed, weg te tillen. Het bleef even hangen, aan de ene kant wit, aan de andere vol bontgekleurde graffiti, en draaide langzaam om zijn as, alsof het wilde tonen hoe twee domeinen hier spontaan samenspanden. Daarna werd de brok steen onder massaal applaus neergelaten in het niemandsland, waar andere stukken

Muur al rechtop waren neergezet, als menhirs, Stonehenge-achtige monumenten voor een verdwijnende cultuur.

Roland drong nog dieper door in de menigte en werd er al snel door naar voren gestuwd. Hij bleef onwillekeurig gezichten afspeuren terwijl hij werd voortgedreven naar de tien meter brede bres in de Muur. De jongste en sportiefste Berlijners waren erop geklommen of gehesen, en zaten wijdbeens op de ronde betonnen bovenrand. Ze vormden een wel tweehonderd meter lange rij benen. Een eenzame figuur die een vage gelijkenis vertoonde met Buster Keaton was zo vermetel om in wankel evenwicht rechtop op de Muur te staan, zodat hij goed kon zien hoe het er bij de bres aan toeging. Hij keerde zich naar het Oosten, hief zijn armen en maakte met beide handen het vredesteken. Het was onwaarschijnlijk dat iemand daar aan de overkant hem kon zien.

Roland had zich voorgesteld dat hij aan één kant zou staan toekijken hoe overgelukkige Oost-Berlijners overstaken naar het Westen. In plaats daarvan werd hij meegevoerd door een triomfantelijke menigte die naar het Oosten stroomde, naar de grote zanderige vlakte van het niemandsland. Uiteindelijk liet hij zich meeslepen door het moment. Een deel van de geschiedenis van de verdeelde stad, van de verdeelde wereld, was ook zijn eigen geschiedenis. Toen hij aan het eind van de jaren zeventig veelvuldig was overgestoken, had hij zich taferelen als deze, van zo'n grenzeloze betekenis en symbolisch gewicht, niet kunnen voorstellen. En toch lagen ze in handen van welwillende mensenmassa's. Die bepaalden – samen met hem – wat er gebeurde. Hier te staan en rond te lopen op dit verboden gemilitariseerde terrein was net zo opzienbarend als op de maan staan. Iedereen voelde het. Roland was altijd beducht geweest voor de labiele stemmingen van mensenmenigten, maar voelde zich nu opgenomen in de algehele vreugde. De ellendige nasleep van de Tweede Wereldoorlog was voorbij. Een vreedzaam Duitsland zou worden herenigd. Het Russische machtsblok was zonder bloedvergieten uiteen aan het vallen. Er zou een nieuw Europa verrijzen. Rusland zou in navolging van Hongarije, Polen en de rest een democratie worden. Wellicht zelfs een wegbereider. Het was helemaal niet zo ondenkbaar meer dat je op een goede dag van Calais naar de Beringzee zou kunnen rijden zonder dat je onderweg je paspoort hoefde te laten zien. De nucleaire dreiging van de Koude Oorlog was verleden tijd. De grote ontwapening kon beginnen. De geschiedenisboeken zouden hiermee afsluiten: een juichende menigte goedwillende mensen die een keerpunt in de Europese beschaving vierden. De nieuwe eeuw zou fundamenteel anders zijn, fundamenteel beter en wijzer. Hij had gelijk gehad toen hij dat de vorige week tegen Daphne en Peter had gezegd.

Hij werd verder mee gestuwd naar dat voor de hand liggende maar zo licht vergeten feit, dat de Muur grotendeels bestond uit twee evenwijdige muren die van elkaar waren gescheiden door de *Todesstreifen*, de zone des doods. Ze staken die over via een brede doorgang die links en rechts was afgezet met draadgaashekken. Daar was het terrein ontdaan van landmijnen en voetangels. Achter de hekken zag hij de Oost-Duitse grenswachten, de Vopo's, in groepjes bij elkaar staan, sommigen waren nauwelijks meer dan tieners. Een paar dagen terug hadden ze nog opdracht gehad iedereen die zich binnen deze zone waagde zonder pardon neer te schieten. Nu stonden ze er schaapachtig bij. Hij zag dat ze hun revolver in de holte van hun rug droegen. Vijftig meter achter de Vopo's wemelde het van de konijnen die aan het gras knabbelden. Hun gouden tijd zou spoedig voorbij zijn. Binnenkort zouden de projectontwikkelaars hun gebied in beslag komen nemen.

Uit een megafoon aan de westelijke kant klonk het verzoek of mensen zich omwille van de veiligheid zo veel mogelijk wilden verspreiden. Het gemoedelijke volk gehoorzaamde ogenblikkelijk. Roland was weer aan het speuren. Zouden Florian en Ruth erin zijn geslaagd met de meisjes hierheen te komen? Hij wist dat zo snel uit Schwedt wegkomen onmogelijk zou zijn geweest. Maar hij wilde ze hier hebben. Ze verdienden het om hier te zijn. Vijf minuten lang hield hij zich afzijdig van de mensenstroom door het kale land met het gras, het onkruid en de bloemen van de voorbije zomer, vergat hij waar hij was en keek hij alleen maar naar de gezichten.

De kick van het rondlopen op een plek die ooit verboden terrein was begon weg te ebben. Na twintig minuten vol verwondering op het veld te hebben gestaan en foto's te hebben gemaakt, begaven velen die vol opwinding met de massa mee door de opening in de Muur waren gestroomd zich weer terug in de richting van het Westen. Roland volgde hen. Het was koud als je niet in beweging bleef. Net als de anderen had hij de kick gevoeld die je kreeg als je je in het middelpunt van een belangrijke historische transitie bevond, en nu wilde hij die opnieuw ervaren, ergens anders aan de oude grens. Een groot deel van de rest van zijn avond zwierf hij rusteloos rond op zoek naar nieuwe bewijzen of bekrachtigingen van de historische gebeurtenis. Hij bewoog steevast mee met de onvermoeibare mensenmassa's, tegen de stroom in van degenen die de tegenovergestelde richting uit gingen, om te gaan zien wat hij net gezien had. Maar hij kon zichzelf er niet van weerhouden uit te kijken naar Alissa.

Toen hij door de opening in de Muur terugkwam werd hij verwelkomd met gejuich en applaus. Er waren nieuwkomers gearriveerd die hem en de mensen om hem heen aanzagen voor Oost-Berlijners die de oversteek naar de vrijheid maakten. Een kromgegroeide bejaarde man drukte hem een pakje kauwgum in handen. Proberen het terug te geven had geen zin. Vandaag was het historisch bewustzijn heel precies afgestemd. In 1945 had een GI of Tommy misschien wel vanaf de geschutskoepel van een tank of vanuit een drietonner hetzelfde lekkers naar deze man gegooid. Een net gearriveerde filmploeg hield Roland staande. Boven het lawaai uit vroeg een met een microfoon gewapende verslaggever hem in een heerlijk zangerig Welsh accent of hij Engels sprak. Hij knikte.

'Dit is een geweldige dag. Wat gaat er door u heen?'

'Ik voel me geweldig.'

'U hebt zojuist het niemandsland overgestoken, de beruchte zone des doods. Waar komt u vandaan?'

'Londen.'

'Jezus! Cut!' De verslaggever glimlachte vriendelijk. 'Sorry, man. Niet persoonlijk bedoeld.'

Ze schudden elkaar de hand en Roland liep door in noordelijke richting, met de Muur steeds rechts van hem. Net als duizenden anderen wilde hij zien hoe het eraan toeging bij de Brandenburger Tor. Tegen de tijd dat hij daar aankwam was het al aan het schemeren. Er was hier een veel grotere mensenmassa op de been, en de Muur, die het onderste gedeelte van de monumentale poort aan het oog onttrok, was hier nog volledig intact. Er stond een rij Vopo's bovenop, die fel werd uitgelicht door de televisielampen. Ze hadden iets kolderieks, vond Roland. Alsof er een ceremoniële militaire inspectie op het punt van beginnen stond. Aan de ene kant, beneden op straat, liep hun commandant, nerveus rokend, doelloos heen en weer. De menigte drong op naar de Muur en leek er klaar voor om hem over te nemen van de grenswachten. Maar toen iemand een bierblikje naar hen gooide, klonk het luid uit vele kelen: 'Keine Gewalt!' Roland drong met de anderen mee naar voren. De soldaten zagen er net zo zenuwachtig uit als hun commandant. Ze stonden met een man of dertig tegenover een menigte van duizenden, die hen met gemak zou kunnen overmeesteren. Toen klonk er boegeroep, gefluit en langzaam handgeklap. Een paar minuten lang kon niemand in Rolands deel van de menigte zien wat er gaande was. Totdat hij door een plotselinge golvende beweging en zwenking in de meute, een beweging die door de opeengeperste massa trok, zijwaarts werd gestuwd en het duidelijk werd. Er had zich een kordon West-Berlijnse politie voor de Muur opgesteld, tegenover de menigte, om de Vopo's te beschermen. Ergens hogerop in de commandoketen moest grote ongerustheid heersen. Een incident zou kunnen escaleren. Al jaren werd voorspeld dat de Derde Wereldoorlog zou beginnen met een ongelukkige confrontatie bij de Muur. De communistische autoriteiten zouden mogelijk proberen de status quo te herstellen. Het Tiananmenplein lag nog vers in ieders geheugen. Nare gedachten aan de ramp in Hillsboroughstadion in april van dat jaar bekropen Roland. Tientallen mensen waren daar hulpeloos doodgedrukt onder het gewicht van lichamen. Er hoefde maar één iemand te struikelen. Hij moest maken dat hij wegkwam uit het gedrang.

Hij keerde de Muur de rug toe en begon zich door de menigte heen naar achteren te werken, en vervolgens opzij. Dat ging niet gemakkelijk. Er was voortdurend de druk van de lichamen, die je onbedoeld naar het Oosten duwde. In het gedrang hadden mensen last van zijn rugzak, maar er was geen ruimte om hem af te doen. Het kostte hem een halfuur duwen en 'Entschuldigung' mompelen om zich uit de mensenkluwen te bevrijden. Hij merkte dat hij vlak bij het punt was uitgekomen waar hij zich in de menigte had begeven, aan de zuidkant, dus leek het zinnig om terug te lopen in de richting waaruit hij was gekomen. Hij moest plassen en onderweg stonden bomen.

Hij liep terug naar het gedeelte van de Muur bij de Potsdamerstraße en ontdekte dat het donker de mensenmassa niet had verdreven. Er waren mensen in de berken geklommen, waaraan ze als reusachtige vleermuizen in het halfduister hingen. Waarom was hij weer hier teruggekomen? Omdat hij naar haar op zoek was, niet alleen maar door voorbijgangers te scannen, maar actief op zoek. Hij had zichzelf ervan overtuigd dat het onmogelijk was dat ze hier niet was. Hij leunde tegen een van de palen waar het uitkijkplatform op rustte, terwijl de mensen voorbij stroomden. De lampen van de tv-ploegen boden hem voldoende licht. Hij voelde zich stom en besluiteloos, omdat hij geen idee had wat hij wilde of wat hij zou gaan zeggen als hij haar zou zien. Moest hij haar naam roepen? Haar op de arm tikken? Het voelde niet als liefde. Hij was niet in de stemming voor verwijten. Hij wilde haar gewoon zíén. Zinloos. Zij zat ergens thuis en volgde alles via de televisie. Maar nee, hij kon haar niet van zich afzetten.

Na een halfuur dacht hij dat hij elke versie van het menselijk gezicht wel gezien had, elke variatie op een beperkt thema. Ogen, neus, mond, haar, huidskleur. Maar ze bleven nog steeds komen, en elke minieme mutatie leverde een gigantisch verschil op. Wist hij eigenlijk wel waar hij op moest letten? Kort haar dat weer lang was geworden, maar nog steeds hennakleurig? Het zou niet uitmaken. Hij zou haar herkennen aan haar uitstraling.

Uiteindelijk gaf hij het op en liep hij verder. Al snel kwam hij langs de Muur, door de Niederkirchnerstraße. Een met witte verf aangebrachte graffito zei: *Sie kamen, sie sahen, sie haben ein bisschen eingekauft*. In historisch Berlijn zou Caesar zeker niet vergeten zijn. Roland vertraagde zijn pas bij de restanten van het gesloopte hoofdkwartier van de Gestapo. Bovengronds was er niets van over. Hij bleef stilstaan om omlaag te kijken. In het halfduister glinsterde een rij wit betegelde ondergrondse cellen. Hier hadden Joden, communisten, sociaaldemocraten, homoseksuelen en talloze anderen hun laatste ogenblikken in angst en pijn doorgemaakt. Het verleden, het nabije verleden, was een gewicht, een last van opgehoopt puin, vergeten verdriet. Maar het gewicht dat hij voelde was indirect. Het stelde eigenlijk niets voor. Het toevallige geluk was niet te berekenen: dat hij was geboren in 1948 in het vredige Hampshire, en niet in Oekraïne of Polen in 1928, dat hij niet in 1941 van de trappen van de synagoge was gesleurd en hierheen was gebracht. Zijn wit betegelde cel – een pianoles, een vroegtijdige liefdesaffaire, een gemiste opleiding, een vermiste vrouw – was daarbij vergeleken een luxe hotelsuite. Als zijn leven tot dusver een mislukking was, zoals hij vaak dacht, was dat tegen de achtergrond van de ruimhartigheid van de geschiedenis.

Toen hij bij Checkpoint Charlie aankwam, was hij er mentaal een stuk beter aan toe. De tegengestelde stromingen van jubelen en zinloos zoeken hadden ervoor gezorgd dat hij rustiger en minder bevooroordeeld tegen de dingen aankeek. Hij kon ophouden met gezichten scannen. Hier was de situatie zoals je die op tv zag: juichende, applaudisserende mensenmassa's die voetgangers en Trabants begroetten, waarbij sommige uitgelaten passagiers sekt uit de ramen spoten; en de geduldige rijen voor het incasseren van het welkomstgeld. Ook hij had hier vele saaie uren in de rij gestaan. Wat hij ook zag was de frustratie van filmploegen die het schitterende moment wilden vastleggen zonder dat er een andere filmploeg in beeld kwam.

Hij was ontroerd door wat hij zag en applaudisseerde mee, maar bleef niet langer dan een kwartier. Café Adler was vlakbij en hij had dorst en last van de kou.

In zijn Berlijnse tijd was hij hier vaak geweest. Het etablissement was er een in oude Oost-Europese stijl, ruim, met een hoog plafond en een air van zelfverzekerdheid die van oudsher gold. De kelners waren echte kelners, geboren voor het vak, geen ambitieuze acteurs of doctoraalstudenten. Deze avond was de zaak afgeladen en lagen de stoelen vol met winterjassen en bergen sjaals. Elders was er geen ruimte voor. Het was er lawaaiig door de op indringende toon gevoerde gesprekken, en de warme lucht was klam geworden van alle opgewonden gepraat. Zijn bril besloeg ogenblikkelijk. Hij had niets om hem mee schoon te wrijven, dus bleef hij bij de deur staan wachten tot hij er weer door kon kijken. Het rumoer van luide stemmen, het vage maar niet onaangename gevoel dat hij er niet bij hoorde, deed hem denken aan feestjes waar hij was geweest en waar hij niemand kende. Maar hier was dat niet het geval. Toen zijn brillenglazen opwarmden zag hij haar, misschien tien meter bij hem vandaan, aan een rond tafeltje. Daarop stonden twee koppen koffie. Ze zat te praten met een man van ongeveer haar leeftijd. Roland liep langzaam op hen af. Ze zat naar haar metgezel toegekeerd en luisterde aandachtig. Roland was nog maar een paar tellen van haar verwijderd, maar ze had hem nog altijd niet gezien.

7

Hij besefte dat het inbeelding was, dat er een algehele stilte viel in Café Adler toen hij zich tussen de tafeltjes door een weg zocht. Niemand merkte hem op, iedereen praatte door. Maar de illusie was krachtig, een vorm van narcisme of, nauw daaraan verwant, paranoia. De ontmoeting of confrontatie die aanstaande was zou gedenkwaardig zijn, sowieso voor hem, maar misschien, althans dat hoopte hij, ook voor Alissa. Toen hij voor haar tafeltje bleef staan leken het rumoer en gekletter in het restaurant weer abrupt aan te zwellen, als het geluid van een radio die ineens op een veel te hoog volume is aangezet. Een moment van wereldschokkend belang moest gepaard gaan met enig geraas. Hij had Alissa en haar vriend een paar tellen ongemerkt kunnen gadeslaan en had daar zijn conclusies uit getrokken. Maar Roland wist nog steeds niet wat hij wilde. Een verklaring eisen, zijn nieuwsgierigheid bevredigen, verwijten maken, zijn gekwetstheid tonen? Geen van alle. Wilde hij dan niet eens in alle redelijkheid een formele scheiding voorstellen? Zijn behoeften waren vaag. Er was eerder sprake van een niet-aflatende hang naar haar, een verlangen waar ook de erotische kant deel van uitmaakte, maar die verderging. Het had iets kinderlijks, iets onschuldigs, iets onstuimigs. Het zou wel liefde zijn. In de paar tellen voordat ze hem zag had hij het gevoel dat er op fundamenteel niveau weinig tussen hen was veranderd. Hij had alle recht om hier te zijn. Zij was per slot van rekening zijn vrouw, ook al had hij de hoop opgegeven haar terug te krijgen. Hij had gelijk dat hij haar aansprak, ook al wist hij niet waar hij op uit was. Hij had alle recht om niets te willen.

Ze zag er goed uit, zo goed als nooit tevoren, beter dan ooit.

Geen spoor van leer met zilveren noppen en het kortgeknipte met henna geverfde haar waarmee ze drie jaar daarvoor haar moeder had overvallen. Alissa's kin en wang steunden lichtjes op haar hand terwijl ze met volle aandacht naar haar vriend zat te luisteren. Ze droeg een ruimvallende dikke sweater die in plooien om haar ellebogen viel, een strakke spijkerbroek en donkerrode, modieuze wandelschoenen. Haar halflange haar zag eruit alsof het door een dure kapper was geknipt. Ze had geld. Nou, hij tegenwoordig ook. Al was hij gekleed als een liftende student, compleet met rugzak. Tussen haar en haar metgezel, tussen de koffiekopjes, lag een dikke paperback, met de voorkant omlaag. De man aan haar tafeltje was slank, had geverfd blond haar en een klein gouden vredesteken in zijn linkeroorlel. Hij keek als eerste op. Hij stopte met praten en legde een hand op Alissa's pols. Maar hij liet hem daar niet liggen, merkte Roland op. Het schuldgevoel van de minnaar. Ze verroerde zich niet, maar keek simpelweg even schuin omhoog, en pas toen bracht ze langzaam haar hoofd in lijn met haar blik, die op Roland bleef rusten. Het trof hem dat haar schouders leken in te zakken toen ze een snelle zucht slaakte. Hij had de indruk dat ze teleurgesteld was. Roland Baines, net nu ze niet op hem zat te wachten. Hij dacht dat hijzelf een fractie hartelijker keek dan neutraal toen hij haar vaag toeknikte ter begroeting. Maar op haar gezicht bespeurde hij nog geen zweem van een glimlach. Hij kon liplezen wat ze mompelde: 'Das ist mein Mann.'

Haar vriend bracht het er beter van af. Hij stond onmiddellijk op en stak hem zijn hand toe. 'Rüdiger.'

'Roland.'

Rüdiger trok er een stoel bij en Roland ging zitten.

'De kelner houdt zich vandaag nogal schuil. Kan ik iets voor u te drinken halen?'

Zijn houding was vriendelijk en hoffelijk. Roland vroeg om een grote koffie. Het was onvermijdelijk, dat was duidelijk, maar toch was hij stomverbaasd dat hij recht tegenover zijn vrouw zat. Terwijl Rüdiger wegliep om te bestellen, vond Roland het jammer dat hij alleen met haar werd achtergelaten. Er viel zoveel te zeggen dat hem niets te binnen schoot. Haar blik ging langs hem heen, ze keek hem niet aan. Ze was ineens zo vertrouwd voor hem dat hij erdoor werd overmand. Verschillende emoties wisselden elkaar af: woede, verdriet, liefde en toen weer woede. Hij moest ze onderdrukken maar wist niet zeker of hem dat zou lukken.

Hij kende haar door en door. Zij zou niet als eerste iets zeggen. Hij klonk hemzelf armetierig in de oren toen hij uiteindelijk zei: 'Wat een ongelooflijke gebeurtenissen allemaal.' Kletsen over het einde van de Koude Oorlog was hun manier om het ijs te breken.

'Ja, ik ben hier zo snel mogelijk naartoe gekomen.'

Hij stond op het punt te vragen waarvandaan, maar ze voegde er in één adem aan toe: 'Hoe gaat het met Larry?'

Hij miste het verdriet achter haar luchtig gestelde vraag en hoorde alleen een banaal verzoek om informatie. De plotselinge heftigheid van zijn eigen gevoelens overviel hem. Dit was wat hij al die tijd zonder het echt te beseffen met zich had meegedragen. Hij liet zich achterover zakken in zijn stoel om de afstand tussen hen te vergroten. Hij was vastbesloten om onaangedaan en niet gekwetst te klinken, maar zijn stem was hees.

'Wat kan jou Lawrence schelen?'

Ze keken elkaar nu recht aan, recht bij elkaar naar binnen. Ze wisten te veel. Tot zijn naïeve verbazing zag hij tranen opwellen over de pupillen en irissen, eerst in het linkeroog, toen in het rechter, en daarna rolden ze over haar wangen. Een rijkelijke stroom. Met een kreet sloeg ze haar handen voor haar gezicht, net op het moment dat de kelner, een oude man met een dermate kromgetrokken rug dat zijn gezicht naar de grond gericht was, waardoor hij erbij liep als een boeteling, kwam aanzetten met een dienblad met drie koppen koffie. Vlak achter hem liep Rüdiger, die de kelner hielp de kopjes op tafel te zetten, afrekende en, nog steeds staande, zei: 'Het spijt me. Zal ik jullie verder alleen laten?'

Met Roland en Alissa was het binnen vijf minuten al hopeloos mis. Opnieuw wilde hij niet alleen gelaten worden. Met iemand erbij, ook al was het haar minnaar, zouden ze zich allebei weten te beheersen.

Met luide stem om boven het rumoer uit te komen, zei hij: 'Bitte bleib.'

Rüdiger ging zitten. De twee mannen dronken zwijgend hun koffie. Alissa herstelde zich langzaam. Roland voelde zich misselijk worden in afwachting van het moment dat zijn rivaal een arm om haar heen zou slaan of iets troostends in haar oor zou fluisteren. Maar Rüdiger keek strak voor zich uit en warmde zijn handen aan de koffiekop. Ineens stond Alissa op en zei dat ze even naar het toilet ging. Ook dat was ongemakkelijk, want nu bleef hij alleen achter met haar vriend. Roland had spijt dat hij naar Café Adler was gegaan. Hij voelde zich machteloos, lomp, belachelijk. Rüdiger leek op zijn gemak te zijn, of in ieder geval rustig, en leunde achterover op zijn stoel. Nadat hij zijn koffie had opgedronken haalde hij een klein pocketboek uit zijn zak en begon te lezen. Roland wierp een snelle blik op het omslag. Heine. Een keuze uit de gedichten. De regel schoot hem te binnen en het was alsof iemand anders hem hardop uitsprak. Het was een cliché, elke Duitse scholier kende het, zoals de narcissen van Wordsworth of de pa en ma van Larkin. Het kon hem niet schelen. De woorden ontsnapten hem gewoon. 'Ich weiß nicht, was soll es bedeuten...'

Rüdiger keek glimlachend op. 'Daß ich so traurig bin...'

Roland zette de derde regel in: 'Ein Märchen...' Maar hij voelde onmiddellijk een domme brok in zijn keel, waardoor hij helaas niet verder kon gaan. Belachelijk. Hij wilde niet dat de andere man het zou merken. Droefenis en machteloze woede, zelfmedelijden, vermoeidheid, hij zou het nooit weten. Dit was een gedicht dat Jane Farmer hem had laten lezen. Misschien was het heimwee naar de tijd dat het gezin nog intact was.

Rüdiger boog zich naar voren. 'Dus je houdt van Heine.'

Roland haalde een keer diep adem en vond zijn stem terug. 'Het weinige dat ik van hem ken.'

'Ik moet je iets zeggen, Roland. Voor alle duidelijkheid.'

'Ja?'

'Voor het geval je dat denkt: ik ben geen intieme vriend van Alissa. Geen minnaar, of hoe je dat ook noemt. Ik ben haar, eh, Scheisse, Verleger?'

'Uitgever?'

'Ik bedoel Lektor, redacteur. Bij uitgeverij Lucretius uit München.' Omdat Roland niet-begrijpend keek, voegde hij eraan toe: 'Heeft ze je het grote nieuws niet verteld? Blijkbaar niet. Dus.' Hij maakte een gebaar dat op overmacht duidde.

'Dus?'

'Ze moet het je zelf maar vertellen. Daar komt ze weer aan.'

Ze keken naar haar toen ze naderde. Roland kende dat loopje. Alissa zou het kort houden en weg willen. Hij wilde ook weg. Hij was moe van het feestgedruis, van de bedompte lucht, de lichamen en de jassen om hem heen, al die uren met andere mensen. Ook zag hij op tegen de verdere confrontatie met haar. Twee minuten was genoeg.

Zodra ze bij hen was, zei ze: 'Ik zou hier graag weg willen.'

Rüdiger stond onmiddellijk op. Alissa en hij gingen even apart staan voor een snel onderonsje. In de paar seconden die hij voor zichzelf had stelde Roland zich voor dat hij in een koele, boomloze omgeving was, Schotland, Uist, Muck, een rotskust, een diepblauwe zee. Alleen. Hij pakte zijn rugzak op. Rüdiger en Alissa omhelsden elkaar kort en toen Rüdiger wegliep stak hij een hand op naar Roland bij wijze van informele afscheidsgroet.

Ze draaide zich om en zei: 'Ik moet je iets vertellen. Maar niet hier.'

Hij volgde haar naar buiten. De mensenmassa's stroomden hun kant op vanaf de opengestelde grensovergang. Velen hadden hun welkomstgeld gekregen en wilden dolgraag van alles bekijken. Er waren tientallen, honderden kinderen bij die stuiterden van de opwinding, en hinkelend en huppelend over straat gingen. Alissa liep tegen de stroom in in de richting van de Kochstraße, in wat ze het voormalige Oosten zouden moeten leren noemen.

Roland liep een paar passen achter haar. Geen van beiden konden ze het opbrengen om onder het lopen over koetjes en kalfjes te praten. Ze sloegen een smallere straat in die geen naam leek te hebben. Ze stopte precies op het moment dat het begon te miezeren. Daar, onder een kale plataan, zouden ze hun gesprek voeren. Toen zag ze aan de overkant van de straat een steegje.

Ze liepen het een eindje in. Het was misschien drie meter breed en aan het begin bestraat, maar verderop waren de keien weggehaald en ging het over in blubber en het dode onkruid van de zomer. Uit een raam boven viel een blok gelig licht, en ze gingen net tegen de rand daarvan staan, bijna binnen het schijnsel. Eindelijk rust om hen heen. Ze leunde met haar rug tegen de muur. Hij deed hetzelfde, recht tegenover haar, en wachtte af. Ze sloegen geen acht op de kille regen op hun blote hoofd. Hij wist dat een heel betoog houden niks voor haar was. Na een tijdje zei hij zacht: 'Dus je wilde me iets vertellen.'

Hij zei het ondanks het feit dat hij liever niet wilde horen wat ze te zeggen had, want hij verwachtte een stroom, een rivier van verwijten. Terwijl hij juist de benadeelde partij was. Maar hij had geen zin om te klagen of er iets over te zeggen. Hij verkeerde in een welkome staat van gevoelloosheid. Van onwerkelijke onverschilligheid. Misschien dat hij er later spijt van zou krijgen. Maar wat er hier ook gezegd zou worden, het zou niets aan de situatie veranderen. Ze zou vastbesloten doorgaan met waar ze mee bezig was. Hij zou naar huis gaan. Zijn leven zou gewoon verdergaan als voorheen. Met Lawrence ging het prima, die was allang gewend aan het leven met een alleenstaande ouder. En met de wereld ging het de goede kant op. Hij herinnerde zich en herhaalde in gedachten het plotselinge optimisme dat in het niemandsland in hem was opgelaaid. Nog maar drie uur geleden. Nu al werd verwacht dat de satellietstaten van de Sovjet-Unie zich tot het Westen zouden wenden en in de rij zouden gaan staan om toegelaten te worden tot de Europese Gemeenschap en de NAVO. Maar was de NAVO nog wel nodig? Hij zag het helemaal voor zich: Rusland, een vrij en democratisch land dat zou ontluiken als een bloem in de lente. Onderhandelingen over vermindering en uiteindelijke afschaffing van kernwapens. Waarna enorme vloedgolven van geld en goede bedoelingen met hun frisse water het vuil van alle sociale problemen zouden wegspoelen. Het zou een verkwikkende werking hebben op het algemeen welzijn: scholen, ziekenhuizen en steden zouden worden vernieuwd. Op het Zuid-Amerikaanse continent bezweken de tirannieën en zou het regenwoud in het Amazonegebied worden gered en gekoesterd. Ze konden beter de armoede uitroeien dan de bomen. Voor miljoenen zou er tijd komen voor muziek, dans, kunst en festiviteiten. Margaret Thatcher had het aangetoond bij de VN: bij rechtse politici was eindelijk het kwartje gevallen wat betreft klimaatverandering en ze geloofden dat ze, nu er nog tijd was, in actie moesten komen. Dit was een onderwerp waar iedereen het over eens kon zijn, waardoor Lawrence, zijn kinderen en kindskinderen in een betere wereld zouden kunnen leven. Roland zag duidelijk hoe Berlijn hem in de jaren zeventig op de been had gehouden en hem nu in staat stelde de onbeduidende treurnis en vernederingen in zijn privéleven in perspectief te plaatsen. Nu hij haar gezien had, was Alissa tot menselijke proporties geslonken, tot gewoon de zoveelste persoon die, kwetsbaar als ze was, probeerde te begrijpen wat haar allemaal overkwam. Hij zou nu kunnen vertrekken, de U-Bahn naar de Uhlandstraße nemen, naar zijn hotel gaan en aan de bar met Peter en zijn elektrische vrienden het glas heffen op de toekomst. Misschien hadden ze hun deal gesloten. Maar hij had het gevoel dat hij Alissa iets verschuldigd was. Wat was zij hem verschuldigd?

Ze stond tegen de her en der bekladde betonnen muur van de steeg en zweeg nog altijd. Het bleef miezeren. Ze nam haar draagtas van haar schouder en zette die tussen haar voeten.

'Kom op, Alissa. Vertel het of ik ben weg.'

'Oké.' Ze haalde een sigaret uit haar tas, stak hem op en nam er een ferme haal van. Dit was nieuw. 'Ik stel me al drie jaar voor dat ik dit tegen je zeg. Dat ging altijd gemakkelijk, het kwam er vlot uit. Maar nu... goed. Toen Larry een maand of drie was kreeg ik een belangrijk inzicht. Misschien dat het voor iedereen die mij goed kende allang duidelijk was. Maar voor mij was het een openbaring. We waren die middag met de baby gaan wandelen in Battersea Park. Toen we terugkwamen sliep hij. Jij wilde vrijen. Ik niet. We kregen woorden. Weet je het nog?'

Hij schudde zijn hoofd, nog voordat hij zich realiseerde dat hij het inderdaad niet meer wist. Maar het klonk geloofwaardig.

'Ik liep naar boven en ging op bed liggen, maar ik was te moe om te kunnen slapen. Toen zag ik het. Ik was het leven van mijn moeder aan het overdoen, precies hetzelfde patroon aan het volgen. Eerst een zekere literaire ambitie, dan de liefde, dan een huwelijk, dan een kind, waardoor de eerdere ambities werden weggedrukt of vergeten, en je de toekomst tot in lengte van dagen kon uittekenen. Plus de verbittering. Het leek me verschrikkelijk als ik haar verbittering zou erven. Ik voelde hoe haar leven aan het mijne trok en me met haar de diepte in sleurde. Die gedachten wilden niet wijken. Ik bleef aan haar dagboeken denken. Aan het verhaal van hoe ze bijna schrijfster was geworden, maar dat dat haar niet gelukt was, en aan hoe ik was opgegroeid met die mislukking. In de weken daarna besefte ik dat ik weg zou gaan. Zelfs toen we het hadden over een tweede kind was ik al plannen aan het beramen. Ik was twee mensen tegelijk. Ik moest iets creëren in mijn leven, iets meer dan alleen een baby. Ik zou bereiken wat zij niet had kunnen of willen bereiken. Ook al hield ik nog zoveel van Larry. En van jou. In eerste instantie dacht ik dat ik je alles moest uitleggen. Maar jij zou ertegen in zijn gegaan, jij zou het me uit het hoofd hebben gepraat. Ik voelde me zo schuldig dat dat niet moeilijk zou zijn geweest...'

De woorden stierven weg op haar lippen en ze keek naar haar voeten. Beschuldigde ze hem ervan dat hij niet had geprobeerd haar over te halen om te blijven? Opnieuw worstelde hij met zijn eigen verwarring. Aha, de grote consumentenmarkt van de zelfontplooiing, waarvan de egoïstisch dreinende baby die in eendrachtige samenwerking met de echtgenoot met diens absurde verzoeken, de dodelijke vijand was. Hij had zelf ook gefnuikte ambities en dagen en nachten opgeofferd aan de boreling. Maar ze stonden hier niet in een natte steeg om een verlate huwelijkstwist uit te vechten. Zijn onverstoorbaarheid, althans de schijn daarvan, had nog net de overhand. Hij zei: 'Ga door.'

'Je luistert al niet meer. Dat merk ik. Je vindt het de moeite niet waard.'

Ze kende hem goed. Hij zei: 'Ik luister.'

Na een korte stilte zei ze: 'Misschien zag ik het verkeerd. Ik dacht dat het radicaal moest zijn, in één klap afgelopen. Het was wreed en dat spijt me. Dat spijt me echt... Het was altijd al erg genoeg, jouw probleem van elke dag seks. Maar de baby... met al zijn behoeften, die sloopte me totaal. Jullie samen... er bleef niets van me over. Ik had niets meer. Geen eigen gedachten, geen eigen persoonlijkheid, geen andere wensen dan te mogen slapen. Ik moest weg. Die ochtend dat ik vertrok... naar de metro liep, was... nee, ik ga het niet beschrijven. Jij bent een goede vader en Larry was nog heel klein, en ik wist dat het goed zou komen met hem. En ook met jou, vroeg of laat. Met mij ging het niet goed, maar ik had mijn keuze gemaakt en deed wat ik moest doen. Dit.'

Ze haalde opnieuw iets uit haar schoudertas, het was het boek dat hij in het café had gezien. Ze deed een paar stappen naar voren en gaf het aan hem.

'Het is de Engelse drukproef. Het komt daar tegelijk uit met hier. Over zes weken.'

Hij stopte het boek in zijn rugzak en maakte aanstalten om te gaan. 'Bedankt.'

'Is dat alles wat je te zeggen hebt?'

Hij knikte.

'Heb je ook maar enig idee hoe moeilijk het altijd voor vrouwen is geweest om iets te scheppen, om kunstenaar of wetenschapper te zijn, of te schrijven of te schilderen? Zegt mijn verhaal je dan helemaal niets?'

Hij schudde zijn hoofd en liep weg. Een mokkende volwassen man? Zielig gewoon. Dus veranderde hij van gedachten en liep naar haar terug. 'Ik zal je vertellen hoe het zat met jou. Jij wilde verliefd zijn, je wilde trouwen, je wilde een kind, en die wensen kwamen allemaal uit. En toen wilde je iets anders.'

Het begon weer te regenen, harder ditmaal. Hij draaide zich om om te gaan, maar ze pakte hem bij zijn mouw. 'Voor je gaat. Vertel me nog iets over Larry. Alsjeblieft. Het maakt niet uit wat.'

'Het is precies zoals je zei. Het gaat goed met hem.'

'Je straft me.'

'Kom hem eens opzoeken. Het maakt niet uit wanneer. Dat zou hij geweldig vinden. Je kunt bij ons logeren, of bij Peter en Daphne. Ik meen het.' Ineens wilde hij haar hand vastpakken. In plaats daarvan zei hij het nogmaals: 'Alissa, ik meen het echt.'

'Je weet best dat dat onmogelijk is.'

Hij keek haar aan en wachtte af.

Ze zei: 'Ik ben net aan iets nieuws begonnen... een nieuw boek. Als ik hem zou zien, zou dat einde verhaal zijn.'

Hij had nooit eerder zo'n mengeling van intense en tegenstrijdige gevoelens gekend. Eén daarvan was verdriet, omdat hij vermoedde dat ze elkaar nooit meer zouden zien. Een ander was woede. Een kort schouderophalen was bepaald niet de aangewezen manier om een dergelijke innerlijke beroering uit te drukken, maar dat was alles waartoe hij in staat was. Hij wachtte nog even om te zien of hij haar nog iets kon meegeven, en of zij verder nog iets te zeggen had. Maar ze zwegen allebei, er kwam niets, dus liep hij weg in de regen.

*

Hij was niet in de stemming voor de benauwdheid en het gedrang van de U-Bahn, dus liep hij terug door de controlepost, nam een lange omweg in de richting van de Tiergarten en liep in westelijke richting naar zijn hotel. Hoewel het pas tien uur was, was de bar uitgestorven. De portier bevestigde dat zijn Engelse vrienden de deur uit waren. Alle opwinding speelde zich verder naar het oosten af. Een uur lang zat hij op een kruk aan de bar, waar hij langzaam een glas bier dronk en de lange dag doornam, een dag die was begonnen in een noodgebouw in een uithoek van het vliegveld van Bristol. Hij voelde zich goed, blij, zelfs trots dat hij de bressen in de Muur had gezien, en de mensenmassa's die daardoorheen drongen. Hij hield zichzelf voor dat het hem goed had gedaan dat hij Alissa had gesproken. Het was alsof hij was genezen van een langdurige ziekte, die pas bekend en begrepen was toen hij ervan was verlost. Als een achtergrondgeluid dat ineens ophoudt. Hij geloofde dat hij niet langer verliefd was. Wat hem het sterkst bijstond van alles wat ze gezegd had, was dat de kracht van de behoeften van Lawrence en hemzelf haar het gevoel had gegeven dat ze kapotging. Ja, zijn begeerte... Maar. Maar haar eigen lustgevoelens waren indertijd even dwingend geweest en ook aan haar andere behoeften had hij geprobeerd te voldoen. Hij had haar geholpen met de twee boeken die ze in het Engels had geschreven, hij had van het tweede twee ruwe versies uitgetypt, hij had duizend suggesties gedaan, waarvan ze het merendeel had overgenomen, en hij had geholpen met het herschrijven van het eerste boek. Hij had geworsteld met haar vervreemde proza, de staccatozinnen zonder persoonsvorm, de onduidelijke beweegredenen van de vrouwelijke hoofdpersoon. Ze waren samen omgegaan met de druk die de behoeften van Lawrence, die absoluut waren, met zich meebracht. Het was voor hen alle drie nieuw geweest, en alle drie hadden ze hun behoeften gehad. Maar nu was het tijd om dat verontwaardigde stemmetje in zijn hoofd het zwijgen op te leggen. Het was voorbij. Zittend aan de bar besloot hij dat hij een geest had bezworen. Ze had uitgelegd waarom ze was verdwenen. Mensen uit haar vriendenkring die, zoals Daphne, kritiek op haar gedrag hadden gehad, zouden benieuwd zijn. En hij was nu vrij. Hij zou zichzelf wellicht kunnen aanleren haar toewijding aan het schrijven van een afstand te bewonderen. Maar al bij die gedachte voelde hij de verbittering terugkeren. Hij was nog niet zover.

Hij ging naar boven naar zijn kamer, een suite die veel luxer was dan alles wat hij gewend was. Wat aardig van de heer Tarrant. Roland ging op de rand van het bed zitten, at alle gratis koekjes, kiwi's, goudbessen en gezouten nootjes op en dronk een liter spuitwater. Vervolgens nam hij een lange douche, trok een schoon T-shirt aan en ging op het bed liggen. Na enige aarzeling pakte hij haar boek uit zijn rugzak en woog het in zijn handen. Het was zwaar. Hij bekeek de titel op het effen omslag: *The Journey* – een tikkeltje saai, vond hij – en zag voor het eerst haar naam in grote hoofdletters. ALISSA J. EBERHARDT. Hij wierp een blik op het einde. Zevenhonderdvijfentwintig bladzijden. En de opdracht? Had hij gedacht dat het aan hem opgedragen zou zijn? Het was opgedragen aan haar ouders. Mooi. Hij sloeg de bladzijde om. Ze had het zelf vertaald. Hij sloeg er nog een om en las de eerste alinea. Hij stopte, herlas de zinnen en slaakte een zucht. Hij las vijf pagina's, stopte, bladerde terug, herlas ze... en slaakte een zucht. Hij begon bij het begin en las door tot het eind van het eerste hoofdstuk, vijfenzestig pagina's. Er was anderhalf uur verstreken. Hij liet het boek uit zijn handen vallen en bleef roerloos naar het plafond liggen staren. Dus hier had ze hem voor verlaten. Om opnieuw te beginnen. Om de wereld te ervaren alsof je alles voor het eerst zag. Hij had tegenwoordig vertrouwen in zijn eigen oordeel. Er gebeurde iets met zijn lichaam. Een tinteling, het gevoel dat hij opsteeg. Nu al, na één hoofdstuk, zag hij het probleem, zíjn probleem.

Het decor was 1940, de bombardementen op Londen, de zogeheten Blitz. In de eerste alinea's werd beschreven hoe een bom van vijfhonderd pond zich door het dak van een rijtjeshuis in het oostelijke deel van de stad boort. Een heel gezin dat te laat naar de schuilkelder is vertrokken komt om. Tussen de naar de plek des onheils gekomen brandweerlieden, ziekenwagens, buren, politieagenten en pottenkijkers staat een jonge vrouw, Catherine, alles in zich op te nemen. Ze draait zich om en loopt weg in de richting van haar huurkamer. Ze werkt als typiste op een ministerie. Daarnaast doet ze nog een paar uur in de week op het kantoor van een literair tijdschrift. Ze valt daar niemand erg op.

Ze observeert en luistert naar diverse auteurs die langskomen op het kantoor. Velen van hen gaan gebukt onder het gewicht van een grote reputatie. Ze beschouwen zichzelf, of worden door vele anderen, beschouwd als genieën. Ze houdt een aantekeningenboekje bij en koestert zelf ook heimelijk een schrijfambitie. Het Londen waar ze woont is stoffig, grijs en beangstigend. Het eten is afschuwelijk, haar kamertje in Bethnal Green is koud. Ze mist haar ouders en broer. Ze beleeft een kortstondige affaire met een man van wie ze vermoedt dat hij een crimineel is. De seks die ze hebben wordt in detail beschreven en is merkwaardig vreugdevol.

Dit alles had een deprimerend begin moeten zijn voor de lezer, maar dat was het niet, en daar lag zijn probleem. Hij voelde zin na zin hoe alles wat hij had gedacht en gevoeld op losse schroeven kwam te staan. Het proza was schitterend, helder, kunstig, en de toon was vanaf de allereerste zinnen overtuigend en intelligent. De blik was scherp, nietsontziend, invoelend. In een aantal van de meest confronterende passages hing een bijna komisch besef van zowel het menselijk tekort als de menselijke moed. Er waren alinea's die voortkwamen uit Catherines beperkte perspectief en die een breder historisch besef verschaften: lot, rampspoed, hoop, onzekerheid. In de zomer is bij de grote luchtslag een invasie afgewend. Maar de dreiging hangt nog steeds in het avondlijke duister wanneer Catherine zich van het ministerie naar huis spoedt om haar schamele avondmaal klaar te maken. Dit was een wereld die ooit was opgeroepen door Elizabeth Bowen, maar in dit boek was de presentatie subtieler, zich bewuster van de stijl, die oogverblindend was. Als er al sprake was van een invloed, een lichtend voorbeeld dat door de plooien van het proza heen schemerde, dan was het Nabokov. Zo goed was het. Niets aan deze bladzijden deed hem denken aan de eerdere twee romans die Alissa in het Engels had geschreven. De solipsistische, onsamenhangende methodiek daarvan had plaatsgemaakt voor realisme op het persoonlijke, maatschappelijke en historische vlak.

Hij las door tot vier uur 's nachts, tot het einde van een hoofdstuk op pagina 187. Ze had iets nieuws gevonden. In het begin van het boek had de belofte van grootsheid gescholen. Inmiddels wist hij dat die vervuld zou worden. De roman was groots in meerdere opzichten. Ze had het verhaal van haar moeder kunnen schrijven, gebaseerd op de dagboeken. Maar Alissa was veel verder gegaan. In 1946 ontmoet Catherine in het bevrijde Frankrijk een Amerikaanse luitenant, en omdat ze zijn hulp nodig heeft gaat ze twee nachten met hem naar bed. De daaropvolgende overdenkingen – die van de verteller, niet die van het personage – vormden een elegant geformuleerd hoogtepunt, een voorbeeldige passage over de spanning tussen jezelf compromitteren en morele noodzaak. Er waren veel van dergelijke zijpaden, bijvoorbeeld over de manier waarop een taal (Duits, Engels, Frans, Arabisch) de perceptie vormt, en over de manier waarop een cultuur de taal vormt. Er was nog een hoogtepunt, een komische scène aan een meer bij Straatsburg, waar Roland zijns ondanks om moest lachen, en waar hij, toen hij terugbladerde om de passage te herlezen, opnieuw om moest lachen. Later ontmoet ze een jonge Franse vrouw die met pek en veren is besmeurd. Er volgt een lange uitweiding over de aard van vergelding. Ze heeft een affaire met een Algerijnse moslim die heeft meegevochten met de Vrije Fransen. Hun liefde eindigt in een klucht vol misverstanden. In een militaire gevangenis in München voert ze een lang gesprek met een hoge Gestapo-officier die in afwachting is van zijn berechting in Neurenberg. Hij spreekt vrijuit tegen haar. Hij heeft niets te verliezen omdat hij, ten onrechte, denkt dat hij zal worden opgehangen. Dit geeft aanleiding tot een overweging over de aard van wreedheid en de verbeelding. De beschrijving van het verwoeste München heeft een hallucinatoir gehalte. Het ziet ernaar uit dat Catherine, in tegenstelling tot haar ontstaansbron, er wél in zal slagen de Alpen over te steken naar Lombardije, wat een gevaarlijke onderneming zal zijn. Ze zal een nieuwe, trouwe vriend verliezen. Al in hoofdstuk vijf wordt gesuggereerd dat de Weiße Rose een rol zal spelen in Catherines toekomst. Roland zag Jane Farmer terug in Catherine, en hij zag ook Alissa in haar. In geen enkele van de mannen die hij tot dusver in het boek was tegengekomen had hij iets van zichzelf gezien. Dat was een opluchting, maar zijn ijdelheid zorgde ervoor dat hij op de mogelijkheid bedacht bleef.

Hij stond op van het bed en liep naar de badkamer om zijn tanden te poetsen. Daarna posteerde hij zich voor het raam, dat uitkeek op een verlaten zijstraat. Het was november, dus het zou nog wel even duren voor het licht werd. Toen zag hij tot zijn verbazing een gezin, de ouders en drie kinderen, vast en zeker afkomstig uit Oost-Berlijn, langzaam over het trottoir lopen. Met dromerige passen. Het zou zoveel gemakkelijker geweest zijn als ze haar man en zoontje had verlaten en vervolgens een middelmatige roman had geschreven. Dan had hij zijn minachting de vrije loop kunnen laten. Maar dit... Hij dacht aan hun armzalige huis in Clapham Old Town, twee kamers boven, drie beneden, met zijn lekkages en zijn schimmel, volgestouwd met boeken, papieren, nutteloze onderdelen van huishoudelijke voorwerpen die vergeefs wachtten tot ze gerepareerd en in ere hersteld zouden worden, kleren en schoenen die nog goed waren maar nooit meer gebruikt zouden worden, snoeren van zoekgeraakte of opgegeven apparaten, gloeilampen, batterijen, transistorradio's die het misschien nog konden doen, maar wie zou er ooit de tijd voor vrijmaken om daarachter te komen? Niets kon worden weggegooid. Twee volwassenen, een baby, gebroken nachten, poep en melk, bergen wasgoed, een kleine tafel in de slaapkamer waar ze allebei aan moesten werken, of anders aan de keukentafel met zijn stapels onverplaatsbare rommel. Geef toe. Zou zij daar ooit *The Journey* hebben geschreven? Hebben kúnnen schrijven? Het gebeeldhouwde proza, de hooggestemde uitweidingen in de geest van de door Catherine bewonderde George Eliot, het pijnlijk fijn afgestelde bewustzijn van de vrouwelijke hoofdpersoon, het opmerkzame oog dat niets ontging, het ruimhartige, tolerante narratief dat de enorme hoeveelheid materiaal welbewust open en bloot, als in slow motion, voor de lezer rangschikt. Nee, onmogelijk, niemand zou in dat huis een dergelijk ambitieus en knap uitgewerkt boek kunnen schrijven. Tenzij ze er alleen was. Of beter gezegd, als je het van een andere kant bekeek, ja, het was wel degelijk mogelijk... het was haar plicht om te schrijven, waar ze ook was, in elke omstandigheid, inclusief die van het moederschap, waarin haar eigen bij haar volle verstand genomen beslissingen haar hadden gebracht. Maar dat was niet realistisch. Hij kende de beroemde regel van Auden: *En is de liefde niet gelijk, laat mij de liefdevolste zijn.* Hij moest het haar gunnen dat ze goed schreef. Het was even onverdraaglijk als het haar niet gunnen. Was het niet egocentrisch en harteloos van haar geweest om haar liefde in te trekken? Maar nu, in deze ingebonden proef, bood ze onbeperkte creatieve warmte. Een toonbeeld van humanistische deugdzaamheid! Wat een afknapper. Zoiets mag alleen in fictie.

Het gevaarlijke was dat het hierop neerkwam: hij vond haar roman geweldig en hij vond het geweldig dat ze hem geschreven had. Al die evenwichtige gedachten die hij in de bar beneden had gehad waren vervlogen. Er was geen enkele geest bezworen en hij moest haar schrijven. Vergeet alles wat er tussen ons is gezegd. Het is vermoedelijk, nee, het ís een meesterwerk. Hij moest het haar vertellen, voordat iemand anders het deed. Maar hij zou het niet doen. Hij was vergeten haar om haar adres te vragen... wat een slappe smoes! Wat hem weerhield was zijn bespottelijke trots.

*

Even voor vijf uur op een vroege zaterdagochtend halverwege februari kroop Lawrence, samen met twee knuffels, bij zijn vader in bed. Hij had zin in de komende dag, en begon rechtop gezeten in de koude slaapkamer hardop te vertellen, en soms te scanderen wat er allemaal door zijn hoofd ging: recente gebeurtenissen, flarden van verhalen, rijmpjes, een hele reeks namen, de volledige cast van zijn drukke leventje, inclusief zijn vriendjes, juffen, vier grootouders, Rolands vrienden, bepaalde knuffels, Daphne, de hond van de buren, papa en mama. Roland lag lijdzaam en allesbehalve enthousiast te luisteren, in de hoop dat Lawrence' energie langzaam op zou raken. Op dat laatste rekenen had geen zin. Na een halfuur was de jongen uitgeraasd en omdat er geen school was sliepen ze tot ruim na halfacht door. Bij het ontbijt zat Lawrence bij Roland op schoot te sleutelen met een paar dingen uit zijn bouwdoos waar hij al de hele week door gegrepen was: een plastic boutje, moertje en sluitringetje. Hij schroefde het moertje op het boutje totdat het sluitringetje met een bevredigende tik vastklikte. Hij schroefde het moertje weer los, draaide het om, en schroefde het weer vast tegen het sluitringetje, met een ander soort tik tot gevolg. Wat hem intrigeerde was dat er dus kennelijk twee manieren waren om het goed te doen. Ondertussen maakte Roland een brief van zijn oude school open. De secretaresse beantwoordde zijn vraag van een maand geleden. De brief was netjes uitgetikt. Op een tekstverwerker. Buiten hemzelf had vrijwel iedereen die hij kende er tegenwoordig een, en ze klaagden er allemaal over, over 'printer interfaces' en dat ze gecodeerde instructies moesten aanleren. Mensen, Roland incluis, spoorden de achterblijvers aan er een aan te schaffen. Het zou tijd besparen, zeiden ze. Vervolgens klaagden ze over zoekgeraakt werk, verspilde uren, bittere frustratie. Misschien had hij er zich toch tegen moeten verzetten. Soms overwoog hij zijn oude draagbare schrijfmachine tevoorschijn te halen. Die stond ergens in zijn koffer onder een stapel boeken.

De secretaresse van de school was in het archief gedoken, maar kon hem tot haar spijt niet verder helpen. Juffrouw Cornell was in 1965 bij de school weggegaan, vijfentwintig jaar geleden. Post voor haar moest worden doorgestuurd naar Erwarton. De administrateur van de school, die al zijn hele leven in dat dorp woonde, dacht dat juffrouw Cornell naar Ierland was verhuisd, maar wanneer wist hij niet precies. Ze had geen adres achtergelaten bij de buren. De secretaresse sloot haar brief af met de vraag of Roland ervan op de hoogte was dat de school in juli voorgoed ging sluiten.

Hun zaterdag verliep als zovele andere. De rituele opruimbeurt in huis, waarbij Lawrence welwillend een symbolisch handje hielp. Steppen op Clapham Common, lunch in de Windmill pub met vrienden die ook kinderen van de leeftijd van Lawrence hadden. 's Middags een kindervoorstelling in het poppentheater in Brixton, op de thee bij Ahmed, het huidige beste vriendje van Lawrence, en vervolgens naar huis. Avondeten, bad, een spannend potje pesten, verhaaltjes voorlezen en naar bed.

Die avond schreef Roland voor Epithalamium Cards een paar uit het Arabisch vertaalde gedichten over waarin de wijn en de liefde werden bezongen. Vanwege Oliver Morgans ontwijkende houding van de laatste tijd vermoedde hij dat de onderneming op zijn eind liep of een andere opzet zou krijgen. Dat vond hij prima. Hij begon het werk beu te worden. Hij herlas de brief van school. Die had de hele dag door zijn hoofd gespookt. Het verbaasde hem dat hij een knoop in zijn maag had gekregen bij het zien van het bekende logo in het briefhoofd, een wolvenkop en profil met daaronder het Latijnse motto. Berners Hall. Vijf jaar van zijn leven. Alle sleur, alle gemis, zijn afwijzing van alle vriendschap, zijn vlucht van haar. Het ontroerde hem op een merkwaardige manier om haar naam zo afgedrukt te zien, als in een boek, en ook de naam Erwarton. Zonder hem naar Ierland verhuisd. Hij stond op van het bureau in zijn slaapkamer, keek even of Lawrence sliep, en ging naar beneden, waar hij wijdbeens in een leunstoel ging zitten. Ja, hij voelde de natrilling van oude verlangens. De wanhoop. Hij had haar zesentwintig jaar niet gezien en nu bekroop het hem, het lege gevoel verweesd te zijn. Hij liet het toe. Waarom niet? Het kon geen kwaad. Net zomin als zijn verontwaardiging. Zij had hem achter zich gelaten. Waar in Ierland, waarom, om wat te doen, en met wie? Een andere schooljongen wellicht.

In de zomervakantie van 1964 logeerde hij bij zijn zus en haar eerste man in de buurt van Farnborough. Roland zocht een vakantiebaantje, wat niet gemakkelijk was in Duitsland, waar zijn vader, inmiddels majoor, naartoe was uitgezonden. Hij was op zijn kamer nadat hij was thuisgekomen van zijn werk toen hij met trillende vingers de bruine envelop opende die de uitslagen van zijn overgangsexamens bevatte. Hij ging op zijn bed zitten, staarde naar de lijst en probeerde een bepaalde letter er anders te laten uitzien. Elf vakken, en hij had er niet één van gehaald. Het dunne gedrukte velletje met 'F' (*Failed*) bij elk vak gaf hem een lichamelijke schok. Zelfs Engels niet. Iedereen zei dat je wel een debiel moest zijn om Engels niet te halen. Zelfs muziek niet. Hij had niet de moeite genomen de juiste dingen te leren. Geen vervolgjaren dus, geen eindexamen Engels, Frans en Duits, geen universiteit. Hij had altijd gedacht dat hij fluitend zes vakken van die voorexamens zou halen zonder er iets voor te hoeven doen. Elf keer 'F', door een machine afgedrukt alsof het een telegram betrof, per post bezorgd om hem elf keer achtereen te melden wat een Fiasco, wat een Flop, wat een Faalhaas hij was. Hij was bijna zestien. De examinatoren waren niet onder de indruk geweest van zijn voorlijkheid op seksueel gebied.

Hij had die zomer gewerkt als arbeider bij een bedrijf dat zich bezighield met landschapsarchitectuur. Hij kreeg de helft van het loon dat volwassenen kregen. Hij gruwde van het werk. Zijn baas, de man die ze 'chef' noemden, boezemde hem angst in. Nu kon dit zomaar zijn leven worden. Met deze lijst ging de school hem niet toelaten tot de vervolgjaren. De meeste jongens waren vast voor negen of tien vakken geslaagd. Hij lag eruit.

Gelukkig waren zijn ouders allebei op hun veertiende van school gegaan en zouden zij de omvang van de ramp niet beseffen. Zijn vader had gelogen over zijn leeftijd om op zijn zeventiende te worden toegelaten tot het leger. De man geloofde heilig in onderaan beginnen. Rosalind was meteen na school gaan werken als kamermeisje. In hun familie werd van niemand verwacht dat ze na hun zestiende nog op school zouden blijven. Dat had niemand van hen gedaan. Het was helemaal zijn eigen schande. Hij kon het zelfs niet aan zijn zus vertellen. Susan zou hem hebben getroost en opgemonterd en allerlei praktische adviezen hebben meegegeven. De enige leeftijdgenoot aan wie hij het had kunnen vertellen was de jongen die het er nog slechter van had afgebracht. Maar die bestond niet. Hij wist wat hem te doen stond, en dat maakte hem misselijk van de zenuwen, want hij wist al wat ze ging zeggen. De telefooncel stond een kilometer uit de buurt. Hij belde, als altijd, op haar kosten. Zodra ze opnam vertelde hij het.

Miriam zei alleen maar: 'Ze gaan je niet meer toelaten.'

'Nee.'

'Dus wat nu?'

'Dat weet ik niet.'

'Heb je geen plan?'

'Nee.'

'Dan kun je maar beter bij mij komen wonen.'

Hij voelde zijn benen slap worden. Hij zakte tegen de wand van de cel. Zijn hart deed zeer, zo hard bonkte het. Als iemand op dat moment tegen de glazen deur had getikt en hem elf getuigschriften met de hoogste beoordeling had aangeboden had hij het moeten afslaan.

'Dan zou ik een baan moeten zoeken.'

'Welnee. Kom maar gewoon. Ik zorg wel voor je. Het komt wel goed.'

Hij zweeg, alsof hij erover na moest denken. Maar ze wist al wat hij zou antwoorden.

De volgende dag was hij weer afwateringsgeulen aan het graven met twee oudere mannen, die allebei een eind in de veertig waren. Ze werkten op een door onkruid overwoekerd stuk land pal onder de aanvliegroute van het vliegveld van Farnborough. De hele dag gierden of daverden de straaljagers en zware transportvliegtuigen over hun hoofden heen. Te dichtbij. Aanvankelijk dook hij instinctief in elkaar wanneer ze kwamen aanvliegen. Het was onmogelijk om niet te stoppen met graven en ze te volgen. Maar het werd toch mogelijk, omdat de chef, meneer Heron, naderhand tegen hen uitvoer. In bewoordingen die even moeilijk te negeren waren als de straaljagers, herinnerde hij hen eraan dat ze niet werden betaald om de vliegtuigspotter uit te hangen.

In de maand daarvoor hadden alle kranten vol gestaan met foto's van de maan die vanuit een Amerikaans ruimtevaartuig naar de aarde waren verzonden. Duizend keer beter dan wat je door een telescoop kon zien. De scherpe beelden van kraters en hun schaduwen hadden hem opgewonden. Iedereen die erbij betrokken was geweest moest veel beter gekwalificeerd zijn dan hij ooit zou worden. Dat gold ook voor de piloten die bommen lieten vallen op Noord-Vietnam. En zelfs sommige van The Beatles, die nog steeds triomfen vierden in Amerika, hadden een kunstopleiding gedaan. Mick Jagger had op de London School of Economics gezeten. Het hele weekend wentelde Roland zich in sombere voorgevoelens, ook al wist hij dat hij zichzelf voor de gek hield. De werkelijkheid was van een overweldigende eenvoud. Hij had geen andere keus. Hij was veroordeeld tot een leven van erotische gelukzaligheid.

Die maandag lag er na het werk weer een brief voor hem, met de hand geschreven en afgestempeld in Ipswich. Goed nieuws. Meneer Clayton, de docent Engels, schreef dat hij een goed woordje voor hem had gedaan bij de rector. Aanvankelijk had hij niets bereikt. Toen was de docent natuurkunde, meneer Bramley, hem bijgevallen. En daarna had meneer Clare de toondove rector verteld dat Baines een 'pianist uit duizenden' was en hem het krantenknipsel over het concert in Norwich laten lezen. Met de nodige aarzeling was er een uitzondering voor hem gemaakt. Men was het erover eens geworden dat Baines een pientere knaap was, wiens mogelijkheden schuilgingen achter zijn examenresultaten. Hij zou in september alsnog worden toegelaten tot de vervolgjaren. 'Je zult hard moeten gaan werken,' schreef Clayton. 'Maar je zou wel verdomde stom zijn als je dat niet deed. Peter Bramley, Merlin Clare en ik hebben onze nek voor je uitgestoken. Waag het niet ons teleur te stellen. Ik heb aan je ouders geschreven dat we je terugverwachten. Maak je geen zorgen. Ik ben ervan uitgegaan dat je hun je uitslagen niet hebt verteld.'

Roland nam de brief mee naar boven, trok zijn schoenen uit en ging op bed liggen. Twee jaar geleden had hij, tien minuten maar, indruk gemaakt op de docent natuurkunde. Sindsdien niet meer. Hij had hem na de les aangesproken. Met een oprechte vraag. Als hij een touwtje aan het uiteinde van een 30 cm lange liniaal vastknoopte en daar zachtjes aan trok, maar niet hard genoeg om de wrijving tussen de liniaal en het tafelblad waarop die rustte te overwinnen, dan moest er iets gebeuren tussen het uiteinde van de liniaal waaraan het touwtje was vastgemaakt en het andere uiteinde ervan. Er moest een kracht of spanning van voor naar achter lopen. En als hij iets harder trok zou de liniaal gaan verschuiven, in zijn geheel, zowel het voorste als het achterste uiteinde. Dus er moest iets van instant-informatie door de liniaal worden doorgegeven. Maar meneer Bramley had de klas verteld dat niets sneller kon gaan dan de snelheid van het licht.

Hij was te vol geweest van de slimheid van zijn vraag om de verklaring die de natuurkundeleraar hem had gegeven te onthouden. Twee jaar later wou Roland dat hij destijds zijn mond had gehouden. En waarmee had hij dan ooit indruk gemaakt op meneer Clayton? Het moest zijn opstel over *Lord of the Flies* geweest zijn. Nu Roland op bed lag met zijn blik gericht op een van de piepschuimplaten van het systeemplafond, moest hij erkennen dat hij zichzelf finaal voor de gek had gehouden. Door zijn abominabele examenresultaten leek er een groots avontuur in het verschiet te liggen. Een verrukkelijke breuk met de sleur, een wilde uitbraak, een bevrijding, een kamp Gurji ten tijde van de Suezcrisis. Nu was het avontuur ongevraagd geschrapt en was hij belast met het gewicht van verwachtingen, plichten en saai schoolwerk. Hij had een simpele uitleg voor zijn ouders bedacht. Hij zou hun vertellen dat hij niet langer naar school wilde. Hij wilde gaan leven. Zijn vader zou het begrepen hebben en aan zijn moeder werd over dit soort zaken niets gevraagd. Na een persoonlijke brief van zijn docent zouden ze trots op hem zijn omdat hij op school kon blijven, en daar uiteraard ook op staan.

Toen hij het Miriam door de telefoon vertelde was ze woedend op iedereen. Dat had hij van tevoren geweten. Ze probeerde hem ook te verleiden.

'Die Clayton is een idioot. Ik ken hem. Bemoeit zich altijd overal mee. Het gaat hem niks aan.'

'Weet ik.'

'Je bent oud genoeg om zelf te bepalen wat je wilt.'

'Ik kom je nog steeds opzoeken, hoor. Het zal net zo zijn als eerst.'

'Ik wil je hier de hele tijd hebben.'

'Ja.'

'Ik wil dat je van school gaat. Ik wil je in mijn bed hebben.'

Hij hield zichzelf overeind tegen de deur van de telefooncel. Het duizelde hem. Het was moeilijk om te ademen in de bedompte ruimte.

'De hele nacht, begrijp je dat? En 's ochtends. Elke ochtend samen wakker worden. Kun je je dat voorstellen?'

'Ja.' Hij zei het zwakjes en ze hoorde het niet. Hij herhaalde het woord, de heerlijke, noodlottige bevestiging. Van de nacht, van de ochtend.

'Dus je gaat van school?'

'Oké. Dat zal ik doen... maar dat kan niet. Luister, ik zal erover nadenken.'

Dit ging nog vele telefoongesprekken zo door. Wanneer hij naar haar luisterde, was hij bereid haar te gehoorzamen. Hij was bijna zestien en vrij om zijn eigen keuzes te maken. Daar had ze gelijk in. Hij moest bij haar zijn. De hele nacht, elke nacht. De rest deed er niet toe. Maar wanneer hij uit de telefooncel kwam, was hij weer terug in de echte wereld, met echte mensen en met wat die voor hem deden en van hem verlangden. Hij had al een bedankbrief geschreven naar zijn docent Engels. Hij had tegenover zijn ouders bevestigd dat hij op school zou blijven voor zijn eindexamenvakken Engels, Frans en Duits. Nog twee jaar. Maar Miriam hoorde ook bij de echte wereld en zij was de enige die daadwerkelijk tegen hem praatte.

Het vereiste moed om tijdens een van de gesprekken tegen haar te zeggen: 'Maar wat moet ik dan de hele dag doen terwijl jij lesgeeft?'

Ze aarzelde niet. 'Jij blijft in je pyjama op me wachten. Ik leg al je kleren in de schuur en doe die op slot.'

Ze begonnen allebei te lachen. Hij wist dat dit een plaagstootje was. En dat ze eigenlijk verwachtte dat hij terug zou gaan naar school. Maar hij voelde zich erg aangetrokken tot het idee dat hij de hele dag in zijn pyjama zou rondlopen, met maar één doel in het leven. Uiteindelijk bereikten ze een compromis. Hij zou ruim voordat het schooljaar begon naar haar toe komen en dan...

Ze zei het zachtjes door de telefoon: 'Mijn lieveling, we zien wel.'

Omdat hij de confrontatie met meneer Heron liever niet aanging bleef Roland gewoon weg van zijn werk en liet hij een week loon zitten. Hij had zestig pond gespaard, in briefjes van één, die een dikke bundel vormden in zijn dichtgeknoopte achterzak terwijl hij een kruier volgde die zijn hutkoffer droeg en erop toezag dat die in het bagagerijtuig van de trein van Liverpool Street naar Ipswich werd geladen. Zij stond hem op te wachten op het perron. Bij hun begroeting raakten ze elkaar nauwelijks aan en zeiden ze vrijwel niets. Dat kwam nog wel. Zwijgend sjouwden ze zijn hutkoffer over de voetgangersbrug over het spoor. Roland vond het stoer dat toen hij zijn kinderkaartje liet zien aan de controleur bij de uitgang, deze niet wilde geloven dat hij nog geen zestien was. Hij had erop gerekend en liet hem zijn paspoort zien.

Miriam zei: 'Ziet u wel. Hij is een eerlijke jongen. U moet uw verontschuldigingen aanbieden.'

De man, niet zo oud, maar klein en gerimpeld, zei met zachte stem tegen haar: 'Ik doe gewoon m'n werk, mevrouw.'

Ze legde haar hand op zijn arm en zei hartelijk: 'Dat weet ik. Dat weet ik heel goed.' En toen ze de sombere stationshal doorliepen kregen ze de slappe lach. Hij bewonderde het feit dat ze de auto vlak voor het station had geparkeerd, half op de stoep, vlak onder een bordje met 'NIET PARKEREN'. Voor hem. Een zalig gevoel van vrijheid trof hem, recht in de borst. Natuurlijk ging hij niet terug naar school. Dat zou toch roekeloze dwaasheid zijn? Met enige moeite wisten ze zijn hutkoffer op de achterbank van de auto te wurmen. Het achterportier ging niet meer dicht. Ze haalde een eindje touw uit haar handtas en gaf het aan hem. Hij bond de handgrepen van de hutkoffer en het portier aan elkaar en zekerde het geheel met een platte knoop. Hij voelde zich niet alleen bevrijd, maar ook competent, en des te meer toen hij naast haar ging zitten en ze elkaar uitvoerig kusten zonder acht te slaan op de tientallen reizigers die uit de stationshal kwamen. Zoenen in een auto! In de roes had hij het idee dat hij in een film speelde, dat dit Parijs was en niet Ipswich. Hij moest maar gaan roken, hoezeer tabak hem – beschamend genoeg – ook tegenstond. Ze hadden elkaar vijf weken lang niet gezien. Zelfs in zijn meest toegewijde fantasieën was hij heel wat vergeten. Haar warmte, hoe ze aanvoelde, en nu de aanraking van haar hand in zijn nek, en daarna haar tong. Hij was in de eerste aanloopfase, de lange spiegelgladde glijbaan van een orgasme, hier ter plekke in de auto. Dat gebeurde nou nooit in films van Truffaut. Wijselijk en voorzichtig maakte hij zich van haar los. In één soepele beweging reikte ze omlaag, draaide het contactsleuteltje om, schakelde, reed met een bonk de stoep af en voegde zich in de verkeersstroom. Zij had zoveel meer beheersing over alles dan hij. Hij moest leren koelbloedig te zijn.

Maar tien minuten later, toen ze de smalle weg bij het botenhuis insloegen en langs de waterkant reden, maakte hij een paar nijpende minuten vol angstige spanning door. Dit was de bekende route die hij voor het eerst had gevolgd met zijn ouders, in bus 202, op net zo'n warme dag als deze. Nu viel hij in het niet bij de weidsheid van de blauwe rivier en het uitspansel, en werd hij teruggeworpen in de verbijstering van zijn kindertijd. Er was niets aan dit landschap dat niet de verwachting wekte van zijn bestemming en zijn nabije toekomst. Berners Hall. De eiken op de verre oever waren bomen van school. Zoals ook de telegraafpalen met hun doorhangende draden, het onwaarschijnlijk pastelgroene gras van de berm, de warme lucht die de zilte, slijkerige verrottingsgeur van de rivieroever met zich meevoerde bij de school hoorden. Zoals ook hij bij de school hoorde.

'Wat ben je stil,' zei ze. Ze passeerden de betonnen watertoren bij het kruispunt van Freston. Weer iets van school.

'Begin-van-het-trimesterkriebels.'

Ze legde haar hand op zijn knie. 'Dat zien we nog wel.'

Ze sjouwden zijn hutkoffer over het tuinpad en naar binnen, waar ze hem neerzetten in de huiskamer. Zijn op het deksel gesjabloneerde naam verkondigde zijn triomfantelijke terugkeer.

Ze ging dicht bij hem staan, gaf hem een lichte kus, maakte de rits van zijn broek open en streelde hem terwijl ze zei: 'Hij kan hier niet blijven staan, hè?'

'Nee.'

'Nou, laten we hem dan maar gelijk in de schuur doen.'

Hij lachte.

Ze draaide zich van hem weg en pakte een handgreep.

'Til jouw kant op.'

Ze droegen de hutkoffer door de keuken naar de tuin. Ze zetten hem neer zodat zij het hangslot op de deur van de schuur kon openmaken. Terwijl hij wachtte leek het net of hij tientallen meters diep in troebel water stond, dat licht en geluid hem waren ontzegd en dat zijn begeerte loodzwaar op hem drukte. Hij zou alles doen wat ze van hem vroeg. Ze duwden de grasmaaier opzij en tilden de hutkoffer naar binnen, bij de spades, schoffels en harken. Toen de deur weer dicht was en ze het hangslot om de sluithaak had gedaan, kuste ze hem opnieuw en plukte ze aan zijn overhemd. 'Dit gaat sowieso uit. Boven.'

Ze stonden dicht tegen elkaar aan in het midden van het kleine gazon en keken elkaar in de ogen. Een boompje wierp gebroken schaduwen over hen. Haar ogen leken uit te puilen en er zaten flintertjes kleur in die hij niet eerder had gezien, stukjes geel, oranje en blauw, minieme stippeltjes rond haar pupillen. Even bekroop hem de vluchtige, verraderlijke gedachte dat ze inderdaad gek was, zoals sommige jongens zeiden. Ze was knettergek en hield dat voor hem verborgen. Het idee dat ze niet goed bij haar hoofd was, dat ze zich niet kon beheersen en dat hij haar zou moeten volgen, met haar meegesleurd zou worden naar een hels paradijs, beangstigde hem, maar wond hem tegelijkertijd op. Dit was zijn avontuur, zijn reis. De meesten zouden het niet aandurven. Anderen zochten saaie, betrouwbare partners. Hij stak zijn hand onder haar rok, en terwijl hij met zijn vinger lichtjes over haar heen streek, zoals ze hem geleerd had, mompelde ze op zachte, gelijkmatige toon een lange zin, waarvan hij het merendeel niet verstond. Het terugkerende woord 'heb' was het enige wat hij steeds hoorde. Hij zou zich een idioot hebben gevoeld als hij haar had gevraagd het allemaal nog eens te herhalen.

Ze gingen naar binnen. Roland pakte haar bij de hand en leidde haar de trap op. De slaapkamer was een zomers plaatje. De ramen stonden open en de namiddagzon scheen naar binnen. Het was hoogwater op de Stour. De dekens waren keurig teruggeslagen van het gewassen en gestreken laken. Hij kleedde haar uit waar ze stond, op het verschoten gele vloerkleed, loodste haar naar het bed, deed haar benen uit elkaar en voerde in respectvolle stilte met zijn tong datgene uit wat ze in een van hun privégrapjes Prelude nr. 1 noemden. Daarna ging hij zich in de badkamer wassen. Het kleine, roze vertrek baadde eveneens in het zonlicht. Toen hij zijn overhemd uittrok zag hij zichzelf in de spiegel. Wekenlang greppels graven voor meneer Heron had zijn bovenlijf geen kwaad gedaan. Hij vond dat hij er geweldig uitzag. Het felle licht van opzij verhoogde het effect. Dit moest in zijn geheugen worden gegrift, dacht hij, hoe goed hij zich voelde, hoe elke handeling een ingetogen, elegante soepelheid bezat, alsof hij bewoog op de klanken van een orkest. De herkenningsmelodie van *Exodus*. En dan de heerlijke verwachting van wat er te gebeuren stond. Hij hief een arm om zijn biceps aan te spannen en draaide zich om om in de spiegel de spieren op zijn rug te kunnen zien. Stoer. In de slaapkamer riep ze ongeduldig zijn naam.

Ze vrijden, voor zijn gevoel wel een uur, maar hoe lang precies viel niet te zeggen. Na afloop lag ze op zijn arm en prevelde: 'Ik hou van jou...'

Zijn ogen vielen dicht. Hij kreunde beamend. Het beviel hem hoe mannelijk hij klonk. Ze doezelden een minuut of twintig. Hij werd wakker van het geluid van het bad dat ze voor hem liet vollopen. Hij bleef er lang in liggen en genoot ervan hoe het warme licht van de ondergaande zon zijn bleke huid transformeerde en hem promoveerde tot het ras van honingkleurige supermannen wier intellectuele vermogens nooit konden worden afgemeten aan zoiets banaals als examens.

Hij liep in zijn blootje de slaapkamer in en zag dat zijn kleren en schoenen waren verdwenen. Ze had het bed opgemaakt. Bij het kussen aan zijn kant lag een opgevouwen gele katoenen pyjama. Hij legde hem uit. Rond de mouwen en revers zaten lichtblauwe biesjes. Ze had dus geen grapje gemaakt. Ze was geweldig... en gek. Hij trok de pyjama aan. Die zat ruim, maar lekker, al kwam zijn erectie er belachelijk in uit. Hij liep naar het raam en keek om zichzelf af te leiden naar de rivier, een stroom van gesmolten goud.

Beneden was ze een salade met garnalen aan het klaarmaken. Ze legde haar mes neer en deed een stap achteruit om hem te bewonderen. 'Prachtig. Ik heb ook nog twee andere voor je gekocht. Een blauwe en een witte.'

'O god,' zei hij. 'Je meent het echt.' Hij ging naar haar toe en kuste haar. Hij tilde haar rok op. Ze had geen slipje aan. Het was allemaal gepland. Ze neukten rechtop tegen het gammele aanrecht. Dat verboden woord was het juiste, dacht hij toen ze begonnen, niet 'vrijden'. Ze zeiden er niets bij, er was geen sprake van tederheid. Ze waren energiek, alsof ze zich uitsloofden voor een onzichtbare derde. De huiselijke kopjes, schoteltjes en theelepeltjes in de roestvrijstalen gootsteen tinkelden grappig, en ze deden alsof ze dat niet hoorden. Het deed er niet toe, het was binnen een paar minuten voorbij.

Hij voelde zich nu een god. Ze zei dat hij een fles wijn moest opentrekken. Dat had hij nog nooit gedaan, maar hij wist hoe het moest. Ze pakte twee glazen uit de kast. Hij schonk het eerste vol, maar daarna hield ze hem tegen.

'Niet tot aan de rand, ventje. Halfvol. Nooit meer dan twee derde.'

Ze goot een deel van de inhoud van het eerste glas in het tweede en gaf het hem aan. 'Op je nieuwe leven,' zei ze. Ze klonken.

Voor het avondeten speelden ze een duet, een van de stukken van Mozart die ze goed kenden. Hij had in geen weken geoefend. Waar hij was geweest stonden geen piano's. Maar hij sloeg zich erdoorheen, uit de losse pols. Gelukkig kende hij de vleugel. En hij was immers een god, een gevleugelde god. Ze aten buiten, aan een wankele houten tafel. Ze vulde zijn glas bij terwijl hij haar vertelde wat hij die zomer had gedaan. Twee weken logeren bij zijn ouders in de barakken voor gehuwde officieren in een reusachtig, doodsaai legerkamp in de buurt van het stadje Fallingbostel. De kapitein was inmiddels majoor en had de leiding over een werkplaats waar tanks werden gerepareerd. Hij leidde ook de zittingen van de krijgsraad wanneer er militairen wegens overtreding van de regels of criminele activiteiten werden berecht. Zijn moeder was zorgzaam voor Roland geweest, had hem ontbijt op bed gebracht en elke avond braadstuk klaargemaakt. Zijn vader had veel gedronken bij het eten, waardoor hij eerst jolig en later korzelig werd.

Overdag was er niets te doen geweest. 'Behalve aan jou denken,' zei Roland. Dat was een understatement. Hij had de verplichte boeken voor school moeten lezen – *Mansfield Park*, *Les faux-monnayeurs*, *Der Tod in Venedig* – maar had zich er niet op kunnen concentreren. Hij kon alleen maar aan Miriam denken. Op de lange julimiddagen hadden alleen al de titel en het gewicht van het boek in zijn hand hem slaperig gemaakt, waarna hij ook echt in slaap viel. Op sommige avonden ging hij met zijn moeder naar de legerbioscoop, de AKC. Daar zagen ze Marlon Brando in *Mutiny on the Bounty*. Kon hij maar in die eeuw leven, met Miriam, al was het maar op dat geteisterde schip, zonder een school in de buurt. Als hij dan kameraadschappelijk gearmd met zijn moeder naar huis liep, vertelde ze hem over zijn vader en zei ze dat Roland 'zijn oogappel' was. Op een andere avond had ze hem verteld dat de majoor haar soms sloeg, als hij gedronken had. Roland had niet gezegd dat hij dat al van Susan had gehoord.

Hij had het zich altijd moeilijk kunnen voorstellen. Rosalind was tenger, nauwelijks een meter zestig, terwijl de majoor, die tegen de vijftig liep, nog zo sterk was als altijd. Hij had haar met één klap kunnen doodslaan. Op de dag dat Roland voor het eerst naar kostschool ging had Susan geprobeerd Rosalind te bewegen te scheiden van hun vader. Tijdens die warme busrit langs de rivier, bovenin met zijn ouders, had hij van niets geweten. Maar inmiddels was de herinnering aangepast.

Hij was aan zijn derde glas toe en praatte vrijuit. Hij had geen moeite meer met zijn pyjama. Het dunne katoen was heel geschikt voor een warme avond aan het eind van augustus. Hij vertelde Miriam wat hij tijdens zijn verblijf in Duitsland tot drie keer toe, met variaties, had zien gebeuren. Ze waren klaar met eten. Hij hielp zijn moeder de borden en schalen naar de keuken te brengen. Zijn vader kwam binnen, mepte Rosalind hard op de rug en gaf haar een compliment omdat ze zo lekker had gekookt. Een keer, en toen nog een keer. Het was echt een klap, nauwelijks verhuld achter het vertoon van genegenheid.

'Robert, ik heb liever niet dat je dat doet.' Het was moedig van haar om zelfs alleen maar dat te zeggen.

'Ach, Rosie. Ik waardeer alleen je kookkunst. Zo is het toch, jong?'

Waarna hij het nog eens deed en zijn hand zo hard op haar schouder liet neerkomen dat ze een beetje door haar knieën zakte.

Het was geen genegenheid, maar de schijn werd opgehouden, net voldoende, waarmee het een rauwe uitdaging werd en je absoluut niet wist wat je ervan moest zeggen.

'Ik heb het je al zo vaak gevraagd. Je weet dat het pijn doet.'

Toen werd hij kribbig. 'Het is verdomme altijd stank voor dank als ik aardig doe.'

Als hij in een dergelijke bui was, verviel hij al snel in een combinatie van chagrijn en razernij. De woordenwisseling leidde ertoe dat hij van wijn overschakelde op een kopstoot. Rosalind bleef in de keuken om op te ruimen en ging daarna meteen naar bed, terwijl Roland in de huiskamer ging zitten bij zijn vader, die zich bewust was van de gespannen sfeer en zei wat hij altijd zei wanneer hij iets achter zich wilde laten en wilde dat Roland dat ook deed: 'Geeft allemaal niks, jong. Geeft allemaal niks.'

Toen ze zich die avond klaarmaakten om naar bed te gaan gaf Miriam Roland een reservetoilettas met een tandenborstel en een scheermes.

'In bed wil ik je naakt hebben. De pyjama's zijn voor overdag.'

In elkaars armen slapen was net zo zalig als ze voorspeld had. Voordat ze opstonden vrijden ze nog een keer. Ze moest die ochtend met de auto naar Aldeburgh om de hele dag pianoles te geven op een zomerschool. Het was zijn taak, zei ze vlak voordat ze vertrok, om klaar te zijn voor haar thuiskomst. Toen ze de deur uit ging voegde ze er nog aan toe: 'Ik heb de sleutel van de schuur, dus je hoeft niet het hele huis overhoop te halen.'

Die dag had hij de witte pyjama aan. Hij ging achter de piano zitten en probeerde een poosje te improviseren rond wat jazzstandards. De muziek waar zij een hekel aan had. Daarna ging hij zelf dingen bedenken en na een paar minuten belandde hij al spelend in een melodie die hem wel beviel. Hij vond een paar vellen muziekpapier, noteerde de melodie en probeerde er het grootste deel van de rest van de ochtend verschillende harmonieën bij uit, totdat hij tevreden was en de nieuwe versie uitschreef. Hij was bezig iets over zichzelf te ontdekken. Of was het een ontdekking over seks? Meteen na het vrijen met Miriam gingen zijn gedachten allerlei richtingen uit, weg van haar, de wereld in, naar ambitieuze plannen waar doortastender versies van hem bij hoorden. Zijn gedachten waren koel en helder. In de loop van de volgende paar uur nam hun reikwijdte steeds verder af, naarmate hij weer meer aan haar ging denken, in verrukkelijke aanvaarding, die al snel omsloeg in zelfzuchtige honger. Hij wilde alleen haar. Al het andere was zinloos. Dat was het ritme, naar binnen, naar buiten, als ademhalen.

Vandaar dat hij tijdens het ontbijt en nadat zij was vertrokken heel goed wist dat ze zich hadden overgegeven aan een sexy spel, waarbij zijn spullen achter slot en grendel zaten, en hij vond dat geweldig van haar. Het was speels en mal. En beschamend als iemand die hij kende erachter zou komen. Dat hij over een week alweer terug zou gaan naar school was onvermijdelijk. Anderen hadden het tijdpad uitgestippeld. Het rugbyseizoen ging weer van start en hij verwachtte dat ze hem zouden vragen aanvoerder te worden van het tweede team, of dat hij zelfs in het eerste zou komen. Nu de getalenteerde Neil Noake was afgezwaaid, was Roland veruit de beste pianist van de school en zou men van hem verwachten dat hij op zondagavonden in de aula de begeleiding van de gezangen voor zijn rekening ging nemen. Hij had een afspraak met meneer Clayton, die hem op de eerste schooldag een peptalk zou geven. Ook de docent natuurkunde wilde hem spreken. In de schuur, in zijn hutkoffer, zaten de boeken die hij moest lezen. Niet alleen de romans die hij nauwelijks had ingezien, maar ook *All for Love* van Dryden, *Phèdre* van Racine en de *Ausgewählte Gedichte* van Goethe. Hij had een ijzeren pook bij de haard zien staan. Hij vermoedde dat het best makkelijk zou zijn om de sluithaak van de schuurdeur te wrikken. En de melodie die hij aan het schrijven was, daar zat brood in, die had een aantrekkelijke, melancholieke zangerigheid. Er moest tekst bij. Misschien was het wel iets voor The Beatles. Hij kon er rijk mee worden.

Hij liep naar buiten. Het was weer een warme dag. Als hij in de tropen had gewoond, zou hij zo gekleed zijn als nu. Er schoot hem een geruststellende flard van een gedicht van D.H. Lawrence te binnen. Ze hadden er in de derde klas iets over moeten schrijven. *And I in my pyjamas for the heat*. En ik vanwege de warmte in mijn pyjama. Hij stond bij de schuur en keek of hij iets onder de sluithaak kon krijgen om die los te wrikken. Het was niet zo eenvoudig als gedacht. Het beslag was verzonken in uitgehard hardhout. Hij stond nog steeds te kijken toen hij de buurvrouw aan de andere kant van de schutting, de kwebbelzieke mevrouw Martin, haar achterdeur hoorde openen. Ze ging vrijwel zeker de was buiten ophangen en zou absoluut zeker maar wat graag een praatje met Roland maken. Ze had hem in geen weken gezien. Wat stond hij daar te doen, in zijn pyjama en met een pook in de hand? Hij ging snel weer naar binnen. Dit was het moment waarop het proces begon te kantelen, er moest een omslagpunt komen, en Miriam, haar lichaam en haar furieuze bezitsdrang rezen voor hem op, zij het niet heel krachtig, dat nog niet.

Boven kon hij mevrouw Martin goed zien. Ze was een ligstoel aan het uitklappen in de schaduw van haar pruimenboom. Op het gras naast haar lagen twee tijdschriften. Hij draaide zich om. Daar stond het bed, met de gladgestreken sprei en op het voeteneind zijn derde pyjama, voor het geval hij die nodig mocht hebben, blauw met groene biesjes. Hij kon de voordeur niet uit. Er liepen immers af en toe mensen langs. Zijn bewegingsruimte was beperkt tot het huis, en nu zag hij Miriam, meer dan vijftig kilometer en nog zes of zeven uur bij hem vandaan, duidelijk voor zich: haar stem, haar gezicht, alles. En alles wat niet Miriam was, vervaagde. Het getij, zijn getij verliep razendsnel. Hij kon de schuur niet in, en wat deed dat er eigenlijk toe? Hij ging die boeken toch niet lezen. Hij kon zich toch niet concentreren. Pyjama's waren zijn enige kleding, als dat het goeie woord was. Zijn geld zat in zijn spijkerbroek waar hij niet bij kon. De wereld, met zijn docenten, rugby, Beatles en Europese literatuur, was niet toegankelijk voor hem, en dat kon hem niets schelen. Hij kon nergens wat aan veranderen. Wat hij wilde kwam naar hem toe, alleen erg langzaam. Hij moest wachten.

Hij ging weer achter de piano zitten. Zijn vernuftige melodietje was verschrompeld. Het was afgezaagd, afgekeken, gênant. Het was onmogelijk er iets aan te verbeteren zolang het hele gebied rond zijn kruis pijn deed – op een bijna prettige manier – en hij bleef maar gapen. Het lukte hem zelfs niet eens om de makkelijkste van de Inventionen helemaal door te spelen. Hij staakte zijn poging en ging naar de keuken om te kijken wat er in de koelkast lag. Als hij nou trek had, zou hij even wat omhanden hebben. Hij dwong zichzelf sowieso om wat te eten. Zijn poging om eieren te bakken werd een rommeltje. De boel opruimen deed hij later wel. In de huiskamer inspecteerde hij haar boekenkast. Biografieën van componisten, muziektheorie, gidsen voor Venetië, Florence, Taormina en Istanbul, dikke negentiende-eeuwse romans en veel dichters, te veel dichters. Hij stond op het punt een boek te pakken, een willekeurig boek, maar toen had hij er geen zin meer in. De wereld barstte al uit zijn voegen van de zinloze ondernemingen. Bovendien moest hij Dryden lezen.

Hij vroeg zich af of het huis van Miriam een van de weinige woningen in het land was zonder televisie. Wel vond hij een kleine roze transistorradio, waar aan de voorkant in zilverkleurige schrijfletters de naam Perdio op stond. Het was nog te vroeg op de dag voor Radio Luxemburg, en niemand van de stoere jongens op Berners luisterde er trouwens naar. Ze draaiden daar alleen maar platen van de grote maatschappijen die de programma's sponsorden. De zender voor de mensen met onderscheidingsvermogen was Radio Caroline, die uitzond vanaf een schip dat niet al te ver bij hem vandaan voor anker lag, voorbij waar de Orwell, de Stour en de Noordzee samenvloeiden. Het schip lag net buiten de driemijlszone, de diskjockeys waren dwarsliggers, rebellen, en de autoriteiten wisten zich geen raad, want een deel van de Britse jeugd bevond zich hierdoor net buiten de grenzen van hun gezag. Hij luisterde een tijdje – welkome afleiding – naar een programma dat in zijn geheel was gewijd aan The Hollies. Hij lag languit op de sofa, met de radio tegen zijn oor gedrukt omdat de batterij bijna leeg was. Driestemmige close harmony in de popmuziek interesseerde hem. Als hij het kon opbrengen zou hij wel iets voor hen kunnen schrijven. Hij zou nu achter de piano kunnen kruipen. Maar hij kwam niet in beweging en toen werd Cliff Richard gedraaid. Geen enkele weldenkende jongen op school pruimde meer van hem dan 'Move It'. Hij klikte de radio uit en dommelde in.

De warme middag verstreek in een waas. Toen hij naar boven ging was mevrouw Martin nog steeds aan haar eerste tijdschrift bezig. Naast haar stond nu een laag tafeltje met een pot thee erop. Beneden in de keuken at hij een blok cheddar van een paar ons op. Brood erbij nemen was hem te veel moeite. Er moest een zoemende vlieg worden getraceerd. Uiteindelijk plette hij die tegen een ruit in de plooien van de kaasverpakking. Hij liep terug naar de piano, probeerde wat te improviseren en raakte al snel geïrriteerd door zijn eigen beperkingen. Zijn klassieke scholing zat hem in de weg. Hij ging op de sofa liggen en bedacht dat het een minuutje of twee zou kosten om zichzelf een orgasme te bezorgen, 'schenken' was het woord dat bij hem opkwam, een orgasme om zijn gedachten te bevrijden. Maar hij lag op Miriam te wachten, hij wilde helemaal niet vrij zijn. Of zou hij ermee wegkomen? Om die vraag te beantwoorden ging hij naar boven om zichzelf te bekijken in de badkamerspiegel. Wie was hij? Aanvoerder van het tweede rugbyteam? Een verwerpelijke aan huis gebonden halfgare in pyjama? Hij wist het niet.

De verveling van een vijftienjarige kan zo verfijnd zijn als Portugees goudfiligraan, als het wielweb van een spin in natuurreservaat Karaijini. Scrupuleus, kunstig, statisch, als het borduursel waarvan de vrouwen in de boeken van Jane Austen zichzelf wijsmaakten dat het werk was, omdat hun niets anders was toegestaan. Langzaam en zorgvuldig ruimde hij de rommel op die hij had gemaakt met eieren bakken. De klok aan de keukenmuur was net zo blijven stilstaan als zijn leven. Hij bezag het van bovenaf, zijn leven, languit op de sofa, met niets anders te doen dan naar haar verlangen. En toen hij om halfzeven haar auto hoorde en haar het tuinpad op zag komen, en ze na haar drukke dag snel naar binnen kwam, hem stevig omhelsde en hartstochtelijk kuste, verschrompelde de tijd die achter hem lag in een verdwijnpunt van vergetelheid, en toen ze op de trap naar boven vroeg of hij ongelukkig was geweest, zei hij: 'Nee, nee, het ging prima. Ik vond het prima.'

De drie dagen verstreken als die uren van de eerste, een uitgekiende marteling die geen sporen achterliet. 's Ochtends kuste hij haar in een staat van grote opwinding gedag, en in de loop van de dag herontdekte hij de zoete pijn van het wachten. De hittegolf maakte plaats voor een gure oostenwind, gevolgd door gestage regen. Ze waste en streek zijn pyjama's. Een dag was ze in Bury St. Edmunds voor de première van een door een oude vriend geschreven koorwerk. De twee andere dagen bracht ze door op de zomerschool. 's Avonds vrijden ze zodra ze thuiskwam en aten ze de maaltijd die zij klaarmaakte.

Drie dagen voor zijn zestiende verjaardag zouden ze het thuis vieren met een etentje. Op de dag zelf zou ze namelijk tot laat moeten werken, zei ze. Ze kwam eerder thuis dan anders. Na hun hereniging lag hij in bad terwijl zij bezig was in de keuken. Hij moest boven blijven totdat ze zover was dat ze hem kon roepen. Hij trok een pas gestreken pyjama aan, de witte weer, en ging op bed zitten wachten tot ze hem zou ontbieden. Zijn gedachten waren aangenaam helder. Binnenkort zou de school beginnen. Hij was van plan in de avonden naar de bibliotheek voor de twee hoogste klassen te gaan en in de eerste schoolweek zijn achterstand met de boeken van de leeslijst weg te werken. Hij las snel en zou aantekeningen maken. Meneer Clayton had hem geleerd hoe je een boek kon 'ontleden'. Het enige wat nodig was, besloot Roland, was focus.

Ze riep zijn naam zachtjes van onderaan de trap, alsof ze een vraag stelde, en hij ging naar beneden. Er lag een tafellaken op tafel, er stonden twee brandende kaarsen en een koeler met een fles champagne, en een schotel met zijn lievelingsvlees, lamsbout. Aan tafel klonken ze. Ze had een laag uitgesneden rode jurk aan en, bij wijze van speelse toets, een rode roos uit de tuin in haar haar gestoken, een van de laatste van de zomer. Ze was mooier dan ooit. Hij zei niet tegen haar dat hij nog nooit champagne had gedronken. Het smaakte naar limonade, maar dan scherper. Ze gaf hem zijn cadeau, een dikke bruine envelop waar een wit lint omheen was gebonden. Ze hief haar glas weer en hij pakte het zijne.

'Voor je het openmaakt, vergeet niet: je zult altijd de mijne zijn.'

Hij knikte en nam een stevige slok.

'Nippen. Het is geen fris met prik.'

Het waren een stuk of wat papieren die bij elkaar werden gehouden met een paperclip. Bovenop lagen twee treinkaartjes naar Edinburgh, met de exprestrein, eerste klas. Voor overmorgen. Hij keek haar vragend aan.

Zachtjes zei ze: 'Ga maar door.'

Het volgende papier was een brief waarin werd bevestigd dat ze een suite had gereserveerd in het Royal Terrace Hotel. Daar zouden ze de nacht voor zijn verjaardag zijn.

'Ongelooflijk,' mompelde hij. Het vel daarna verwarde hem. Hij las het te snel, hij zag een of ander officieel formulier dat al was ingevuld. Bovenaan prijkte in blauw een heraldisch wapen. Hij zag zijn naam staan in blokletters, en de hare. Daaronder het adres van een afdeling huwelijkszaken van de burgerlijke stand.

'*Trouwen?*' Het was zo volslagen absurd dat hij begon te lachen.

'Spannend hè, lieveling?' Ze vulde zijn glas opnieuw en keek hem onderzoekend aan, met een lieve, aarzelende glimlach. Haar ogen waren groot en leken verglaasd.

De absurditeit verdween. Nu was het angst, in de vorm van een gevoel alsof hij viel. Hij had kracht nodig en wist niet zeker of hij die kon opbrengen. Of wilde opbrengen. Maar hij had die kracht nodig. Een uur geleden had ze nog gevrijd. In het bad had hij zijn song voor The Beatles gefloten en gezien hoe hij er nog wat van kon maken, want hij had betere harmonieën in zijn hoofd gehoord. De wereld buiten Miriam, het domein van ontlede boeken. Maar nu had hij de grens bereikt en dreef hij terug naar haar domein. Het was per slot van rekening halfacht en hij was in pyjama. Hij bekeek het formulier nog eens. Een leven lang niets anders doen dan vrijen. Het kostte een kolossale inspanning, maar ergens in hem scholen nog wat slinkende restjes helderheid, een breder besef van de werkelijkheid. Haar *echtgenoot* zijn, de toestand aannemen van... zijn ouders! Waanzin. Hij moest zich verzetten voordat hij zichzelf zou gaan wijsmaken dat waanzin een onverschrokken avontuur inhield. Misschien was het dat ook wel. Het kostte grote moeite, maar uiteindelijk was het de aanvoerder van het tweede rugbyteam die sprak. Hij had de bal laten glippen, maar het was wel degelijk de aanvoerder.

'Maar we hebben... we hebben het er niet eens over gehad.'

Ze glimlachte nog steeds. 'Waar moeten we het over hebben dan?'

'Of dat is wat we allebei willen.'

Ze schudde het hoofd. Haar zelfverzekerdheid beangstigde hem. Misschien vergiste hij zich. 'Roland, dat is niet hoe het werkt bij ons.'

Ze wachtte tot hij nog meer zou zeggen, maar toen hij dat niet deed, zei ze: 'Ik weet wat het beste voor jou is. En ik heb dit besloten.'

Hij voelde de neiging om toe te geven. Hij wilde niet ondankbaar overkomen of de feestelijke stemming bederven. Was het denkbaar dat hij zijn leven zou vergooien uit beleefdheid? Hij moest het nu zeggen, en snel. 'Ik wil niet.'

'Wat?'

'Het is te snel.'

'Waarvoor?'

'Ik word zéstien.'

'Daarom gaan we naar Schotland. Daar is het legaal.'

'Ik wil niet. Het kan niet.'

Ze schoof haar stoel achteruit, liep om de tafel heen, ging naast hem staan en boog zich over hem heen. Haar borsten hingen vlak boven zijn gezicht. 'Ik denk dat je gaat doen wat je gezegd wordt.'

Hij kende die stem van zijn eerste pianoles. Maar het zou ook kunnen dat ze een spelletje aan het spelen waren. Als hij knikte, al was het maar vagelijk, dan zouden ze binnen de kortste keren boven zijn, en wat verlangde hij daarnaar, ook al wist hij dat het zijn ondergang zou kunnen betekenen. Als ze eenmaal samen in bed lagen zou hij op alles ja en amen zeggen. Na afloop, als hij weer een helder hoofd had, zou hij spijt hebben, en dan zou het te laat zijn. Hij moest doorzetten. Het belangrijkste was om onder haar uit te komen. Zolang ze zo dichtbij was kon hij niet nadenken, en dat wist zij donders goed. Het was ongemakkelijk om op te staan zonder haar aan te raken. Hij liep naar de andere kant van de kamer, zodat de sofa, waarop hij dagenlang had gelegen, zich tussen hen in bevond. Het zou hem wat bescherming kunnen bieden.

Ze keek hem strak aan. 'Roland, waar denk je dat we al die tijd mee bezig zijn geweest?'

'Elkaar liefhebben.'

'En wat betekent liefde? Waar leidt de liefde toe?'

Hij geloofde nog steeds dat hij elke keer dat zij een vraag stelde verplicht was die te beantwoorden.

Hij zei: 'Die leidt nergens naartoe.' Hij kreeg ineens een briljante ingeving, iets wat hij zich vaag herinnerde. 'Die is een Ding an sich, iets wat op zichzelf staat.'

Ze glimlachte triest en schudde haar hoofd toen ze hem corrigeerde. 'Nee, dat is het niet, lieveling. Het is een verbintenis voor het leven. Dat is wat de liefde is.'

'Niet per se.' Dat was zwak, maar het was te laat om het terug te nemen.

Ze kwam vaag glimlachend naar hem toe. Hij kon niet nog verder achteruit. Ze kwam dichterbij en zei: 'Kom eens hier. Wij moeten niet kibbelen. Ik wil je kussen.'

Hij deed een stap naar haar toe en ze kusten elkaar. Tegelijkertijd raakte ze hem aan door het dunne witte katoen. Ze moest hem onmiddellijk hebben voelen zwellen in haar hand. Hij maakte zich los, wrong zich ruw langs haar heen en ging bij de eettafel staan. De onaangeroerde lamsbout werd koud.

Ze wees. 'Kijk eens naar jezelf. Wat zegt dat ding?'

'Dat zegt: "Ik hou van jou, maar ik wil niet trouwen."' Hij vond het zelf een sterk antwoord.

Ze zwegen. Haar gezichtsuitdrukking veranderde niet, maar hij wist uit ervaring dat er iets stond te gebeuren en dat hij daar maar beter op kon zijn voorbereid. Zoals altijd verraste ze hem. Ze pakte de schooltas die ze altijd meenam naar Aldeburgh van een stoel en boog zich eroverheen om iets te zoeken tussen haar bladmuziek. Toen ze weer overeind kwam zag hij dat ze rood was aangelopen. Tot zijn afgrijzen zag hij ook tranen in haar ogen. Maar haar stem was helder en vast.

'Goed dan. Jammer. Dan zul je de rest van je leven blijven zoeken naar wat je hier had. Dat is een voorspelling, geen vloek. Omdat ik het je niet toewens. Het draait in de liefde allemaal om toeval en geluk. Jij bent toevallig op je elfde de juiste persoon voor jou tegengekomen. Je was nog veel te jong om dat te beseffen, maar ik besefte het wel. Ik had anders wel langer gewacht, maar jij kwam langs en het was overduidelijk waarom. Ik had je moeten wegsturen, maar ik verlangde net zo naar jou als jij naar mij. Ik had plannen voor ons. Je zou ze fantastisch hebben gevonden. Nu trek je je terug en dat vind ik erg. Dus wegwezen. Pak je spullen, ga weg en kom nooit meer terug.'

Ze gooide de sleutel van de schuur voor zijn voeten. Toen hij tegenwerpingen begon te maken overstemde ze hem luider dan eerst, nog net niet schreeuwend: 'Hoor je wat ik zeg? Wegwezen!'

Zolang ze hem verwijten maakte, zolang er woede klonk in haar stem, voelde hij zich gelukkig niet geil. Hij raapte de sleutel op en pakte, uit een vaag besef van fatsoen of dankbaarheid, zijn verjaarscadeau, de envelop en de papieren van de tafel. Zonder haar kant op te kijken draaide hij zich om en liep door de keuken naar buiten. Daar was het nog net zo'n beetje licht en het regende gestaag. Hij liep op blote voeten over het kletsnatte gras naar de deur van de schuur. Hij had beide handen nodig om de sleutel om te draaien. Zijn hutkoffer zat niet op slot. De kleren die hij bij zijn aankomst aan had gehad lagen bovenop. Hij kleedde zich snel aan in de deuropening van de schuur. Het geld, zijn kostbare bundel bankbiljetten, zat nog in zijn achterzak. Hij verfrommelde de pyjama tot een bal, die hij op het gazon gooide. Een afscheidsgroet. Die zou de volgende ochtend doorweekt zijn. Ze zou spijt hebben wanneer ze hem naar binnen moest halen, uit het zicht van mevrouw Martin. Hij stopte de envelop in de hutkoffer, sloot die, tilde een uiteinde op en sleepte hem over het gazon, langs de zijkant van het huis, over het gras van de voortuin en door het tuinhekje. Doordat hij hem met British Road Services had laten verzenden, wist hij dat zijn hutkoffer ruim twintig kilo woog, een gewicht dat hij had kunnen dragen, alleen was het ding daarvoor te groot en te onhanteerbaar. Hij liep de straat door in de richting van de pub. Gelukkig gleed het gevaarte soepel over het gras van de berm. Bij het parkeerterrein van de pub stond een telefooncel, maar hij had geen kleingeld, alleen briefjes van een pond. Hij ging het goedkope deel van de pub in en bestelde een groot glas bitter. De sigarettenrook, afval uit andermans longen, maakte de klamme lucht verstikkend, en hij was blij toen hij weer buiten stond.

In het dorp Holbrook was een eenmanstaxibedrijfje en nadat hij met de chauffeur had gebeld wachtte hij met zijn hutkoffer bij de stoeprand. De regen bleef aanhouden, maar dat vond hij niet erg, want hij had veel te lang binnen gezeten. Af en toe keek hij de straat af in de richting van het huisje. Hij voelde de eerste tekenen van spijt. Als ze hem was komen zoeken en hem had geprobeerd over te halen was hij misschien wel met haar meegegaan en had hij het erop gewaagd. Maar zo te zien hield het weer iedereen vanavond binnen en zijn taxi was er binnen tien minuten.

Hij vroeg of de chauffeur hem naar het station van Ipswich kon brengen. Terwijl hij de man hielp de hutkoffer op de achterbank te tillen, had hij nog geen plan, geen idee waar hij heen wilde. Maar toen ze de heuvel bij de watertoren van Freston af reden en langs de inmiddels donkere rivieroever kwamen, wist hij wat hij moest doen. Een draagtas vullen met wat schoon goed en zijn boeken, de hutkoffer achterlaten in het bagagedepot en een kamer nemen in het Station Hotel. Het zag er shabby en goedkoop genoeg uit. Daar zou hij zich verschansen en de boeken van zijn leeslijst lezen, zodat hij op de eerste dag van het trimester goed beslagen ten ijs zou komen voor het nieuwe schooljaar. Dat plan viel echter zodra hij op de stoep stond en zijn taxi zag wegrijden in duigen. Er was net een trein aangekomen uit Londen, er dromden mensen langs hem heen, er was ongewoon veel verkeer op de hoofdstraat en ergens klonk blikkerige popmuziek. Hij putte kracht uit dit rumoer. Hij was weer in de echte wereld. Het was glashelder wat hij moest doen. De vorige keer dat ze hem eruit had gegooid had ze hem binnen een paar dagen teruggenomen. Een haastig krabbeltje, een oproep zonder nadere uitleg, afgegeven door de jongen die op een muis leek en die trouwens Thomas Meek heette. De volgende dag was Roland op zijn fiets gesprongen, had hij zich een ongeluk getrapt om maar snel bij haar huisje te zijn en had hij zich rond lunchtijd bij haar gemeld. Zo zou het weer gaan, ze zou hem komen opeisen. Hij zou haar nooit kunnen weerstaan. Er was maar één manier om vrij te zijn.

Hij moest snel handelen, voordat hij van gedachten veranderde. Een aardige jongen van zijn eigen leeftijd hielp hem de hutkoffer naar het loket te dragen. Zijn verzoek maakte hem trots: een kaartje voor het tarief voor volwassenen, enkele reis. Een kruier bracht zijn hutkoffer op een trolley naar het bagagerijtuig. Roland gaf hem tweeënhalve shilling fooi. Waarschijnlijk was dat te veel, maar dit was zijn nieuwe bestaan, een bestaan waarin hij het zelf voor het zeggen had. Voordat zijn trein vertrok had hij nog tijd om een krant te kopen. Onderweg naar Londen las hij over de voorbereidingen voor de feestelijke opening van de brug over de Forth in Edinburgh, de stad waaraan hij was ontsnapt. Hij kwam te laat in Londen aan om nog door te kunnen reizen. Het hotel dat hij vond in de buurt van Liverpool Street Station was nog morsiger dan dat in Ipswich. Hij had nog nooit ingecheckt in een hotel. Het gevoel dat het hem bezorgde, bevestigde dat hij het juiste had gedaan. De volgende ochtend, voordat hij een taxi door het centrum naar Waterloo Station nam, belde hij zijn zus.

Ze stond hem in Farnborough op te wachten op het perron. Ze had een auto van hetzelfde merk als die van Miriam, dus hij wist hoe hij zijn hutkoffer erin moest krijgen. Susan keek er niet van op dat hij zijn plannen had gewijzigd. Zoals Roland het zei: net als zijzelf en hun broer Henry, net als hun ouders en diens ouders, zou hij profiteren van het minimum aan onderwijs dat de autoriteiten van hem vereisten. Hij was klaar met klaslokalen en lesroosters. Ze stopte bij zijn oude werkplek en wachtte terwijl hij de vierhonderd meter aflegde naar waar meneer Heron toezicht hield op het graafwerk. De modder op zijn laarzen en jack, en het zweet op zijn gezicht maakten duidelijk dat hij arbeidskrachten tekortkwam. De chef leek te zijn gekrompen. Roland voelde geen angst. Hij vroeg om het loon dat hij nog tegoed had en bood aan – hij vroeg het niet – om weer te komen werken. Toen Heron daarmee instemde, stelde Roland zijn voorwaarden. Hij kon sneller en harder werken dan dat stel veertigjarige kettingrokers. Hij wilde het volle uurloon voor volwassenen betaald krijgen, anders ging het niet door. Meneer Heron draaide zich om en ging hier schouderophalend mee akkoord.

Nadat ze zijn hutkoffer uit de auto hadden gehaald en naar zijn kamer boven hadden gezeuld, dronken Roland en Susan een kop thee en kwamen ze vier pond per week overeen voor zijn kost en inwoning. Het was dat weekend weer prachtig weer geworden en hij hielp zijn zus in de tuin. Terwijl zij een vuurtje maakten om het tuinafval te verbranden, ging Roland naar binnen om zijn boeken te halen. Camus, Goethe, Racine, Austen, Mann en de rest. Hij gooide ze een voor een in de vlammen. Het zou bevredigend zijn geweest om te geloven dat *All for Love* sneller brandde dan de rest. Maar alles brandde even fel. Hij schreef zijn ouders wat hij had besloten en verzekerde hun dat hij goed verdiende. In de week daarna kwamen er bezorgde brieven van school, van meneer Clayton en meneer Bramley. Een dag later kwam er een van meneer Clare, die erop aandrong dat hij terug zou komen en door zou gaan met de 'lessen bij juffrouw Cornell, die van levensbelang zijn. Je hebt een verbluffend talent meegekregen, Roland, en dat kan hier verder worden ontwikkeld, gratis en voor niets!' Hij reageerde op geen van de brieven. Hij werkte al extra uren, tegen overurentarief, en had in een pub in Aldershot een leuk en lief Italiaans meisje leren kennen dat Francesca heette.

8

Halverwege 1995 was Roland door zijn geld heen, wat niet wilde zeggen dat hij straatarm was. Alissa stuurde de kinderbijslag naar hem door waarmee ze in de tijd dat ze aan *The Journey* werkte voor een deel in haar levensonderhoud had voorzien. Deze wekelijkse toelage van 7,25 pond, waar in het verleden door actievoerders hard voor was geknokt en die alle moeders, of ze nu arm waren of rijk, tegenwoordig rechtstreeks van de overheid kregen, werd nu van haar bank in Londen overgeboekt naar haar bank in Duitsland en vandaar weer naar zijn bank in Londen. En daar voegde ze elke maand een schappelijke 250 pond aan toe voor het onderhoud van Lawrence. Via Rüdiger had ze laten weten dat ze bereid was meer te sturen als Roland dat wilde. Maar dat wilde hij niet. Het geld was toereikend voor eten en drinken, en vrijwel toereikend voor kleren en schoolexcursies. Maar reparaties, buitenlandse vakanties, een auto, in een opwelling gekochte cadeautjes en de pianostemmer kwamen te vervallen. Hij stond inmiddels voor een kleine 4000 pond rood. Maar hij moest er niet aan denken opnieuw verstrikt te raken in de netten van de sociale dienst en daar samen met andere uitkeringstrekkers te moeten rondhangen op aan de vloer verankerde stalen banken. Lawrence en hij hadden twee jaar lang in redelijke welstand geleefd, wat overbleef was opgegaan aan de belasting tegen het nieuwe lage tarief. Hun gezinnetje had het hoofd boven water weten te houden doordat Roland weer een paar van zijn vroegere freelance werkzaamheden had opgevat. Hij deed wat journalistieke klussen, gaf zeven uur per week tennisles en speelde rond lunchtijd smikkelmuziek in een van de betere kleine hotels in

Mayfair. Hoe kon hij arm zijn als Lawrence en hij een inkomen hadden van net boven modaal? Omdat arm zijn, zoals hij ergens had gelezen, geen absoluut, maar een relatief begrip was, en zijn vrienden, van wie velen hadden gestudeerd, een beroep hadden waarmee ze goed verdienden, als wetenschapper, of bij de tv of de schrijvende pers. Eén stel, dat een digitale toekomst verkondigde, was in de Londense wijk Fitzrovia een internetcafé begonnen. Het ging hun zeer voor de wind.

Er circuleerde de laatste tijd een interessante term die hem erg aansprak en waarmee hij zichzelf moed insprak. Sociaal kapitaal. Wat had hij te klagen nu hij binnenkort ging trouwen? En hij een lieve, boeiende zoon had, en vrienden, muziek, boeken en een goede gezondheid, en zijn zoon niets te duchten had van de pokken of de polio, of van sluipschutters die zich schuilhielden in de heuvels rond Sarajevo? Maar hij zou de voorkeur hebben gegeven aan sociaal kapitaal plus economisch kapitaal, en goed, hij was zijn leven zeker, maar ook té zeker. Hij kwam tegenwoordig nauwelijks nog buiten Londen. Vergelijk dat eens met wat anderen van zijn generatie deden. Hij was er niet op uit getrokken om verslag te doen van het beleg van Sarajevo en de gruwelen die daar plaatsvonden, zoals de onverschrokken Susan Sontag had gedaan, die twee jaar eerder naar die stad was gegaan en daar in het Nationale Theater een opvoering van *Waiting for Godot* had verzorgd, waarover zij het jaar daarop uitvoerig had bericht in de *Performing Arts Journal*.

Daphne en hij hadden besloten hun huishoudens samen te voegen. De vier kinderen wilden dat maar wat graag. En Peter, die in Bournemouth een afbladderend flatje aan zee met zijn nieuwe vriendin deelde, had er geen bezwaar tegen dat Roland ging samenwonen met de vrouw die hij had verlaten. Roland was gaan vermoeden dat Peter Daphne zo nu en dan had geslagen, maar daar weigerde ze iets over te zeggen. Het bleek dat Peter en zij, uit verzet tegen wat in hun jeugd gebruikelijk was, nooit waren getrouwd. Wat er ook was gebeurd, de verbittering over hun scheiding was grotendeels weggeëbd. Verbittering was in elk geval een valkuil die Roland en Alissa hadden weten te vermijden. Hij had door Engelse en Duitse juristen opgestelde en door Alissa bekostigde papieren ondertekend. Nu met Daphne was het plan duidelijk. Een groot huis met een tuin vinden waar Lawrence en zijn beste vriend Gerald, en de beide meisjes, Greta en Nancy, blij en gelukkig konden zijn. Daarbij rekende Roland op Daphnes organisatietalent. Ze deelden al heel lang elkaars diepste gevoelens, nu waren ze ook geliefden. Het was geweldig begonnen, had toen een tijdje op een laag pitje gestaan, maar tegenwoordig ging het weer goed. Althans goed genoeg. Eindelijk begreep hij dat er achter de verdedigingslinie van zandzakken rond kamp Gurji geen bevrijding gloorde, dat er achter het beste orgasme dat hij ooit had gehad geen nog beter gloorde.

Over iets meer dan drie jaar werd hij vijftig. Zijn tennisklanten waren merendeels redelijk goede spelers van in de dertig die 'lekker een balletje wilden slaan'. Na een hele tijd op de baan te hebben gestaan voelde hij een doffe pijn rond zijn heupen en stroomprikkels in zijn rechterelleboog. Hij liet zijn hart nakijken – soms sloeg het een tikkeltje onregelmatig, maar niets om je zorgen over te maken. Op aanraden van zijn dokter onderwierp hij zich aan een uitgebreide scan van zijn dikke darm om te kijken of daar poliepen zaten, maar die had vooralsnog niets opgeleverd. Het was een vernederende procedure, maar een van de medicijnen, fentanyl, herinnerde hem aan vroeger tijden. Nu hij voor het eerst in zijn leven nadacht over zijn gezondheid en zijn onvermijdelijke aftakeling, onderstreepte dat zijn zekerheid dat het tijd werd om op een ander soort bestaan over te gaan. Voor Sarajevo was het te laat. Maar de toekomst die hij in gedachten had was degelijk, zeker, genoeglijk, geordend, en na heel wat oponthoud en ontkenning stond hij ervoor open.

Inmiddels waren er maanden verstreken sinds zij opgetogen die plannen hadden gesmeed. Maar Daphne werkte vijftig uur per week en had drie kinderen op te voeden. Haar au pairs kwamen en gingen met de regelmaat van de klok. Het aantal sociale huurwoningen was drastisch afgenomen. Aan de vraag naar betaalbare huurhuizen in Londen kon haar middelgrote woningbouwvereniging in de verste verte niet voldoen. Rolands vrije uren waren over de hele dag verspreid en om halfvier moest hij bij de schoolpoort staan. In een halfjaar hadden ze elf huizen bekeken, stuk voor stuk krotten of belachelijk duur, of allebei. Voorlopig deden ze het met twee kleine woninkjes in Chapham.

Epithalamium, het bedrijf dat wenskaarten met gelegenheidspoëzie produceerde, was niet ter ziele gegaan; het was verkocht aan een groot concern voor een bedrag dat Roland nooit te weten was gekomen. Het geld dat men hem nog verschuldigd was kwam eraan, liet de aalgladde Oliver Morgan hem nu al vier jaar lang weten. Eerst moesten er bepaalde juridische en financiële kwesties worden opgelost. Maar hij hoefde zich geen zorgen te maken: zijn deel nam intussen alleen maar in waarde toe. Rolands gerecyclede verjaardags- en condoleanceverzen werden nu overal te koop aangeboden door een firma die naar verluidt groter was dan Hallmark. Lang geleden had Roland op school verscheidene bladzijden gelezen van een boek van de leeslijst, een roman van Georges Duhamel, *Le notaire du Havre,* in elk geval genoeg om een idee te krijgen waar het over ging. Een in geldnood verkerend gezin was in afwachting van een royale erfenis. Het fortuin zat er de hele tijd aan te komen. De arme drommels gingen langzaam kapot aan hun gefnuikte hoop. Het geld was nooit gekomen. Of misschien wel, en had hij niet ver genoeg doorgelezen om daarachter te komen. Het verhaal had een waarschuwing ingehouden.

Er waren weken waarin hij nauwelijks aan de zaak dacht. Hij had het te druk en bovendien beschikte hij naar zijn idee over meer veerkracht dan het gezin uit Le Havre. Maar zo nu en dan, als hij in de kleine uurtjes wakker werd, zocht zijn slapeloze geest naar iets om over te tobben. Dan hoorde hij Morgans geruststellende stem in een gesprek dat ze onlangs hadden gevoerd. 'Roland, je moet geduld hebben. Je kunt op me rekenen.' Terwijl hij op zijn rug in het donker lag zag hij de door iemand anders geschreven en geregisseerde drama's aan die zich voor zijn ogen ontvouwden. Híj had de gangsters uit het East End niet ingehuurd die Oliver Morgan uit zijn auto sleurden en meenamen naar een verlaten baconfabriek in Ipswich, waar hij al snel, samen met enkele directieleden van Krazikards nv, ondersteboven, naakt, met kettingen om de enkels, aan een lopende band bungelde die hen naar de stalen deuren van een reusachtige hoogoven voerde. Bij hun nadering gleden de deuren open en laaiden de bulderende, withete vlammen wel zes meter hoog op. De wild spartelende, geketende mannen smeekten krijsend als varkens om genade. Toevallig leek Oliver als eerste het vuur in te zullen gaan. Tijd voor Roland om in te grijpen en de lopende band stil te zetten. Hij sprak in Olivers ondersteboven hangende oor. Er waren bepaalde voorwaarden. Over hoe soepel en hoe snel hij het geld in handen zou hebben. Maar inmiddels waren de dekens te warm geworden en maakte zijn luid bonzende hart dat hij niet meer kon inslapen.

In het begin, toen de oude vrienden geliefden werden, had Daphne haar theorie over hoe je een huis netjes op orde hield uitgelegd. De woonkamer, de salon of de werkkamer van de pater familias vormde niet langer het middelpunt van het moderne huishouden. Dat was nu de keuken, en het hart van de keuken was de tafel die er stond. Dáár bracht je kinderen manieren bij, inclusief de onuitgesproken gespreksregels en hoe ze zich moesten gedragen in gezelschap, dáár deden ze voor de rest van hun leven de belangrijke regelmaat en rituelen op van op vaste tijden eten en gingen ze door te helpen met het afruimen van de tafel hun eerste eenvoudige taken als vanzelfsprekend beschouwen. Dáár werd de post opengemaakt, dáár schoven vrienden aan voor een gezellig praatje met een borrel, terwijl hun gastheer of -vrouw het eten klaarmaakte. En dáár, wees ze, aan deze tafel, zaten ze met zijn allen aan één kant dicht op elkaar, vanwege de berg troep die vrijwel het hele oppervlak besloeg. Daaronder bevond zich een mooie, oude, witgrenen tafel. Als je die rommel opruimde zou dat vanzelf doorwerken in de rest van het huis. Het kostte hem een heel weekend. Het grootste deel van de berg verdween in de vuilnisbak, de rest verdeelde hij keurig over het huis. Maar in één ding had ze zich vergist: het werkte niet door in de kamers, alleen de keuken was er grondig van opgeknapt. Als kersverse bekeerling deed Roland zijn uiterste best de tafel netjes te houden. Het werd een soort haardstee. Zelfs Lawrence viel het op.

Rond die tafel verzamelden zich gedurende 1995 allerlei vrienden. Als iedereen wat inschikte was er plaats voor zo'n tien mensen. Als Daphne tot niet al te laat moest werken kon ze er tegen halftien zijn. Haar meisjes sliepen dan in Rolands logeerkamer en Gerald sliep bij Lawrence. Rolands kookkunst en ambitie op dat vlak waren beperkt. Op zijn menu stond maar één gerecht: lamskoteletjes, gepofte aardappelen en een gemengde salade. Als hij tien gasten had betekende dat veertig koteletjes. Die konden er wat zijn bankschuld betrof nog wel bij. De gasten zorgden voor de wijn. Ze vormden een wisselend, uiteenlopend gezelschap. Velen van hen werkten in de publieke sector en waren leerkracht of ambtenaar. Eentje was huisarts. Joe Coppinger bracht Sofia mee, de arts met wie hij binnenkort ging trouwen. Verder was er nog een cellobouwer, een eigenaar van een onafhankelijke boekwinkel, een aannemer en een bridgeprofessional. De gemiddelde leeftijd lag rond de vijfenveertig. De meesten hadden kinderen en geen van hen was rijk, al verdiende iedereen meer dan Roland. De meesten hadden een flinke hypotheek en velen waren voor de tweede keer getrouwd en hielden er een complexe gezinssamenstelling op na, met ingewikkelde wekelijkse regelingen. Vrijwel iedereen had openbaar onderwijs genoten. Wat nationaliteit en ras betreft was de groepssamenstelling gevarieerd. De beide leraren waren derde generatie Caribische Britten. De bridgeprofessional had een Japanse achtergrond. Zo nu en dan zaten er Amerikanen, Fransen of Duitsers mee aan. Twee, Mireille en Carol, Rolands voormalige geliefden, kwamen met hun echtgenoot, van wie er één uit Brazilië afkomstig was. Sommige mensen had Roland via het tennis leren kennen. De bijeenkomsten overlapten met andere groepen die bij anderen thuis samenkwamen, waar het eten wat chiquer was. Bij iedere bijeenkomst kende ongeveer de helft van de gasten elkaar.

Ze waren allemaal nog jong genoeg om elke keer grappen over ouder worden te kunnen maken. Het bleef ongerijmd dat ze ouder waren dan hoofdagenten, dan hun huisartsen, dan de hoofdonderwijzer van hun kinderen, en tegenwoordig zelfs dan de leider van de oppositie. Een verwant en steeds vaker opduikend gespreksonderwerp was de zorg voor hun bejaarde ouders. Deze volwassen kinderen bevonden zich op het omslagpunt in hun leven waarop ouders beginnen te krimpen en krom beginnen te lopen. De achteruitgang van hun mobiliteit en van hun verstand, dat afwisselend sterk en zwak was als de ontvangst op een kortegolfradio, de toename van allerlei kwaaltjes, die bij elkaar genomen voor de nodige klachten garant stonden: het onderwerp was onuitputtelijk en zo nu en dan best grappig. Ze konden glimlachen om de komische misverstanden die zich voordeden wanneer een verwarde vader of moeder kwam inwonen bij een druk gezin in een huis dat te klein was, waar de kinderen te rumoerig waren en de weekagenda's te ingewikkeld, als het voor het gezin bestemde eten toen er verder niemand thuis was per abuis aan de kat was gevoerd.

Hun gesprekken behelsden zowel de logistieke problemen als de gevoelens van schuld en verdriet wanneer een ouder uit zijn of haar eigen huis in een verzorgingshuis moest worden ondergebracht. Een vriendin zei dat ze net zo'n hekel had aan haar moeder als haar moeder aan haar. Maar ze was geschrokken van hoe ze zich gevoeld had 'toen ik mijn moeder moest wegdoen'. Het thema was sterfelijkheid, en derhalve onbegrensd. Ze zagen allemaal hun vijftigste verjaardag naderen en wisten dat ze het over hun eigen naderende aftakeling hadden. Sommigen overwogen al een knie- of staaroperatie of konden niet op een bekende naam komen. Er waren goede, zelfzuchtige redenen om attent te zijn voor ouderen.

Maar afgezien daarvan heerste er een optimistische sfeer, ook al kon men zich dat vijfentwintig jaar later nauwelijks meer voorstellen. Politiek gezien bevond men zich doorgaans genomen ietsje links van het midden. Echte revolutionairen waren er niet bij. Ze leden enigszins aan gelijkgezindheid. Veel van wat er die avond dat de Muur viel was voorspeld was uitgekomen. De beide Duitslanden waren herenigd, de Sovjet-Unie was opgedoekt. Acht Oostbloklanden hadden zich al aangesloten bij de Europese Unie en er zouden nog meer volgen. De defensie-uitgaven waren omlaaggegaan, al waren de kernwapens de wereld nog niet uit. Er bestond een soort academische overeenstemming dat democratieën nooit andere landen zouden binnenvallen, wat aan de tafel met instemming werd bevestigd. Na eeuwen van oorlog, vernietiging en marteling had Europa een permanente vrede bereikt. Nadat de dictaturen in Spanje en Portugal al in de jaren zeventig waren gevallen, stelden nu ook de andere autoritaire regimes in Europa zich meer en meer open, wat uitzicht bood op toekomstige voorspoed. In het Witte Huis zat nu een Democraat. Bill Clinton werkte aan positieve hervormingen op het gebied van welzijn en een ziektekostenverzekering voor kinderen. Zijn regering liet een begrotingsoverschot zien, wat zeker goed was voor een tweede termijn.

Recente tussentijdse verkiezingen wezen erop dat de Britse collega van de president, de nieuwe Labourleider Tony Blair, de vermoeide, verdeelde regering van de omstreden Torypremier John Major, zou wegvagen. Sommigen aan de tafel hadden banden met verschillende beleidscommissies binnen de Labourpartij. De Conservatieven waren zestien jaar lang aan de macht geweest. Labour moest weer aantrekkelijk worden voor de kiezer. Aan Rolands tafel en bij anderen thuis ontleedde en verwelkomde men in verschillende samenstellingen 'de derde weg'. De altijd onbereikbare en met vrijheid onverenigbare gelijkheid moest vervangen worden door sociale rechtvaardigheid: gelijke kansen. Het oude Labourstreven om alle belangrijke bedrijfstakken te nationaliseren werd niet langer serieus genomen en moest overboord. De Bank of England moest onafhankelijk en gedepolitiseerd worden. 'Hard tegen misdaad, hard tegen de oorzaken van misdaad', daar kon geen enkele kiezer, of hij nu links was of rechts, bezwaar tegen hebben. Onderwijs en gezondheidszorg zouden centraal komen te staan. Mensenrechten zouden een plaats krijgen in de Britse wetgeving. Er moest een minimumloon komen. En gratis opvang voor kleuters van vier. De creatieve energie van het in goede banen geleide kapitalisme zouden deze projecten aandrijven en financieren. Parlementsverkiezingen na een vaste termijn. Vrede in Noord-Ierland. Een eigen gekozen assemblee voor Wales. Een Schots parlement. *Education permanente*. Een op het internet gebaseerd nationaal onderwijsnetwerk. Allemansrecht. Incorporatie van het Europees Sociaal Handvest. Een wet op de vrijheid van informatie. Dat alles in een geloofwaardige toekomst. De avonden waren lang, de stemming was hoopvol. Om twee uur 's nachts zei een van de vriendinnen toen ze wegging: 'Het is niet alleen logisch, het voelt ook zúíver.'

Zo nu en dan liet de saamhorigheid het afweten. Een door de socioloog Anthony Giddens beïnvloede stroming binnen de partij hield staande dat de commercie, de markt, nooit sociale gerechtigheid zou kunnen bevorderen zolang de financiële sector niet was opgeschoond en maatschappelijke verantwoordelijkheid droeg. Voor sommigen was dat een utopie. Voor anderen een sofisme. Op een keer, het was nog vroeg in de avond, nam Roland, die aan het hoofd van de tafel zat, zodat hij beter een oogje kon houden op de koteletten die op het vuur stonden, niet deel aan het gesprek. Hij had de hele nacht niet geslapen en was moe van het boodschappen doen, het schoonmaken en het koken. Het was een verademing om nu even rustig te kunnen zitten zonder dat hij zich hoefde te mengen in de door elkaar heen lopende gesprekken. Eerder die dag had hij een gedicht van Keats gelezen, 'Ode to Psyche', dat hem langgeleden met klem was aanbevolen door zijn vroegere schoonmoeder. Ondanks zijn vermoeidheid had hij er een gevoel van innerlijke rust aan overgehouden.

De gespreksonderwerpen beperkten zich steeds meer tot één ding: doelstellingen. Wat dat betreft zaten ze op één lijn. Een beleidswerkgroep had zojuist een rapport afgerond. Als Labour aan de macht kwam moest de publieke sector efficiënt en klantvriendelijk worden gemaakt doordat er duidelijk omschreven resultaten werden geëist. De angst die niet te zullen halen zou de inzet vergroten. Behaalde doelen zouden het moreel versterken. Het algemeen belang zou ermee gediend zijn. Zo moesten er meer blindedarmoperaties en mammografieën worden uitgevoerd, meer stageplaatsen worden gecreëerd, meer etnische minderheden tot een bezoek van een nationaal park worden overgehaald, meer jongeren uit kansarme milieus gaan studeren; er moesten leesvaardigheidsdoelen komen voor zeven-, tien- en veertienjarigen, er moesten meer misdrijven worden opgelost, meer verkrachters worden berecht en opgesloten, meer mensen aan werk worden geholpen. Daarentegen moest het aantal daklozen, zelfmoorden en schizofrenen omlaag, evenals de luchtverontreiniging, de wachttijd op de spoedeisende hulp, het aantal eenzame bejaarden, de kindersterfte, het kinderarmoedecijfer, de klassengrootte, en het aantal straatroven en verkeersongelukken. Dat waren duidelijke doelstellingen. Omwille van de transparantie zou het aan het publieke oordeel worden overgelaten of ze waren gehaald of niet.

Rolands gedachten dwaalden af – omhoog, voor zijn gevoel – en hij raakte in een staat van onthechte tevredenheid. Hij keek de tafel rond. Dit waren stuk voor stuk goede, serieuze mannen en vrouwen. Intelligente, hardwerkende mensen, die uit waren op sociale gerechtigheid. Als zij bevoorrecht waren, waren ze zonder meer bereid die voorrechten te delen. Hij verkeerde in een gemoedstoestand waarin hij ervan overtuigd was dat de wereld vol was van dergelijke mensen. Het zat goed. Hij herinnerde zich dat hijzelf, toen hij zo oud was als Lawrence en twee ambulances had zien wegrijden met daarin de slachtoffers van een verkeersongeluk, zijn tranen had proberen te verbergen omdat hij ineens besefte hoe goed mensen diep vanbinnen waren, en hoe goed georganiseerd alles was, en hoe gesmeerd en netjes alles liep. Zijn vader had zich als een held gedragen. Het was zonneklaar, toen en nu. Elk probleem was oplosbaar. Zelfs op de moorddadige Balkan, zelfs in Noord-Ierland. Rolands gedachten dwaalden nog verder weg. Hij verkeerde in een onwerkelijke, sentimentele gemoedstoestand. Teergevoelig, noemde hij het zelf. Alsof iemand een of ander psychedelicum in zijn wijn had gedaan. En terwijl het stemmenrumoer om hem heen toenam deed hij nog een stap verder en ging hij over in een toestand – die hij onmogelijk had kunnen uitleggen – waarin hij genoegen schiep in het bestaan zelf. Wat heerlijk dat hij simpelweg bestónd, dat hij een brein had, een bezit dat nooit als creditpost in de grootboeken van het sociaal kapitaal werd opgenomen. Hij herinnerde zich een regel uit de 'Ode to Psyche': ''t omkranste latwerk van een werkend brein'. Dat was ieders voorrecht en Rolands vermogen. Hij mocht dan krap bij kas zitten, hij had een werkend brein. Een teergevoelig brein. Even complex als een weelderig met rozen begroeid latwerk.

Met die gedachte stopte hij, waarna hij zijn glas vulde en zich weer in het gesprek mengde, waarvan het niveau helaas was gedaald. Rozen hebben nu eenmaal doornen. Op dat moment verlustigde men zich genadeloos in de beproevingen van John Major, de premier, een fatsoenlijke man die het zwaar te verduren had, gevangen als hij zat tussen enerzijds een sekte van gestoorde rechtse parlementariërs die zich hadden vastgebeten in het bizarre project het land uit de Europese Unie te halen, en anderzijds, uit alle geledingen van de partij, een reeks pikante ministeriële misstappen, die tot groot genoegen van velen in alle kranten breed werden uitgemeten, en dat uitgerekend op een moment – zo bracht de pers het – dat de premier de zegeningen van een ingetogen gezinsleven bij de natie had aangeprezen.

*

Maanden later zat Lawrence op een zaterdagmiddag in september, drie dagen na zijn tiende verjaardag, aan dezelfde opgeruimde tafel krantenpagina's, een schaar, lijm en het plakboek op folioformaat dat hij voor zijn verjaardag had gevraagd te rangschikken. Daphne was naar haar werk. Haar kinderen waren in Bournemouth bij hun vader, waar ze voor het eerst kennismaakten met de vierentwintigjarige Angela. Roland was tegenover Lawrence gaan zitten. Ze hadden tegenwoordig minder tijd om even met zijn tweetjes te zijn. Als hij in een bepaalde stemming verkeerde, zag Roland, als hij het gezicht van zijn zoon bekeek, er alleen dat van Alissa in, en voelde hij even een oprisping van een oude liefde, althans de herinnerde schim van die liefde. Hij kon zich bijna weer herinneren hoe het was om van haar te houden. Haar bleke teint, haar grote, donkere ogen, haar rechte neus en haar gewoonte om even weg te kijken voordat ze iets ging zeggen. En toch was alles wat Lawrence was, gebrouwen uit wat de beide ouders die steelse avond in Liebenau hadden bijgedragen, helemaal eigen aan hem. Een onhandelbaar hoofd dat te groot was voor zijn frêle schouders; wanneer hij ergens nadrukkelijk mee instemde wiegelde het eerder dan dat het knikte. De bovenlip vertoonde de klassieke welving van de boog van Cupido. Daphne zei dat degene die die jongen ooit kuste zou sterven van genot. En ja, dat hoofd, nu al zo boordevol gedachten, waarvan er te veel onuitgesproken bleven. Het was een verademing, een genot, wanneer Lawrence tegen hem aan kroop, Rolands hand pakte en hem een gedachte toevertrouwde die blijk gaf van lang en diep nadenken, waaraan langdurig onderzoek ten grondslag lag.

Vijf jaar daarvoor hadden Lawrence en hij bij vrienden in hun vakantiehuisje gelogeerd. Hun dochtertje Shirley was toen net als Lawrence vijf jaar. Er waren ook nog oudere kinderen. De twee jongsten werden aangemoedigd samen te spelen, en de volwassenen zeiden de hele tijd tegen hen dat ze perfect bij elkaar pasten. Toen er een ritje met een ponywagen werd georganiseerd zaten zij samen naast de menner op de bok en mochten ze om de beurt de teugels vasthouden. 's Avonds gingen ze samen in bad en sliepen ze bij elkaar op de kamer. Op een nacht werd Roland kort na drieën wakker omdat er voorzichtig op zijn schouder werd getikt.

Lawrence stond aan zijn bed, zijn silhouet scherp afgetekend tegen de maanbeschenen muur.

'Kun je niet slapen, schat?'

'Nee.'

'Wat is er dan?'

Het grote hoofd boog ernstig naar voren en hij richtte zijn woorden tot de vloer. 'Ik geloof niet dat Shirley de ware voor mij is.'

'Dat geeft toch niet? Je hoeft niet met haar te tróúwen.'

Even bleef het stil. 'O... oké.'

Nog voordat Roland de jongen weer in zijn bed had kunnen leggen was hij alweer in slaap gevallen.

De volgende avond stonden de volwassenen en kinderen met zijn allen in de tuin te kijken naar de maan die vanachter een bosje eiken en essen opkwam. Terwijl het hemellichaam zich schuchter onttrok aan de hoogste takken, besloot Lawrence zijn steentje aan het gesprek bij te dragen. Hij trok aan de mouw van hun gastheer en deed de plechtige uitspraak die in de familiefolklore werd opgenomen. 'Weet u, in mijn land hebben we ook een maan.'

Zijn tiende verjaardag, waar al maandenlang elke dag naar was uitgekeken, betekende heel veel voor Lawrence. Eindelijk de dubbele cijfers, jazeker, maar er was meer. Het was bijna alsof hij volwassen werd. De typische jongenscadeautjes slingerden overal in de keuken rond. Van Daphne en haar kinderen had hij de skeelers en straathockeyspullen gekregen. Maar ook had hij, op eigen verzoek, een inleiding tot de wiskunde voor volwassen beginners, een eveneens voor volwassenen bestemde tweedelige encyclopedie en het plakboek gekregen. Een tijdje terug had Roland aan Lawrence, die maar vragen bleef stellen over zijn moeder, een map laten zien met de knipsels uit kranten en tijdschriften die Rüdiger hem in de loop van de jaren had toegestuurd. Misschien had hij dat niet moeten doen. Maar de jongen was apetrots geweest. Hij had heel lang naar de foto's zitten staren. Hij had niet gedacht dat ze zo beroemd was.

'Is ze net zo beroemd als... Oasis?'

'Nee. Boekenschrijvers zijn minder beroemd. Maar nog altijd beroemd, hoor, en belangrijker.'

'Dat vind jíj.'

'Ja. Maar je hebt gelijk. Veel mensen zijn het daar niet mee eens.'

Het zware hoofd bewoog lichtjes heen en weer terwijl Lawrence nadacht. 'Ik denk dat je gelijk hebt. Belangrijker.' Daarna volgde de gebruikelijke vraag. 'Waarom zoekt ze me nooit op?'

'Je kunt haar schrijven. Ik weet niet waar ze woont, maar ik ken iemand die dat wel weet.'

'Ik denk dat Oma weet waar ze is.'

'Zou kunnen.'

Zijn brief, waar hij heel wat avonden als hij klaar was met zijn huiswerk aan had gewerkt, besloeg tien met zijn uitzonderlijk slordige handschrift vol gepende kantjes. Daarin beschreef hij zijn school, zijn vrienden, zijn huis, zijn kamertje, en zijn laatste vakantie aan zee in Suffolk. Tot slot vertelde hij dat hij van haar hield, waar hij, alsof hij een strikt persoonlijk geheim onthulde, aan toevoegde dat hij ook van wiskunde hield. Roland wist dat Jane de brief niet zou doorsturen. Hij schreef 'persönlich' op de envelop en stuurde hem met een begeleidend briefje naar Rüdiger. Er verstreken twee maanden zonder dat er iets gebeurde. Het verbaasde Roland niet. Sinds hun ontmoeting in Berlijn had hij haar drie keer geschreven en haar aangespoord contact op te nemen met Lawrence, maar ook op die brieven had hij geen antwoord gekregen. Wel had hij een keer met Rüdiger gesproken toen die in Londen was. Ze hadden afgesproken in de bar van diens hotel in de buurt van Green Park. De uitgever had gezegd dat hij met Roland meevoelde en alle begrip had voor diens situatie, maar dat hij wist dat hij meer dan alleen zijn beroepsleven op het spel zette als hij zich in de privézaken van zijn auteur zou mengen. 'Ze weigert erover te praten.'

Maar Lawrence liet zich niet ontmoedigen. Hij was vastbesloten 'Het boek van Alissa Eberhardt' samen te stellen, want dat was de titel die in goudgele kleurpotloodletters op het plakboek prijkte. Hij legde uit dat hij de artikelen in chronologische volgorde ging inplakken, de Engelse eerst en daarna de Duitse. Schaar, lijmpot, viltstiften en een vochtige lap had hij naast elkaar op tafel gelegd. Hij zocht net zo lang in de map tot hij een Engelse recensie van *The Journey* vond. Die besloeg maar één enkele kolom, die hij uitknipte en op de eerste bladzijde plakte. Allemaal heel netjes.

Hij had gelijk wat zijn oma betrof. Na de verschijning van de eerste roman hadden Alissa en haar moeder zich verzoend. Jane had te verstaan gekregen dat zij Roland onder geen beding het adres van haar dochter mocht geven. Dat had hem geërgerd, en ze hadden er tijdens een bezoek, nadat Lawrence naar bed was gegaan, flink over geruzied. Hij had haar gezegd dat zij het aan haar kleinzoon verplicht was om hem in contact te brengen met zijn moeder. Maar Jane had Roland gezegd dat hij niet inzag hoe ingewikkeld sommige dingen waren. Gezinnen, de literatuur. Had hij *The Journey* eigenlijk wel gelezen? Hij had zich niet verwaardigd daarop te antwoorden. Ze had zichzelf wijsgemaakt dat hij zo jaloers was op Alissa's succes dat hij zich niet met haar uitzonderlijke boek wilde inlaten. Dat vond ze heel kleinzielig van hem. Daarna was hun verhouding bekoeld, en inmiddels spraken of schreven ze elkaar helemaal niet meer. Het sprak vanzelf dat ze hem niet voor de begrafenis van Heinrich had uitgenodigd. Haar wraaklustige schoonzoon zou alleen maar samen met Lawrence zijn gekomen om Alissa in verlegenheid te brengen.

Hij besprak de kwestie met Daphne. Haar mening was onveranderd. 'Het kan me niet schelen of ze een tweede Shakespeare is, maar ze hoort haar zoon te schrijven.' En twee avonden eerder: 'Ze moet een schop onder haar kont hebben.' De ene vrouw die de rommel van de andere opruimt? Nee, het ging veel verder. Maar er zaten overeenkomsten in de twee ingrijpende veranderingen. De laatste tijd had hij het, als hij het over Peter had, over 'die lamlul', een typering die prettig in de mond lag.

Het zou kunnen dat Daphne gelijk had met haar bewering

dat Alissa een spreekwoordelijke schop onder de kont nodig had, maar dat hielp hem geen steek verder, zoals Roland haar bleef voorhouden. De wrokgevoelens die hij jegens zijn ex koesterde waren verwezen naar de krochten van zijn denken, waar ze worstelden met zijn bewondering voor haar werk. Het ging per slot van rekening om Lawrence. Die was er zich inmiddels van bewust dat zijn moeder een glamoureus leven leidde, niet zo ver weg in het hem bekende Duitsland, en dat ze hem niet wilde kennen. Wat moest je ermee? Misschien had hij hem de recensies beter niet kunnen laten zien. Ze vormden een stapel van wel vijftien centimeter. Als Rüdiger weer een stel recente Eberhardt-knipsels stuurde, las Roland ze door voordat hij ze in zijn map deed. Ook hij was geïntrigeerd door haar roem.

Terwijl Lawrence geconcentreerd over zijn schaar gebogen zat om zo netjes mogelijk te kunnen knippen, nam Roland een bladzijde van de stapel. Het blad, dat na vijf jaar aan de randen begon te vergelen, bevatte de lange bespreking door een gezaghebbende criticus van de FAZ, de *Frankfurter Allgemeine Zeitung*, die de toon had gezet voor de uitbundige ontvangst van *Die Reise* in Duitsland, Oostenrijk en Zwitserland. Rüdiger had er een vertaling van de tekst bijgevoegd. Roland sloeg de uitgebreide samenvatting van het verhaal over en las nog eens de afrondende alinea's.

> Eindelijk is er een leidster met een stem die het verdient gehoord te worden, opgestaan uit en voortgebracht door de naoorlogse generatie. Niet besmet door het dorre experimentalisme, de solipsistische, existentiële anomie van onze gesubsidieerde literaire cultuur, dringt ze door in ons heden, een schrijfster die haar verantwoordelijkheden jegens de lezer kent, maar niettemin de volledige controle behoudt over een voortreffelijk literair proza dat getuigt van durf, fantasie en ambitie. Alleen de titel is aan haar briljante vindingrijkheid ontsnapt.
>
> Alissa Eberhardt deinst niet terug voor ons recente

verleden, niet voor de geschiedenis zelf, noch voor een aangrijpend verhaal, voor een volledige, diep doorleefde karakterisering, voor de liefde en het tragische einde van de liefde, en voor diepgaande, zaakkundige bespiegelingen op moreel gebied, die soms een respectvolle reverence maken naar *Der Zauberberg*, en zelfs naar de magie van Montaigne. Er lijkt niets te zijn wat Eberhardt niet beeldend weet op te roepen, van de puinhopen van het gebombardeerde München en de criminele onderklasse van Milaan tijdens de oorlog, tot de geestloosheid van de jaren van het naoorlogse wirtschaftswunder zoals dat ervaren werd in een afgelegen stadje in Hessen.

Eberhardts roman, die tolstoiaans breed van opzet is en een nabokoviaans plezier in het vormen van volmaakt getoonzette zinnen verraadt, biedt ons zonder belerend te zijn een ingehouden maar krachtige feministische slotsom. Haar heldin is, zelfs als ze tekortschiet, inspirerend door wat zij belicht. Wat valt er verder nog over te zeggen? Deze roman is, dat moge duidelijk zijn, een meesterwerk.

Ein Meisterwerk, nabokoviaans, winnaar van de Kleist- en Hölderlin-Preis, en Roland had dat als eerste gezien, ja zelfs wat betreft de titel had hij gelijk gehad. Hij had die brief moeten schrijven. Als hij dat had gedaan was ze nu mogelijk bezig geweest te regelen dat ze de kerst kon doorbrengen met haar zoon, die met een trotse lach 'Het boek van Alissa Eberhardt' omhooghield om zijn vader de eerste bladzijde te laten zien.

'Prachtig. Keurig ingedeeld. En wat nu?'

'Iets in het Duits.'

'Dit was een van de eerste. Kijk maar eens.'

Lawrence toog aan het werk met de pagina uit de FAZ. Hij had geen behoefte de vertaalde artikelen te lezen. Hij wilde ze rangschikken en zo het mysterie van zijn moeder intomen in zijn eigen boek. Roland bekeek nu een stuk uit een Engelstalig tijdschrift. Op een paginagrote kleurenfoto prijkte ze in een witte zomerjurk die in de stijl van de jaren veertig bij de taille was ingesnoerd, met een zonnebril op haar voorhoofd geschoven. Ze had een bobkapsel zonder pony en haar haar achter de oren gestreken. Ze leunde tegen een stenen balustrade. Op de panoramische achtergrond waren coniferen te zien, en in de verte een zweem van een rivier. Haar lach leek geforceerd. Tien interviews op een dag. Ze begon een hekel te krijgen aan haar eigen stem, haar steeds maar herhaalde meningen. Ze kwam nooit naar Londen wanneer de Engelse vertaling uitkwam. Besprekingen in de boekenbijlagen bespaarden haar de moeite. De halfjaar oude kopie bevatte een uitgebreid onderschrift in amechtig proza.

> Net als de geweldige Doris Lessing vóór haar maakte de betoverende Alissa Eberhardt de soort beangstigende sprong waar veel vrouwen alleen maar van dromen. Zij verliet haar echtgenoot en kindje en vertrok met de noorderzon naar Beierse wouden (zie boven), waar ze van bladeren en bessen leefde (grapje!) en haar beroemde eerste roman schreef: *The Journey*. In de boekenwereld werd ze tot genie uitgeroepen, en ze is daarna onverdroten doorgegaan. Haar jongste roman, *The Running Wounded*, is ons Boek van de Maand. Pas maar op, Doris!

Deze, besloot Roland, zou hij niet aan zijn zoon laten zien. Verder dan dit reikte het welbekende verhaal nooit. Alissa liet er nooit veel over los, noemde het gezin dat zij in de steek had gelaten nooit bij name, had het nooit over de beangstigende sprong of het feit dat die definitief was. Als de Britse pers er werk van had gemaakt had die Roland gemakkelijk kunnen opsporen. Maar gelukkig waren de achtergeblevenen niet interessant. Tot dusver drie romans en een bundel korte verhalen. Telkens wanneer hij iets van haar las zocht hij naar het personage dat aspecten van hemzelf belichaamde. Hij hield er rekening mee dat hij wel eens verontwaardigd zou kunnen zijn als hij hem ontdekte. Het soort man waar haar hoofdpersoon tal van sensuele maanden mee zou kunnen doorbrengen. De pianist, de tennisser, de dichter. Zelfs de gemankeerde dichter, de seksueel onverzadigbare man, de rusteloze man zonder vast werk die zijn draai niet kon vinden, waar een verstandige vrouw al snel genoeg van zou hebben. De echtgenoot en vader die door een vrouwelijk personage in de steek wordt gelaten. Maar in plaats daarvan vond hij, onder vele andere, twee versies van de grote Zweedse zeeman met de paardenstaart, Karl.

In de loop van vijf korte jaren nam het aantal boeken en prijzen in Duitsland en wereldwijd alleen maar toe. Ze herschreef een van de romans die Roland nog voor haar had uitgetypt en destijds door Londense uitgevers was geweigerd, maar die ze nu tot leven had weten te wekken. Ze publiceerde een bundel met elkaar samenhangende korte verhalen over tien liefdesaffaires. Ze schreef scherpzinnig en zelfs ontzettend geestig over de tegenstrijdige verlangens van haar slimme vrouwelijke hoofdpersonages. Er was in haar boeken best ruimte geweest voor hem. In haar roman over Londen werkte haar hoofdpersoon een tijdje in het Goethe-Institut. Maar hij was niet de student op wie ze verliefd werd. Hij zat zelfs niet in haar klasje. Een ander personage woonde in de buurt van de markt in Brixton, maar niet in Rolands ouwe flat. De Eberhardt-aanpak was ostentatief realistisch: de auteur beschreef een wereld die voor iedereen herkenbaar en navoelbaar was. Er was niets, materieel of immaterieel, wat ze niet levendig kon schetsen. En toch was er van alles wat ze destijds, hoe intens ook, samen hadden beleefd – hun rendez-vous aan de Lady Margaret Road, de emotioneel geladen bezoekjes aan Liebenau en de wandelingen langs de rivier, de verrukkingen buiten in het deltagebied van de Donau, het huisje waarin ze samengewoond hadden en bovenal hun kind – niets terug te vinden in haar boeken, zelfs niet verhuld of verplaatst. Hun gedeelde ervaring, inclusief haar eigen verdwijning, was genadeloos uit haar creatieve landschap gebulldozerd. Hij was uitgewist. Net als Lawrence: er kwamen geen kinderen voor in haar werk. De breuk van 1986 was totaal. Hij had erop gerekend dat hij verontwaardigd zou zijn. Maar nu benaderde hij het van een andere kant.

Hij las de profielen in de hoop iets over Alissa's geliefden te zullen vinden, maar ze sprak nooit over haar privéleven. 'Volgende vraag,' was haar kalme reactie, zelfs als haar botweg werd gevraagd in welk deel van Duitsland ze woonde. Op een foto waarvoor niet was geposeerd zat ze vrolijk aan een tafeltje in een restaurant. Er zat niemand bij die mogelijk een geliefde zou kunnen zijn. De Duitse pers was niet zo hardnekkig en opdringerig als de Britse. En omdat ze nooit in literaire kringen kwam en daar derhalve ook geen deel van uitmaakte, omdat ze voor zover bekend geen affaires had, nooit in een trendy restaurant werd gesignaleerd of op de rode loper bij een of andere opening, en omdat ze al bijna achtenveertig was, leverde ze nauwelijks voer op voor de roddelrubrieken. Speciaal uitgenodigde Britse journalisten reisden naar München voor een ontmoeting met haar ten burele van de uitgever. Het waren voornamelijk belezen types, die haar met respect en zelfs vol ontzag benaderden.

Naarmate de jaren zich achter hen opstapelden kromp de tijd die ze samen waren geweest steeds verder, althans in kalenderjaren. Het ging maar om drie jaar, van '83 tot '86. Maar de emotionele tijdsspanne reikte verder, en Lawrence belichaamde die. Bovendien was er het Goethe-Institut in '77 en vier jaar later hun ontmoeting na het concert van Bob Dylan, toen Mick Silver na een kopstoot tegen de vlakte was gegaan. Daarna Berlijn, café Adler, de steeg in de regen. Die tijdsspanne werd groter wanneer hij over Lawrence schreef en geen brief terugkreeg, en nog groter wanneer hij stilletjes haar jongste boek bewonderde en opnieuw vaststelde dat hij er niet in voorkwam. Elke keer dat hij een foto van haar zag werd hij weer met een dun lijntje verbonden met een ver verleden. Ze waren achttien jaar verder, maar het leek onveranderd, het gezicht van de vrouw die ooit langzaam in eenvoudig Duits haar klasje had verteld over haar literaire ambities.

Een tegen het koningshuis gekante vriend, die tien jaar daarvoor was omgekomen toen hij werd aangereden door een motorfiets, had ooit tegen hem gezegd dat sommige jonge leden van de koninklijke familie, door alle aandacht die ze in de media kregen, voortdurend in zijn privésfeer binnendrongen.

'Lees die stukken dan niet,' was Rolands reactie geweest. 'Ik doe dat nooit, dus mij vallen die lui niet lastig.'

Nu begreep hij wat de man bedoeld had. Alissa viel hem op gezette tijden lastig. Hij móést gewoon elk nieuw boek dat er van haar verscheen lezen. Hij móést alle stukken die Rüdiger hem stuurde doornemen. Ze liet hem niet met rust, ze weigerde te stoppen met goed schrijven, ook al negeerde ze hem in haar romans. Na al die jaren maakte hij zich er niet meer al te druk over, maar het zou hebben geholpen als haar zo fraai in de kwaliteitsbladen uitgelichte gezicht geleidelijk uit beeld was verdwenen. Maar zelfs als dat zou zijn gebeurd, zou het toch zijn gebleven, niet alleen in de ogen van zijn zoon en diens gewoonte om weg te kijken, maar in zijn diepe ernst. Want dát was wat Lawrence en zijn moeder meer dan wat ook met elkaar gemeen hadden.

*

Twee jaar later waren de beide huishoudens nog steeds niet samengevoegd. Er werd nog altijd over trouwen gesproken, maar wel steeds minder vaak. Ze hadden het druk, de stijging van de huizenprijzen fluctueerde per buurt, en op de een of andere manier was het daarom minder riskant twee huizen te hebben die nauwelijks meer dan een kilometer van elkaar stonden. Daphnes kinderen brachten om de twee weken een weekend door bij hun vader. Dat zorgde voor enige scheefgroei, want Daphne hechtte zeer aan de vier dagen per maand die ze voor zich alleen had. Maar dat was prima. Roland was eraan gewend met Lawrence alleen te zijn en vond het ook prettig. De gezinnen logeerden bij elkaar. De ouders pasten bij elkaar op. Het was soms rommelig, maar de vier kinderen van Daphne en hem konden goed met elkaar overweg, en op die manier leven was gemakkelijker dan een ingrijpende beslissing nemen die ontzettend moeilijk teruggedraaid kon worden, ook al werd dat nooit met zoveel woorden gezegd. Sommige liefdesaffaires rotten kalmpjes, zoetjes aan weg. Langzaam, als fruit in een koelkast. En dit zou er wel eens zo eentje kunnen zijn, dacht Roland, al wist hij het nooit helemaal zeker. De seks, die steeds sporadischer werd, bleef intens. Ze konden goed met elkaar praten, en diepgaand als dat mogelijk was. De politiek was iets wat hen verbond en de naderende parlementsverkiezingen zorgden voor de nodige opwinding. En dus leefden ze alle zes als 'belanghebbenden', zoals de economen van New Labour het tegenwoordig noemden, in een aangename roes van gewoontes die te vastgeroest of leuk waren om gemakkelijk te worden ontbonden. De inertie was een kracht op zichzelf.

In het voorjaar van '97 vond er een sterfgeval plaats in Rolands familie. Vroeger werd je onvermijdelijk al tijdens je jeugd met een dode geconfronteerd. Maar in het welvarende Westen werd, na de massale slachtpartijen van twee wereldoorlogen, een leven zonder de dood het bijzondere voorrecht van een beschermd opgroeiende generatie. Die was mondig, gretig op zoek naar seks, spullen en heel wat meer, maar teergevoelig als het om de dood ging. Het leek Roland dan ook gepast om Lawrence weg te houden van de begrafenis. Hij reisde alleen naar zijn eerste confrontatie met een lijk.

Hij was er al vroeg met de trein. Om zijn gedachten te ordenen maakte hij vanaf het station een omweg door de stad. Aldershot lag erbij alsof het de vorige avond door een stel dronkenlappen was gesloopt. Soldaten of burgers. In het centrum, in de buurt van de markt, lagen de stoepen en de goten vol glasscherven van flessen en door de regen uitgelopen geronnen bloed of tomatenketchup. Hier ergens was zijn broer Henry in 1954 – hij was toen achttien – zijn moeder tegen het lijf gelopen, waarbij ze hem niet eens had herkend. Dat oude raadsel, waarom ze Henry en Susan in 1941 had afgestaan, zou nooit worden opgelost. Ze hield vol dat ze het financieel niet had kunnen opbrengen om hen groot te kunnen brengen, maar dat geloofde niemand. Ze was destijds niet armer dan ze voor de oorlog was geweest. De vraag was zo oud dat ze er niet langer over nadachten.

Roland kwam uit bij de Woolworth, waar hij als driejarig jochie diep onder de indruk was geweest van een donkerrode kolos die vlak achter de klapdeuren stond: een apparaat dat je vertelde hoeveel je woog. Bij dat gevaarte was hij ooit zijn moeder kwijtgeraakt toen hij onoplettend de verkeerde rok was gevolgd. Gekleurde stippen op een witte ondergrond, net als die van Rosalind. Toen een onbekend hoofd op hem neerkeek had hij van ontzetting geen woord kunnen uitbrengen. Eenmaal herenigd met zijn moeder was hij in huilen uitgebarsten. In zijn herinnering smaakte zijn verdriet zurig naar de gemengde snoepjes die in zakjes op een toonbank in de buurt lagen. Perendrups.

Bij de Woolworth stak hij de straat over, waarna hij langs twee grote, naast elkaar gelegen, vrijstaande bioscopen kwam. In een daarvan had hij twee voorstellingen achter elkaar gezien van Elvis Presleys *Blue Hawaii*. Hij was toen dertien. Waarschijnlijk was het vakantie en was hij thuis geweest van Berners. Zijn ouders waren uit Tripoli teruggekomen in afwachting van de volgende stationering. Na Singapore en vervolgens Libië zou het binnenkort Duitsland worden: hun leven in ballingschap, het leven van Rosalinds verborgen heimwee. Alsof ze ergens voor op de vlucht waren. Op die lange middag in de ABC had Roland het niet kunnen opbrengen Elvis' zonnige stranden en knappe vriendinnen te verruilen voor het miezerweer buiten. Zijn vader was onverwacht langsgekomen om hem op te halen en hij was woedend dat hij al die tijd in de foyer had moeten wachten. Uiteindelijk was hij de zaal in gegaan, vergezeld van een ouvreuse, die bijgelicht door haar zaklampje Roland ontdekte op de voorste rij. Vader en zoon waren zwijgend door de regen naar het flatje van Susan gelopen, bij wie ze logeerden.

Nu legde Roland opnieuw een deel van dezelfde weg af, over een verlaten parkeerterrein in de richting van een troosteloos deel van de stad waar ooit getrouwde militairen met hun gezin waren ondergebracht in laat-victoriaanse rijtjeshuizen van twee verdiepingen, benauwd, onverwarmd, vochtig. Susan had er gewoond met haar eerste man en hun twee kinderen toen die nog klein waren. Roland had een paar keer op Scott Moncrieff Square gelogeerd. In het parlement was de wijk een achterbuurt genoemd. Kille gebouwen van beroete baksteen om een met gras begroeide bult waar de vrouwen hun was ophingen. De rijtjeshuizen waren aan het eind van de jaren zestig, toen alles wat victoriaans was verfoeid werd, afgebroken. Maar de woningen waren goed gebouwd. Ze hadden ze dan ook beter kunnen renoveren, want nu waren de goedkope huizen die ervoor in de plaats waren gekomen ook al rijp voor de sloop.

Hij keerde met een boog terug naar het centrum, vanwaar hij een heuvel op liep die naar het Cambridge Military Hospital leidde, waar hij was geboren. Het was een prachtig victoriaans gebouw met een in de omgeving beroemde klokkentoren waarvan de klokken waren buitgemaakt in de Krimoorlog. Twee jaar geleden was het ziekenhuis gesloten, en hij had gehoord dat het verbouwd zou worden tot luxeappartementen. De vuile ramen boden de blinde aanblik van een verlaten scheepswrak. Ergens daarbinnen, slechts door een dunne muur van tijd van hem gescheiden, was hij ondersteboven omhooggehouden, naakt en bloederig, om naar de zede van die tijd in de wereld te worden verwelkomd met een ferme tik op de billen. Opnieuw maakte hij een grote omweg, die uitkwam achter het stadion van de Aldershot Football Club, met daarvoor de bloemenklok, die nog altijd de tijd aangaf. Hij stak de straat over en vertraagde zijn pas toen hij het tussen allerlei winkels gelegen uitvaartcentrum van Carter & Bromley naderde. Daar wachtte zijn vader op hem. Geen woedend stilzwijgen deze keer, geen zaklamp van een ouvreuse. Hij liep de begrafenisonderneming voorbij, maar honderd meter verder draaide hij zich om, liep terug en belde na enige aarzeling aan.

Het nieuws had hem vroeg in de ochtend bereikt, tijdens zijn werk, terwijl hij aan het tennissen was op een van de banen op

Portman Square. Zijn tegenstander en klant was een man van een jaar of dertig, die het spel weer had opgepakt nadat hij zijn been had gebroken bij een skiongeluk. Het was een pezige speler van provinciaal niveau, die over een striemende forehand beschikte. Roland stond een set en drie games achter en probeerde de indruk te wekken dat het bij zijn lesmethode hoorde. De ander stimuleren door hem te laten winnen. Zijn werk bestond eruit dat hij de rally's lang en boeiend hield, maar dat vereiste meer loopwerk dan hij gewend was. Toen zijn nieuwe Nokia-mobieltje, dat op de bank lag, overging stak hij verontschuldigend zijn hand op en was hij blij dat hij mocht opnemen. Zodra hij de stem van zijn zus hoorde, en de vlakke toon waarop ze sprak, wist hij hoe laat het was. In het daaropvolgende uur kwam er een totale onverschilligheid over hem, wat in de spannende wedstrijd goed van pas kwam. Hij won de set en liet toe dat hij in de derde set verslagen werd.

Lawrence' liefde voor zijn grootvader was simpel. De majoor was een bonkige boeman die komische, maar beangstigende gromgeluiden maakte en mondharmonica speelde of lachwekkende jammergeluiden ontlokte aan een klein formaat doedelzak. Naarmate de jongen ouder werd, werd de boeman steeds guller met muntstukken van één pond en zorgde hij ervoor dat zijn keurige huis in een nieuwbouwwijk in de buurt van Aldershot steeds goed voorzien was van limonade en chocola. De boeman werd nog bijzonderder toen hij werd uitgerust met een zuurstoftank die hij de hele tijd met zich meedroeg en waar een slangetje aan zat waardoor met een zacht sisgeluidje lucht in zijn neus werd geblazen. Van kleins af aan was Lawrence geïnteresseerd geweest in een grotesk beeldje dat de majoor had meegebracht uit Duitsland. Het stond op een vensterbank, een kaal, knokig kwelduiveltje met een lange, kromme neus dat op een stok leunde. De majoor had er de gewoonte van gemaakt het Lawrence meteen als hij binnenkwam voor te houden. Als vijfjarige had de jongen het beeldje altijd omzichtig benaderd. Het geleidelijke besef dat het monstertje hem geen kwaad kon doen maakte dat hij steeds meer op het beeldje verzot was geraakt. Het beangstigende kon worden ingetoomd en zelfs omhelsd. Het kwelduiveltje was mogelijk een surrogaat voor zijn grootvader.

Die avond aten de twee gezinnen gezamenlijk bij Roland. Toen hij thuiskwam van zijn middagsessie zaten de kinderen aan de keukentafel hun huiswerk te maken terwijl Daphne stond te koken. De meisjes, Greta en Nancy, zaten aan één kant van de tafel en Gerald en Lawrence aan de andere kant. Tussen twee klanten door had Roland Daphne gebeld om het nieuws te vertellen. Nu moest hij nog het juiste moment zien te vinden om het Lawrence te vertellen. Het verlies van Opa Heinrich was verbijsterend en abstract geweest. Als hij bij de begrafenis in Liebenau was geweest had dat misschien geholpen. Maar met opa Robert lag het anders.

Na Daphne had hij Rosalind gebeld, wat hem zwaarder was gevallen. Haar stem had veraf geklonken en hij had haar moeten vragen de telefoon dichter bij haar mond te houden. De majoor was tegen haar aan gevallen en had haar zo klemgezet tegen het aanrecht. Er was bloed uit zijn mond gekomen. Toen ze had geprobeerd zich onder zijn gewicht uit te worstelen was zijn hoofd naar voren gevallen en hard tegen het aanrechtblad geslagen. 'Ik heb hem vermoord,' zei ze de hele tijd zwakjes. Om haar gerust te stellen had hij zich als medisch deskundige opgeworpen. 'Dat moet je niet denken. Als er bloed uit zijn mond kwam was hij al dood.'

'Zeg dat nog eens,' zei ze. 'Ik wil het nog eens horen.'

Hij ging bij de zwijgende kinderen zitten. De manier waarop ze ijverig hun hoofd bogen over hun schrijfwerk ontroerde hem. Over een kwartiertje zouden ze allemaal weer praats voor tien hebben. Zijn voeten bonsden, en zijn knieën en rechterarm deden pijn. Daphne zette een mok thee voor hem neer. Toen ze wegliep legde ze even een hand op zijn schouder. De keukengeluiden die ze maakte bij de bereiding van een shepherd's pie waren geruststellend. De tafel was nog steeds vrij van rommel. Dit was het, de rustige gelukzaligheid van een huiselijk leven, ordelijk, veilig, liefdevol. Sommige van zijn vrienden riepen het op als zij hem aanmoedigden om met Daphne te trouwen. En vaak zag hij daar, net als nu, de redelijkheid van in: de thee die zonder dat hij erom had hoeven vragen voor hem werd neergezet, het gemurmel van het nieuws dat uit de transistorradio kwam (een verbod op chemische wapens zou binnenkort van kracht worden), de kinderen die met hun huiswerk bezig waren, de geur van hun pasgewassen haar. Hij zou zich kunnen ontspannen en zich onderdompelen in de warmte. Om vervolgens pijnlijk kopje-onder te gaan? Er waren de laatste tijd duidelijker tekenen geweest van problemen tussen Daphne en hem. Nee, het ging maar om één probleem, zíjn probleem, zijn oude probleem. Hij kon er niets aan doen. Zij had met een strakke stem gezegd dat hij er wél iets aan kon, en ook móést doen.

Hij keek met een schuin oog naar waar Lawrence mee bezig was. Natuurlijk weer wiskunde. Het boek dat hij voor zijn verjaardag had willen hebben had zijn sporen nagelaten. Hij had er een goed begrip van differentiaalvergelijkingen door ontwikkeld, de helling van de raaklijn aan een kromme, waarmee hij zijn vader achter zich had gelaten. Toen Greta aan Lawrence had gevraagd (zoals Roland eigenlijk had willen doen), wat voor nut dat soort sommen hadden, had hij na een moment van bezinning gezegd: 'Ze gaan allemaal over hoe dingen veranderen en hoe je die verandering van binnenuit kunt bekijken.'

'Wat voor verandering?'

'Je hebt een bepaalde snelheid, en dan is er een... omslagpunt, zeg maar, en dan krijg je een versnelling.' Meer had hij niet kunnen uitleggen, maar de vergelijkingen wist hij feilloos op te lossen. Zijn begrip was direct, bijna zintuiglijk. Zijn onderwijzer vond dat hij een zomercursus wiskunde voor hoogbegaafde kinderen tot twaalf jaar moest gaan volgen. Maar Roland geloofde in vakantie en had zo zijn bedenkingen. Er was meer dan school. En het kostte ook geld. Hij had Alissa niet om het geld willen vragen. Daphne had aangeboden te betalen. Vooralsnog was er nog niets besloten.

Terwijl hij stond te douchen besloot hij dat hij het Lawrence onder het eten ging vertellen, in de gemoedelijke sfeer van de familiekring. Gerald, Greta en Nancy hadden hun oma anderhalf jaar geleden verloren. Zij zouden het begrijpen. En Daphne was heel lief voor Lawrence. Hoe kon hij, Roland, zijn leven nu níét met het hare willen verbinden? De kwestie was te ingewikkeld om er nu over na te denken. Hij kleedde zich aan en ging naar beneden. Zodra ze klaar waren met eten zei hij tegen de kinderen dat hij heel droevig nieuws had. Toen hij het vertelde richtte hij zich rechtstreeks tot zijn zoon. Het grote hoofd bewoog niet en de jongen keek hem alleen maar met een donkere blik aan, zodat Roland, de brenger van het slechte nieuws, zich beschuldigd voelde.

Lawrence vroeg zachtjes: 'Wat is er gebeurd?'

'Tante Susie heeft het me verteld. Ze waren net klaar met de lunch. Oma bracht de borden naar de keuken. Opa kwam achter haar aan met een kom...'

'Die oranje kom?'

'Ja. Net toen hij de keuken in kwam zakte hij in elkaar op de vloer. Je weet dat zijn longen het niet meer zo goed deden en dat zijn hart daarom extra hard moest werken om de zuurstof door zijn lichaam te pompen. Zijn oude hart kon het niet meer aan.' Ineens voelde Roland zijn stem haperen. Zijn eigen aangepaste versie had een splintertje verdriet losgemaakt. Het voelde gekunsteld aan, alsof het meer met de manier van vertellen en het beladen woord 'hart' te maken had dan met het feit van een pijnlijke dood.

Lawrence' blik was nog altijd strak op hem gericht, de jongen verwachtte dat er nog meer zou komen, maar Roland kon geen woord meer uitbrengen. Nancy legde haar hand op Lawrence' arm. Greta en zij begonnen iets meelevends te zeggen. Zij uitten zich gemakkelijker dan hun broer, die stijf rechtop zat, en dan vader en zoon. Met een vingerbeweging bracht Daphne de meisjes tot zwijgen. Het werd stil aan tafel; iedereen verwachtte dat Roland door zou gaan.

Misschien dat Lawrence de glinstering in de ogen van zijn vader zag. In elk geval was het de jongen die de man op zijn gemak zou stellen. Hij zei op voorzichtige, bemoedigende toon: 'Wat hadden ze bij de lunch gegeten?'

'Kip, aardappelen...' Hij wou ook nog doppers zeggen, maar door de ontnuchterende vraag moest hij eigenlijk vooral lachen. Hij schraapte luidruchtig zijn keel, stond op en liep de kamer door naar het raam, waar hij naar de straat ging staan kijken, terwijl hij zichzelf weer in de hand probeerde te krijgen. Gelukkig lieten de meisjes zich niet intomen. Ze waren van tafel opgestaan en maakten troostende geluiden. Hun knuffels van medeleven vormden een nuttige dekking. Zelfs Gerald deed nu mee.

'Dat is echt vette pech, Lawrence.'

Daar moesten de meisjes om giechelen, waarna ook Daphne en Lawrence in de lach schoten. Pret alom. Wat een opluchting. Rolands keelspieren ontspanden zich en daar was het weer, een gevoel dat hij eerder die middag niet had weten uit te bannen. Het was weer bij hem opgekomen toen hij met de metro onderweg was naar Clapham en hij, met zijn tennisspullen over zijn schouder, tussen de opeengepakte mensen stond. En opnieuw tijdens het korte eindje lopen naar huis door Old Town en de Rectory Grove: een verschrikkelijke, ongepaste gedachte. Een gevoel van bevrijding. Hij stond ineens onder een wijdere hemel. Je bent niet langer de zoon van je vader. Jij bent nu de enige vader. Niemand staat meer tussen jou en je graf in. Je hoeft de schijn niet op te houden: een gevoel van opgetogenheid is even gepast als een gevoel van verdriet. Hij was een beginneling op het gebied van de dood, maar wist dat hij eerste gevoelens moest wantrouwen. Natuurlijk, ze waren het begrijpelijke bewijs dat hij van slag was, en ze zouden slijten. Met zijn rug naar de kamer gekeerd keek hij naar de trage verkeersstroom en zette de opties tegen elkaar af. Je begroef je ouders, of zij begroeven jou, en in dat geval rouwden ze jammerlijker om jou dan jij ooit om hen zou kunnen rouwen. Er bestond geen grotere ramp dan een kind verliezen. Dus prijs jezelf en je vader gelukkig.

*

Een mager tienermeisje in een strak zwart broekpak deed open bij het uitvaartcentrum en gaf hem een formeel knikje toen hij naar binnen ging. Het was haar blijkbaar verboden iets te zeggen, of anders had ze mogelijk een spraakstoornis. Toen ze hem in een kleine, rode wachtruimte een stoel wees, klonk zijn 'Dank u wel' te opgewekt. Ze maakte met beide handen een verzoenend gebaar en verdween achter een gordijn van rood velours. Het feit dat er in het vertrek geen tijdschriften lagen getuigde van smaak. Aan de muur hing een ingelijste foto van een rivier die te smal was en te snel stroomde om de Styx te kunnen zijn. Hij leek eerder op de East Dart, waarin hij als tiener ooit, hoewel dat verboden was, had gevist en zowaar een grote forel had gevangen met een haakje en een worm, een methode die, zoals hij later ontdekte, door echte forelvissers werd verfoeid. Hij had zijn vangst schoongemaakt, boven een kampvuur geroosterd en samen met Francesca, het Italiaanse meisje dat hij had leren kennen in de bar van de Crimea Inn in Aldershot soldaat gemaakt. Ze hadden, dacht hij, een heerlijk weekend samen, en kampeerden wild op de hei van Dartmoor in een geleende tent, terwijl hij eigenlijk op school hoorde te zijn om voor zijn toelatingsexamen voor de universiteit te blokken. Maar toen ze terug waren kreeg hij een briefje waarin ze schreef dat ze hem nooit meer wilde zien. Een raadsel dat hij nooit had weten op te lossen.

Hij werd zich bewust van een geluid dat door een gat in het plafond boven hem naar binnen sijpelde, een aangehouden akkoord op een fluisterende synthesizer, begeleid door het verre geruis van brekende golven. Na een minuut verschoof het akkoord minimaal. Newage-doodsmuziek. Hij bevond zich in wat ooit de zitkamer was geweest van een bescheiden woonhuis, dat tussen een fietsenwinkel en een apotheek in stond, in een rij goedkope woningen uit het begin van de twintigste eeuw. In de verf van het grenen salontafeltje dat bijna tot zijn knie kwam zaten kleine bubbeltjes en zwarte haren afkomstig van een kwast of mogelijk van een behaarde schedel. Eigenhandig opgeknapt. Alle stoelen waren verschillend. Het geïmproviseerde karakter van de wachtruimte ontroerde hem. Bromley & Carter probeerden er met niet al te veel geld het beste van te maken. Zij zagen zich geconfronteerd met eenzelfde probleem als dat waar de ontwerpers van de monumentaalste graftombes voor hadden gestaan, bijvoorbeeld die van Napoleon in Les Invalides, waarvoor Roland ooit met Alissa in de rij had gestaan: de overledene was hier en vervolgens niet meer hier, en zou ook niet terugkomen. Gepolijst rood kwartsiet of stijlvolle namaak. Wat maakte het uit?

Hij had een angstig gevoel, alsof het overlijden van zijn vader nog niet had plaatsgevonden. Een opgeschorte uitkomst, zoals bij Schrödingers kat. Alleen de aanwezigheid van de zoon als getuige voor het lijk zou de golffunctie kunnen doen instorten en de vader doen sterven. Hij herinnerde zich dat hij ooit samen met zijn moeder in net zo'n wachtruimte had zitten wachten tot ze in de spreekkamer van de dokter zouden worden geroepen. Als kind van acht had hij ademhalingsproblemen gehad, waaraan de woorden sinussen en amandelen nauw verbonden waren, alsof ze toevoegingen waren aan zijn doopnaam. Rosalind wist ook niet wat voor dingen het waren en gebruikte de woorden door elkaar. Eenmaal voor de keel-neus-oorarts gezeten ontstond er een strijd op leven en dood tussen de beide woorden. Misselijk van angst hoorde Roland aan hoe zijn moeder zijn symptomen overdreef. Hoe verlegen hij ook was, toch dwong hij zichzelf haar te onderbreken om de specialist ervan te overtuigen dat hem weinig mankeerde. Dat hij soms wat moeite had met ademhalen was geen probleem. In een lage, open kast bij een diepe, vierkante gootsteen stonden sinistere witte schalen met donkerblauwe randen waar zo meteen waarschijnlijk een uit zijn lichaam gerukt geruïneerd orgaan zou liggen. Hij had gehoord dat ze nierschalen heetten. Hij zou echt alles zeggen, alles ontkennen, om de dokter ervan af te brengen een greep te doen in zijn muurkast waar naalden, scalpels en ijzeren tangen in lagen. Niemand had hem uitgelegd dat de procedure die hij mogelijk zou moeten ondergaan pas later, ergens anders en onder verdoving zou plaatsvinden.

De procedure van deze dag zou zich zonder een dergelijke verlichting voltrekken. Zijn moeder zou de volgende dag met hem meekomen. Het gordijn ging open en de vader van het meisje kwam met uitgestoken hand op hem af. Roland ging staan om hem de hand te drukken en nam diens vriendelijke condoleancebetuiging in ontvangst. De gelijkenis met zijn dochter was komisch. Ze hadden allebei een kleine ronde neus boven een krachtige kaak. Maar waar haar bleke teint een soort retropunkcharme had, zag die van hem er meer uit als een huidaandoening. Hij zou meer in de buitenlucht moeten komen.

Roland volgde hem door een smalle gang naar een groter vertrek achter in het huis. Daar klonk de vredige newagemuziek luider. Het rook er naar de cosmetica-afdeling van een warenhuis. Het lijk lag opgebaard in de kist die Rosalind na lang wikken en wegen had uitgekozen. Zwart pak, wit overhemd, zwarte das en schoenen, en nog net een randje grijze sokken. De van ruches en franje voorziene binnenbekleding zag er travestieterig uit. De majoor zou hem hebben verafschuwd. Maar er was een pijnlijke vergissing gemaakt. Dit was hem niet. Het was er niet meer, het tandenborstelsnorretje dat hij had laten staan tijdens de oorlog, toen hij, omdat hij na Duinkerken niet langer geschikt voor het front was, sergeant-majoor was geworden en de rekruten drilde op de exercitiepleinen van Blandford en Aldershot. De mond was een enorme, glimlachende spleet, de gleuf van een brievenbus, waaromheen het hele gezicht was gevormd. Op het voorhoofd was hierdoor een denkrimpel ontstaan die hij nooit had gehad. Roland wendde zich vol verbijstering naar meneer Bromley.

De begrafenisondernemer antwoordde rustig op zijn onuitgesproken vraag. 'Dit is uw vader, majoor Robert Baines. Zijn mond stond vermoedelijk wijd open op het moment dat hij stierf. De spieren trokken natuurlijk niet vanzelf samen.'

'Juist.'

'Het spijt me. Ik neem aan dat u even met hem alleen wilt zijn.'

'Zou u alstublieft dat geluid af willen zetten?'

Met een begripvolle glimlach zette meneer Bromley een stoel bij de kist en verliet het vertrek. De synthesizer maakte plaats voor verkeersgedruis. Roland ging niet zitten. Hij stak een hand uit en raakte de borst van zijn vader aan. IJskoud mahoniehout onder het dunne katoenen overhemd. Uiteindelijk was er niets echt verrassends of afschrikwekkends aan een lijk. Er ontbrak domweg iets. Wat had hij dan verwacht? Het was heel gemakkelijk en verleidelijk om te geloven in een ziel, in iets dat was weggevlogen. Hij staarde in de kist, naar de gesloten ogen, niet op zoek naar een laatste waarheid in het niet-vertrouwde gezicht van de majoor, maar naar een gevoel bij zichzelf, een gepaste droefheid. Maar hij voelde niets, geen verdriet, geen bevrijding, geen boze beschuldigingen, zelfs geen verdoofd gevoel. Zijn enige gedachte was dat hij weg wilde. Als bij een ongemakkelijk ziekenhuisbezoek, wanneer het gesprek met de patiënt niet wil vlotten. Wat hem ervan weerhield was de vraag wat meneer Bromley wel niet zou denken van een man die nog geen paar minuutjes bij de stoffelijke resten van zijn vader kon doorbrengen. Maar hij was zo'n man. Van het slag dat zich laat leiden door allerlei half vergeten filmbeelden en zich over de kist buigt voor een laatste kus. Alleen zou dit de eerste worden. Het voorhoofd was kouder dan de borst. Toen hij zich weer oprichtte hing er een vleugje parfum aan zijn lippen. Hij veegde ze met de rug van zijn hand af en vertrok.

De begrafenis vier dagen later was een saaie aangelegenheid die alleen gered werd door een komische vergissing. Het was de dag na de parlementsverkiezingen, waarop duidelijk werd hoe verpletterend de overwinning van New Labour was. Een meerderheid van 179 zetels was veel meer dan was voorzien. De greep die rechts lange tijd op de macht had gehad, was verbroken. De regering van John Major was vermoeid geraakt, onderling verdeeld, verbitterd door banale schandaaltjes. Blair en zijn ministers waren jong, ze hadden honderden nieuwe ideeën, hun zelfvertrouwen was grenzeloos. Ze zouden het oude links afschudden en coulant zijn voor het bedrijfsleven. Zij zouden aandacht schenken aan de zorgen van gewone kiezers: klassengrootte, ziekenhuizen en misdaad, vooral die onder jongeren. Partijgangers en activisten droegen trots hun 'toezeggingskaarten' met vijf politieke beloftes. De verschuiving gold ook de cultuur. Er was al besloten dat een kabinetslid dat openlijk voor zijn of haar homoseksualiteit uitkwam geen aanleiding tot schandaal en smaad meer zou zijn. Tony Blair was op bezoek bij de koningin geweest en hield nu in Downing Street zijn eerste toespraak als premier. Een flinke bos haar, gave tanden en een energieke tred: hij werd ingehaald als een popster. Langs Whitehall stond een grote mensenmenigte met vlaggetjes te zwaaien, de algehele euforie was enorm.

Omdat hij druk bezig was met de laatste voorbereidingen van de rouwdienst, die om vijf uur zou plaatsvinden, volgde Roland de gebeurtenissen in Londen maar half. Hij was in het huis van zijn moeder, waar hij verschillende keren met meneer Bromley belde om de details door te nemen van de uitmonstering van een Londense doedelzakspeler die gespecialiseerd was in wat hij familieaangelegenheden noemde. Susan dacht dat alleen sandwiches, bier en thee niet genoeg waren. Dus werden er saucijzenbroodjes, gebak, chocoladevingers, chips, frisdrank en cider besteld. In de woonkamer, tussen de boodschappen, pikte Roland nog wat mee van het tv-verslag. Van oudsher maakten mensen die met de Britse vlag stonden te zwaaien hem als Labourlid achterdochtig. Daar was nooit iets goeds van gekomen. Hij had kunnen proberen een link te leggen tussen het ter ziele gaan van de Conservatieve regering en het overlijden van zijn vader, maar dat sloot niet aan. In de grond van zijn hart was de majoor iemand uit de arbeidersklasse van Glasgow geweest. Hij had heel wat keren het verhaal verteld van hoe hij als tiener op de scheepswerven langs de Clyde naar werk had gezocht. 's Ochtends vroeg richtte een ploegbaas zich tot de voor de poort verzamelde mensen. Er waren voor die dag zes vacatures. De mannen boden tegen elkaar op voor het laagste loon. De baantjes gingen naar de laagste bieders. Dat had zijn sporen nagelaten. Want in tegenstelling tot zijn collega's in de officiersmess was Robert Baines altijd een voorstander van vakbonden geweest. Voor de greep naar de macht binnen de partij door de uiterst linkse vleugel had hij geen goed woord over gehad. Gekozen worden, daar ging het om. 'Zorg eerst maar eens dat je aan de macht komt. Dan kun je desnoods daarna een linksere koers kiezen.'

Samen met zijn moeder legde Roland de sandwiches op borden, waar ze een schone theedoek overheen legden. Achter hen gaven de ondeugdelijke luidsprekers de blikkerige toejuichingen van de menigte door. Voor Rosalind werkte bezig zijn heilzaam. Ze verkeerde in een verhoogde staat van normaliteit. Ze deelde opdrachten uit in de vorm van timide aanwijzingen. Maar ze was ouder geworden en gekrompen, ze sliep slecht, de huid onder haar ogen vertoonde diepe rimpels, als bij een walnoot. De begrafenisgasten waren allemaal familieleden van haar kant, met daarnaast nog een paar buren die uit respect voor haar acte de présence gaven. Ze hadden maar zelden een praatje gemaakt met de majoor, die bovendien hun namen steeds vergat. Uit Schotland was niemand komen opdagen. Voor de eerste keer in zijn leven besefte Roland, toen hij de uitgestalde etenswaren, waar maar weinig van zijn gading bij was, overzag, een simpel feit: zijn vader had geen vrienden gehad. Collega's in het leger, drinkmaten in de sergeants- en officiersmess, louter als gevolg van toevallige omstandigheden. Ze hadden niet jarenlang deel uitgemaakt van zijn leven. Pas nu begon dat langzaam tot hem door te dringen. Het verhaal van de grasmaaier was maar een klein onderdeel. Hij was een man die geïsoleerd leefde, die te dominant, te uitgesproken in zijn opinies en iets te hardhorend was om er vriendschappelijke betrekkingen op na te kunnen houden, om aangenaam gezelschap in de plaatselijke pub te kunnen zijn, die geen enkel begrip had voor afwijkende meningen, die zeer intelligent was, maar wiens intelligentie, gefnuikt door een gebrek aan scholing, zich nergens op kon richten, die behalve voor de krant met het dagelijkse nieuws nergens belangstelling voor had, wiens toewijding aan de militaire tucht en discipline met het ouder worden obsessieve vormen aannam en een verregaande verveling maskeerde, waarbij de drank alles draaglijk maakte, althans voor hemzelf.

Maar hij had Roland altijd hartelijk begroet bij de spaarzame keren dat die hem had opgezocht. En elke keer was hij er tuk op geweest om tot diep in de nacht bier te zitten hijsen, over politiek te praten en verhalen op te dissen. Als hij die niet zo vaak herhaald zou hebben, zou Roland ze nu glad zijn vergeten. Het welkom was nog hartelijker geworden naarmate de majoor ouder werd. Hoewel hij al vanaf zijn veertiende een stevige roker was geweest, had hij pas tegen zijn zeventigste last van kortademigheid en andere kwaaltjes gekregen. Maar toen was hij al snel afhankelijk geworden van de lange zuurstofcilinder naast zijn stoel. Zelfs toen hij wist dat hij over niet al te lange tijd zou sterven, dat zijn longen op waren, wilde hij volhouden en opgewekt zijn, en niet klagen. Wat moest Roland aan met de herinneringen aan de avonturen die hij met hem beleefd had in de woestijn bij hun jacht op een schorpioen, aan het afvuren van een .303, aan zijn zwem- en duiklessen, het touwklimmen, en het balanceren op die brede, gladde schouders terwijl hij langzaam telde? Waar moest de zoon heen met zijn trots op de taaie kapitein die met zijn dienstrevolver aan zijn koppelriem over het met olie doordrenkte zand van kamp Gurji beende? Hoe moest hij de uren plaatsen die hij met hem aan de oever van de Weser had zitten vissen? Waarbij hij meerdere keren op een middag geduldig het hengelsnoer van de jongen had losgekregen uit de bosjes waarin het verstrikt was geraakt. Hij had hem leren snookeren in de officiersmess, een gelambriseerd vertrek van een oud Duits *Schloss* en had de jongen altijd graag mee uit genomen voor een biefstuk met patat, altijd met plezier zijn speelgoed gerepareerd en hem geholpen met het bouwen van een hut. En wie anders in zijn familie had met zoveel plezier gezongen of zijn mondharmonica tevoorschijn gehaald? Als je mensen zocht die gewoon in gezelschap liederen zongen, moest je niet in Engeland zijn, maar naar Schotland, Wales of Ierland gaan. Robert Barnes had zijn kleinzoon betoverd met zijn bizarre doedelzak en gromgeluiden. En zijn handen hadden onder het bloed gezeten toen hij de gewonde motorrijder had geholpen.

Hij was 's nachts na drieën opgestaan en had vijfenzestig kilometer gereden om de achttienjarige Roland op te pikken toen die als lifter ergens langs de snelweg was afgezet. En hij had hem nog opgewekt begroet ook. En hoe vaak had hij de tiener niet een briefje van vijf in de hand gestopt? Hij had hem zijn eerste rijles gegeven en hem gezegd dat hij nooit moest vergeten dat hij achter het stuur een stalen wapen van driekwart ton in handen had. Misschien had Robert hem wel geleerd hoe je vader moest zijn. Als dat zo was, waren er ook dingen die hij moest afleren. De man wiens liefde voor hem zo extreem, zo bezitterig, zo beangstigend was toen hij klein was, was ook de man die Rosalind had geslagen, een weduwe had opgelicht en daar nog prat op was gegaan ook, die thuis vaak aangeschoten het hoogste woord had gevoerd, die genadeloos zijn gedachten had herhaald en die iets onnoemelijks had gedaan waarmee hij voor altijd de haat van Susan over zich had afgeroepen. Bij alles wat zijn vader was, was Roland inbegrepen. Er was veel wat hij liever opzij zou zetten en vergeten. Het zou nooit lukken al die snoeren volledig los te krijgen.

Roland en zijn zus hadden bedacht dat er een doedelzakspeler in Schotse kilt en met een *sporran* voor langzaam van tussen de bomen bij het crematorium van Aldershot dichterbij zou moeten komen terwijl hij 'Will Ye No Come Back Again' speelde, totdat hij vlak voor de verzamelde aanwezigen was aangekomen, en dat de kist, terwijl hij door bleef spelen, in de richting van de oven zou glijden. De doedelzakspeler zei dat hij alleen maar 'Amazing Grace' deed.

De eenvoudige plechtigheid, die op verzoek van de overledene van alle kerkgezangen en loftuitingen was gevrijwaard, verliep soepel, met een waardig toespraakje van de door de begrafenisondernemer aanbevolen lekenzuster. Toen zij was uitgesproken keek ze naar Susan, die Roland een knikje gaf. Hij liep naar buiten om de doedelzakspeler een teken te geven dat hij met zijn klaaglijk lied kon beginnen. Ze hadden afgesproken dat hij zou klaarstaan bij een rijtje cipressen aan de andere kant van de parkeerplaats, zo'n honderd meter verderop. Maar het was – ongebruikelijk voor de tijd van het jaar – heel mistig geworden, en Roland zag de man nergens. Hij maakte aanstalten om diens kant op te lopen, maar net op dat moment begon de doedelzak te spelen, waarna Roland weer naar binnen ging. De aanwezigen hoorden hoe 'Amazing Grace', in de verte, maar duidelijk hoorbaar, langzaam wegstierf. De doedelzakspeler was onderweg naar het verkeerde gebouw. Uiteindelijk was het geluid verdwenen. Roland ging opnieuw buiten kijken, maar de mist was dikker geworden en er was geen spoor van de man te bekennen. Hij ging terug en verontschuldigde zich bij de aanwezigen. Hij zei dat de doedelzakspeler waarschijnlijk nu de mensen in het zwembad verderop amuseerde. De majoor zou er ongetwijfeld mee ingestemd hebben. Daarna trad de uitvaartleidster naar voren en vroeg de aanwezigen, nadat zij haar hand had geheven en om stilte had verzocht, een minuut van zwijgende bezinning in acht te nemen. Daarna begon de majoor aan zijn laatste reis, met zijn voeten vooruit in de richting van een groen gordijn.

*

Twee weken nadat zij de man met wie ze vijftig jaar getrouwd was geweest had verloren kwam Rosalind in Londen logeren. Op de avonden dat Daphne en haar kroost langskwamen was Roland blij dat zijn moeder hem zag als onderdeel van een luidruchtig, vrolijk gezin. Greta en Nancy trokken meteen naar haar toe. Het drietal kroop regelmatig bij elkaar. Voor het eerst in hun leven spraken Roland en zijn moeder langdurig met elkaar. De majoor was altijd, zelfs in zijn meest welwillende buien, een jaloers iemand geweest. Het verleden was zijn terrein. Hij bepaalde de voorwaarden en de grenzen. Hij was kwaad geworden toen Roland hem een keer had gevraagd hoe en wanneer hij Rosalind had leren kennen. Toen hij zijn moeder hetzelfde had gevraagd, had ze zich loyaal opgesteld en een ontwijkend antwoord gegeven. Zo was het standaardverhaal overeind blijven staan. Na de oorlog. In 1945.

Rosalind leek niet te rouwen. Ze had schier onvermoeibaar liefdevol voor haar echtgenoot gezorgd, ze had als volgzame vrouw van een militair een halve eeuw in zijn domein geleefd. Nu lachte ze, na een glaasje sherry voor het eten, spontaan, was ze levendig en vlot. Roland had haar nooit eerder zo meegemaakt. Ze had sergeant Robert Baines in 1941 leren kennen, vertelde ze Roland en Daphne toen de kinderen naar bed waren.

'Je bedoelt in '45,' zei Roland.

'Nee, in 1941.' Ze leek zich er niet van bewust te zijn dat wat ze zei in tegenspraak was met de gebruikelijke versie. De vrachtwagenritten met Pop als chauffeur waren niet naar een legeropslagplaats in Aldershot gegaan, maar naar eentje bij de haven van Southampton. De sergeant bij de poort was 'een bullebak', een bemoeizuchtig pietje-precies met de papieren, en 'heel nors'. Maar hij had haar meegevraagd naar een dansavondje in de sergeantsmess. Dat was lastig. Ze was bang voor hem, en ze was een getrouwde vrouw met twee kinderen. Ze had de boot afgehouden. Een maand later had hij haar opnieuw gevraagd. Deze keer was ze gezwicht. Haar moeder had een oude jurk uit de mottenballen gehaald die ze samen hadden versteld. Het dansavondje was een pijnlijke aangelegenheid geweest, waarbij geen van beiden iets had weten te zeggen, maar vanaf dat moment 'gingen' Rosalind en Robert met elkaar, 'maar daar bleef het bij, meer dan dat zou ik nooit gedaan hebben, met Jack aan het front'. Jacks moeder, die Roland kende als 'oma Tate', had lucht gekregen van wat zij dacht dat een verhouding was, en was furieus geweest. Ze had haar zoon een brief geschreven waarin zij hem vertelde wat zijn vrouw allemaal uitspookte. Hij had meegedaan aan de veldtocht in Noord-Afrika en was op dat moment gelegerd op Malta.

'Toen hij de brief kreeg droste Jack en kwam terug naar Engeland.'

'Zonder papieren, van Malta? In 1943? Onmogelijk.'

'Of hij kreeg wegens persoonlijke omstandigheden verlof. Ik weet het niet. Toen hij thuiskwam zei hij tegen mij: "Ik wil die man met wie je omgaat spreken." En dus troffen ze elkaar bij een paar biertjes in de Prince of Wales, tegenover de gasfabriek.'

Roland herinnerde zich de kolencentrale. Moeders lieten hun kinderen in de tuin de dampen inademen om hen van hun verkoudheden en hoestbuien af te helpen.

Rosalind zweeg, om zich vervolgens rechtstreeks tot Daphne te richten. Een vrouw zou haar begrijpen. 'Jack had me jarenlang met anderen bedrogen. Nu was hijzelf aan de beurt.'

Dus het was wel degelijk een verhouding geweest, maar Roland zei niets. De ontmoeting 'verliep heel goed', zei Rosalind. Dat was moeilijk te geloven. Jack had in juni 1944 als infanterist deelgenomen aan de landing in Normandië en was maanden later bij Nijmegen een bos binnengegaan, waar hij door Duitse soldaten was omsingeld en in de buik geschoten. Ze hadden hem voor dood laten liggen. Hij was door zijn eigen peloton gevonden en teruggebracht naar Engeland, waar ze hem naar het Alder Hey-ziekenhuis in Liverpool hadden overgebracht.

'Het eerste wat hij tegen me zei toen ik de zaal in kwam was: "Ik heb je een rotleven bezorgd, Rosie."'

Met haar pasje had Rosalind twee dagen mogen blijven. Tien dagen nadat ze terug was gegaan was hij gestorven. De achtjarige Henry woonde toen al bij oma Tate. Susan was naar een instelling in Londen gestuurd die oorspronkelijk in het leven was geroepen voor dochters van matrozen eerste klasse die op zee waren omgekomen. In de jaren veertig heerste er een streng regime. Susan was er doodongelukkig geweest, maar mocht pas terug nadat zich in haar keel een cyste had ontwikkeld die operatief verwijderd moest worden. De kinderen waren elders ondergebracht, zei Rosalind, 'terwijl ik mijn leven weer op de rails probeerde te krijgen'.

Daarmee was één van de oude mysteries opgelost. Geen wonder dat oma Tate zo'n intense hekel aan Rosalind had gehad. 'Ze is schreeuwend van de pijn aan kanker gestorven.'

Rosalind aarzelde. Ze verloor zich in haar herinneringen. De walnoothuid om haar ogen was nog donkerder bruin, bijna zwart, en haar diep in hun kassen weggezonken ogen staarden voor zich uit met de van onbegrip gevulde blik van een bejaarde. Wat ze vervolgens zei liet een kant van haar zien waar hij tot dan toe nooit weet van had gehad. Een bericht uit hardere tijden. Ook de woordvorming was hem vreemd.

'God int Zijn schulden in meer dan geld.'

Roland liet niets blijken van zijn verbazing over deze herziening van het verleden en wierp haar de oude versie niet voor de voeten. Hij wilde dat zij doorging met haar geschiedenis. Tijdens haar logeerpartij in Clapham sprak ze minder over Robert dan over Jack. Voor de oorlog werd hij altijd door de dorpsagent teruggebracht als hij weer eens weken of zelfs maanden de hort op was geweest. Tijdens Jacks afwezigheid had Rosalind geen cent te makken gehad en leefde ze 'van de diaconie', dat wil zeggen van een karige bijstandstoelage. Het was duidelijk dat Jack niet wegging om onder heggen te slapen, althans niet alleen. Desondanks ontpopte hij zich nu in Rosalinds herinnering als een romantische figuur, roekeloos en overspelig, maar reuze spannend. Hij was niet langer een taboeonderwerp. In tegenstelling tot haar tweede echtgenoot was hij dol geweest op avontuur, niet op orde en tucht. Hij had in Noord-Afrika gevochten, en in Italië, Frankrijk, België en Nederland, en hij was voor zijn vaderland gevallen. Jack was nu een stralende herinnering die zij voor zich kon opeisen.

Als bekend was geworden dat Robert Baines seksuele betrekkingen onderhield met een vrouw wier echtgenoot aan het front diende zou dat tot zijn oneervol ontslag hebben geleid. En in een klein dorp als Ash zou Rosalind het voorwerp van spot en misprijzen zijn geworden. Dat was mogelijk de reden dat ze bij haar ouders was weggegaan en in Aldershot op kamers was gaan wonen. Toen Roland haar daar op een andere avond meer over vroeg bracht haar dat in verwarring en deed ze erg vaag, en viel ze weer terug op het oude verhaal dat ze Robert aan het einde van de oorlog had leren kennen. Hij drong niet al te zeer aan. Later had hij daar spijt van. Hij begreep nu waarom Jack Tate een taboeonderwerp was geweest, de verborgen smet op het verder smetteloze militaire blazoen van de majoor, en waarom hij voor overzeese stationering had gekozen op momenten dat hij ook naar Engeland had kunnen teruggaan, naar Aldershot en omgeving. Er woonden daar te veel mensen die zich zouden herinneren dat Rosalind Morley haar man had bedrogen met sergeant Robert Baines.

Toen hij tijdens het bezoek van zijn moeder op een nacht niet kon slapen werkte hij het verhaal van zijn ouders om van een geschiedenis van schaamte en geheimhouding tot een van een grootse passie. Twee jonge mensen, de knappe sergeant en de aantrekkelijke jonge moeder die onbedoeld verliefd werden op elkaar, dwars tegen alle heersende fatsoensnormen in. In hun argeloosheid hadden ze zonder het te beseffen twee kinderen beschadigd. Een verhaal zoals Thomas Hardy het had kunnen schrijven, waarin de geest van een dode soldaat rondwaarde. Later in die slapeloze nacht kwam het verhaal hem troosteloos en droevig voor en doemde er in Rolands slaapkamer een reeks beelden op van wolken sigarettenrook, plassen bier op betonnen vloeren en nooit genoeg geld, van levens die door de oorlog verwoest waren of waren ingeperkt door legervoorschriften, door standsverschil en de beperkte hoop die vrouwen in hun leven mochten koesteren.

Hij leende Daphnes auto en bracht zijn moeder naar huis. Terwijl ze traag vorderden door Zuid-Londen was ze aanvankelijk opgewekt. Eindelijk sprak ze ook over Robert. Ze was in een vergevingsgezinde bui en hemelde hem zelfs op. Hij was heel intelligent en hield van het goede leven, en ze hadden veel en smakelijk gelachen samen, vooral toen ze nog jong waren. Hij had hard gewerkt om te bereiken wat hij had bereikt, en hij was haar oprecht toegedaan, ze 'had alles gekregen wat haar hartje begeerde'. Toen herinnerde ze zich de eerste keer dat ze hem gezien had, toen Pop en zij met de vrachtwagen voor de slagboom bij het wachthuisje waren gestopt. Sergeant Baines was naar buiten gekomen, met rechte rug en een dreigende blik in de ogen, en had hun papieren en vrachtlijsten willen zien. Hij had Rosalind de stuipen op het lijf gejaagd.

Roland zei: 'In welk jaar was dat?'

'O, na de oorlog, jongen. Het zal in '47 geweest zijn.'

Hij knikte en schakelde naar de eerste versnelling van de Kever toen het verkeer in Wandsworth zich weer in beweging zette. Ze was de kluts kwijt. In het gebruikelijke verhaal was het 1945. Robert en zij waren op 4 januari 1947 getrouwd. Het ongemakkelijke gevoel dat hij de hele tijd had gehad toen ze bij hem logeerde nam verder toe. Hij kreeg het er warm van. Hij zette het raampje een klein stukje open en bracht het gesprek op gewone dingen: het verkeer, het weer, de kinderen. Ze praatte mee en zei dat ze echt dol was op Greta en Nancy. Gerald was een tikkeltje te verlegen naar haar smaak. Ze had net zo veel tijd aan de meisjes besteed als aan Lawrence.

'Wanneer ga je nou eens trouwen, jongen?'

Hij zorgde ervoor dat hij oprecht overkwam. 'Ik ben er heel serieus over aan het nadenken.'

'Dat zeg je altijd. Het zou je goeddoen.'

'Ik denk dat je gelijk hebt.'

Hij liet de zaak verder rusten. Hij wist dat het anderen heel logisch voorkwam. Daphne was een warme, intelligente, beminnelijke vrouw die haar zaakjes voortreffelijk op orde had. En die nog altijd heel mooi was, zelfs als ze bekaf was. Lawrence was ervoor. Haar kinderen waren schatten. Maar hij wist ook wat hem tegenhield. Hij kon zichzelf niet overreden. Het was iets wat zich niet liet beredeneren. Het kwam neer op alles waar hij nu even niet aan kon denken.

Toen hij voor het huis van zijn moeder stopte boog ze voorover en begon ze stilletjes te huilen. Hij legde een hand op haar schouder en mompelde machteloze woorden van troost. Ze vermande zich enigszins en leunde achterover op haar stoel, terwijl ze recht voor zich uit staarde. Ze had haar veiligheidsgordel nog om. Voorzichtig maakte hij die los. Maar hij deed geen moeite haar de auto uit te krijgen.

Ze zei, alsof ze het tegen zichzelf had: 'Eenenvijftig jaar getrouwd geweest.'

Het duurde een tijdje voor hij de rekensom had gemaakt. Het klopte niet, ze waren in '47 getrouwd, dus het was vijftig jaar. Maar hoe het ook zij, ook na vijftig jaar was een beëindigd huwelijk, of het nu goed of slecht was geweest, reden genoeg voor tranen. Ze vermande zich verder en herhaalde het getal, haar getal, op een toon van verwondering. Deelbaar door zeventien, zou Lawrence hun hebben verteld. Hij vond het heerlijk om op dat soort dingen te wijzen.

'Dat van mij heeft nog geen twee jaar geduurd. Ik zou er maar trots op zijn, als ik jou was.'

Ze reageerde niet. Ze stonden in een doodlopende straat met half vrijstaande, twintig jaar oude huizen van rode baksteen, met op z'n Amerikaans niet-omheinde, maar piepkleine voortuintjes. Hij wist niet hoe hij haar hier alleen kon achterlaten. In gedachten zag hij de leunstoel van zijn vader bij het raam staan als voortdurend bewijs van diens afwezigheid.

'Ik ga nog even mee naar binnen, ik ben wel toe aan een kop thee.'

Het idee van een concrete bezigheid hielp haar de auto uit. Binnen leefde ze op toen ze haar rijk weer in bezit nam. Ze wilde dat hij nootjes in het vogelhuisje deed, het gras achter het huis maaide en de tv dichter bij de muur zette. En toen ze een boodschappenlijstje voor hem opstelde kwam ze helemaal weer in een opgewekte stemming. De lege stoel vormde geen bedreiging. Toen hij uit het dorp terugkwam had zijn moeder een pot thee en de gebaksbordjes op tafel gezet en was ze bezig roze en witte ridderspoor uit haar tuin in een vaas te schikken die naast de citroencake stond die ze met instant cakemix in elkaar had geflanst. Toen hij de boodschappen voor haar uitpakte zag hij boven in de koelkast, naast een stukje kaas een stuk zeep liggen. Hij legde het terug op zijn plaats in het bakje boven de gootsteen. Onder het theedrinken was ze levendig. Met een beetje geluk kon ze hier in haar eentje nog een tijdje gelukkig zijn. Eerdaags zou ze bij Susan en haar man Michael gaan wonen. Het huis zou verkocht worden. Toen hij haar daaraan herinnerde, zei ze: 'Ik heb Susan in geen twee jaar gezien. Ze praat niet meer met me.'

'Je hebt haar vorige week nog gezien.'

Ze keek op, geschrokken, en deed haar best om haar confabulatie recht te breien. 'O, díé Susan.'

'Aan welke Susan zat jij dan te denken?'

Ze haalde haar schouders op. Ze kletsten genoeglijk verder, en later leidde ze hem rond in het kleine achtertuintje om hem de bloembedden te laten zien, die vol stonden met bloeiende planten, en de klimrozen die boven de patio groeiden. Ze was vrolijk toen ze met hem mee naar buiten liep, naar de auto, en de moederrol op zich nam door hem te vragen of hij genoeg geld had om thuis te komen. Hij verzekerde haar dat hij genoeg bij zich had, maar ze had een muntje van een pond in haar hand dat ze in de zijne stopte en niet terug wilde hebben.

Toen hij zo'n vijftien kilometer had gereden zocht hij een plek waar hij kon stoppen. Doordat hij zijn hoofd er niet bij had, had hij al een verkeerde afslag genomen, zodat hij nu over een B-weg precies de verkeerde kant op reed. Kilometer na kilometer zag zuidelijk Engeland eruit als een eindeloze reeks buitenwijken, slechts onderbroken door rijen winkels. Autobanden, koffie, babykleertjes, trimsalons, hamburgers en nieuwe uitlaten teisterden het land, waar op de vruchtbare bodem dankzij geregelde regenbuien ooit een bosgebied met reusachtige eiken, essen en wilde kersenbomen was ontstaan. Nu stonden er nog een stuk of wat losse bomen die de kaalslag overleefd hadden bij nieuwbouwwijkjes, op rotondes, tussen distels en afval langs garageopritten. Verkeer en verkeersvoorzieningen bepaalden het beeld. Elk bestelbusje werd bestuurd door een gestoorde tiener, elke vrachtwagen stootte een blauwe walm uit. Elke auto was mooier en beter dan de zijne. Hij kwam in het stadje Fleet. Toen hij een brug over reed zag hij een kanaal. Prachtig. Dat betekende dat er een jaagpad zou zijn.

Het Basingstoke Canal was mooi, en hij nam alles wat hij gedacht had terug. De moderne tijd was nog niet verloren. Hij liep het stadje uit en overdacht de reeks voorvallen tijdens het bezoek van zijn moeder, niet de kleine momentjes van vergeetachtigheid, maar de keren dat haar begripsvermogen het duidelijk had laten afweten, de korte tijdsspannes waarin ze in de war was geweest. *Ze praat niet meer met me.* Er had zich al eerder een zeep-in-de-koelkast-moment voorgedaan toen ze in Londen was. Later iets met een groentemes. Het brein van zijn moeder werkte niet meer optimaal. Het omkranste latwerk hing wat het feitelijke heden betreft uit het lood. Hij betwijfelde of ze nog wel alleen kon wonen, zelfs al was het maar een paar weken. Hij haalde zijn mobieltje tevoorschijn. Het was nog altijd nieuw en vreemd dat hij met dat kleine apparaatje onder een treurwilg langs een verlaten stuk kanaal zomaar zijn zus kon bellen. Toen hij zijn verhaal had gedaan zei ze dat zij tot dezelfde conclusie was gekomen. Ze was van plan geweest hem te bellen over een mogelijke hersenscan.

Hij zei: 'Als het iets neurodegeneratiefs is kunnen ze er niks aan doen.'

'Maar dan weten we in elk geval wel waar we aan toe zijn.'

Nadat ze hadden opgehangen liep hij verder. Een kanaal bestond uit een reeks ondiepe meertjes die trapsgewijs achter elkaar gerangschikt waren. Een briljante uitvinding. Hij zou er nooit op zijn gekomen. Of op iets anders in de door mensen gebouwde wereld. Een maand geleden was hij op een zondagmiddag met Lawrence ergens buiten de stad gaan wandelen. Ze liepen in het heuvelgebied van de Chilterns, een paar kilometer ten noorden van Henley, over een landweggetje dat langs een boerderij leidde. Lawrence was van het pad afgeweken en gaan kijken bij een hoop kapotte landbouwmachines. Hij trapte een dik bosje brandnetels plat.

'Pap. Kom eens kijken.'

Hij wilde dat Roland het aantal tanden van een roestig tandwiel telde. Het waren er veertien. Daarna vroeg Lawrence hem het aantal tanden te tellen van een groter tandwiel die in die van de vorige grepen. Vijfentwintig.

'Zie je? Die twee getallen zijn relatief priem. Ze zijn onderling ondeelbaar.'

'En wat wil dat zeggen?''

'Dat het enige getal waardoor ze allebei gedeeld kunnen worden één is. Op die manier verslijten de tanden van de tandwielen gelijkmatig.'

'Hoezo?'

Maar hij had de uitleg niet kunnen volgen. Van het beheer van zijn leven had hij geen kaas gegeten. Van wiskunde had hij de ballen verstand. Zijn IQ moest zijn gehalveerd, want dit was weer typisch zo'n moment waarop hij besefte dat hij de bovengrens van zijn begripsvermogen had bereikt. Een plafond, een bergmist waar hij niet doorheen kon dringen. Zijn elfjarig zoontje oversteeg die en bevond zich in een vrije ruimte die zijn vader nooit zou bereiken.

Onder het lopen bedacht hij dat, afgezien van de opvoeding van een kind, al het andere in zijn leven vormeloos was gebleven en dat hij geen mogelijkheid zag daar verandering in te brengen. Geld kon hem niet redden. Hij had niets bereikt. Wat was er gebeurd met het liedje dat hij meer dan dertig jaar geleden was begonnen te schrijven en dat hij naar The Beatles had willen sturen? Niets. En wat had hij sindsdien geproduceerd? Niets, behalve een miljoen tennisslagen en duizend uitvoeringen van 'Climb Every Mountain'. Als hij tegenwoordig zijn serieuze gedichten las, kreeg hij een kleur van schaamte. Zijn vader was in één tel geveld. Zijn moeder was aan haar geestelijke aftakeling begonnen. Hij wist dat een scan dat zou bevestigen. Hij spiegelde zich aan beider lot. In het hunne zag hij een maatstaf voor zijn eigen bestaan. Hij herinnerde zich heel goed hoe zijn ouders waren toen ze zo oud waren als hij nu was. Van toen af aan was er niets meer veranderd, behalve dat ze lichamelijk achteruit waren gegaan en steeds meer last van kwaaltjes hadden gekregen.

Men kon, door alleen maar telkens op gebeurtenissen te reageren, maar al te gemakkelijk een leven leiden waarvoor men helemaal niet had gekozen. Hij had nog nooit één belangrijke beslissing genomen. Behalve toen hij van school was gegaan. Nee, ook dat was een reactie geweest. Goed, hij had zelf voor een soort opleiding gezorgd, maar op een rommelige manier, in een geest van schaamte en schande. Terwijl Alissa... hij zag de schoonheid ervan in. Op een winderige, zonnige midweekse ochtend had ze haar bestaan een radicale wending gegeven door wat spullen in een koffertje te pakken en met achterlating van haar huissleutels de voordeur uit te lopen, verteerd door een ambitie waarvoor ze bereid was te lijden en anderen te laten lijden. Haar nieuwe roman, waarvan het verhaal zich afspeelde in het Weimar van Goethe, was al gezet, en Rüdiger had net een exemplaar voor hem op de post gedaan. Volgens de uitgeversbrochure was een van de sleutelmomenten in de roman de ontmoeting van de dichter met Napoleon. 'De macht, de rede en het wisselvallige hart!' luidde de blurb.

Toen keerde hij om en liep langs het kanaal terug naar Fleet. Hij herinnerde zich de vraag van zijn moeder. Als hij met Daphne zou trouwen omdat iedereen zei dat dat een goed idee was, zou dat geen breuk met zijn verleden betekenen maar juist een voortzetting daarvan. Maar dat gold ook als hij niet met haar trouwde. En een derde weg was hier niet.

Toen hij twee uur later zijn huis binnenging voelde hij dat er iets was veranderd. Lawrence was bij Daphne, maar dat was het niet. Hij liep naar de keuken. Opgeruimder dan anders. Toen hij naar de slaapkamer liep werd zijn vermoeden sterker. Ook die was keurig netjes. Vlak voordat hij het bewijs onder ogen kreeg begreep hij wat er aan de hand was. Het was niet de eerste keer dat een vrouw deze slaapkamer had verlaten. Hij opende de kast waar Daphnes kleren in hingen. Leeg. Toen hij zich omdraaide zag hij haar briefje op zijn schrijftafel liggen. Hij ging op het bed zitten om het te lezen. Het was nauwelijks nodig. Hij had het voor haar kunnen schrijven. Ook hij zou het kort hebben gehouden: het was duidelijk dat er in hun relatie geen vooruitgang meer zat. Met alle druk die haar werk, haar gezin, het naar school brengen en van school halen van de kinderen enz. met zich meebracht lukte het haar niet langer haar leven over twee huizen te verdelen. Het speet haar dat alles zo stiekem was gegaan, maar ze had weer nauw contact met Peter. Nu Roland maar niet kon besluiten zich te binden hadden Peter en zij besloten hun relatie een laatste kans te geven, niet alleen voor de kinderen maar ook voor hun eigen gemoedsrust. Ze hoopte dat Roland haar beste vriend zou blijven. Lawrence moest blijven komen spelen of logeren zoveel hij wilde. Het speet haar ook dat hij deze brief zo kort na de crematie van zijn vader moest lezen, maar gisteren had Peter ineens op de stoep gestaan. Ze wilde niet dat Roland het nieuws van Lawrence te horen zou krijgen. Onderaan stond: 'Liefs'.

Terwijl hij naar beneden liep dacht hij dat het vooral haar redelijkheid was die hem zo raakte. Er viel eenvoudigweg niets op af te dingen, niets tegen in te brengen. Zelfs niet tegen haar geheime gesprekken. Als ze hem daarover verteld had, zou hij vermoedelijk gedacht hebben dat ze hem tot een huwelijk probeerde te bewegen door hem bang te maken. Hij had geen enkel recht zich tekortgedaan te voelen. Maar hoe redelijk was het om weer te gaan samenleven met een man die haar had geslagen?

Roland was bij de keukentafel aanbeland. Het prachtige, oude, grenen tafelblad was helemaal schoon en opgeruimd. Dat zou nu niet zo blijven. Hij pakte een biertje uit de koelkast. Hij zou niet toegeven aan het cliché en zich bedrinken. Hij zou eens rustig gaan zitten nadenken. De nieuwe regering wilde dat de bevolking ging drinken als Zuid-Europeanen. Van Collioure tot Monte Carlo, bedachtzaam nippen. Buiten was het nog licht, nog warm, maar hij was liever hierbinnen. Het was zo eenvoudig als wat: hij zou zijn oude leventje met Lawrence hier in het kleine huis weer oppakken. Zo nu en dan vrienden met hun vrienden te eten krijgen. Met of zonder Daphne. Hij kon zichzelf ertoe brengen te geloven dat het door zijn passiviteit zijn beslissing was, en niet de hare. In de hoop op iets... maar daar wilde hij niet over denken.

Hij stond op en begon om de tafel heen te ijsberen. Hij zou zo meteen Lawrence moeten bellen. Dan zou hij hem lopend gaan ophalen, alleen was hij er nog niet klaar voor om Daphne onder ogen te komen. Toen hij langs de piano kwam bleef hij staan. Ernaast, op de vloer, lagen vier hoge stapels bladmuziek, voornamelijk arrangementen van evergreens, klassiekers, waar hij zich van bediende voor zijn werk in het hotel. Hier, bovenop, lag een aantal dat hij lang geleden in een vlaag van ordeningsdrift had gerangschikt onder het kopje 'Moon': 'Fly Me to the Moon', 'Moon River', 'Moondance'... Een minuut later zat hij al dieper te graven en kwam hij langs 'What a Wonderful World', 'Yesterday', 'Autumn Leaves', waarbij hij een hele stapel liet omvallen. Daarnaast lagen zijn oude jazzboeken. Jelly Roll Morton, Erroll Garner, Monk, Jarrett. Hij wist van geen ophouden. Een ijdele wens was een behoefte geworden. Hij was al voor driekwart door de derde stapel heen toen hij op een verzameling Schumann stuitte. Je reinste toeval. Schubert, Brahms, wie dan ook, wat dan ook, alles had volstaan. Hij ging zitten, zette de bundel examenstukken vol ezelsoren op de lessenaar en sloeg die open. De hele bladzijde stond vol met de door een vijftienjarige in potlood aangegeven vingerzettingen. Tegenwoordig deed hij geen moeite meer. De muziek schikte zich naar waar zijn vingers zich toevallig bevonden. Hij boog zich fronsend naar voren en probeerde de instructies van zijn tiener-ik op te pikken terwijl hij zich door de eerste paar maten heen werkte. Verdomd moeilijk. Geen melodie. Men zei dat Schumann zijn tijd honderd jaar vooruit was geweest. Nou, het klonk in elk geval atonaal. Als een kort stuk van Pierre Boulez dat hij ooit had kunnen spelen. Hij begon opnieuw. Het duurde een kwartier voordat hij er met vallen en opstaan in slaagde enigszins betekenis te geven aan twintig tellen muziek. Geërgerd probeerde hij het nog één keer, maar stopte er vervolgens abrupt mee, stond op en liep het vertrek uit. Hij had dit soort muziek uit zijn leven gebannen op de dag dat hij bij haar was weggegaan, op het moment dat hij op het station van Ipswich in de trein naar Londen was gestapt om nooit meer terug te keren.

DEEL DRIE

9

Lawrence' trein uit Parijs zou om twaalf uur 's middags op Waterloo Station aankomen. Roland liep naar het tuinhekje in de hoop zijn zoon te zien aankomen met zijn te grote rugzak. Hij wilde hem zien zoals hij ooit zelf was geweest, die drie weken dat hij voor het eerst in zijn eentje in het buitenland had rondgereisd. Hem zien als iemand die volkomen losstond van hemzelf, niet als een zoon, maar zoals anderen hem zagen, als een jongvolwassene met een verende tred en een afwezige, naar binnen gekeerde blik. Terwijl hij onder de robinia stond te wachten dacht Roland terug aan zijn eigen, uiteenlopende eerste reizen, naar Noord-Italië en Griekenland, toen hij enorme afstanden liftte over de snelwegen van Europa, in Korinthe tegen vergoeding bloed doneerde om eten te kunnen kopen, in Athene borden waste in een hotelkeuken en sliep onder een dakluifel. Nooit echt zorgenvrij. Hij stuurde ansichtkaarten naar zijn vrienden van Berners, waarop hij provocerend gewag maakte van zijn geluk. Zij zaten vast op de universiteit, terwijl hij in alle vrijheid rondzwierf. Maar hij geloofde er zelf nooit helemaal in. 's Middags, in zijn vrije uren, ging hij niet de stad verkennen, maar lag hij op zijn veldbed op het dak, waar hij zichzelf dwong *Clarissa* te lezen, en daarna *The Golden Bowl*. Hij vond beide boeken vreselijk, ze sloten totaal niet aan bij de hitte en het lawaai van de stad, maar hij was bang achterop te raken. Kort daarna zou hij zich er niet meer druk om maken en zijn boeken laten voor wat ze waren, in ruil voor een leven van reizen die gefinancierd werden door domme baantjes: zijn verloren decennium. Lawrence kende dergelijke obstakels en ontberingen niet. Hij had een interrailkaart en kon terecht bij een universitaire vooropleiding.

Na een paar minuten ging Roland weer naar binnen om de lunch verder klaar te maken. Tegen de tijd dat hij daarmee klaar was, was het al over halftwee. Hij checkte zijn mobieltje en keek of de hoorn van de vaste telefoon wel goed op de haak lag. Hij had voor Lawrence, voordat die op reis ging, een telefoon gekocht. Als hij die was kwijtgeraakt waren er nog altijd telefooncellen op Waterloo Station. Boven, aan zijn bureau gezeten, zag hij de e-mail. 'Eerst nog bij Sam langsgegaan. Kom vanavond pas laat thuis. x L.' Lawrence wist dat zijn vader zijn mail maar zelden checkte. Roland probeerde zich niet druk te maken over de ontbrekende persoonsvorm. Of over het licht deprimerende gevoel te zijn gedumpt. Dit was een overgangsrite voor ouders. Niet dat ze iets speciaals hadden afgesproken over de lunch. Hij was door de mand gevallen, hij had gemeend dat hij trots was op Lawrence' onafhankelijkheid en vervolgens voetstoots aangenomen dat hij spoorslags naar huis zou komen, om zijn vader te zien. Toen Roland zo oud was als Lawrence was hij nooit snel naar huis gegaan. Hij had vaak voor teleurstelling gezorgd door onverwacht zijn plannen te wijzigen. Nu was het zíjn beurt. Hij bleef kalm en schreef om zijn gezicht te redden: 'Welkom terug! Tot later.' Het mailadres, zag hij nu, was dat van Sam. Waarschijnlijk verstuurd van diens laptop.

Roland at alleen, met de dubbelgevouwen krant van gisteren tegen de theepot geleund. Het Enron-schandaal. George Bush had nauwe banden met het energiebedrijf, maar deed alsof hij de gesel van corruptie binnen het bedrijfsleven was. En de brenger van oorlog. Lawrence had even moeten bellen. Maar kom, geen geklaag. Dit was het begin van de overgang, van het loslaten, al had Roland nooit iemand een woord horen zeggen over deze vorm van ontzetting bij ouders. Je denkt dat je kind van jou afhankelijk is. Maar als hij zich aan jou begint te onttrekken kom je erachter dat jij ook van hem afhankelijk bent. En dat het mes altijd aan twee kanten heeft gesneden.

Insiders bij Enron hadden hun aandelen verkocht voordat het

bedrijf op de fles was gegaan. Bush had zijn aandelen verkocht. Carl Rove werd genoemd. Evenals Donald Rumsfeld.

Er zouden meer van dergelijke momenten volgen, meer blijken van onverschilligheid, en Roland zou doen alsof hij die niet opmerkte. Het was niks voor hem om een voorwerp of bron van schuld te worden. Hij zou ook geen conflict durven riskeren. Lawrence zou wel eens in een kwetsbare staat kunnen verkeren. Hij was teruggekomen met een verhaal dat Roland moest horen. Die moest zijn ongemakkelijke gevoelens voor zich houden.

Kort na enen werd hij wakker door het gestommel van zijn zoon die de trap op kwam. Zijn tred was zwaar en onregelmatig. Vlak voordat hij de overloop bereikte bleef hij even staan. Roland lag op zijn rug te luisteren, wachtend op het juiste moment waarop hij zou kunnen opstaan. Een langdurige plas met de deur van de badkamer open, gevolgd door geklater in de wastafel, waarna het stil werd, tot de kraan opnieuw begon te lopen. Mogelijk om te drinken. Er moest een paar keer stevig op de hendel geduwd worden om de stokoude wc door te spoelen. Maar dit was te stevig. Dit was wild. De hendel moest zijn afgebroken, want er viel iets van metaal op de vloertegels. Roland wachtte tot Lawrence in zijn kamer was, liet nog een paar minuten verstrijken, trok toen zijn ochtendjas aan en ging naar hem toe. Het grote licht in de kamer brandde. Hij lag op het bed, op zijn zij, volledig gekleed. Op de grond bij het nachtkastje stonden zijn rugzak en een plastic emmer.

'Gaat het?'

'Ik voel me klote.'

'Dronken.'

'En stoned.'

'Drink wat water.'

Zijn adem stokte, mogelijk van ergernis. 'Pap, laat me alsjeblieft met rust. Ik wil hier alleen maar liggen.'

'Goed.'

'Tot de kamer ophoudt met draaien.'

'Ik zal je schoenen uitdoen.'

'Nee.'

Hij deed het toch. Het was niet eenvoudig om de sportschoenen met hoge hiel uit te krijgen. 'Jezus. Je voeten stinken.'

'Dat zouden...' Maar de jongen had niet de fut om zijn zin af te maken. Roland legde een deken over hem heen, gaf hem een klopje op zijn schouder en liet hem alleen.

Voordat hij in slaap viel las hij dertig bladzijden uit *L'Éducation sentimentale*. De jonge Frédéric Moreau is tot over zijn oren verliefd op een oudere getrouwde vrouw. Die heeft na een gezellig avondje bij haar thuis bij het afscheid zijn hand beroerd, en kort daarna, op weg naar huis, blijft hij op de Pont Neuf staan en wordt hij in zijn euforische staat 'overvallen door zo'n zielenbeving waarin men naar een hogere wereld lijkt te worden gevoerd'. Roland las de zin nog een keer. Een aanraking van haar hand. In dit stadium kan er nog onmogelijk sprake zijn van seks. Waarschijnlijk heeft de vrouw zelfs geen idee van wat er in hem omgaat. Volgens de inleiding in Rolands paperback was Flaubert zelf op zijn veertiende verliefd geweest op een zesentwintig jaar oude getrouwde vrouw. Ze had, met veel tussenpozen, bijna een halve eeuw deel uitgemaakt van zijn leven. Over de vraag of hun liefde ooit was geconsummeerd verschilden de deskundigen van mening. Roland knipte zijn leeslampje uit maar bleef, hoewel hij werd belegerd door de slaap, voor zich uit liggen staren in het donker, in een poging zich zijn eigen hogere wereld weer te binnen te brengen. Uit de andere slaapkamer kwam geen enkel geluid. Met madame Cornell was hij ooit een stap verder geweest dan Flaubert en diens Frédéric op de Pont Neuf, of was het één stap minder ver? Hij dacht niet dat een enkele aanraking met een hand hem tot een dergelijke staat van euforie had kunnen verheffen. Madame Arnoux had haar andere gasten de hand gereikt, en toen het de beurt was van Frédéric had hij 'iets tot in het kleinste deeltje van zijn huid voelen doordringen'. Dat was een benijdenswaardige, uitzonderlijke staat die niet meer voor kinderen van de jaren zestig met hun vleselijk ongeduld was weggelegd. Hij sloot zijn ogen. Strikt formele maatschappelijke normen, langdurige onthouding en veel ongelukkige gevoelens waren nodig om zoveel te voelen na een wellevende handdruk. Terwijl de slaap zijn gedachten oploste werd het antwoord duidelijk: hij had meerdere stappen achtergelegen.

De volgende dag zagen ze elkaar maar weinig. Lawrence sliep door tot het begin van de middag en kwam pas beneden voor koffie toen Roland op het punt stond naar Mayfair te gaan voor zijn vrijdagmiddag-pianosessie in het hotel. Dus omhelsden vader en zoon elkaar kort, waarna Roland vertrok. Hij had een lijstje bij zich met de nummers die hij wilde gaan spelen en dat hij eerst aan een van de hotelmanagers moest laten zien, wat meestal een formaliteit was. Na de aanslagen in New York en Washington van het jaar daarvoor was het raadzaam vroeg te komen om zich aan de pas geïnstalleerde veiligheidsscan bij de personeelsingang te onderwerpen. Bij zijn vorige baan mocht de pianist via de door de gasten gebruikte hoofdingang naar binnen gaan. Nu moest hij aansluiten in de rij schoonmaaksters en obers van de avondploeg. Mohammed Ayub was het opgewekte hoofd van de beveiliging. Roland stak zijn armen omhoog om zich te laten fouilleren.

Mo zei: 'Ga je vanavond "My Way" spelen, zoals ik je gevraagd heb?' Hij had een sterk West-Yorkshires accent.

'Ken ik niet. Hoe gaat het?'

Mo draaide een schouder naar voren, spreidde zijn handen en zong een stukje met een krachtige bariton. Het rijtje mensen achter Roland lachte en applaudisseerde. Nog steeds met een glimlach om de lippen liep Roland de trap af naar de kelderverdieping om zijn smokingjasje aan te trekken. De tearoom waar hij moest spelen was voorzien van een dik vloertapijt en stevige lambrisering langs de wanden. De vleugel stond op een verhoging die omzoomd was met varens en een koperen reling. In de loop van de jaren had hij het hier naar zijn zin gekregen. Het rook er heerlijk naar parfum en naar boenwas met lavendelgeur. De zaal had een hoog plafond en was ordelijk en beschaafd ingericht, en aan de muren hingen onder antieke lampjes olieverfschilderijen van renpaarden en favoriete honden. In het midden van de ruimte tinkelde een fonteintje dat omgeven was door witte lelies. Zodra hij begon te spelen werd het afgezet. De sandwiches en taartjes – hij had de eerste keus als er iets was overgebleven – waren voortreffelijk. Toen hij begon had hij het allemaal vreselijk gevonden. Hij had het er benauwd van gekregen. Maar tegenwoordig, nu hij halverwege de vijftig was, was de tearoom een troostrijk toevluchtsoord dat buiten de tijd stond, waar hij niets te verhapstukken had en geen beladen verleden had, in rustgevende tegenstelling tot zijn huis in Clapham met alles wat daarbij kwam.

En hier speelde hij zijn aangename muziek. Hij liet Mary Killy, die deze dag als manager optrad, zijn lijstje zien. Ze was klein van stuk en keurig, en zich ten zeerste bewust van haar status. De eerste keer dat ze met elkaar te maken kregen had ze gezegd dat hij haar moest aanspreken met 'mevrouw'. Hij had niet gereageerd, maar nooit 'mevrouw' gezegd. Ze had een spitse neus die een klein beetje wipte en brede neusgaten, wat haar een welmenende, onderzoekende uitstraling gaf, alsof ze dolgraag van iedereen met wie ze te maken kreeg alles te weten wilde komen. Pas een paar jaar later had hij ontdekt dat ze verstand van muziek had. Ze had op de derde rij gezeten bij de violisten van het orkest van het Royal Opera House, maar was ermee gestopt om drie kinderen te kunnen grootbrengen. De mensen zeiden dat ze bedillerig was, maar Roland mocht haar wel.

Hij wou beginnen met 'Getting to Know You', vertelde hij, gevolgd door een medley van andere musicalnummers, om te eindigen met 'I'll Know' uit *Guys and Dolls*.

'Prima.' Mary wees naar een naam lager op de lijst. 'Chopin? Niks lawaaiigs graag.'

'Gewoon een kleine melodieuze nocturne.'

'Over vier minuten beginnen.'

De zaal begon vol te lopen, de thee werd binnengebracht, met etagères met taartjes. Ingebed door het zachte gemompel van bejaarde stemmen verloor Roland zich in zijn eindeloze repertoire. Als hij een melodie kende, kon hij de harmonieën erbij improviseren. En hij kende veel melodieën. De andere managers viel het nooit op, maar Mary tekende bezwaar aan wanneer de akkoorden te jazzy werden. Zijn lijstje was nuttig als geheugensteuntje, maar meestal riep het ene nummer het andere op, zodat het als vanzelf overging in het volgende. Al spelend kon hij wegdromen. Hij vroeg zich wel eens af of hij door zou blijven spelen als hij in slaap viel. Maar één aspect van het werk had hem vanaf de eerste dag dwars gezeten. Hij wilde niet dat iemand die hij kende, iemand uit zijn verleden, hier binnen zou lopen en hem zou horen spelen. Hij had nog wel iets van trots. Geen van zijn vrienden wist dat hij een veelbelovende klassieke pianist was geweest, maar sommigen hadden hem als jazzpianist gekend. En een paar herinnerden zich mogelijk nog dat hij keyboard had gespeeld bij de Peter Mount Posse. Dus zweeg hij over zijn baan, tenzij er rechtstreeks naar gevraagd werd, in welk geval hij het afdeed als iets sporadisch en oersaais. Hij had het nooit goed gevonden dat Alissa of Daphne, of de anderen kwamen luisteren. En Lawrence had hij zelfs expliciet verboden te komen, ook al had die nooit van enige belangstelling voor de werkplek van zijn vader blijk gegeven. Hij zou het vreselijk hebben gevonden. De geheimhouding versterkte Rolands gevoel dat de tearoom een soort vrijplaats was.

Hij was aangekomen bij het slot van 'I'll Know'. Zoals al dit soort songs had hij dit nummer te vaak gespeeld om er nog veel bij te kunnen voelen. Maar hij herinnerde zich de heropvoering van de musical twintig jaar geleden. De regisseur, Richard Eyre, had geopteerd voor veel koper met jazzharmonieën van het soort dat Mary niet in de tearoom wilde horen. Veel neon op het toneel, en Ian Charleson, die aan aids was overleden. Het jaar van de Falklandoorlog. Maar met wie had Roland de voorstelling gezien? Het was vóór Lawrence. En vóór Alissa. Het was niet Diane geweest, de dokter. En ook niet Naomi van de boekwinkel. Hij was vierendertig, in de bloei van zijn leven. Zeker niet Mireille. Al spelend probeerde hij zich haar voor de geest te halen. Degene met wie hij ernaartoe was geweest, een heel knappe vrouw, en hij kon zich haar niet meer herinneren, geen naam, geen gezicht. Misschien was hij zelfs wel verliefd op haar geweest, maar haar plek in zijn herinnering was oningevuld, een lege stoel. Rond die tijd had hij een lijst gemaakt van mensen die hij kende die gestorven waren aan aids. Die ziekte hield destijds huis, maar niemand sprak er tegenwoordig nog over. De levenden schaamden zich dat ze er nog waren, omdat er geen remedie voor de ziekte was. Ook over de Falklandoorlog werd niet meer gesproken. Die was op een andere manier pijnlijk. De jaren dekten de doden toe als een zwaar deksel op een kist. Bijna alles wat je in je leven overkomt vergeet je weer. Hij had een dagboek moeten bijhouden. Dus waarom ging hij dat nu niet doen? Het verleden vertoonde steeds meer lege plekken, en het heden, hoe het voelde en rook, en de klanken en geluiden die zijn vingertoppen op dit moment voortbrachten – 'The Girl from Ipanema' – zou weldra dood en begraven zijn.

Die dag zou er na het diner een andere pianist spelen, zodat Roland tegen achten weer thuis was. Hij werd opgewacht door Lawrence, die er na een lang bad roze geboend uitzag en zich naar eigen zeggen nog maar een beetje broos voelde. Ze liepen samen door Old Town naar het einde van High Street, naar hun vaste Indiase restaurant. Lawrence vertelde over zijn reis. Parijs, Straatsburg, München, Florence, Venetië. Tot dusver vermeed hij het belangrijkste. Zijn interrailkaart had zijn nut meer dan bewezen, hij had de steden prachtig gevonden, de oversteek van de Alpen was geweldig geweest en hij had onderweg nog schoolvrienden getroffen. De afgelopen middag had hij een loodgieter gebeld om het kapotte toilet te komen repareren. Daarna was hij thee gaan drinken bij Daphne. Zij had bevestigd dat ze een eenvoudig baantje voor hem had bij de woningbouwvereniging. Voor een halfjaar. Gerald had besloten dat hij medicijnen wilde gaan studeren. Maar hij had daarvoor een verkeerd vakkenpakket gekozen en zou de docenten biologie, schei- en natuurkunde moeten zien over te halen hem alsnog tot hun lessen toe te laten. Greta was vanuit Thailand onderweg naar huis en Nancy had nog altijd de pest aan Birmingham, zowel aan de stad als aan haar opleiding. Roland wist dat allemaal al, maar hoorde het aan alsof het nieuw voor hem was. Voorlopig voelde hij zich ontspannen en blij. Hij liep langzaam, liet zich door zijn zoon bijpraten en voelde de laatste warmte van die dag uit het plaveisel opstijgen. Straks zou hij het verhaal van München te horen krijgen. Het feit dat Lawrence de vorige avond dronken was geweest bevestigde zijn vermoedens. Hij had geprobeerd zijn zoon van diens plan af te houden.

Het restaurant was leeg. Het had de moderniseringstrend die onder de Indiase restaurants van Londen woedde weerstaan. Hier hielden ze de ouderwetse aankleding in ere, met fluwelen behang, verpieterende graslelies en een brede, ingelijste prent van een vlammende zonsondergang. Ze zetten zich aan hun vaste tafeltje in een hoek bij een raam en bestelden bier en papadums. Ze zwegen ter erkenning van het feit dat de stemming was omgeslagen. Niet alle bijzonderheden zouden in één keer ter tafel komen. Ze zouden in de komende week het verhaal nog verschillende keren oppakken. Roland was vast van plan een dagboek te beginnen, en Lawrence'verhaal zou het eerste zijn wat hij ging noteren.

'Oké,' zei Roland ten slotte. 'Voor de draad ermee.'

Al voordat hij in de stad was aangekomen was München 'shit' geweest. Zijn trein was buiten het station gestopt en twee uur lang niet meer in beweging gekomen. Er was niets omgeroepen of uitgelegd. Toen de trein eindelijk het station was binnengereden hadden ze de passagiers nog een halfuur lang op het perron laten staan, voordat die onder politiebegeleiding naar één kant van het station werden gebracht, waar ze met nog zo'n duizend anderen hadden moeten blijven wachten. Lawrence had op school en van zijn grootouders genoeg Duits geleerd om te begrijpen wat er aan de hand was. Een bommelding, de derde binnen één maand, waarschijnlijk afkomstig van iemand die aan Al Qaida gelieerd was. Maar dat verklaarde niet waarom de mensen op het station moesten blijven. Hij had zich aan de ogenschijnlijke gezeglijkheid van de Duitse treinreizigers geërgerd. Ineens mochten ze, opnieuw zonder enige toelichting, vertrekken. Hij had een goedkoop hotelletje gevonden en was 's middags op Rolands advies naar het Lenbachhaus gegaan om de schilderijen van de Blaue Reiter te bekijken. Hij vond dat zijn vader ongelijk had en dat Kandinsky met kop en schouders uitstak boven, en veel ambitieuzer en interessanter was dan Gabriele Münter.

Aan het einde van de volgende ochtend had hij Rüdiger opgezocht in diens kantoor. Hij dacht dat de uitgever niet in staat zou zijn hem het adres van zijn moeder te onthouden wanneer hij in levenden lijve voor hem zou staan. Tegenover elkaar aan het bureau gezeten hadden ze eerst een tijdje over koetjes en kalfjes gekletst. Daarna was Rüdiger weggeroepen om iets te regelen. Lawrence had wat in het kantoor rondgestruind. Naast een stapel boeken op de vensterbank had een bakje met uitgaande post gestaan. In een opwelling had hij de enveloppen bekeken en daar lag hij: een brief aan zijn moeder, voorzien van een getypt adres. Hij kon het risico niet lopen betrapt te worden terwijl hij het overschreef, daarom sloeg hij het op in zijn hoofd: het stadje, de straat en het huisnummer. Zoals beloofd ging Rüdiger met hem lunchen in een restaurant. Onder het eten vroeg Lawrence hem waar zijn moeder woonde. De uitgever schudde het hoofd. Hij zei dat er een hele voorgeschiedenis was. En dat ze hem uiteindelijk had verboden zich ooit nog in haar persoonlijke aangelegenheden te mengen, een bemiddelingspoging te ondernemen, of zelfs maar haar familie tegenover haar ter sprake te brengen of haar adres aan derden te geven, zo niet, dan zou ze haar volgende boek bij een andere uitgeverij aanbieden.

De hotelmanager toonde zich behulpzaam. Het was een dorp, geen stadje, twintig kilometer ten zuiden van München. Er ging een paar keer per dag een bus naartoe, die vanuit een straat vlak bij het station vertrok. Hij was zo vriendelijk om telefonisch de vertrektijden voor hem op te vragen, en zodoende liep Lawrence de volgende dag tegen lunchtijd door haar straat, op zoek naar het huis. Het dorp was 'een nietszeggend plaatsje' dat in tweeën werd gedeeld door een drukke weg en was gelegen in vlak boerenland. Haar straat leidde het dorp uit, en de huizen stonden daar zo'n beetje aan de rand van het dorp. Ze zagen er modern uit en hadden in de verte wel iets van Zwitserse chalets, maar dan 'plomper en ontzettend lelijk'. Ze stonden een flink eind van elkaar af en het viel hem op dat er nergens bomen waren. Het was niet het soort plek dat een beroemde schrijver als woonomgeving zou kiezen. Toen stond hij ineens voor haar huis. Het was even plomp als de andere huizen, en had zware balken en ramen met dubbel glas. Het zag er binnen donker uit. Onder het brede dakoverstek leek het huis te 'fronsen'. Hij was er nog niet klaar voor om naar de deur te gaan, daarom liep hij een eindje terug over de weg waarlangs hij was gekomen. Hij voelde zich rillerig en misselijk. Een man die net uit zijn auto stapte nam hem wantrouwig op, Lawrence haalde zijn telefoon tevoorschijn en deed alsof hij erin praatte.

Vijf minuten later stond hij opnieuw voor het huis, nog altijd bibberig. Hij overwoog weg te lopen. Maar wat moest hij dan? De bus naar München vertrok pas over drie uur. Hij ging met zijn hand naar de bel, maar trok die meteen weer terug. Als hij daadwerkelijk zou aanbellen, dacht hij, zou zijn leven voor altijd veranderen. Maar toen, als een duik in het diepe, 'dwong ik mezelf het te doen'. Hij hoorde de bel achter in het huis overgaan en hoopte dat ze niet thuis was. Hij hoorde voetstappen op de trap. Te laat ontdekte hij een klein, geëmailleerd bordje met gotische letters dat op heuphoogte aan de muur hing. *Bitte benutzen Sie den Seiteneingang.* Zijn mond werd kurkdroog toen hij een sleutel hoorde omdraaien en een grendel hoorde wegschuiven, en toen nog een. De deur ging niet op een gewone manier open. Met een luid, zuigend geluid van lucht die langs rubberen tochtstrips werd gezogen werd de deur moeizaam opengewrikt, en daar stond ze, 'witheet van woede', zijn moeder.

'Was wollen Sie?' Ze klonk onbehouwen. Inbreker, fan of bezorger, haar maakte het niks uit. Ze ging hem afpoeieren.

'Ich bin...'

Ze wees omlaag naar het emaillen bordje dat aan de muur

zat geschroefd. Haar wijsvinger met de glimmende, vermiljoenkleurige nagel trilde van ergernis. 'Das Schild! Können Sie nicht lesen?'

'I'm Lawrence. Your son.'

Er viel een totale stilte. Hij dacht: nu kan er van alles gebeuren. Ze werd niet ineens milder en sloeg niet spontaan haar armen om hem heen, een van de mogelijkheden waar hij in gedachten mee had gespeeld. Er was geen moment van shakespeareaanse verzoening (op school had hij *The Winter's Tale* moeten lezen. Of was het *The Tempest*?).

Alissa sloeg zich met een hand tegen het voorhoofd en zei hard: 'Jezus!'

Ze keken elkaar aan en namen elkaar van top tot teen op. Maar Lawrence registreerde maar vaag wat hij zag. Hij was te zenuwachtig om veel op te merken of te onthouden. Hij dacht dat er 'iets van een sjaal' om haar schouders hing. Ze hield een halfopgerookte sigaret tussen haar vingers, en ook had ze misschien een gebreid vest aan en mogelijk een dikke corduroy rok, ook al was het een warme dag. Rond haar ogen zaten diepe rimpels. Ze zag er 'ietwat verfomfaaid' uit.

In het restaurant zei Roland: 'Ze was vast aan het schrijven. Rüdiger heeft me verteld dat ze razend wordt als ze daarbij wordt gestoord.'

'Ja, het zal wel. Maar ík was het. Kom, laten we bestellen. Ik heb zin in iets goors, een vindaloo bijvoorbeeld.'

Zij op haar beurt had, zo stelde Roland zich voor, een slungelige tiener voor zich gezien, met een strakke blik en een groot hoofd met kortgeknipt haar, een coupe waardoor zijn oren er op een vertederende manier groter uitzagen.

Ten slotte zei Alissa op een toon die bijna normaal klonk: 'Dat verandert niets aan mijn vraag. Wat kom je doen?'

'Ik wou je zien.'

'Hoe ben je aan dit adres gekomen? Heb je het van Rüdiger?'

'Ik heb het hele internet doorgespit.'

'Waarom heb je niet eerst geschreven?'

Een flits van woede schoot Lawrence te hulp. 'Je schrijft toch nooit terug.'

'Dat zou dan je antwoord geweest zijn.'

Zijn angst en zijn misselijkheid – dat wat hij 'de kriebels' noemde – waren op slag verdwenen. Hij had niets te verliezen. Hij zei: 'Wat héb jij toch?'

Ze wilde iets zeggen, maar 'Ik was zo vrij haar in de rede te vallen, en weet je, pap, dat voelde geweldig.' Hij had tegen haar gezegd: 'Waarom doe je zo vijandig?'

Maar ze had zijn vraag serieus genomen. 'Ik vraag je niet binnen. Ik heb jaren geleden een besluit genomen en het is nu te laat om daar nog op terug te komen, begrijp je? Je vindt dat ik me lomp gedraag, maar ik ben alleen maar vastberaden. Knoop dit goed in je oren.' Ze zei het langzaam. 'Ik wil geen contact met jou.'

Hij probeerde tevergeefs woorden te vinden voor zijn verwarde gedachten. Iets in de geest van: waarom kun je niet én boeken schrijven én mij zo nu en dan zien? Andere schrijvers hebben ook kinderen. Maar hij begon langzamerhand het gevoel te krijgen dat híj deze ineengedoken, woedende vrouw niet in zíjn leven wilde. Dus viel het hem niet moeilijk meer zich van haar af te keren. Ze maakte het hem gemakkelijk.

En toen had ze het zelfs nog gemakkelijker gemaakt. Toen hij een paar passen was weggelopen riep ze: 'Word je tegen kanker behandeld?'

Verbijsterd was hij blijven staan en had hij zich omgedraaid. 'Nee. Hoezo?'

'Laat dan je haar groeien.' Ze was naar binnen gegaan en had geprobeerd de deur achter zich dicht te slaan, maar die had hetzelfde zachte plofgeluid gemaakt.

Einde verhaal. Hardvochtig en consequent. Vader en zoon overwogen het in stilte en nipten van hun bier. Roland zei: 'En toen?'

Lawrence was langzaam naar de bushalte geslenterd, die voorbijgelopen en in een *Gasthaus* in het dorp een biertje gaan drinken. Niet meer dan één. Daarna was hij naar de bushalte teruggegaan, waar hij heel lang op een bankje op de bus had zitten wachten. De ontmoeting met zijn moeder had nauwelijks drie minuten geduurd.

Toen ze twee dagen later op het onderwerp terugkwamen vertelde Lawrence hem dat hij daar op dat bankje in tranen was uitgebarsten. Hij had echt 'zitten janken' en het had minutenlang aangehouden. Hij was opgelucht dat er niemand langs was gekomen. De huilbui was het gevolg van al die tijd dat hij een moeder gemist had, van alle brieven die hij had geschreven, van het plakboek, van alles bij elkaar, zonder daar ooit om te huilen. Daarna had hij zich rustig gevoeld en zichzelf voorgehouden dat hij nu beter af was. Ze was overduidelijk een verschrikkelijk iemand, en ze zou een verschrikkelijke moeder geweest zijn.

De volgende dag zaten ze aan het begin van de avond samen in de tuin aan het roestige ijzeren tafeltje dat Roland al heel lang van plan was te verven. Verderop in de tuin stond de appelboom die al tijden dood was, maar die hij nog altijd niet had omgehakt. Hij was eraan gewend dat die daar stond. Tussen vader en zoon in stonden twee glazen bier en een bakje met zoute pinda's. Lawrence had net op nonchalante toon gezegd dat hij begon te denken dat hij haar haatte. In het belang van Lawrence wilde Roland haar verdedigen. Het zou hem geen goed doen, zei hij, als hij met een grief bleef rondlopen, terwijl hij er eerst geen had gekoesterd. Hij had destijds – wist hij het nog? – geprobeerd hem het plan om haar op te zoeken uit het hoofd te praten. Maar dit was niet het moment om het voor Alissa op te nemen. Lawrence had geen goed zicht op zijn moeder zolang hij haar boeken niet gelezen had, en dat had hij van meet af aan geweigerd te doen. Goed. Je kon beter niet te jong met haar romans beginnen. Hoe zou haar hartstochtelijke pleidooi voor 'een rijke, warmbloedige rationaliteit' een toegewijde jonge wiskundige kunnen aanspreken? Iemand die heel weinig wist van literatuur en geschiedenis, die nog nooit verliefd was geweest, die daar nog in teleurgesteld moest worden, en die voor zover Roland wist nog geen seksuele ervaring had. Die als basis *Cider with Rosie* en *The Old Man and the Sea* had, en wat de school hem verder had opgegeven. Toch was hij belezener dan zijn vader op zijn zestiende geweest was. Boeken kwamen als het er tijd voor was.

In plaats daarvan zei Roland: 'Uit wat ik heb gelezen, heb ik begrepen dat ze een eenzaat is geworden, een beroemde kluizenares.'

'In een kuthuis in een kutdorp. Ik geloof er niks van dat ze iets voorstelt.'

'Wat zijn je plannen voor vanavond?'

Hij fleurde ineens helemaal op. 'Ik heb iemand ontmoet in de trein uit Parijs.'

'Ja?'

'Véronique. Uit Montpellier. Wat vind je van dit overhemd?'

'Dat had je gister ook al aan. Neem er maar eentje van mij.'

Lawrence stond op. 'Dank je wel. En wat ga jij doen?'

'Ik blijf thuis.'

Toen Lawrence was vertrokken ging hij naar boven. In een la in zijn slaapkamer lag tussen zijn oude notitieboeken met waanwijze gedichten een kleiner, in kunstleer gebonden boekje met 250 gelinieerde bladzijden, dat hij met kerst cadeau had gekregen van hij wist niet meer wie. Alle bladzijden waren nog leeg. Hij nam het mee naar beneden, naar de keukentafel. Tot voor kort, voordat Lawrence was teruggekomen, was hij de meeste avonden weg geweest, naar etentjes bij vrienden en twee late avondsessies in het hotel. Als van een gongslag die minuten later nog steeds nagalmde was zijn hoofd gevuld met stemmen. Niet alleen met de stem van Lawrence, maar met een kakofonie van door elkaar heen lopende gesprekken, luid en polemisch, een tumult van analyses, angstige voorspellingen, vreugdeblijken en boze jammerklachten. Zijn leven was bezig hem te ontglippen. Dingen die drie weken geleden waren gebeurd begonnen al te vervagen of volledig in een mist te verdwijnen. Hij moest zorgen dat hij dingen vastlegde, al was het maar weinig, anders zou het nauwelijks de moeite waard zijn geweest dat hij ze had meegemaakt. Wat hij en de mensen die hij onlangs had gesproken dachten, voelden, lazen, en waar ze naar keken en waar ze het over hadden. Op persoonlijk en algemeen vlak. Niets over zijn eigen tekortkomingen, klachten en dromen. Niets over het weer, niets over het feit dat de winter eindelijk weer plaatsmaakte voor het voorjaar, over de angst voor het ouder worden en de dood, het feit dat de tijd steeds sneller ging of het teloorgegane goede en kwade van de kindertijd. Alleen over de mensen die hij sprak en over wat die hadden gezegd. Hij zou zichzelf dwingen het te doen, elke dag tenminste een halfuur. De tijdgeest. Elk jaar beginnen met een nieuw boekje, of het oude nu vol was of niet. Hij zou er drie in een jaar kunnen vullen. Twintig jaar, of dertig als hij uitzonderlijk veel geluk had. Negentig deeltjes! Wat een simpel en tegelijk groots project.

Anderhalf uur lang schreef hij op wat hij zich van Lawrence' verhaal kon herinneren. Binnen een kwartier had hij zijn gelijk gehaald. Als hij het een week had laten liggen zou hij de helft van de bijzonderheden zijn vergeten. Zoals die van haar vinger met de gelakte nagel die trilde toen ze naar het bordje wees. *Das Schild!* Aan het verleden kon niets meer gedaan worden, maar het heden kon nog aan de vergetelheid worden ontrukt. Nu over naar de andere stemmen. Dat was lastiger, met die aaneenschakeling van meningen. Met de oude, vertrouwde rolverdeling.

Hij zag een vuist over een etenstafel heen naar een overhemd grijpen en daaraan rukken. Maar dat was niet feitelijk gebeurd. Woensdag bij Daphne en Peter. Donderdag bij Hugh en Yvonne. Maar nu was hij van plan zichzelf over het grootste deel van het jaar uit te smeren. Hij was van plan alles keurig op een rijtje te zetten, de verschillende meningen, van wie ze waren, de setting, hoeveel ze hadden gedronken en hoe laat ze aangeschoten en schor waren vertrokken. Maar toen hij eenmaal was begonnen wilde hij alleen nog maar de meningen en alle stemmen die in een en dezelfde ruimte door elkaar heen praatten.

Die knakker van The Guardian *had gelijk. Ze hebben hun verdiende loon gekregen. Een tweede massale overwinning. Kom op, mensen! Het is een geweldige opsteker. Reden om het te vieren. De Booker? Een stel schijterige, uitgebluste prulschrijvers. En medemoslims straffen als ze van geloof veranderen of afvallig worden? Volslagen bullshit, een van de ergste denkrichtingen die ooit zijn ontwikkeld. Wat heeft-ie te verbergen, dat hij zo traag is met die wet op de vrijheid van informatie? Dit is Thatcher 2.0. De kloof tussen rijk en arm wordt alleen maar groter. Benoorden Watford kunnen ze hem zo langzamerhand wel schieten. Je slaat de plank helemaal mis, nee, sterker nog, je slaat de plank niet zomaar mis: Frayn, Hensher, Banville, Thubron, Jacobson en Self zijn echte talenten. Ze kunnen allemaal de pot op. Allemaal blanke mannen in goeden doen van een zekere leeftijd. Hun tijd zit erop. En waar zijn de vrouwen? Heb je* Cidade de Deus *gezien? Wij zijn de bioscoop uit gelopen. Ja, van verloren verkiezingen. Maar het is een geniaal kunstwerk. Die openingsbeelden, die kip die daar rondrent. De islam heeft een bepaalde puurheid en schoonheid. In een geglobaliseerde wereld geeft die religie betekenis aan de berooiden. Ja, doei! De werkloosheid is laag, net als de inflatie en de rentevoet. Minimumloon, het sociaal protocol. Ik ga over m'n nek van dat linkser-dan-jij-gedoe. Ik zweer je, toen die lichamen de grond raakten schudde het gebouw op z'n grondvesten. Collegegeld: misdadig. Berooiden? Bin Laden is goddomme een verwend kind. Het maakt me allemaal geen donder uit, zolang de gezondheidszorg maar gratis blijft. Met Diana legde hij het aan uit plichtsbesef. Maar het ging hem al die tijd om Camilla. Al die lulkoek. Blair overlaadt de gezondheidszorg met managers. Ik zal jou eens zeggen wat religie is. Geloof dat nergens op gebaseerd is, en die jongens in die vliegtuigen waren vrome gelovigen. Peter van Daphne is naar de tegenpartij overgelopen. Hij heeft geluncht met Bill Cash. Een eerste stap op weg naar het uiteenvallen van het koninkrijk. Als we al onze Schotse Labourparlementsleden verliezen, berg je dan maar voor het Engelse nationalisme. Dat lust ons rauw. Ik ben voor Schotse onafhankelijkheid. Fascisten met een religieus tintje. Dan moet je een hekel aan Schotten hebben. In plaats van met Whitehall krijgen ze te maken met Brussel. Hij schrijft een satirische column in de* Telegraph. *We raakten flink aangeschoten en lulden over Shakespeare. Het is geen satire, het zijn pure leugens. Ik heb niks tegen Brussel. Ze gaan Irak nooit binnenvallen. Ze weten dat Saddam over kernwapens beschikt. Het is allemaal schijn, manipulatie van de werkelijkheid, paranoïde mediabeheer. Moreel bankroet. De kiezers, waar jij je zo druk over zegt te maken, zijn het er niet mee eens. Volgens mij denk je dat ze gek zijn. Herinner jij je zijn speech in Chicago nog? Die zogenaamde gerechtvaardigde oorlog? Die komt er nu. Nou kruipt-ie Bush in z'n kont. Kom op, Baines. Kom eens op voor Schotland. Dat waardeloze relativisme dat zich van links meester maakt. Denk je soms dat Irakezen het leuk vinden om gemarteld te worden? Ze maken zich klaar, die twee, om iets rampzaligs te doen. Wacht maar tot extreem links en het geweldloze islamisme gemene zaak maken... Slim idee om de moordenaars van islamitische schoolmeisjes vrijheidsstrijders te noemen. Ik heb het van Goff: Frayn gaat winnen, en die verdient het ook dubbel en dwars. Dus die kinderen zeggen: ja, we hebben voor het middageten een baby gekookt en de botjes in het gazon begraven. En alle therapeuten en maatschappelijk werkers, en het hele hof geloofden alles omdat ze het wílden geloven. Maar toen de politie het gazon omspitte: niks. Toch gaven ze haar drieënveertig jaar. Ik zeg je, als ze binnenvallen neemt Al Qaida de macht over in Irak. Heb je het biljet van vijfhonderd euro al gezien?*

Hij stopte even om een sandwich te maken, en schreef daarna weer verder tot middernacht. Eenenvijftig dichtbeschreven kleine bladzijden. Om halfdrie werd hij wakker door de druk op zijn blaas. Daar had hij nooit eerder last van gehad. Terwijl hij in de wc-pot stond te plassen vroeg hij zich af of hij zich zorgen moest maken over de slappe straal. Hij moest denken aan Joyce, aan Stephen en Leopold die na een lange dag naast elkaar samen in de tuin van Bloom staan te urineren. Ithaca. Ooit had Roland over

Stephens straal beschikt: 'verder, en met meer gesis'. Nu had hij die van Bloom: 'langer, en minder vloeiend'. Maar Roland moest niet veel hebben van zijn dokter, dus daar zou hij niet naartoe gaan.

Wat later stond hij voor het raam van de badkamer, dat vlak onder het platte dak van een kleine uitbouw aan de achterkant van het huis zat gepropt. Hij keek neer op de tuin. Het was een koele julinacht, de lucht was opgeklaard en een afnemende maan bescheen helder het tafeltje waaraan Lawrence en hij uren daarvoor hadden gezeten. Het zag er vreemd genoeg stralend wit uit, boven het gras dat wel zwart leek. De twee stoelen stonden nog in dezelfde hoek ten opzichte van elkaar zoals zij ze hadden achtergelaten toen ze afzonderlijk waren opgestaan. De onwrikbare trouw van dingen, die precies zo bleven staan zoals zij ze gedachteloos hadden neergezet. Hij huiverde. Het was alsof hij iets zag wat hij niet mocht zien: zoals het was wanneer hij er niet was, hoe dingen eruit zouden zien als hij dood was. Voordat hij naar bed terugging wierp hij gewoontegetrouw nog even een blik in Lawrence' kamer. De jongen was nog niet terug. Even overwoog hij of hij hem zou bellen. Maar hij wilde hem niet lastigvallen. Lawrence werd binnenkort zeventien en wie weet boterde het wel tussen hem en Véronique. Hij ging weer naar bed en viel in een diepe, droomloze slaap. De volgende ochtend werd hij om een paar minuten over negen gewekt door de telefoon. In eerste instantie meende hij een bekende stem te horen, van iemand uit zijn verleden. Hij sliep nog half en was vatbaar voor allerlei droomscenario's. Het was een politieagent die beleefd vroeg of hij met Roland Baines sprak. *L'Éducation Sentimentale* viel op de grond toen hij met bonkend hart en klamme handen rechtop ging zitten, de telefoon tegen zijn oor hield en zorgvuldig luisterde.

*

Toen hij tegen zijn dertigste zijn eigen scholing ter hand nam had Roland niet meer dan een vluchtige belangstelling voor de exacte vakken gehad. Hij hield vol, maar vond dat het in de wetenschap ontbrak aan de menselijke maat. De verborgen processen in vulkanen, eikenbladeren of sterrennevels, allemaal goed en wel, maar ze trokken hem niet. Toen de natuurwetenschap zijn intrede deed op dat essentiële terrein waar mensen er alleen of gezamenlijk al dan niet in slaagden te gedijen, en waar ze elkaar beminden of haatten, of beslissingen namen, was wat zij te bieden had schamel of twijfelachtig van aard. Ze bood aangeklede gemeenplaatsen, concrete weergaven van wat al bekend was, van dingen die zich afspeelden in het brein die allang doorgrond waren, of onderzocht in het parallelle universum van de geest. Neem bijvoorbeeld het persoonlijk conflict. Dat was al 2700 jaar bekend uit de literatuur, en daar aan de orde gesteld in het echtelijke geschil tussen Odysseus en Penelope, dat oplaaide toen hij na twintig jaar afwezigheid naar huis kwam gestrompeld. Opnieuw Ithaca. Misschien was het wel interessant om te weten dat er tijdens hun latere verzoening, naast nog veel meer, oxytocine door Penelopes aderen had gestroomd, maar wat vertelde dat ons meer over hun liefde?

Maar Roland had niet opgegeven. Hij had, daartoe niet zozeer aangespoord door nieuwsgierigheid als wel door de angst de boot te zullen missen en voor altijd een ignoramus te zullen blijven, allerlei voor de leek bestemde wetenschappelijke boeken gelezen. Hij had in de loop van dertig jaar vijf, zes voor de niet-ingewijde lezer bestemde boeken over kwantummechanica doorgewerkt. Ze waren geschreven in heldere, verlokkelijke taal en hadden beloofd nu voor eens en altijd de onderling gerelateerde raadsels van tijd, ruimte, licht, zwaartekracht en materie te zullen onthullen. Maar hij wist nu niet meer dan wat hij al wist voordat hij aan het eerste boek was begonnen. Het was een troost dat een beroemde natuurkundige, Richard Feynman, had gezegd dat niemand de kwantummechanica begreep.

Een stuk of wat half herinnerde, waarschijnlijk door hemzelf vertekende concepten waren blijven hangen. De invloed van de zwaartekracht op het tijdsverloop. Die ook de ruimte een kromming geeft. Er bestaan geen 'dingen' in de wereld, alleen gebeurtenissen. Niets gaat sneller dan het licht. Geen van die noties betekenden of hielpen veel. Maar er was één kleine geschiedenis, over een beroemd gedachte-experiment, dat zelfs bij mensen die nog nooit van kwantummechanica hadden gehoord bekend was: Schrödingers kat. Een kat, die zit opgesloten in een stalen ruimte, wordt al dan niet gedood door een apparaat dat op goed geluk wordt geactiveerd. Hoe het er met de kat voor staat wordt pas duidelijk als de ruimte wordt ontsloten. In Schrödingers relaas is het dier tot aan dat moment zowel levend als dood. Bij een gunstige uitkomst stort bij de onthulling een golffunctie in en springt de kat levend en wel in de armen van haar baasje, terwijl de andere versie dood blijft voortbestaan in een universum dat niet toegankelijk is voor het baasje of haar kat. Bij uitbreiding: de wereld bestaat op elk denkbaar ogenblik uit een oneindig aantal onzichtbare mogelijkheden.

De multiversumtheorie leek Roland niet minder onwaarschijnlijk dan de geschiedenis van Adam en Eva in de Hof van Eden. Beide geschiedenissen waren ijzersterk, en hij haalde zich dikwijls de kat voor de geest wanneer er een onzekere kwestie op het punt stond opgelost te worden. De uitslag van parlementsverkiezingen, het geslacht van een baby, een voetbaluitslag. Toen die ochtend in bed de telefoon ging en een politieagent iets tegen hem zei kwam de kat tot hem in de vorm van zijn zoon. Lawrence werd met een kater wakker in een politiecel terwijl hij op hetzelfde ogenblik onder een laken op een plaat van geborsteld staal in het lijkenhuis lag. Twee situaties, allebei echt, volkomen in evenwicht, die maakten dat hij de stem van de politieagent, die hem vroeg of het adres dat hij noemde het juiste was, niet verdroeg. Wat een golffunctie ook mocht zijn, ze kon ieder ogenblik instorten, en daar kon hij zelf voor zorgen. Door de zaak te forceren.

'Waar is hij? Wat wilt u mij zeggen?'

'En ook uw postcode, als u zo goed zou willen zijn, meneer.'

'O jezus. Zeg het nou maar gewoon.'

'Zonder uw precieze adres kan ik niet...'

'Ik woon in Clapham. In Old Town.' Zijn stem klonk luid.

'Mooi, meneer. Dat volstaat. Mijn naam is Charles Moffat, rechercheur, en ik bel u vanuit het politiebureau van Brixton.'

'Nee.'

'Ik werk op het kantoor van de onlangs met pensioen gegane brigadier Browne.'

'Hè?'

'Die heeft u voor het laatst jaren geleden gesproken, in, laat 'ns kijken, 1989. Dat ging toen over uw vermiste echtgenote.'

Doordat hij nog half in een droomtoestand verkeerde en het nog maar amper tot hem doordrong dat zijn zoon nog leefde kon Roland alleen maar een kreunend geluid voortbrengen. Hij hoorde de jongen nu ook rommelen in de badkamer.

'Dat werd tot tevredenheid opgelost.'

'Ja.'

'Ik bel u nu in de hoop dat wij u een paar vragen zouden mogen stellen over een andere kwestie die voortvloeit uit uw gesprekken met brigadier Browne.'

'Waarover?'

'Dat zou ik liever in een persoonlijk gesprek met u bespreken. Zou vanmiddag schikken?'

Die middag om twee uur zaten ze tegenover elkaar aan de keukentafel, net zoals Roland en Browne destijds toen de brigadier langs was gekomen. Moffat was een pezige kerel met een slim, stralend voorkomen – zijn hoofd en gezicht hadden veel weg van een gloeilamp –, een breed voorhoofd, krachtige jukbeenderen en een wijkende kin. Hij had grote ogen met te verwaarlozen wenkbrauwen, waardoor hij eruitzag alsof hij voortdurend verrast werd. Misschien dat hij in de verte Chinees bloed had. Ze praatten een paar minuten over ditjes en datjes, met Browne als hun enige gezamenlijke referentiepunt. Twee van diens drie zonen waren net als hun vader bij de Londense politie gegaan. Ze waren op verschillende bureaus in de omgeving van Enfield gestationeerd.

'Geen eenvoudig district,' zei Moffat. 'Ze gaan daar veel leren.'

De oudste jongen had dienst genomen in het leger en was met vlag en wimpel voor de militaire academie geslaagd. Hij kon elk moment met een klein detachement naar Koeweit worden uitgezonden.

'Om het grensgebied met Irak te verkennen?' zei Roland.

Moffat glimlachte. 'Iets om al met al heel trots op te zijn.'

Toen de ditjes en datjes waren afgehandeld zei hij: 'Mijn terrein is dat van seksueel misbruik in het verleden. Dit is alleen maar een vooronderzoek, en u bent niet verplicht om mijn vragen te beantwoorden. Ik zal het kort houden.' Hij sloeg een map open waar Brownes uitgetypte aantekeningen in zaten. 'Een collega ging voor iets anders door Dougs notities, en hij zag iets wat hem interesseerde. Zou u om te beginnen uw geboortedatum nog eens willen noemen?'

Roland deed dat. Hij voelde zich rillerig, maar ging ervan uit dat dat niet te zien was.

Vervolgens las Moffat voor: '*Toen ik er een einde aan maakte verzette ze zich niet...* et cetera... *Er hing moordzucht boven de hele wereld.*'

'Ha, ja.'

'Die woorden kwamen uit een notitieboek van u dat Doug Browne had gefotografeerd.'

'Dat klopt.'

'Aanvankelijk bestond abusievelijk het vermoeden dat ze naar uw vermiste echtgenote verwezen.'

Roland knikte.

'Om de misvatting op te helderen vertelde u toen dat u daarmee naar een eerdere affaire met een andere vrouw had verwezen. Een seksuele affaire.'

'Precies.'

'Hoe oud was die dame?'

'Halverwege de twintig, schat ik.'

'En zou u me haar naam willen geven?'

Er verscheen een bepaald beeld van Miriam Cornell voor zijn

ogen. Van die regenachtige avond dat ze hem de deur uit had gezet, van haar tranen, van de sleutel van de schuur die ze in haar hand had en die ze meteen daarop op de grond zou gooien. Volgens de theorie bestond er werkelijk een gebied waarin hij met haar in Edinburgh was getrouwd en nog altijd in leven was. Gelukkig of ongelukkig getrouwd. Kort daarna verbitterd gescheiden. Dat alles, plus elke andere manier waarop het mogelijk voor hen beiden had kunnen aflopen. Wie dat geloofde, geloofde in alle religies en sektes van de hele wereld tegelijk. Ergens buiten beeld waren ze allemaal waar. Net als alle leugens. Stephen Hawking had ooit eens gezegd: 'Als ik iets hoor over Schrödingers kat grijp ik meteen naar mijn revolver.' Maar het idee was Roland blijven achtervolgen. Sterker nog, het had hem helemaal in zijn greep. Al die niet ingeslagen wegen, levend en wel. Achter een scheur in de sluier van de werkelijkheid leefde hij, nu als vijfenvijftigjarige, nog altijd in zijn pyjama het eenvoudige leven.

Hij zei: 'Waarom zou ik u haar naam geven?'

'Daar kom ik zo op. En waar verwijst die moord naar?'

'Naar het begin. Naar het begin van de affaire. De Cubacrisis met die raketten. Dat was vóór uw tijd. Iedereen dacht dat er kans bestond op een kernoorlog. Op massamoord.'

'Oktober 1962. Dus u was net veertien geworden toen die relatie begon.'

'Ja.' Roland voelde een onaangename emotie door zijn ruggengraat opstijgen, en de aandrang, die hij onderdrukte, om zich uit te rekken en te gapen. Niet van verveling, noch van vermoeidheid. Moffat nam hem aandachtig op, in afwachting van meer. Roland keek even strak terug en wachtte ook af.

Zijn besluit om Miriam te gaan zoeken en haar ter verantwoording te roepen was over hoge toppen van vastberadenheid en door diepe dalen van dadenloosheid gegaan. De laatste tien jaar vooral door de laatste. In 1989 had hij een serieuze poging gedaan haar te vinden nadat hij die brief van school had gekregen waarin hem werd meegedeeld dat ze naar Ierland was vertrokken. Hij was naar het Royal College of Music gegaan. Daar was iemand aan de balie zeer behulpzaam geweest. Zij bevestigde op grond van registergegevens dat Miriam in 1959 met hoge cijfers aan het College was afgestudeerd. Toen hij een dag of wat later terugkwam werd hij voorgesteld aan een inmiddels bejaarde docent piano en muziektheorie. Bij het horen van Miriams naam trokken er denkrimpels in zijn voorhoofd. Hij zei dat hij zich haar vagelijk herinnerde. Ze was inderdaad heel begaafd geweest, alleen had hij nooit meer iets van haar gehoord. Maar het kon zijn, zei hij, dat hij haar met iemand anders verwarde.

Rond 1992 had hij een volgende poging ondernomen en was hij met de metro naar de andere kant van Londen gereisd, waar in de buurt van het Epping Forest een instituut stond waar alle pianodocenten uit het land geregistreerd stonden. Ze stond niet ingeschreven. Halverwege de jaren negentig was het nog heel moeilijk om over iets of iemand iets aan de weet te komen, maar niemand die zich daar destijds druk om maakte. Als je naaste buur naar vier straten verderop verhuisde was het vrijwel onmogelijk om hem op te sporen, ook al leidde hij allesbehalve een verborgen leven. Elke vergeefse vraag om inlichtingen vereiste een brief of een telefoontje, of een reis of een zoektocht, of alle vier. Tegen '96 had hij internet gekregen, maar ondanks alle veelbelovende perspectieven was daarop niets over haar te vinden geweest.

Andere dagelijkse dingen die systematisch speurwerk in de weg stonden waren de opvoeding van een kind, de noodzaak de kost te verdienen en vermoeidheid. Daar was nog iets anders bij gekomen. Aan het eind van de jaren negentig had hij een Charles Dickensfase doorgemaakt. Hij had achter elkaar acht romans van de schrijver gelezen. Hij had een zwak voor de aandacht die in de romans besteed werd aan de verscheidenheid van de menselijke soort en voor een ruimdenkendheid die hijzelf nauwelijks wist op te brengen. Was het te laat om een beter, een groter iemand te worden? Toen had hij twee biografieën gelezen. Met name één episode uit het leven van de schrijver had indruk gemaakt. Op zijn achttiende was Dickens, toentertijd een onbekende rechtbankverslaggever met literaire ambities, stapelverliefd geworden op de bijzonder aantrekkelijke Maria Beadnell. Zij was net twintig. Aanvankelijk leek ze hem aan te moedigen, maar toen ze terugkwam van haar etiquettecursus in Parijs moest ze niets meer van hem hebben. Hij had geen maatschappelijke vooruitzichten en haar ouders hadden nooit iets in hem gezien. Jaren later, toen hij beroemder was dan enige schrijver ooit tijdens zijn leven was geweest, kreeg hij een brief van Maria. Het was in een tijd dat Charles genoeg begon te krijgen van zijn huwelijk met Catherine. Dat zou drie jaar later eindigen. Hij had terugverlangd naar de erotische intensiteit van zijn jeugd. Nu riep Maria Beadnell herinneringen op aan een grote, onvervulde, hartstochtelijke liefde. Het lukte hem niet haar uit zijn gedachten te bannen. Hij begon haar ogenschijnlijke liefdesbrieven te schrijven. Het werd hem al snel duidelijk dat hij nooit van iemand anders had gehouden. Dat het hem in zijn jeugd nooit was gelukt haar te veroveren was de grootste mislukking van zijn leven. Maar misschien was het nog niet te laat.

Maria, die inmiddels was getrouwd met ene Henry Winter, kwam bij Dickens thuis in de buurt van Regent's Park op de thee op een tijdstip dat Catherine, naar Charles wist, niet thuis zou zijn. Eén blik op Maria volstond om de droom uiteen te doen spatten. Ze was 'moddervet'. Haar gespreksstof was armzalig, ze was babbelziek. Was ze vroeger capricieus geweest, nu was ze domweg stupide. De theevisite was een welgemanierde nachtmerrie. Daarna had hij ervoor gezorgd haar uit zijn buurt te houden. Maar wat had hij dan verwacht? Er waren vierentwintig jaar verstreken. De geschiedenis wees Roland op iets wat hij nooit goed had doordacht. Het was inmiddels veertig jaar geleden dat hij Miriam voor het laatst had gezien. Hij was bang voor wat er mogelijk van haar was geworden. Hij wilde dat ze nog was zoals ze destijds geweest was. Hij wilde niet dat haar plaats werd ingenomen door een opgeblazen vijfenzestigjarige matrone die alles tegenzat in het leven.

Ten slotte zei de jonge politieagent: 'Was het een bekende?'

Roland dacht na. 'Wilt u er een zaak van maken?'

'Daar ga ik niet over. Was ze een vriendin van de familie? Of iemand die u op vakantie had ontmoet?'

Roland probeerde zich zijn veertienjarige ik voor de geest te halen. Op school waren schoenen met lange, puntige neuzen een rage geweest. Hij had zijn moeder gesmeekt om zulke schoenen voor hem te kopen. Zij had op haar nieuwe naaimachine zijn volgens de schoolregels grijze sportpantalon ingenomen en die voorzien van smalle broekspijpen. Toen hij zich op een zaterdagochtend in oktober bij Miriam had aangediend, was dát wat ze had gezien: een jongen met een haast tot zijn taille losgeknoopt hawaiihemd, bemodderde smalle broekspijpen en het afgetrapte schoeisel van een middeleeuwse hofnar. Hij had de branieachtige, wijdbeense loop van een jongen die zich bewust was van de groeiende bult tussen zijn benen. Zeer modebewust. Die onaangekondigd op zijn fiets was komen aanzetten om voordat de wereld verging ten minste één keer aan zijn trekken te komen. Voor een vrouw van in de twintig vertegenwoordigde hij iets heel bijzonders.

Hij zei: 'Ik moet daar eerst goed over nadenken.'

'Meneer Baines. U bent een slachtoffer van seksueel misbruik. Het gaat om een strafbaar feit.'

'U zult wel dringender zaken hebben. Echt gruwelijke.'

'Ook zaken uit het verleden.'

'Waarom zou ik dat allemaal nog eens door moeten maken?'

'Omwille van de gerechtigheid. Voor uw eigen gemoedsrust.'

'Het zou een marteling zijn.'

'Wij bieden deskundige begeleiding. U weet waarschijnlijk wel dat er tegenwoordig heel anders mee wordt omgegaan. Zaken als deze worden niet meer genegeerd of van tafel geveegd. Het goede nieuws is dat we tegenwoordig targets stellen. Zoveel veroordelingen per jaar.'

'Ah, ja. Targets.' Hij ging niet tegen Moffat zeggen dat hij daar vroeger ook warm voor was gelopen. In plaats daarvan zei hij: 'Wat heeft dat voor nut?'

'Als we goed zijn, en ik geloof dat we dat zijn, gaat ons budget omhoog, en kunnen we meer verkrachters achter de tralies krijgen.'

'Ooit in de verleiding gekomen om met het bewijs te sjoemelen? Om de eh...?'

Moffat glimlachte. Zijn tanden waren onnatuurlijk wit. Hij had bij de tandarts een verkeerde keuze gemaakt. Hij had voor natuurlijk gebroken wit moeten gaan, net als Roland twee maanden daarvoor gedaan had. Hij ging nog altijd prat op zijn nieuwe uiterlijk, dat tegen een zacht prijsje door een oude vriendin die mondhygiëniste was geworden was gerealiseerd. Hij glimlachte rivaliserend terug.

De politieman raapte zijn paperassen bij elkaar. 'Dat zeggen ze ook in de pers. We hebben meer waterdichte zaken dan we aankunnen.' Hij zweeg even. Daarna vervolgde hij: 'Het is iets primitiefs in de psyche van de man.'

'Kennelijk.'

'Maar vrouwen die jongens misbruiken... We krijgen maar een paar zaken zoals die van u.'

'Gelden daar ook targets voor?'

Moffat stond op en stak Roland over de tafel heen zijn kaartje toe. 'Daar heb ik zoals u kunt zien, het nummer van de zaak op geschreven. Als u aangifte zou doen zou dat anderen kunnen helpen. Mannen en jongens.'

Roland liet de rechercheur uit. Toen Moffat naar buiten stapte zei hij: 'Ik had u dat meteen moeten vragen. Bent u erdoor beschadigd?'

Roland antwoordde onmiddellijk. 'Nee, helemaal niet.'

Opnieuw wachtte Moffat tot hij meer ging zeggen, maar toen een vervolg uitbleef draaide hij zich om, stak terloops een hand op ten afscheid en liep naar zijn auto. Roland deed de deur dicht, leunde er met zijn rug tegenaan en keek de gang door, langs de trapleuning, naar de keuken. Beschadigingen. Dát waren beschadigingen. De ontbrekende, gebarsten of loszittende vloertegels. Onder de gerafelde traploper met de vuile vlekken zat bruine schimmel. In de gang waren de plinten ook aan het rotten. En het sanitair was kaduuk, de verwarming was dertig jaar oud, het houtwerk van de kozijnen was gedeeltelijk vergaan. Hij had inmiddels geaccepteerd dat hij voor altijd in dit huis zou blijven wonen. Het was toe aan een nieuw dak. Het veiligheidscertificaat van de elektrische bedrading dateerde van april 1953. Een deel van de plafondisolatie bevatte asbest. Een aannemer – een betrouwbare, volgens Roland – had gezegd dat het hele huis 'onder handen genomen moest worden'. Lawrence en hij konden redelijk goed rondkomen van het geld dat hij wekelijks verdiende met pianospelen en zo nu en dan een stukje voor de krant schrijven. Maar voor het onder handen nemen van het huis bleef niets over. En over een tijdje zou het minder worden. Alissa had middels een brief van haar advocaat laten weten dat haar maandelijkse financiële bijdragen zouden worden stopgezet zodra Lawrence achttien werd. Ze zou hem zo af en toe via Rüdiger een cheque sturen en zijn collegegeld in Europa of in de VS voor haar rekening nemen. Alles heel redelijk.

De staat waarin het huis verkeerde was het zichtbare deel van een reeks gevolgen over de oorzaken waarvan hij maar liever niet al te diep nadacht. Het verloren decennium was begonnen na zijn verblijf op het dak in Athene, toen hij zijn halfgelezen Henry James in de vuilnisbak had gegooid. Terug in Engeland had hij in de Posse gespeeld en voornamelijk op kleine bouwplaatsen gewerkt, maar ook in een conservenfabriek, als badmeester in een zwembad, als hondenuitlater en in een ijsmagazijn. Baantjes die later waren gevolgd door die van barpianist, tennisleraar en uitkrantrecensent. Zijn reizen, met vrienden, maar soms ook alleen, behelsden tochten door de Verenigde Staten, een bezoek aan de grotten van Ios, een lange roadtrip met twee vrienden uit Mississippi die weigerden in Vietnam te gaan vechten, naar Kaboel en vervolgens via de Khyberpas naar Peshawar. Om vervolgens wat op adem te komen in de Swatvallei. Toen hij door zijn geld heen was en hij terug was gegaan, had hij bij vrienden op de bank of de vloer geslapen en een tijdje in een kraakpand gewoond. Het was een tijd geweest van interessante vriendinnen, rock- en jazzconcerten, festivals, films... en van werk, zwaar werk of saai werk, of beide. In de jaren zeventig kon je gemakkelijk aan tijdelijk werk komen.

Het was de tijd waarin mensen het over 'het systeem' hadden. Hij was tegen het systeem en vond dat klassieke muziek daar onherroepelijk bij hoorde. Tegen anderen zei hij dat de piano zoals die bij Bach of Debussy klonk, een besmet overblijfsel was, een restant uit het verleden. Hij liep al aardig tegen de dertig. Hij verzekerde zichzelf dat hij vrij was en volop van zijn vrijheid genoot. Zijn incidentele angsten over de doelloosheid van zijn bestaan had hij goed onder controle. Maar ze namen wel toe en braken ten slotte ook door, zodat hij zich er niet langer tegen kon verzetten. Hij was achtentwintig en leidde een nutteloos leven. Hij schreef zich in bij het Londense volwassenenonderwijs en het Goethe-Institut. Op bijeenkomsten van de Labourpartij verklaarde hij zich een voorstander van de gematigde lijn. Zijn hogere opleiding vergde bijna tien jaar van onregelmatige studie. Hij deed nooit enig officieel examen. Veel mensen verdeden hun jaren als twintigers of zelfs hun hele leven op kantoor, in de fabriek of in de pub, en keken nooit verder dan de stranden van Zuid-Europa. Het was dus lonend geweest om zorgeloos van de hand in de tand te leven, en anders te zijn dan de anderen. Want daar draaide het om als je jong was. Elke keer dat hij zichzelf erop betrapte dat hij dat soort dingen dacht of zei, wist hij dat hij dat deed om zichzelf ervan te overtuigen.

Hij bleef met zijn rug tegen de deur geleund staan. Het was een opluchting dat hij, nu Moffat weg was, niet langer hoefde te doen alsof hij niet geschokt was. Het was niet de schok van iets nieuws aan de weet te komen. Hij had haar tal van keren beschuldigd, op tal van manieren, maar alleen in gedachten. Het schokkende was het hardop te horen zeggen door een overheidsambtenaar. *Het gaat om een strafbaar feit.* Niet *ging*, maar *gaat*. Een tweede schok bestond uit de uitdaging die het vormde. Was hij nu bereid de zaak aan te pakken? Tot dusver had de affaire zich uit het zicht achter de drempel van het handelend optreden schuilgehouden, goed beschut opgerold als een slang in de schaduw op een warme dag. *En ik vanwege de warmte in mijn pyjama.* Het was iets tussen hem en zijn verleden waar nooit hardop over gesproken mocht worden. Het speelde niet als iets geheims een rol in zijn gedachten. Die twee jaar waren gewoon... ja, wat precies? Een onderdeel van wat hij een schrijfster ooit haar mentale meubilair had horen noemen. Dat nooit herschikt of verkocht mocht worden. Hij had maar één keer iets over Miriam gezegd, tegen Alissa, tijdens hun wandeling door de sneeuw in Liebenau. Maar niets daarvan, nog geen schim van die bekentenis, geen artistieke bewerking ervan, was in een van haar romans opgedoken. Hij had haar zijn verhaal graag weer afgenomen, zodat het helemaal van hem alleen zou zijn. Moffat had hem gevraagd juist de andere kant op te gaan en zijn tijd in Erwarton aan de rechtbank voor te leggen, aan de gerechtsdienaren en de bedenkelijk kijkende rechter, aan de mensen op de publieke tribune en de pers. Gerechtigheid? Hem was gevraagd wraak te nemen. Op zijn Maria Beadnell. Veertig jaar na dato, niet vierentwintig jaar. Hij besloot Lawrence' hulp in te roepen.

Zijn zoon werkte tegenwoordig veertig uur in de week bij Daphnes woningbouwvereniging in de buurt van Elephant & Castle. Over een paar weken zou hij aan een nieuwe opleiding beginnen. Hij verdiende minder dan het minimumloon met het rondbrengen van koffie, het doen van boodschapjes, het uittypen van eenvoudige brieven en het helpen opzetten van een website. De organisatie had zich jarenlang zonder hem gered. Daphne, zijn surrogaatmoeder, bewees Roland en hem een dienst. Het was zijn allereerste baan. Hij had zich zonder klagen overgegeven aan de vaste dagelijkse routine van de wekker om halfacht en de metrorit. Hij beschikte over een degelijker werkethiek dan zijn vader op die leeftijd, maar had wel diens gevoel geërfd dat hij recht had op zijn pleziertjes. Meestal zocht hij na het werk meteen zijn vrienden op. Véronique, die actrice wilde worden, werkte als serveerster in Covent Garden. Ze was zijn vriendin en

Lawrence was geen maagd meer. Hun eerste seksuele ervaring, op haar kamer, in een met andere meiden gedeelde flat in de buurt van Earls Court, was 'een ramp' geweest. Hij had zijn vader niet willen vertellen wat er mis was gegaan. Maar de tweede keer, op de verlaten begraafplaats bij de kerk van St.-Anne in Soho, was 'wonderbaarlijk' geweest. Roland kon zich niet voorstellen dat het rond de beroemde kerk van architect Wren ooit uitgestorven zou zijn, vooral niet in de kleine uurtjes. En evenmin dat hij met zijn eigen vader over dergelijke dingen zou praten. Hij voelde zich gevleid. Deze belangrijke mijlpaal zou Lawrence misschien over de pijnlijke ontmoeting met zijn moeder heen helpen, dacht Roland. Hij had zijn vaders preek over wederzijdse instemming en voorbehoedsmiddelen met enig ongeduld aangehoord.

'Maak je maar geen zorgen. Je wordt voorlopig nog geen opa.'

Pas aan het einde van de zaterdagmorgen kreeg Roland gelegenheid om met Lawrence te praten. Ze zaten weer aan het tafeltje in de tuin en dronken koffie. Er was iemand uit zijn verleden, zei Roland. Met wie hij graag weer in contact zou willen komen. Zou Lawrence kunnen proberen haar via het internet op te sporen? Een vroeger vriendinnetje? Nee, zijn vroegere pianolerares. Hij had altijd al willen weten wat er van haar geworden was. Misschien leefde ze wel niet eens meer. Hij vertelde zijn zoon een paar bijzonderheden, waaronder haar geboortedatum, 5 mei 1938, en dat ze was opgegroeid in de buurt van Rye, van '56 tot '59 op het Royal College had gezeten en vervolgens van '59 tot '65 op Berners Hall les had gegeven, en daarna mogelijk naar Ierland was verhuisd. Lawrence ging naar binnen en kwam een paar minuten later alweer naar buiten met een vel papier in zijn hand.

'Fluitje van een cent. Je boft, ze leeft nog en woont in de buurt. In Balham. Ze geeft nog steeds les. Ik heb zelfs een telefoonnummer.'

Lawrence legde het vel papier op tafel, maar Roland pakte het niet op omdat hij bang was dat zijn hand zou trillen.

De hele middag was hij uit zijn doen. Hij vond haar straat in de stratengids van Londen. Balham. Het was twee metrohaltes verder. Hij dwong zichzelf domme klusjes te doen, zoals het gazon maaien met de handmaaier, de keuken opruimen en een elektricien bellen. Hij liep een paar minuten buiten heen en weer, ging naar binnen en pleegde het telefoontje. Daarna ging hij douchen.

Toen hij na zessen in de tuin een biertje zat te drinken kwam Lawrence naar buiten om dag te zeggen voordat hij de stad in ging. Hij zou Véronique oppikken als haar dagdienst in de pizzeria erop zat. Maar hij liet zich met een plof op een stoel vallen en keek zijn vader aan met de brutaal-uitdagende blik die Roland maar al te goed kende. En die hem soms ergerde. Die blik zei: ik moet je iets vertellen, en doe nou maar niet alsof je niet weet wat dat is.

'Ik heb nog even, dus, eh...'

'Mooi. Pak maar een biertje voor jezelf.'

'Nee, dank je. Hoor eens, er is iets...'

Roland wachtte. Zijn hart sloeg een keer over. Maar één keer. Niks aan het handje.

'Het gaat hierom. Ik ben wiskunde zat. Het leren zat. Ik heb geen zin om nog langer naar school te gaan.' Hij keek zijn vader strak aan terwijl de mededeling tot hem doordrong.

Lawrence had een felbegeerd plekje weten te veroveren bij een universitaire vooropleiding die gespecialiseerd was in wiskunde. Dertig tellen lang zei Roland niets. Hij begreep dat Véronique hier een rol in speelde.

'Maar je bent steengoed in...'

'Nee. Ik ben er redelijk goed in. Steengoed vergeleken met jou, pap. Maar op die opleiding zou ik pas goed zien wat steengoed zijn echt betekent.'

'Dat weet je niet.' Roland probeerde het gevoel te onderdrukken dat híj, en niet Lawrence, degene was die – opnieuw – zijn plek ging opgeven. En zich te verplaatsen in de ander, zoals ouders horen te doen.

'Op school was ik niet eens de beste. Ah Ting was altijd beter. En die deed niet eens haar best.'

'Je docent zei dat jij meer verbeeldingskracht had.'

China was in opkomst. Daar hielp geen moedertjelief aan. De handel ontsloot gemoederen en samenlevingen. En naarmate de commerciële successen toenamen zou de Chinese communistische partij steeds verder verschrompelen, dat was een gunstige uitkomst waarvan Roland zeker was. Hij zei: 'Misschien moet je er een jaartje tussenuit gaan. Ze kunnen die plek voor je vrij houden.'

'Dat doen ze daar niet.'

Roland zuchtte. Hij moest uitkijken, niet verder tegen hem in gaan. Dat laatste zou Lawrence' verzet alleen maar doen toenemen. Daarom zei hij: 'Goed. Wat wil je dan precies?'

Dat was de vraag waar het om draaide. Lawrence keek weg voordat hij iets zei. 'Ik wee nie...' Hij wilde het niet zeggen. Het moest iets vreselijks zijn.

'Kom op. Voor de draad ermee.'

'Ik denk erover om acteur te worden.'

Roland staarde hem aan. Inderdaad, Véronique.

Lawrence staarde naar zijn kruis. 'Naar Rada of naar de Central Academy. Of. Ik weet niet. Misschien in Montpellier.'

Hij moest niet tegen hem in gaan. Hij moest hem laten uitpraten. Maar Roland ging wél tegen hem in. Hij liet Montpellier maar even rusten. 'Jongens die naar de toneelschool gaan zijn gedreven. Die móéten en zúllen met alle geweld aan het toneel. Jij hebt daar nooit enige interesse voor gehad. Je hebt nooit aan schoolvoorstellingen meegedaan. Je leest nooit toneelstukken. Je wou nooit met me mee naar een...'

'Ja. Dat was een vergissing. Ik ben nu wel degelijk geïnteresseerd.'

'Dus wat heb je tot dusver...'

'Nog niks. Luister, pap. Het gaat me niet om toneel. Het gaat me om televisie.'

Hij moest ervoor zorgen dat hij zijn stem niet verhief. Toch verhief hij zijn stem toen hij met theatraal gespreide handen quasi-verbijsterd zei: 'Maar je kíjkt amper televisie.'

'Dat ga ik wel doen.'

Roland drukte zijn hand tegen zijn voorhoofd. Hij was een betere acteur dan zijn zoon. 'Dit is je reinste waanzin!'

Lawrence haalde zijn mobieltje tevoorschijn om te zien hoe laat het was. Hij kwam overeind, liep om het tafeltje heen, ging achter Rolands stoel staan en sloeg zijn armen om de hals van zijn vader. Hij kuste hem boven op zijn kruin.

'Ik moet ervandoor. Ik spreek je later.'

'Je moet me één ding beloven. Je hebt nog even de tijd. Ga niet gelijk morgen die plek afzeggen. Het is een beslissing voor je leven. Een hele grote. We moeten het er nog over hebben.'

'Uhu.'

Lawrence had al de nodige stappen in de richting van het huis gedaan toen hij bleef staan en zich omdraaide. 'Heb je nog contact met haar gezocht?'

'Jazeker. En nog bedankt voor je hulp. Ik heb een les geboekt.'

*

Hij was gaan lopen omdat hij op zijn hoede was. Nee, zenuwachtig. Hij vertrouwde de metro niet. Goed, slechts een heel kleine lichtgelovige, boosaardige minderheid meende dat de kapers van 11 september zich in het paradijs bevonden en navolging verdienden. Maar hier, op een bevolking van zestig miljoen, moesten het er op zijn minst een paar zijn. Uitverkorenen die behoorden tot degenen die met borden met RUSHDIE MOET DOOD erop rondliepen of zijn romans verbrandden, of tot de groep jongere broeders, de zonen en dochters. Dat was hoofdstuk één, dertien jaar geleden. Hoofdstuk twee was 'The Twin Towers'. Het volgende hoofdstuk zou waarschijnlijk het verhaal bevatten van een als straf bedoelde wraakoefening, van een militaire invasie, niet van Saoedi-Arabië, waar de aanvallers vandaan kwamen, maar van zijn moordzuchtige noorderbuur. Twee derde van de Amerikaanse bevolking was ervan overtuigd dat Saddam Hoessein achter het bloedbad van New York zat. De premier was aangestoken door de traditionele trouw aan de VS en door succesvolle interventies in Sierra Leone en Kosovo. Het land maakte zich op voor een oorlog.

Eerder dat jaar hadden rampenbestrijdingsdiensten centraal Londen lamgelegd met een oefening voor het geval dat de stad zou worden getroffen door een terroristische aanslag op de metro. De voor de hand liggende kwetsbare plek. Nauwe ruimtes die de kracht van een bomexplosie zouden versterken, handig, dicht opeengepakte drommen mensen, geen gemakkelijke toegang voor reddingsploegen in donkere tunnels die geblokkeerd werden door stalen wrakstukken en verduisterd door giftige dampen. De kortste weg naar het paradijs. Hij moest er vaak aan denken, te vaak. Ik neem nooit meer de metro, was Rolands huidige idee, al had hij Lawrence niet zover weten te krijgen. Ook de dubbeldekkers waren niet te vertrouwen. En dus was hij gaan lopen. Als hij de Clapham Common schuin overstak, was het van Old Town naar de andere kant van Balham nog geen drie kilometer.

Hij dacht dat hij zich tijdens de wandeling van veertig minuten zou kunnen voorbereiden, tot rust zou kunnen komen. Wat wilde hij precies? De belofte nakomen die hij het grootste deel van zijn volwassen leven in zijn hoofd had gehad. Haar ontmoeten, tot een volwassen inzicht komen over die episode uit zijn late jeugd, en haar daarna nooit meer zien. Doodsimpel. Maar hij zag ontzettend op tegen de ontmoeting met haar. De hele morgen had hij last gehad van een droge mond, hoeveel hij ook dronk, en van dunne ontlasting, en had hij voortdurend moeten gapen. Tussen de middag had hij niet gegeten. En hij had zijn gedachten niet kunnen bepalen bij wat onmiddellijk voor hem lag; ze waren verstrikt in de nationale obsessie, wat ook door de angst kwam. Er werd maar over één ding gepraat. Dat was moeilijk uit te bannen, zelfs niet voor een halfuurtje. Ze koersten af op een oorlog, daartoe aangespoord door een regering die hij, ondanks de nodige teleurstellingen tussendoor, al die tijd had gesteund. Sinds Berlijn had hij in een vage wolk van politiek optimisme geleefd. Maar vorig jaar was dergelijke hoop, samen met de Twin Towers en hun menselijke last, de grond in geboord. De reactie zou gewelddadig en irrationeel zijn. Waar hij ook bang voor was waren de gevolgen. Die rezen in zijn gedachten op als een dreigende, zwarte wolk van internationale chaos, waarvan de onheilspellende aard en richting werden versterkt door onkenbare aspecten. Het kon wel eens een hel worden. En dat gold ook voor de ontmoeting met Miriam Cornell.

Hij kwam langs de pub The Windmill, en tien minuten later bleef hij staan voor het metrostation van Clapham South. Hij leunde met zijn ellebogen op het zwarte hekwerk om een warwinkel van op slot staande fietsen. Hij moest zich concentreren. Het gezegde uit zijn kindertijd gold nog altijd: Niets is ooit zoals je het je hebt voorgesteld. Daarom moest hij zich haar nu voorstellen en zo de ergste mogelijkheden uitsluiten. Een te warm gestookte flat op de bovenste verdieping, te krap, slecht geventileerd, met een schoorsteenmantel vol memorabilia, een zware kooklucht, vermengd met die van haar lotions en poeders. En een sfeer van verbittering. De overlast van een hondje of een heel stel katten. Ergens een piano. Ze zou foeilelijk zijn, met een onhandige veeg rode lippenstift. Er zou geschreeuwd worden, gegild zelfs, door haar, door hem, door allebei.

Hij dwong zichzelf door te lopen. Hij hoefde niet te gaan. Hij kon het geld voor de gemiste les overmaken, met boven zijn valse naam neergekrabbelde verontschuldigingen. Maar hij bleef doorlopen. Anders zou hij het zichzelf nooit vergeven. Er schoot hem een eerdere, vergelijkbare situatie te binnen. Die keer dat hij door Aldershot had gedwaald omdat hij het uitvaartcentrum waar zijn vader lag opgebaard niet wilde binnengaan. Maar dit lijk zou nog leven, opgedolven uit het diepste graf van de herinnering door een welmenende politieman. *Met modder van het graf in haar haar.* Binnenkort was het de beurt van zijn moeder. Haar geest, haar persoonlijkheid was aan het afbrokkelen, maar ze verkeerde nog altijd in haar droomwereld, haar niemandsland, niet ongelukkig, in de volle overtuiging dat haar voorstedelijke verzorgingstehuis een chic hotel was, of soms een cruiseschip.

Zo nu en dan dacht ze zelfs dat het haar schip was. Deze keer zou hij beter beslagen ten ijs komen. Hij zou bij haar kist gaan zitten, misschien wel in het zwart gekleed, waarschijnlijk alleen in dezelfde ruimte, met zijn handen gevouwen in zijn schoot. Tegenwoordig dacht hij vaak aan James Joyce: *Ook zij zou een schim worden (...) Stuk voor stuk werden ze allemaal een schim.*

Inmiddels was hij aanbeland op een plek die ooit het middelpunt van een komische sketch had gevormd, de laatste plek in Londen waar je wilde zijn, die zijn reputatie te danken had aan Peter Sellers' zogenaamde reisverslag 'Balham, de poort naar het zuiden'. Inmiddels was er een verandering ingetreden en waren yuppen uit de witteboordensector met hun geld bezig de wijk op te schonen. Maar in de grote winkelstraat overheerste nog altijd het oude Balham. Een wegkwijnend warenhuis van Woolworth, de gebruikelijke wedkantoren en kringloopwinkels en een dumpzaak van Poundland. Ook de energie van vroeger hing er nog. Op de stoep versperde een klantenlokker, die luid goedkope groenten en fruit aanprees, Roland de weg en probeerde hem een bruinpapieren zak met tomaten in de handen te duwen.

Nadat hij 'De poort naar het zuiden' had verlaten stak hij de straat over en sloeg hij een zijstraat in die naar het westen leidde. Hij had de plattegrond in zijn geheugen geprent. Drie straten verder sloeg hij weer af naar het zuiden en nam vervolgens een bocht naar rechts. Deze victoriaanse herenhuizen waren waarschijnlijk in het begin van de jaren dertig tot pensions omgebouwd. Nu werden ze weer voor individuele bewoning geschikt gemaakt. Bouwsteigers, bedrijfsbusjes, mannen op hoge ladders die het Londense huizenbestand een nieuw aanzien gaven. Dit was haar straat. Het grote, vrijstaande huis bevond zich aan het einde, op de hoek. Ze had hem aan de telefoon gevraagd niet te vroeg te komen. Niets in haar stem had vertrouwd geklonken. Nog zeven minuten. Geen bouwsteigers op haar adres, want de renovatie was al afgerond. Een jong kersenboompje vormde het middelpunt van een breed, rechthoekig, kort gemaaid gazon. Misschien was het wel kunstgras. Hij liep het huis met stevige tred voorbij, want hij wilde niet dat ze hem buiten zag rondhangen, en sloeg een andere straat in.

Toen hij terugkwam kwam de leerling voor hem, een vrouw van begin twintig, net naar buiten. Hij hield zijn pas in om haar voorbij te laten en besteeg vervolgens de twee granieten stoeptreden naar de ingang. Er was maar één deurbel. Het was de originele, grote, keramische bel met grijze haarscheurtjes, in een aantal concentrische cirkels van ongepolijst koper. Hij dwong zichzelf niet te aarzelen en drukte op de belknop, ook al werd hij ineens overvallen door twijfel, een lichte vorm van verwarring. Een paar tellen later ging de deur open en daar stond ze. Maar ze draaide zich meteen om, trok de deur verder open en riep, terwijl ze het huis weer in ging, over haar schouder: 'Meneer Monk. Geweldig. Komt u binnen.' Ze was duidelijk gewend elke dag een opeenvolging van anonieme leerlingen binnen te laten. De gang was breed en lang, en de vloer in heldere kleuren betegeld, een voornamere versie van die bij hem thuis. Een trap van melkwitte kalksteen rees in een licht stijgende bocht voor hem op. Misschien stamde het huis uit het begin van de twintigste eeuw. Hij volgde haar naar de zitkamer, twee vertrekken die op de gebruikelijke manier waren samengevoegd. Maar de ijzeren draagbalken waren weggewerkt achter het plafond, waarvan het lijstwerk in neoklassieke stijl was omgewerkt tot een ovaal van meer dan vijftien meter lengte. Wat een ruimte, wat een licht, en wat een ordelijke inrichting. Hij zag het en herkende het, want het was in grote lijnen zoals hij het tevergeefs in miniatuurvorm voor zijn eigen huis had uitgedacht. En ook zou hebben laten uitvoeren als het hij het geld van Epithalamium had gekregen. Brede, donkere vloerplanken, witte muren, geen schilderijen, een enkele fauteuil, een bergère, en openslaande deuren naar een bloementuin van een tiende hectare. De enige boekenkast was gevuld met bladmuziek. In het midden stond de piano, een Fazioli-vleugel. Ze moest iemand met geld hebben leren kennen.

Ze stond met haar rug naar hem toe gekeerd om de muziek van de vorige les in de kast te leggen. Ze was nog altijd slank, en langer dan hij zich herinnerde. Haar haar, dat ze in een lange paardenstart droeg, was wit. Zonder zich om te draaien gebaarde ze dat hij op de pianokruk moest gaan zitten. 'Gaat u zitten, meneer Monk. Als u het goedvindt berg ik deze eerst even op. Speelt u alvast maar iets voor me. Zodat ik een idee krijg van wat u aankunt.'

Deze keer meende hij iets vertrouwds in haar stem te horen. De toverkunsten van het geheugen. Maar hij twijfelde er niet aan dat zij het wel degelijk was. Hij liep naar de vleugel, stelde de kruk op de juiste hoogte af en ging zitten, om verrast tot de conclusie te komen dat zijn hartslag constant was. Van alles wat hij zich had voorgesteld was haar uitnodiging om een stukje te spelen het enige wat hij juist had voorzien. Zijn naam was niet willekeurig gekozen. Hij positioneerde zijn handen, wachtte even en sloeg toen een majeurakkoord aan. Hij voelde het onmiddellijk – de zijdezachte beweging van de toetsen, het geluid, diep en prachtig, rijk, omhullend – en versterkt in het tapijtloze vertrek. Hij voelde en hoorde het in de holte onder zijn borstbeen.

'Hebt u ook een voornaam, meneer Monk?'

De schertsende toon die hij zich herinnerde.

'Theo.'

'Ga je gang, Theo.'

Hij speelde 'Round Midnight' zoals hij zich de opname uit 1947 herinnerde, misschien ietsje zoetelijker, in een meditatief tempo. Na de intro en de eerste akkoorden stond ze ineens links naast hem, iets te dichtbij.

'Wat wil je?'

Hij stopte met spelen en ging staan, zodat hij haar recht kon aankijken. Nu hij haar duidelijk zag herkende hij het gezicht dat hij ooit had gekend en beeldde hij zich in dat hij het verband zag, de afstammingslijn van 1964 naar 2002. Het was alsof hij een masker zag, een voorkomen dat mogelijk was samengesteld uit het gezicht van zijn moeder en dat van Miriam, de echte Miriam, die daarachter deed alsof ze er niet was.

'Ik wil met je praten.'

'Ik wil je hier niet hebben.'

'Natuurlijk wil je dat niet.' Hij zei het op een begripvolle toon. Hij ging nog niet weg. De meest opvallende verandering, besloot hij, bestond niet zozeer uit het verval dat met het ouder worden was opgetreden, als wel uit het feit dat het ooit jeugdig ronde gezicht langer was geworden. Haar trekken waren een heel klein beetje naar beneden uitgerekt, wat haar een gebiedend uiterlijk gaf. Van een Romeinse dame uit patriciërskringen. De ogen, zelfs het groen ervan, zelfs de wimpers, zagen er bekend uit. De neus vertoonde nog altijd het spoortje van ontoereikendheid dat hij ooit had bewonderd. Maar om haar lippen, die smal waren, breidde zich een spinnenweb van rimpeltjes uit. Het was een strenge mond. Met de sporen van een leven lang instructies geven bij het klavier. Ze beantwoordde zijn blik op dezelfde schattende wijze, meende hij. De les van de jaren. Nooit goed, maar zij was ze beter doorgekomen dan hij. Zij was rond de vijfenzestig, hij rond de vijfenvijftig. Zij had al haar haar nog, hij niet. Zij had nog een redelijk slanke taille. Hij niet. Haar voorhoofd was glad, terwijl het zijne drie diepe evenwijdige rimpels vertoonde. Zijn gezicht was blijvend zalmroze dankzij de jaren op de tennisbaan. Als hij zich 's ochtends stond te scheren ergerde hij zich aan de opgeblazen omvang van zijn neus en aan de vergrote poriën. Zijn gebit zag er tenminste nog presentabel uit. Het hare echter nog presentabeler. Geen van tweeën droegen ze een trouwring. Zij had een gouden armband om haar pols. Hij een grote plastic Swatch. Dat was het: zij zag er – dat moest hij toegeven – duurder uit, duidelijk rijker, beter verzorgd, meer thuis in haar wereld dan hij in de zijne. Maar hij voelde zich niet geïntimideerd. Want wat wilde je: Balham! Als hij zich wat dat betreft wat zekerder van zijn zaak had gevoeld, zou hij gezegd hebben dat haar crèmekleurige blouse van ruwe zijde was en dat haar rok het label van een groot modehuis droeg, van Lanvin, Celine of Mugler, net als haar lichtblauwe pumps. Hij was zich bewust van haar parfum. Geen rozenwater meer. Op dat stuk van zaken had ze vorderingen geboekt.

Ze had hem een halve minuut zwijgend aangekeken zonder tot een besluit te komen, waarbij ze zich ongetwijfeld had afgevraagd hoe ze hem haar huis uit kon krijgen. Ineens draaide ze zich om en liep naar de openslaande deuren, waar ze bleef staan. Het getik van haar hakken klonk kwiek in het lange vertrek.

'Dus. Roland. Waar zou je het over willen hebben?' Quasi-lijdzaam. Haar toon was neerbuigend. Hij vond de manier waarop ze zijn naam uitsprak onprettig.

'We gaan het over jou hebben.'

'En?'

'Dat weet je best.'

'Ga door.'

'Ik was veertien.'

Ze keerde zich van hem af en deed de tuindeuren open. Hij dacht dat ze hem zou vragen mee naar buiten te gaan. Dat zou hij niet gedaan hebben. Maar ze bleef binnen, deed een stap in zijn richting en zei: 'Zeg wat je te zeggen hebt en maak dan dat je wegkomt.'

Het feit dat het haar niet onverschillig liet gaf hem moed. Zij vond het net zo moeilijk als hij. Hij had verschillende opties, maar zonder die zelfs maar te overwegen kwam hij meteen ter zake. 'De politie is geïnteresseerd in jou.'

'Ben jij naar ze toe gegaan?'

Hij schudde van nee en wachtte even. 'Ze weten iets en zijn naar mij toe gekomen.'

'Dus?'

'Ze weten je naam nog niet.'

Miriam was niet uit haar evenwicht gebracht. 'Ik heb jou lang geleden pianoles gegeven. Zijn ze daarin geïnteresseerd?'

Hij liep weg van de pianokruk en ging naast de fauteuil staan. Het liefst was hij erbij gaan zitten, maar daar was het niet het moment voor. Hij zei: 'Aha, ik snap het. Het wordt jouw woord tegen het mijne.'

Ze keek hem strak aan. Hij meende zich te herinneren dat dít was hoe ze vóór hun botsing was geweest. Of verzon hij dat maar?

Ze zei het op medelijdende toon. 'Arm schaap. Je bent er nog steeds niet overheen, hè?'

'Jij wel?'

Zij beantwoordde de vraag evenmin. Ze bleven elkaar aankijken. Hoewel ze ogenschijnlijk de onverstoorbaarheid zelve bleef, zag hij aan de bewegende plooien van haar blouse dat haar ademhaling sneller ging. Ten slotte zei ze: 'Dit lijkt me voor jou het goede moment om te vertrekken.'

Hij schraapte luidruchtig zijn keel. Hij was bang. Zijn rechterknie trilde hinderlijk. Hij zocht steun bij de stoel. 'Ik blijf nog even.'

'Je pleegt huisvredebreuk. Ga alsjeblieft niet zover dat ik de politie moet bellen.'

Zijn stem klonk hemzelf zwak in de oren. Hij dwong zichzelf harder te spreken. 'Bel maar. Ik heb het nummer van jouw zaak bij me.'

'Wat kan mij dat bommen. Jij bent een zielenpoot met een onaangename fixatie.'

De telefoon stond op de vloer naast de piano, aan het einde van een lange draad. Toen ze ernaartoe liep zei hij: 'Ik heb mijn verjaardagscadeau nog.'

Ze keek hem uitdrukkingsloos aan. Ze had de hoorn opgepakt.

'De kaartjes voor gereserveerde zitplaatsen in de trein naar Edinburgh op onze namen, een brief van het hotel in antwoord op jouw schrijven, waarin ze zeggen ons op de dag voor mijn zestiende verjaardag graag te willen verwelkomen in onze suite. Plus de papieren voor onze huwelijksregistratie de dag daarna.'

Hij had dit niet zo snel ter sprake willen brengen. Maar nu hij er eenmaal over was begonnen kon hij er ook niet meer over ophouden.

Er veranderde niets aan haar gezichtsuitdrukking, maar ze had de hoorn neergelegd. Hij vroeg zich af of er Botox aan te pas was gekomen. Hij zag zoiets nooit. Ze sprak omzichtig. 'Je bent hier om me te chanteren.'

'Krijg de klere.' De woorden waren eruit voor hij het wist.

Ze kromp ineen. 'Waarom ben je dan hier?'

'Er zijn dingen die ik wil weten.'

'Zodat je "verder" kunt.'

'Als je er nu niet over wilt praten hoor ik het wel tijdens de rechtszitting.'

Ze stond naast de piano. Haar linkerhand rustte op het instrument, terwijl haar wijsvinger steeds maar geluidloos over de meest linkse toets streek. 'Een bekentenis. Een verontschuldiging. Onder bedreiging.'

'Zoiets.'

'Terwijl jij het allemaal opneemt op het taperecordertje dat je daar speciaal voor hebt meegenomen.'

'Dat heb ik niet nodig en dat is er ook niet.' Maar hij trok zijn colbert uit zodat zij het kon controleren en gooide het op de stoel. Hij sloeg zijn armen over elkaar en wachtte af. Ze liep door de openslaande tuindeuren naar buiten en bleef met haar rug naar hem toe gekeerd staan. Ze overwoog haar opties. Het waren er echter maar twee. Nu ze hem niet kon zien bukte Roland zich en legde hij zijn hand op zijn trillende knie, waar hij hard in kneep. Het maakte niets uit. De kleine trillinkjes in de spieren bleven aanhouden, als die van een elektromotor. Toen hij zijn gewicht naar zijn andere been verplaatste hielp dat een beetje. Hij kneep weer harder.

Hij schoot snel overeind toen ze zich omdraaide en de kamer weer binnenkwam. 'Goed. Laten we het erover hebben,' zei ze luchtig. 'Kom mee naar de keuken. Dan maak ik iets warms te drinken.'

Het was haar poging het heft weer in handen te nemen. Door met haar vijftien meter lange keuken te pronken. Door van hem een erkentelijke gast te maken. Haar huis, niet het zijne.

'We blijven hier,' zei hij rustig.

'Ga dan in elk geval zitten.' Zij maakte aanstalten om zich op de pianokruk te zetten.

'We blijven staan.' Hij wilde maar wat graag gaan zitten. Hij dacht dat hij elk moment alles kon verliezen, dat slechts een dun gaas hem scheidde van een wanhopige aftocht, van een doorbraak naar een andere bedeling, waarin een op zelfvernietiging gerichte geest zijn wil om door te zetten zou breken. Er stond niets tussen hen in, niets wat hem beschermde. Wat ze allebei zagen vulde hen met ontgoocheling en ontsteltenis over hun eigen weerspiegeld verval. Wat hem dreigde te overweldigen was het verleden.

'Ik wil dat je me beschrijft hoe jij vanaf het begin tegen de hele toestand hebt aangekeken, wat jij voelde, wat jij wilde, wat jij dacht dat je aan het doen was. Ik wil alles horen.'

Ze liep weg van de pianokruk en zette een paar stappen in zijn richting. Hoewel hij haar weinig keus had gelaten verraste haar plotselinge meegaandheid hem. Maar hij was nog altijd bang voor haar. Hij wilde niet dat ze nog dichterbij kwam.

'Goed. Die dag in oktober toen jij ineens bij me op de stoep...'

'Wacht.' Hij stak zijn hand op. 'Het begin. Je weet dat dat niet het begin was. Ik heb het over de lessen. Drie jaar daarvoor.'

Ze leek enigszins in te zakken en staarde naar een punt op de vloer. Hij meende dat hij haar het hoofd zag schudden en verwachtte dat ze weerstand zou bieden. Omdat het onmogelijk was met een vreemde over dergelijke intieme zaken te spreken. Maar nu klonk haar stem anders, niet alleen lager maar ook onzekerder. Hij stond versteld van de plotselinge toonsverandering. Het was een totale ommekeer.

'Goed. Dit heeft er natuurlijk altijd al aan zitten komen. En als dat is wat jij wilt, zal ik het je vertellen.'

Haar blik was nog altijd omlaaggericht toen ze diep adem haalde. Hij wachtte af. Toen ze ten slotte haar hoofd ophief en weer begon te spreken keek ze hem nog altijd niet aan. 'Het was een verschrikkelijke, verschrikkelijke tijd. Ik zat op het conservatorium en had een serieuze verhouding met een student uit mijn jaar. Het was meer dan dat. We hielden van elkaar, althans ik hield zeker van hem. We woonden al twee jaar samen. Maar in mijn laatste jaar raakte ik zwanger. Dat was destijds een regelrechte ramp. Op de een of andere manier lukte het ons om het geld bij elkaar te krijgen en in de paasvakantie een abortus te regelen. Mijn vriend, hij heette David, moest zijn cello verkopen. Onze ouders wisten nergens van. Het ging niet van een leien dakje, er traden allerlei medische complicaties op, de man naar wie ik toe ging was geen echte dokter. Ik was ziek en onze relatie liep stuk. Ik slaagde voor mijn examens. Ik vroeg een gesprek aan op het gemeentehuis en kreeg de baan op Berners aangeboden. Ik dacht dat de stad uit gaan het beste was. Zodat ik mijn wonden kon likken. Maar ik vond het er vreselijk. Het hoofd muziek, Merlin Clare, was best aardig voor me, maar de rest van de docenten... Die vreselijke koffiepauzes in de docentenkamer in het hoofdgebouw... In die tijd vormde een ongetrouwde vrouw een soort bedreiging, en tegelijkertijd een verlokking, een uitdaging. Maar hoe dan ook, ik voelde me buitengesloten. Net als in het dorp. Een jonge vrouw die in haar eentje op zichzelf woont. Dat was in 1959 ongehoord op het platteland van Suffolk. Ik denk dat ze dachten dat ik een heks was.'

'Moet ik nu medelijden met je hebben?'

Ze wachtte even en zei toen: 'Misschien helpt het om de dingen niet langer door de ogen van een kind te zien.'

Er viel een stilte. Roland dacht dat de ogen van het kind dat hij geweest was precies waren wat hij nodig had. Hij zei niets, en ten slotte ging ze weer verder.

'De abortus had me enorm aangegrepen. Aan het einde van onze verhouding was ik helemaal kapot. David en ik hadden elkaar zo na gestaan. Ik miste mijn vrienden, en ik was hopeloos als lerares, zowel in de één-op-één-pianolessen als voor een klas met dertig kinderen. Toen kwam jij op les. Je was stil, verlegen, kwetsbaar, ver van huis. Dat maakte iets in me wakker. Ik probeerde het af te doen als een gefrustreerd moedergevoel. Vanuit mijn eenzaamheid. Of, omdat jonge jongens best aantrekkelijk kunnen zijn, waren dit mogelijk weggestopte lesbische gevoelens die ik ontdekte. Ik wilde je adopteren. Je was zo stil en zo ongelukkig. Maar het was meer dan dat alles. Dat wist ik wel, maar ik kon het mezelf niet toegeven. Daar kwam nog bij dat ik al heel snel doorhad dat je talent had. Ik herinner me één keer dat je binnenkwam. Ik dacht dat ik je inmiddels goed genoeg kende om te weten dat je loog toen je zei dat je de eerste prelude van Bach had geoefend. Maar ik had het mis. Je speelde hem zo prachtig, met zoveel gevoel, met zo'n verrukkelijke toucher. Onmogelijke klanken die door een kind werden voortgebracht. Ik moest me omdraaien omdat ik dacht dat ik tranen zou uitbarsten. Toen, voordat ik me kon inhouden, kuste ik je op de mond. De enige manier waarop ik mijn gevoelens, die met elke week dat je kwam sterker werden, in bedwang kon houden was door te doen alsof ik heel streng voor je was. Ik maakte je belachelijk. Ik heb je zelfs een keer een klap gegeven, een tik op je hand.'

'Ja, met een liniaal.'

'En dan was er die andere keer. Voor of na de prelude, dat weet ik niet meer. Ik schaamde me vreselijk. Ik was inmiddels totaal geobsedeerd. Ik raakte je aan. En toen ik dat deed viel ik zowat flauw. Ik wist dat dit nauwelijks was tegen te houden. Het waren geen moederlijke gevoelens. Of het waren dat wel, plus alle andere.'

'Er zat een sadistische kant aan.'

'Nee, dat is niet waar. Het was bezitsdrang. Ik moest je hebben. Het was krankzinnig. Een seksueel nog niet rijp jongetje. Ik begreep het gewoon niet. Een onverzorgd jongetje te midden van tientallen andere onverzorgde schooljongens. Ik dacht erover ontslag te nemen, maar dat lukte me niet. Daar was ik niet sterk genoeg voor. Ik moest ermee doorgaan. Ik zorgde er echter voor dat je les kreeg van Merlin Clare, maar juist toen ik dat geregeld had nodigde ik je uit om bij me thuis te komen lunchen. Waanzin. Toen jij niet kwam opdagen voelde ik me ontzettend ellendig. Maar ik wist ook dat ik bofte. Ik moet er niet aan denken wat er anders gebeurd zou zijn. Ik overtuigde mezelf ervan dat ik bij je in de buurt moest blijven om je talent te kunnen koesteren. Dat was mijn professionele plicht. Het was duidelijk dat je een sublieme pianist ging worden, ver boven mijn niveau. Die kant ging het zeker op toen ik je voor het laatst zag. Je speelde de eerste ballade van Chopin al. Het was verbazingwekkend. Op zich was het best logisch dat ik je lerares wilde zijn, maar ik hield mezelf voor de gek. Wat ik wilde was jij.

Nadat ik je aan Merlin Clare had overgedragen bleef ik verder bij je uit de buurt. Als ik jou in de verte zag... en ik wou je zo ontzettend graag zien, alleen maar zíén. Maar als ik je mijn kant op zag komen, maakte ik dat ik wegkwam.'

Met deze herinneringen waren ze een drempel overgegaan en nu voelde hij zich vrij. Hij weersprak haar, niet in staat zijn woede te verbergen. 'Je had de school moeten verlaten. Je doet de hele tijd alsof jij het slachtoffer was, het arme, ongelukkige meisje dat zonder dat zij er iets aan kon doen door haar gevoelens werd meegesleept. Jij het slachtoffer, niet ik. Kom op, zeg! Jij was de volwassene. Jij kon kiezen. Jij verkoos te blijven.'

Ze zweeg, en knikte lichtjes, nadenkend, misschien instemmend. Maar toen ze weer doorging meende hij dat haar verhaal iets geslotens, iets ondoordringbaars had. Alsof ze het nooit eens had gelucht, nooit eens met iemand anders had gedeeld.

'Je zei dat je míjn kijk op de zaak wilde horen en wilde weten wat míjn gevoelens waren. Dáár heb ik het over. Míjn gevoelens. Niet die van jou. Niet die van jou. Ik draaide bijna door. Ik dacht dat ik in therapie zou moeten, maar in die tijd had je in Ipswich niets van dien aard. En ik kon me ook niet voorstellen dat ik ooit aan iemand zou vertellen dat ik helemaal geobsedeerd was door een schooljongen. Ik durfde het woord "liefde" niet in de mond te nemen. Dat was volslagen belachelijk. En veel meer dan dat. Walgelijk. En ja, je hebt gelijk, wreed. Ik kon het zelfs niet vertellen aan mijn beste vriendin, Anna, ook al merkte ze dat er iets mis met me was. Het was gewoon te gek voor woorden, belachelijk. Misdadig. Maar 's nachts, alleen in dat huisje, beleefde ik steeds weer diezelfde momenten waarop ik je aanraakte en je kuste. Die herinneringen wonden me op, Roland. Maar 's ochtends...'

'Noem me niet bij mijn voornaam. Ik wil niet dat je mijn voornaam zegt.'

'Het spijt me.' Ze keek hem aan, in de verwachting dat hij nog meer ging zeggen. Toen zei ze: 'Langzaam, heel langzaam begon het beter te gaan. Er waren tijden dat ik een terugval had en gedeprimeerd raakte, maar over het geheel genomen ging ik vooruit. Was ik aan de beterende hand. Ik leerde iemand kennen in Chelmondiston en het scheelde niet veel of we waren een relatie begonnen, maar het pakte toch anders uit. Hoe minder ik je zag hoe sterker ik werd. Ik wist dat je algauw volwassen zou zijn, een ander soort jongen. Het kind waardoor ik geobsedeerd werd zou voor altijd verdwijnen en ik zou herstellen. En als dat niet gebeurde kon ik desnoods langer wachten, tot je achttien was, of twintig, en dan zagen we wel verder. Ik begon plezier in mijn werk te krijgen, ik werd geaccepteerd in de docentenkamer, ik hielp Merlin bij de opvoering van *Der Freischütz*, en daarna bij die vreselijke opera *The Emperor's New Clothes*.

Er verstreken twee jaar, en toen stortte alles in elkaar toen ik jou door mijn raam aan zag komen. Je kwam door het hekje mijn tuin in, smeet je fiets neer en stapte op mijn deur af. Je zag eruit als iemand die wist wat hij wilde. Natuurlijk, je was fysiek veranderd, maar één blik volstond voor me. Mijn gevoelens waren geen spat veranderd. Ik voelde mezelf wegzinken.' Ze zweeg even. 'Was je die dag maar niet gekomen...'

Zijn woede was ijziger. 'Weer mijn fout, hè, dat ik daar zomaar opdook? Vooruit, juffrouw Cornell. Zorg eerst maar eens dat de tijd klopt. En dat de details kloppen. En dat duidelijk is wie er verantwoordelijk was. Drie jaar daarvoor had u uw hand op mijn pik gelegd. U, de lerares.'

Ze kromp opnieuw in elkaar.

Hij zei: 'En dat had gevolgen, begrijpt u? Gevolgen!'

Ze liet zich met een plof op de pianokruk vallen. 'Geloof me, eh... meneer Baines. Die accepteer ik. In alle opzichten. Ik heb u beschadigd. Dat begrijp ik. Maar ik kan dit verhaal alleen maar vertellen zoals ik het me herinner, zoals ik me herinner dat het voelde. Ik weet dat het míjn verantwoordelijkheid was, niet de uwe, dat ik zo diep ben gezonken. U hebt gelijk. Ik had niet moeten zeggen: was je die dag maar niet gekomen... Door wat ík gedaan had móést je wel komen. Dat begrijp ik.'

Hij verfoeide de wanhopige klank van haar stem. Ze deed alleen maar haar uiterste best om te voorkomen dat hij haar naam aan de politie zou doorgeven. Of was dat te cynisch gedacht? Hij wist het niet. Misschien was er wel niets wat hem tevreden kon stellen. Hij zei: 'Goed, ga door.'

'Je kwam binnen. Zelfs toen nog zei ik tegen mezelf dat het een goede zaak zou zijn als we jouw pianospel weer gingen oppakken. Zo ging ik te werk, stapje voor stapje, in een poging mezelf te overtuigen van dingen waar ik niet echt in geloofde. Alsof er in de kamer een onzichtbaar iemand toekeek voor wie ik de schijn moest ophouden. En dus speelden we een duet, een quatre-mainsstuk van Mozart. Ik stond versteld van jouw spel. Je had een fantastisch toucher. Ik kon je nauwelijks bijhouden, en de hele tijd dacht ik dat ik je daarna de deur zou wijzen, terwijl ik tegelijkertijd wist dat ik dat niet zou doen. We gingen naar boven. En daar... afijn, dat weet je.'

In de verte klonken de hele tijd de hoge stemmen van spelende kinderen. Met op de achtergrond heel zacht verkeersgedruis. Hij pakte zijn jasje van de stoel en ging zitten. Van zijn knie had hij geen last meer. Hij zei: 'Ga door.'

'Dat was het begin, een van de vele manieren waarop het begon. Maar allereerst moet ik het volgende zeggen. Het is de gruwelijke waarheid. De rest van mijn leven heb ik nooit meer zoveel genot ervaren als...'

'Ik wil niks horen over de rest van je leven.'

'Laten we zeggen dat het heel intens was. Ik werd heel bezitterig. Ik wist dat ik je van je schoolwerk afhield, en van je vrienden, je sport, van alles. Het kon me niks schelen. Ik moest je voor mezelf hebben. In het begin dacht ik, één keertje maar, dat ik verstandig was geworden en de hele zaak kon afblazen. Ik zag je dagen achtereen niet. Maar ik was te zwak. Hopeloos. Zonder jou, zonder... dát, was ik fysiek ontregeld, deden mijn botten zeer.' Ineens moest ze lachen. 'Er was destijds een populair liedje dat maar in mijn hoofd bleef hangen. "Fever", van Peggy Lee. Net als dat sonnet, een van zijn beste: "My love is as a fever longing still...'' Ja, mijn liefde was een koorts die smachten bleef.'

Roland voelde een vage onrust nu hij geconfronteerd werd met een culturele verwijzing die hij niet kon thuisbrengen. Het klonk als Shakespeare. Hij onderbrak haar bot. 'Laten we ons bij de zaak houden.'

'Dus ik kreeg je terug en we gingen op dezelfde voet verder. Verrassend genoeg probeerde ik nog altijd mezelf gerust te stellen met dezelfde leugen, of liever kwartwaarheid, dat ik je zoveel uur per week pianoles gaf. Sterker nog, je maakte zelfs geweldige vorderingen. Je streefde me voorbij. We gaven dat concert in Norwich. De tijd ging ontzettend snel, en in mijn ogen lag er een onverdraaglijke situatie in het verschiet voor ons, voor mij. Doordat je van je schoolwerk werd afgehouden, en van huiswerkbegeleiding en dat soort zaken, zou je best eens kunnen zakken voor je examens. En dan zou je niet terug mogen komen en zou ik je nooit meer zien. Of als je het wel met de hakken over de sloot zou halen, zou je je gaan voorbereiden op de universiteit of op welke vervolgopleiding ook maar, en zou je van me weg groeien. Hoe duidelijker dat werd, en hoe onvermijdelijker, hoe extremer ik werd. Dat was het teken waarin die twee weken in de zomer van '65 stonden.'

''64.'

'Weet je dat zeker? Afijn, je zakte voor je examens. Door mij. Maar die albedil Neil Clayton bemoeide zich ermee en ze lieten je terugkomen. Ik was bang voor het moment dat je weer naar school zou teruggaan. Ik wist dat dat het begin van het einde zou zijn. Maar dat zou ik niet laten gebeuren. Dus volgde een ander begin, een verschrikkelijk begin. Ik sloot je op in huis. Want ik moest naar de pianozomerschool in Aldeburgh. Ik kon mijn hoofd niet bij mijn werk houden. Die lieve, gepensioneerde mensen die per se de lessen weer wilden oppikken die ze een halve eeuw daarvoor hadden opgegeven. Helemaal gericht op hun piano-examens. Ik haatte ze. Ik kon alleen maar aan jou denken, die in het huisje op me wachtte.

Toen kwam het ergste. Het ergste van mijn kant. Jij dacht aan de eerste dag van het nieuwe schooljaar en had het over rugby, harder werken en het weerzien met je vrienden. Ik was niet van plan je te laten gaan. Je schoolboeken zaten, samen met je schooluniform, weggesloten in je hutkoffer. Het was een bizarre geestestoestand waarin ik verkeerde. Als ik gelukkig kon zijn, zo redeneerde ik, zou jij het ook zijn. Dat was zelfzuchtig en wreed, naar alle maatstaven behalve de mijne. Ik was bezeten. Ik had maar één gedachte, één ambitie: jou voor altijd bij me houden. Ik had fantasieën, niet eens volslagen onredelijke, dat ik je zou kunnen stimuleren om naar het conservatorium te gaan. Dan zou ik met jou naar Londen afreizen. En na drie jaar zou ik je helpen met je carrière en je manager worden. Weer een reeks leugens waarmee ik mezelf voor de gek hield. Jij was het enige wat ik wilde. Ik wilde jou, en daarom maakte ik mijn plannen voor Edinburgh. Opnieuw slaagde ik erin het redelijk te laten lijken. Je zou nooit iemand vinden die je zo goed begreep of die zo toegewijd voor je zou zorgen. Geen van ons zou ooit grotere seksuele bevrediging vinden. Een huwelijk was de voor de hand liggende volgende stap. Dat was waar we altijd op af hadden gekoerst, en in Schotland zou een huwelijk wettig zijn. Ik ging zo op in mijn plannenmakerij dat ik er totaal geen rekening mee hield dat jij je ertegen zou kunnen verzetten. Aan weigerachtigheid was ik niet gewend, en ik was woedend. Maar zelfs toen, midden in die situatie, maakte ik een nieuw plan. Ik zou je gewoon op school laten beginnen en je dan komen halen, je inpalmen zoals ik dat eerder had gedaan. Ik zou je terugnemen en we zouden doorgaan waar we gebleven waren. Ik slaagde erin vier dagen lang te wachten. Maar toen bleek dat je op de eerste schooldag niet was komen opdagen. De school liet me weten dat je niet meer terug zou komen. Ik was radeloos. Ik had het adres van je ouders in Duitsland, maar ik heb niet geschreven. Dat was de enige keer dat ik me met succes tegen mijn aanvechtingen heb weten te verzetten.'

Opnieuw stilzwijgen. Ze leek te wachten op zijn oordeel. Zijn besluit. Toen dat uitbleef zei ze: 'Er is nog iets wat ik moet zeggen, als je het aankunt. Ik weet niet of je naar een andere school bent gegaan of wat je al die jaren verder gedaan hebt. Maar ik weet wel dat je geen beroepsmusicus, geen concertpianist bent geworden. Dat weet ik omdat ik jarenlang naar je heb uitgekeken en rondgevraagd in de hoop dat de schade die ik had aangericht ietwat zou zijn beperkt door je succes. Maar dat bleek nooit. Dat had misschien ook wel niet gekund. En het spijt me heel, heel erg dat ik jou en alle muziekliefhebbers door mijn toedoen van zoveel heb afgehouden, en dat ik mijn waanzin op je heb losgelaten.'

Hij knikte. Hij was door een grote vermoeidheid overvallen. En door een gevoel van beklemming. De confrontatie werd ontsierd, uit balans gebracht, doordat er een geschiedenis werd achtergehouden, die van hemzelf. Hij was het eigenwijze opdondertje dat onmiddellijk in de seksuele geneugten wilde worden ingewijd, omdat hij bang was dat de wereld binnenkort zou vergaan. In zijn beperkte kringetje van alleen maar jongens was zij de enige beschikbare vrouw die hij kende. Aantrekkelijk, alleenstaand, erotisch ingesteld. Hij was maar voor één ding gekomen en was tevreden en trots toen hij kreeg wat hij wilde. Nu, veertig jaar later, was hij deze keurige dame komen beschuldigen en dwong hij haar onder bedreiging zichzelf door het slijk te halen. Als een jonge hoeder van de Culturele Revolutie, iemand van een intolerante knokploeg die een bejaarde Chinese professor komt pijnigen. Hij was naar hier gekomen om juffrouw Cornell een bord waar haar wandaden op vermeld stonden om te hangen. Maar nee, zo zat het niet. Het was het gebruikelijke zelfverwijt en schuldgevoel van het slachtoffer. Hij dacht als een volwassene. Hij moest niet vergeten dat hij het kind, en zij de volwassene was geweest. Zijn leven was overhoopgehaald. Sommigen zouden zeggen: verwoest. Maar was dat ook werkelijk zo? Ze had hem vreugde geschonken. Hij liet zich voor het karretje spannen van hoe het tegenwoordig hoorde. Maar nee, zo was het ook niet.

Hij werd misselijk van het kenterende, kantelende rumoer van al die tegenstrijdige ideeën. Hij kon haar niet langer aanhoren en hij kon zijn eigen gedachten niet langer verdragen. Toen hij uit zijn stoel opstond voelde hij het gewicht van zijn ledematen. Toen hij zijn jasje aantrok stond zij ook op. Het was voorbij. Even stonden ze onzeker tegenover elkaar terwijl ze elkaars blik vermeden.

Toen nam ze hem mee naar de voordeur, die ze voor hem opendeed. Ze zei snel: 'Tot slot nog één ding, meneer Baines. Iets wat me duidelijk is geworden terwijl u hier was, toen ik die gebeurtenissen beschreef. Het is een besluit dat ik in een opwelling genomen heb, maar ik weet zeker dat ik niet meer van gedachten zal veranderen. U zei dat u, als u aangifte zou doen, wel in de rechtszaal zou horen wat ik te zeggen had. Welnu, zover zal het niet komen. Terwijl u hier was heb ik een besluit genomen. Als er een zaak tegen me wordt aangespannen, beken ik meteen schuld. Dan hoeft er geen rechtszaak te komen. Alleen een vonnis. U hebt sowieso het bewijs in handen, ik kan daar niets tegen aanvoeren. Maar het gaat om meer. Zeven jaar geleden is mijn man overleden. We hebben elkaar te laat leren kennen om nog kinderen te kunnen krijgen. Ik heb geen naaste familie, alleen een stuk of wat oude vrienden, vroegere leerlingen en wat jaargenoten uit mijn conservatoriumtijd. En mijn amateurmuziekgroep. Wat ik wil zeggen is dat ik niemand heb die van mij afhankelijk is. Dus ik kan wat me toekomt rustig over me heen laten komen. Nu ik u gesproken heb ben ik er klaar voor.'

Hij zei: 'Dat zal ik in mijn achterhoofd houden,' waarna hij zich omdraaide en wegliep.

10

De verdere jaren van Roland Baines vanaf zijn vijfenvijftigste stonden in het teken van vroegtijdige aftakeling. Hij zat het liefste maar een beetje thuis. Hij wilde lezen – op de avonden dat hij niet in het hotel hoefde te spelen, in de weekenden, soms 's middags in bed, zo nu en dan de hele nacht, en 's ochtends als hij zat te ontbijten met het boek tegen de pot marmelade. Hij deed weinig aan lichaamsbeweging. In de loop van een paar jaar kwam hij acht kilo aan, voornamelijk rond zijn middel. Hij was zwakker in zijn benen, nee, overal zwakker, tot in zijn longen aan toe. Soms bleef hij halverwege de trap even staan, waarbij hij zichzelf wijsmaakte dat dat kwam door een plotselinge ingeving, een interessante zin die hem ineens weer te binnen schoot, en niet doordat hij buiten adem was en zijn knieën pijn deden. Alleen in zijn hoofd was hij niet zwakker geworden. Na acht jaar hield hij nog steeds zijn dagboek bij, dat inmiddels was gevorderd tot het veertiende deel. Hij rapporteerde over alles wat hij las. Haast elke week stak hij de rivier over om te gaan rondneuzen in tweedehandsboekwinkeltjes of een lezing bij te wonen in de Poetry Society in Earls Court, of in het Southbank Centre, zoals hij dat – zij het sporadisch – ook had gedaan toen hij in de twintig was.

Destijds, halverwege de jaren zeventig, had hij geen al te hoge dunk van Engelse schrijvers gehad. Een laatdunkende houding die diende om zichzelf te beschermen. Hij zag hen in boekenprogramma's op tv, maar ook op podia. Hij kon ze onmogelijk serieus nemen, die figuren die er altijd keurig bij liepen, netjes in het pak of een tweedjasje en met een stropdas om, terwijl ze thuis altijd op brogues en in een wollen vest rondliepen, die lid waren van herensociëteiten als de Garrick of het Athenaeum, die in een fraaie woning in een van de betere buurten van Noord-Londen woonden of in een landhuis in de Cotswolds, die op een verheven toon spraken, wat logisch was als je je leven lang had mogen oreren op het All Souls College in Oxford, en nooit eens een kijkje had gewaagd achter de deuren der waarneming, zoals Huxley het had genoemd, door eens een andere drug dan tabak of alcohol te gebruiken, waarvan ze nukkig weigerden aan te nemen dat het psychoactieve, verslavende middelen waren, die voor het merendeel aan dezelfde twee gerenommeerde universiteiten hadden gestudeerd waar iedereen iedereen kende, die een pijp rookten en droomden van een ridderorde. Te veel van de vrouwen droegen parelkettinkjes en spraken op de vinnige toon van een radio-omroepster in oorlogstijd. Geen van hen stond ooit, dacht hij destijds, in zijn of haar geschriften vol verwondering stil bij het mysterie van het bestaan of de angst voor wat er daarna kwam. Ze waren druk bezig met maatschappelijke oppervlakkigheden en schilderden met sardonisch genoegen klassenverschillen. In hun onbenullige verhaaltjes was de grootste tragedie een rommelige affaire of een echtscheiding. Slechts een enkeling leek zich bezig te houden met armoede, kernwapens, de Holocaust of de toekomst van de menselijke soort, of zelfs maar met de teloorgang van de landelijke schoonheid door de aanslag die de moderne landbouw daarop pleegde.

Als hij überhaupt al las, voelde hij zich meer thuis bij dode schrijvers. Van hun levensgeschiedenis wist hij niets. De doden verkeerden boven ruimte en tijd, en hij hoefde zich niet druk te maken over wat ze aanhadden, waar ze woonden of hoe ze spraken. In die tijd waren zijn favorieten Kerouac, Hesse en Camus. Van de levenden waren dat Lowell, Moorcock, Ballard en Burroughs. Ballard had weliswaar in Cambridge op King's College gezeten, maar dat vergaf Roland hem, zoals hij hem alles zou hebben vergeven. Hij had een romantisch beeld van schrijvers. Ze moesten, zo niet blootsvoets ronddolende zwervers, dan toch op zijn minst ontwortelden zijn, die vrij als een vagebond op het randje van de afgrond leefden, in de diepte staarden en de wereld meldden wat zich daarbeneden allemaal bevond. Geen ridderordes of parelkettinkjes, zoveel was zeker.

Tientallen jaren later was hij milder. Minder geborneerd. Een tweedjasje weerhield niemand ervan goed te schrijven. Hij geloofde dat het uitermate moeilijk was een heel goede roman te schrijven, en zelfs als het maar voor de helft lukte was dat al een hele prestatie. Hij betreurde het feit dat literair redacteuren in plaats van critici romanschrijvers verzochten elkaars werk te recenseren. Het was, vond hij, niet om aan te zien hoe onzekere schrijvers afkeurden wat hun collega-auteurs hadden bedacht en met hun ellebogen werkten om voor zichzelf meer ruimte te creëren. Zijn onnozele zevenentwintigjarige ik zou over Rolands favoriete schrijvers van nu hebben geschamperd. Hij las een canon van schrijvers van eigen bodem die net niet tot de groten van het literaire modernisme behoorden. Henry Green, Antonia White, Barbara Pym, Ford Madox Ford, Ivy Compton-Burnett, Patrick Hamilton. Sommigen waren hem eertijds aanbevolen door Jane Farmer, die hen kende uit de tijd dat ze bij *Horizon* werkte. Zijn voormalige schoonmoeder was ongelukkig gestorven, opnieuw vervreemd van haar dochter vanwege persoonlijke herinneringen waarover Alissa had geschreven, een ongezouten verslag van haar jeugd in Murnau en Liebenau. Ter nagedachtenis van Jane las Roland de minder bekende romans van Elizabeth Bowen en Olivia Manning, ter compensatie van het feit dat hij niet voor de begrafenis was uitgenodigd. Ook Lawrence was niet welkom geweest. Dat was beter voor alle partijen, had Alissa tegen Rüdiger gezegd, die de boodschap aan Roland had doorgegeven.

Nu, in 2010, een week voor de parlementsverkiezingen, zag hij af van een middag lezen om in de buurt van Lambeth folders te gaan rondbrengen. Hij was allang geen lid meer van de Labourpartij, maar uit nostalgische overwegingen en omdat hij het nu eenmaal beloofd had ging hij toch flyers bij mensen in de brievenbus stoppen. Terwijl hij zo van huis tot huis liep was hij weinig optimistisch, en dat vermoeide hem. Het was nog geen mei, het was te warm en hij was te oud voor deze nederige taak. Op het plaatselijke partijbureau zag hij geen bekende gezichten. New Labour had zijn langste tijd gehad. Het project was uitgewerkt. Er was het nodige goeds bereikt dat alweer vergeten was. Irak, de doden, ondoordachte Amerikaanse besluiten en sektarische slachtpartijen hadden een aantal van de beste lokale partijleden ertoc gebracht hun lidmaatschap op te zeggen. Wat de mensen de laatste twee jaar vooral had beziggehouden was de bankencrisis. Volgens de kiezers lag de schuld bij een gedereguleerde financiële sector en inhalige bankiers, ook al gleden ze zelf af naar rechts. De ramp had zich voltrokken onder een Labourbewind. Het electoraat ging er terecht van uit dat het de partij aan economisch inzicht ontbrak. Gordon Brown had zijn oorspronkelijke houding van meelevende vastberadenheid laten varen. Op het partijkantoor in Rosendale Road zeiden ze dat zijn 'magie' tijdens de campagne was gesneuveld.

's Avonds vertrok Roland naar Somerset House, waar een lezing over Robert Lowell werd gehouden. Hij had twee redenen om daarheen te gaan. De eerste was dat hij rond 1972, lang voordat hij zijn eigen scholing ter hand had genomen, door zijn vriendin Naomi was meegenomen naar de Poetry Society, waar Lowell zou voordragen. Die had bovenaan op zijn lijst met geminachte schrijvers horen te staan. Hij was een bekakte Bostonian, een uit de intellectuele elite afkomstige yankee. Maar hij was ook een verklaarde tegenstander van de oorlog in Vietnam, en zijn manische depressiviteit of beginnende krankzinnigheid verleende hem die avond immuniteit. Tussen de gedichten door leek hij te zijn vergeten waar hij was (of kon hem dat niets schelen), en liet hij zijn gedachten vrijelijk gaan over *King Lear,* de wetenschappelijke classificatie van wolken en Montaignes levenslust. Lowell was een culturele held, de laatste in het Engels schrijvende dichter die namens een heel volk sprak voordat Seamus Heaney furore maakte. Aan het eind las Lowell, als op veler verzoek, hoewel niemand uit het publiek hem ook maar iets had gevraagd, 'For the Union Dead', met dat meewarige, lijzige, nasale, Bostonse stemgeluid van hem waarmee hij het gedicht naar zijn einde voerde met regels die toen al beroemd waren: 'Het Aquarium is er niet meer. Overal, / duwen reusachtige gevinde auto's als vissen hun neus naar voren; / in primitieve slaafsheid / glijden ze langs, vette walmen uitstotend.'

Die avond werd de lezing gehouden door een hoogleraar van de universiteit van Nottingham. Centraal in diens verhaal stond Lowells bundel uit 1973 *The Dolphin*, waarvoor de dichter de smartelijke brieven en telefoontjes van zijn eerste vrouw, Elizabeth Hardwick, die hij voor een andere vrouw, Caroline Blackwood, in de steek had gelaten, had geplunderd, geplagieerd en omgevormd. Blackwood was zwanger van hem, en hij was vastbesloten met haar te trouwen. In ruimere zin ging de lezing over de meedogenloosheid van kunstenaars. Vergeven of negeren wij hun monomanie of harteloosheid omwille van de kunst? En zijn we verdraagzamer naarmate het om grotere kunst gaat? Dat was de andere reden waarom Roland daar was.

De professor las best mooi een van de gedichten voor, een sonnet uit *The Dolphin*. Het was verwarrend te moeten toegeven dat het een prachtig gedicht was, dat misschien echter nooit zou hebben bestaan als Lowell voorzichtiger met de gevoelens van Hardwick was omgegaan. Vervolgens las de spreker een stuk voor uit een droevige brief van Hardwick, waarop het gedicht was gebaseerd. Delen daarvan waren letterlijk overgenomen. Vervolgens las hij voor uit brieven die vrienden aan Lowell hadden gestuurd, bijvoorbeeld uit een van Elizabeth Bishop ('schokkend (...) harteloos'), of van een andere ('te persoonlijk hardvochtig') en van weer een ander, die vond dat de gedichten 'Hardwick zullen verscheuren'. Andere vrienden vonden dat hij ze toch moest publiceren, omdat ze ervan uitgingen dat hij dat zou doen. Wat deels voor de dichter pleitte was dat Lowell, naar de spreker aantoonde, ontzettend had geworsteld met zijn besluit, en ook heel lang, dat hij dikwijls van plan was veranderd en veel dingen had herschreven en herschikt, en zelfs had overwogen de gedichten alleen in beperkte oplage te laten verschijnen. Uiteindelijk hadden die vrienden waarschijnlijk gelijk gehad en had hij gedaan wat hij sowieso van plan was geweest. Elizabeth Hardwick, die hij niet had geraadpleegd, zag haar eigen woorden voor het eerst in boekvorm. Haar dochter Harriet, een kind van Lowell, werd eveneens opgevoerd. Een criticus vond haar 'een van de onaangenaamste kinderen uit de literatuur ooit'. De dichteres Adrienne Rich veroordeelde *The Dolphin* als 'een van de meest rancuneuze en kleingeestige voortbrengselen uit de geschiedenis van de dichtkunst'. Dus hoe stond de zaak er nu, zevenendertig jaar later, voor?

In de ogen van de professor was *The Dolphin* een van de beste werken van de dichter. Maar had het wel gepubliceerd mogen worden? Hij vond van niet, en was van oordeel dat er niets tegenstrijdigs was aan beide uitspraken. En de vraag of iemands mening over Lowells handelwijze verzacht diende te worden door de kwaliteit van het uiteindelijke resultaat achtte hij irrelevant. Of hardvochtig gedrag nu grootse of abominabele poëzie opleverde maakte niets uit. Harteloos optreden bleef harteloos optreden. Met dat oordeel eindigde de lezing. Er ging een gemurmel op onder het publiek, naar het scheen van genoegen. Het deed deugd iets ambivalents te voelen in een dergelijke beschaafde context.

Een vrouw stond op om de eerste vraag te stellen. Volgens haar was hier zonder meer sprake van een taboeonderwerp. Waar het in feite om ging was de wijze waarop mannelijke kunstenaars zich gedroegen ten opzichte van hun echtgenotes en geliefden en de kinderen die zij ter wereld hadden gebracht. De mannen verzaakten hun verantwoordelijkheid, hadden affaires of dronken te veel en werden gewelddadig, en verscholen zich ter rechtvaardiging achter de eisen die hun hoge roeping, hun kunst, aan hen stelde. Historisch gezien waren er maar heel weinig voorbeelden van vrouwen die derden opofferden voor hun kunst, en die werden er dan waarschijnlijk ook nog eens streng om veroordeeld. Vrouwen waren veel eerder geneigd het bij zichzelf te zoeken, bijvoorbeeld door zich kinderen te ontzeggen, om zich aan de kunsten te kunnen wijden. Mannen werden over het algemeen veel welwillender bejegend. Waar het om kunst ging, of het nu de dichtkunst, de schilderkunst of wat voor kunst dan ook betrof, was dit enkel een speciaal geval van wat mannen zich gewoonlijk konden permitteren. Mannen wilden alles: kinderen, succes en de onzelfzuchtige toewijding van de vrouw aan de mannelijke creativiteit. Er ging een luid applaus op. De professor leek met stomheid geslagen. Hij had de kwestie nooit in dit licht bekeken, wat op zijn minst verrassend was gezien het feit dat de tweede feministische golf zich al een generatie eerder op de universiteiten had voltrokken.

Terwijl de vrouw en hij met elkaar redetwistten dacht Roland na over wat hij zo meteen te berde ging brengen. Zijn hart ging er sneller van kloppen. Hij had al een beginzin: Ik ben een mannelijke Hardwick. Daar zou mogelijk om gelachen worden, maar hij had geen vraag. Hij had alleen maar een verklaring die hij wilde afleggen, iets waarvan de moderator van de bijeenkomst het publiek voorafgaand aan de vragensessie nadrukkelijk had verzocht zich te onthouden. Ik was ooit getrouwd met een schrijfster wier naam velen van u zullen kennen. *Geen politieke verklaringen alstublieft!* Ze heeft mij en ons kindje in de steek gelaten, en ik kan u verzekeren dat u zich vergist. Je moet het hebben meegemaakt om erover te kunnen oordelen, maar de kwaliteit van het werk doet er wel degelijk toe. *Meneer, wilt u nu alstublieft uw vraag stellen?* In de steek gelaten worden omwille van middelmatig werk zou de ultieme belediging betekenen. *Oké, volgende vraag.* Ja, ik heb het haar vergeven omdat ze goed was, briljant zelfs. Om te kunnen bereiken wat ze heeft bereikt moest ze ons verlaten.

Maar hij stak zijn hand niet snel genoeg op. Andere handen schoten de lucht in voor andere vragen. Het ogenblik ging voorbij, en terwijl hij bleef luisteren begon Roland zelf te twijfelen. Hij had in geen jaren goed over deze kwestie nagedacht. Misschien geloofde hij niet langer in zijn eigen voorstelling van zaken. Het was tijd om die te heroverwegen. Al die deugdzame vergevingsgezindheid kon wel eens zijn manier geweest zijn om zijn trots te beschermen, om zich te wapenen tegen de vernedering. Wat in de ogen van de professor voor Robert Lowell gold moest ook gelden voor Alissa Eberhardt. Haar werk was briljant, maar haar gedrag onvergeeflijk. Daar kon hij het maar beter bij laten. Maar hij was aan verwarring ten prooi.

Op de terugweg in een minitaxi kwam hij tot de erkenning dat wat er tussen Alissa en hem was voorgevallen er niet meer toe deed. Er was te veel tijd overheen gegaan. De zaak was dood en begraven. Wat hij of een ander ervan vond deed er niet toe. Als er al iemand beschadigd was, dan was dat Lawrence. Hun zoon vertegenwoordigde een ander probleem, zoals die zich in zijn laatste tienerjaren en eerste jaren als twintiger door het leven wurmde, bulldozerde of fladderde. Min of meer zoals zijn vader dat destijds had gedaan. Het ene na het andere baantje, de ene na de andere geliefde, een geadopteerd land, Duitsland. Een poosje had het ernaar uitgezien dat hij een vaste woonplek zou kiezen en alsnog wilde proberen zijn eindexamen te halen en daarna een studie te beginnen. Het zou Arabisch worden. Maar ja, hij moest ook wat verdienen, en dus werd het informatica. Vervolgens ontdekte hij opnieuw zijn voorliefde voor wiskunde, voor een etherische tak van de getaltheorie die geen praktische toepassing kende, maar dat laatste maakte het voor hem juist aantrekkelijk. De laatste vier jaar had zijn belangstelling zich evenwel op één onderwerp toegespitst. Het was het klimaat dat hem zorgen baarde. Hij begreep de grafieken, de waarschijnlijkheidsfuncties, de urgentie. Hij was naar Berlijn afgereisd, naar het Potsdam-Institut für Klimafolgenforschung. Gezien de Duitse *Gründlichkeit* bij dit soort aangelegenheden mocht het een wonder heten dat hij de mensen daar met behulp van interessante berekeningen zover had gekregen dat ze hem als onbezoldigd koffierondbrenger en bescheiden onderzoeksassistent hadden aangenomen zolang hij zijn vereiste graad nog niet had gehaald. 's Avonds was hij kelner in Mitte.

Hoe moest het succes van jongeren beoordeeld worden? Hij

werkte aan zijn conditie, was vriendelijk, terughoudend, betrouwbaar, en zat, net als zijn vader, dikwijls krap bij kas. Er waren er die zonder een in Cambridge of zo behaalde wiskundegraad konden. Voor Lawrence was veel voortgevloeid uit zijn ontmoeting met een Frans meisje in een trein toen hij zestien was.

Roland vond dat zijn zoon een slechte smaak had bij de keuze van zijn vriendinnen. Lawrence zou het altijd ontkennen, maar hij hield het meest van gevaar, ruwe handen, onberekenbaarheid en emotionele uitersten. Sommige van die vriendinnen waren alleenstaande moeders met een ingewikkelde achtergrond. Net als Lawrence – net als Roland zelf trouwens – hadden ze geen vast werk (Roland beschouwde zichzelf niet als musicus), geen vaardigheden die brood op de plank brachten, en geen geld. Lawrence' relaties eindigden vaak explosief, elk op zijn eigen spectaculaire wijze. Zijn voormalige geliefden bleven niet als gewone vriendin deel uitmaken van zijn leven. In dat opzicht was hij in elk geval anders dan Roland. Iedereen zei dat Lawrence een geweldige vader zou zijn. Maar elke keer dat een verhouding stukliep leek het dat beiden net op tijd met de schrik waren vrijgekomen. En was het maar goed dat er geen kinderen van waren gekomen.

Vanwege wegwerkzaamheden was de Vauxhall Bridge afgesloten en op de Theemsoever aan de kant van Chelsea had een ongeluk voor een verkeersopstopping gezorgd. Zodoende was het al halftwaalf geweest toen Rolands minitaxi stilhield voor zijn huis. Toen hij door waar vroeger het tuinhekje had gezeten – iemand had het twee jaar geleden gestolen – en onder de robinia, die inmiddels alle zonlicht voor de eerste verdieping wegnam, door naar de voordeur liep, voelde Roland zich ongewoon rusteloos voor de tijd van de avond. Hij had graag iemand willen bellen, maar daarvoor was het te laat. Trouwens, Daphne zat in Rome voor een woningbouwcongres en Peter was met haar meegegaan om te kijken of hij in die stad eurofobe medestanders kon vinden onder politici. En het was ook te laat om Lawrence te bellen. Die liep nog een uur vóór bovendien. Voor Carol begon de dag weer vroeg en ze maakte lange dagen. Zij nam een hele BBCzender voor haar rekening en ging meestal al voor tienen slapen. Mireille zat in Carcassonne, waar ze haar vader verzorgde, die op sterven lag. Joe Coppinger was in Zuid-Korea voor een congres. En voor Rolands oude vriend in Vancouver, John Weaver, was het middag, dus die stond les te geven.

Op de keukentafel lagen de restanten van zijn lunch. Terwijl hij voor de vorm een paar borden in de gootsteen zette voelde hij dat hij maar moeilijk zou kunnen slapen. Het Lowell-gebeuren had veel oude emoties opgeroepen, en hem herinnerd aan zijn eigen vormeloze bestaan. Meestal zette Roland rond deze tijd een pot muntthee, die hij vervolgens meenam naar boven, waar hij tot diep in de nacht zou blijven liggen lezen. Maar dit keer permitteerde hij zich een whisky. Het duurde even voor hij de fles had gevonden. Die had hij vijf maanden geleden met de kerst cadeau gekregen en was nog bijna helemaal vol. Hij nam hem, samen met een kan water en een glas, mee naar de woonkamer.

Een jaar voor haar dood had Jane, toen ze alle banden met haar dochter had verbroken, contact gezocht met Roland. Zij had gedacht dat ze een gemeenschappelijke vijand hadden. Toen hij haar vertelde hoezeer hij de romans bewonderde had ze net gedaan alsof ze hem niet hoorde. Haar eigen oordeel was afgerond en definitief: Alissa's boeken waren saai en werden hogelijk overgewaardeerd. Totdat ze te veel last kreeg van haar ziekte hadden Jane en Roland elkaar op gezette tijden gebeld. Ze vergat dan nooit te vragen hoe het met Lawrence ging en informeerde ook steeds kort naar Rolands leven, maar waar ze het werkelijk over wilde hebben was Alissa's trouweloosheid. Jane voelde zich ten diepste verkeerd begrepen, ja zelfs bedreigd. Ze werd door duistere vermoedens geplaagd. Bepaalde kleine voorwerpen die een sentimentele waarde voor haar hadden waren uit haar huis verdwenen. Het leek haar waarschijnlijk dat Alissa die 's nachts was komen weghalen.

'Helemaal uit Beieren?'

'Schrijvers hebben alle tijd. Ze kent het huis en ze weet hoe ze me kan kwetsen. Ik heb de sloten laten vervangen, maar op de een of andere manier lukt het haar toch om binnen te komen.'

Het was een vorm van geestelijke aftakeling. Parafrenie. Hij had die ergerlijke vorm van paranoia wel vaker bij ouderen opgemerkt. Maar in principe had Jane gelijk. Alissa was haar moeder met een mes te lijf gegaan: in haar memoires, die overal als warme broodjes over de toonbank gingen, had ze haar met naam en toenaam opgevoerd. Het boek zou nog jarenlang in druk verkrijgbaar zijn, zei Jane. En de meest crue passages zouden in boekenblogs, retweets, besprekingen en op Facebook her en der op internet een beschaving lang meegaan. Jane had hatelijke brieven van anonieme plaatsgenoten gekregen. De vrouw van de bakker gniffelde elke keer dat ze de winkel binnenkwam zelfgenoegzaam. Weliswaar vond ze steun bij haar vriendinnen, maar die waren wel geschokt door wat ze hadden gelezen en wisten niet wat ze moesten geloven. Waarschijnlijk had ze gelijk als ze zei dat er over haar werd geroddeld.

In Murnau gaf een beschrijving van een landelijk Beieren waarin kleinsteedse nazi's, die te laag in de pikorde hadden gestaan om voor het Neurenberg-tribunaal in aanmerking te komen, aan het einde van de jaren veertig en in het begin van de jaren vijftig vrijwel ongemerkt weer een functie hadden gekregen binnen de lokale overheid en in het bedrijfsleven, en weer deel waren gaan uitmaken van landbouwbestuurlijke netwerken. Alissa noemde ze stuk voor stuk en beschreef omstandig de rol die ze tijdens en na de oorlog hadden gespeeld. Op elk niveau bleef iedereen hardnekkig ontkennen wat er was gebeurd. Eén passage in het boek was precies zoals Alissa het ooit voor Roland had beschreven: bepaalde straten, bepaalde lege huizen die enkel nog bewoond werden door de geesten van degenen die waren weggevoerd naar een niet nader te noemen bestemming. Niemand sprak over hen. Iedereen herinnerde zich de namen en de gezichten van de buren die ze ooit gehad hadden, dus ze kenden de geesten en de kinderen van de geesten heel goed. De op de lokale bases gelegerde Amerikanen werden gehaat, maar het geld van het Marshallplan was welkom. Op de een of andere manier wist men donateur en donatie van elkaar gescheiden te houden. Naarmate de economie verder opkrabbelde nam ook de behoefte aan spullen toe, aan consumentengoederen waaronder de collectieve herinneringen nog dieper werden begraven. Er werd door de moordenaars een nieuw huis opgetrokken op een fundament dat bestond uit lijken. Terrein dat door historici en romanciers al uitvoerig in kaart was gebracht. Zo verwees Alissa onder dankzegging naar de roman *Veilchenfeld* van Gert Hofmann. Nieuw waren haar uitzonderlijke proza en haar lyrische verbittering. Ze had geen goed woord over voor de mening dat de wederopbouw van Duitsland in de eerste jaren na de oorlog zich alleen maar had kunnen voltrekken op basis van collectieve amnesie.

Maar daarna zocht ze het dichter bij huis. De volgende hoofdstukken waren toegespitst op het persoonlijke. Alissa werd naar twee kanten toe verscheurd. De overdreven roem van de Weiße Rose maakte haar kwaad. Die was niet meer dan een schaamlap voor de schaamteloze nationale ontkenning. Maar tegelijkertijd beschuldigde ze haar vader ervan dat hij de beweging die hij zo moedig had gesteund, zij het slechts vanaf 1943, had verloochend. Heinrich was de degelijke *Spießbürger* die vadsig en lui werd en bang was voor een ongunstig oordeel van de stiekeme nazi's die nu zijn klanten waren of de dienst uitmaakten in de gemeentehuizen en advocatenverenigingen uit de omgeving. Zoals zij hem beschreef was Heinrich een nauwelijks tot leven gewekte tekening van Georg Grosz, die maar weinig leek op de man zoals Roland die zich herinnerde, die gezeten aan het haardvuur een schnaps voor hem inschonk, die aimabel, verdraagzaam, goedhartig en verbijsterd was, en tot op zekere hoogte bij zijn vrouw en dochter onder de knoet zat. Volgens haar weergave was hij teleurgesteld dat hij een dochter had gekregen in plaats van een zoon. Met Alissa's opvoeding had hij zich nauwelijks bemoeid, hij had haar nooit aangemoedigd bij wat ze ook deed, en altijd verveeld uit zijn ogen gekeken als zij iets zei. Eigenlijk leek hij haar nooit te horen. Hij had haar overgelaten aan de grillen van haar moeder.

Daar begon de werkelijke beschadiging. *In Murnau* stelde Jane voor als een verbitterde vrouw die was uitgehold door het gevoel te hebben gefaald. Haar literaire talent en ambities waren niet gefnuikt door haar eigen beslissingen, nee, het was haar kind dat alles had verpest. En dus had de kleine Alissa moeten afzien in de liefdeloze kilte. Haar moeder strafte haar veelvuldig: een vinnige tik tegen de benen, urenlange opsluiting op haar kamertje, een zeldzame traktatie die haar in een opwelling weer werd afgepakt vanwege een vergrijp dat ze zich niet kon herinneren. Ze deed alle moeite om de liefde van haar moeder te winnen en groeide op in de slagschaduw van haar rancune. Haar kindertijd was verstoken van uitjes, vakanties, grapjes, lievelingseten en verhaaltjes voor het slapengaan. Niemand die haar ooit knuffelde. Haar moeder leefde in een kooi van onuitgesproken wrok. Zelfs toen Alissa het huis uit was gegaan en naar Londen was vertrokken had de dode hand van haar moeder haar er nog een hele tijd van weerhouden haar eigen ambities na te jagen. Het had lang geduurd voor ze die twee eerste romans, die nog zwak van opzet waren, en ingehouden en verontschuldigend van toon, had kunnen schrijven.

De dag waarop Alissa als jonge moeder haar echtgenoot en kind in Londen had achtergelaten en naar Liebenau was gegaan om Jane ter verantwoording te roepen had een van de levendigste passages van het boek opgeleverd: dramatisch, heftig en kolkend van emoties die te lang waren onderdrukt. Het was de scène waar de critici het langst bij hadden stilgestaan. Alleen Eberhardt kon, daarover waren ze het allemaal eens, zo treffend en met zoveel inleving pijn en woede oproepen, en de vele botsende gevoelens van wederzijds onbegrip. Wat Roland intrigeerde was het feit dat Alissa's weergave niet veel verschilde van het verslag dat Jane hem jaren geleden had gedaan op die warme avond bij haar in de tuin.

Alissa's memoires werden een bestseller in Duitsland, maar ook in andere landen, waaronder Engeland. Andermans afschuwelijke jeugd was niet alleen velen tot troost, maar ook een manier om gevoelens te verkennen en een uitdrukking van wat iedereen wist, maar niettemin steeds weer moest horen: wij worden gevormd door waar we vandaan komen, en dat moeten we onder ogen zien. Roland stond daar sceptisch tegenover, en niet alleen uit loyaliteit aan Jane. In de jaren vijftig bemoeiden heel veel vaders zich nauwelijks met hun kinderen, zeker niet met hun dochters. Omhelzingen en andere blijken van genegenheid werden als te aanstellerig, te gênant gezien. Zijn eigen kindertijd kon daarvoor model staan. Een tik op je benen of een pak voor je broek waren gemeengoed. Hoeveel men ondanks dat alles ook van ze hield, kinderen moesten leren luisteren en hadden niets in te brengen. Ze waren er niet om deel te nemen aan een serieus gesprek. Het waren geen wezens met een eigen bestaansrecht, ze waren passanten, protomensen van tijdelijke aard, die eindeloos, jaar na jaar verwikkeld waren in een weinig aanlokkelijk wordingsproces. Zo ging het toen. Zo was de cultuur. Die vond zichzelf destijds te soft. Honderd jaar eerder was het de plicht van ouders geweest de wil van een kind met een aframmeling te breken. Roland vond dat degenen in zijn eigen land die zo naarstig verlangden naar een terugkeer naar die tijd, naar de jaren vijftig van de negentiende of twintigste eeuw, maar eens goed moesten nadenken.

Hij geloofde dat *In Murnau*, hoe fascinerend het ook was, Alissa's minst goede boek was. Omdat ze erg met haar eigen sores te koop liep, wat voor haar doen zeer ongebruikelijk was. Hij was zich ervan bewust dat Jane scherp kon zijn, maar gemeen was ze niet. Dat zij bij name werd genoemd, compleet met haar adres en de naam van het dorp waar ze woonde, was een grove fout. Een maand na haar begrafenis trof Roland Rüdiger volgens afspraak in de stoffige Amerikaanse bar van het Stafford Hotel bij het Green Park. Het succes van de memoires had de auteur een zeker schuldgevoel bezorgd. Dat nog sterker was geworden op de begrafenis van haar moeder, waar Alissa met eigen ogen kon zien dat veel van Janes vrienden en vriendinnen het lieten afweten. Tijdens de nazit had Rüdiger haar verteld van de hatelijke brieven die Jane had ontvangen.

'Maar alleen maar omdat Alissa er zelf naar vroeg. Anders zou ik niets gezegd hebben.'

'Hoe reageerde ze?'

'Ze is net als een hele hoop briljante schrijvers. Ze heeft iets naïefs, weet je. Ze stond te trappelen om dit boek te schrijven. Ze dacht geen seconde na over de mogelijke gevolgen, hoezeer we haar daar ook voor waarschuwden.'

Rüdiger, inmiddels volledig kaal, zwaarlijvig en welgemanierd, was inmiddels algemeen directeur van Lucretius Verlag. Hij kon het zich veroorloven enigszins afstand te nemen van zijn beroemde auteur. Hij had er nog meer. 'Na de rouwdienst besloot ze dat ze wilde dat het boek uit de handel genomen zou worden en dat alle niet verkochte exemplaren zouden worden vernietigd. Wij wisten haar ervan te overtuigen dat ze daardoor in een kwaad daglicht zou komen te staan. Als een bekentenis na een gruwelijke fout. Dat hebben we haar uitgelegd. De schade was nu eenmaal aangericht. Ze moest verder. Misschien een ander boek over haar moeder schrijven.'

*

Het was één uur. Rolands whisky, een klein glaasje, sterk verdund, was bedoeld geweest als bescheiden slaapmutsje. Maar de fles stond naast hem, en hij schonk zich een groter glas in, waarbij hij zuinig was met het water. Degene die het voor Alissa had opgenomen was curieus genoeg Lawrence. Die was geroerd door de memoires, had hij zijn vader telefonisch laten weten. Hij vond dat Rolands sceptische opstelling onterecht was. Hij was ongewoon direct geweest.

'Jij was er niet bij. Jij hebt Opa en Oma pas jaren later leren kennen toen ze wat milder waren geworden, zoals dat gaat bij mensen. En het doet er niet toe dat het nu eenmaal zo was in die tijd, dat mensen nu eenmaal zo omgingen met hun kinderen. Dit was hoe zij het ervoer. Met een beetje goeie wil zou je kunnen zeggen dat ze namens een hele generatie spreekt. Als de heersende cultuur klote is, is dat niet iets waar een meisje van acht bij stilstaat wanneer ze zonder eten naar bed is gestuurd. Dit was haar leven, en ze heeft het volste recht te beschrijven hoe zij het beleefde.'

'Haar waarheid.'

'Kom me daar niet mee aankakken, pap. Dé waarheid. Ik heb vrienden die me van alles hebben verteld over alle shit die ze in hun jeugd van hun ouders te verduren hebben gekregen. En als ik die dan later leerde kennen waren het hele lieve, aardige mensen. Maar dat maakt niet dat ik ga denken dat mijn vrienden leugenaars zijn die zichzelf voor de gek houden. Maar goed, ik denk dat je andere redenen hebt om een hekel aan het boek te hebben.'

'Misschien heb je wel gelijk.'

Want dit gesprek vond plaats terwijl Lawrence zich ergens in het Midden-Westen van de Verenigde Staten bevond in verband met een congres over landbouw en klimaatverandering. Roland had hem al een halfjaar lang niet meer gezien en wilde geen serieus meningsverschil over de telefoon uitvechten. Zijn zoon had geldiger redenen dan hij om de memoires af te wijzen. Dat hij erdoor geroerd was, was bewonderenswaardig en grootmoedig. Maar als Jane haar dochter had beschadigd, wat voor schade had die dochter dan haar zoon wel niet toegebracht? Waar was de eerlijke afrekening van de schrijfster? En wat voor de moeders gold, gold ook voor de vader. Rolands rusteloze, marginale leven met een afgebroken opleiding en seriële monogamie was overgenomen door Lawrence. En dat was niet bepaald een cadeautje.

Elke keer dat hij het aangename, neutrale gebied betrad dat kan worden opgeroepen door een glas whisky aan het eind van een vermoeiende dag, was hij geneigd te denken dat het levenslange mysterie van Alissa op zijn minst altijd boeiend was. Er was niemand in zijn leven die ook maar in de verste verte op haar leek. En afgezien van Miriam niemand die zo extreem was. De meeste mensen, hijzelf incluis, lieten het leven gewoon over zich heen komen. Maar Alissa bevocht het. Hij had haar sinds die avond in die Berlijnse steeg, toen de Muur op vijftig plaatsen tegelijk omlaagkwam, niet meer gezien. Dat was nu bijna eenentwintig jaar geleden. Hij betwijfelde of hij haar ooit zou terugzien. Dat had op zich iets van een sprookje. Ze was een grootheid. In vijfenveertig talen nam ze ruimte in in het hoofd van miljoenen mensen.

Elke keer dat er een Engelse vertaling van een nieuw boek van haar verscheen, dus zo ongeveer om de drie jaar, en met elk knipsel dat een van Rüdigers assistenten hem toestuurde, dook ze weer op in zijn leven. Roland had al lang geleden gevraagd hem niet de hele persmap toe te sturen. In de tussentijd dacht hij hoogstzelden aan haar. Alles wat hij over haar las bracht hem uit zijn evenwicht en stuwde hem weer in een nieuwe richting. Wat dat betreft was het afgelopen jaar een goed voorbeeld. Toen had hij een knipsel uit de FAZ gekregen, een lang, aan de Nobelprijs voor de Literatuur gewijd artikel, dat eindigde met speculaties over wie in oktober de prijs uitgereikt zou krijgen. Elk jaar waren er geruchten, die niet altijd uit de lucht gegrepen waren. Er volgde een lijst met de gebruikelijke kandidaten. Roth, Munro, Modiano. Maar, zo besloot het stuk, was het niet de hoogste tijd dat de eer weer eens te beurt zou vallen aan de Duitstalige letteren? Dat was sinds Elfride Jelinek niet meer gebeurd. En wie anders dan Alissa Eberhardt kwam er dan voor in aanmerking? Natuurlijk! Die ochtend was Roland bij een bookmaker in Clapham High Street naar binnen gelopen waar hij aan de balie had gevraagd wat de noteringen waren. De betreffende dame had daarover telefonisch advies moeten inwinnen. De schrijfster kwam niet op hun lijst voor. Het antwoord kwam vervolgens van het hoofdkantoor. Vijftig tegen één. Hij zette een extravagante 500 pond in. Een achtste deel van zijn spaargeld. 25.000 pond dat als nectar aan de vruchten van het succes van zijn vrouw zou worden onttrokken. Dat zou een vorm van gerechtigheid zijn. Toen in oktober de bekendmaking plaatsvond bleek de prijs inderdaad aan de Duitse letteren te zijn toegevallen, alleen niet aan Alissa. In haar plaats was Herta Müller met de eer gaan strijken. Dikke pech. Niet het soort gerechtigheid waar hij op had gehoopt. Hij moest zijn verlies aanvaarden als een eerlijk oordeel over hun mislukte verbintenis.

Dertig jaar geleden zou hij zichzelf een derde glas hebben ingeschonken en daarna een groot vierde glas, waarna de nacht wagenwijd zou openstaan, zoals in de maanden na Alissa's vertrek. Maar toen hij ietwat duizelig van de plotselinge inspanning opstond was zijn whiskyglas nog voor driekwart gevuld. Beter in het glas, die whisky, dan in zijn maag, want hij zou er alleen maar slecht door slapen. Hij pakte zijn exemplaar van *The Dolphin* uit de kast en liep gapend naar boven, terwijl hij onderweg de lichten uitdeed. Hij had ooit op de radio een goede vriendin van Lowell herinneringen horen ophalen aan de keer dat ze hem in het ziekenhuis had opgezocht en hem rechtop in bed had aangetroffen terwijl hij marmelade in zijn haar smeerde. Volledig doorgedraaid, maar zijn poëzie was nog altijd magistraal. Toen hij dat lang geleden had gehoord had Roland soms, wanneer hij aan zijn eigen opgegeven gedichten dacht, gemeend dat er nog hoop voor hem was.

*

Wanneer hij terugkeek op de eerste paar jaar van de nieuwe eeuw moest hij vaak denken aan de twee minuten stilte op Russell Square ter nagedachtenis aan de slachtoffers van de bomaanslagen in de metro en de stadsbus. Als hij in gedachten het tafereel opriep zag hij altijd de verwoeste bus staan, op de met linten afgezette plaats delict waar het forensisch onderzoek nog in volle gang was, maar in het volle zicht. Mediabeelden die onbetrouwbare herinneringen verdrongen. De bus was namelijk elders opgeblazen, op Tavistock Square, en voor nader onderzoek hierheen gebracht.

Op die ochtend in juli 2005, toen Roland daar met enkele honderden anderen in het plantsoen stond, hadden bepaalde gedachten zich opgedrongen en verstrengeld. Tijdens de twee minuten stilte had hij geprobeerd zijn gedachten te bepalen bij de doden en de onkenbare overwegingen van hun 'uit het niets voortgekomen' moordenaars, maar de ziekte van zijn moeder was er steeds tussen gekomen. Hij was destijds heel erg met ziekte en dood bezig. In de maand voor de aanslagen was Jane overleden. De jarenlange gestage aftakeling van Rosalind was recentelijk in een stroomversnelling geraakt. Heel lang was wat ze zei een wirwar geweest van ontspoorde grammatica en begrijpelijke taal. Soms waren haar uitspraken lyrisch, als een duister gedicht van E.E. Cummings. Maar de laatste tijd zei ze bijna niks meer. En nu waren er zorgen over haar ademhaling.

Hij had achteraan gestaan, bij het hek van Russell Square Gardens, zodat hij na afloop snel weg zou kunnen. Hij moest naar West-Londen voor een afspraak met zijn broer en zus. Susan had hem verteld dat ze uiterst belangwekkend nieuws had over het verleden. Het was niet iets om door de telefoon te bespreken. Ze zouden eerst bij Rosalind langsgaan en daarna in een cafetaria gaan zitten. Susan moest later nog een kleinkind van school ophalen en had hem gevraagd niet te laat te komen.

Henry en Susan wachtten hem op bij metrostation Northolt. Vandaar gingen ze met Henry's auto naar het verzorgingstehuis, drie doorgebroken rijtjeshuizen in een rustige woonbuurt. Onderweg wat lusteloos gepraat over koetjes en kalfjes en daarna stilte. Een verzorgster bracht hen naar het kamertje van hun moeder, waar nauwelijks ruimte was voor alle bezoek. Ze zat op een stoel met rechte rugleuning, met haar rug naar een wastafel. Haar hoofd was omlaaggezakt, zodat haar kin op haar borst rustte. Ze had haar ogen open, maar ze leek zich niet bewust van haar bezoek toen dat om haar heen plaatsnam, Susan en Roland op het bed, Henry op de stoel waar de zuster mee was komen aanzetten. Het kamertje rook naar desinfecteermiddel. Susan zat het dichtste bij Rosalind. Ze legde haar hand op die van haar moeder en probeerde haar vrolijk te begroeten. Roland en Henry vielen haar bij. Geen reactie. Ze maakte een bromgeluid en zei een woord dat ze niet verstonden, en toen iets wat niet eens een woord was maar slechts een klinkergeluid, ah, ah, ah. En daarna hoorden ze alleen nog haar jachtige, amechtige ademhaling, die een schurend geluid maakte doordat de lucht langs vastzittend slijm in haar luchtwegen moest. Haar hoofd zakte nog wat verder omlaag. Ze zaten erbij en keken ernaar, alsof ze wachtten op het moment dat ze zou opleven. Er viel niets te zeggen. Het voelde ongepast om onderling te gaan praten. Roland vermoedde dat dit de laatste keer was dat hij haar levend zou zien, maar dat betekende niet dat hij niet na tien minuten al weg wilde. Integendeel.

In zijn optiek was ze al dood en was hij al aan het rouwen, alleen kon hij dat niet doen waar ze bij was. Hij was vastbesloten om niet de eerste te zijn die opstond. Ze bleven niet zitten omdat ze het gevoel hadden dat dit een belangwekkend moment van afscheid was, maar uit beleefdheid. Hij had heel wat uren in deze te warm gestookte kamer doorgebracht. Haar leven was al jaren één lang afgaand tij. Waar het zich terugtrok liet het poelen van herinneringen achter. De grote plas die de herinnering aan de halve eeuw huwelijk met Robert Baines zou moeten bevatten ontbrak. Die was al in een vroeg stadium verdampt, toen ze haar kinderen nog wel herkende, maar haar kleinkinderen niet meer, en ze zich andere, geïsoleerde episoden uit haar leven nog voor de geest kon halen. Als Roland verwijzingen naar zijn vader op haar uitprobeerde, begon ze alleen maar over Jack Tate. Susan had een foto van hun vader opgehangen. Rosalinds verhalen over haar eerste man waren helder. Ze had ze lang voor ze ging dementeren al aan Roland verteld. Niet alle poelen van herinnering betroffen een ver verleden. Zo herinnerde ze zich bijvoorbeeld dat ze vijf jaar eerder met Roland naar Kew Gardens was geweest. Ook de herinnering aan haar moeder, die in 1966 was overleden, was sterk en baarde haar zorgen. Ze had haar immers al heel lang niet meer gezien en moest nodig naar het dorp toe om haar op te zoeken, want ze zou inmiddels wel erg oud en broos zijn. Soms vulde Rosalind een boodschappentas met cadeautjes en basisbenodigdheden die ze dan mee kon nemen. Een appel, koekjes, schoon ondergoed, een potlood, haar wekker. Ze stopte er ook dubbelgevouwen papiertjes bij die volgens haar buskaartjes waren.

De verzorgster kwam hen verlossen. Het was lunchtijd voor de tweede ploeg, zei ze, dus ze moesten nu gaan. Dit zou dan de laatste keer zijn dat hij zijn moeder zag, ingezakt aan een tafel met een tiental andere, luid kwetterende bejaarden. Dat ze iets naar binnen zou kunnen krijgen leek hem uitgesloten. Haar hoofd hing nog steeds voorover, ze had haar ogen open, en haar mond ook. Ze staarde wezenloos naar een kom met geprakt eten en hoorde niet dat haar kinderen afscheid van haar namen. Roland kuste haar op haar hoofd, zo kwetsbaar en koel, en zag weer de brede kale plek vlak onder de kruin. Het was prettig om weer buiten op de schaduwrijke straat vol geparkeerde auto's te lopen. Zolang zijn broer en zus erbij waren voelde hij niet veel. Daarvoor moest hij alleen zijn. Hij nam aan dat het bij hen net zo werkte, want toen ze naar de cafetaria liepen hadden Susan en Henry het over andere verzorgingstehuizen waarvan ze hadden gehoord, die minder goed werden gerund en duurder waren dan dat van hun moeder.

De cafetaria zat in het pand van een kwijnende kringloopwinkel. Twee vriendinnen van Susan 'probeerden er wat van te maken' tegen een lage huur. Het was een deprimerende gelegenheid die heel erg zijn best deed vrolijkheid uit te stralen, met op de tafeltjes rood geblokte katoenen kleedjes en potten met geraniums, en aan de muren ingelijste bordjes met komische opschriften in uitlopende letters die vermoedelijk door een plaatselijke pub waren gedoneerd. *Je hoeft niet gek te zijn om hier te werken, maar hut helpt wel.* Rolands blik was gevestigd op de u, die hem tot zijn verbazing ontroerde. Iedereen deed zijn best om te roeien met de riemen die men had.

Hij was niet in de stemming voor belangwekkend nieuws. Ze waren met enige moeite rond een te klein tafeltje gaan zitten en hadden thee besteld. Niemand had eetlust gehad. De aanblik van de gepureerde maaltijd van zijn moeder in een plastic kom had Roland een misselijk gevoel bezorgd. De broers gingen ervan uit dat Susan haar nieuws pas kon vertellen nadat de thee was gebracht. Henry en zij liepen tegen de zeventig. Alle gebruikelijke tekenen in hun gezicht, houding en manier van spreken waren een vooraankondiging van zijn eigen toekomst over tien, twaalf jaar. Maar het ging uitstekend met ze, hield hij zichzelf ter geruststelling voor. Ongelukkige eerste huwelijken, rampzalige scheidingen waar nu nooit meer over gepraat werd, tevredenheid bij de tweede keer, terwijl hij in zijn eentje steeds minder energiek en doelgericht maar wat doormodderde. Wel had hij tenminste een clubje vrienden en vriendinnen, onder wie ex-geliefdes, met wie hij om de zoveel tijd kon eten. Maar mettertijd waren sommigen van hen ook in een bezadigd tweede of derde huwelijk terechtgekomen, waardoor hij hen minder vaak zag.

Toen de thee eenmaal voor hen stond, in dikke witte mokken die te heet waren om aan te pakken, haalde Susan een bruine envelop uit haar schoudertas. Ze had een brief gekregen van een zekere luitenant-kolonel Andrew Brudenell-Bruce van het Leger des Heils. Het was zijn taak om mensen te helpen familieleden van wie geen adres bekend was op te sporen. En hij was al enige tijd bezig met een zaak die haar zou kunnen aangaan. Hij had Susan gevonden dankzij de ongebruikelijke naam van haar eerste echtgenoot: Charne. Als de meisjesnaam van haar moeder Rosalind Morley was en zij uit Ash in Hampshire kwam, dan zou ze het wellicht interessant vinden te weten dat ze een broer had. Die kort na zijn geboorte in november 1942 was geadopteerd. Zijn naam was Robert William Cove en hij zou graag in contact komen met zijn biologische familie. Kolonel Brudenell-Bruce verzekerde haar dat als zij geen contact met deze persoon wilde, de zaak zou worden gesloten en ze verder niets meer van hem zou horen. Als ze er wel op in wilde gaan, zou hij haar met genoegen in contact brengen met haar broer.

Henry en Susan keken elkaar aan. 1942, toen ze al niet meer thuis woonden en hun kindertijd in duigen begon te vallen. Gescheiden van hun moeder, gescheiden van elkaar. In het begin van de jaren veertig nam hun vader deel aan de Noord-Afrikaanse veldtocht. Dus het was duidelijk. Alleen de voornamen al. Robert natuurlijk, en William was de naam van de vader van de majoor, en van een oudere broer van hem. Susan en Henry keken Roland aan. Dit was een volle broer van hém.

Hij doorbrak de stilte met een zwak 'Tja...'

Hoezo tja? In eerste instantie zijn eigen stompzinnigheid. Het was zo overduidelijk dat het hem nu voorkwam alsof hij het nieuws al eens eerder had gehoord en er toen geen acht op had geslagen. Of zich zodanig had afgeschermd van het oude familieverhaal dat niet tot hem was doorgedrongen wat hem verteld werd. Of het niet had willen weten. Het nieuws kwam niet als een schok, althans nog niet. Eerder als een verwijt. Toen Rosalind na de begrafenis in Clapham was komen logeren – hij probeerde dit door te denken toen ze met hun drieën zwijgend bij elkaar zaten – had ze zich het jaar dat ze Robert Baines had leren kennen, 1941, niet verkeerd herinnerd. Hun moeder was domweg vergeten erover te liegen. Ze had er alleen bijtijds aan gedacht het jongetje dat was geboren weg te laten, maar had hem bijna de waarheid verteld. 'De kinderen waren elders ondergebracht, terwijl ik mijn leven weer op de rails probeerde te krijgen.' Wat had dat anders kunnen beduiden? Als hij beter had opgelet, zou één intelligente vervolgvraag de hele geschiedenis hebben blootgelegd. Ze had het willen vertellen. Er moesten ook andere gelegenheden zijn geweest waarop ze haar geheim kwijt had gewild. Nu de majoor dood was en de gebeurtenissen zo ver achter haar lagen, was er niets te verliezen. Maar in de omgang met zijn ouders was hij er nooit helemaal bij geweest met zijn hoofd. Met een beetje meer aandacht – of wat meer liefde? – had hij het uit haar losgekregen en zou ze zijn verlost van de last die ze tweeënzestig jaar lang met zich had meegedragen. Zijn zus, zijn broer en hij hadden haar kunnen helpen. Ze hadden de ware geschiedenis van hun gezin kunnen achterhalen. Ze zat op een steenworp afstand wezenloos naar haar middageten te staren en kon hun niets meer vertellen over haar geheime zoon omdat ze de facto dood was.

Roland leunde achterover en voelde het gewicht van de nabije toekomst. De vragen, de verhalen die moesten worden herschreven, een vreemde die je als broer moest begroeten, het verdriet en de bedruktheid van Rosalind eindelijk verklaard. Hij zag hoe de toekomst zich voor hem ontrolde, in de verte verdween en weer opdook, als een pad door heuvelachtig terrein. En dan was er het verleden, nog onduidelijker dan voorheen, met zijn vage, in nevelen gehulde gestalten. Robert Baines die een kind verwekt bij de vrouw van een militair die zich aan het front bevindt. Rosalind die zwanger is van een andere man terwijl haar echtgenoot overzee vecht voor zijn vaderland. De schaamte en de geheimhouding, de woede binnen de familie, het geroddel in het dorp. Jack die in 1944 valt bij de bevrijding van Europa, waardoor Robert en Rosalind vrij zijn om te trouwen. Had sergeant Baines bevolen en geregeld dat Rosalinds kinderen zouden worden weggestuurd om ruimte te scheppen voor zijn verhouding? Had hij erop gestaan dat de baby ter adoptie aangeboden zou worden om zijn militaire loopbaan te redden? Hij moest hebben gevreesd voor de krijgsraad te worden gedaagd. Als Roland zichzelf en zijn kostschooltijd meetelde, waren alle vier de kinderen van Rosalind verbannen, elders gedetacheerd. Rosalind moest bij elk afscheid gehuild hebben. Hij had haar schokkende schouders gezien toen ze wegliep, die keer dat zijn ouders hem op de bus hadden gezet om naar zijn nieuwe school te gaan. Ze moest toen aan de andere drie kinderen gedacht hebben en zich hebben afgevraagd hoe ze het toch weer had kunnen laten gebeuren.

Susan en Henry spraken nooit over hun jeugd in oorlogstijd. Die was dood en begraven. Maar nu was hij terug. Op gevorderde leeftijd zouden ze alle drie proberen die een plaats in hun leven te geven: de gezeglijke Rosalind, de dominante Robert, en alles wat ze samen hadden veroorzaakt. Ballingschap, eenzaamheid, verdriet, schuldgevoelens. De kinderen moesten volharden in hun pogingen om het te begrijpen en daar zou nooit een einde aan komen, dacht Roland. Maar nu moest hij ophouden en zich richten op wat hij zeker wist. Hij had een broer, nog een broer, een volle broer. Dat diende te worden gescheiden van het bedrog en de vragen. Was het iets om te vieren? Zo voelde het nog niet. Hij voelde alleen zijn eigen stompzinnigheid.

Hij vroeg de vriendin van Susan om drie glazen water.

Henry schraapte zijn keel en zei: 'Ik geloof dat ik het destijds wel zo'n beetje wist, toen ik acht was. Niet van het kind natuurlijk. Van de verhouding. Daarna ben ik het vergeten. Heb ik het verdrongen. Als ik mama mocht bezoeken was hij er altijd. Die vent. Zo noemde ik je vader toen in gedachten, Roland, die vent. Hij heeft me een keer een cadeautje gegeven, een speelgoedtractor geloof ik. Een gele. Maar ik weet nog dat ik weigerde het ding aan te nemen. Daar zal ik mijn redenen wel voor gehad hebben. Loyaliteit aan mijn vader, denk ik.'

Susan: 'Ik kan me er weinig van herinneren. Eigenlijk niks. Er staat me niks bij. Goddank.' Ze gaf de envelop aan Roland. 'Jij moet dit afhandelen. Ik kan hem niet als eerste ontmoeten. Dat is me te veel.'

'Wanneer jij hem hebt gesproken,' zei Henry, 'kun je ons erover vertellen. En dan kunnen wij hem ook ontmoeten.'

Die avond schreef Roland een brief waarin hij zich voorstelde aan luitenant-kolonel Andrew Brudenell-Bruce. Diens prompte antwoord was aimabel. Hij had de heer Cove geschreven en die zou zelf contact opnemen met Roland. De kolonel woonde in Waterloo en hij zou graag een keer langskomen. Hij kwam twee dagen later en nam plaats aan de keukentafel, op de stoel die Roland onmiddellijk associeerde met de politiefunctionarissen Douglas Browne en Charles Moffat. Misschien kwam het doordat Brudenell-Bruce net als zij in uniform was. Altijd als Roland religieuze ambtsdragers ontmoette, voelde hij zich genoodzaakt hen te beschermen tegen zijn ongeloof, dat zo absoluut was dat zelfs atheïsme hem verveelde. Hij gedroeg zich altijd overdreven vriendelijk tegen de plaatselijke dominee wanneer hij die op straat tegenkwam. Maar Roland besloot dat de kolonel, een robuuste, nette, onverstoorbare man met gespierde schouders en armen en een luide, gulle lach, niet beschermd hoefde te worden. De man vertelde dat hij in zijn jeugd amateurgewichtheffer was geweest. Hij leek in veel dingen lol te hebben, inclusief zijn eigen opmerkingen. Andrew legde uit dat dit zijn laatste zaak was, omdat hij binnenkort met pensioen zou gaan. Hij had er daarom bijzondere aandacht aan besteed. Hij lachte.

'U zult uw nieuwe broer vast mogen. Het is een beste kerel.'

'Wij zijn een behoorlijk rare familie.'

'In de dertig jaar dat ik dit werk nu doe moet ik de eerste normale familie nog tegenkomen.'

Roland lachte mee met de kolonel.

Er kwam een brief van Robert Cove. Die was vriendelijk en ter zake. Hij was tweeënzestig, getrouwd met Shirley, en ze hadden een zoon en twee kleindochters. Hij woonde in Reading, niet ver van Pangbourne, waar hij was opgegroeid. Hij was het grootste deel van zijn leven timmerman geweest en vastbesloten pas met pensioen te gaan als het niet anders kon. Hij had begrepen dat Roland in Londen woonde, dus wat dacht hij van ergens halverwege afspreken? In de buurt van Datchet zat iets, het was vroeger een pub geweest maar nu een conferentieoord, en het heette nog steeds The Three Tuns. Hij stelde een dag in de volgende week voor en opperde zeven uur 's avonds. 'Het lijkt me geweldig om je te ontmoeten.'

De dag voor hun afspraak werd Roland heen en weer geslingerd tussen een angstig voorgevoel dat hij niet kon verklaren en aangename verwachting, nieuwsgierigheid, ongeduld. Wat dan weer werd gevolgd door de vrees dat hem een hele reeks verplichtingen jegens een wildvreemde te wachten stond. Zijn leven hoefde helemaal niet boeiender te worden. Hij wilde boeken lezen en zijn vaste handjevol oude vrienden en vriendinnen blijven zien.

Hij kwam te laat. De treintijden waren onhandig en The Three Tuns was dichter bij Windsor en verder van het station dan zijn website had beloofd. Hij liep langs een stoffige weg Datchet uit en vervolgens naar het conferentieoord over een oprit waarlangs aan weerszijden jonge boompjes in plastic beschermkokers waren aangeplant. Hij naderde een groepje nieuwe gebouwen van rode baksteen, in de quasi-landelijke stijl van supermarkten uit de jaren tachtig. Achter de automatische schuifdeuren trof hij een nagenoeg lege bar met een hoog plafond. Hij bleef even staan bij de ingang, om zelf te zien voordat hij gezien werd.

Alleen aan een tafeltje, met een glas rode wijn waaruit al gedronken was, zat een versie van hemzelf, niet geheel zijn spiegelbeeld, maar wel een Roland zoals hij er zou hebben uitgezien na een ander leven waarin hij andere keuzes had gemaakt. Het was de aanschouwelijk gemaakte veel-wereldentheorie, een uniek kijkje op een van het oneindige aantal mogelijke varianten van hemzelf die volgens die fantasievolle interpretatie van de kwantummechanica zouden moeten bestaan in parallelle en ontoegankelijke domeinen. Hier zat bijvoorbeeld de Roland zoals hij zou zijn geweest zonder bril, met de rechtere rug die hij altijd van plan was geweest te krijgen, en zonder de overtollige kilo's rond zijn middel. Deze man kwam op Roland ook iets stabieler over dan hij zelf was. Robert Cove leek te voelen dat er iemand naar hem keek, want hij draaide zich om, stond op en bleef wachten. In de drie of vier tellen die hij nodig had om naar hem toe te lopen, kreeg Roland het idee dat hij vanuit de gewone wereld een soort hyperruimte was binnengegaan en nu door een droomlandschap zweefde, zich nauwelijks bewust van wie hij was. Buiten drama's en romans was een ontmoeting als deze uitermate zeldzaam. Maar zodra hij voor zijn broer stond stortte de vertekende werkelijkheid in en veranderde weer in de alledaagse, of de kolderieke, omdat er geen vaste omgangsvormen bestonden om een dergelijke ontmoeting soepel te laten verlopen. De een stak zijn hand uit, de ander rekende op een omhelzing. Roland kon zich naderhand niet herinneren welke van die twee impulsen de zijne was geweest. De broers botsten tegen elkaar aan, deden een stap terug en besloten tot de handdruk terwijl ze gelijktijdig de voornaam van de ander riepen. Roland wees naar het wijnglas en Robert knikte.

Toen hij terugkwam van de toog klonken ze en begonnen opnieuw. Een paar minuten lang waren ze bezig wederzijds te benadrukken dat het Leger des Heils mooi werk deed door mensen bij elkaar te brengen en dat de kolonel een fidele kerel was. Daarna viel er een ongemakkelijke stilte. Ze moesten ergens beginnen. Roland stelde voor dat ze allebei in het kort iets zouden vertellen over hun leven en hun huidige situatie.

'Goed idee. Begin jij maar, Roland. Dan kan ik zien hoe het moet.'

In zijn accent uit Hampshire zat een zweem van de zachte rollende r die Roland associeerde met zijn moeder. Het klonk hem in de oren als halverwege naar het westen van het land. Het verhaal van Roland liet zich automatisch redigeren. Hij was voortijdig van school gegaan omdat hij popelde om geld te gaan verdienen. Zijn huwelijk met een schrijfster was na een jaar gestrand. Voor het eerst in zijn leven omschreef hij zichzelf als een 'loungebarpianist'. Hij promoveerde Lawrence tot 'klimaatwetenschapper', maar van 'onze vader en moeder, onze halfbroer en halfzus' en het ongelukkige verleden schetste hij een veel uitgebreider beeld. Zijn eigen leven stelde, zoals hij het presenteerde, niet veel voor. Tot slot zei hij: 'Je sluit je aan, als dat de term daarvoor is, bij een heel verbrokkelde familie. We zijn niet samen opgegroeid, maar ik had tenminste nog onze broer en zus.'

Robert liep naar de toog en kwam terug met een volle fles en schone glazen. Het eerste wat hij wilde zeggen was dat zijn adoptieouders, Charlie en Ann, goed voor hem hadden gezorgd en veel van hem hadden gehouden, dat hij niet verbitterd was en ook geen medeleven nodig had.

'Dat is fijn om te horen.'

Hij had niet geweten dat hij was geadopteerd totdat zijn vader het hem, tegen de zin van zijn moeder, op zijn veertiende verteld had. Maar hij had wel al hints gekregen die hij had weten te vergeten. Zo was hij op school gepest omdat hij geen 'echte ouders' had. Dat gerucht was op de een of andere manier de ronde gaan doen. Hij was er in zijn tienerjaren stukje bij beetje achter gekomen hoe het was gegaan. In december 1942 had Ann een advertentie gezien in de plaatselijke krant. Robert vouwde een fotokopie van de betreffende pagina open en gaf hem aan Roland. Het was een korte mededeling. Erboven stond: *Pas opgerichte band zoekt met spoed violist, saxofonist, klarinettist en trompettist. Vergoeding na afloop,* en eronder stond: *Wij kopen tegen contante betaling bruikbare tweedehands meubels.* Ertussenin stond: *Gezocht. Thuis voor jongetje, 1 maand oud; volledige overgave. Brieven aan postbus 173, Mercury, Reading.* Volledige overgave. Dat moest uit de koker van de majoor komen. Hij had ook 'onvoorwaardelijke' kunnen schrijven. Elders – Roland keek onwillekeurig verder op de pagina – had de oorlog in 1942 de arbeidsmarkt afgeroomd. Er was behoefte aan 'knapen van zeventien' en 'ervaren heren' om de plek in te nemen van de afwezige mannen.

Hij gaf de fotokopie terug. Hij hoorde nu dat Rosalind met haar baby en haar jongere zusje Joy de trein had genomen van Aldershot naar Reading. De trein had vertraging gehad, zoals vaak voorkwam in de oorlog. Zoals afgesproken hadden de zussen gewacht totdat alle andere passagiers zich hadden verspreid. Ann Cove herinnerde zich dat ze een bruine boodschappentas met babykleertjes bij zich hadden gehad. Robert was bij het hek waar de kaartjes werden gecontroleerd aan het echtpaar Cove overhandigd. Ann was nog jaren geplaagd door de herinnering aan het moment dat Joy zich had omgedraaid omdat ze niet kon aanzien dat haar zus de baby afgaf. Rosalind had er verdoofd uitgezien en weinig gezegd.

Een maand na hun eerste ontmoeting zouden Roland en Robert hun tante Joy gaan opzoeken in het dorpje Tongham, niet ver van Ash. Het was natuurlijk een heel bijzonder weerzien, waarbij Roland zich voornamelijk op de achtergrond hield en luisterde. Joy had het jaar daarvoor haar man verloren en was broos, maar haar geheugen was nog goed. Nadat alle uitroepen en omhelzingen voorbij waren gingen ze zitten voor de thee met walnotentaart en vertelde ze haar verhaal. Ze had vaak op het baby'tje Robert gepast terwijl haar zus naar haar werk was en was erg aan hem gehecht geraakt.

'Je was een beeldschone baby,' zei ze terwijl ze Robert op de knie klopte.

In de trein naar Reading had ze geprobeerd haar zus op andere gedachten te brengen. Het was nog niet te laat. Ze konden op het station dat echtpaar ontlopen, de eerste trein terug nemen en met de baby naar huis gaan.

'Ze wilde er niet van horen. Het enige wat Rosalind steeds maar weer zachtjes bleef zeggen was: "Ik moet het doen. Ik moet het doen." Ik ben het nooit vergeten, ze kon me niet aankijken terwijl ze dat zei.'

Zelfs tijdens de terugreis naar Aldershot, toen de zussen allebei totaal van streek waren, had Joy nog tegen Rosalind gezegd dat ze terug konden gaan, tegen de Coves konden zeggen dat ze zich had bedacht, en de kleine Robert weer meenemen. Rosalind had gehuild, haar hoofd geschud en niks willen zeggen. Toen ze weer op het perron stonden in het station van Aldershot had Rosalind haar zus plechtig laten beloven dat ze nooit aan iemand zou vertellen wat ze hadden gedaan. Joy had woord gehouden. Ze had het in achtenveertig jaar huwelijk niet eens aan haar man verteld. Nu had ze voor het eerst over die vreselijke ochtend gepraat, met Robert naast haar op de bank. Hij had even een hand op haar schouder gelegd toen ze was begonnen te huilen.

In de bar van The Three Tuns ging Robert verder met zijn verhaal. Hij had een normale, baldadige jeugd gehad. Er was nooit veel geld geweest, maar zijn ouders waren lief en hij was gelukkig. Hij was schooloudste geworden, maar was blij geweest toen hij een paar maanden voor zijn zestiende verjaardag van school was gegaan. Hij had een pesthekel gehad aan school, zei hij, nog meer dan Roland. Hij was in een fabriek gaan werken, waar hij de jongste was geweest aan de lopende band. Volgens een of ander traditioneel en gewelddadig gebruik wilden de vrouwelijke fabrieksarbeiders hem grijpen, de kleren van het lijf rukken en een bovenmaats rompertje aantrekken. Hij had daar geen zin in gehad en was gevlucht. Ze hadden hem achternagezeten, een stalen trap af, over de werkvloer en de straat op. Hij had het vege lijf maar net weten te redden. Hij was nooit teruggegaan. Uiteindelijk was hij vijf zware jaren in de leer geweest bij een timmerman. Hij had in zijn leven aan heel wat nieuwbouwprojecten in zijn omgeving meegewerkt en reed tegenwoordig vaak langs huizen waarvan hij de balklaag onder de vloer of het vakwerk onder het dak had aangebracht. Hij had van het op maat timmeren van trappen zijn specialiteit gemaakt. Hij was halverwege de jaren zestig getrouwd en nog steeds gelukkig met Shirley. Hun leven draaide om hun zoon, schoondochter en kleindochters. Roberts andere grote liefde was zijn voetbalclub, Reading. Hij ging naar alle wedstrijden, uit en thuis.

Terwijl Robert vertelde bekeek Roland zijn gezicht en herinnerde hij zich zijn eigen ervaringen op bouwplaatsen aan het eind van de jaren zestig en in de jaren zeventig. Vanwege de tijdsdruk, de soms gebrekkige beschikbaarheid van materialen en arbeidskrachten, en vaklieden met overlappende bezigheden die elkaar in de weg zaten, kon de sfeer er behoorlijk gespannen zijn. Geen vakbonden, bedroevende veiligheidsstatistieken, geen voorzieningen voor de bouwvakkers, af en toe een vechtpartij. De tijden van het stukloon. Hij herinnerde zich dat de oudere mannen na jaren van arbeidsconflicten een zekere stoïcijnse onthechtheid hadden ontwikkeld. Roland meende die ook bij zijn broer te zien. Die zou zich niet snel tot een ruzie laten verleiden, dacht hij, en onverstoorbaar blijven als het daar toch van kwam. Hij zag nu dat Robert een breder gezicht had dan hij, opener en genereuzer. De hand waarmee ze hun glas vasthielden vertelde het verhaal van hun verschillende lotsbestemmingen. Robert zou niets hebben aan de zachte witte vingers van de luxeloungepianist. Op de zijne zaten zichtbare eeltplekken en littekens. Zo te horen had hij zijn leven beter op orde, en was het meer ingebed: een levenslang huwelijk, een woonomgeving met overal huizen die hij had helpen bouwen, het plaatselijke voetbalteam dat hij in weer en wind aanmoedigde, en vooral de knappe kleindochters van wie Roland nu de foto zat te bewonderen. Geen lsd-trip aan de oevers van de Big Sur om Robert af te houden van doorsnee ambities, geen alleenstaand ouderschap, hapsnapbaantjes, reeksen liefjes, politieke teleurstellingen en pessimisme. Maar Roberts leven was wel zwaar geweest. Zijn moeder was jong gestorven, hij had niets over zijn afkomst geweten, in zijn leerjaren onder de knoet gezeten en altijd hard moeten werken. De meeste van Rolands moeilijkheden had hij zelf veroorzaakt, en waren luxeproblemen. Maar zou hij met Robert willen ruilen? Dat niet. Zou Robert willen ruilen? Ook niet.

'Nadat mijn moeder was overleden en ik eenentwintig was geworden besloot ik mijn biologische ouders te gaan zoeken. Ik was er al een heel eind mee gekomen, en had mijn geboortegegevens achterhaald, toen ik ermee stopte. Te druk met andere dingen. En ik dacht: tja, als mijn echte ouders nooit zijn komen kijken hoe het met me ging, zitten ze er waarschijnlijk ook niet op te wachten om iets van mij te horen. Dus heb ik het laten zitten. Meer dan veertig jaar lang.'

Roland dacht dat hij de toon, de stembuigingen, misschien ook de methodische aanpak van de majoor, de geest van die andere Robert, bij deze man herkende. Hij had zijn geboorteakte meegebracht en liet die nu zien. Geboren op 14 november 1942. Waar? Op een huisadres in Farnham. Niet in het grote militair ziekenhuis in Aldershot. Dat was logisch. Een paar centimeter naar rechts stond de waarheid en werd Rosalind Tate, geboren Morley, woonachtig op Smith's Cottages 2 te Ash, vermeld als de moeder. Daarnaast stond de leugen, de vader die vermeld werd als Jack Tate, woonachtig op hetzelfde adres. Enkele dagen eerder had Henry Roland een paar documenten toegestuurd: de militaire stamboekgegevens van Jack Tate, en zijn soldijboekje. Hij had gediend bij het Eerste Bataljon van het Royal Hampshire Regiment. Dat had in 1940 deelgenomen aan de Noord-Afrikaanse veldtocht en was in februari 1941 naar Malta gegaan. Daar was het tijdens het langdurige beleg gebleven en had vervolgens deelgenomen aan de invasie van Sicilië in juli 1943, en naderhand van het vasteland van Italië. Voor een eenvoudige infanterist was er geen mogelijkheid om naar huis te komen. Geen kans om in

Engeland een kind te verwekken dat in november 1942 geboren zou worden. Het bataljon van Jack was pas in november 1943 naar huis gegaan, om aan de oefeningen voor D-day te beginnen. Op 6 juni ging het bataljon op Gold Beach aan land. En in oktober had Jack in de buurt van Nijmegen de fatale kogel in zijn buik gekregen, waarna hij op 6 november in Engeland was gestorven.

Roland keek naar de geboorteakte van zijn broer Robert, naar het vierkantje waarin de leugen stond, alsof het papier zou kunnen oplossen en de hartstochtelijke affaire en vervolgens de wroeging daarover zou prijsgeven van Rosalind die een kind had gebaard dat ze zes weken later op een winters perron aan de verdere zorg had toevertrouwd van twee mensen die ze niet kende en die ze nooit meer zou terugzien, gevolgd door haar troosteloze terugreis met de trein, misschien met de arm van haar zus om haar schouder, maar met lege handen en alleen, alsof het zou onthullen hoe die ochtend haar leven had bepaald. *Ik moest het doen*. Je moest het vanuit haar optiek en door de bril van de oorlogsjaren bezien. Als ze de baby had gehouden had ze niet alleen de woede van haar man moeten trotseren wanneer die terugkeerde van het front, maar ook de minachting van het dorp, en haar kind zou het stigma van bastaardjong hebben gekregen, een felle reactie van maatschappelijke afschuw die tijdens de levens van Roland en Robert geleidelijk zou verdwijnen. Ze zou de wil van de man die ze liefhad en vreesde hebben moeten weerstaan. Als het kind niet uit hun levens gewist zou zijn, had het voor sergeant Baines het einde van zijn carrière betekend.

Ten slotte zei Roland: 'Je moet bij onze moeder op bezoek gaan. Ze heeft misschien niet lang meer.'

Zouden Robert en hij van elkaar kunnen houden of een hekel aan elkaar kunnen hebben zoals broers dat kunnen? Te laat. Maar de band met deze vreemde – hij voelde dat nu – was totaal en onontkoombaar. Allebei zeiden ze de woorden steeds timide opnieuw, waardoor ze waar werden. Onze moeder, onze vader.

Roland haalde de ene foto die hij had meegenomen om aan Robert te laten zien uit zijn zak. Hij legde hem tussen hen in op tafel en samen keken ze ernaar. Het was een studioportret van hun moeder met rechts van haar Susan en links van haar Henry. Ze hadden alle drie hun beste kleren aan. Susan was zo te zien een maand of vijftien, en Henry een jaar of vier. Dat zou betekenen dat de foto in 1940 was genomen. Bijna zeker gemaakt zodat Jack hem tijdens de oorlog bij zich kon dragen. Henry had een arm om de schouder van zijn moeder geslagen. Susan stond op een of ander verhoginkje, buiten beeld, zodat haar gezicht op gelijke hoogte was met dat van haar moeder. Maar het was Rosalind naar wie de broers keken. Ze droeg een blouse met open hals waardoor een glimp van een ketting met hanger te zien was. Dikke zwarte lokken vielen tot op haar schouders, make-up was niet nodig, ze had een rustige zelfverzekerde blik, er plooide een glimlachje om haar lippen en ze straalde vredigheid uit. Dit was een bijzonder knappe en evenwichtige jonge vrouw.

Robert zei: 'Ik heb haar nooit gekend.'

Roland knikte. Hij dacht, maar zei niet, dat hij deze vrouw ook nooit had gekend. De moeder die hij kende was zorgelijk, onderdanig, lijdzaam, verontschuldigend. Nu begreep hij die vage droefenis die om haar heen hing en de reden van haar treurnis. De jonge vrouw op de foto was in 1942 op het station van Reading verdwenen.

*

De vasculaire dementie van Rosalind verliep niet volgens een rechte lijn naar het eindpunt. Haar lichaam weigerde het op te geven en sleurde haar geest nog verscheidene maanden terug naar de wereld. De keer dat zijn moeder in een plastic kom met geprakt eten had zitten staren was niet de laatste keer dat Roland haar zag. Ze was niet al dood. Een week later zat ze op de rand van het bed, en hoewel ze hem niet herkende – ze noemde hem 'tante', zoals ze alle bezoekers het afgelopen jaar had genoemd – praatte ze in volledige zinnen, betekenisloos in hun context, maar op de een of andere manier hadden ze iets poëtisch. Bij deze gelegenheid zei ze, nadat ze Rolands omhelzing had beantwoord: 'Daglicht betovert je.'

'Dat is waar,' zei hij terwijl hij een notitieboekje pakte en de drie woorden opschreef. Er volgden andere zinnetjes in het verloop van dat bezoek. Ze zei ze spontaan tijdens hun wel een uur durende, onsamenhangende gesprek. Ze leken met elkaar verband te houden. Hij had haar net verteld, voor wat het waard was, wat Lawrence in Duitsland voor werk deed, toen ze ineens zei: 'De liefde volgt je gewoon.'

Toen hij wegging gaf ze hem iets mee wat klonk als een zegen. Haar woorden verbijsterden hem. Hij liep terug en vroeg haar ze te herhalen. Maar ze staarde uit het raam en was alweer vergeten wat ze had gezegd. Ze was ook vergeten dat hij er was en begroette hem opnieuw. Hij wist dat ze stilletjes religieuze gevoelens koesterde, maar had haar nooit eerder God horen aanroepen. Of de liefde. Hij typte de zinnetjes die avond uit, zonder er iets aan te veranderen, behalve dat hij er schuine streepjes tussen zette. Toen de tijd was gekomen zette hij haar gedicht op de achterkant van het boekje voor de rouwdienst in St. Peter's Church in Ash. *Daglicht betovert je/ De liefde volgt je gewoon/ Onze harten jubelen/ God in al Zijn glorie/ Zorg voor je.*

Hij arriveerde samen met Lawrence. Ze kwamen langs de in een laan bij het kerkhof geparkeerde lijkwagen met de kist van Rosalind. Bij het binnengaan van de kerk zag Roland diverse familieleden, sommigen in de negentig, anderen nog geen jaar oud. Zijn broers en zus zaten al met hun partners op de voorste banken. De uitvaartbegeleiders droegen hun moeder naar binnen en plaatsten de kist op de schragen. De dominee begon aan haar welkomstwoord. Het was onmogelijk om niet naar de kist te kijken waarin Rosalind in het donker lag. Maar ze was daar niet, en ook niet ergens anders, en daar was het weer, het eenvoudigste, altijd weer schokkende kenmerk van de dood: afwezigheid. Het orgel speelde een bekende intro. Sinds zijn opstandige fase in de vierde klas op Berners Hall, had hij zichzelf er niet meer toe kunnen bewegen een kerklied mee te zingen. Hoe fraai de melodie of het ritme van de regels ook waren, hij kon zich niet over de gêne om de flagrante of kinderlijke onwaarheden heen zetten. Maar het ging niet om het geloven, maar om het meedoen, om deel uit te maken van de gemeenschap. Ze begonnen met 'All Things Bright and Beautiful', Rosalinds lievelingsgezang. Leuk voor kleine kinderen, maar hoe kon een volwassene die creationistische flauwekul uit zijn strot krijgen? Omdat hij de anderen niet voor het hoofd wilde stoten, ging hij zoals altijd staan, met het liedboek op de juiste bladzijde opengeslagen. Idem bij 'Pilgrim', waarin sprake was van bosgeesten en baarlijke duivels! Tijdens dit gezang keek hij even naar zijn broer, zijn nieuwe broer. Robert stond er kaarsrecht bij, zonder liedboek en zonder zijn lippen te bewegen.

Toen het bedeesde, rommelige gezang van de aanwezigen wegstierf, liep Roland naar de kansel om de grafrede uit te spreken. Henry, de oudste, had het niet willen doen, en Susan ook niet. Onder Rolands gehoor waren nogal wat mensen die maar kort op school hadden gezeten. Hij wist niet hoeveel zij van geschiedenis wisten. Hij sprak uit het hoofd en nam de luisteraars mee naar 1915, het jaar waarin Rosalind was geboren. Hij zei dat het moeilijk was een andere periode uit de geschiedenis te bedenken waarin binnen een mensenleven van negentig jaar zoveel veranderingen hadden plaatsgevonden als in het hare. Toen zij werd geboren zou het nog twee jaar duren voor de Russische Revolutie uitbrak en was het gruwelijke bloedvergieten van de Eerste Wereldoorlog net begonnen. De uitvindingen die de twintigste eeuw een ander aanzien zouden geven – de radio, de automobiel, de telefoon, het vliegtuig – hadden de levens van de dorpelingen van Ash nog niet bereikt. Televisie, computers, internet waren destijds nog verre toekomstmuziek en onvoorstelbaar. Ook de Tweede Wereldoorlog, met zijn nog massaler bloedvergieten, lag nog in het verschiet. Dit alles zou het leven van Rosalind en dat van iedereen die ze kende bepalen. Ash was in 1915 nog een wereld die op paardenkracht dreef, hiërarchisch, een boerensamenleving, hecht. Een bezoekje aan een dokter kon voor een arbeidersgezin een forse financiële aderlating betekenen. Rosalind had op haar derde beenbeugels gekregen om de gevolgen van ondervoeding tegen te gaan. Tegen het einde van haar leven was er een ruimteschip in een baan om Mars gebracht, braken we ons het hoofd over de niet te voorziene effecten van de opwarming van de aarde en vroegen we ons af of kunstmatige intelligentie op een dag het menselijk leven zou gaan vervangen.

Hij stond op het punt eraan toe te voegen dat er permanent duizenden kernwapens op scherp stonden. Maar de dominee, die vlak achter hem stond, schraapte veelzeggend haar keel. Zijn pessimisme was hier ongepast. En dus ging hij verder met het volgens de conventie vereiste vieren van haar leven en sprak hij over haar toewijding aan haar gezin, over haar kookkunst en liefde voor tuinieren en borduren, en over de liefdevolle wijze waarop ze haar man Robert had verzorgd toen die aan longemfyseem leed. Hij maakte geen melding van de baby die ze had weggegeven en de nieuwe aanwinst in de familie. Dat lag nog gevoelig bij Henry en Susan. Ze hadden, zo hadden ze hem verzekerd, niets tegen Robert, maar ze wilden niet dat het geheim en de schaamte van hun moeder deel uitmaakten van het 'uitzwaaimoment', zoals Susan het had genoemd. Roland rondde af door te zeggen dat hun moeder ooit 'met alle gezag van een schoonmoeder' tegen Henry's vrouw Melissa had gezegd dat de reis naar hemel drie dagen duurde.

'Dat betekent dat ze daar op 29 december om ongeveer halfzes 's middags is binnengekomen. Ik weet zeker dat we allemaal hopen dat ze daar een fijn plekje heeft gevonden.'

Toen hij terugliep naar zijn bank voelde hij zich schijnheilig. Dát had hij aan het einde van zijn praatje wél kunnen zeggen, maar die onschuldige gezangen had hij niet kunnen meezingen.

*

Tussen zijn dertigste en zijn vijftigste had Daphne een paar keer tegen hem gezegd dat hij op seksueel gebied 'rusteloos', 'getroebleerd' of 'ongelukkig' was. Dat had ze als buitenstaander gezegd. In de tijd in het midden van de jaren negentig dat ze samen in twee huishoudens woonden had ze dat nadrukkelijker gezegd, nu als ervaringsdeskundige. Ze had het een paar keer herhaald in hun laatste weken samen, niet lang voordat Peter met hangende pootjes uit Bournemouth was teruggekomen en de logistiek ingewikkelde situatie van Roland en haar tot een einde kwam. Maar het was in al die gevallen nooit een verwijt geweest. Zo ging Daphne niet te werk. Het was meer een constatering, overgoten met een sausje van leedwezen, eerder met hem dan met zichzelf. Ze was een drukbezette vrouw en heel goed in staat om hem en zijn problemen op afstand te houden. Nu, vijf jaar later, in de herfst van 2010, met de Labourpartij niet langer aan de macht en een land dat erop werd voorbereid om de tol te betalen voor de hebzucht en gekte van de financiële sector, had Daphnes echtgenoot haar voor de tweede keer verlaten. Peter had iedereen verrast door een allesverterende liefde op te vatten voor een welgestelde oudere dame. Zij had iets te maken met zijn lachwekkende, monomane politieke gedrevenheid. Hij had zijn aandeel in het elektriciteitsbedrijf verkocht aan een Nederlandse investeringsmaatschappij. De *Financial Times* sprak over een bedrag van 35 miljoen pond. Hermione en hij zouden samen helpen met het financieren van de droom om Groot-Brittannië uit de Europese Unie te halen.

Roland was tweeënzestig. De tijd had zijn rusteloosheid getemperd. Daphnes kinderen en zijn eigen kind waren het huis uit. Zij kende hem goed, beter dan wie dan ook. Het leek, na lange bezinning, het risico waard om haar – eindelijk – ten huwelijk te vragen. Tot zijn verbazing zei ze spontaan ja. Ze zaten op een avond bij haar thuis op Lloyd Square, schoenen uit, bij het haardvuur, de eerste keer die herfst dat dat brandde. Dankzij Daphnes directe jawoord leken de prettig geproportioneerde kamers groter geworden. De muren, de deuren en de deurlijsten glansden. Alles glansde. Een kus op de mond, en toen liep ze naar de keuken om een fles champagne te halen. Zo leid je een leven in goede banen, dacht Roland. Door keuzes te maken, door iets te doen! Dat is de les. Zonde dat hij deze kunst niet veel eerder onder de knie had gekregen. Juiste beslissingen kwamen niet zozeer voort uit rationele overwegingen als wel uit plotselinge goede buien. Al gold dat ook voor sommige van zijn slechtste beslissingen. Maar daar ging het nu even niet over. Ze schonk hun glazen vol en ze proostten op hun toekomst. Daphne was eenenzestig. In de langdurige aangelegenheid die de ouderdom in de moderne tijd was geworden, waren ze nog nat achter de oren. Ze stookten het haardvuur op en begonnen als opgewonden kinderen plannen te maken. Peter zou haar, als onderdeel van hun volledige scheiding, zijn helft van het huis geven. Zodra het huis van Peters spullen was ontdaan kon Roland er intrekken en de eigendomsrechten van het huis in Clapham overdragen aan Lawrence. Maar pas na de zo lang uitgestelde grondige opknapbeurt. Daphne kende de juiste mensen voor die klus. Zij zou nog vijf jaar doorwerken bij de woningcorporatie. Daarna zouden ze gaan reizen. Hij dacht aan Bhutan, zij pleitte voor Patagonië. Uiteenlopender kon het niet. Roland zou op de meeste middagen naar metrostation Angel lopen en blijven spelen in het hotel in Mayfair. Hij zou het goedvinden dat zij daar af en toe wat met hem kwam drinken en haar zelfs verzoeknummers laten aanvragen. Ze zei dat ze graag wilde dat hij 'Doctor Jazz' zou spelen. Dat kende hij goed. De manager, voormalig violiste Mary Killy, zou dat niet waarderen. Maar hij zou het toch spelen. Zijn oude piano zou best in Daphnes huiskamer kunnen staan, tegen de muur achter hen, onder het door Duncan Grant geschilderde portret van Paul Roche, de geliefde van de kunstenaar.

Zo ging het vrolijk door, totdat er een bedachtzame stilte tussen hen viel. Roland stond te snel op van de door katten toegetakelde chesterfield en bleef roerloos staan wachten tot zijn duizeligheid zou wegtrekken. Daarna bouwde hij het houtvuur weer op, ging zitten en wisselde een blik met zijn aanstaande. Ze droeg haar haar nog steeds lang en het was nog steeds blond, zij het vermoedelijk niet meer van nature. Ze was nog altijd lang en sterk, en hij zag moeiteloos het gezicht voor zich van de moeder van drie jonge kinderen, de vrouw die hem door de maanden en jaren na het vertrek van Alissa heen had geholpen. Het was onvermijdelijk dat het verleden zich in de gevallen stilte zou opdringen. Er was inmiddels ook zoveel van. Zonder er eerst over na te denken – alweer een juiste beslissing – zei Roland: 'Er is een deel van mijn leven waarover ik je nooit heb verteld.' Terwijl hij dit zei vroeg hij zich af of Alissa het haar lang geleden al had verteld.

Maar Daphne keek hem vol belangstelling aan. Hij wist zeker dat ze het hem zou zeggen als ze het al wist. En dus begon hij zijn hele verhaal te doen, over de eerste pianolessen toen hij elf was, het huisje van Miriam Cornell, het abrupte einde op een regenachtige avond, de bezoeken van de politieman toen Lawrence nog een baby was, van een andere politieman acht jaar geleden, het bezoek aan Balham, de reden waarom hij 'Round Midnight' had gespeeld, het afscheid bij de voordeur, en dat ze had gezegd dat ze schuld zou bekennen als ze werd aangeklaagd.

Toen hij uiteindelijk klaar was bleef ze stil om alles te laten bezinken. Na een tijdje zei ze zacht: 'En wat heb je toen gedaan?'

'Ik had nog nooit zoveel macht over iemand gehad en hoop dat het ook meteen de laatste keer is geweest. Een maand lang deed ik niets. Ik moest zeker weten dat ik elke keer dat ik erover nadacht tot dezelfde slotsom zou komen. En dat gebeurde ook. Er veranderde niets. Ik bleef er hetzelfde gevoel over houden als ik had toen ik bij haar huis wegliep. Dat ik haar had gesproken bracht alles tot rust. Ik kon haar niet de gevangenis in sturen. Dat had ze misschien verdiend, formeel of volkomen, of als mens, wat dan ook. Maar de hang naar wraak of gerechtigheid die ik had gekoesterd was verdwenen nu we elkaar hadden ontmoet.'

'Voelde je nog iets voor haar?'

'Nee. De hele zaak deed er niet meer toe. Liet me volkomen koud. En ik kon ook niet voorbijgaan aan mijn eigen rol in het geheel. Aan mijn medeplichtigheid.'

'Op je véértiende?'

'Om haar nou voor de rechter te slepen terwijl het me niets meer kon schelen... was me te kil. Dit was niet meer dezelfde vrouw. Ik was niet meer die jongen.' Hij zweeg even. 'Het klinkt niet erg overtuigend, hè? Zelfs niet voor mezelf.'

'Ze had heel wat uit te leggen.'

'Ik denk dat ze dat wel besefte.'

'Wat zou je ervan hebben gevonden als het Lawrence was overkomen?'

Roland dacht na. 'Ik denk dat ik razend zou zijn geweest. Je hebt gelijk.'

'Tja...' Daphne rekte zich uit en keek naar het plafond. 'Noem het dan maar vergeving.'

'Ja... edelmoedigheid. Maar dat was niet hoe ik het toen voelde, en zo voelt het nog niet trouwens. Het ging verder dan vergeving. Het was niet eens een kwestie van het achter je laten of hoe ze het ook maar noemen. Er een punt achter zetten. Het kon me gewoon niet meer schelen, zij niet, of wie ik had kunnen worden. Dat is allemaal voorbij en het kan me geen donder meer schelen. Waarom zou ik haar de bak in moeten laten draaien? Al was het maar voor een week?'

'Dus je hebt haar een brief geschreven.'

'De politie kende haar naam niet en ik wilde geen spoor achterlaten. Dus heb ik gebeld en haar verteld wat ik had besloten. Ze wilde iets zeggen, ik denk dat ze me wilde bedanken, maar ik heb opgehangen.'

De korf met houtblokken was leeg. Samen droegen ze die naar de inloopkast bij de keuken waar de houtvoorraad lag. Toen het vuur weer op gang was en ze weer waren gaan zitten zei Daphne: 'Heb je dit altijd voor je gehouden?'

'Ik heb het een keer aan Alissa verteld.'

'En?'

'Ik weet het nog goed. We waren bij haar ouders. Er lag een dik pak sneeuw. Zij zei: "Die pianojuf heeft je hersens geherprogrammeerd."'

'Daar had ze gelijk in! Maar geherprogrammeerd betekent

definitief. Hoe kun je nou zeggen dat het allemaal voorbij is en er niet meer toe doet, en dat het je niks meer kan schelen?'

Daar had hij geen antwoord op, maar het onderwerp zou vast nog wel eens ter sprake komen. Hun huwelijk was begonnen.

Een voorval op zijn werk de volgende dag leek naadloos aan te sluiten bij die late avond. Het was net of het huwelijksaanzoek aan een oude vriendin allerlei sluimerende herinneringen uit zijn verleden had opgerakeld en ervoor had gezorgd dat die nu samenklonterden en weer bij hem bovenkwamen. Hij speelde doorgaans voor en na het diner. De heersende gedachte was dat Londen geen toeristenseizoen kende. In een wereldstad die in de mode was, was het altijd toeristenseizoen. Elk jaar kwamen er meer Russen, Chinezen en Indiërs, naast de gebruikelijke Arabieren uit de Golfstaten en Amerikanen. Zelfs tienduizenden Fransen vonden dat Londen meer te bieden had dan Parijs. Het hotel was meestal volgeboekt, al was de clientèle nog steeds bepaald niet jeugdig. Het etablissement werd niet zozeer gewaardeerd vanwege de traditionele, ouderwets Engelse snit als wel omdat er een bedaagd soort rust heerste. Men kon ervan op aan dat er niets zou gebeuren. Veel van de gasten waren vaste klant. De receptiebalie had goede ingangen om kaartjes te krijgen voor de populaire mainstreamvoorstellingen. Het betrouwbare restaurant was alleen open voor hotelgasten, dus het was niet nodig om fanatiek achter gewilde Londense chefs aan te zitten. Het hotel was duur, maar stond niet in aanzien bij luidruchtige pop- en filmsterren, of bij obligatiehandelaren of andere delen van de Londense beau monde. Na het diner liep de loungebar vol en in de loop der jaren was er – dankzij het oordeelsvermogen van Mary Killy – onder de vaste gasten een groep stille bewonderaars van Roland en het type gemakkelijk in het gehoor liggende muziek dat hij speelde ontstaan. Soms ging er een bescheiden applausje op wanneer hij het verhoog op stapte. Mary verzocht hem om dat te beantwoorden, een buiginkje volstond. Hij deed wat ze vroeg. Het management behandelde hem nu als een meerwaarde, als iemand die een streepje voorhad op het bedienend personeel. Hij mocht wanneer hij kwam werken door de voordeur naar binnen. Hij mocht ook, en dat werd zelfs aangemoedigd, voor of na zijn sessie iets te drinken bestellen in de lounge. En als hij zich dan onder de gasten zou willen mengen, was dat nog beter. Dit laatste trachtte hij echter zo veel mogelijk te vermijden.

Die avond kwam hij binnen met een lichte kater van de vorige nacht. Ze waren pas om vier uur naar bed gegaan en hadden ook nog gevrijd voordat ze waren gaan slapen. Ze hadden elkaar niet gezien bij het ontbijt. Daphne had een vroege controleafspraak gehad in het ziekenhuis en hij had geprobeerd uit te slapen. Na een halfuur had hij het opgegeven, koffiegezet, met de mok in zijn hand rondgelopen in haar keurig nette huis en zich voorgesteld dat hij daar zou wonen. Bij een overloop was een kamertje dat hij van haar als werkkamer zou mogen gebruiken. Hij wierp er een blik in. Het stond volgestouwd met koffers en kindermeubeltjes, twee kinderstoelen, een wieg, kleine bureautjes, die stonden te wachten op de volgende generatie. Daphnes oudste, Greta, was zwanger. Tijdens de ochtend had hij zich immuun gevoeld voor zijn gebruikelijke overpeinzingen over de tijd en het leven dat zich aan zijn greep onttrok. Hij ging een nieuwe start maken. Hij zou herboren worden. Nieuw leven! Hij had Lawrence gebeld om hem het nieuws te vertellen, al kon hij de gedachte niet van zich afzetten dat hij in feite op de goedkeuring van zijn zoon uit was. Het antwoord was helder: 'Ja, duizend keer ja!'

Nu, op zijn werk, vielen hem, terwijl hij naar de piano liep voor zijn eerste set en in drie richtingen knikte vanwege het her en der opklinkende applaus, vier mensen op aan een tafeltje niet ver weg, links van hem. Een stel van ongeveer zijn leeftijd en twee jonge vrouwen. Ze dronken bier en zagen eruit alsof ze hier niet helemaal thuishoorden. Alle vier hadden ze de uitstraling, die geconcentreerde blik, die je naar verluidt kreeg als je langdurig een goede opleiding had genoten. Zelf geloofde hij daar om hem moverende redenen niet in. Hij was met de jaren slechter geworden in het herkennen van gezichten, maar binnen een paar tellen wist hij wie ze waren, en naast verrukking voelde hij ook langvergeten schuldgevoel opspelen. Zijn handen lagen al op het klavier en hij moest aan de slag. Volgens Mary waren er meer gasten uit de VS dan anders. Dat betekende dat hij moest beginnen met 'A Nightingale Sang in Berkeley Square', wat voor een bepaald type Amerikaan in Londen een soort reservevolkslied was.

Hij speelde zijn vaste medley van showmelodieën toen hij opzijkeek naar het groepje. Ze keken aandachtig toe en glimlachten nerveus toen ze zijn blik opvingen. Hij stak een hand op ter begroeting. Hij was bij een stemmige ragtime van Scott Joplin aangekomen en stelde zich Daphne voor als zijn echtgenote, die alleen aan een tafeltje zat terwijl hij in daverende, energieke stijl 'Doctor Jazz' van Jelly Roll Morton speelde. Dat zou beslist gaan gebeuren en de gedachte daaraan vervulde hem met heerlijke voorpret. Vervolgens speelde hij iets sentimenteels. 'Always'. Opnieuw wierp hij een snelle blik op het viertal. Een serveerster zette vier nieuwe glazen bier voor hen neer. Het idee ontstond om hen een boodschap te sturen, een herinnering. Over een paar minuten was het tijd voor zijn pauze. Het laatste nummer van de set zou er een zijn dat hij nooit eerder had gespeeld, hier of elders. Maar hij kende het goed genoeg, de akkoorden waren eenvoudig, en toen hij het begon te spelen lukte het hem het zacht wiegende ritme erin te krijgen en merkte hij dat zijn rechterhand volkomen op eigen houtje de intro kende en wist hoe hij de subtiele gitaarnoten die het refrein schraagden moest nadoen. *Linger on your pale blue eyes...*

Toen hij klaar was en opkeek was de vrouw in tranen. De man was opgestaan en kwam op hem toe gelopen, en de twee jonge vrouwen glimlachten. Een van hen had een arm om de schouders van haar moeder geslagen. Het geroezemoes van de gesprekken verstomde en de loungegasten keken belangstellend toe toen Roland van het verhoog af stapte en Florian en vervolgens Ruth langdurig omhelsde. Hanna en Charlotte voegden zich erbij en zo vormden ze elkaar omarmend een liefdevolle scrum. Tja, hem was gevraagd zich onder de gasten te mengen.

Toen ze hun rug rechtten lachte Ruth: 'Jetzt weinst du auch!'

'Alleen maar uit beleefdheid.'

Ze liepen de paar stappen naar hun tafeltje. Hij had Hanna aan zijn ene arm en Charlotte aan zijn andere, de meisjes met de gefluisterde *erstaunliche Geheimnisse*, degenen die hem Duitse les hadden gegeven op de zwarte skaileren sofa. Een van de serveersters bracht een vijfde glas bier.

Ze hadden twintig minuten voor zijn tweede set zou beginnen. De verhalen tuimelden over elkaar heen, soms praatten de vier Duitsers allemaal tegelijk.

'Hoe hebben jullie me hier gevonden?'

Toen Florian en Ruth waren gearresteerd en hun flat was doorzocht waren hun adresboekjes in beslag genomen. Toen ze wisten dat ze naar Londen zouden gaan had Hanna Mireille weten op te sporen via een Franse *amis d'avant* website en zij had haar verteld over Rolands pianobar. Hanna studeerde biologie in Manchester via het Erasmus-programma, en Charlotte werkte in een boekhandel in Bristol om beter Engels te leren. Ruth gaf les op een middelbare school, Florian was arts en ze waren in 1990 verhuisd naar Duisburg. Beide ouders zagen er oud uit voor hun leeftijd, met veel kraaienpootjes bij hun ogen, en Roland merkte dat ze iets uitgeblusts hadden. Ze waren allebei zwaarder geworden. Hij vertelde het gezin dat hij de vorige avond zijn beste vriendin ten huwelijk had gevraagd. In een opwelling belde hij Daphne. Ze klonk ver weg. Ze zei dat ze net aan het afronden was op haar werk en over een uurtje bij hen zou zijn. Dat werd champagne als hij klaar was!

De Heises hadden Lawrence nooit ontmoet, maar ze wisten wel van zijn bestaan en vroegen hoe het met hem ging. Hij was een al wat oudere deeltijdstudent wiskunde aan de Freie Universität in Berlijn. Tot hij zijn bul had gehaald werkte hij 's avonds in de bediening en droeg hij onofficieel zijn steentje bij op een instituut voor klimaatonderzoek in Potsdam. Hij had zijn vader die ochtend verteld dat hij dacht dat hij 'misschien verliefd was' op een oceanografe die Ingrid heette.

Roland rondde een uitbundige tweede set af met een paar

melodieën van Kurt Weill: 'Mackie Messer' en vervolgens de 'Ballade vom angenehmen Leben'. Toen hij na het laatste nummer opstond klaterde her en der applaus op, iets nadrukkelijker dan anders. Meer dan zijn spel, had de dramatiek van zijn weerzien met het Duitse gezin een aantal gasten geroerd. Het nieuws over zijn trouwplannen had de bar bereikt. Er stond een fles in een wijnkoeler op tafel, met vijf glazen en een felicitatiebriefje van de manager van die avond.

Na het proosten vertelden de Heises hun verhaal. In antwoord op Rolands vraag: nee, de platen en boeken die hij hun had bezorgd hadden hen niet in de problemen gebracht. Maar Schwedt was een troosteloos oord en ze hadden er een rottijd gehad. Ruth werkte er als schoonmaakster in een ziekenhuis, Florian werkte in een papierfabriek en later, dat was iets beter, in een schoenenfabriek. Het systeem woog zwaar op hen, en wat erger was: de buren waren vijandig. Het allerergste was echter dat ze de kinderen niet bij zich hadden. Plotseling, na twee maanden, kregen zij ze terug. De kinderen bleken uiteindelijk niet van elkaar te zijn gescheiden, maar waren er wel slecht aan toe. Toen Ruth dit zei knikten de zussen. Maar de laatste anderhalf jaar in Schwedt waren draaglijker geweest doordat de hoop toenam. Er was nieuws doorgesijpeld over mensen, hele gezinnen, die vanuit Hongarije de grens naar Oostenrijk waren overgestoken zonder dat de Russen hun een strobreed in de weg hadden gelegd. En toen was er natuurlijk de Muur. De reis naar het Westen vanuit Schwedt in maart 1990 was ingewikkeld geweest. Ze hadden eindelijk Ruths moeder, Maria, weer kunnen zien in Berlijn. De autoriteiten hadden haar nooit toestemming gegeven het gezin te bezoeken. Ruth en Florian hadden haar uiteindelijk naar een ziekenhuis in het Westen kunnen krijgen, in Duisburg, waar ze in '92 was overleden.

Het was voor Florian een geweldige kans geweest toen hij op zijn eenenveertigste een beurs kreeg om medicijnen te gaan studeren. Maar het was niet meegevallen om met het gezin rond te komen van Ruths loon als bescheiden onderwijsassistente op een school voor moeilijk opvoedbare kinderen. En het was nog zwaarder geworden, zei Florian, toen de meisjes verschrikkelijk gingen puberen. Hanna en Charlotte krijsten het uit in protest.

'Oké. Wat dachten jullie van een tiener die dacht dat ze zwanger was, klachten van de politie over verboden graffiti, of van alcohol, drugs, groen geverfd haar, slechte rapporten, keiharde muziek op straat, om twee uur 's nachts thuiskomen, urineren op de openbare...'

Hoe langer zijn opsomming werd, hoe harder de zussen moesten lachen. Ze pakten elkaar vast. 'Dat was achter een struik!'

'Wir wollten einfach nur Spaß haben!'

'Jullie wilden alleen maar een beetje lol hebben? En die petitie van de buren dan?'

Ruth wendde zich tot Roland. 'Ze wilden dat deze twee teruggestuurd zouden worden naar het Oosten.'

De meisjes lagen nu helemaal dubbel. Het was moeilijk om je graffiti en groen haar bij hen voor te stellen nu ze coole, hooggeleide westerlingen waren. Het waren de ouders die de littekens droegen en het merendeel van de champagne opdronken. Hun kinderen raakten die nauwelijks aan. Er verstreken nog een paar minuten en toen wisselden Hanna en Charlotte een blik, knikten en stonden op. Een Italiaanse vriendin wier Engelse vriend een appartement in Holland Park had, gaf een feestje en ze moesten ervandoor. Ze zouden hun ouders bij het ontbijt zien in het hotel. Florian en Ruth stonden op om zich te laten omhelzen en keken de zussen na toen die zich door de lounge repten. Roland had gemengde gevoelens. Hij benijdde ze niet dat ze naar een feestje gingen dat zo laat begon. Maar hij miste bij zichzelf wel dat ongeduld, die drang om erbij te zijn als er iets interessants ging gebeuren. Die gedachte verdween echter weer zodra hij Hanna en Charlotte bij de ingang opzij zag stappen om zijn toekomstige vrouw erdoor te laten. Nog voordat zij hun tafeltje had bereikt hadden Florian en Ruth de glazen van hun kinderen al leeggedronken. Ze bestelden nog een fles en schone glazen.

Nadat Daphne, Florian en Ruth aan elkaar waren voorgesteld en er opnieuw was geproost werd zij bijgepraat. Ze herinnerde zich het gezin uit de verhalen van Roland. Hij riep in herinnering dat zij hem in contact had gebracht met iemand die ze kende in de platenwereld die een zeldzame bootleg van Dylan had weten te vinden die Florian dolgraag had willen hebben.

Die zei: 'Ik was gelukkiger toen ik nog naar dingen verlangde.' Hij stond op, mompelde iets over de achterlijke rookverboden in Engeland, en ging naar buiten om een sigaretje te roken.

Terwijl hij weg was vertaalde Roland ter plekke voor Daphne wat Ruth vertelde over Florian, die minder gelukkig was geweest dan de meisjes en zij. De kliniek waarin hij werkte bevond zich in een ruig deel van Duisburg, in de buurt van Oberbilk. Hij kwam daar de ergste dingen tegen: drugs, armoede, geweld, verloedering, racisme, de manier waarop vrouwen werden behandeld, zowel in de witte als in de immigrantengemeenschappen. Ruth noemde de buurt het afvoerputje. Elk land had zijn afvoerputje. Maar hij zei dat het de werkelijkheid was en dat niemand die onder ogen wilde zien. Hij kon het voormalige Oostblok niet verdedigen, maar hij was niet gelukkig in het verenigde Duitsland. Hij had een hekel aan de files, de graffiti overal, het zwerfvuil rond de kliniek, de stompzinnigheid van de politiek, de vercommercialisering. Zodra er reclame op tv kwam liep hij de kamer uit. Hij had het idee dat de buren op hem neerkeken, maar volgens Ruth waren het juist aardige mensen. Toen de meisjes nog op school zaten klaagde hij altijd over het gebrek aan tucht in de klas. Het was gênant. Ze kregen namelijk uitstekend onderwijs. Als ze ergens reden zei hij dat de meeste automobilisten gevaarlijk gestoord waren. Hij werd gek van Duitse popmuziek.

'Hij heeft alle muziek waar hij van houdt, zijn eigen muziek, maar die draait hij nooit. Toen jij dat nummer van The Velvet Underground speelde was hij heel verdrietig. Dat waren we allebei, vanwege de tijd van toen die we nooit meer willen meemaken. Nergens!'

Roland voelde zich ongemakkelijk toen hij haar in Florians

afwezigheid over haar man hoorde praten. Haar toon was eerder klagerig dan meelevend en hij vermoedde dat ze hem probeerde mee te krijgen in wat haar dwarszat in haar huwelijk. Hij hoopte dat dat allemaal niet had meegeklonken in zijn vertaling. Hij keek even naar Daphne, die naast hem zat. Sinds ze zich bij hen had gevoegd was ze erg stil geweest. Hij pakte haar hand en tot zijn verbazing was die warm en klam, zeg maar gerust nat.

'Alles goed?' vroeg hij zachtjes.

'Ja, hoor.' Ze gaf een kneepje in zijn hand.

Ruth boog zich ineens naar voren. 'Hij heeft iets met een vrouw. Hij ontkent het. Dus we kunnen het er niet over hebben.'

Maar dit vertaalde Roland niet voor Daphne. Hij zag Florian aankomen, gevolgd door een serveerster met een nieuwe fles. Toen hij was gaan zitten wilde hij de champagne per se zelf ontkurken.

Daphne gaf hem nog een kneepje. Roland nam aan dat dit betekende dat ze gauw weg wilde. Hij keek haar aan en knikte. Ze zag er afgepeigerd uit. Ze had een lange dag achter de rug. Maar Florian was teruggekeerd in een spraakzame stemming, vulde de glazen en wilde herinneringen ophalen aan eind jaren tachtig en de verboden boeken, die hij sindsdien niet meer had aangeraakt. Toen begon hij over de NAVO. Dat die zich naar het oosten uitbreidde was waanzin, een belachelijke provocatie van de Russen met hun nationale minderwaardigheidscomplex. Roland sputterde voorzichtig tegen. Hij hoefde Florian er toch zeker niet aan te herinneren dat de landen van het vroegere Warschaupact jarenlang onder een Russische bezetting hadden geleden, en dat die met geweld was bestendigd? Ze hadden alle reden en alle recht om hun eigen keuzes te maken. Maar met Florian in discussie gaan was een vergissing en het kostte bijna een halfuur om zich van hem los te maken, en telefoonnummers en e-mailadressen uit te wisselen. Daarna stonden ze op voor afscheidsomhelzingen die, althans voor Roland, hun uitbundige onschuld hadden verloren. Het moment was besmet geraakt. Hij wou dat Ruth hem niet had verteld wat hij niet hoefde te weten.

Hij had te doen met hen allebei, en voelde zich enigszins schuldig over zijn eigen geluk.

Toen ze vertrokken werden ze opnieuw opgehouden. Sommige leden van het personeel wilden hem de hand drukken, aan Daphne worden voorgesteld, en hen feliciteren. Ze deed vriendelijk tegen iedereen, maar hij zag dat het haar inspanning kostte. Hij vermoedde dat Peter moeilijk deed. Misschien wilde hij terugkomen. Nou, dat kon hij vergeten. Eindelijk liepen ze gearmd door de gesoigneerde achterafstraten van Mayfair in de richting van Park Lane, om daar een taxi aan te houden. Ze vroeg hem wat Ruth had gezegd en hij vertelde het haar. Ze reageerde er niet op en onder het lopen voelde hij dat ze aan zijn arm hing alsof ze bang was te vallen. Toen ze eenmaal in de taxi zaten en naar huis reden ging hij dichter tegen haar aan zitten.

'Wat is er, Daphne? Zeg het maar.'

Ze verstijfde plotseling en er trok een rilling door haar heen. Hoewel ze een keer diep had ingeademd voordat ze iets zei, klonk haar stem toch iel. 'Ik heb slecht nieuws gekregen.' Ze wilde het hem gaan vertellen, maar kon het niet. Ze wendde zich van hem af en begon te huilen. Roland schrok. Als er iets met een van de kinderen was, zou ze het hem allang hebben verteld. Hij sloeg een arm om haar heen en wachtte af. Haar schouders en nek gloeiden. De taxichauffeur minderde vaart en vroeg door de intercom of hij iets kon doen. Roland zei dat hij door kon rijden, waarop de man de microfoon uitzette. Hij had Daphne nog nooit zien huilen. Ze was altijd zo capabel, zo sterk, zo begaan met anderen. Hij voelde zich als een kind dat met stomheid geslagen was bij de aanblik van een huilende ouder. Hij vond wat papieren zakdoekjes in haar tas en drukte haar die in handen. Langzaam herstelde ze zich.

'Sorry,' zei ze. En nog eens: 'Sorry.'

Hij drukte haar steviger tegen zich aan. Uiteindelijk vertelde ze het hem. 'Ik heb vanochtend een aantal testuitslagen teruggekregen.' Op het moment dat ze het zei kon hij de rest raden.

Ze zei: 'Ik had het je moeten vertellen. Maar ik dacht dat het niks zou zijn. Het is kanker. Stadium vier.'

Hoewel hij het probeerde, kon hij een paar tellen geen woord uitbrengen.

'Waar?'

'Overal. Het zit overal! Ik heb geen schijn van kans. Dat hebben ze me op hun eigen, omslachtige manier duidelijk gemaakt. Beide artsen. O Roland, ik ben zo bang!'

II

Hij haalde hem uit de lade waarin zijn truien lagen en zette hem op zijn bureau. Het was een zware aardewerken urn met een met kurk ingelegde schroefdop, die in een krantenpagina van twee jaar geleden was gewikkeld. Daarvoor had het ding vijf jaar voor zijn slaapkamerraam gestaan, totdat hij het moe was geworden steeds maar te worden herinnerd aan de reden voor zijn uitstelgedrag. Nu, kort voor middernacht aan het begin van september stond alles ingepakt en opgestapeld in de gang. Zijn huurauto, de goedkoopste die hij had kunnen vinden, stond vlakbij geparkeerd. Hij legde de urn voorzichtig op zijn zij en rolde hem uit de krantenpagina. Twee jaar waren niets voor het geheugen, het was alsof het om twee maanden ging. De toenemende samenballing van de tijd was iets wat al zijn oudere vrienden herkenden. Ze beklaagden zich er regelmatig bij elkaar over dat de tijd steeds sneller leek te gaan en dat dat niet eerlijk was. Hij was vergeten dat hij deze pagina in een bui van bedrukte ironie had uitgekozen. Hij zette de urn opzij en spreidde het stuk krant uit. 15 juni 2016. Een foto die de halve pagina besloeg toonde Nigel Farage, leider van de UK Independence Party en Kate Hoey, een Labourparlementariër, die glunderend op de boeg van een boot tegen de reling geleund stonden. Achter hen was het parlementsgebouw te zien. Schuin voor hen voer een plezierbootje dat was uitgedost met Union Jacks. Er waren nog meer boten bij geweest, deels buiten beeld. De twee vierden alvast het feit dat Groot-Brittannië er binnenkort voor zou kiezen om de Europese Unie te verlaten en de zeggenschap over zijn uitgestrekte visgronden terug zou krijgen, iets wat ze bij dezen toezegden.

Maar Roland had geen belangstelling voor Farage en Hoey. Een elleboog, bovenarm en deel van een schouder op de voorgrond van de foto vormden de reden dat hij deze pagina had uitgezocht. Een perverse keuze. Ze behoorden toe aan Peter Mount, een van de belangrijkste geldschieters van de zaak. Hij drong er al een jaar lang tot vervelens toe bij Roland op aan om zich te ontdoen van Daphnes as en hem bij dat ritueel te betrekken. Peter belde de laatste tijd steeds vaker. Roland had hem al heel dikwijls uitgelegd dat ze een paar uitdrukkelijke wensen had gehad en dat hij, Roland, daar niet tegen in zou gaan. Dat hij de zaak telkens uitstelde was oké. Hij had al een paar keer opgehangen tijdens een gesprek met Peter. Het was niet louter iets persoonlijks. Hij was alles waar de man voor stond gaan verafschuwen.

Hij wikkelde de urn in een fleecedekentje, stopte het geheel in een lege rugzak en nam die mee naar beneden om hem bij de rest van zijn klaarstaande spullen te zetten. Bergschoenen onder een hoed met brede rand, nog een rugzak, een kleine koffer, een kartonnen doos met etenswaren. Hij liep naar de keuken om een briefje te schrijven voor Lawrence en Ingrid. Die zouden met de zesjarige Stefanie uit Potsdam komen om op het huis te passen en te genieten van Londen. Zijn instructies betroffen voornamelijk zijn kat, die hij al twee dagen niet had gezien. Bij zijn terugkeer zouden ze zijn verjaardag vieren met een etentje. Heerlijk om niet in een leeg huis terug te hoeven komen.

Op een apart blaadje schreef hij een maf welkomstbriefje voor Stefanie, met tekeningen en grapjes. De afgelopen twee jaar hadden ze een bijzondere vriendschap opgebouwd. Dat was een verrassing, een liefdesverhouding, een verhouding vol liefde, nadat hij zijn zeventigste verjaardag al was gepasseerd. Het ontroerde hem dat zij hem steeds uitzocht om haar ernstige overdenkingen of weloverwogen vragen voor te leggen, en dat ze per se wilde dat hij bij het eten naast haar zat. Ze stelde hem vragen over zijn verleden. Hij was onder de indruk van de duidelijke bewijzen van het florerende gedachteleven van een zesjarige. Het voerde hem terug naar de kindertijd van Lawrence, meer dan dertig jaar geleden. Ze luisterde met een strakke, geconcentreerde blik naar de verhalen van haar opa. Ze had de blauwzwarte ogen van haar moeder, met de onderwaterblik van een oceanografe. Hij dacht dat ze hem beschouwde als haar stokoude, uiterst kostbare bezit, wiens broze bestaan zij tot taak had te bewaren. Telkens als ze haar hand in de zijne legde voelde hij zich vereerd.

Een halfuur later lag hij in bed en kon hij, zoals hij wel verwacht had, de slaap niet vatten. Te veel dingen die hij niet mocht vergeten, zoals een scherp mes, zijn bloeddrukpillen, de beste route om Londen uit te komen. Hij moest een ander bankpasje bij zich steken, in plaats van het pasje dat verlopen was. Er zaten tegenwoordig geen cd-spelers meer in auto's, dus hij moest er eentje opsnorren als hij haar lievelings-cd wilde afspelen. Hij nam een slaappil, en terwijl hij wachtte op het effect daarvan gingen zijn gedachten terug naar Peter Mount. Het had er alle schijn van dat die, nu het referendum voor hem naar wens was verlopen, zijn tijd vooral besteedde aan ruziën met de vrouw met wie hij samenwoonde, en bezig was zijn liefde voor Daphne te herontdekken. Hermione en hij hadden samen campagne gevoerd, er geld in gestoken en gezegevierd, maar nu bestreden ze elkaar in de rechtbank over panden waarvan ze gezamenlijk eigenaar waren. Mounts postume liefde voor zijn ex had zich toegespitst op een obsessie met haar as. Hij wist waar zij wilde dat die werd uitgestrooid. Ze had de plek vijfendertig jaar geleden voor hem aangegeven op een landkaart. Peter had onlangs aangeboden om het zelf te gaan doen. Maar dat ging niet gebeuren. Wat ze tegen Roland had gezegd, en wat er in haar brief stond, was heel specifiek. Die brief zat in zijn bagage. Peter was twee keer bij haar weggegaan en had dat slordig gedaan, en hij was bij vlagen gewelddadig tegen haar geweest, iets wat hij zonder wroeging erkende. Naar verluidt had hij destijds beweerd dat zij hem daartoe had gedreven. In haar laatste weken had Daphne besloten het hem niet te vergeven.

De pil werkte maar traag, met als gevolg dat hij zich versliep. Hij had een halfje moeten nemen. De hele nacht had Peter Mount een rol gespeeld in zijn warrige dromen. Ook zijn moeder was erbij geweest, ze had iets nodig gehad en om hulp geroepen, maar mummelend, zodat hij de woorden niet had kunnen verstaan. Hij werd om halfnegen in een wazige toestand wakker. Hij was van plan geweest om voor zessen weg te rijden, zodat hij voor de ochtendspits de stad uit kon zijn. Nu verloor hij nog meer tijd doordat hij met trage bewegingen bezig was de keuken aan kant te maken voor Lawrence en Ingrid, waarna hij nog een extra kop koffie nodig had voor hij vertrok. Al met al was het bijna tien uur voordat hij de auto voor de deur neerzette. Het was de tijd van de dag dat de parkeerwachters nog fris en gretig waren. Hij laadde de auto snel in en draaide zich net om en wilde het huis afsluiten toen hij de figuur uit zijn dromen zag staan. In zijn geestestoestand keek hij daar niet van op. Mount stond bij het hekwerk voor het huis met een canvas tas in de hand. Hij droeg een tweedjasje in plattelandsstijl, een honkbalpetje en zware brogues.

'Godzijdank. Ik dacht dat je misschien al weg zou zijn.'

'Wat kom je doen, Peter?'

'Ik heb het van de kinderen gehoord. Ik ga mee.'

Roland schudde zijn hoofd en liep hem voorbij. Terwijl hij het huis binnenging keek hij even om en zag dat Peter in de auto probeerde te komen. Toen dat niet lukte keek hij of de kofferbak open was. Hij kwam naar de voordeur en riep: 'Lekker wonen in mijn huis, hè?'

Roland sloeg de deur dicht en ging onderaan de trap zitten om na te denken. Dit was inderdaad ooit Peters huis geweest, gekocht met het geld dat hij bij met de verkoop van het elektriciteitsbedrijf had verdiend. Hij had het Daphne geschonken om zijn schuldgevoelens af te kopen. Het was een oude twistappel en Roland had er enige tijd geleden dan ook nieuwe sloten op laten zetten. Na tien minuten liep hij weer naar buiten. Peter stond er nog steeds.

Roland koos een toon van rustige redelijkheid. 'Waarom weet

ik niet, maar jij vast wel, Peter. Ze wilde niet dat jij erbij betrokken zou zijn.'

'Dat lieg je, makker. Ik heb veel langer van haar gehouden dan jij. Ik heb het volste recht.'

Roland ging weer naar binnen en besteedde de rest van de ochtend in een vastberaden bui aan het betalen van rekeningen en het schrijven van e-mails. Goed om dat vast gedaan te hebben. Waar hij heen ging was geen internetverbinding. Om halfeen keek hij uit het slaapkamerraam. Peter was weg en er zat nog steeds geen parkeerbon onder de ruitenwisser. Een uur later koerste hij over de M40 naar het westen in de richting van Birmingham en verder.

Lange autoritten brachten hem doorgaans in een bedachtzame stemming, ietwat naargeestig en moeizaam zoals het verkeer zelf, maar wel prettig onthecht. Zijn kleine auto, die wendbaarder en ruimer was dan hij had verwacht, was een gedachtebubbel die noordwaarts trok door een land dat hij niet goed meer kende of begreep. Toen hij Birmingham naderde kwam hij terecht in een vorm van magisch denken. De koeltorens, de bovenmaatse hoogspanningsmasten, de omheinde, kale loodsen in de industriele buitengebieden van de stad riepen een stelligheid en verbetenheid op over het verlaten van de Europese Unie die hij bijna kon bewonderen. De vrachtwagens en opleggers die hij inhaalde waren groter, lawaaiiger, assertiever en talrijker. Hun stem gaf de doorslag.

In feite was de uitslag van het referendum in Birmingham heel erg in evenwicht geweest. Het was een kosmopolitische stad. In 1971 had hij er een optreden gehad met Peters band. En klein kennerspubliek had gewaardeerd dat de Peter Mount Posse zich spiegelde aan rock uit het zuiden van de Verenigde Staten, aan de Allman Brothers en Marshall Tucker. Peter had erop gestaan dat de Posse grijze gleufhoeden, T-shirts en zwarte spijkerbroeken zou dragen. Ze speelden geen covers. Peter en de basgitarist schreven alle materiaal voor de band zelf. Ze hadden opgetreden in een obscure gelegenheid, het souterrain van een gitaarzaak in de buurt van station New Street. Het was een van hun beste avonden ooit geweest, voordat huwelijken, kinderen en de opkomst van de punk de band uit elkaar had doen vallen. Het was de avond geweest dat Peter zijn nieuwe vriendin had meegenomen: Daphne. Roland en zij hadden uren zitten praten terwijl Peter ergens anders heen was gegaan om zich te bezatten. Vanaf dat moment had er een onderhuidse jaloezie en rivaliteit tussen hen bestaan. Maar Mount was een coole leadgitarist met een assertieve persoonlijkheid, iemand die meestal zijn zin wist te krijgen en soms, een enkele keer, in knokpartijen verwikkeld raakte, echte, waar er met de vuisten op losgeslagen werd. Een aan zichzelf twijfelende parttime keyboardspeler was niet tegen hem opgewassen. En Peter was nog steeds dezelfde, een welgestelde man met uitgesproken opvattingen, een afvallige van de UKIP, een opvallende donateur van de regeringspartij, met een adellijke titel binnen tongbereik, volgens de *Private Eye*. Het was gebleken dat er niets onontkoombaars was aan de egalitaire mentaliteit van de rockmuziek. De confrontatie op de stoep die ochtend had minder te maken met een paar pond as dan met de voortzetting van een oude strijd. Zeven jaar na haar dood leidde alles terug naar Daphne. Wie van hen zou de zeggenschap hebben over de herinnering aan haar?

De maanden tussen diagnose en dood waren de meest intense van Rolands leven, op enkele momenten de gelukkigste en voor de rest de ellendigste. Hij had nog nooit zoveel gevoeld. Na de eerste schok en doodsangst had ze om een second opinion gevraagd. Roland was met haar meegegaan en had aantekeningen gemaakt terwijl zij de vragen stelde die ze samen hadden opgesteld. Ze bleef maar tegen hem zeggen dat het allemaal zo abstract leek. Ze voelde niets raars behalve af en toe pijn in haar zij, die ze voor de arts op een schaal van nul tot tien op drie inschatte. Ze trouwden op een kantoor van de burgerlijke stand zonder familie of vrienden erbij, met alleen een tweetal getuigen die ze van straat hadden geplukt. Dagenlang praatten ze over het consult en de uitslagen van een verdere reeks onderzoeken. Daarna nam ze haar besluit. Ze riep haar kinderen, inclusief Lawrence, bij elkaar op Lloyd Square en vertelde hun het nieuws. Dat scoorde hoog op de lijst met naarste gebeurtenissen. Tien op het pijnspectrum. Gerald, die net zijn studie medicijnen had afgerond, werd helemaal stil en liep de kamer uit. Greta huilde, Nancy werd boos, op het nieuws dat haar moeder bracht en op haar moeder zelf. Lawrence sloeg zijn armen om Daphne heen en beiden moesten huilen.

Toen iedereen weer wat was gekalmeerd en Gerald terug was in de kamer, vertelde ze de kinderen wat ze had besloten te doen. Afgezien van de bestrijding van hevige pijn, die nog niet nodig was, zou ze elke behandeling weigeren. De bijwerkingen waren afschuwelijk en de kansen op succes in dit stadium verwaarloosbaar. De kinderen gingen door met hun eigen levens en Daphne en Roland werkten een plan uit. Dat bestond uit drie delen. Om te beginnen waren er plaatsen die ze, zolang ze sterk genoeg was om te reizen, graag nog een keer wilde zien. Daaronder was ook de plek waar ze wilde dat Roland haar as zou verstrooien. In de tweede fase zou ze thuis zijn om haar zaken te regelen, en dat zou ze blijven doen tot de derde fase aanbrak en het tijd was om zich te concentreren op ziek zijn.

Roland regelde de hotels en de reizen. Het hele proces was, in een notendop, praktisch en zakelijk van opzet. Maar ondertussen werd er nog vaker gehuild en waren er tal van woede-uitbarstingen. Ze verviel niet tot 'waarom ik?' maar ging wel, net als Nancy, tekeer tegen de onrechtvaardigheid van het lot. Ze viel uit tegen Roland vanwege diens schijnbare afstandelijkheid, zijn 'stomme klembord' – in werkelijkheid een stel vellen papier die rechtop tegen een kunstboek rustten – en de manier waarop hij met zijn pen in de aanslag klaarzat 'als een gevangenisfunctionaris'. Gevangenis? Omdat hij vrij was en zij geen kant op kon. Maar ze verzoenden zich altijd snel en teder.

Om te beginnen een vakantie met alle kinderen in een eenvoudig hotel op een eilandje voor de Franse zuidkust. Daphne had gewild dat Lawrence ook meeging. In reactie op hun smeekbedes gaf het Potsdam-Institut hem op korte termijn verlof. Greta, Nancy en Gerald kenden het hotel uit hun kindertijd. De uitbater herinnerde zich Daphne en omhelsde haar. Hem mocht niets verteld worden. Die week gaf hun een voorproefje van de vele heftige stemmingswisselingen die nog zouden volgen, van het benauwende vooruitzicht op het aanstaande drama tot de gewone vakantiepret die, hoe onwaarschijnlijk ook, alle andere gedachten wegvaagde. Ze bleken niet te onderdrukken: de familiegrapjes, de herinneringen, de plagerijen, het plezier in de omgeving. Tijdens een twee uur durende maaltijd konden ze meer dan eens tussen genoemde uitersten heen en weer geslingerd worden. 's Avonds aten ze buiten met uitzicht op een bescheiden baai en de zonsondergang. Als iemand een foto maakte waar Daphne ook op stond, zag iedereen de foto al die na haar dood zou voortleven. Ze wilde geen *omertà* over haar gezondheidstoestand. Dat was overigens niet gemakkelijker dan die tactvol verzwijgen. Toen het op de eerste avond tijd was om elkaar welterusten te wensen voelden de omhelzingen aan als oefeningen voor het laatste afscheid. Iedereen was zich daarvan bewust en er vloeiden tranen. Ze omhelsden elkaar in een grote kring onder een eucalyptusboom in de tuin, vlak bij het verlichte aquarium van de kok, waarin kreeften hun scharen met een gedempt tikgeluid tegen het glas drukten. Hoe anders was dit dan de gemeenschappelijke omhelzing met de Heises in het hotel in Mayfair een paar weken eerder.

Daphne zei: 'Ondanks deze ellende is hier zijn en dit met jullie doen het allerbeste en allerfijnste wat ik me kan voorstellen.' Waarop Lawrence het te kwaad kreeg en iedereen hem moest troosten. Toen hij een beetje was bijgekomen zeiden ze plagend tegen hem dat hij de aandacht die Daphne verdiende had ingepikt, en zij plaagde gewoon mee. Zo ging het zes avonden lang, met ups en downs. Wat Daphne knap deed was dat zij hen ervan wist te overtuigen dat ze zich, of ze nu vrolijk of bedroefd waren, niet hoefden in te houden of schuldig hoefden te voelen over hun uitbundigheid of verslagenheid. Ze wekte de indruk dat ze gelukkig was en hoewel de familie dat en haar niet echt geloofde, had de illusie wel een gunstig effect op de sfeer.

Er waren op het eiland geen auto's. Er was een verhard bospad en door de steeneikenbossen liepen allerlei onverharde voetpaden. Ze wandelden, zwommen en picknickten met zijn allen op de kliffen. Op een middag liepen Daphne en Roland naar de punt van het eiland, naar een zandstrand bij een bamboebosje. Ze hadden geen oog voor de schoonheid van de dag terwijl zij ideeën ontvouwde die zich in de loop van de daaropvolgende weken verder zouden ontwikkelen. Ze zag bijna net zo erg op tegen de hulpeloosheid en de ontluistering van het einde als tegen de pijn. Ze bemerkte de eerste tekenen van een fel, verscheurend gevoel in haar zij. Ze verwachtte dat de pijn groot zou zijn, 'als een toren'. Het beangstigde haar. Net als het idee dat ze haar verstand zou verliezen als de uitzaaiingen haar hersenen bereikten. En dan was er nog het verdriet dat ze de vier kinderen niet verder in hun volwassen leven zou kunnen volgen, dat ze haar toekomstige kleinkinderen nooit zou zien, dat Roland en zij niet samen oud zouden worden, en dat ze nooit zouden ontdekken hoe hun huwelijk, waar ze lang geleden aan hadden moeten beginnen, zou zijn.

'Mijn schuld,' zei Roland.

Ze sprak hem niet tegen, maar gaf hem alleen een kneepje in zijn hand. Later, toen ze terug wandelden naar het hotel, mompelde ze, over hetzelfde onderwerp: 'Jij was een rusteloze zot.'

Toen ze aan het eind van hun vakantie weer op het vasteland aankwamen namen ze op de kade op een normale, hartelijke manier afscheid van elkaar. De heftigste emoties hadden ze inmiddels kunnen uiten. De jongvolwassenen deelden een taxi naar Marseille om daar het vliegtuig naar Londen te nemen, of naar Berlijn via Parijs. Roland en Daphne reden in een gehuurde cabriolet naar het noordoosten waar ze een stuk buiten Aosta een kamer in een landelijk *pensione* hadden geboekt. Ze had daar na haar eindexamen twee maanden kamers schoongemaakt. Dik zeshonderd kilometer op hun dooie akkertje in vier dagen, en

Daphne zou rijden. Ze zouden zo veel mogelijk binnenwegen nemen, waarbij Roland zou kaartlezen met behulp van de detailkaarten die hij van tevoren had aangeschaft. Geen gps. Hij had voor onderweg drie overnachtingen geboekt op afgelegen landelijke plekken.

Afgezien van het eiland was dit het meest geslaagde deel van Daphnes droomprogramma. De uitdaging van het rijden over smalle bergwegen, het kiezen van de ideale picknickplekjes om te lunchen, de genoegens van het aan het eind van de dag aankomen op hun bestemming, de paar keer dat ze moesten omkeren wanneer Roland zich had vergist bij het kaartlezen, het waren allemaal dingen waardoor ze zich op het heden moest concentreren. Het *pensione*, Maison Lozon, was nog grotendeels zoals zij het zich herinnerde. Ze mocht van de eigenaar even in haar oude kamertje kijken. In dit hotel had ze haar hart verloren aan een Bulgaarse ober en was ze in dit piepkleine kamertje één dag voor haar achttiende verjaardag voor het eerst met iemand naar bed gegaan.

Onder het avondeten praatten ze over hun tienerjaren, over de tienertijd van de kinderen en over het tienerschap in het algemeen, en wanneer dat zijn speciale status had verworven. Roland schreef het toe aan een symbolisch moment in 1956, toen Elvis zijn eerste hit, 'Heartbreak Hotel', had uitgebracht. Daphne dateerde het vijf jaar eerder, in de tijd van de naoorlogse hoogconjunctuur aan het begin van de jaren vijftig en de verlenging van de leerplicht. Het kon zijn dat het praten over hoe ze die tijd zelf hadden beleefd diepte verleende aan hun gevoel een gedeeld verleden te hebben; het kon zijn dat ze verlangden naar elkaar als tieners; het kon liggen aan hun opgetogen gevoel aan het eind van een geslaagde vakantie met de auto en hun fantastische week op het eiland of het plezier dat hij haar had gedaan door een liedje van Fats Waller te spelen op de aftandse piano van het pensione; maar bovenal was het de zekerheid dat dit alles hun zou worden afgenomen. Ze waren al heel lang bevriend en hielden van elkaar zoals oude vrienden dat doen, maar later die avond onder een dik houten dak in hun kamer op de tweede verdieping werden ze verliefd als tieners.

Dat gevoel bleef, maar de vakantie werd minder plezierig. Het ging letterlijk bergafwaarts toen ze zich aan een tijdschema moesten gaan houden en vanuit de bergen afdaalden en zich moesten voegen in een verkeersstroom in de richting van Malpensa, het vliegveld bij Milaan, om hun huurauto in te leveren en een vlucht naar Parijs te nemen. Turijn zou beter geweest zijn. Foutje van Roland. Daphne paste zich grimmig aan aan de lokale rijstijl, inclusief seinen met haar koplampen en bumperkleven op hoge snelheid in de drukke snelle rijbaan. Roland zat er gespannen bij en hield zijn mond.

Ze waren gewend geraakt aan schoonheid en rust, en merkten dat ze zich niet zo senang voelden in Parijs. Hun appartement bevond zich in de Rue de Seine. In de omliggende straten wemelde het van de toeristen zoals zijzelf. De ochtendkoffie in de plaatselijke bars was niet te drinken, hij was zowel drabbig als slap. Ze besloten hun eigen koffie te zetten in het appartement. In het restaurant (twee Michelinsterren) waar ze hem mee naartoe wilde nemen vroegen ze voor wijnen die hij in Londen voor rond de 15 pond gekocht had minstens 200 euro. Dit waren banale toeristenklachten. Maar in het Petit Palais, dat Daphne in geen dertig jaar had bezocht, kreeg Roland wat zij altijd 'een aanval' noemde. Hij verliet de zalen met schilderijen voortijdig en wachtte in de grote hal. Nadat ze zich bij hem had gevoegd en ze wegliepen, barstte hij los. Hij zei dat als hij ooit nog naar één Madonna met Kind, kruisiging, tenhemelopneming van Maria, annunciatie of meer van die reutemeteut moest kijken, hij zou gaan 'kotsen'. Hij verklaarde dat het christendom van oudsher de dood in de pot voor de Europese verbeelding was geweest. Het was een zegen dat die tirannie zijn tijd gehad had. Al die ogenschijnlijke vroomheid was gedwongen conformisme binnen een totalitaire mentaliteit. Als je daar in de zestiende eeuw vragen bij stelde of je ertegen verzette riskeerde je je leven. Het was zoiets als protesteren tegen het sociaal-realisme in de Sovjet-

Unie onder Stalin. Het christendom had vijftig generaties lang niet alleen de wetenschap maar zowat de hele cultuur in een wurggreep gehouden, bijna alles wat met vrije expressie en kritisch onderzoek te maken had. Het had de onbevooroordeelde filosofische stromingen van de klassieke oudheid een heel tijdperk lang begraven en duizenden briljante geesten hun energie laten verspillen aan onzinnig theologisch geneuzel. Het had zijn zogenaamde Woord verspreid met gruwelijk geweld en zich gehandhaafd met behulp van foltering, vervolging en moord. De zachtmoedige Jezus, ja ja! Binnen het geheel van de menselijke ervaring van de wereld bestond er een oneindige hoeveelheid mogelijke onderwerpen, maar in heel Europa waren de musea volgestouwd met dezelfde weerzinwekkende kitsch. Het was nog erger dan popmuziek. Het was het Eurovisie Songfestival in olieverf en vergulde lijsten. Terwijl hij dat allemaal zei was hij zelf verrast door de heftigheid van zijn gevoelens en de mate van opluchting die hij voelde nu hij ze uitte. Hij had het – hij ontplofte – over iets anders. Wat een verademing, zei hij, inmiddels wat afgekoeld, om een afbeelding te zien van een burgerlijk interieur, van een brood op een snijplank met een mes ernaast, van een schaatsend paar op een dichtgevroren gracht, hand in hand genietend van een pleziertje 'terwijl die godvergeten dominee even niet keek. Leve de Hollanders!'

Daphne, die op dat moment nog acht weken te leven had, legde haar hand op zijn arm. Haar lieve toegeeflijke glimlach vertederde hem. Ze gaf hem een lesje in doodgaan. Ze zei: 'Het is lunchtijd. Volgens mij ben je wel aan een hartversterkertje toe.'

Het rondreizen en de toeristische activiteiten in een drukke stad begonnen haar te vermoeien en ze verlangde haar huis. Ze kortten hun bezoek met drie dagen in en namen de trein naar Londen. Er lag nog een reisje in het verschiet en ze kon maar beter rustig bijkomen op Lloyd Square voordat ze vertrokken. Toen ze haar auto vijf dagen later vollaadden met etenswaren en wandelspullen was ze in goede conditie. Opnieuw wilde ze per se rijden. Het was haar laatste kans, zoals ze de hele tijd zei. Op haar instructie had hij een cottage gehuurd in het Lake District, aan de rivier de Esk. Daar had ze toen ze negen was een tijdje doorgebracht met haar vader, een plattelandsdokter die tevens een groot natuurkenner was. Ze herinnerde zich hoe blij ze was geweest hem helemaal voor zich alleen te hebben. Vader en dochter zouden samen Scafell Pike gaan beklimmen, de hoogste berg van Engeland, zo niet van de hele wereld. De cottage, Bird How, lag ergens boven in het dal en had geen elektra, en het was deel van de pret geweest om de kaarsen te mogen aansteken en die tussen de griezelige, verschuivende schaduwen door naar de slaapkamer te brengen.

Terwijl Daphne hen over de Wrynose- en Hardknottpas reed dacht Roland terug aan de keer dat Lawrence, die toen veertien was, ineens aankondigde dat hij een berg wilde beklimmen. Twee dagen later logeerden ze in een pub in het Langstrathdal en gingen ze vroeg op pad om dezelfde berg te beklimmen.

'Ik stond er versteld van hoe fit hij was en van het tempo waarin hij me die klim liet afleggen.'

Daphne moest lachen. 'Je klinkt een beetje treurig.'

'Ik mis hem.'

Toen ze twee uur voor donker bij Bird How aankwamen hing er lage bewolking en miezerde het. Het weggetje dat naar de cottage voerde was onverhard en de volgeladen auto kraste vervaarlijk over omhoogstekende stenen. Roland droeg hun spullen door een ongemaaide tuin naar binnen terwijl Daphne de cottage behaaglijk maakte. Zelfs bij het vale licht zag hij hoe mooi de omgeving was. Aan weerszijden rezen de bergwanden op. De Esk, aan het oog onttrokken door een rij bomen, stroomde onderaan een aflopend weiland dat was omgeven door muurtjes van losse stenen. De cottage was eenvoudig ingericht en had geen badkamer. Je moest je wassen bij de gootsteen. Beneden bevonden zich een kelder met een vloer van keien en een chemisch toilet.

De volgende ochtend was het gestopt met regenen en was het gedeeltelijk opgeklaard. Er waren zonnige perioden voorspeld. Ze pakten hun rugzakken in en togen op pad via de landweg, die ze langs de rivier stroomopwaarts volgden. Ze staken via de voetgangersbrug bij Taw House Farm over naar de oostelijke oever. Daphne had een bepaalde plek in haar hoofd die ze hem wilde laten zien. Het pad was goed begaanbaar, maar ze vorderden vrij langzaam omdat ze om de twintig minuten stopten om uit te rusten. Toen ze boven op een houten overstap over een stenen muurtje zat bij te komen nam ze een pijnstiller, waarna ze even later met meer zelfvertrouwen verder liep. Het kostte hun drie uur om een paar kilometer af te leggen. Uiteindelijk bereikten ze de plek, de Lingcove Bridge over de rivier. Ze was opgetogen. Het verbaasde haar enorm dat de eenvoudige stenen constructie er nog precies zo bij stond als vijftig jaar geleden toen ze er met haar vader naast had gezeten en hij haar over de oorlog had verteld. Hij had bij de Geneeskundige Troepen gediend en de medische zorg gegeven aan de militairen die zich over de Noord-Duitse laagvlakte een weg naar Berlijn vochten. Ze zei tegen Roland dat hij geen man was geweest die met zijn gevoelens te koop liep, maar hij had haar hand vastgehouden toen hij haar over zijn werk vertelde en naar beste vermogen aan de negenjarige uitgelegd hoe triage werkte. Terwijl zijn eenheid verder naar het oosten doorstootte, steeds verder van huis, had hij brieven geschreven aan Daphnes moeder.

'Ik vroeg hem waar hij over had geschreven. Hij zei dat hij alles beschreef, zelfs de wonden die hij behandelde, en haar had geschreven dat hij heel veel van haar hield en dat ze wanneer hij terug was zouden gaan trouwen en op een goeie dag een klein meisje zouden krijgen zoals ik. Roland, ik kan je niet vertellen hoe blij ik ervan werd toen ik hem dat hoorde zeggen. Hij was een heel erg gereserveerd iemand. Ik had hem nog nooit het woord liefde horen gebruiken. Dat deden mensen in die tijd niet, althans niet tegen kinderen. Toen ik hem hoorde zeggen dat hij van mijn moeder hield voelde ik een enorme liefde voor hem oplaaien. Hij vertelde me dat hij de genie in razend tempo een pontonbrug had zien slaan over de Elbe. Toen hij daar in een vrachtwagen overheen was gereden waren twee wielen over de rand geslipt en had het maar een haartje gescheeld of ze waren gekanteld en in het diepe water beland. De soldaten hadden voorzichtig een voor een uit de wagen moeten klauteren.

Toen hij dat verhaal vertelde, en hij vertelde het heel goed, maakte hij er een soort thriller van. Ik hield zijn hand stevig vast, en het water gutste door de rivier en over de waterval achter ons. De vrachtwagen hing scheef, maar de soldaten zouden het redden. Terwijl ik zat te luisteren dacht ik dat ik nog nooit zo gelukkig was geweest.'

Daphne en Roland stapten het bruggetje op en keken stroomafwaarts. Na een stilte zei ze: 'Ik ben heel gelukkig hier met jou en de twee gelukkige ogenblikken overspannen bijna mijn hele leven. Ik wil graag dat jij hier in je eentje heen gaat met mijn as. Alle kinderen hier tegelijk krijgen is geen doen. Neem geen vriendin mee, neem niet een van je leuke exen mee. En laat vooral Peter zich niet opdringen. Die heeft me te vaak ongelukkig gemaakt. Hij heeft trouwens een hekel aan wandelen en het hele buitengebeuren. Kom hier in je eentje terug en denk aan hoe gelukkig we hier waren. En kieper me in de rivier.' Waarna ze eraan toevoegde: 'Als het waait kun je het ook daarbeneden vanaf de oever doen.'

Dit laatste, zo ontnuchterend, was te veel voor hen. Ze vielen stil en omhelsden elkaar. Zo praten over gelukkig zijn was absurd, dacht Roland. Toen er een groep wandelaars naderde, wier elektrificerende blauwe regenjacks detoneerden in het landschap, voelden ze zich bekeken en lieten ze elkaar los. Er was niet genoeg ruimte op de brug om ze allemaal langs te laten, dus gingen Roland en Daphne, terwijl het gezelschap welwillend wachtte, terug naar de oostelijke oever en liepen nog een paar meter door langs Lingcove Beck tot bij de eerste waterval, waar ze hun meegebrachte lunch opaten.

Tegen de tijd dat ze daarmee klaar waren was Daphne te moe om verder te gaan, dus begonnen ze langzaam aan de afdaling naar Bird How. De rest van de dag bracht ze duttend op bed door. Roland, die een biografie van Wordsworth had meegenomen om te lezen, had daar geen zin in, of geen zin in hem, dus bladerde hij wat door tijdschriften over landschap en natuur die andere gasten hadden achtergelaten. Aan het begin van de avond liep hij naar buiten en keek het dal af in de richting van Birker Fell. Het zwakke briesje dat langs zijn gezicht streek voerde het geluid van de rivier aan en versterkte het nog een beetje. Hij meende achter zich voetstappen te horen achter het huis. Hij ging kijken, maar er was niemand. De regelmatige tred ging over in zijn hartslag. Toen hij terugkeerde naar zijn uitzicht over de rivier zag hij vijftig meter verderop een laagvliegende kerkuil recht op hem afkomen, over het weiland, met zijn bleke gezicht vol in zijn blikveld. Even had hij de indruk, meer een zinsbegoocheling, dat het een mensengezicht was, oud en volslagen flegmatiek, dat hem aanstaarde. Daarna vervaagde het beeld, zwenkte de uil naar rechts om zijn vlucht stroomopwaarts te vervolgen, evenwijdig aan de rivier, waarna hij links afsloeg, de rivier overstak en achter een groepje bomen verdween. Toen Roland weer naar binnen ging hoorde hij Daphne bewegen en bracht hij haar een mok thee. Hij zei niets over de uil. Hij hield zichzelf voor dat zij het jammer zou hebben gevonden het dier gemist te hebben.

Twee dagen later was hij degene die terugreed naar Londen. Daphne sliep een deel van de reis. Toen ze wakker werd waren ze al ter hoogte van Manchester. Ze haalde een cd met hoogtepunten uit *Die Zauberflöte* uit haar tas.

'Goed?'

'Tuurlijk. Zet maar lekker hard.'

Al bij het eerste akkoord van de ouverture werd Roland teruggevoerd naar 1959, naar de verfgeur van de pasgeschilderde decors waarop een griezelig woud was uitgebeeld en naar het zware katoenen schort dat hij had moeten voordoen, naar de onzekerheid over waar hij moest staan en wat hij moest doen, naar de niet-onderkende gevoelloosheid omdat hij zo ver van zijn moeder vandaan was. Meer dan drieduizend kilometer. In het wegdek dat met hoge snelheid op hem afkwam zag hij de patronen van het linoleum in het muziekgebouw van Berners Hall.

Dat de ouverture begon met zijn vertrouwde vrolijke gescharrel bracht geen bevrijding. Hij had zich sterk gehouden in de moeilijke omstandigheden, maar nu ondermijnden Mozart en de herinneringen zijn weerstand. De vergeefsheid van Daphnes moed dreigde hem te veel te worden. Hij zat op de middelste rijbaan en reed 120 kilometer per uur, haalde een lange stoet vrachtwagens in en begon vlekken voor zijn ogen te zien. Ze was zo warm, zo meelijwekkend, en ze deed zo verschrikkelijk haar best terwijl ze alleen maar kon falen.

'Ik moet even stoppen,' zei hij. 'Er zit iets in mijn oog.'

Ze draaide zich om op haar stoel om door de achterruit te kijken of er iets aankwam terwijl hij vaart maakte om langs het eindeloze konvooi vrachtwagens te komen.

'Je kunt nu invoegen,' zei ze.

Met haar hulp wist hij tussen twee vrachtwagens in te komen en kon hij met zijn knipperlichten aan de vluchtstrook opzoeken. Ze had al een papieren zakdoekje in de hand. Hij pakte het aan en stapte uit. Het onverschillige industriële geraas van de M6 bracht hem weer tot zichzelf terwijl hij in een stofstorm in zijn ogen stond te vegen. Toen hij de auto weer startte legde ze een hand op zijn pols. Ze wist het.

Nu ging het goed en was hij tegen de opera bestand. Ze hadden een minuut of tien gereden toen ze zei: 'Arme Koningin van de Nacht. Ze haalt die hoge noten, maar ze weet dat ze het gaat afleggen.'

Hij keek even opzij naar haar en was gerustgesteld. Ze meende het. Ze doelde niet op zichzelf.

Toen hij de volgende avond thuiskwam van zijn sessie in het hotel trof hij haar op haar knieën aan in de huiskamer, omgeven door fotoalbums en honderden losse foto's, waarvan sommige nog in zwart-wit. Bij elke foto schreef ze de naam van iedereen die ze herkende, zodat de kinderen zouden weten hoe hun wat verdere verwanten en haar vrienden heetten. Ook wilde ze dat de kinderen herinnerd zouden worden aan de precieze locaties en data van de vakanties uit hun jeugd. Ze schreef ieder van hen een lange brief, die ze een halfjaar na haar dood moesten lezen. Het sorteren van de foto's kostte haar al met al twee weken. Ze regelde via haar huisarts dat er iemand van de thuiszorg zou langskomen om haar te verzorgen wanneer ze hulpbehoevend werd. Ze begon haar kleerkasten en kledinglades uit te ruimen. Een deel moest worden weggegooid, andere kleren moesten door haar worden gewassen, gestreken en opgevouwen, waarna Roland ze naar een tweedehandswinkel van het Rode Kruis moest brengen. Al haar jassen gaf ze weg. Ze zou geen winter meer meemaken. Het was meedogenloos, vond Roland, en als ze nou eens niet zou doodgaan? Aan die hoop klampte hij zich vast. Er waren wel vreemdere dingen gebeurd bij ziekten.

Daphne kende geen twijfel. 'Ik wil niet dat jij of de kinderen dit moeten doen. Dat is te zwaar.'

Ze trok zich formeel terug uit haar woningcorporatie en vormde die met hulp van een bevriende jurist om tot een coöperatie. Ze ging naar kantoor, hield daar een afscheidstoespraak voor haar verslagen personeel en kwam stralend terug met bloemen en dozen bonbons. Roland vertrouwde het niet en vermoedde dat ze ieder moment kon instorten. Maar de volgende ochtend stond ze met haar wandelschoenen aan in de tuin de aarde in de verhoogde bloemperken te schoffelen. 's Middags kwam dezelfde jurist haar helpen regelingen voor het huis te treffen. Peter had ruimhartig geld beschikbaar gesteld zodat de drie kinderen een eigen huis konden kopen. Daphne wilde haar huis aan Roland nalaten. Toen hij daartegen protesteerde legde ze hem haar voorwaarden uit. Het mocht tijdens zijn leven niet worden verkocht. Het zou het familiehuis blijven. Ook Lawrence kon er een kamer krijgen. Handig voor de kinderen als die niet in Londen woonden, en handig met de kerstdagen.

'Hou het huis draaiend,' zei ze. 'Het zou me heel veel rust geven als je dat wilt doen.'

Na telefonisch overleg met de kinderen werd het zo afgesproken. Rolands huis in Clapham zou worden verkocht. De plannen om het op te knappen werden geschrapt. Lawrence zou het daarvoor opzijgelegde geld kunnen gebruiken om zelf iets te kopen in Berlijn, waar de huizenprijzen lager waren.

Het paradoxale was, dacht Roland, dat al die voorbereidingen – fase twee – een manier waren om niet na te hoeven denken over wat binnenkort ging gebeuren. Ze was al naar de huisarts geweest om wat ze 'een upgrade' noemde te krijgen van haar pijnstillers. Aan het eind van de ochtend en het eind van de middag sliep ze. Ze at minder en lag op de meeste avonden voor tienen in bed. Alcohol in welke vorm dan ook stond haar tegen omdat die volgens haar naar verrotting smaakte, en dat was maar goed ook. Door niet te drinken spaarde ze energie.

Wanneer fase drie zou beginnen en hoe die zou verlopen lag buiten Daphnes controle. Haar organisatietalent verhulde deels het aanbreken ervan, dat onregelmatig verliep. Ze kreeg een tweede upgrade van de dosis pijnstillers, ze ging 's avonds nog vroeger naar bed, ze ging nog minder eten, ze had momenten van desoriëntatie, ze had momenten van irritatie, ze leed zichtbaar gewichtsverlies en ze werd steeds bleker, terwijl ze druk in de weer bleef met van alles en nog wat. Dat waren de eerste kiezelsteentjes die aan de lawine voorafgingen. Die kwam in het holst van de nacht, met een kreet. De pijn in haar zij en maag was zo fel opgelaaid dat de nieuwste pillen er niet meer tegen hielpen. Roland stond slaapdronken aan het voeteneinde van het bed zijn spijkerbroek aan te trekken terwijl zij op de omgewoelde lakens lag te kronkelen van de pijn. Tussen de pijnscheuten door probeerde ze hem iets duidelijk te maken. Dat hij geen ambulance moest bellen. Maar dat was wel precies wat hij van plan was te doen. Zij had niet langer de touwtjes in handen. De ambulancebroeders waren er binnen tien minuten. Haar aankleden was onmogelijk. Terwijl ze met hoge snelheid onderweg waren naar het Royal Free Hospital diende een van de verplegers haar achter in de ambulance morfine toe. De vijftig minuten die ze moesten wachten bij de spoedeisende hulp bracht ze slapend op een brancard door, waarna Roland en een ziekenbroeder haar met de lift naar een zaal brachten, waar ze haar leken te verwachten en haar dossier hadden. Haar huisarts moest dit hebben voorzien. Roland wachtte bij de zusterpost terwijl ze zorgden dat zij 'er comfortabel bij lag'. Toen hij weer in de zaal kwam zat ze rechtop in bed, in een ziekenhuishemd, aan een infuus. De zuurstof die sissend door haar neusgaten naar binnen ging had weer wat kleur op haar gezicht gebracht.

'Het spijt me,' waren haar eerste woorden.

Hij pakte haar hand, gaf er een kneepje in en ging zitten. Hij verontschuldigde zich. 'Ik moest je wel hierheen krijgen.'

'Weet ik.'

Na een poosje zei ze: 'Vannacht gaat er niks gebeuren.'

'Nee, natuurlijk niet.'

'Jij kunt het beste naar huis gaan om nog wat te slapen. Kom me morgenochtend maar opzoeken.'

Toen ze hem een lijstje dicteerde met dingen die hij mee moest brengen, dat hij op zijn telefoon intikte, had hij het gevoel dat de oude Daphne de regie weer had overgenomen, waarna hij om vier uur 's nachts het ziekenhuis vol irrationele hoop verliet.

*

Even na zessen draaide hij in het gulle nazomerse zonlicht de onverharde weg op die naar de cottage voerde. Het wegoppervlak leek minder hobbelig, of misschien was de auto minder zwaar beladen. Voordat hij zijn spullen uitlaadde nam hij een kijkje binnen. Alles was er nog precies zoals de vorige keer, tot de geur van boenwas, de exemplaren van het tijdschrift *Country Life* op een tafeltje in de hoek en de oorverdovende stilte aan toe. Maar op deze avond viel er honinggeel zonlicht over het weiland dat afliep naar de rivier, en over de rest van het dal. En hij was geen tweeënzestig meer. Het vergde nu vier keer lopen om zijn spullen naar binnen te brengen. Zoals hij had verwacht was haar afwezigheid in de complete stilte bedrukkend. Dus wijdde hij zich maar aan het uitpakken. Hoewel hij slechts twee nachten zou blijven, legde hij zelfs zijn reservekleren in lades.

Ten slotte schonk hij een glas bier in, nam dat mee naar buiten en ging bij de voordeur op de plank zitten die bij wijze van bankje tegen het stenen muurtje was bevestigd. Het was rustgevend om hier te zitten, uit te kijken over het dal en te wachten tot de nog in zijn lijf doorwerkende trillingen van de zwaarbeproefde motor van zijn autootje waren weggetrokken. Zeven jaar. Waarom had hij er zo lang mee gewacht? Haar brief was duidelijk geweest. Hij mocht er zo lang mee wachten als hij wilde. Het was niet genoeg geweest dat hij al die tijd had gewoond in, ja zelfs eigenaar was geweest van haar huis, haar werkkamer tot de zijne had gemaakt, elke avond haar versleten kook- en bakpannen had gebruikt en in het bed had geslapen dat ze ooit hadden gedeeld. En ook alle keren dat ze in dat huis Kerstmis hadden gevierd met Lawrence, Ingrid, Stefanie, Gerald, Nancy en Greta en hun vrienden en vriendinnen, later ook met hun echtgenoten en echtgenotes, en vervolgens met hun kinderen, waren niet genoeg. De herinnering aan Daphne speelde bij dat alles een sterke rol, maar toch had hij nog steeds de laatste feitelijke overblijfselen van haar fysieke aanwezigheid, de verkoolde resten van zijn vrouw en haar doodskist, nodig gehad en had hij er geen afstand van kunnen doen. Hij moest haar bij zich in de buurt hebben. Pas na vijf jaar, toen de urn vooral een herinnering aan zijn uitstelgedrag was geworden, had hij hem in een krantenpagina gerold en onder in een la gelegd.

Toen hij later zijn avondeten klaarmaakte voelde hij het verdriet weer neerdalen. Het was lang geleden dat ze zo sterk in zijn gedachten was geweest. Het deed pijn. Ook dat was een reden geweest voor het uitstel: zijn onwil om het verlies nogmaals nadrukkelijk onder ogen te zien. Haar lichaam had beter ergens in Londen begraven kunnen worden, dan had hij regelmatig bij haar op het kerkhof kunnen gaan zitten. Het feit dat hij nu een actieve, droevige rol moest spelen bij de definitieve verstrooiing van het enige wat er van haar over was, bracht te veel naar boven. Hij had het meteen moeten doen, binnen twee weken na haar dood, hij had in de herberg in Boot moeten overnachten en langs de rivier omhoog moeten lopen zonder in de buurt te komen van de cottage. Hij had Bird How geboekt zonder er verder bij na te denken. Het was morbide om hier terug te komen. Hij vroeg zich af of hij zijn spullen weer moest inpakken en vertrekken. Maar hij wist dat van verblijfplaats wisselen niets zou uitmaken. Zolang haar as niet in de Esk was uitgestrooid, en op weg was naar Ravenglass en de Ierse Zee, kon er geen sprake van opluchting zijn. Hij moest het nu doen. Het lijden hoorde erbij. Hij was van plan geweest vanaf de brug door te klimmen tot aan Esk Hause en via de watervallen van Lingcove Beck terug te lopen. Maar hij had nog eens goed op de kaart gekeken en gezien dat die tocht beslist te veeleisend was voor een man van zijn leeftijd en met zijn conditie. Het was nu duidelijk: hij zou zijn plicht vervullen bij de brug, meteen teruggaan, de auto inpakken en vertrekken. Hij kon niet nog een nacht in Bird How doorbrengen.

Hij was al voor negenen op pad, volgde het dal stroomopwaarts en stak net als destijds bij Taw House Farm via de voetgangersbrug over naar de oostelijke oever. Alleen probeerde hij er niet in die termen over te denken. Hij moest haar, degene die met hem meeliep, uit zijn gedachten bannen. Hij liep niet het verleden in, maar er juist uit weg. Al snel was hij bij Bursting Gill, vanwaar je aan de overkant van de rivier Heron Crag kon zien oprijzen, en was het nog minder dan tien minuten tot de brug. Na de regen van de afgelopen tijd kletterde de rivier links van hem schitterend tegen de granieten rotsblokken, waren de varens op de hellingen nog groen, en was de lucht vol van de verrukkelijke geur van water op steen. Alleen hadden water en steen geen geur. Hij deed zijn rugzak af. De aardewerken, in een fleecedekentje gewikkelde urn en zijn twee liter water waren zwaar. Hij knielde neer bij de rivier, maakte een kommetje van zijn handen en plensde wat koud water over zijn gezicht.

Hij had zich niet gerealiseerd hoe kort de wandeling was en hoe snel hij de afstand had afgelegd. Daphne had destijds meerdere keren halt moeten houden om op adem te komen. Hij deed zijn rugzak weer op en klom in de richting van Great Gill Head Crag rechts van hem, en besloot om even op een hoge bult tussen de varens uit te rusten. Hij bevond zich dertig meter boven het pad en kon ver omlaag het dal in kijken. Het was een woensdagochtend, de zomervakantie van de scholen was voorbij en afgezien van een eenzame wandelaar anderhalve, misschien twee kilometer verderop was er niemand te zien. Hij of zij leek stil te staan. Hij ging zitten en haalde de brief tevoorschijn. Onmiddellijk hoorde hij haar stem van heel dichtbij in zijn oor.

Liefste, je kunt me erin gooien wanneer je maar wilt. Het geeft niets als je er twintig jaar mee wacht. Als je nog zonder hulp helemaal tot aan de brug kunt komen, ga dan staan waar wij hebben gestaan, denk aan ons en aan hoe gelukkig we waren. Ik was als tiener eens verliefd op een Bulgaar. Die zei tegen me dat hij op een dag een beroemd dichter zou worden. Ik ben benieuwd of hem dat gelukt is. Levens zijn heel moeilijk te voorspellen. Ik ben meer dan veertig jaar later teruggegaan naar dezelfde plek en werd verliefd op jou, of kwam erachter dat ik dat al heel lang was. Wat was het heerlijk om ons door de bergen daar te rijden. Bedankt voor het kaartlezen en dat je op mijn verzoek een sentimenteel liedje op de valse piano van het pensione hebt gespeeld. Bedankt voor dat alles. Ik besef dat dit een pijnlijke tocht voor jou zal zijn. Nog een reden om je te bedanken. Ik vind het heel naar dat je hem in je eentje zult moeten afleggen langs die prachtige rivier. Wat hou ik toch veel van je, mijn lief. Vergeet dat nooit! Daphne

De nabijheid en helderheid van haar stem verscherpten zijn herinneringen aan haar moed, aan de pijn die ze had moeten verduren toen ze haar brief schreef in de te warme ziekenzaal waar de groene gordijnen om haar smalle bed waren dichtgetrokken en het slangetje van de morfinepomp vastgeplakt zat aan de muis van haar hand. Haar dappere woorden in hanepoterig schuinschrift maakten hem nog bewuster van het dal met zijn weelderige licht en ruimte, het aangename klatergeluid van de rivier die snel omlaagstroomde naar het zuidwesten, het ruwe gras onder de hand waarop hij steunde, en nu, terwijl hij een flinke teug nam, de koude waterfles in zijn andere hand. Hij mocht blij zijn dat hij leefde.

Haar brief was een essentieel onderdeel van het ritueel. Nadat hij hem opnieuw had gelezen stond hij op, te resoluut misschien, want hij moest wachten tot zijn plotseling opgekomen duizeligheid was gezakt. Daarna daalde hij af naar de rivier. Vroeger kon hij in een soort halve looppas steile hellingen afdalen en als een berggeit op rotsblokken en richels onder hem springen. Nu moest hij rekening houden met zijn kniegewrichten en daalde hij behoedzaam zijwaartse stappen zettend af naar het pad. Hij naderde Lingcove Bridge in een bedachtzame stemming. Hij was vergeten dat er aan deze kant van de rivier een door stenen muurtjes omringende schaapskooi was. Hij liep erlangs en bleef staan voor de brug. Het was een populair plekje om te picknicken of om te stoppen om foto's te maken en een slok water te nemen. Deze ochtend had hij het rijk alleen. De brug was zo smal dat er net twee schapen naast elkaar overheen konden lopen. Hij ging de brug op en bleef zoals hem was opgedragen staan op het hoogste punt van de kleine stenen boog, waar ze samen hadden gestaan. Hij deed de rugzak af en zette hem tussen zijn voeten, maar was er nog niet aan toe de urn eruit te halen. Dit was waar het allemaal om te doen was, en hij wilde er alle tijd voor nemen. Hij tuurde de rivier af. Er stond maar een zacht briesje en hij zou de as vanaf hier kunnen uitstrooien. Hij dacht dat, als hij op dat moment via magische weg in andermans huid zou kunnen kruipen, hij zou kiezen voor de stille medicus, de vader van Daphne, om de stevige greep van de hand van het kleine meisje in de zijne te voelen terwijl hij haar vertelde over de oorlog en zijn liefdesbrieven aan haar moeder in Engeland. Dat kon op zich geen kwaad, maar een dokter oproepen was onjuist. Dat voerde hem niet naar herinneringen aan gedeeld geluk, maar naar wat er daarna was gebeurd tijdens Daphnes laatste weken. Hij kon zijn ongezeglijke gedachten echter niet tegenhouden. Die gingen naar haar lijden en het lijden van de kinderen wanneer die haar kwamen bezoeken. Ze leek gekrompen in haar bed, haar gezicht spande strak om haar doodshoofd, haar tanden staken uit zodat ze allemaal moeite hadden het gezicht dat ze kenden te zien achter een nieuw masker. Haar huid schrijnde. Ze had een gruwelijke hekel aan slapen, aan de morfineroes, en aan de dromen, die eng waren, zei ze, omdat ze net zo realistisch waren als het leven en ze zich er niet aan kon ontworstelen. Haar tong was bedekt met witte zweren en ze zei dat haar botten in brand stonden. De verzengende pijn in haar zij was zo erg als ze had gevreesd, en erger. Ze moest kiezen tussen de pijn en de morfine met de bijbehorende verstikkende dromen die zich voordeden als de werkelijkheid, ook al beweerde de pijnconsulent dat patiënten die morfine kregen van een droomloze slaap genoten. Toen Roland aan Daphne vroeg of ze naar huis wilde komen keek ze hem angstig aan. Ze zei dat ze zich veiliger voelde waar ze was. Om dezelfde reden wilde ze niet naar een hospice worden overgebracht. Al snel hielpen de medicijnen niet meer tegen de pijn en wilde ze het liefst doodgaan. De vernedering die ze altijd had gevreesd was nu een feit, maar de pijn maakte haar er ongevoelig voor. Hij hoorde haar met een zwak stemmetje aan een arts vragen of hij haar uit haar lijden kon verlossen. Ze probeerde het ook bij de verpleegkundigen, die nu haar vriendinnen waren, en vroeg of ze haar een overdosis wilden geven zonder dat iemand erachter zou komen. Maar het personeel, vriendelijk als altijd, was door de wet gebonden om zijn medische plicht te doen en haar met pijn en al in leven te houden totdat ze het begaf. Wel waren ze bereid haar te laten doodgaan door versterving, door haar eten en drinken te onthouden. Haar lijdensweg werd verergerd door een intense en niet-aflatende dorst. Roland bevochtigde haar lippen met een natte spons. Haar lippen waren gebarsten alsof ze door een woestijn was gekropen. Haar oogwit was geel.

Haar adem rook naar verrotting. Hij haalde het briefje met 'geen voeding' van het voeteneinde van haar bed en ging naar de zusterpost om te eisen dat ze water zou krijgen wanneer ze daarom vroeg. Ze haalden hun schouders op en zeiden: 'Oké, geen probleem.'

Niet lang daarvoor was er voor de zoveelste maal een wetsontwerp aan het parlement voorgelegd dat Daphne in staat zou hebben gesteld zelf te kiezen wanneer ze dood wilde gaan. De kerkelijke hoogwaardigheidsbekleders in het Hogerhuis, de bisschoppen, hadden zich ertegen verzet. Ze verborgen hun theologische bezwaren achter horrorverhalen over inhalige verwanten die op de erfenis uit waren. Deze geestelijken waren het laagst denkbare uitschot. In het ziekenhuis gold zijn verachting, zijn 'aanval', hoewel nooit in haar bijzijn, de hoogwaardigheidsbekleders van de medische gevestigde orde, de pompeuze bestuurders van de faculteiten en genootschappen die hun controle over leven en dood niet wilden opgeven.

Over al dit soort dingen blies Roland stoom af tegen Lawrence, in een ziekenhuisgang. Het was een van zijn onvoorzichtige tirades, want er liepen vast artsen langs die hem hoorden. Het had twee eeuwen geduurd voordat de gevestigde orde de moeite had genomen om ook eens door een microscoop te kijken en de micro-organismen te bestuderen die Antoni van Leeuwenhoek in 1673 had beschreven. Ze hadden zich verzet tegen hygiëne omdat dat een belediging was voor hun vak, tegen anesthesie omdat pijn een door God gegeven element van ziekte was, tegen het idee dat bacteriën ziekten kunnen veroorzaken of overdragen omdat Aristoteles en Galenus daar anders over dachten, en tegen een geneeskunde die was gebaseerd op bewijzen omdat men het nou eenmaal nooit zo had gedaan. Ze hadden zo lang mogelijk vastgehouden aan hun bloedzuigers en het koppen zetten. Tot in het midden van de twintigste eeuw waren ze, in weerwil van alle bewijzen van het tegendeel, blijven volhouden dat het goed was de amandelen van kleine kinderen te knippen. Uiteindelijk nam de medische professie de inzichten altijd over. Ooit zouden ze het inzicht overnemen dat een rationele persoon het recht heeft zelf te kiezen voor de dood in plaats van ondraaglijke, niet te verlichten pijn te moeten lijden. Voor Daphne zou dat te laat zijn.

Lawrence liet hem uitpraten en legde toen een hand op zijn vaders arm. 'Papa, ze hebben zich vast ook verzet tegen een heleboel slechte ideeën. Wanneer de wet wordt gewijzigd gaan ze om.'

Ze liepen terug naar de zaal waar Daphne lag. 'Dat gaan ze zeker, maar ze zullen zich tot het laatst verzetten.'

Elke dag zat hij aan haar bed, zorgde hij voor haar, en moest hij haar gruwelijke aftakeling aanzien, dus moest hij iets of iemand de schuld kunnen geven. Het was godgeklaagd, maar hij verlangde naar haar dood. Hij wilde die haast even graag als zijzelf.

In een later stadium mocht hij 's nachts bij haar blijven. Op het moment dat ze stierf, 's ochtends rond een uur of vijf, zat hij te slapen op zijn stoel, wat hij zichzelf niet kon vergeven. Hij was wakker geworden, zag iemand het laken over haar gezicht trekken en protesteerde. Een Filipijnse zuster riep hem tot de orde: 'Ze werd niet wakker, schat. Daar hebben we echt heel goed op gelet.'

Dus dat was ook iets wat ze vier weken hadden gedeeld en tijdens haar laatste ogenblikken niet hadden gedeeld, bedacht hij op de brug. Die lieve zuster kon niet alles hebben geweten. Hij had meer dan een uur geslapen. Hij zou nooit weten of Daphne niet wakker was geworden en zijn naam had geroepen toen ze voelde dat ze wegzakte, of een hand had opgetild in de hoop de zijne te kunnen vasthouden. Hij kon de gedachte daaraan niet verdragen en had het er nooit met de kinderen over gehad. Lawrence zou er ongetwijfeld iets rationeels en troostends over gezegd hebben. Wat het alleen maar erger zou hebben gemaakt.

Hij had de brug nog altijd voor zichzelf alleen. Hij draaide zich om en keek stroomopwaarts en toen omhoog naar Lingcove Beck, in de richting van de waterval waar ze hun meegebrachte lunch hadden gegeten. Hij moest nog aan hun geluk denken, dat was een van de vereisten van het ritueel, maar hij had geen haast. Hij kon zich nog herinneren wat ze hadden gegeten. Ze hadden het allebei niet zo op ingewikkelde sandwiches gehad. In plaats daarvan hadden ze een stuk brood, een homp cheddar en een scherp mes meegenomen. Met tomaten, zwarte olijven, lente-uitjes, appels, noten en chocolade. Precies wat hij vandaag bij zich had.

Toen hij zich weer omdraaide en stroomafwaarts keek zag hij bij een flauwe bocht in de rivier een wandelaar aankomen. Waarschijnlijk degene die hij vanaf de bult had gezien, maar inmiddels op een paar honderd meter afstand. Hij keek, fronste en bukte zich toen in een spontane opwelling om zijn verrekijker uit een zijvakje van de rugzak te halen. Hij keek erdoorheen, stelde hem scherp en ja hoor, daar had je hem, Peter Mount, die zich aarzelend en met tegenzin over het oneffen terrein bewoog. Het trottoir was zijn natuurlijke ondergrond. Of het hoogpolige tapijt. Ja, daar had je hem, Lord Posse Mount, voorheen van Clapham Old Town, gekomen om met behulp van een of andere kronkelredenering Daphne weer van hem op te eisen: ik kende haar eerder dan jij. Nog een paar minuten en hij zou er zijn. Roland wist dat hij het hele geschil kon beslechten door haar as nu aan de rivier toe te vertrouwen. Maar hij zou zich niet laten opjagen of dwingen. Hij had instructies meegekregen, hij was nog maar nauwelijks begonnen hun geluk samen te overdenken. Hij borg de verrekijker op en sloeg zijn armen over elkaar. De ex-partner – niet de echtgenoot – van zijn overleden vrouw, de vader van zijn stiefkinderen, bewoog zich behoedzaam over het pad. Zo te zien waren de brogues niet ideaal geweest voor het oversteken van de diverse beken die vanaf de hellingen de Esk in stroomden. Voor iemand die gerede hoop koesterde in de adelstand te worden verheven, aangenomen dat hij voldoende geld aan de partij had overgemaakt, was het honkbalpetje ook niet echt gepast. Misschien was het bedoeld om hem een jeugdig uiterlijk te verlenen. Dat was dan mislukt, want zijn gezicht, even afgeleefd als dat van Roland, was dat van een ouwe kwibus in de greep van ergernis en ongemak.

Roland kreeg er nu zin in en verheugde zich op de confrontatie. De aardewerken urn zat veilig ingepakt in zijn rugzak, die tussen zijn voeten stond, tussen zijn zware bergschoenen. Hij zette een brede glimlach op om Peter, die bij de brug was blijven stilstaan en naar hem opkeek, te verwelkomen.

'Kijk eens aan, Peter,' riep Roland naar beneden, luidkeels om over het geruis van het snelstromende water heen te komen. 'Wat een verrassing.'

'Mijn voeten zijn zeiknat en ik denk dat ik een spier heb verrekt.' Hij ging vermoeid op een rotsblok zitten. Hij had geen bepakking bij zich.

'Arme stakker.' Roland werd bevangen door een groot geluksgevoel. Hij slingerde de rugzak over zijn schouder en liep de brug af naar de oever.

Peter nam zijn petje af en wiste er zijn voorhoofd mee af. 'Heb je het al gedaan?'

'Nee.'

'Mooi. Is dit de goeie brug?'

'Jazeker.'

'Goed zo. Geef me even een ogenblikje.'

Het was indrukwekkend zoals Peter sprak alsof de conversatie van de vorige ochtend nooit had plaatsgevonden. Hij had altijd al manieren gehad om zijn zin te krijgen. Hij ging gewoon ijzerenheinig door en negeerde alles wat hem in de weg stond tot hij had bereikt wat hij wilde bereiken. Destijds was dat heel handig geweest, als ze bij een locatie waren aangekomen waar ze moesten optreden, altijd als de supportact, en het geluid of de belichting niet in orde waren en de zaalleiding er niks aan wilde doen... aanvankelijk.

Roland zei luchtigjes: 'En, waar ben je heen op weg?'

'Naar hier.'

In navolging van Peter en als eerbetoon aan zijn methoden, zei Roland: 'Als je hier oversteekt en links aanhoudt kom je bij Esk Hause. Als je dan vanaf de top naar het oosten loopt krijg je prachtige uitzichten op Langdale.'

Zijn tegenstrever kwam overeind. Hij wees glimlachend op Rolands rugzak. 'Daar zit-ie in.'

'Ik denk dat ik ermee wacht tot je bent doorgelopen, Peter. Je zou trouwens ook aan deze kant van de rivier kunnen blijven en Lingcove Beck daar op kunnen lopen en een stel fraaie watervallen kunnen gaan bekijken. Als je daarvan houdt tenminste. En dan kun je daarna over Bow Fell omhoog.'

'Kom op, Roland. Actie. Ik heb een tafeltje gereserveerd voor de lunch in Askham Hall.'

'Dat is best een eindje rijden. Dus ik zal je niet langer ophouden.'

'Weet je wat,' zei Peter, de redelijkheid zelve. 'Ik doe het wel, dan kun jij kijken.' Hij zette met uitgestoken hand een stap naar Roland toe alsof hij de rugzak van hem wilde overnemen.

Roland deed een stap opzij. 'Ze wilde jou er niet bij hebben. Daar was ze heel duidelijk over, ben ik bang.'

Peter vouwde zijn honkbalpetje dubbel en stak het in de binnenzak van zijn tweedjasje. Hij wendde schijnbaar nadenkend zijn blik af terwijl hij met duim en wijsvinger aan zijn oorlelletje voelde. 'Ik denk dat het in Stockholm moet zijn geweest. Vijfendertig jaar geleden. Ze was zwanger van Greta. Ze heeft me toen verteld wat ze wilde als zij als eerste zou gaan. Ik heb haar verteld wat ik zou willen als ik de eerste zou blijken te zijn. We hebben elkaar toen een plechtige belofte gedaan. Naderhand, toen we weer thuis waren, heeft ze de plek voor me omcirkeld op een kaart. Die ik altijd heb bewaard.'

Hij trok hem half uit zijn jaszak, een stafkaart, een oude zesde druk, schaal een inch per mijl.

'Dat is lang geleden,' zei Roland. 'Nog vóór Angela, denk ik? Vóór Hermione? Voordat je haar ging slaan?'

Tot Rolands verbazing deed Peter gedecideerd een stap naar voren. Dit keer stapte hij niet opzij. Opnieuw deed Peter heel knap alsof Roland niets gezegd had. 'En ik houd me altijd aan mijn beloften.'

Ze stonden nu recht tegenover elkaar, zo dichtbij dat Roland de geur van Peters aftershave kon ruiken.

'Ik ook,' zei Roland.

'Dan is het het verstandigst om het samen te doen.'

'Sorry, oude vriend. Ik heb je net gezegd waarom dat niet gebeurt.'

Peter pakte Roland bij zijn overhemd, vlak onder het bovenste knoopje. Hij hield het katoen losjes, bijna teder vast. 'Weet je, Roland, ik heb je altijd graag gemogen.'

'Dat zie ik ja.' Terwijl hij dat zei greep Roland met zijn rechterhand Peters pols beet. Die was wat dikker dan hij had verwacht, maar Rolands wijsvinger raakte nog net zijn duim toen hij zijn greep verstevigde. Pas nu, te laat, begreep hij dat ze zouden gaan vechten. Onvoorstelbaar. Maar het kon niet anders. Ze waren even lang en even oud, op een paar maanden na. Hij wist dat Peter nooit iets aan sport had gedaan terwijl hijzelf duizenden uren op de tennisbaan gestaan had. Dat was geruime tijd geleden, maar hij wist zeker dat hij nog wel wat van zijn vroegere conditie en energie had behouden. Er zat beslist nog kracht in zijn rackethand, want Peter hapte naar adem toen hij Rolands overhemd losliet. Op datzelfde moment bracht Peter zijn vrije hand omhoog en greep Roland bij de keel. Dus het was menens. Toen Roland Peters hand wegsloeg gleed de rugzak van zijn schouder op de grond. Dat was maar goed ook, want de beide mannen worstelden nu om een arm om de nek van de ander te krijgen en probeerden tegelijkertijd de ander pootje te haken. In hun inspanning om de manoeuvres van de ander tegen te gaan hadden ze elkaar in een stevige greep genomen. Een volle minuut stonden ze daar zo, twee oude mannen aan de oever van de Esk. Geen ander geluid dan het ruisen van het water. Geen vogelgezang. Geen wandelaars die voorbijkwamen en dit tafereel verbijsterd aanzagen. Ze hadden het Lake District voor zich alleen om hun geschil uit te vechten.

Nog tijdens hun worsteling bedacht Roland dat hij op één punt in het nadeel was. Hij had de tijd om te bedenken dat wat ze aan het doen waren absurd was. En dat besef werkte ondermijnend. Was hij werkelijk aan het vechten of deed hij alleen maar alsof? Peter daarentegen werd gedreven door het gezegende gevoel volledig in zijn recht te staan en had maar één doel, en dat was winnen. De urn te veroveren.

Roland wist zijn rechterarm te bevrijden, drukte de onderkant van zijn hand krachtig onder Peters neus, waardoor diens hoofd naar achteren werd gedwongen. Peter moest uiteindelijk losla-ten en achteruit stappen. Zijn neus bloedde. Roland stond met zijn rug naar de rivier. Hij keek waar zijn rugzak was. Die stond veilig aan de kant, tegen het muurtje van de schaapskooi. Ze stonden nu zwaar ademend tegenover elkaar, op een meter of drie afstand. Tot zijn verbazing maakte Peter een kreungeluid en bukte zich ineens diep, of kromp ineen, alsof zijn hart, of een ander inwendig orgaan het had begeven. Roland wilde net naar voren stappen om hem bij te staan toen Peter weer overeind kwam met een steen zo groot als een tennisbal in zijn hand. Pas nu begreep Roland dat er bij dit gevecht, zoals bij alle gevechten, ongeschreven regels waren, althans waren geweest. Die stonden nu op het punt overboord gegooid te worden.

Peter veegde het bloed van zijn bovenlip. 'Oké,' fluisterde hij terwijl hij zijn arm naar achteren bracht.

'Als jij daarmee gaat gooien,' dreigde Roland, 'breek ik je nek.'

Peter gooide de steen onhandig en Roland dook onhandig weg, waardoor hij werd geraakt. Niet vol, maar wel hoog op zijn voorhoofd, ruim boven zijn rechteroog. Hij ging niet neer. In plaats daarvan bleef hij wankelend staan, bij kennis maar niet bij machte te bewegen, en zich bewust van een aanhoudend, hoog snerpend geluid. Peter zag zijn kans schoon, stormde op hem af en duwde hard met twee handen tegen zijn borst, waardoor hij achterwaarts over de steile stenige helling in de rivier tuimel-de. Hij kwam naar omstandigheden goed terecht, althans niet rampzalig. Vlak voordat hij zijn evenwicht verloor wist hij zich nog om te draaien waardoor hij op zijn zij op de grond en in het ondiepe deel van het water neerkwam. Zijn linkerarm brak de val gedeeltelijk en het water ving zijn hoofd op. Hij was maar een paar tellen kopje onder en had het geluk dat hij niet in de sterke stroming verder naar het midden was beland. De klap was desondanks kolossaal, een soort ontploffing, waardoor hij geen adem meer kreeg en naar lucht moest happen. Toen hij opkrabbelde vermoedde hij al dat hij een paar ribben had gebroken. Hij wist zijn bovenlijf uit het water te hijsen en bleef op zijn zij half op de oever liggen om op adem te komen, terwijl hij het geluid in zijn oren hoorde afzwakken. Pas toen herinnerde hij zich dat Peter er ook nog was. Hij draaide zijn hoofd om te kijken. Peter stond op de brug het laatste restje van de as van Daphne in het kolkende water van het midden van de stroom te strooien. Hij zag Roland, tilde de urn als een voetbaltrofee boven zijn hoofd en lachte hem joviaal toe. Roland sloot zijn ogen. Het deed er allemaal niet toe. Wie ze er ook in had gegooid, haar stoffelijke resten dreven nu in de rivier en waren op weg naar de Ierse Zee, precies zoals zij het gewild had. Hij kon zichzelf laten gaan en de hele weg met haar meedrijven.

Hij trok zijn benen uit de rivier en hees zich overeind in een zittende houding. Een paar tellen later hoorde hij de stem van Peter boven zich, boven aan de steile oever.

'Ik moet benen maken. Ik ben al laat voor de lunch. Jammer dat we het klusje niet samen konden klaren. Zo te zien overleef je het wel.'

Roland bleef een halfuur zitten om bij te komen en te checken of hij niet een arm of been gebroken had. Hij bofte, als je het zo kunt noemen, dat hij hier op een warme dag zat. Ten slotte stond hij op en scharrelde een paar meter stroomafwaarts, waar het gemakkelijker was om de helling naar het pad op te komen. De lege urn stond tegen zijn rugzak, die hij afzocht naar pijnstillers: paracetamol en ibuprofen. Hij nam van allebei een tablet, met een flinke slok water. Zijn armen optillen om zijn fleece aan te trekken was pijnlijk. Hij klapte een opvouwbare trekkingstok open en wist met de nodige moeite en onder luid gekreun de rugzak om zijn schouders te krijgen. Na twintig minuten was hij al een redelijk eind gevorderd. Het pad was goed begaanbaar en de afdaling door het dal verliep zo geleidelijk dat je er nauwelijks iets van merkte. Zijn bergschoenen maakten een vertrouwd soppend geluid, de pijnstillers deden hun werk. Wat hem dwarszat was het feit dat hij had verloren. Hij probeerde zich eroverheen te zetten. Het was de dood, niet Peter, die Daphne van hem had afgepakt. Diverse dagdromen over wraak hielpen hem het pad af te lopen, maar hij wist dat hij niets zou gaan ondernemen. Terug in de cottage, waar geen badkamer en geen warme douche waren, trok hij schone kleren aan, maakte het haardvuur aan, en ging ervoor zitten om zijn proviand op te eten – noten, kaas en een appel – waarna hij in slaap viel.

Het kostte hem de volgende ochtend de nodige tijd om de auto in te laden. De pijn in zijn lijf was 's nachts flink verergerd. Voor hij vertrok plunderde hij de reisapotheek in zijn rugzak en slikte hij een nieuwe dosis pijnstillers, plus modafinil om te zorgen dat hij onderweg alert en geconcentreerd zou blijven. De rit werd er bijna aangenaam door. Als eerbetoon aan Daphne speelde hij haar cd met hoogtepunten uit *Die Zauberflöte* af op het apparaat dat hij had meegebracht, en hij luisterde ernaar zonder dat hij naar het verleden werd teruggevoerd. Het vooruitzicht straks samen met Lawrence, Ingrid en Stefanie te zullen eten beurde hem verder op.

Na drie tussenstops parkeerde hij de auto aan het eind van de middag voor de deur van het huis op Lloyd Square. Hij kwam in een verrassing terecht. In de gang was het een en al ballonnen en juichende kinderen. Lawrence en Ingrid hadden geregeld dat Nancy, Greta en Gerald er zouden zijn met hun partners en kinderen. In de keuken beschreef hij, met Stefanie op schoot en een mok thee bij de hand, hoe hij was uitgegleden op het pad en in een rivier was gevallen. De kinderen waren geschokt bij het idee dat een oude man in zijn eentje een dergelijk gevaarlijk en krankzinnig avontuur had mogen ondernemen. Voordat Roland ging douchen onderzocht Gerald, die inmiddels als assistent-kinderarts werkzaam was, de verwondingen. Hij was onlangs getrouwd met David, een curator op de afdeling Griekenland en Rome van het British Museum. De jonge dokter schrok niet van de akelige blauwe plekken en schaafwonden op Rolands linkerarm en bovenbenen, of van de heroïsche wond op zijn voorhoofd. Die hoefde niet gehecht te worden. Hij was echter wel geïnteresseerd in de blauwe plek op Rolands borst. Het jongetje met de sproeten dat vroeger na schooltijd wel eens bij Lawrence bleef slapen bezat nu het geruststellende gezag van een ervaren medicus. Hij raadde aan röntgenfoto's te laten maken. Een gebroken rib kon zijn longvlies perforeren.

Voordat hij zich in het feestgewoel stortte nam Roland nog een halfje modafinil om hem door de avond heen te helpen. Er zaten vijftien mensen dicht opeen om de eettafel, plus twee kleintjes in kinderstoelen. Stefanie had gevraagd of ze naast hem mocht zitten. Af en toe pakte ze zijn hand en gaf er een kneepje in om hem gerust te stellen. Ze trok zijn hoofd omlaag tot de hoogte van haar lippen en fluisterde: 'Opa, ich mach mir Sorgen um dich.'

Later keek Roland het gezelschap rond, de luidruchtige goedwillende familie: een wiskundig onderlegde klimaatwetenschapper, een oceanografe, een arts, een fulltime huismoeder, een woningbouwspecialist, een sociaal werker, een advocaat bij een bureau voor rechtshulp, een basisschoolleraar, een curator. Misschien waren ze allemaal, gezien de huidige tijdgeest, irrelevant geworden. Want tegenwoordig waren het in dit kleine hoekje van de wereld Peter Mount en zijn lotgenoten die de dienst uitmaakten. In een moment van onthechting zag hij de leden van de familie als figuren op een oude foto en was iedereen die erop stond, met inbegrip van de kleintjes Charlotte en Daphne, allang oud geworden en gestorven. Daar zaten ze dan, die mensen uit 2018, deskundig en ruimdenkend, wier meningen in de mist van de tijd waren verdwenen en wier stemmen waren weggestorven totdat er nauwelijks een spoor van hen was overgebleven.

Lawrence stond op om een toost uit te brengen, niet alleen op zijn zeventig geworden vader, maar op de herinnering aan zijn stiefmoeder en op alle kinderen aan tafel. Roland, die op allerlei plekken scherpe pijnscheuten voelde, stond op om iedereen te bedanken en hief het glas op zijn vrouw en alle kleinkinderen.

Hij proefde de rijke fruitige smaak van Zuid-Europa en moest denken aan de wandeling die Daphne en hij hadden gemaakt op het eiland in de Middellandse Zee, naar het strand met het bamboebosje en het rimpelloze water van de diepblauwe baai, met op de terugweg de geur van de wilde kruiden die werden geplet onder hun bestofte wandelschoenen. Toen ze nog sterk genoeg was om de warmte van de dag en de afstand in een gestaag tempo moeiteloos aan te kunnen. Zijn hand ging onwillekeurig naar zijn borst, naar de pijnlijke, benauwde plek onder zijn hart, en opnieuw bedankte hij iedereen.

12

De valpartij, de tweede in drie jaar tijds, vond plaats in juni 2020, niet lang voor het einde van de eerste lockdown, toen Roland de trap af liep. Hij had net de eerste versie af van een artikel, 'De erfenis van Thatcher', voor een Amerikaans onlinemagazine. \$125 voor 1000 woorden. Waarom zij? Waarom nu? Hij had er niet naar gevraagd. Als parttimer in het hotel kwam hij niet in aanmerking voor betaald verlof, dat hadden zijn hippe Japanse werkgevers, die zo graag wilden dat hij bebop en spannende blues speelde, hem te verstaan gegeven. Hij had AOW en minder dan 3000 pond aan spaargeld. Zijn carrière als journalist nieuw leven inblazen, tegen elk tarief, was het enige wat hij had kunnen verzinnen.

Hij kwam de trap voorzichtig af, met een hand op de leuning, zoals Gerald hem voortdurend inprentte. Vallen, in de douche, bij het uit bad stappen, op de stoep, over de rand van het vloerkleed, bij het uitstappen uit de bus, op een helling, was voor veel oudere mensen het begin van het einde. Roland was op weg naar de keuken voor een late lunch, sardientjes in olijfolie uit een blikje op een snee geroosterd donker Duits brood met een kop sterke thee. Lekkerder dan het klonk. Op weg naar beneden vroeg hij zich af hoe hij zijn artikel kon verbeteren. Het was moeizaam, serieus, saai. Op de website leverden mannen en vrouwen die bij lange na nog niet half zo oud waren als hij kopij in met een grapje en een snedige opmerking in elke zin zonder dat het afbreuk deed aan de indruk dat ze erudiet of politiek deskundig waren. Hij had geschreven dat Thatchers erfenis, haar invloed op de geest van het land, ook dertig jaar nadat ze het premierschap vaarwel had gezegd nog tot in de haarvaten van de samenleving voelbaar was. Haar vingerafdrukken zaten overal op het heden en ze zou niet worden vergeten: een woningcrisis als gevolg van de teloorgang van de sociale voorzieningen, een gedereguleerde en dolgedraaide City, voor wier hebzucht het land betaalde met bezuinigingen, een fnuikend idee van nationale grandeur, een breed gedeeld wantrouwen tegen Duitsers, Fransen en de rest, middelgrote steden in de Noord-Midlands, Wales en de dichtstbevolkte delen van Schotland nog altijd lamgeslagen na haar rücksichtsloze vrijemarktbeleid, bedrijven die ooit een nationale trots waren waren verkocht, een aandeelhoudershausse, ongekende verschillen in welvaart, minder trouw aan het algemeen belang, werknemers zonder rechten, rivieren die bruisten van het geprivatiseerde afvalwater.

Hij was gewoon een ouwe Labourbroodschrijver. Hij wilde het te mooi doen met zijn 'tot in de haarvaten van de samenleving'. Voor hetzelfde geld was dat een cliché, of gejat. Het moest grappiger worden. En de positieve kant? Ze had de fascistische dictatuur in Argentinië ten val gebracht, de ozonlaag gered en ze had kortstondig, voordat ze het onderwerp de rug had toegekeerd, de wereld geattendeerd op klimaatverandering. Ze had er ook voor gezorgd dat de winkels op zondag open mochten, dat de Labourpartij was hervormd, dat de inflatie en de belastingen omlaag waren gegaan, ze had Reagan geholpen het Sovjetblok te bedwingen, een aantal corrupte vakbonden de das omgedaan, ervoor gezorgd dat veel mensen een eigen huis konden kopen, en vrouwen getoond hoe je dominante mannen met al hun bombarie en privileges een toontje lager kon laten zingen. Ook niet echt grappig.

Een dergelijk streven naar balans moest zijn gevoel voor evenwicht hebben verstoord. Hij was bijna onderaan de trap, nog maar twee treden, en dat was zijn geluk. De overgang was abrupt. Hij voelde een meedogenloze lasso van staaldraad straktrekken om zijn borst, en vervolgens een felle flits van pijn als een meteoriet links van zijn borstbeen omlaagschieten. Zijn ongeluk brengende vallende ster. Hij greep naar zijn borst en viel voorover. De wonderbaarlijke reflex deed zijn werk en zijn handen vlogen naar zijn hoofd om dat te beschermen voordat hij wijdbeens met een doffe dreun maar ongedeerd neerkwam op de tegelvloer in de gang. Toen hij rechtop ging zitten zag hij sterretjes, maar de pijn was verdwenen. Niet eens een nawerking. Niets. Hij kwam langzaam overeind, ging met zijn rug tegen de muur staan, leunde met licht gebogen knieën naar voren en wachtte af wat er zou gebeuren. Niets. Het was niets.

Hij veegde de stofpluizen van zijn broek en liep naar de keuken. Zoals gebruikelijk had hij de radio aan laten staan. Een woedende man was tegen een huilende vrouw aan het schreeuwen. *The Archers*, het eeuwigdurende hoorspel. Niet te harden. Hij zette het af en begon met zijn voorbereidingen. Het was echt werk, niet geschikt voor slappelingen, hij moest aan het dunne ringetje trekken waardoor het deksel van het blikje openrolde en zo het licht toelaten bij de drie sardientjes die, kop en staartpunt verwijderd, keurig naast elkaar lagen, als kinderen in één bed bij een logeerpartijtje. Hij had zijn nek wel kunnen breken. Maar alleen een idioot zou zich in het ziekenhuis bij de spoedeisende hulp melden met hartklachten. Om vervolgens ten prooi te vallen aan de epidemische ziekte die hij had opgelopen doordat een of andere debiel zonder mondkapje had rondgelopen in de wachtkamer. En dan een paar dagen later het koude mondstuk van het zuurstofmasker op zijn tong te voelen voor de kunstmatige coma en te moeten accepteren dat de kans fiftyfifty was dat hij daar nooit meer uit zou komen. Bovendien was het zijn hart helemaal niet. Hij wist zeker dat het om zijn ribben ging, een stukje bot dat zich ergens in het spierweefsel had geboord als een cocktailprikker in een ansjovis. Op de röntgenfoto waren alleen wat kleine haarscheurtjes te zien geweest, die vanzelf zouden dichtgroeien. Maar hij was de patiënt en wist dat zijn theorie steek hield. Een minuscule botsplinter sneed in een zenuw. Bij bepaalde bewegingen trok er een pijnscheut door zijn borst en kreeg hij het benauwd, zij het niet zo erg als daarnet. Gerald, die daarin werd gesteund door Lawrence, wilde hem naar een hartspecialist sturen. Maar Gerald was kinderarts. Kinderharten waren heel anders.

Roland nam zijn thee mee naar de voorkamer, waar sinds de tijd dat Daphne nog leefde niets in was veranderd, alleen was het er stoffiger, lagen er een paar duizend foto's over het tapijt verspreid, en stonden er drie kartonnen dozen met nog meer foto's erin. Het was een van zijn lockdownprojecten, hij wilde geïnspireerd door haar voorbeeld, de stapels lukraak bij elkaar gegooide foto's naar datum ordenen en erbij schrijven wie of wat erop stond. Niet eenvoudig. Hij vorderde maar langzaam. Te veel foto's riepen herinneringen op en zetten mijmeringen in gang over dode of uit het oog verloren vrienden of vriendinnen, of dwongen hem tot langdurige pogingen om zich namen en plaatsen te herinneren. Ook ging er de nodige tijd heen met betreuren dat hij niet jong meer was. Op heel veel foto's uit de tijd van zijn verloren decennium zag hij er sterk en opgewekt uit, met een rugzak op, tegen een magnifieke achtergrond van bergen, woestijnen, wilde bloemen of meren. Waar was dat geweest? Wie had op de sluiterknop gedrukt? In welk jaar? Hij was een vreemde voor zichzelf, een vreemde die hij benijdde. Het zag er achteraf allemaal zeldzaam waardevol uit, misschien was het wel het beste wat hij ooit had gedaan. Na zijn kindertijd en kostschool, vóór de tennislessen, de zwijmelmuziek en de wenskaarten. Wanneer was hij verder ooit zo vrij geweest en zo gericht op het vieren van het leven? Relax, wou hij zeggen tegen de jongeman die hem vanaf de foto's aankeek. Zwerven tussen de castilleja's door velden en over beekjes, op tweeduizend meter hoogte door de Cascades, dankzij de mescaline letterlijk én figuurlijk in de wolken in het gezelschap van goede vrienden, het basiskamp een kleine tien kilometer achter hen. Je kon dit toch niet anders dan als een succes bestempelen?

Vanaf 2004 had hij tien jaar lang met digitale camera's gefotografeerd. Daarna met behulp van digitale mobieltjes. Bij nietspecialisten waren fototoestellen inmiddels in onbruik geraakt, en net zoiets geworden als schrijfmachines en wekkers, dingen die eerdaags helemaal verdwenen zouden zijn, net als buizenradio's en badkoetsen. Hij had grote delen van zijn JPEG-bestanden naar een bedrijf in Swansea gestuurd om de foto's, tegen niet geringe kosten, te laten afdrukken, zodat hij er het nodige bij kon schrijven. Toen realiseerde hij zich dat hij het juist andersom had moeten aanpakken, en een selectie uit zijn afdrukken van voor 2004 had moeten digitaliseren, zodat hij zijn hele, gemakkelijk te reproduceren productie gewoon aan zijn familie had kunnen geven of mailen.

Hij kon min of meer meekomen in dit tijdperk van digitalisering, maar bleef toch, als iemand die zich listig vermomd had, een bewoner van de analoge wereld. Die ene fout aan het begin ondermijnde zijn doelgerichtheid en had de fut er bij hem uit gehaald. Te laat, zonde van het geld om het opnieuw te doen, te saai om ermee door te gaan. Het ontbrak hem aan de discipline die Daphne had gehad. Al had zij tegen de definitieve deadline aan gewerkt. De zijne was flexibeler. En daarom zou hij het project ook in de verste verte niet afkrijgen. Zo nu en dan liep hij de voorkamer in, raapte een foto op van de vloer, staarde ernaar en verloor zich in een mijmering. Wanneer hij daar weer uit kwam krabbelde hij een paar regels op de achterkant. Sinds het begin van de eerste lockdown had hij bij achtenvijftig foto's iets achterop genoteerd. Lachwekkende vorderingen.

Hij at de laatste tijd minder, dronk meer en dacht veel na. Hij had een stoel, een uitzicht en een lievelingsglas. Een van zijn vaste onderwerpen om over na te denken was de reeks andere beginfouten die hij had gemaakt en die in de loop der tijd was uitgegroeid tot een heel waaiervormig scala. Op de keper beschouwd viel het resultaat van die fouten terug te brengen tot vraagtekens, hypothesen en zelfs duidelijke voordelen. Al hield hij zich wat dat laatste betrof wellicht voor de gek. Maar wanneer je je leven overzag was het onverstandig om te veel mislukkingen te erkennen. Dat hij met Alissa was getrouwd? Zonder Lawrence was er geen vreugde geweest, en geen Stefanie, tegenwoordig

Rolands beste vriendin. Als Alissa was gebleven? Hij had in februari en begin maart *The Journey* herlezen, in de tijd dat de meeste mensen die hij kende zichzelf al drie weken voordat de regering het oplegde in lockdown hadden begeven. Haar roman was nog steeds grandioos. Dat hij jong van school was gegaan? Als hij was gebleven zou Miriam hem, dat had ze zelf toegegeven, uit het klaslokaal gesleurd hebben en zou hij verloren zijn geweest. Zelfs nu nog liet die gedachte, alsof het een spannend vooruitzicht was, hem niet helemaal onberoerd. Dat hij klassieke muziek spelen en de kans om concertpianist te worden had opgegeven? Als hij dat niet had gedaan zou hij de jazz nooit hebben ontdekt, zou hij als twintiger niet hebben kunnen doen waar hij zin in had, zou hij geen respect hebben gekregen voor lichamelijke arbeid en geen flitsende backhand hebben ontwikkeld. Hij zou voor de rest van zijn leven hebben vastgezeten aan vijf uur studeren per dag. Dat hij Miriam niet naar de gevangenis had gestuurd? Zolang ze achter de tralies zat zou de link tussen hen pijnlijk en sterk zijn gebleven. Dat was een van de redenen geweest. Er waren ook andere.

Dat hij met Daphne was getrouwd, net toen ze begon te sterven, zag hij als onvermijdelijk, noodzakelijk, en misschien wel het beste wat hij ooit had gedaan. Had hij lid moeten blijven van de Labourpartij om de vrijzinnige beginselen en de traditionele middenkoers te verdedigen? Na vier achtereenvolgende verkiezingsnederlagen zou hij doodziek en des duivels geweest zijn. Dus zijn leven was een aaneenschakeling van juiste beslissingen? Duidelijk niet. Uiteindelijk kwam hij uit bij het ware keerpunt, het moment waarop al het andere uitwaaierde en oprees met de extravagantie van een pauwenstaart: de jongen die, midden in de Cubacrisis, op zijn fiets was gestapt om zich bij Miriam aan te dienen voor twee jaar erotische en emotionele scholing, inclusief het bespottelijke sluitstuk, de pyjamaweek, die een einde had gemaakt aan zijn opleiding en zijn betrekkingen met vrouwen had bemoeilijkt. Dat was ingewikkeld. Toen hij zich afvroeg of hij liever had gewild dat het allemaal nooit gebeurd was, had hij daar niet meteen een antwoord op. Zo diep zat de schade. Bijna tweeënzeventig en er nog steeds niet helemaal van af. Hij bleef de ervaring met zich meedragen en hij kon er geen afstand van doen.

Noodgedwongen thuis vanwege een pandemie, aan huis gekluisterd door de angst om met een zuurstofmasker op naar adem snakkend te sterven, de winternamiddagen uitzittend in de schommelstoel – die had hij meegenomen uit het huis in Clapham, een stoel voor bejaarden en zogende moeders – zich afvragend hoe laat hij met goed fatsoen zijn eerste borrel van die middag kon inschenken, dacht hij vaak terug aan zijn confrontatie met Miriam Cornell in de kale muziekkamer in haar huis in Balham. Net als in zijn oude huis in Old Town koos hij een plekje bij de openslaande deuren met uitzicht op de tuin. Hij had vijf jaar geleden een appelboom geplant in Daphnes tuin als compensatie voor de boom die hij in Clapham had omgehakt. Veel gegroeid was hij niet, maar hij leefde nog wel.

Het huis van Miriam Cornell had grotere openslaande deuren die uitkwamen op een weelderige, onder architectuur aangelegde tuin. Hij herinnerde zich nog hoe vermoeid hij aan het eind van zijn bezoek was geweest en dat hij had gepopeld om weg te kunnen. Er was een lacune, een leegte, een leugen waaraan ze allebei medeplichtig waren. Volgens een stilzwijgende afspraak hadden ze twee onderwerpen angstvallig vermeden. Eerst het makkelijkste. Ze konden niet verwijzen naar het plezier dat ze allebei hadden beleefd aan de muziek en aan het spelen van de quatremainssonate van Mozart bij haar thuis, of naar wat een geweldige belevenis het was geweest om de *Fantasie in f-klein* van Schubert te mogen uitvoeren op concertvleugels in de gehoorzaal van Norwich, of naar het stormachtige applaus op het schoolconcert toen het spichtige jongetje het podium op was gekomen met een bloem en een chocoladereep.

En dan het moeilijkste van de twee. Tijdens die confrontatie hadden ze niet durven spreken over wat hen met elkaar verbond, de obsessieve, alomvattende, onbegrensde vreugde die ook onwettig, immoreel en destructief geweest was. Lang geleden waren ze naakt geweest, hadden ze naar elkaar toe gekeerd in bed gelegen in het zonverlichte kamertje met uitzicht op de Stour. Zij had hem niet willen loslaten, en hij had niet gewild dat ze hem losliet. Een heel leven later had zich een gezette meneer bij haar prachtige huis aangediend die haar van alles voor de voeten had geworpen. Ook zij was iemand anders geworden. Volledig gehuld in alles wat ze waren geworden, hadden ze de ware toedracht verloochend, nog terwijl ze het erover hadden. Ze hadden elkaar niet aangeraakt, voor zover hij zich kon herinneren niet eens de hand geschud. Hij had de koele ondervrager gespeeld. Zij was eerst nog heel waardig gebleven en had hem de deur willen wijzen, maar had later schuld bekend. Jazeker, hij was een kind geweest en dus was het een misdrijf, maar er was ook iets anders geweest en dat was het probleem. Zij had het niet kunnen zeggen en hij zou niet hebben geluisterd. Ze hadden gelogen door het te verzwijgen. Zij had van hem gehouden en had hem van haar laten houden. De gegijzelde was verliefd geworden op zijn gijzelnemer: het stockholmsyndroom. Op de regenachtige avond waarop hij met zijn greppelgraversloon in zijn achterzak was ontsnapt had hij de hutkoffer waar zijn hele hebben en houden in zat over haar gazon gesleept, maar ver was hij niet gekomen. Dat was de schade, de verboden materie, de aantrekkingskracht. De herinnering aan de liefde bleef onscheidbaar van het misdrijf. Hij kon niet naar de politie gaan.

Hij bleef staan en keek naar de foto's die driekwart van Daphnes brede groene Perzische tapijt bedekten. Die allemaal op chronologische volgorde sorteren, wat ooit een essentieel opruimproject was geweest dat heel geschikt was voor een lockdown, kwam hem nu zinloos voor. Iedereen wist toch dat de herinnering zo niet in elkaar zat, die werkte niet op chronologische volgorde. Hier bij zijn linkervoet lag een oude polaroid, vermoedelijk uit 1976. Hij raapte hem op. Het was een smoezelige, weinig opzienbarende foto van een ronde, modderige poel. Het was lachwekkend hoe ver dit afstond van wat zijn oude vriend

John Weaver en hij destijds hadden gezien, een natuurlijke poel boven op een rots met de Stille Oceaan op de achtergrond. Van een meter of tien afstand bekeken leek de poel met zijn modderige rand en het hooguit tien centimeter diepe water te koken, te zieden, een en al wemelende beweging te zijn. Toen ze dichterbij kwamen zagen ze duizenden kikkertjes. Ze leken allemaal op precies hetzelfde moment uit hun gedaante van kikkervisje tevoorschijn te zijn gekomen. Er waren meer kikkers dan er water was. Ze glibberden en kronkelden over elkaar heen, een feestmaal voor de juiste soort roofvogel. Achter de poel zakte de zon langzaam naar een reusachtige vlakte van rood kleurende wolken, die lager hingen dan de rotspiek en zich uitstrekten tot aan de horizon. Ze waren nog vijf kilometer van hun basiskamp aan de oever van de Big Sur en koersten er in ontspannen looppas op af. Op je achtentwintigste kon je moeiteloos vele kilometers zo afleggen. Hun pad door de Californische *chaparral* was hard en effen, en liep geleidelijk omlaag. Wat een wonderschoon halfuur was dat geweest, half zwevend door de warme, kruidige lucht, met blote bast in de zwakke zonnestralen.

Over het vervolg had zijn geheugen even niets paraat, maar het pikte de draad weer op bij avond, toen ze bij een terras waren waar mensen aan tafels zaten bij een verwarmd zwembad. Ze waren na zo'n dag in een feestelijke stemming. John was vijf jaar daarvoor ontsnapt aan een deprimerende reeks ongeschoolde baantjes in Engeland en had in Vancouver de vrijheid gevonden. Dit was een weerzien. Aangezien vrijheid hun thema was en ze in vergevorderde staat van uitbundigheid verkeerden trokken ze hun kleren uit en namen hun glazen mee het zwembad in, waar ze onophoudelijk pratend heen en weer dobberden, totdat ze werden gestoord door de uitbater van het terras die met zijn handen in zijn zij aan de rand van het zwembad stond en hen sommeerde eruit te komen, met de woorden die ze nog jaren zouden aanhalen: 'Dit deugt niet, zeker weten dat dit niet deugt.'

Ze gehoorzaamden en toen ze eenmaal weer waren aangekleed konden ze erom lachen. Het was per slot van rekening een openbare gelegenheid, een uitspanning voor het hele gezin, en het was pas acht uur. Het gaf geen pas om daar in je blootje rond te drijven, en het was nergens voor nodig. De uitbater had gelijk. Het zinnetje, en de gedecideerde manier waarop hij het op dat moment had uitgesproken, had Roland nog vele jaren achtervolgd. Een geval van categorische imperatief? Niet echt, want dit was een kwestie van context en sociale conventie. Maar wanneer hij dacht aan de uiteenlopende fouten die hij zelf in zijn leven had gemaakt, scheen het hem toe dat het hem altijd had ontbroken aan dat onmiddellijke, automatische, op zekerheden gestoelde, handen-in-de-zijgevoel voor de juiste aanpak. Wie anders dan Roland was in half-verarmde staat zeventig geworden, woonde in een duur huis waarvan hij bij toeval eigenaar was geworden en dat hij nooit zou kunnen verkopen, een huis dat was betaald door een man die hij verafschuwde, die onlangs in de adelstand was verheven en staatssecretaris was in het kabinet Johnson? Het deugde niet, zeker weten dat het niet deugde, maar hij kon er niets aan veranderen. Daar was het te laat voor.

Hij liet de foto uit zijn handen vallen. Hij had geen zin om iets op de achterkant te schrijven. Er viel te veel te zeggen. Hij ging naar zijn werkkamer boven. De lockdown liep op zijn eind en hierbinnen wachtten al zijn andere onvoltooide projecten. Het waren de gebruikelijke dingen: de hele Proust lezen, een nieuwe taal leren, een ander instrument leren bespelen. In zijn geval Arabisch en de mandoline. Hij had zich voorgenomen *Der Mann ohne Eigenschaften* van Musil helemaal in het Duits te lezen. Tot dusver negenenzeventig pagina's in drie maanden. Een ander voornemen was geweest om zijn begrip van de natuurwetenschappen te vergroten, te beginnen met de vier wetten van de thermodynamica. Hij nam aan dat basisprincipes die in de tijd van de stoommachine waren uitgewerkt niet al te moeilijk te vatten zouden zijn. Maar eenvoudige uitgangsposities ontpopten zich tot zaken van een dermate grote complexiteit en abstractie dat hij het al snel niet meer kon volgen en verveeld raakte. Niettemin herinnerde de Tweede Wet, die eigenlijk de derde was, omdat ze bij nul begonnen, hem aan een waarheid die voor iedereen die een huishouden bestierde evident was. Zoals warmte vervloeide tot kou en niet omgekeerd, vervloeide orde tot chaos, en nooit omgekeerd. Een complexe entiteit als een mens ging uiteindelijk dood en werd een ongeordende hoop losse deeltjes die uit elkaar moesten gaan. De doden kwamen nooit weer in geordende vorm tot leven, werden nooit weer de levenden, wat de bisschoppen ook mochten beweren of veinsden te geloven. Entropie was een verontrustend en schitterend begrip dat de kern vormde van heel wat menselijk gezwoeg en verdriet. Alles, vooral het leven, viel uiteen. Orde was een steen die je de heuvel op moest rollen. De keuken ruimde zichzelf niet op.

Het was niet ordentelijk in huis, maar ook niet echt smerig. Hij stoorde zich er niet aan, maar binnenkort zouden de beperkingen worden opgeheven en zouden de kinderen weer langskomen. Om te beginnen Lawrence en zijn gezin, dan Greta met man en kinderen, samen met Gerald en diens partner David, en daarna Nancy met haar gezin. Roland mocht niet de indruk wekken dat hij de nagedachtenis van Daphne onteerde door haar ruime, gastvrije huis te laten verloederen. Hij kon het zich niet veroorloven de werkster aan te houden. De kinderen hadden aangeboden haar loon te betalen, maar hij was te trots om daarmee in te stemmen. Eén persoon kon zijn eigen rommel toch wel opruimen? Nu moest hij de tol voor zijn trots betalen. Hij was verplicht zich uit zijn gebruikelijke dromerigheid los te rukken en aan de slag te gaan. Hij had deze dag, de dag van zijn val, aangemerkt als de dag waarop hij zou beginnen.

Hij zou als eerste de slaapkamers boven aanpakken, die waren het makkelijkst. De stofzuiger en schoonmaakspullen stonden al boven vanwege een valse start de week ervoor. Hij zette in beide vertrekken de ramen open, stofte af, haalde de bedden af en maakte ze opnieuw op, en stofzuigde de vloer. Pas anderhalf uur later kon hij aan de badkamer beginnen. Hij zat op zijn knieën de zijkant van de badkuip te schrobben toen hij stopte vanwege een plotseling opgekomen gedachte: hij was merkwaardig tevreden, hij hoefde aan niets anders te denken dan aan de nieuwe taak, hij ging volledig op in het heden en was verlost van alle intro- en retrospectie. Hij zou dit niet als broodwinning kunnen doen, zoals sommige mensen wel moesten, maar als vorm van escapisme gooide het hoge ogen. Hij had dit de hele tijd moeten doen, elke dag. Goed voor de spieren. Als er ooit weer eens een lockdown kwam... Hij stond op het punt verder te gaan met schrobben toen de telefoon ging. Hij legde de borstel met tegenzin weg en liep naar de kamer ernaast om op te nemen.

Het was Rüdiger. Ze hadden sinds maart een paar keer contact gehad via Zoom. Op dat moment ging Duitsland efficiënter om met de pandemie. Roland hoorde daar liever niet over. Hij was blij dat Duitsland het goed deed, maar diep vanbinnen was hij een patriot en wilde hij graag denken dat zijn land wel was opgewassen tegen een uitdaging. Eind februari had hij videoclips bekeken van uitgeputte zorgmedewerkers in Noord-Italië die werden overspoeld door coronagevallen en alleen nog iets deden aan patiënten die een goede kans maakten het te redden. Ze hadden een tekort aan zuurstofmaskers, zuurstof en medische mondmaskers. Begrafenisondernemingen konden de hoeveelheid lijken niet aan. Er was een tekort aan doodskisten. Oostenrijk had de grens gesloten. Hoe kon het virus hier buiten de deur worden gehouden als er dagelijks tientallen vluchten uit Italië aankwamen? De regering van het Verenigd Koninkrijk talmde. Twee weken later, half maart, kwamen duizenden mensen bijeen voor de paardenrennen van het Cheltenham Festival. Tienduizenden gingen naar voetbalwedstrijden. De regering wachtte nog een week.

'Het zit in ons nationale onderbewustzijn,' had hij geprobeerd het aan zijn Duitse vriend uit te leggen. 'Wij hebben het gevoel dat we al afscheid van jullie hebben genomen. Wij zijn niet langer bevattelijk voor jullie Europese ziekten.'

Daarop zei Rüdiger, die niet aan praten over koetjes en kalfjes deed, zonder verdere inleiding: 'Ik moet je drie dingen vertellen.'

'Ga je gang.'

'Iets goeds, iets slechts en iets wat van alles kan zijn.'

'Begin maar met het slechte.'

'Bij Alissa is gisteren haar linkervoet afgezet.'

Roland zweeg. Er bestond een verhaal over Sartre dat hij zich niet zo snel kon herinneren. Waarschijnlijk apocrief, hoe het ook mocht luiden. Hij zei: 'Roken?'

'*Genau*. Distale neuropathie. En toen gangreen. Ze zeiden dat het goed was gegaan.'

'Heb je haar gezien?'

'Ze zat onder de medicijnen. Ze zei dat ze opgelucht was dat hij eraf was. Toen ik tegen haar zei dat ze had gerookt omwille van de bellettrie moest ze lachen. Enfin. Dan nu het goede nieuws. Op de stoel hier ligt een ingebonden proef in het Engels van haar nieuwe roman.'

'Geweldig. Wat vind je ervan?'

'Je krijgt vandaag een exemplaar toegestuurd.'

'En het derde?'

'Ze wil je graag spreken. Over een maand of zo, als je dan kunt. Jij zult uiteraard haar kant op moeten komen. Zij betaalt je vlucht.'

'Oké.' Hij zei het automatisch. Hij werd opgeroepen, gesommeerd in een vliegtuig te stappen en rondgepompte coronavirussen te inhaleren. Om die gedachten te verdrijven zei hij: 'Goed, ik zal komen.'

'Ik hoopte heel erg dat je dat zou zeggen. Ik zal het haar meteen vertellen.'

'Ik betaal mijn vlucht zelf wel.'

'Prima.'

'Wil ze Lawrence ook zien?'

'Alleen jou.'

Hij nam de schoonmaakspullen mee naar de verdieping eronder voor gebruik de volgende dag, nam een douche en ging in de tuin een sandwich zitten eten. Alissa met maar één voet was niet meer een vreemde voor hem dan de Alissa die dertig jaar kettingrookster was geweest. Als ze niet lang meer te leven had zou Rüdiger hem dat hebben verteld. Maar er was niets in het vooruitzicht dat hij haar zou zien wat hem aantrok. Hij was niet eens nieuwsgierig. Zijn spaargeld zou een beetje slinken. Dankzij de lockdown was hij het gaan prefereren nergens heen te gaan. Alissa Eberhardt werd algemeen gezien als de grootste hedendaagse Duitse auteur. Groter dan Grass was geweest, en de kans op een demasqué was bij haar klein. Bijna net zo groot als Mann. Het sterkste persoonlijke gevoel dat hij jegens haar had was de boosheid over het feit dat ze haar zoon had afgewezen, maar daar waren de scherpe kantjes allang van af. Hij dacht er nog maar zelden aan. In zijn geestelijk landschap was zij goed zo, een indrukwekkende berg, van veraf gezien, een beroemdheid die hij had gekend toen ze nog onbekend was, een geweldige schrijfster, mogelijk een groot schrijfster. Er was niets tussen hen, niets wat hij haar wilde zeggen, niets wat hij wilde horen. Ze hoefde niet van hem te horen hoezeer hij haar werk bewonderde. Dus waarom dan toch gaan? Omdat ze een voet was kwijtgeraakt? Vanwege haar zelfverkozen verslaving aan een belachelijk stofje, ja. Waar je niet eens echt high van werd. Een dooiediendersdrug die mensen rookten om hun hang ernaar te bestrijden. Als een lelijke Cleopatra die 'den honger scherpt, hoe meer zij hem verzaadt'. Als Alissa hem zo nodig wilde spreken voordat ze allebei door entropie versimpeld en verstrooid waren geraakt, moest ze eerst maar wennen aan een voetprothese en hem dan komen opzoeken in Londen, hier aan zijn oude tuintafel. Dus moest hij Rüdiger nu meteen opbellen en hem laten weten dat hij van gedachten was veranderd. Nee. Ze wist vast al dat hij had gezegd dat hij zou gaan. En dus zou hij gaan. Hij zou gehoor geven aan haar oproep omdat het meer gedoe zou zijn om dat niet te doen.

Het duurde tien dagen voor haar boek binnenkwam. Tegen die tijd was Daphnes huis, hoewel het niet zo blonk als voorheen, schoon en aan kant. Het was juli, de lockdown was voorbij en het land vermaakte zich weer volop buitenshuis. Maar voor Roland was er niets veranderd. Hij pakte de roman, *Her Slow Reduction*, uit en begon te lezen. Het was het dikste boek dat ze ooit had geschreven. Hier was het dan eindelijk, hier was híj dan eindelijk, in het eerste hoofdstuk, door haar romanciershand gekneed tot de onderdrukkende, kleinerende en soms gewelddadige echtgenoot bij wie de hoofdpersoon, Monique, op een ochtend wegloopt, met achterlating van haar zeven maanden oude dochtertje. De echtgenoot, Guy, is een Engelsman. Het huis dat Monique verlaat staat in Clapham, Zuid-Londen, in een buurt die 'afgrijselijk' is, omdat de verloedering er van alle kanten op je afkomt. Zij is van Frans-Duitse komaf en bezield door politieke idealen die het moederschap dreigde te verstikken. Als ze terug is in haar geboortestad München, waar ze langzaam bijkomt van de pijnlijke scheiding van haar dochtertje, begeeft ze zich in de lokale politiek en gaat ze werken voor de SPD. Ze wordt specialist in goedkope sociale woningbouw. Hier leek Alissa te putten uit Daphnes ervaringen met allerlei huurders, van de betrouwbare harde werkers die netjes elke maand de huur voldoen tot de chaotische drankzuchtige wanbetalers. Allemaal moeten ze gehuisvest worden.

Monique verandert haar naam in Monika. Dan wordt ze, uit oprechte motieven, al is het tegelijkertijd een briljante zet, milieuactiviste en stapt ze over naar een andere partij. Binnen de Grünen maakt ze snel opgang. Na vijf jaar behaalt ze een overwinning bij lokale verkiezingen en krijgt ze een zetel in het deelstaatparlement. Ze wordt verliefd op een gevierde kok, Dieter, het boegbeeld van een revolutie in de Duitse keuken, die hij verheft van zijn zompige basis naar lichtere mediterrane smaken. De titel van de roman verwijst gedeeltelijk naar de culinaire term reductie, ofwel inkoken. Tien jaar later is ze een bekende figuur in Berlijn, tactisch slim, op weg naar de top. Maar verrassend genoeg verlegt ze haar steun van sterkere naar zwakkere figuren binnen de Grünen.

Het is inmiddels 2002 en op dit punt wordt de roman een alternatieve geschiedenis van de Duitse politiek. Vanwege een reeks akkefietjes bij collega's en politieke opponenten, en dankzij keihard gemanoeuvreer wordt Monika bondskanselier. Ze zal meer dan tien jaar aan de macht blijven, maar ze lijkt niet op Angela Merkel. Vanaf het moment dat Monika het hoogste ambt bekleedt begint de afkalving, de geleidelijke reductie van haar politieke idealen. Het verhaal suggereert dat haar neergang al lang geleden is ingezet. Om een 'geleidelijke reductie' van de uitstoot van het land te bereiken en om de machtige steenkoolindustrie te beteugelen wordt ze een pleitbezorgster van kernenergie. Binnen haar partij roept dit grote weerstand op, maar men kan haar er niet uit werken. Om investeringen van vooraanstaande Amerikaans techbedrijven in Duitsland te stimuleren sluit ze een clandestiene overeenkomst met de regering van de VS om informatie van de militaire inlichtingendienst te delen en anderszins bijstand te verlenen tijdens de invasie van Irak. Om de Alternative für Deutschland koest te houden sluit ze de Duitse grenzen voor immigranten. En om de belangrijke Turkse moslimstemmen niet te verspelen stelt ze zich tweeslachtig op rond bepaalde kwesties van vrijheid van meningsuiting.

In Brussel krijgt ze steevast haar zin. De Fransen worden tot de status van kleine broertje gereduceerd en doen wat zij verlangt. Monika zorgt ervoor dat Berlijn de Olympische Spelen mag organiseren. Ze besluit dat Duitsland volwaardig lid moet worden van de Veiligheidsraad van de VN. Teneinde dat te bereiken heeft ze, binnen acht jaar nadat ze aan de macht is gekomen, van Duitsland een kernmacht gemaakt, met vijf onderzeeërs die ze op wonderbaarlijke wijze aan de Fransen heeft ontfutseld. Hoe de kansen vooraf ook liggen, ze lijkt nooit een strijd te verliezen. De politieke elites van de Grünen, de SPD en zelfs een flinke minderheid van de centrumrechtse CDU krijgen een gruwelijke hekel aan haar. Er vinden massale studentenbetogingen tegen haar plaats. Maar onder de kiezers in het land is ze razend populair. Ze is knap om te zien, ad rem, weet hoe ze het gewone volk moet aanspreken, en wint verkiezingen. Het gaat het land economisch voor de wind, er is volop werkgelegenheid, de inflatie is laag en de lonen stijgen. Na de succesvolle Olympische Spelen bereikt de nationale trots nieuwe hoogten.

Maar haar privéleven is een lijdensweg. De wreedheid waarmee ze door haar ex-man is bejegend speelt haar nog steeds parten. En daarnaast wordt ze gekweld door schuldgevoel over haar dochter, die ze van Guy niet mag zien. Monika is op seksueel gebied verslaafd aan Dieter, die weigert met haar te trouwen en haar doodongelukkig maakt met zijn talloze affaires. Ze beseft, maar zal nooit kunnen erkennen, dat ze om succes te hebben de ene lobby, de ene belangengroep, tegen de andere heeft moeten uitspelen en alles heeft moeten afzweren waar ze ooit in geloofde.

De lezer begrijpt dat dit een Icarus-verhaal is. Wanneer Dieter haar uiteindelijk in de steek laat krijgt ze een dramatische zenuwinzinking. Ze begaat een reeks spectaculaire politieke blunders. Die culmineren in een schandaal over smeergelden in de auto-industrie waar ze zich ernstig aan vertilt. Het beeld ontstaat dat zij de verkeerde mensen in bescherming neemt. Ze lijdt aan verlammende depressies, die worden verergerd doordat een voormalige naaste medewerker van haar een onthullend stuk schrijft over een masochistische seksscène waar hij ooit per ongeluk getuige van was geweest, waar handboeien en zwepen aan te pas waren gekomen. Dieter geeft een persconferentie, bevestigt wat er in het artikel staat en voegt er nog wat explosief materiaal aan toe, waaronder het naderhand veel geciteerde: 'Ze is kwetsbaar en gestoord.' Haar tegenstanders in Berlijn weten dat ze nu moeten toeslaan. Icarus is bezig neer te storten. Er wordt een motie aangenomen in de Bondsdag, waarna de Bondsraad zich beroept op een bepaling uit de grondwet van 1949 en verklaart dat de bondskanselier geestelijk instabiel is en niet langer in staat haar functie uit te oefenen. En dat is ook zo.

Het verhaal van Monika's opkomst en ondergang wordt vakkundig verteld. De roman was overduidelijk briljant. Maar Roland kon niet anders dan gemengde gevoelens hebben over de ontknoping. Er is een jaar verstreken. De oud-bondskanselier, uit het ambt gezet, door het slijk gehaald door de media, verstoten door haar medestanders, reist als gewoon burger naar Londen. Guy woont nog steeds in hetzelfde huis in Clapham. Hij is een afgeleefde figuur, kromgebogen en gekweld door jicht. Hij is stomverbaasd wanneer Monika ineens voor de deur staat. Hij noodt haar binnen. Een heel leven in de politiek heeft haar geleerd bij besprekingen geen tijd te verliezen met nietszeggend gekeuvel. Hun gesprek in de keuken duurt maar kort. Ze is gekomen om hem te vermoorden. Ze pakt een mes van Guys magnetische rek en steekt hem in de hals. Ze wast het lemmet, checkt dat er geen bloed op haar kleding is gekomen en vertrekt. Ze is nog diezelfde avond terug in haar appartement in Berlijn en de moord op Guy wordt nooit opgehelderd. Aan het einde van de roman leidt Monika een teruggetrokken leven, nog verder beperkt, in een arbeidershuisje in de buurt van nationaal park Säcksische Schweiz, nog altijd geteisterd door haar demonen, haar schuldgevoel, haar verspeelde liefde, en haar verkwanselde idealen.

Roland ging languit liggen op de sofa waarop hij had zitten lezen. Het laatste zonlicht van de zomeravond, gefilterd door een plataan, rimpelde over de muur boven hem. Hij zou zich vereerd moeten voelen dat ze genoeg om hem gaf om hem te moeten doden. Ze had er lang mee gewacht. Ze had beter in haar eerste roman korte metten met hem kunnen maken. In de zogeheten echokamer van het een kwarteeuw oude internet en in tientallen auteursprofielen werd steevast vermeld dat Alissa Eberhardt ooit in de Londense wijk Clapham had gewoond en haar man en jonge kind in de steek had gelaten omwille van haar literaire carrière. Tientallen vrouwelijke journalisten hadden zich in artikelen afgevraagd of dit de enige manier was waarop een vrouw zich volledig aan haar kunst kon wijden. In de profielen waarvan de nieuwe roman vergezeld zou gaan – dat zouden er tientallen zijn, in vele talen – zou men ervan uitgaan dat Alissa hem als gewelddadig had aangemerkt en dat ze hem niet alleen omwille van haar schrijfwens had verlaten. Het had geen enkele afbreuk gedaan aan haar verhaal als ze van Guy een Fransman had gemaakt, Londen had vervangen door Lyon, en het gezin drie kinderen had gegeven, onder wie niet eentje van zeven maanden oud. Haar roman was een leugenachtige beschuldiging, een daad van agressie, maar ook een verzinsel, en hij wist dat ze zich daarachter zou verschuilen, achter de conventies van fictie.

Die avond belde hij Rüdiger. In de vele jaren dat hij Lucretius Verlag had gerund had de uitgever in ruste geleerd kalm te blijven onder woedeblijken van allerlei aard.

'Ik heb haar gezegd dat jij je er gekwetst door zou kunnen voelen.'

'Wat zei ze daarop?'

'Ze zei: "Dat is zijn goed recht."'

Roland slaakte een diepe zucht. 'Het is schandalig.'

Daarop zweeg Rüdiger, in afwachting van het vervolg.

'Ik ben nooit gewelddadig tegen haar geweest.'

'Dat geloof ik meteen.'

'Ik was degene die de benadeelde partij was. Ik heb haar nooit in het openbaar bekritiseerd. Toen Lawrence nog klein was heb ik haar aangespoord om hem op te zoeken. Zij deed alles op haar eigen manier.'

'Klopt.'

Hij moest moeite doen om zijn vertwijfeling te onderdrukken. 'Vertel het me, Rüdiger. Wat is er aan de hand?'

'Ik weet het niet.'

'Dit is nog een zetproef. Je zou haar kunnen overhalen het te veranderen.'

'Ik ben niet meer haar redacteur. En toen ik dat wel was, accepteerde ze wat ze mijn bemoeizucht noemde ook niet.'

'Je kunt haar vertellen hoe gekwetst ik me voel.'

'Als je wilt.'

Beide mannen zwegen even en vroegen zich, dacht Roland, allebei af hoe ze het gesprek konden beëindigen. Uiteindelijk zei hij: 'Waarom zou ik de moeite nemen haar op te zoeken?'

'Dat is aan jou.'

Toen hij ophing bedacht Roland dat hij niet had gevraagd naar Alissa's voet. De rest van de avond bracht hij door achter de piano, nukkig improviserend in zijn Keith Jarrettstijl.

Lawrence en zijn gezin arriveerden de volgende dag aan het eind van de middag. Het was een uitbundig weerzien, zoals ze overal in het land plaatsvonden. Hij had het gezin sinds de kerstdagen niet meer gezien. Paul bekeek hem vol argwaan en verschool zich achter de benen van zijn moeder. Stefanie, die nu bijna acht was, leek wel vijf centimeter te zijn gegroeid. Ze was aanvankelijk wat schuchter, maar werd in de loop van de avond aanhankelijker. Toen ze aan tafel gingen zitten met thee, vruchtensap en gebak, en zij met haar kin op haar hand gesteund leek weg te dromen, dacht hij de jonge tiener al in haar te kunnen zien. Het avondeten van de kinderen, gevolgd door het omstandig naar bed brengen van ieder afzonderlijk kind, vergde het grootste deel van de avond. Roland had een halfuur op de bank met Stefanie. Ze was een verlegen meisje dat een-op-een opbloeide. Tot ze zevenenhalf was had ze nooit in haar eentje een boek willen lezen. Ze wilde liever praten, luisteren, fantaseren. Toen had zich het wonder voltrokken, zoals Lawrence het in een telefoongesprek tijdens de lockdown omschreef. Hij had haar naar bed gebracht en uit zijn hoofd 'The Owl and the Pussy-Cat' opgezegd. Hij was vergeten welk effect het ooit op hemzelf had gehad. 'Het was een soort polsstoksprong van de verbeelding. Ze wilde het nog een keer horen. En de twee avonden daarop weer. Toen las ze het zelf, leerde het uit haar hoofd, en droeg het bij het ontbijt voor. Nu leest ze. Een totale omslag.'

Zodra ze Roland voor zich alleen had begon ze in het Duits tegen hem te praten en verbeterde ze zijn Duits, zoals hij haar had gevraagd.

Ze begon, zoals ze meestal deed, met: 'Opa, vertel eens wat.'

Hij beschreef hoe hij lang geleden in Berlijn taallessen had gekregen van twee Duitse meisjes.

'Vertel eens wat over vroeger.'

Hij vervulde haar wens met verhalen over Libië, over hoe hij met zijn vader de woestijn in was getrokken om een schorpioen te zoeken en dat ze er meteen een hadden gevonden, onder een steen.

Ze had dat verhaal eerder gehoord, maar vond het leuk om het nog eens te horen. 'Zou die je dood kunnen steken?'

'Ik denk dat ik er wel een tijdje ziek van zou zijn geworden.'

Zij op haar beurt vertelde hem de namen van een aantal nieuwe vriendinnetjes en omschreef hun karakter. Ze had besloten dat ze later biologisch wilde gaan boeren. Ze had zelf een manier bedacht om de rugslag te doen als ze ging zwemmen. Hij vertelde haar over de foto's die hij probeerde te ordenen. Voordat ze naar bed ging nam hij haar mee naar de huiskamer om haar de daar op de grond uitgespreide foto's te laten zien. Hij gaf haar foto's aan van Lawrence op vakantie in Griekenland. Ze vond het komisch en moeilijk voor te stellen dat haar vader ooit vier jaar oud was geweest.

Pas om tien uur gingen de drie volwassenen aan tafel voor de maaltijd die Roland had bereid. Ze hadden het eerst over de kinderen en toen vanzelfsprekend over de pandemie, over de vraag of er een tweede lockdown zou komen, en de wedloop om vaccins getest en geproduceerd te krijgen. In deze nieuwe tijd van socialemediaonzinnigheid werden, aangemoedigd door de Amerikaanse president, nepremedies aangeprezen. Boze en fobische complottheorieën tierden welig.

Toen Roland vertelde over de amputatie van Alissa's voet zei Lawrence: 'Wat naar voor haar.'

Maar het was duidelijk dat het weinig voor hem betekende. Het beroemde verhaal over Sartre, verteld door Simone de Beauvoir, was hem weer te binnen geschoten. De filosoof rookte drie pakjes per dag en had uitvoerige beschouwingen gewijd aan de geneugten van tabak. Zijn verslaving was funest voor zijn gezondheid. Toen zijn benen het begaven en hij zwaar was gevallen gaf een ziekenhuisarts hem duidelijk te verstaan dat als hij doorging met roken eerst zijn tenen zouden worden geamputeerd, vervolgens zijn voeten en uiteindelijk zijn benen. De keuze was aan hem. Sartre had gezegd dat hij er over na zou moeten denken.

De grap, als het een grap was, was niet aan Ingrid besteed. Lawrence kon er wel om grinniken. Toen gingen ze over op hun werk. Ze droegen allebei een paper bij aan het IPPC-rapport van 2021, dat over tien maanden moest worden uitgebracht. De indicatoren waren zorgwekkend. De hoeveelheid koolstofdioxide in de atmosfeer was gestegen tot 415 deeltjes per miljoen, het hoogste niveau in twee miljoen jaar. De voorspellingen van zeven jaar eerder waren te behoudend gebleken. Men dacht dat sommige processen onomkeerbaar waren. De opwarming tot anderhalve graad beperken was inmiddels al niet meer haalbaar. Onlangs waren ze, met toestemming van de Russen, met een team over de reusachtige bosgebieden van Siberië gevlogen, waarvan hele stukken in brand stonden. Lokale wetenschappers hadden hun schokkende gegevens getoond over methaanuitstoot van verouderde oliebronnen en verteld dat als ze deze informatie doorgaven aan de bureaucratische leiding, dit de financiering voor hun onderzoek in gevaar kon brengen. De cijfers over het smelten van het poolijs die ze doorkregen uit Groenland, het noordpoolgebied en het zuidpoolgebied waren ontmoedigend. Overheden en de industrie zaten ondanks al hun retoriek nog steeds in de ontkenningsfase. Nationalistische leiders leefden in een fantasiewereld. Wat bosbranden, overstromingen, droogte, hongersnood en superstormen betrof, zou dit jaar nog erger worden dan het vorige, maar beter dan het volgende. Het was al zover: een catastrofe.

Lawrence schonk de wijn in die ze uit Duitsland hadden meegebracht. Hij zei: 'Ik denk dat het misschien al te laat is. We zijn de pineut.'

De ramen stonden open en lieten de zwoele avondlucht binnen. Het drietal praatte en luisterde ontspannen, met elkaar vertrouwd. Zo ging het vaak, dacht Roland: de wereld wankelde op zijn grondvesten, werd op te veel plaatsen beheerst door schaamteloze, onwetende mannen, terwijl de vrijheid van meningsuiting steeds verder in het nauw werd gedreven en de digitale ruimte weergalmde van de kreten van de dolzinnige massa. Er bestond geen consensus over de waarheid. Het aantal nieuwe, met behulp van kunstmatige intelligentie bestuurde kernwapens nam hand over hand toe terwijl essentiële natuurlijke systemen, zoals straalstromen en oceaanstromingen, maar ook bestuiving door insecten, onderzeese koraalriffen en de biologische kringloop binnen vruchtbare natuurlijke bodems, alsmede allerlei soorten flora en fauna, kwijnden of uitstierven. Delen van de wereld stonden in brand of liepen onder. Tegelijkertijd ervoer hij dankzij de ouderwetse warme gloed van een samenzijn met naaste familie, die des te meer straalde doordat die hun de afgelopen tijd was ontzegd, een geluksgevoel dat niet kon worden verdreven, zelfs niet door elke dreigende ramp in de wereld de revue te laten passeren. Het was iets ongerijmds.

*

Later in juli 2020 was er de begrafenis van een familielid en toen in augustus weer een sterfgeval. Eerst dat van zijn zwager Michael, de man van zijn zus, een grote vriendelijke reus, een begaafd amateurgoochelaar, voormalig hospik in het leger, daarna werkzaam in de chemische industrie. Een man die allerlei vreemde en nuttige kennis bezat. Slechts twee weken later overleed Rolands broer Henry. Van de vier kinderen van Rosalind had Henry als kind het meest verloren. Hij had goed kunnen leren en was schooloudste geweest, net als hun 'nieuwe' broer Robert. Maar er was niet genoeg geld geweest om Henry na zijn zestiende te laten doorleren. Robert en Rosalind hadden moeten ingrijpen. Maar Henry had nooit geklaagd over hoe het in zijn leven was gelopen. Militaire dienst en daarna jaren bij een herenkleermaker, een ongelukkig eerste huwelijk, omscholing tot boekhouder, en daarna was hem voor het eerst een groot geluk ten deel gevallen toen hij trouwde met Melissa.

De uitvaarten waren niet kerkelijk en bij beide gelegenheden las Roland een gedicht voor van James Fenton, 'For Andrew Wood'. Daarin werd de vraag gesteld wat de dood zou verlangen van de levenden en het antwoord werd gegeven in de vorm van een voorgestelde overeenkomst:

Zodat de doden hun rouw kunnen staken
En wij wellicht nog iets goed kunnen maken
En bij vrienden een blijvend verbond kan ontstaan
Tussen wie er nog leeft en wie heen is gegaan.

Melissa had het bij de begrafenis van Michael gehoord en vroeg of hij het ook bij die van Henry wilde voordragen. Na de tweede uitvaart, toen de naaste familie zich had teruggetrokken in een hoek van een donkere pub in de buurt van het crematorium, zei Susan dat het gedicht Michael en Henry in staat stelde om als levenden in hun levens aanwezig te blijven. Melissa wilde dat gaan beamen, maar werd toen overmand door tranen.

Precies. De uitdaging was om het gedicht voor te lezen zonder dat de emotie je dat onmogelijk maakte, met name, had Roland gemerkt, waar de dichter over de doden zegt, dat die 'minder door zichzelf in beslag genomen' werden:

En ze mettertijd genereus zullen zijn
Zoals ze vroeger waren.

Als hij alleen maar aan die regels dacht kreeg hij al een brok in zijn keel. Dat ging over Daphne, de genereuze Daphne. Het deed nog steeds pijn, ook na negen jaar. Naast wat er in het gedicht werd uitgedrukt was het vooral de toon van kalme, speelse geruststelling die hem de das omdeed, plus de wetenschap dat niets ervan waar was. De doden konden niets verlangen, en ze waren ook niet allemaal ooit genereus geweest. De dichter stelde zich welwillend en troostend op. Het was de kunstige goedwillendheid die Roland ontroerde. De truc was om, wanneer hij bij die regels kwam, zijn linkerhand diep in zijn zak te steken en in zijn bovenbeen te knijpen. De blauwe plek van de tweede uitvaart zat over die van de eerste heen.

Onder het genot van grote glazen bier lieten Roland, Robert en Shirley, Susan en Melissa het familieverhaal de revue passeren. De baby op het station van Reading, de levenslange geheimhouding, het uiteengevallen gezin. Robert, die nog maar net uit het ziekenhuis was ontslagen na een hartoperatie, overwoog om zijn herinneringen op papier te zetten. Hij was binnen de familie sowieso al degene die het meeste had gedaan om te achterhalen wat er te weten was over hun verleden. Hij overwoog een ghostwriter in de arm te nemen. Er was inmiddels niets nieuws meer aan het verhaal, maar ze hadden de behoefte om er samen over te praten, zoals al een paar keer eerder was gebeurd. Er heerste, dankzij het gedicht van Fenton, een vergevingsgezinde stemming. Dat twee leden van de familie Rosalind en Robert waren gevolgd naar het grote niets stemde hen milder. Toen ze hun verleden bespraken zei Susan over hun moeder en haar stiefvader: 'Ze hebben zich behoorlijk in de nesten gewerkt, maar wij zouden in die tijd en in die situatie waarschijnlijk hetzelfde hebben gedaan en het ook altijd verborgen hebben gehouden.'

Er volgde een begripvolle stilte. Uiteindelijk zei Robert: 'Ze hebben mij weggegeven aan twee geweldige mensen. Ik verwijt ze niks.'

Was het mogelijk vriendschap te sluiten met de nagedachtenis van hun overleden ouders, zoals Fenton suggereerde? Misschien niet, want vlak voordat ze uiteengingen zei Susan boos: 'Maar hij heeft wel iets gedaan wat ik hem nooit zal vergeven. Nooit.'

Ze drongen er bij haar op aan meer te vertellen.

'Het spijt me. Ik had er niet over moeten beginnen. Ik zal er nooit iets over vertellen.' Waarna ze herhaalde: 'Ik zal het hem nooit vergeven.'

Toen Roland haar die avond belde en er nog eens naar vroeg ging ze er niet op in.

*

De twee sterfgevallen en de bezoeken van Daphnes kinderen en hun gezinnen hielden hem de hele maand augustus bezig. Hij had niet tegen Rüdiger gezegd dat hij van gedachten was veranderd over zijn bezoek. Hij hoorde van hem dat Alissa in een rolstoel zat. Naarmate de zomermaanden verstreken wist hij steeds minder zeker wat hij wilde. Misschien was het wel laf om haar niet te ontmoeten. Misschien was hij nieuwsgieriger naar haar dan hij dacht. Maar hij bleef weifelen. Halverwege de maand belde Lawrence uit Potsdam. Hij had in de loop van een paar jaar alle romans van zijn moeder gelezen en had net Rolands exemplaar van *Her Slow Reduction* uit. Terwijl ze het boek bespraken, vroeg Lawrence ineens: 'Heb je haar ooit geslagen?'

'Beslist niet.'

'Heb je haar er ooit van weerhouden om mij te zien?'

'Nooit.'

'Ze noemt je naam nog net niet.'

'Het is kwetsend.'

Lawrence had er vast over nagedacht en het met Ingrid besproken. Want toen hij weer eens belde zei hij: 'Papa, je kunt dit niet zo laten. Schrijf haar een brief.'

'Ik dacht eraan haar te gaan opzoeken.'

'Nog beter.'

En dat gaf de doorslag. Al dacht hij dat het wel eens te laat zou kunnen zijn. De meest betrouwbare wetenschappelijke prognoses voorzagen een lockdown in september om een serieuze tweede besmettingsgolf tegen te gaan. Het aantal gevallen was op de vertrouwde manier aan het stijgen. Maar hij speelde weer in het hotel en zou pas voor de periode vanaf de laatste dag van augustus een vervanger kunnen regelen die voor het management acceptabel was. Hij had zich niet druk hoeven te maken. Een kennis, Nigel, een oude vriend van Daphne die bij de *Financial Times* werkte, kwam op een avond langs in het hotel en na Rolands set dronken ze samen nog wat. Binnen de libertaristische rechtervleugel van de Conservatieve partij, die veel verstokte Europahaters bevatte, werden de minister van Volksgezondheid en diens adviseurs stiekem 'de Gestapo' genoemd vanwege hun geloof in door de overheid opgelegde lockdowns. De premier was van nature geneigd tot libertaristische opvattingen. Volgens Nigel werd er achter de schermen gezegd dat hij zich zou verzetten tegen een lockdown in september.

'Waarna de besmettingen uiteraard de pan uit gaan rijzen en hij het alsnog zal moeten doen. Hij heeft zijn lesje van maart niet geleerd.'

In het vliegtuig naar München droeg Roland een medisch mondmasker dat hij van Gerald had gekregen en zat hij de vlucht gespannen uit, sloeg alle eten en drinken af, zich er terdege van bewust dat iedereen om hem heen half zo oud was als hij en een dosis corona vermoedelijk zou overleven zonder er zelfs maar iets van te merken. Hij had een stoel bij het raampje met uitzicht op een trillende vleugel. Dat hij zijn leven waagde om uit eigenbelang een geliefde van lang geleden, inmiddels invalide geworden, een reprimande te gaan geven was gekkenwerk.

Hij logeerde die nacht bij Rüdiger. Die woonde al jaren alleen in een ruim appartement in de dure wijk Bogenhausen. In al die jaren had Roland hem nooit iets horen zeggen over een partner of geliefde, hetzij man hetzij vrouw. Het had Roland altijd ongepast geleken ernaar te vragen en nu was het te laat. Hij was rijk geworden met zijn uitgeverij, gaf financiële steun aan de opera, museum Lenbachhaus en diverse plaatselijke liefdadigheidsinstellingen, en was na zijn pensionering een amateurvlinderdeskundige geworden. Ook deed hij aan vliegvissen en bond daarvoor zelf zijn vliegen. Wat een leven. Rüdigers kok diende het avondeten op. Roland ving het verre geluid op van vaat die werd gewassen in de keuken en beleefde een zeldzaam ogenblik van spijt dat hij niet rijk was. Dat zou hem misschien best zijn bevallen. Het zou een andere levensinstelling gevergd hebben, andere politieke overtuigingen. Al was Rüdiger altijd links geweest, en iemand die genereus doneerde aan Amnesty en andere goede doelen. Genereus. Het woord bracht Roland ertoe de beide uitvaarten te beschrijven. De dood voerde hen vervolgens naar de pandemie. Het aantal besmettingen in Duitsland was vooralsnog betrekkelijk laag. Bondskanselier Merkel had op televisie aangetoond hoe goed ze thuis was in virologie en risicoberekeningen, en stond angstwekkend hoog in de peilingen. De bondskanselier vormde een bruggetje naar Alissa's roman. Die zou over vier weken in de winkel liggen. Er waren al een paar recensies verschenen. Sommige daarvan riepen *Her Slow Reduction* uit tot weer een meesterwerk. Andere waren heel wat minder opgetogen.

'Zij is onze grootste romancier. Haar boeken zijn verplichte kost op de middelbare school. Maar ze is wit, hetero, oud en heeft dingen gezegd waarmee ze jongere lezers van zich vervreemdt. En als een auteur maar lang genoeg meegaat, krijgen mensen er sowieso genoeg van. Zelfs als ze elke keer iets anders doet. Dan zeggen ze: "Ze doet iets anders. Alweer!"'

Maar er had nog niets in de kranten gestaan over Roland als iemand die zijn vrouw sloeg.

'Misschien kom je er wel mee weg,' plaagde Rüdiger hem.

Later ging hij e-mails versturen en liet hij Roland achter in de bibliotheek, waar hij zijn worsteling met Musils meesterwerk hervatte. Een uur later kwam hij terug en zei: 'Ik heb er nog eens over nagedacht. Ik moet eigenlijk met je meegaan morgen. Het zou lastig kunnen worden.'

'Dat hoeft van mij niet.'

'Laat me je er in elk geval met de auto heen brengen.'

'Dat is heel aardig van je, Rüdi. Maar ik maak deze reis liever zonder jou.'

'Laat mijn chauffeur je dan brengen. En bel hem wanneer je terug wilt.'

Toen ze 's ochtends in het dorp aankwamen vroeg Roland of hij bij de bushalte in de hoofdstraat kon worden afgezet. Hij nam aan dat dit de plek was waar de zestienjarige Lawrence was uitgestapt. Roland wachtte tot de auto was weggereden. Aan de overkant zag hij honderd meter verderop de straat waar Alissa woonde. Hij had hem al eens gezien door de ogen van zijn zoon. Het was alsof hij zich op de plek bevond waar zich een halfvergeten droom had afgespeeld. De herinnering en wat hij nu zag liepen door elkaar en schiepen samen de illusie dat hij hier was teruggekeerd. Haar straat liep steil omhoog tot waar het eerste van een stuk of tien huizen stond, die elk een variant waren op het sterke idee van een architect. Het hare was een laag, neerslachtig, defensief bouwsel van glas en prefab betonplaten. Alsof een reus uit wraakzucht een schepping van Frank Loyd Wright had platgedrukt. Het kon zijn dat de architect voorschriften had uitgevaardigd voor de aanplant van bomen en struiken zodat de zuiverheid van de horizontale lijnen niet aan het zicht zou worden onttrokken. Aan de voet van een tien meter lange, zeer steile helling, bijna een rotswand, raasde het verkeer op de hoofdweg het dorp in en uit. Rüdiger had hem verteld dat ze het huis in 1988 had gekocht met de royalty's van *The Journey*. Misschien wel in een opwelling, voordat het huis was gebouwd en zonder dat ze de plek had bezocht. Wat ze er ook van vond toen ze het betrok, haar vaste gewoonten zouden haar er wel hebben gehouden. Al die boeken en paperassen, al dat researchmateriaal. Verhuizen zou het allemaal in de war hebben geschopt. Het zag er niet naar uit dat hier veel onderling contact was tussen buren en misschien beviel de anonimiteit haar wel.

Na het tweede huis vertraagde hij zijn pas, zoals hij vermoedde dat zijn zoon had gedaan. Net als Lawrence had Roland nu het gevoel dat hij meer tijd nodig had, terwijl hij er toch wekenlang over had kunnen nadenken. Hij herinnerde zich de belediging die haar boek vormde maar al te goed, maar kon op dat moment zijn woede daarover niet meer oproepen. In plaats daarvan kwam er een ratjetoe aan anachronistische herinneringen bij hem boven, een uilenbal van onverteerde gevoelens en reminiscenties die hij in geen jaren had aangeroerd of onderzocht. De witte wijn die ze 's avonds laat op een rotsblok in een bergbeek bij Mount Suilven hadden gedronken, het uittypen van haar roman, haar onverwachte komst met een tas vol eten naar zijn huis in Brixton, de chenille beddensprei waarop ze besloten te gaan trouwen, Alissa die in het huis in Clapham op haar knieën in een spijkerbroek vol verfvlekken met behulp van een sjabloon een ladekast uit een kringloopwinkel bespoot, hun ruzie over Oost-Duitsland, en de seks: in de Donaudelta, in Franse hotels, op een hard bed in Rolands kamer op Lady Margaret Road, in een boomgaard bij een Spaans boerenhuis, één keer maar, stilletjes, in het huis in Liebenau, en de angstwekkende, magnifieke bevalling die daar het gevolg van was. Er waren er meer, en ze dienden zich aan alsof ze door tijdmachines strak waren opgerold, of waren geplet of samengeperst tot één enkel ding. Wat was het, een vormeloze steen, een gouden ei? Eerder een dwaallicht, een verzinsel, iets wat alleen hij zag. Het zou niet met haar gedeeld worden en dat was een verlies dat hem niet meer kon raken.

Maar er was nog wel die kern die iedereen vergeet wanneer een liefde verder verdwijnt in het verleden: hoe het was, hoe het voelde en smaakte om secondelang, minutenlang, dagenlang samen te zijn voordat alles vanzelfsprekend werd, en vervolgens werd verworpen en weggedrukt door het verhaal over hoe het allemaal was afgelopen, en daarna door de beschamende tekortkomingen van het geheugen. Het paradijs of de hel, niemand die zich er veel van herinnert. Affaires en huwelijken van lang geleden gaan lijken op ansichtkaarten uit het verleden. Een korte opmerking over het weer, een klein verhaaltje, grappig of treurig, een kleurrijk plaatje aan de andere kant. Het eerste wat verdween, dacht Roland toen hij op haar huis af liep, was het ongrijpbare ik, hoe je zelf precies was, hoe je op anderen overkwam.

Voor haar deur stond een kleine witte auto, waar hij even bij bleef staan. Het was triest dat hij zichzelf moest herinneren aan iets wat zonneklaar was: dat hij niet het lenige wezen was uit zijn gedachten. Hij was een bejaarde man die op visite ging bij een bejaarde vrouw. De Alissa en Roland die naakt in het kreupelhout lagen, in een bosje steeneiken in het gebied waar de Donau zich splitst alvorens de Zwarte Zee in te vloeien, bestonden nergens anders op deze planeet dan in zijn geest. Misschien ook nog in de hare. Misschien waren die steeneiken naaldbomen geweest. Hij liep naar de lage voordeur. Hij negeerde het bordje waarop in gotische letters stond dat hij de zijdeur moest gebruiken en belde aan.

Een kleine Filipijnse vrouw in een bruine kamerjas deed open en stapte opzij om hem binnen te laten. Het halletje was aan de kleine kant voor zo'n groot huis. Hij wachtte terwijl de vrouw, geholpen door de dranger, de deur sloot. Ze haalde haar schouders op en keek hem met een ontwapenende glimlach aan. Zij hield niet van dit soort deuren en ze hadden geen gemeenschappelijke taal om er iets over te zeggen. In die paar ogenblikken herinnerde hij zich zijn bezoek aan Miriam Cornell in Balham en stelde hij zich iemand als hijzelf voor, een van zijn eigen gelijk overtuigde kwast die door Europa rondreisde om de vrouwen uit zijn verleden allerlei verwijten te gaan maken. Hij vergaf het zichzelf. Dit was pas zijn tweede afrekening in achttien jaar tijd.

Hij werd naar de zitkamer geleid, die zich over de hele lengte van het huis uitstrekte, waarna de deur achter hem dichtging. Het vertrek was net zo donker als het er vanbuiten had uitgezien. Er hing een doordringende geur van sterke tabak. Gauloises wellicht. Hij wist niet dat die nog bestonden. Ze zat aan de andere kant van de kamer in een rolstoel, aan een grote tafel, voor een flatscreencomputer waar allerlei hoge stapels boeken omheen stonden. Eerst zag hij alleen maar de glans van haar grijze haar toen ze achter de tafel vandaan kwam gereden en luidkeels uitriep: 'Mijn god! Moet je die buik van jou zien. En waar is je haar gebleven?'

Hij liep naar haar toe, vastbesloten om te glimlachen. 'Ik heb allebei mijn voeten nog.'

Ze lachte vrolijk. 'Einer reicht!'

Wat een bizar begin. Het was alsof hij naar het verkeerde huis was gekomen. Iemand schertsend beledigen was nooit haar stijl geweest. Een leven waarin ze regelmatig openbare uitspraken deed in een land dat haar als een nationale coryfee beschouwde, had haar bevrijd.

Ze manoeuvreerde de rolstoel vakkundig tot vlak voor hem en zei: 'Allemachtig, na dertig jaar mag je me wel een kus geven, hoor!'

Hij wist niet hoe hij het haar met goed fatsoen kon weigeren en was vastbesloten beheerst over te komen. Hij boog zich naar voren om zijn lippen tegen haar wang te drukken. De huid was droog, warm en, net als de zijne, zwaar gerimpeld.

Ze pakte zijn hand en greep die stevig vast. 'Wat zien we eruit! Daar moeten we op drinken. Maria komt zo met een fles.'

Het was even na elven. Roland wachtte meestal tot zeven uur. Hij vroeg zich af of Alissa ontremmende pijnstillers gebruikte. Sommige opiaten hadden dat effect. Hij zei: 'Prima. We hebben niks te verliezen.'

Ze gebaarde naar een fauteuil. Terwijl hij een paar nummers van de *Paris Review* opzijlegde stak zij een sigaret op.

'Gooi ze maar op de grond, dat hindert niet.'

Het waren oude nummers, uit de tijd dat George Plimpton nog hoofdredacteur was. Iemand had Roland verteld dat een jongere generatie het sindsdien had overgenomen. Die had misschien minder op met Alissa's mengeling van bijtend rationalisme en jarenzeventigfeminisme. Ze had in de discussie over transgenders mensen nodeloos tegen zich in het harnas gejaagd toen ze in een Amerikaanse talkshow had gezegd dat een chirurg nog wel 'een soort man' uit een vrouw zou kunnen vormen, maar dat er nooit voldoende bruikbaar materiaal was om een vrouw uit een man te kunnen halen. Dat was provocatief bedoeld, à la Dorothy Parker, en het publiek in de studio had er met een kort lachsalvo op gereageerd. Alleen waren de tijden van Parker voorbij. 'Een soort man' veroorzaakte de gebruikelijke heisa. Een prestigieuze universiteit trok Alissa's eredoctoraat in en een paar universiteiten waar ze zou spreken zegden haar af. Andere instellingen volgden en haar lezingentournee kwam te vervallen. Stonewall, de belangenorganisatie voor lhbtq'ers, ook onder een nieuwe leiding, zei dat ze had aangezet tot geweld tegen transmensen. Op internet bleven haar opmerkingen haar achtervolgen. Een jongere generatie begreep dat ze in de geschiedenis aan de verkeerde kant stond. Rüdiger had Roland verteld dat haar verkoopcijfers in Amerika en het VK eronder hadden geleden.

Maria kwam binnen met de wijn en twee glazen op een dienblad, en verliet de kamer weer. Alissa schonk de glazen tot aan de rand vol.

Toen ze het glas hieven zei ze: 'Ik weet van Rüdiger dat je mijn werk goed vindt. Dat is mooi van je, maar heb het er niet met me over. Ik heb er genoeg van. Afijn, daar zitten we dan. Proost. Hoe was jouw leven?'

'Goed en slecht. Ik heb stiefkinderen, stiefkleinkinderen. En twee kleinkinderen, net als jij. En Daphne is overleden.'

'Arme Daphne.'

Dat kwam er luchtigjes uit, maar hij ging er niet op in. In plaats daarvan nam hij om zijn ergernis te verbergen een flinke slok, groter dan hij bedoeld had. Ze nam hem nauwkeurig op en knikte naar het glas in zijn hand.

'Hoeveel drink je?'

'Ik zit nog maar op minder dan een derde van een fles per dag. En dan een whisky voor het slapengaan. En jij?'

'Ik begin rond deze tijd en ga door tot laat. Maar geen sterkedrank.'

'En die?' Hij wees naar de rookwolk boven haar hoofd.

'Nog maar twee pakjes per dag.' Waarna ze eraan toevoegde: 'Of tweeënhalf. En het kan me geen flikker schelen.'

Hij knikte. Hij had dit gesprek al in diverse varianten gevoerd met vrienden van zijn leeftijd of van in de tachtig. Bijna iedereen dronk. Sommigen waren weer aan de wiet gegaan. Anderen gebruikten cocaïne, dat zo'n twintig minuten lang een vage herinnering bood aan hoe het was om jong te zijn. Anderen namen zelfs lsd, in microdoses. Maar wat geestverruimende middelen betrof kon er toch weinig op tegen alcohol in de vorm van wijn, zeker qua smaak.

Telkens als ze elkaar aankeken kreeg hij een iets duidelijker beeld van haar gezicht. De gelaatstrekken die hij zich herinnerde waren nog wel aanwezig, maar zaten ingekapseld in een pafferige uitdijing. Hij moest zich voorstellen dat het beeldschone uiterlijk van de vrouw van wie hij had gehouden op een ballon was geschilderd. Als hij hem zo hard opblies als hij durfde, zouden ze tevoorschijn komen: de vertrouwde ogen, neus, mond en kin zouden uit elkaar getrokken worden als sterrenstelsels in een uitdijend heelal. Zij bevond zich ergens daarbinnen, keek naar buiten en probeerde hém te vinden in zijn eigen puinhoop, de kale, vettige nul met de gedesillusioneerde uitstraling. Hij had beweerd minder te drinken dan zij, en vervolgens zijn glas leeggedronken terwijl zij het hare nog maar nauwelijks had aangeraakt. De reden dat ze allebei zo waren opgebold was niet dat ze zoveel aten, maar vooral onverschilligheid, het feit dat ze het domweg hadden opgegeven. Ze lieten het gebeuren. Zij had in ieder geval nog een of twee boeken te schrijven. Terwijl hij... maar hij lette niet op en zij praatte tegen hem.

'Ik heb het ze gezegd. Ik ga nergens heen.' Ze zei dit op luide, protesterende toon, alsof ook hij erop had gestaan dat ze dat wel zou doen.

De stomp aan het uiteinde van haar linkerbeen zat ingepakt in wat eruitzag als een mannensok en rustte op een wit kussen dat op de voetsteun van haar rolstoel lag. Ze hoefde ook nergens heen. Hij had wel eens gehoord dat succesvolle schrijvers zich openlijk beklaagden over hun lot, met alle afleiding en druk. Het gaf hem altijd een ongemakkelijk gevoel.

Ze ging verder: 'Eén interview, heb ik gezegd. Eén! Voor de hele pers, om te vertalen, af te drukken, uit te zenden, te streamen, wat dan ook, alles in één keer.'

Het ging over *Her Slow Reduction* en hoe de publiciteit daarvoor moest worden georganiseerd. Hij vond dat hij het beste nu kon beginnen en moest proberen rustig te blijven. 'Het is een voortreffelijke roman. Je hoeft op zich helemaal niks te doen. Maar Alissa. Het lijkt erop dat je mij opvoert als iemand die zijn vrouw slaat.'

'Wat?'

Hij zei het nog eens.

Ze staarde hem vol verbijstering aan, of veinsde die. 'Het is een roman. Het zijn geen memoires.'

'Dat heb je de buitenwereld tig keer verteld. Dat je in 1986 je man en zeven maanden oude kind in Clapham hebt verlaten. Dat gebeurt precies zo in je roman. De vrouw vlucht voor huiselijk geweld. Waarom niet uit Streatham of Heidelberg? Waarom geen kind van twee? Voor de pers zijn de implicaties onmiskenbaar. Je weet donders goed dat ik je nooit geslagen heb. Zou je dat willen bevestigen?'

'Natuurlijk heb je dat nooit gedaan. Jezus!' Haar hoofd zakte achterover en ze keek naar het plafond. Beide handen lagen friemelend op de grote wielen waarmee ze de rolstoel kon verplaatsen. Toen zei ze: 'Ja, ik heb ons huis gebruikt en daar had ik alle recht toe. Ik herinner me die gribus nog heel precies. Ik haatte het daar.'

'Je had best iets kunnen verzinnen.'

'Roland! Dat meen je niet! Heeft er ooit een toekomstige Duitse bondskanselier in ons huis gewoond? Heb ik de afgelopen tien jaar soms stiekem het land geleid? Heb ik soms jouw keel doorgesneden? Word ik binnenkort gearresteerd omdat ik je met een keukenmes heb vermoord?'

'Die vergelijkingen gaan niet op. Je hebt jarenlang in interviews een basis gelegd. De verlaten echtgenoot en baby waren...'

'Kom nou toch!'

Ze zei het luidkeels, maar haar woede verhinderde haar niet wijn in hun glazen te schenken. 'Moet ik jou nou serieus gaan uitleggen hoe je een boek moet lezen? Ik leen. Ik verzin. Ik plunder mijn eigen leven. Ik haal het overal vandaan. Ik verander dingen, pas ze aan zodat ik ze kan gebruiken. Is je dat niet opgevallen? De echtgenoot die wordt verlaten is twee meter lang en heeft een paardenstaart, iets waar jij niet dood mee gevonden zou willen worden. En hij is blond, zoals Karl, die Zweed met wie ik het vóór jou hield. Die heeft me inderdaad een paar keer geslagen. Maar die had weer geen litteken, net zomin als jij. Dat komt van een boer uit de buurt van Liebenau, een ouwe nazi, een vriend van mijn vader. En Monika, de bondskanselier, is zo'n beetje ontleend aan hoe ik dertig jaar geleden was. En ook aan je zus Susan, op wie ik erg gesteld was. Alles wat mij ooit is overkomen en alles wat mij nooit is overkomen. Alles wat ik weet, iedereen die ik ooit heb ontmoet, het staat mij vrij om de hele boel te vermengen met wat ik allemaal verzin.'

Misschien was ze wel helemaal niet boos, dacht Roland, en praatte ze alleen krankzinnig hard. Hij zei: 'Luister dan naar mijn nederige verzoek. Verzin er nog één dingetje bij. Zet die gribus ergens anders neer dan in Clapham.'

'Is het je nooit opgevallen dat je niet voorkomt in mijn memoires? Zal ik jou eens zeggen wat ik vijfendertig jaar lang gedaan heb? Níét over jou schrijven! Ik heb jou godverdomme al die tijd beschermd, Roland!'

'Waartegen?'

'Tegen de waarheid... Jezus!' Ze viste met enige moeite een nieuwe sigaret uit een gaatje boven in het zachte pakje. Toen ze die had aangestoken en er een lange haal van had genomen werd ze rustiger. Ze had hierover nagedacht. Ze had een lijstje paraat.

'Tegen de memoires die ik had kunnen schrijven. Over hoe je mij, mijn ogen, oren en mond, helemaal vol hebt gepropt met jouw behoeften. Niet alleen je heilige recht op een soort extatische eenwording van lichaam en geest in de wolken. Maar ook je o zo gecultiveerde versie van wat jij had kunnen zijn. Dat verfijnde gevoel van mislukking en zelfmedelijden vanwege wat het leven je had ontnomen. De concertpianist, de dichter, de Wimbledonwinnaar. Die drie voor jou onbereikbare helden namen in een klein huisje heel veel ruimte in beslag. Hoe moest ik nog lucht krijgen? En toen bedacht je het vaderschap, het ouderschap, en kon je daar niet meer over ophouden. Intussen was je omringd door rotzooi en vuil, overal lagen stapels van je afgedankte troep. Ik kon geen kant op. Ik kon niet meer helder denken. Om vrij te komen betaalde ik de hoogst denkbare prijs, en dat was Lawrence. Jij vormde een geweldig onderwerp, Roland. Iets over mannen wat ik de wereld had kunnen vertellen. Maar dat heb ik niet gedaan! Omdat ik nooit ben vergeten dat jij de enige man was van wie ik ooit heb gehouden.'

Daar schrok hij van. Terwijl zij haar beschuldigingen spuide had hij zijn blik gericht gehouden op de op het glazen tafelblad gemorste wijn. Zijn geduldige toon was gespeeld. 'Jouw seksuele behoeften waren ook dringend. Van die afwijzingsbriefjes van uitgevers moest je janken...'

'Ophouden, Roland, ophouden!' Bij elk uitgeschreeuwd woord beukte ze op de armleuning van haar rolstoel. Wat er nog restte van haar sigaret vloog uit haar hand en belandde een meter verderop op het vloerkleed. Maar ze had haar zelfbeheersing niet verloren. Ze wachtte rustig toen hij opstond, haar de sigaret aangaf en weer ging zitten.

'Daarvoor zijn we hier niet. Laat mij het maar voor je zeggen. Ik was ook een sloddervos. Ik wilde dat jij me uitgebreid hielp bij het verzorgen van de baby en vervolgens beschuldigde ik je ervan dat je hem van me had afgepikt. Ik wilde een heleboel seks en kreeg die, terwijl ik net deed alsof ik alleen maar tegemoet kwam aan jouw behoeften. Ik werd gek van het feit dat mijn romans werden afgewezen en soms reageerde ik me af op jou, ook al had jij al dat redactiewerk en typewerk gedaan. Ik heb mijn zoon weggestuurd toen hij me kwam opzoeken. Dus. Mijn romans zitten vol domme, veeleisende, tegenstrijdige vrouwen die weglopen. Feministische critici hebben me de mantel uitgeveegd. Maar ik voer ook domme mannen op. Het leven is nu eenmaal behelpen, iedereen maakt fouten omdat we allemaal hartstikke stom zijn, en ik heb heel wat kwaad bloed gezet bij die jonge puriteinen omdat ik dat hardop heb gezegd. Die zijn namelijk net zo stom als wij waren. Waar het voor jou en mij om gaat, Roland, is dat het niks meer uitmaakt, en daarom hoopte ik dat je zou komen. Wij zijn er nog en we hebben niet lang meer. Zeker ik niet. Ik dacht dat we maar eens samen moesten eten en dronken worden en herinneringen ophalen aan alles wat goed was. Ze gaan binnenkort de definitieve versie drukken. Als je het graag wilt zal ik Clapham veranderen en ook de leeftijd van het kind, en wat dan ook. Het is een kleine moeite. En het doet er allemaal niet toe.'

Terwijl hij haar stomverbaasd aankeek, hief hij uiteindelijk zijn glas, maar hij nam niet meteen een slok. Wat hem van haar hele ontboezeming nog steeds bezighield was de mededeling dat hij de enige was van wie ze had gehouden. Of het waar was of niet, het was sowieso opzienbarend dat ze het had gezegd. Hij kon niet hetzelfde tegen haar zeggen, niet echt. In plaats daarvan proostte hij: 'Dank je. Op de hele dag samen eten en drinken.'

Hij moest gaan staan en zich over de tafel heen buigen om met haar te kunnen klinken. Toen hij dat deed mompelde ze: 'Prachtig.'

Op dat moment kwam Maria binnen met een nieuwe fles. Misschien had Alissa haar via een zoemer ingeseind.

Roland zei: 'Oké. Wat dacht je hiervan? Toen ik hier door jouw straat heen liep moest ik denken aan allerlei verschillende plekken waar we hebben gevrijd.'

Ze klapte in haar handen. 'Zo mag ik het horen!'

Hij ging voor haar door de locaties heen in ongeveer de volgorde waarin ze bij hem boven waren gekomen. Dus deelden ze toch iets.

Met elke plek die hij opriep kreeg ze er meer schik in. 'Jij herinnert je een beddensprei? Mannen!' En toen: 'In dat bos in de delta stapte jij op een doorn en overtuigde je jezelf ervan dat het een schorpioen was.'

'Alleen maar in het begin.'

'Je sprong drie meter de lucht in.'

Het verbaasde hem dat ze alleen maar een vage herinnering had aan de dag dat ze met haar tas vol boodschappen naar Brixton was gekomen.

'Je zei dat het eten voor "erna" was. Dat woord. Ik viel bijna flauw.'

Ook hij was bepaalde gebeurtenissen vergeten die bij haar nog nagloeiden.

Ze zei: 'We waren een nacht bij jouw ouders blijven slapen. Aan het eind van de ochtend gingen we naar boven, ik denk om het bed af te halen. Voor we het wisten deden we een vluggertje, heel stil. Ik was gespannen omdat ik dacht dat ze ons beneden konden horen. Het bed piepte en kraakte. Die dingen piepen altijd als er iemand in de buurt is.'

'Ze piepen de waarheid.'

'Weet je het niet meer? Dat je er niet uit kon toen we klaar waren?'

'Uit de kamer?'

'Uit mij! Ik had een of andere verkramping. Vaginisme heet dat. Ik had het nooit eerder gehad en daarna ook nooit meer. We hadden allebei pijn en je moeder riep onder aan de trap dat de lunch klaar was.'

'Ik heb dat gewist. Hoe ben ik eruit gekomen?'

'We zijn malle liedjes gaan zingen. Bijna fluisterend, om mij af te leiden. Eentje die ik me nog herinner was: "I'm Gonna Wash That Man Right Outa My Hair".

'En een jaar later zette je me ook daadwerkelijk uit je hoofd.'

Ineens werd ze serieus. De tweede fles was al halfleeg. 'Kom hier, Roland, hier naast me. Luister goed. Ik heb jou nooit uit mijn hoofd kunnen zetten. Nooit. Als dat wel zo was, zou je hier nu niet zitten. Geloof me alsjeblieft.'

'Oké. Begrepen.' Hij boog zich naar haar toe en ze hielden elkaars hand vast.

En zo ging het door die dag. Ze lunchten in de tuin. Ze waren te oud of te ervaren om laveloos te worden. Naderhand kon hij zich nog het meeste van wat ze gezegd hadden herinneren en noteerde hij het in zijn dagboek. 's Middags bespraken ze hun gezondheid.

'Jij eerst,' zei ze.

Hij sloeg niets over. Glaucoom, staar, ouderdomsvlekken, hoge bloeddruk, een gebroken rib die hem pijn in de borst bezorgde, de kans – gezien zijn gezette postuur – op diabetes twee, artrose in beide knieën, een vergrote prostaat (goedaardig of kwaadaardig was nog niet bekend). Hij was te bang om ernaar te laten kijken.

Ze waren inmiddels weer binnen. De lager staande zon zorgde niet voor meer licht in de zitkamer. Zij vertelde dat ze longkanker had en dat het al overal was uitgezaaid. De artsen vonden het verstandig dat ze elke behandeling weigerde. Haar andere voet zou er vermoedelijk ook af moeten. Ze ging zichzelf niet de stress aandoen van stoppen met roken.

'Het is gedaan met mij,' zei ze. 'Ik moet nog een novelle schrijven, en dan ga ik hier zitten wachten.'

Ze stond erop dat ze het verder niet meer over kwalen en ziekten zouden hebben. Ze spraken over hun ouders, zoals ze jaren geleden hadden gedaan. Het was een vorm van uitvoerig afronden, waarin ze elkaar niets nieuws te vertellen hadden buiten de verhalen over hun aftakeling en dood. Ze hadden het niet over Alissa's memoires en de breuk met Jane. Ze draaiden wat oude songs op de stereo, maar werden er niet door geraakt. Het bleek niet mogelijk om hun uitbundigheid van voor de lunch terug te krijgen. De wegebbende effecten van de alcohol drukten hun stemming. Haar stoutmoedige bewering dat het er allemaal niet toe deed kwam hem nu onbetekenend voor. Roland moest die avond een vlucht halen. Alles deed ertoe. Hij belde Rüdigers chauffeur om de rit naar het vliegveld te regelen.

Toen hij weer naast haar zat, zei hij: 'Ik was bijna niet gekomen, maar ik ben blij dat ik het gedaan heb. Er zit me alleen nog één ding dwars, en alleen jij kunt daar iets aan doen. We zijn het onderwerp uit de weg gegaan. Je moet met Lawrence afspreken. Je moet met hem praten. Je kunt het niet ontlopen, Alissa. Gezien alles wat je gezegd hebt moet het gebeuren, voor jullie beider bestwil.'

Ze had terwijl hij sprak haar ogen gesloten en hield ze bij de eerste woorden van haar antwoord ook nog dicht. 'Ik ben er bang voor en ik schaam me… voor wat ik gedaan heb, en dat ik hem zo lang ben blijven negeren. Ik gedroeg me als een bezetene, Roland. Ik heb de prachtige brief van die jongen genegeerd. Weet je dat ik hem zelfs heb weggegooid? Ik was hardvochtig toen hij me kwam opzoeken. Hij zal het mij nooit kunnen vergeven. Het is te laat om nog, hoe zeg je dat, een soort verstandhouding te ontwikkelen.'

'Dat zou je best eens kunnen verbazen, zoals vandaag mij verbaasd heeft.'

Ze schudde haar hoofd. 'Ik heb erover nagedacht. Ik heb er te lang mee gewacht.'

'Het zou ervoor zorgen dat hij anders over je gaat denken, lang nadat jij er niet meer bent. Voor de rest van zijn leven.' Ze bleef haar hoofd schudden.

Hij legde zijn hand op de hare. 'Goed. Beloof me dan alleen dit: dat je er nog eens over na zult denken.'

Ze gaf geen antwoord. Hij meende haar nog een keer nee te zien schudden, maar zo vaag dat het ook een knikje had kunnen zijn. Ze was in slaap gevallen.

Hij bleef naar haar zitten kijken terwijl hij op de auto wachtte. Haar mond stond een beetje open, haar hoofd was opzijgezakt en ze ademde moeizaam. Hij twijfelde er niet aan dat ze niet lang meer te leven had. De bleke, slanke jonge vrouw met de grote ogen was een luidruchtige griezel geworden, zouden sommigen denken. Maar hoe meer tijd hij vandaag met haar had doorgebracht, hoe duidelijker het was geworden, het gezicht van de vrouw met wie hij in 1985 was getrouwd. Het streelde hem, of het streelde zijn ijdelheid dat hij de enige man was van wie zij had gehouden. Ook als het niet waar was, vond hij het fijn dat ze het had gezegd. Als het wel waar was, had ze voor haar twaalf boeken betaald met twee liefdes, één voor een zoon en één voor een echtgenoot. Nu had ze niemand, geen familie. Geen goede vrienden, volgens Rüdiger. Ze woonde in een donkere betonnen bunker van een huis, in afwachting van een eenzame dood. De tijd had ook hem aangetast, maar naar alle conventionele maatstaven was hij gelukkiger. Alleen waren er geen boeken, geen songs, geen schilderijen, hij had niets gecreëerd dat hem zou overleven. Zou hij zijn familie willen inruilen voor haar meter boeken? Hij keek naar haar nu vertrouwde gezicht en schudde bij wijze van antwoord zijn hoofd. Hij zou niet de moed hebben gehad om los te breken, zoals zij, ook al betaalden mannen een geringere tol. Schrijversbiografieën wemelden van de vrouwen en kinderen die waren achtergelaten omwille van een hogere roeping. Omdat hij te snel aanstoot had genomen, had hij over het hoofd gezien dat de man in de roman die hij voor zichzelf had gehouden twee meter was, blond, en een litteken en een paardenstaart had. Ze had haar privéles over hoe je moest lezen op luide toon gegeven.

Hij hoorde de deurbel en de snelle voetstappen van Maria die open ging doen. Hij kwam langzaam overeind om niet weer een van zijn duizelingen te krijgen. Toen hij de kamer verliet draaide hij zich nog één keer om voor een laatste, lange blik op haar.

*

In het nieuwe jaar, 2021, begon de derde lockdown met een zonsverduistering na de zonnewende, werd de president van Amerika te midden van veel tumult vervangen en werd op 31 januari om middernacht Europa achtergelaten. Daarmee was Roland, die nu weer alleen in het grote huis op Lloyd Square woonde, verlost van twee obsessies en kon hij zich nu geheel wijden aan de wetenschappelijke inzichten en het politieke gekrakeel van de epidemiologie. De nieuwe lockdown was later ingevoerd dan eigenlijk had gemoeten, net als destijds de eerste en de tweede. Wat betreft het aantal doden per miljoen inwoners stond het land hoog op de wereldranglijst en de premier was populair. Des te meer toen de vaccinaties met vriendelijke efficiëntie op gang kwamen terwijl elders in Europa, met name in Duitsland, nog werd aangeklungeld. Niets was simpel. De landelijke beperkingen duurden de hele winter en het ijskoude voorjaar lang. De schade die erdoor werd aangericht was niet te overzien. De schattingen werden bepaald door plaatselijke ervaringen en politieke voorkeur. Maar iedereen was het erover eens dat de lockdown funest was voor lichaam en geest, voor de jeugd, het onderwijs, menigeens broodwinning en de economie. Het aantal zelfmoorden steeg, net als het aantal echtscheidingen en het aantal meldingen van huiselijk geweld, wat doorgaans inhield dat mannen vrouwen en kinderen sloegen. Maar de meeste mensen, onder wie Roland, leek het nog erger om te stikken zonder familie of vrienden aan je bed en verpleegd te worden door overbelaste onbekenden met mondkapjes op, dus zij maakten er thuis maar het beste van.

Half februari had hij de honderdste foto van aantekeningen voorzien. Het was er een van Daphne en hem aan de oevers van de Esk, en was naar hij zich herinnerde genomen door een eenzame, behulpzame Japanse wandelaar. Daarmee was het project afgerond. De selectie besloeg een heel leven: hijzelf in de armen van zijn moeder als baby van zes maanden, in korte broek en met flaporen in de Libische woestijn, en vervolgens het merendeel van de rest van de mensen uit zijn leven, zijn ouders, broer en zus, twee echtgenotes, zijn zoon met vrouw en kind, stiefkinderen, hun gezinnen, geliefden, zijn beste vrienden en vriendinnen, het afzonderlijke universum van vakanties in blote bast – compleet met rugzakken en de kikkerpoel – de mensen van zijn hotel in Londen, de Khyberpas, de Himalaya, de Causse de Larzac, gearmd met Joe Coppinger op een gletsjer in het Oberengadin, de twee maanden oude Lawrence in de armen van zijn moeder, Rüdiger toen hij nog een ringetje in zijn oor droeg, en meer. De enige foto die hij bezat van Miriam Cornell, staand bij de tuinschuur waarin destijds vermoedelijk zijn hutkoffer was weggesloten, was wazig en had hij niet opgenomen in de verzameling. Toen bedacht hij zich en voegde haar alsnog toe aan de honderd. Op de achterkant schreef hij: 'Mijn pianolerares '59 tot '64'. Bij alle andere foto's had hij wel de namen en de volledige context vermeld. De rest, die voor zichzelf sprak of voorgoed een raadsel zou blijven, ook voor hemzelf, deed hij op stapels in drie grote dozen die hij vervolgens dichtplakte en via een wankele ladder naar de zolder bracht.

In februari en maart begon en voltooide hij het doorlezen van al zijn dagboeken, meestal eentje per dag, veertig stuks in totaal. Hij stapelde ze op op een bank in de keuken. Die avond keek hij somber naar een tennistoernooi tussen oude vedetten van dertig, veertig of zelfs vijftig jaar geleden. Van afstand zagen deze mannen en vrouwen er slank en sterk uit. De oudste was eenentachtig. Ze deden een dubbelspel, voornamelijk vanaf de baseline met zo nu en dan een paar passen naar voren, maar hun slagen, ingesleten door levenslange oefening, waren laag en hard. De spelers zaten vol levenslust en vonden het daarom nog steeds erg om te verliezen. Soms kreeg iemand een woedeaanval bij de stoel van de umpire. Naar moderne maatstaven, besefte Roland, was hij vroegoud. Er was niets meer aan te doen.

Dit keer voelde hij zich deel uitmaken van de gemeenschap van mensen die in lockdown zaten. Hij deed wat iedereen deed: hij merkte dat de dagen te snel verstreken, boekte online een vakantiereis die hij nooit verwachtte te zullen maken, had goede voornemens die hij niet uitvoerde, onderhield contact met zijn familie via de telefoon of Skype. Hij was alleen in huis, maar leidde een druk sociaal leven. Daphnes kant van de familie, regelmatig contact met Lawrence en Ingrid in Potsdam, en dan apart met Stefanie. Hij vormde een tweepersoonsbubbel met Nancy, die met de auto overkwam uit Stoke Newington, doorgaans zonder haar drie druistige zonen, iets waarover hij routinematig zijn teleurstelling uitte, maar heimelijk opgelucht was. Met haar stem, maniertjes en uiterlijk leek Nancy sprekend op een uit de dood opgestane jonge Daphne. Het virus had zijn verleden tot leven gebracht. Hij had eindelijk weer contact met Diana, die in St. George's op Grenada een verloskundige kliniek runde en zich niet met pensioen liet sturen. Carol had tot aan haar pensionering het bewind gevoerd over een enorm rijk binnen de BBC. Mireille was in de voetsporen van haar vader getreden en bij de Franse diplomatieke dienst gegaan, maar inmiddels ook met pensioen. Ze hadden het vooral over kinderen, kleinkinderen en de pandemie.

Bij zijn dagelijkse wandeling had hij last van een vlijmende pijn in zijn knieën. Een bijkomend effect van de artrose in zijn knieën was dat hij aankwam omdat hij te weinig bewoog. Alissa had gelijk. Hij had een belachelijke buik. De pijn op zijn borst kwam nog één keer in milde vorm terug, maar dat stelde niets voor vergeleken met de aanval die hem van de trap had doen vallen. Hij overwoog een nieuwe kat te nemen omdat de oude was weggelopen en was dat nog steeds aan het overwegen toen half mei de beperkingen werden opgeheven. Hij praatte een keer in de week vanachter zijn mondkapje met de vrolijke jonge Sikh die de online bestelde boodschappen kwam bezorgen. Maar soms raakte Roland in een zwart-witwereld van emotionele vlakheid verzeild, een staat van catatonie die wel een uur of zelfs twee uur kon aanhouden. Als hem in die toestand was verteld dat hij nooit een ander mens meer zou zien of spreken, zou hij daar niet warm of koud van zijn geworden. In die gemoedstoestand – dit was na enkele weken – was hij in staat tot iets wat hem altijd onmogelijk had geleken, behalve voor yogi's in staat van genade: in een stoel zitten en nergens aan denken.

Dat waren de moeilijkste momenten, de ogenblikken dat hij werd teruggebracht tot zijn gekrompen staat. Stilte, eenzaamheid, zinloosheid, eeuwig schemerduister. De namen van de dagen van de week zeiden hem niets meer. Net zomin als de zegeningen van moderne medische wetenschap, zelfs na zijn eerste prik. We zijn nu allemaal één met de geschiedenis en onderhevig aan haar grillen. Zijn Londen was dat van het jaar van de Zwarte Dood, 1665, of de door ziekte geteisterde houten stad van 1349. Hij voelde zich oud en afhankelijk van zijn familie. Om in leven te blijven moest hij ze allemaal uit de weg gaan. En moesten zij hem mijden. Om zijn kleine bestaan te hervatten dwong hij zichzelf dan om iets onbeduidends te doen, bijvoorbeeld opstaan om een fles melk terug te zetten in de koelkast voordat die zuur werd door de warmte van de cv.

Hij was kennelijk zo onvoorzichtig geweest om iets te zeggen, vermoedelijk tegen Lawrence, over de pijn op zijn borst. Eind februari was de hele familie hem aan het bestoken. Lawrence constant, Ingrid voorzichtig en af en toe. Toen ze tijdens een visite samen in de tuin stonden had Nancy hem bij de hand gepakt. En hem, net als de anderen, aangespoord om naar de dokter te gaan. Het was alsof Daphne hem toesprak. Bij een andere gelegenheid had Nancy Greta stiekem meegenomen, en hadden de zussen hun zaak samen bepleit. Hij had hen aan zijn valpartij in het Lake District herinnerd, waarna hij nooit meer de oude was geworden. Het kwam door zijn ribben. Gerald belde een keer rond lunchtijd vanuit het kinderziekenhuis in Great Ormond Street. Hij had even tien minuten pauze. Terwijl Gerald praatte hoorde Roland het ritselen van zijn plastic beschermpak. Zijn stem klonk dof van vermoeidheid. 'Luister, ik heb weinig tijd. Een man van in de zeventig met pijn op zijn borst, die zich niet laat onderzoeken is een idioot.'

'Bedankt, Gerald. Dat is reuze aardig van je. Maar ik weer precies wat het is. Ik ben destijds op die wandeling in het Lake District gevallen en...'

'Ik hou erover op. We hebben op de afdeling net weer een kind verloren aan corona. Een jongen van twaalf uit Bolton. Ik moet het zo meteen aan de ouders gaan vertellen. Als jij niet over je eigen gezondheid wilt waken, nou, jammer dan.' Waarna hij ophing.

De op zijn nummer gezette Roland bleef met de telefoon in de hand in de keuken staan bij wat er nog restte van zijn lunch, het toonbeeld van een ouwe dwaas. Op zijn werkkamer boven stuurde hij Gerald een e-mail waarin hij zich verontschuldigde voor zijn lichtzinnige houding in zware tijden en hij de jonge man prees voor diens moed en toewijding. En ja, hij beloofde dat hij zodra de lockdown voorbij was langs zou gaan bij een hartspecialist.

Hij volgde het nieuws over de pandemie nauwlettend en bekeek dagelijks het coronadashboard van de Johns Hopkinsuniversiteit en de websites van gov.uk om de stijgende aantallen van de derde golf in de gaten te houden. Onder degenen die in de afgelopen vier weken positief waren getest piekte het aantal sterfgevallen op bijna 1400 per dag. En dan had je nog alle mensen die eraan doodgingen zonder dat ze waren getest. Iedereen, zelfs de rechts georiënteerde schandaalpers, zei dat Johnson in september een lockdown had moeten afkondigen. Roland geloofde de cijfers. Hoe normaal was dat wereldwijd gezien, om officiele cijfers te geloven? Zo slecht kon het dus allemaal niet zijn, hield hij zichzelf op meer optimistische ogenblikken voor. De instrumenten van de overheid, de instellingen, waren machtiger dan de regering die er op dat moment toevallig zat.

Hij en alle andere geïnteresseerden hadden het lexicon van de pandemie inmiddels goed onder de knie: reproductiegetal, virusverspreiders, aerosolen, groepsimmuniteit, FFP-maskers, vaccinatiegraad, thuisquarantaine en, de meest onheilspellende van allemaal, oversterfte. Een nieuwe lockdown bracht niets nieuws met zich mee, niets om op te hopen behalve dalende cijfers en lengende dagen, toen in de week na de voorjaarsequinox de klok een uur vooruit werd gezet. Wat hem op de been hield was de tijdens de eerste lockdown gedane ontdekking dat hij een beetje huishoudelijk werk niet vervelend vond. Lichaamsbeweging was goed voor hem en als zijn thuisgevangenis aan kant was, leek hij groter. Entropie op afstand houden maakte je hoofd lekker leeg, ook al zat er bij hem doorgaans niet bijster veel in. In het verlengde van het huishoudelijk werk begon hij plezier te krijgen in dingen weggooien. Hij begon met kleding, armen vol sweaters, waarvan vele met mottengaatjes, spijkerbroeken die hem zijn huidige postuur nog eens pijnlijk onder de neus wreven, overhemden in galachtige kleuren. Hij had niet meer dan tien paar sokken nodig en dacht niet dat hij ooit nog een pak of stropdas zou dragen. Hij aarzelde over zijn wandelspullen en liet die ongemoeid. Boeken die hij nooit zou lezen of herlezen, oude belastingpapieren, oude facturen, nutteloze oplaadsnoertjes... Je wist gewoon niet waar je moest ophouden. Hij vulde een ongebruikte kamer met vuilniszakken en dozen. Hij voelde zich lichter geworden, jonger zelfs. Mensen met een eetstoornis, dacht hij, moesten wanneer ze bezig waren af te vallen uit zijn op dit duizelingwekkende gevoel dat ze opstegen van de bodem van hun bestaan en wegzweefden, verlost van zichzelf en van alle lasten van het verleden en de toekomst, teruggebracht of verheven tot louter zijn, zo heerlijk zorgeloos als kleine kinderen.

Het zuiveringsproces bracht hem ook bij de veertig dagboeken. De laatste keer dat hij er iets in had geschreven was afgelopen september, en dat was een verslag in duizend woorden van zijn ontmoeting met Alissa. Hij had besloten dat het daarmee moest eindigen. Ze hadden nog een paar keer gemaild, maar zowel van zijn kant als van de hare ontbrak het aan – ja, aan wat precies? – energie, fantasie, een doel. Toekomst. Ze hadden hun onderlinge kwesties afgerond. Ze zei niets over haar gezondheid, maar van Rüdiger hoorde hij dat ze steeds verder achteruitging.

Alles vanaf 1986 herlezen verschafte hem geen nieuwe inzichten in zijn leven. Er waren geen duidelijke thema's, geen onderstromen die hij indertijd niet had opgemerkt, geen dingen waar iets van te leren viel. Hij vond alleen maar een enorme hoop details, gebeurtenissen, gesprekken en zelfs mensen die hij zich niet kon herinneren. In die passages was het alsof hij over het verleden van iemand anders zat te lezen. Hij kreeg een hekel aan zichzelf omdat hij in zijn dagboeken had zitten klagen dat hij elk dubbeltje moest omdraaien, dat hij niet het juiste werk deed, dat hij geen lang en gelukkig huwelijk had gehad. Saai, kortzichtig, weinig daadkrachtig. Hij had heel wat boeken gelezen. Zijn samenvattingen daarvan waren vluchtig en oninteressant. Zo nietszeggend in vergelijking met het dagboek van Jane Farmer. Zij had tenminste iets om over te schrijven: de Europese beschaving die in puin lag, heldhaftige jonge idealisten die waren onthoofd, terwijl hij een kind was van vele jaren vrede. Hij herinnerde zich de schwung van haar proza. Dat van haar was, net als het zijne, niet gereviseerd en vlak voor het slapengaan opgeschreven. Haar vaardigheid om een tafereel te schetsen en een scène zich te laten ontvouwen was vele malen groter, net als de logische samenhang en spanning tussen de ene zin en de andere. Haar vermogen om te zien hoe één treffend detail het geheel kon doen oplichten vertoonde de flonkering van ware intelligentie. Waar hij ervaringen domweg opsomde, kwamen ze bij moeder en dochter tot leven.

Dat was een goede reden om in actie te komen. Als hij dacht aan Lawrence of aan een verre nazaat die zijn dagboeken las, wist hij wat hem te doen stond. Nancy en haar gezin hadden hem met de kerst een vuurkorf cadeau gedaan. Op een grijze middag eind maart vulde hij die met aanmaakhoutjes, smalle haardblokken en barbecuehoutskool. Toen de boel brandde ging hij er in een lange winterjas bij zitten, met een wollen muts op zijn hoofd en een mok thee in de hand, terwijl hij met de andere hand de gebrekkig opgetekende tweede helft van zijn leven aan de vlammen toevertrouwde. Hij herinnerde zich dat hij in de tuin van Susan schoolexemplaren van Camus, Goethe en de anderen in een vuur had gegooid. Zevenenvijftig jaar geleden. Boekensteunen, boeken die hem ooit tot steun waren, die het begin en het einde van zijn volwassen leven markeerden. Had *All for Love* van John Dryden echt sneller en feller gebrand dan de rest? Zijn herinnering liet hem hier in de steek. Hij hoopte van wel.

Toen er alleen nog maar nasmeulende sintels in de vuurkorf lagen verdreef de kou hem naar zijn vaste zitplek binnen. In zijn herinneringen en bespiegelingen zat meer van zijn verleden dan hij in zijn dagboeken had kunnen vinden. Er waren onderstromen, plotlijnen, ontwikkelingen die niemand had kunnen voorzien, maar op die nu verdwenen bladzijden had hij de vragen niet eens gesteld. Op grond van welke logica, beweegreden of hulpeloze overgave zijn we allemaal, uur na uur, binnen een generatie overgegaan van het enerverende optimisme bij de val van de Berlijnse Muur naar de ontgoocheling over de bestorming van het Amerikaanse Capitool? Hij had gedacht dat wat er in 1989 was gebeurd iets baanbrekends was, als een poort die openzwaaide naar de toekomst en waar iedereen doorheen stroomde. Maar het was slechts een kortstondig piekmoment geweest. Nu werden, van Jeruzalem tot New Mexico, weer overal muren opgetrokken. Al die lessen waar niets van geleerd was. De aanval op het Capitool in januari zou niet meer dan een dieptepunt kunnen zijn, een eenmalig, beschamend incident waar nog jarenlang met verwondering over gesproken zou worden. Of iets baanbrekends, een poort naar een nieuw soort Amerika, waarbij de huidige regering slechts een tussenbewind was, een variant op de Weimarrepubliek. We spreken straks af op de Allee van de Helden van de Zesde Januari. Binnen dertig jaar van piekmoment naar beerput. Alleen in terugblik kon de gedegen historicus incidentele hoogte- en dieptepunten onderscheiden van baanbrekende gebeurtenissen.

Wat buitengewoon hinderlijk was aan doodgaan, vond Roland, was dat je dan uit het verhaal werd gelicht. Nu hij het zo ver gevolgd had, wilde hij ook weten hoe het zou aflopen. Het boek dat hij nodig had telde honderd hoofdstukken, een voor elk jaar, samen een geschiedenis van de eenentwintigste eeuw. Zoals het er nu voor stond zou hij misschien niet tot verder dan een kwart komen. Een snelle blik op de inhoudsopgave zou al genoeg zijn. Zou een rampzalige opwarming van de aarde worden afgewend? Zat er een oorlog tussen China en Amerika in het patroon van de geschiedenis verweven? Zou de wereldwijde uitbraak van racistisch nationalisme plaatsmaken voor iets invoelenders, iets constructievers? Zouden we het huidige uitsterven van plant- en diersoorten kunnen stoppen? Zou de open samenleving nieuwe, rechtvaardiger manieren vinden om te gedijen? Zou kunstmatige intelligentie ons wijs, krankzinnig of overbodig maken? Zouden we de eeuw kunnen volmaken zonder dat we elkaar gingen bestoken met kernraketten? Zoals hij het zag, zou het al een prestatie van formaat zijn als ze zonder kleerscheuren de laatste dag van de eenentwintigste eeuw, het einde van het boek, zouden weten te halen.

Voor ouderen die waren geboren in een wereld die volop in ontwikkeling was, was het verleidelijk hun eigen dood als het einde van alles te zien, het einde der tijden. Op die manier was hun dood beter te plaatsen. Hij accepteerde dat pessimisme de natuurlijke metgezel was van beschouwelijkheid en studie, en dat optimisme een zaak was voor politici, die vervolgens door niemand werden geloofd. Hij kende de redenen om de zaken rooskleurig in te zien, en wees soms op indicatoren als het afnemende analfabetisme, maar die moest je dan wel vergelijken met een bedroevend verleden. Hij kon het niet anders zien: er heerste een nieuw soort smerigheid. Er waren landen die werden geleid door goedgeklede criminele bendes die louter uit waren op zelfverrijking, en in het zadel werden gehouden door veiligheidsdiensten, het herschrijven van de geschiedenis en hartstochtelijk nationalisme. Rusland was daar maar één voorbeeld van. De VS zou, in een roes van woede, misleid complotdenken en noties van blanke suprematie, kunnen volgen. China had bewezen dat handeldrijven met buitenlanders geesten en samenlevingen niet per se opener maakte. Nu de vereiste technologie voorhanden was, zou die een nieuw model van sociale organisatie kunnen bieden die mogelijk kon wedijveren met liberale democratieën, of die zelfs zou kunnen vervangen: een dictatuur die was gebouwd op een betrouwbare toevloed van consumentengoederen en een zekere mate van gerichte genocide. Rolands nachtmerrie was dat vrijheid van meningsuiting, een steeds meer bedreigd voorrecht, voor duizend jaar zou verdwijnen. Het christelijke Europa van de middeleeuwen had er zo lang zonder moeten stellen. De islam had er nooit veel waarde aan gehecht.

Elk van deze problemen was echter kleinschalig en slechts onderhevig aan de menselijke tijdrekening. Ze krompen en verdichtten zich tot een bittere kern binnen de bolster van de grotere kwestie: de opwarming van de aarde, het verdwijnen van planten en dieren, de verstoring van de onderling verweven systemen van oceanen, land, lucht en leven, schitterende, dragende verbanden die we nauwelijks begrepen terwijl we er wel inbreuk op maakten.

Vanuit de zitkamer van Daphne – het huis zou altijd haar huis zijn – zag hij de avond vallen over Londen. Als hij dankzij een of ander gelukkig epifenomenaal toeval de hand zou weten te leggen op het denkbeeldige boek zou hij misschien wel of misschien niet worden gerustgesteld. Maar zijn nieuwsgierigheid zou in ieder geval bevredigd worden. Wat zou het geruststellend zijn om te weten dat zijn pessimisme was doorgeschoten. Er was echter één verzachtende dooddoener waar hij zich aan optrok: de dingen zullen nooit zo goed worden als we hadden gehoopt en nooit zo slecht als we hadden gevreesd. Stel dat je een weldenkende heer uit het begin van de twintigste eeuw de geschiedenis zou voorspiegelen van de eerste zestig jaar van die eeuw. Bij het zien van alle dood en verderf in Europa, Rusland en China zou hij zijn handen voor zijn ogen slaan en in tranen uitbarsten.

Genoeg! Die woedende of teleurgestelde goden in eigentijdse gedaante, Hitler, Nasser, Chroesjtsjov, Kennedy en Gorbatsjov, mochten zijn leven dan hebben gevormd, het had Roland nog geen inzicht gegeven in de internationale politiek. Wie kon het iets schelen wat ene meneer Baines op Lloyd Square dacht over de open samenleving of het lot van onze planeet? Hij stond machteloos. Op een tafeltje naast hem lag een ansichtkaart van Lawrence en Ingrid. Daarop was een zonovergoten geel strand te zien, met op de achtergrond duinen en helmgras. Het gezin vierde een 'korte, koude en winderige vakantie' aan de Oostzeekust. Het handschrift op de achterkant was dat van Ingrid. Vlak boven hun beider namen meldde ze dat ze hem zodra de beperkingen waren opgeheven zouden komen opzoeken, hopelijk in mei. Dat was goed nieuws. Roland sloot zijn ogen. Tussen zijn zoon en hem speelde nog iets wat nooit was opgelost. Niets onaardigs, maar ze moesten het er wel over hebben.

Het ging terug tot september van het vorige jaar, toen Roland een week terug was van zijn bezoek aan Alissa. Hij had naar Potsdam gebeld en Lawrence had opgenomen. Roland had hem, volkomen positief, verslag gedaan van zijn dag met haar. Hij had gezegd: 'Ik vind dat je haar moet gaan opzoeken. Ik weet dat ze dat fijn zou vinden.'

Het was even stil gebleven. Toen had Lawrence gezegd: 'Rüdiger heeft haar mijn mailadres gegeven. Ze heeft me uitgenodigd.'

'Wat heb je geantwoord?'

'Nog niks. Misschien schrijf ik niet terug.'

Roland had zich gerealiseerd hoe graag hij wilde dat zijn zoon erheen zou gaan. Hij had behoedzaam moeten manoeuvreren: 'Je weet dat ze ziek is?'

'Ja.'

Op de achtergrond had Roland Paul en zijn moeder een liedje horen zingen: 'Es war einmal ein Mann, der hatte einen Schwamm.' Alissa placht dat te zingen voor de kleine Lawrence.

'Het zou belangrijk voor je kunnen zijn. Anders krijg je misschien spijt.'

'Zij wil dat we alles goedmaken. Maar het was nooit goed en nu is het er te laat voor.'

'Je klinkt verbitterd. Erheen gaan zou een manier kunnen zijn om daarvan af te komen.'

'Nee, papa, verbitterd ben ik beslist niet. Ik denk nooit aan haar. Het is naar voor haar dat ze ziek is, en zo. Maar dat zijn heel veel mensen die ik niet ken. Waarom zou ik me om haar bekommeren?'

Roland had het voor de hand liggende antwoord gegeven: 'Omdat ze je moeder is.'

Lawrence was daar terecht niet op ingegaan, ook niet toen zijn vader had gezegd: 'Ze is de grootste romancier van Europa.'

Ze hadden het over andere dingen gehad. Tijdens een later gesprek had Roland gezegd: 'Stuur haar dan in elk geval een reactie.'

'Ik zie wel.'

Toen het gezin in mei op bezoek kwam, drie dagen nadat de lockdown was beëindigd, kreeg hij de indruk dat Lawrence haar nog steeds niet had geschreven. Ingrid had haar schoonvader via de telefoon op haar typisch aarzelende, zangerige toon gezegd dat ze vond dat hij de zaak moest laten rusten. Dat had hij toegezegd. Toch had hij het later zijn plicht gevonden het nog één keer te proberen. Als iemand hem erover aan de tand had gevoeld, zou het hem moeite hebben gekost uit te leggen waarom deze kwestie hem zo bezighield. Bij zijn eigen bezoek was er iets uitgesproken. Zijn zoon vond dat er niets uit te spreken viel.

Het gezin arriveerde en ging in quarantaine in het huis terwijl Roland zich afzonderde in het souterrain. Toen de tien dagen voorbij waren leende Lawrence een auto van Gerald en bracht hij Roland naar diens afspraak in een goed aangeschreven hartkliniek ten zuiden van St. Albans. Een deels gepensioneerde cardioloog daar was een voormalige mentor van Gerald die hem nog een gunst verschuldigd was. Roland was in principe tegen particuliere gezondheidszorg maar hem werd verzekerd dat er, alsof dat iets uitmaakte, geen geld aan te pas was gekomen.

Onderweg bracht Roland, die ervan uitging dat dit zijn laatste kans was, Alissa ter sprake.

'Ik voelde wel aankomen dat je erover zou beginnen, en dus heb ik haar geschreven. Ik heb haar gezegd dat ze de boom in kon.'

'Nee!'

'Nee. Ik ben heel beleefd geweest. Ik heb gezegd dat ik er de zin niet van inzag om elkaar nu te ontmoeten en heb haar beterschap gewenst. Ik heb als attachment een fotootje van haar kleinkinderen meegestuurd.'

'Tja.'

'Ik heb haar ook gevraagd me niet meer te schrijven.'

'Oké.'

'Maar, papa, een paar dagen later kwam er een groot pakket. Daar zat een houten kistje in met daarop een briefje waarin stond: "Ik begrijp het, maar ik wil graag dat jij dit hebt." Erin zat de almanak *Der Blaue Reiter*, 1912.'

'Geweldig!'

'We hebben de authenticiteit laten vaststellen. Ongelooflijk. En hij is prachtig. Kandinsky, Münter, Matisse, Picasso. Maar in dat kistje zaten ook zeven dagboeken van Oma. Wist jij dat die er waren?'

'Ja.'

'Schitterend geschreven.'

'Dat vond ik ook.'

'Het heeft me een week aan vrije avonden gekost om ze allemaal door te kijken. Toen heb ik de hele zaak gescand en aan Rüdiger gestuurd. Die wist niet van hun bestaan af en was er opgetogen over. Lucretius gaat ze in twee delen uitgeven, in het Duits. Er heeft ook een Londense uitgever belangstelling getoond.'

Roland sloot zijn ogen. 'Geweldig,' mompelde hij.

'Rüdiger denkt dat de dagboeken van belang kunnen zijn voor literatuurwetenschappers, als bron voor *Die Reise*.'

'Daar heeft hij gelijk in,' zei Roland. 'Maar het is heel wat meer dan dat.'

De kliniek, die was gevestigd in een vroeg achttiende-eeuws landhuis waar een in onbruik geraakt hockeyveld en twee verwaarloosde tennisbanen naast lagen, deed denken aan een kostschool. Lawrence stopte op de parkeerplaats maar stapte niet uit. Hij ging op bezoek bij een vriend in Harpenden en zou terugkomen zodra hij gebeld werd. Vader en zoon omhelsden elkaar onhandig in de beperkte ruimte. Toen Roland tussen een groepje bomen dat het parkeerterrein aan het zicht onttrok door naar het gebouw toe liep, raakte hij in een wat bedrukte stemming. Hij had te doen met Alissa die vlak voor haar dood de e-mail van Lawrence had gekregen, ongeacht of ze die verdiende of niet, en de schatten had ingepakt die ze had gehoopt hem persoonlijk te kunnen overhandigen. En eindelijk publicatie voor Jane. Genoegdoening, maar te laat. Toen hij de dubbele glazen deuren van de kliniek openduwde wist hij ineens niet meer zo zeker dat zijn hart in orde was. Deze hele instelling was erop gericht om het tegendeel te ontdekken. Hoe zou hij zich kunnen verweren tegen al die deskundigen? Zelfs de grijs bebaarde receptionist achter de balie had de ernstige uitstraling van een specialist.

Terwijl hij wachtte tot hij aan de beurt was vroeg hij zich af of zijn zoon hem had afgeleverd in samenspraak met de rest van de familie, om er zeker van te zijn dat hij zijn afspraak zou nakomen. Dit was een voorproefje van zijn oude dag, het mogelijk paranoïde besef dat er van alles buiten hem om geregeld werd. Met als eindpunt: 'Hoe krijgen we hem in een verzorgingstehuis?'

Aan het begin van de kwelling van die ochtend bracht hij een zakelijk kwartier door met Geralds mentor Michael Todd. De cardioloog was een robuuste, rozige kerel met een hoofd dat zo kaal was en zo glom dat er een vage zweem van het groen van het struikgewas buiten achter het raam in werd weerspiegeld. De heer Todd nam zijn programma met hem door. Ze zouden elkaar weer spreken wanneer het was voltooid. De uitslagen van het bloedonderzoek waren al binnen. Toen Roland werd gevraagd de pijn op zijn borst te beschrijven maakte hij geen melding van zijn theorie over de rib. Na twee minuten onderzoek met de stethoscoop werd hij weggeleid. Hoewel hij het voorwerp was van vriendelijke, deskundige aandacht en het allemaal geen pijn deed, waren het twee onaangename uren. Een röntgenfoto, een MRI-scan met donderend geraas, de loopband, een ECG. Op een ultrasoon scherm zag hij zijn hart, dat de afgelopen ruim zeventig jaar in het donker voor hem bezig was geweest, in real time zorgwekkend plapperen. Al die apparaten en hun bekwame bedieners waren er vast niet voor niets. Hij had een ziek hart.

Hij werd weer naar de heer Todd gebracht. Die had een stapel uitdraaien op zijn bureau liggen. Die las hij door terwijl Roland aan de andere kant van het bureau ging zitten wachten. Het was moeilijk om niet te denken dat het oordeel dat weldra geveld zou worden moreel en niet medisch van aard was. Was hij een goed of een slecht mens? Het hart in kwestie versnelde. Dit was een schoolmoment. Zijn toekomst stond op het spel.

Ten slotte keek Michael Todd op, zette zijn bril af en zei op neutrale toon: 'Wel Roland – mag ik je zo noemen? – voor zover ik kan zien mankeert er niets aan je hart, maar ik zie de boosdoener hier, een osteofyt, een klein stukje bot op een rib dat tegen een zenuw drukt. Vandaar de gemelde pijn. Je hebt die rib misschien een keer gebroken.'

'Ik ben een jaar of twee, drie geleden lelijk gevallen.'

'Vertel.'

'De huidige staatssecretaris voor Gezondheidszorg heeft me een rivier in geduwd.'

'Toch niet Peter Mount? Lórd Mount! Wat zeg je me nou? Wij hebben nog bij elkaar op school gezeten. En die viel je aan? Dat verbaast me niets. Hij was altijd al een vreselijke pestkop. Enfin, mijn collega zal zich over je osteofyt ontfermen.'

Hij liet hem de scan zien. Roland zag er niets op, maar gaf hem met een knikje terug.

'Je kunt dik in de tachtig worden. Maar dan moet je wel eerst iets aan je gewicht en je gebrek aan lichaamsbeweging doen. En stoppen met elke dag drinken. Zorg voor een stel nieuwe knieën. Dan komt het helemaal goed.'

Hij belde Lawrence niet meteen. In plaats daarvan liep hij in trage schuifelgang om het hockeyveld. De fantasie was onweerstaanbaar. Dit was zijn school. De rector had hem zojuist persoonlijk zijn examenuitslagen meegedeeld. Hij was geslaagd, zoals hij verwacht had. Elf vakken met vlag en wimpel gehaald! Hij had alle kans hoofdstuk vijfendertig nog te kunnen lezen.

Die avond thuis belde hij Gerald om hem te bedanken.

'Het is een hele zorg minder voor ons, Roland. Ik ken een briljante chirurg die je kan helpen. Ze werkt in het University College Hospital. Eén knie tegelijk natuurlijk, maar je zou komende Pasen weer op de baan kunnen staan.'

Greta belde, en daarna Nancy. Ingrid en Lawrence kwamen naar de woonkamer om te klinken, zij met wijn in hun glas, hij met limoensap in het zijne. Hij voelde zich een bedrieger. Afgezien van geen hartkwaal hebben had hij niets gepresteerd. Maar hij gedroeg zich hoffelijk alsof dat wel zo was.

Terwijl Lawrence Paul naar bed bracht en Ingrid eten kookte had hij Stefanie voor zich alleen. Nu ze was gaan lezen, viel er nog meer te bespreken. Ze spraken uitsluitend Duits met elkaar. Het was een heldere avond, maar de tuindeuren waren dicht omdat het buiten maar vier graden was en er een ijzige wind stond. Roland zat in zijn schommelstoel en zij stond ernaast. Er was onlangs weer een melktand uitgevallen en die lag nu onder haar kussen. De volgende ochtend lag er een munt van twee euro.

'Ich weiß, daß Mama sie dort hingelegt hat!'

Die middag had ze *Flix* van Tomi Ungerer gelezen, over een hond die twee katten als ouders heeft. Ze wist niet dat Roland het ook had gelezen. Een verhaal met een moraal, maar grappig en ingenieus.

Stefanie leunde tegen zijn schouder terwijl ze de plot uitlegde. 'Opa, er muss gebratene Maus essen und lernen auf Bäume zu klettern!' Flix is een lelijk mormel dat door zijn ouders wordt aanbeden en opgroeit in een kattenwereld. Hij ontdekt dat zijn overgrootmoeder, een poes, in het geheim was getrouwd met een mopshond. De hondengenen zijn weer naar boven gekomen. Gelukkig heeft hij een hond als peetvader, die hem hondenmanieren bijbrengt, en ook de hondentaal. Maar heen en weer geslingerd worden tussen twee culturen kan zwaar zijn. Uiteindelijk gaat hij de politiek in en ijvert hij voor wederzijds respect, gelijke rechten en afschaffing van de rassenscheiding tussen katten en honden.

Toen ze klaar was met haar verslag, zei hij: 'Denk je dat het verhaal ons iets wil zeggen over mensen?'

Ze keek hem niet-begrijpend aan. 'Doe niet zo dom, Opa. Het gaat over katten en honden.'

Hij snapte haar wel. Het was zonde om een goed verhaal te verpesten door er een lesje van te maken. Dat kon later altijd nog. Het was maar een kleine stap van katten naar het gedicht dat haar aan het lezen had gekregen. Samen zeiden ze in het Engels 'The Owl and the Pussy-Cat' op. Hij vertelde haar dat haar papa, toen die klein was, het elke avond had willen horen en altijd luidkeels 'Ben jij, ben jij!', 'Zijn neus, zijn neus!' en 'De maan, de maan!' had meegeroepen.

Ze vroeg: 'Und was liest dú, Opa?'

'Nou, er is een niet-bestaand boek dat ik wil lezen. Het is heel interessant en zo dik dat ik niet denk dat ik het ooit helemaal uit zal krijgen.'

'Over wie gaat het?'

'Over iedereen, ook over jou. En het is honderd jaar lang.'

'Und was passiert da drin?'

'Dat zou ik nou juist zo graag willen weten.'

Ze sloeg een arm om zijn nek omdat ze het spelletje graag wilde meespelen. Zoals altijd wilde ze dat hij het naar zijn zin had. 'Ik haal het eind wel, Opa.' Ze dacht even na en voegde eraan toe: 'Ich werde es lesen, wenn ich erwachsen bin und es dir sagen.'

'Tegen de tijd dat je bij het laatste hoofdstuk bent zul je net zo oud zijn als ik nu.'

Ze moest lachen om dat buitenissige idee en opnieuw zag hij dat ze aan beide kanten van haar gebit onschuldige gaten had waar binnenkort permanente tanden zouden opkomen. Hij had niet over zijn denkbeeldige geschiedenis van de eenentwintigste eeuw moeten beginnen. Het was geen kinderboek. Hij hield van haar, en op dat ongedwongen ogenblik dacht hij dat hij in zijn leven helemaal niets had geleerd, en ook nooit iets zou leren. Hij draaide zich om en gaf haar een kusje op de wang. 'Op een dag kun je er me alles over vertellen, schatje. Maar nu roept je mama ons voor het eten. Wil jij dan naast me komen zitten alsjeblieft?'

Hij stond op, maar veel te snel, waardoor hij in die wankele, duizelingwekkende toestand geraakte waarin hij door een dichte, zwarte, licht rimpelende materie leek te zweven. Zijn hand vond steun bij de stoel.

'Opa?'

Nee, hij had niet over een dergelijk boek moeten beginnen terwijl hij haar een gehavende wereld naliet.

Toen werd zijn hoofd weer helder, al bleef hij de rug van de stoel nog wel even stevig vasthouden, want hij wilde het meisje niet aan het schrikken maken door te vallen.

'Het gaat goed, hoor, mein Liebling.'

Ze zei zachtjes, op de lokkende, zangerige toon die ze haar moeder soms tegen haar kleine broertje hoorde gebruiken: 'Komm, Opa. Hier lang.' Met een zorgelijke rimpel op haar voorhoofd nam ze zijn vrije hand in de hare en begon ze hem door de kamer te leiden.

Dankbetuiging

Ik ben schatplichtig aan de volgende boeken en auteurs: *The White Rose* van Inge Scholl, *A Noble Treason* van Richard Hanser, *Complete Surrender* van David Sharp, *Robert Lowell* van Ian Hamilton. Mijn oprechte dank gaat uit naar Reagan Arthur, Georges Borchardt, Suzanne Dean, Louise Dennys, Martha Kanya Forstner, Mick Gold, Daniel Kehlmann, Bernhard Robben, Michal Shavit, Peter Straus en LuAnn Walter. Bijzondere dank aan de zorgvuldige meelezers Tim Garton Ash en Craig Raine voor hun nuttige opmerkingen, aan James Fenton voor toestemming om uit zijn gedicht 'For Andrew Wood' te citeren, aan David Milner voor zijn onvolprezen redactiewerk en, als altijd, aan Annalena McAfee die de vele voorlopige versies met kennersoog doornam. Tot slot dank ik mijn leraar Engels, wijlen Neil Clayton, die erop stond dat ik zijn naam ongewijzigd zou gebruiken, en zend ik een warme groet aan alle jongens en leerkrachten die op die vreemde, heerlijke Woolverstone Hall School hebben gezeten. Een pianolerares als Miriam Cornell heeft daar nooit rondgelopen.

Ian McEwan
Londen, 2022

Bronnen

De fragmenten uit 'For Andrew Wood' op p. 537 zijn met toestemming van de auteur ontleend aan *Yellow Tulips* (Faber & Faber, 2012) en *Selected Poems* (Penguin, 2006) van James Fenton. Het fragment uit 'For the Union Dead' op p. 431 komt uit *Collected Poems* van Robert Lowell, samengesteld door Harriet Lowell en Sheridan Lowell (Farrar, Straus & Giroux, 2003). Fragment van 'Pale Blue Eyes', tekst en muziek Lou Reed, 1968, is opgenomen met toestemming van Oakfield Avenue Music Ltd/EMI Publishing, Londen.

De vertaling van het fragment uit 'Raketa' uit *Zbrane pesmi* van Edward Kocbek op p. 204 is van Maja de Graaf. Haar vertaling van het hele gedicht verscheen in 1991 in *De Tweede Ronde* (jaargang 12).

COLOFON

Lessen van Ian McEwan werd in opdracht van
Uitgeverij De Harmonie gedrukt bij Wilco te Amersfoort.

Oorspronkelijke uitgave *Lessons,* Jonathan Cape, Londen, 2022
Omslagontwerp Rob Westendorp
Omslagbeeld © Tina Berning
Foto auteur © Urszula Soltys
Typografie Sander Pinkse Boekproductie

Copyright © Ian McEwan 2022
All rights reserved
Copyright © Nederlandse vertaling Harm Damsma en
Niek Miedema / Uitgeverij De Harmonie 2023

Eerste druk januari 2023
Tweede druk februari 2023
Derde druk maart 2023
Vierde druk mei 2023
Vijfde druk augustus 2023
Zesde druk januari 2024
ISBN 978 94 6336 160 6

www.ianmcewan.com
www.deharmonie.nl

Niek Miedema ontving voor deze vertaling
een projectbeurs van het Nederlands Letterenfonds.

Nederlands letterenfonds
dutch foundation
for literature